BLACK MOON'S VICTIM

INVICTICON

Klimaneutral
Druckprodukt
ClimatePartner.com/14701-2007-1003

Printausgabe, erschienen 2021
1. Auflage

ISBN: 978-3-95949-488-5

Eutiner Straße 24,
18109 Rostock

www.main-verlag.de
www.facebook.com/MAIN.Verlag
order@main-verlag.de

Druck: Eisermann Media GmbH

Bibliografische Information der Deutschen Nationalbibliothek:
Die Deutsche Nationalbibliothek verzeichnet diese Publikation in der Deutschen Nationalbibliografie; detaillierte bibliografische Daten sind im Internet über http://dnb.d-nb.de abrufbar.

VIKTORIA STAHL

BLACK MOON'S VICTIM

GESCHUNDENER WOLF

DAS BUCH

Schwer verletzt gerät Nikolay auf der Flucht in einer eiskalten Winternacht in das Gebiet des Chaplin-Rudels. Statt gerettet zu werden, wird er von den Wächtern des Rudels angegriffen.

Alpha Magnus stellt sich schützend vor diesen Omega, der traumatisiert immer wieder zu fliehen versucht. Magnus erkennt in ihm seinen wahren Gefährten. Doch der weiße, nach Waldbrombeeren duftende Gestaltwandler macht keine Anstalten, sich ihm zu unterwerfen oder das Band zwischen ihnen zu akzeptieren. Unsicherheit und Angst prägen sein Handeln und seine Vergangenheit holt ihn immer wieder ein.

Hat die Organisation Black Moon etwas mit Nikolays Verhalten zu tun?

KAPITEL 1

Magnus

Ich trau mich gar nicht, hinzusehen. Steht das Haus noch?« Beth durchsuchte die Handtasche nach ihrem Handy, während ihr Ehemann das Auto in ihrer Einfahrt parkte. Die Sitzheizung und das Radio schalteten sich aus, als Prat den Schlüssel abzog. Die Eiseskälte kroch sofort durch das Autoblech. Beth schloss den obersten Knopf ihres schicken Ausgehmantels.

»Ich sehe immerhin keinen aufsteigenden Rauch, Rettungswagen oder die Feuerwehr. Das ist doch ein gutes Zeichen.«

Es war ihr erstes Dinner seit der Geburt ihres zweiten Kindes. Sie hatten einen Tisch in einem französischen Nobelrestaurant in der nächsten Stadt reserviert. Nicht mit dem kleinen Diner in ihrem abgeschotteten Dorf vergleichbar.

Das extravagante à la Pierre bot weder Pfannkuchen, Pommes mit Ketchup noch Thunfischsandwich an. Das romantische Ambiente sollte Prat und Beth helfen, von ihrem stressigen Alltagsleben kurz zu verschnaufen. Jedoch war es das mühsamste Vier-Gänge-Menü ihres Lebens, da Beth mit den Gedanken mehr bei den Kindern daheim und ihrem auserkorenen Babysitter des Abends, ihrem Schwager Magnus, war.

Nicht, dass sie Magnus ihre Kinder nicht anvertrauen wollte, nur wusste jeder, dass Magnus kein Mann großer Worte war. Bei Auseinandersetzungen schlug er zuerst drauf und fragte im Nachhinein nach dem Warum – oder auch nicht.

Beth wusste, dass er ihren Kindern, ihren geliebten Welpen, nie was antun würde. Er liebte seine Nichten wie verrückt, auch wenn das ein Außenstehender nicht bemerken würde.

Das ließ Magnus' raue Art und einschüchternde Erscheinung nicht zu. Sie hatte ein paar Bedenken, als Magnus sich freiwillig bereit erklärt hatte, den Babysitter für die zwei zu spielen. Das hatte er zuvor nie gemacht.

Großartig widersprechen wollte sie Magnus aber auch nicht. Alpha blieb Alpha, auch wenn sie mit ihrem Schwager ein sehr freundschaftliches Verhältnis pflegte.

»Mach dir nicht immer so viele Sorgen, Liebes. Die Mädels sind nicht aus Glas. Er hätte sicher angerufen, wenn er Probleme gehabt hätte. Du hast ihm nicht umsonst in jedem Zimmer die Notfall-Kontakt-Nummern von uns und jedem im Rudel dagelassen.

Schatz, du hast sogar die Nummer von deinem Vater notiert, der bei den winterlichen Verhältnissen vermutlich drei Stunden brauchen würde, um herzukommen. Der Empfang im Restaurant war auch ausreichend. Er hätte uns jederzeit erreichen können.«

»Hat er aber nicht.«

»Beth. Das Handy in deiner Hand hat mehr Aufmerksamkeit bekommen als ich. Ich hätte mich nackt mit roter Schleife um den Hals an den Tisch setzen können, es wäre dir nicht aufgefallen.«

Bei der Bemerkung rollte Beth mit den Augen und sah ihrem Mann mit gerunzelter Stirn an.

»Entschuldige, dass ich etwas neben mir stehe, aber es kommt ja nicht jeden Tag vor, dass der zweite Alpha des Rudels auf *meine*« – bei dieser Aussage hob Prat fragend eine Augenbraue – »*unsere* Kinder aufpassen will«, fuhr Beth unbeeindruckt fort.

»Er war noch nie alleine mit ihnen. Rosalie ist in diesem furchtbar nervenaufreibenden Trotzalter und Sofias Schreiqualitäten sind rekordverdächtig. Magnus ist vielleicht schon längst über alle Berge und hat die Welpen ihrem Schicksal überlassen. Er hat sich bestimmt in die nächste finstere Bar gerettet. Wahrscheinlich heult er gerade mit einsilbigen Sätzen den Barkeeper voll, wie furchtbar es war, zwei Kleinkinder nicht in der Luft zerfetzten zu dürfen.«

Kopfschüttelnd und leicht schmunzelnd blickte Prat seiner Gefährtin in die samtig braunen Augen.

»Magnus gibt sich wirklich Mühe. Er lebt in dem großen Haus ganz allein, arbeitet von dort aus und kommt daher nicht viel unter Leute. Ich kann mir vorstellen, dass er sich in irgendeiner Art und Weise nach einem Familienleben sehnt.

Da passt es doch gut, wenn er einen langweiligen Abend in Kauf nimmt, um auf seine zwei Nichten aufzupassen, sodass sein Bruder und seine Lieblingsschwägerin endlich mal aus dem Haus kommen; ohne Windeln, Schnuller und zwei anhänglichen kleinen Prinzessinnen mit klebrigen Marmeladenhänden.«

»Er hat ja auch nur die eine Schwägerin.« Beths neckischer Ton ließ Prat glucksen. Er griff in den Nacken seiner Gefährtin und zog sie zu sich rüber, um ihr einen Kuss auf die Stirn zu drücken.

»Komm, lass uns sehen, wie es gelaufen ist und ob alle überlebt haben.«

KAPITEL 2

Magnus

Als Magnus den Schlüssel im Schloss drehen hörte, schaltete er den großen Flachbildfernseher auf lautlos und sah in die fragenden Gesichter seines Bruders und dessen Gefährtin.

»Waren die Froschschenkel nicht gut, dass ihr solche Gesichter macht, oder ist wer gestorben?«

Er stand dabei auf, um sich seine Jacke anzuziehen, die über der Couch hing.

»Hallo Magnus. Wie ist es gelaufen?« Beths Zögern in der Stimme verriet Magnus, wie angespannt seine Schwägerin war.

Magnus zuckte mit den Schultern, sah abwechselnd zu Prat und Beth, ohne eine Miene zu verziehen. Erst nach einer Ewigkeit, die sich für Beth wie Stunden anfühlen musste, vermutlich aber nur zwei Sekunden dauerte, antwortete er ihr.

»Gut.« Den fragenden Gesichtern der beiden nach zu urteilen, musste er etwas mehr ausholen.

»Wir haben uns *Shaun das Schaf* angesehen, wobei Sophia bereits eingeschlafen ist. Danach Zähne putzen und ab ins Bett, alle beide. Ich hab Sophia in ihre Wiege gelegt, danach hab ich Rosalie eine Geschichte vorgelesen, bis sie eingeschlafen ist.

Sophia hab ich vor etwa einer halben Stunde noch ein Fläschchen gegeben, da ich sie weinen hörte. Seitdem schläft sie wieder.«

Beide nickten sichtlich erleichtert.

Was denken sich die beiden denn?

Dass ich ihre Kinder fessle und kneble, solange sie weg sind?

Eigentlich ein lustiger Gedanke!

»Danke, Magnus, dass du die Stellung gehalten hast. Beths Aufmerksamkeit hat sich trotzdem mehr auf ihr Handy gerichtet. Vielleicht brauchen wir dich mal wieder für Dinner 2.0«, lachte Prat und küsste Beth auf die Stirn, die beleidigt die Wangen aufblies.

Prat Chaplin war schon immer der Friedfertigere der zweieiigen Zwillinge. Er war sehr umgänglich mit den Rudelmitgliedern und konnte in heiklen Situationen die angestaute Wut einfach verpuffen lassen, oft nur mit einem mitfühlenden Blick oder einen Scherz. Prat arbeitete eng mit dem Rudel zusammen, er entschärfte Situationen und half bei Problemen. Magnus beneidete seinen Bruder für seine empathische Seite.

Magnus agierte lieber im Hintergrund, er übernahm den ganzen Papierkram und überwachte die Finanzen der Gemeinschaft. Er war die rechte Hand seines Bruders und damit auch zufrieden.

Die zwei bildeten eine Symbiose, die dem ganzen Rudel nur von Vorteil war.

»Geht das nächste Mal zur Abwechslung in ein Steakhouse. Ich glaube kaum, dass du Beth mit Schneckeneingeweiden beeindrucken kannst.« Prat wollte etwas erwidern, als es an der Haustür klingelte. Die drei tauschten fragende Blicke aus.

»Erwartet ihr noch jemanden?«

Beide verneinten kopfschüttelnd, dabei witterte Magnus etwas, was ihn tief im Inneren traf und er fühlte sich, als ob alle Zellen in seinem Körper einen dreifachen Espresso intus hatten.

»Magnus, was ist mit dir?«

Sein Bruder nahm sofort Magnus' geweitete Augen und die angespannten Kiefer wahr. Erst nach kurzem Zögern und einem weiteren Klingeln an der Tür, war Magnus fähig zu antworten.

»Riechst du das? Das ist Blut.«

Mit eiligen Schritten waren sie bei der Haustür.

»Beth, geh sofort nach oben zu den Mädchen und warte dort. Komm erst runter, wenn wir es sagen.«

»Ja Alpha.«

Beth drehte sich von den beiden weg und huschte die Treppe hoch. Erst als Magnus hörte, wie oben die Türe des Kinderzimmers wieder geschlossen wurde, gab er Prat mit einem Nicken zu verstehen, die Haustür zu öffnen.

Beim Anblick des zweiten Wächters des Rudels runzelte Prat besorgt die Stirn. »Benjamin? Was ist los, dass du so spät noch herkommst?«

Benjamin zeigte ehrfürchtig den zwei Alphas seine Kehle; ein Zeichen des Respektes, wie in anderen Kulturen eine tiefe Verbeugung oder ein Handkuss. Er war etwas außer Atem und verschwitzt. Er musste hergerannt sein.

»Wir können fremdes Blut an dir riechen«, setzte Magnus strenger nach. Er studierte Benjamin genau, sein Haar war zerzaust, seine Augen weit aufgerissen, als er noch einmal tief Luft holte, um wieder zu Atem zu kommen.

»Alphas …« Benjamin wirkte so, als ob er nicht wusste, wie er anfangen sollte – und dass, obwohl er Lehrer des Rudels war.

»Komm herein und krieg erst mal wieder Luft. Dann erzähl uns, was du zu sagen hast«, sprach Prat ruhig, dabei hob Benjamin verneinend die Hände.

»Dafür ist keine Zeit, mein Alpha.«

»Dann sag endlich, was du zu sagen hast!«, befahl Magnus in gereizten Ton. Es nervte ihn ungemein, wenn der Wächter so lange für eine Erklärung brauchte. Er wollte endlich mehr erfahren.

Was ist das für ein Duft, der meine Nerven zum Kitzeln bringt? Wie Waldbeeren und Regen.

Es war nicht Benjamins Duft, den kannte er schon lang genug. *Was hat es damit auf sich??*

»Ein fremder Gestaltwandler ist auf unserem Territorium, südlich des Flusses und das ohne Genehmigung.«

Bei dieser Aussage bildete sich zwischen Prats Augenbrauen eine kleine Sorgenfalte. Er lauschte Benjamins Worten gespannt. Prat verkörperte einen dynamischen und kraftvollen Alpha, der auf die Sicherheit des Rudels höchsten Wert legte.

»Sprich weiter. Was ist genau passiert?«

»Tylor und ich hatten gemeinsam mit Tom und Alex die Wache für heute Abend. Beim ersten Rundgang witterten wir eine fremde Duftspur. Wir folgten ihr und fanden einen Burschen auf der Lichtung, gleich neben dem Flussufer. Wir gingen auf ihn zu und da war sein Duft plötzlich so stark, dass er unsere Sinne vernebelte, es war echt heftig. Sofort war uns klar, dass es nur ein … Omega sein kann.«

Prat tauschte einen allessagenden Blick mit Magnus aus. »Ein Omega? Ich dachte, sie seien ausgestorben …«, meinte Prat nachdenklich.

»Was ist dann geschehen, dass du sein Blut auf deinen Kleidern trägst?«

»Als er uns bemerkte, floh er. Tylor und Tom haben sich gewandelt und sind ihm hinterher. Tylor ist auf ihn gesprungen und hielt ihn fest. Der Bursche hat sich heftig gewehrt. Eher untypisch für einen Omega, soviel ich weiß.

Wir haben mit ihm etwas gerangelt, bis Tylor ihn fixieren konnte. Wir waren dann unterschiedlicher Meinung, was mit dem Unglücksraben geschehen soll. Tylor will ihn liquidieren, er hält an den Gerüchten und alten Geschichten fest.

Ich wollte ihn hierherbringen, doch … die Verfassung des Omegas ist nicht so gut … Tylor zeigte sich dickköpfig wie immer und hielt ihn weiter fest. Wir konnten uns schließlich darauf einigen, dass ich dich, Alpha, hole, um ihn dir selbst vorzuknöpfen.«

Benjamin neigte nochmals ehrfürchtig den Kopf zur Seite und wartete auf sein Lob. Prat und Magnus tauschten stumm ihre Meinungen miteinander aus. Sie wussten immer schon, was der andere fühlte und dachte.

Prat wandte sich an den zweiten Wächter. »Magnus wird mit dir gehen, Benjamin«.

Magnus fühlte kaum das Schulterklopfen von seinem Zwilling, als er Ben eilig in die bitterkalte Nacht folgte.

»Pass auf dich auf, Bruder.«

KAPITEL 3

Nikolay

Geh runter von mir!!«

Nikolay keuchte schwer, als es sich der Wandler auf seinem Rücken gemütlich machte.

Links und rechts von ihm standen zwei weitere Gestaltwandler, die er nur schemenhaft im Mondlicht erkennen konnte. Seinen Befehl ignorierend, drückte ihn der nackte Wandler, mit den Hüften tiefer in den kalten Schnee.

Die Hände hatte er Nikolay einhändig auf den Rücken fixiert, während sich seine andere Hand grob in seine Haare grub. Er war vollkommen bewegungsunfähig.

Die Eiseskälte des Schnees fraß sich in seine Haut und fühlte sich wie tausend Nadelstiche an. Sein ganzer Körper schmerzte. Er war geschwächt und er wusste nicht, wie lange er in dieser Position noch bleiben konnte, ohne zu ersticken.

Betteln kam für ihn nicht infrage. Diese Genugtuung würde er dem Kerl nicht geben. Es reichte schon, die verräterischen Tränen nicht zurückhalten zu können, da würde er sicher nicht auch noch um Gnade betteln.

Doch sich selbst musste er eines eingestehen: Er war am Ende seiner Kräfte. Nicht von der Hetzjagd oder dem Kampf, der sowieso nicht lange gedauert hatte, sondern in Folge seiner körperlichen Verfassung. Ein amüsiertes Kichern entkam dem Mann, er löste kurz seinen Griff aus den Haaren, um ihn fast schon sanft auf der tränenverschmierten Wange zu tätscheln. »Kleiner Omega, ich geh nirgendwo hin.«

Der Wolfswandler lachte, als ob Nikolays Aufforderung so irrwitzig war.

»Fahr … zur … Hölle!«, nuschelte Nikolay mit letzter Kraft.

Er stöhnte auf, als der Typ über ihm anfing, seinen linken Arm immer weiter zu verdrehen.

»Soso, frech wirst du auch noch … das treib ich dir schon noch aus, du scheiß Kreatur!«

Ihm blieb die Luft weg, als er ein markerschütterndes Knacken hörte. Er keuchte auf vor Schmerz und sah bunte Sterne vor seinen Augen. Nikolay hoffte, bewusstlos zu werden, doch dieser Wunsch wurde ihm nicht erfüllt.

»Upps. Na da ist aber jemand verweichlicht«, brach es aus dem herrischen Wandler patzig heraus.

Blödes Arschloch!

»Warte bis der Alpha mit dir fertig ist, ich bereite dich nur auf ihn vor.«

Darauf fing der Kerl an, mit den Hüften zu kreisen und drückte mit seinem Schwanz heftig auf sein Steißbein. Nikolay spürte deutlich eine steinharte Erektion, die sich unaufhörlich an seinem Hintern rieb. Seine Hose war durch den Schnee klatschnass und kalt, jedoch war er froh, sie überhaupt noch an seinem frierenden Leib zu spüren.

»Tylor. Lass den Scheiß!«, grunzte einer der zwei anderen Typen, die er schon fast vergessen hatte.

»Ja, der Alpha kann jeden Moment hier sein! Wenn der sieht, dass du dich an dem Welpen vergehst, dreht er sicher durch!«, flüsterte der andere in beschwichtigenden Ton, während er nach allen Seiten nach dem Alpha Ausschau hielt.

»Welchen Welpen meinst du bitte schön? Etwa diesen Omega hier? Der ist weniger wert als der Dreck unter meinen Fingernägeln!

Diese Kreaturen sind bloß eine Laune der Natur! Missgeburten sind sie, mehr nicht, die Schuld daran sind, dass so viele Rudel sich untereinander zerstritten haben und gegenseitig aufeinander losgegangen sind!

Er bringt nur Unglück über uns alle! Ihr Duft lässt alle verrückt werden!«, keifte er laut.

»Das muss nicht sein. Omegas können bei richtigen Voraussetzungen ihr Rudel von innen stärken und eine gewichtige Rolle spielen.

Manche von ihnen besitzen sogar besondere Fähigkeiten«, sagte einer der zwei zögerlich.

»Das sind alles Märchen, die dir deine Oma erzählt hat! Omegas bewirken nichts Gutes! Sie bringen Tod und Verderben! Er hat es gar nicht anders verdient, im Grunde bettelt er ja darum, dass ich seinem wertlosen Dasein ein Ende setze.«

Tylor kam immer mehr in Rage, sein Gebrüll war vermutlich im ganzen Wald zu hören, dann machte er dort weiter, wo er aufgehört hatte. Er ignorierte die beiden, beugte sich nach vorn und leckte Nikolay über die mit Tränen benetzte Wange. Angewidert versuchte der, seinen Kopf wegzudrehen, doch Tylor hielt ihn erbarmungslos fest. »Noch einen letzten Fick, bevor du draufgehst, mein Kleiner?«, knurrte er ihm ins Ohr.

Nikolay antwortete mit einem wütenden Schnauben und versuchte mit letzter Kraft, den Typen abzuwerfen. Er hatte jedoch keine Chance gegen den kräftigen Gestaltwandler, der sicher das Doppelte auf die Waage brachte. Der Typ verstärkte nur noch mehr den Druck auf seinen schmerzhaft verdrehten Arm und begann mit der freien Hand an der nassen Hose zu zerren.

»Ganz schön kratzbürstig, du kleine Made! Gut, dass ich auf so was stehe! Du bekommst nur das, was du verdienst, du abartige, perverse Laune der Natur!«

Die zwei anderen versuchten, auf den Typen einzureden. Tylor nahm jedoch keine Notiz mehr von den beiden, er war ranghöher als sie und ignorierte das Gefasel einfach.

Sie gaben schließlich ihre halbherzigen Versuche auf und wurden still. Tylor begann immer mehr zu keuchen und an der nassen Hose des Omegas zu zerren, die wie eine zweite Haut an ihm klebte. Ihm ging es nicht schnell genug, frustriert drückte er gegen den verletzten Arm. Nikolay entlockte er damit einen verzweifelten Schmerzensschrei. Panik überkam ihm. Die Schmerzen waren kaum noch zu ertragen.

Nicht schon wieder! Nein! Nein!

Er brüllte wie am Spieß, was Tylor nicht zu stören schien. Doch auf einmal lockerte der Mann auf ihm seinen festen Griff und es wurde still um ihn herum.

Nikolay glaubte nicht daran, dass der Typ doch noch zur Vernunft gekommen war, dazu war er schon zu weit in seinem Tun gewesen. Das Zerren an der Hose hörte gänzlich auf und das erdrückende Gewicht wurde von ihm genommen, er bekam endlich wieder Luft.

Seine Lungen bedankten sich mit einem stechenden Brennen, das ihm Tränen in die Augen trieb, dabei hätte er fast das Geräusch dumpfer Schläge überhört. Eine Hand legte sich plötzlich um sein Genick und zog ihn mit Schwung nach oben, weg vom nassen Waldboden, sodass er sich wieder auf seinen wackeligen Füßen befand. Die Hand um seinen Hals war fest wie ein Schraubstock. Kräftiger Wind berührte seinen nackten, blutenden Oberkörper.

Nikolay musste mehrmals blinzeln, um zu sehen, was hier vor sich ging. Die zwei feigen Typen von vorhin standen etwas weiter weg und guckten stur auf den Boden vor ihren Füßen. Ein klägliches Stöhnen erklang und es war nicht von ihm selbst. Tylor lag auf den schneebedeckten Waldboden. Er hielt sich mit beiden Händen den Kiefer und spuckte einen Schwall Blut und einen Zahn aus, was den Schnee durch das Mondlicht schwarz erscheinen ließ.

Nikolay wurde klar, dass jemand anderes ihn im Genick festhielt. Sein Blickfeld blieb eingeschränkt, durch den harten Griff sah er nur gerade aus. Es raschelten keine Blätter, sogar der Fluss schien still, als sich eine beängstigende Stille auf der Lichtung ausbreitete wie eine aggressive Krankheit in einem geschwächten Körper.

Fast hätte er sich Tylors Gebrüll gewünscht, die Stille machte ihm mehr Angst als alles andere.

Als Nikolay drohte, von der Stille völlig eingenommen zu werden, hörte er hinter sich den Schnee unter bedachten Schritten knirschen. *Werde ich umkreist?*

Es waren mindestens zwei weitere Gestaltwandler erschienen. Einer, der ihn festhielt und einer, der sich ihm langsam von links näherte und in sein Blickfeld rückte. Nikolay hielt für ein paar Sekunden die Luft an, sein Herz sprengte vor Angst fast seinen Brustkorb, als er auf den größten Mann, den er je gesehen hatte, emporblickte.

Durch das Mondlicht wirkte es auf Nikolay, als habe der Koloss von einem Mann weiße, fast schon tote Augen, die ihn mit einem geisterhaften Blick fixierten, während ihm ein eiskalter Schauer über den Rücken lief.

Das waren die Augen eines Dämons!

Unbeeindruckt stieg der Dämon über den keuchenden Tylor hinweg. Seinen Blick hielt er auf Nikolay gerichtet, bis er nur eine halbe Armlänge von ihm entfernt stand. Dampfender Atem entstieg Nikolays Mund und bildete in der eiskalten Nacht kleine Nebelschwaden, die im Mondschein geisterhaft aufleuchteten. So knapp vor ihm konnte Nikolay den kräftigen Geruch von Dominanz und Macht klar deuten.

Ein Alpha.

Sofort sträubten sich seine Nackenhaare und er spürte den Drang, sich auf den Rücken zu werfen und ihm seinen Bauch zu zeigen.

Nein! Reiß dich gefälligst zusammen!

Nikolay rügte sich selbst im Gedanken für sein im Blut liegendes, devotes Verhalten.

Er benötigte seine gesamte Kraft, um den Blick vor dem mächtigen Alpha nicht zu senken und um Himmelswillen nicht zu winseln wie ein kleiner Hund! Der Alpha ließ seinen Blick Zentimeter für Zentimeter über Nikolays Körper wandern.

Nikolay fühlte sich nackter, als er je war. Er war dem Rudelführer voll und ganz ausgeliefert.

Angstschweiß stand ihm auf der Stirn und ließ seine blutverschmierten Haare unangenehm auf der Haut kleben. Der Riese erinnerte ihn an Hulk, aus den alten Comics seines Vaters, die er als Kleinkind liebend gerne in den Mund genommen und in Fetzen gerissen hatte.

Der Wandler stellte alles dar, was die grüne Comicfigur verkörperte: Wut, die Kraft von zehn Pferden und den Körperbau eines Kriegers, der bereit war, alles kurz und klein zu schlagen, was ihm im Weg stand.

Der Riese griff ohne Vorwarnung nach seinem Handgelenk und zog daran. Vollkommen unterbewusst hatte Nikolay nach seinem verhassten Silberhalsband gegriffen, eng schlang es sich um seinen vor Aufregung pulsierenden Hals.

Die Finger des noch heilen Armes löste der dämonische Alpha mit einem Ruck von dem Band und sog scharf die Luft ein, als er an der ausgestreckten, steifen Hand roch.

Er hatte die Augen geschlossen, so als würde er einen köstlichen Gaumenschmaus genießen wollen. Nikolays Herz sprang ihm vor Angst beinahe aus dem Brustkorb. Er spürte eine Zunge über seinen blutigen Handrücken lecken. Sein Herz wurde schwer bei dem Anblick.

Als der Alpha mit seiner rauen Stimme das erste Mal die Stille durchbrach, kämpfte Nikolay mit einer sich anbahnenden Panikattacke. »Mein.«

Alle Synapsen in Nikolays Hirn waren kurz vorm Explodieren.

Ein letzter Funke Überlebenswillen ergriff in Nikolays Körper die Oberhand. Gezielt platzierte er einen Tritt zwischen die Beine des Alphas, der schmerzverzerrt nach Luft rang und sich seine Kronjuwelen hielt.

Im selben Moment ließ Nikolay seinen eigenen Körper erschlaffen. Tatsächlich löste das den Schraubstockgriff um seinen Hals und ließ ihn auf seinen Hintern plumpsen. *AUA*. Ein letzter Adrenalinschub sorgte dafür, dass er blitzschnell aufstand und in den Wald hineinlief, ohne sich noch einmal umzudrehen.

Er hörte entferntes Gebrüll, vermutlich vom Alpha. Nikolay rannte, so schnell er konnte, trotzte den unvorstellbaren Schmerzen in Arm und Schulter und ignorierte die spitzen Äste und kleinen Steine, über die seine nackten Füße stolperten.

Ich muss nur schnell genug sein!

Jedoch holte ihn die Realität rapide ein; sein Adrenalin und seine Kraft waren endgültig aufgebraucht. Er begriff allmählich, dass er vor mindestens vier Gestaltwandlern davonlief, die sich alle problemlos in Wolfsgestalt und vor allem in Wolfsgeschwindigkeit fortbewegen konnten.

Außerdem hinterließ er eine Blutspur im Schnee, von seinen verletzten Füßen und weiß der Geier was noch alles an ihm blutete. Tränen der Wut und Verzweiflung hängten sich wie undurchsichtige, schwere Vorhänge vor seine Augen, als er schwer keuchend weiter rannte und einen Abhang nicht früh genug erkannte.

Er stürzte einige Meter hinunter, blieb dort bewegungslos zwischen Sträuchern und einen umgestürzten Baum liegen.

Seine Augen wurden schwer, eine Welle des Schmerzes überlastete seine Synapsen, nicht mehr auszumachend, von woher er genau kam.

Resigniert stöhnte er laut, um den Schmerz irgendwie zu lindern. Er bekam von seinem Umfeld kaum etwas mit. Seine eigene Wolfsidentität jedoch witterte die Anwesenheit des viel stärkeren Artgenossen und ergab sich seinen Verletzungen.

Die Kraft des Alphas war allgegenwärtig zu spüren, seine Nackenhaare, die sich aufstellten, die Gänsehaut, die seinen Körper überzog, und den Drang, seinen Hals zu entblößen, waren nur die kleinen Hinweise darauf.

Unterwirf dich dem Stärkeren!, befahl ihm sein Instinkt, doch auch in seinem schlechten Zustand wehrte er sich gegen seine eigentliche, innere Natur. Der Alpha hatte ihn gefunden. Verschwommen nahm er die große Silhouette wahr, die vor ihm stehen blieb, bevor er das Bewusstsein verlor.

KAPITEL 4

Magnus

Magnus versuchte, den aufgewühlten Wolf in sich nicht die Oberhand gewinnen zu lassen, als er durch den Wald wieder zur Lichtung stapfte, wo alles begann. Unglaublich. Er hatte die Hoffnung schon vor einigen Jahren aufgegeben, seinen ihm vorbestimmten Gefährten zu finden.

Mutter Natur habe für ihn einen anderen Plan vorgesehen, so dachte er, oder vielleicht war niemanden seine komplexe Persönlichkeit zumutbar.

Er hatte sich damit abgefunden, allein zu bleiben. Doch nun lag ein möglicher Gefährte in seinen Armen. Bewusstlos und blutverschmiert war das blutjunge und furchtbar dürre Kerlchen. Die Verletzlichkeit des Kleinen ließ seinen Beschützerinstinkt augenblicklich auf Hochtouren laufen.

Er war sich so verdammt sicher, als er mit Benjamin auf der Lichtung angekommen war, dass es nur sein wahrer Gefährte sein konnte, den er gerochen und erkannt hatte.

Als er dann Tylor erblickte, wie er ungezügelt seinen Schwanz an dem Welpen rieb, hektisch versuchte, dessen Hose loszuwerden und dabei Tom und Alex erklärte, wie wertlos der Omega doch sei, sah er rot. Er musste einschreiten.

Niemand fasste seinen Gefährten an, außer ihm!

Erst als er von Tylors Kiefer das unverkennbare Geräusch eines brechenden Knochens hörte, ließ er von dem Mistkerl ab. Tylor war schon immer derjenige, der versuchte, seine Grenzen auszutesten.

Egal ob der Welpe Magnus' Gefährte sein könnte oder ob er nur ein anderer fremder Gestaltwandler gewesen wäre, er duldete keine sexuellen Übergriffe, erst recht nicht auf eindeutig Unterlegene.

Tylor selbst trug Ansätze eines Alphas in sich. Ständig musste er den eifrigen und hitzköpfigen Wächter in seine Schranken zurückweisen.

Der testosterongesteuerte kraftstrotzende Kerl schlug zu gerne über die Stränge und handelte viel zu impulsiv. Als Magnus das Blut des Welpen schmeckte, war es um ihn geschehen. Er hatte sofort die innere Bindung zu dem kleinen Wolfswandler gespürt, was ihn innerhalb eines Wimpernschlags steinhart werden ließ.

Der darauffolgende Tritt des kleinen Omegas zeigte deshalb eine doppelt so schmerzhafte Wirkung. Vermutlich hatte er in dem Moment in dem Kleinen nur eine Angstreaktion ausgelöst. Er hatte den Befehl gegeben, dass alle Rudelmitglieder am Fluss warten mussten.

Auf keinen Fall durfte er eine Hetzjagd auf seinen Gefährten zulassen. Er wusste, dass er ihn in seinem verletzten und verängstigten Zustand leicht auch alleine würde einholen können.

Mit dem zerbrechlichen Sonderwesen in seinen starken Armen kam er bei seinen Rudelmitgliedern an und wurde gespannt erwartet. Er roch ihre Neugier und ihre Anspannung, konnte förmlich hören, wie ihr Puls schneller schlug.

Trotz der eisigen Kälte nahm Magnus ihren Schweißgeruch wahr, roch augenblicklich den Respekt seiner Rudelmitglieder. Als er sah, wie sich Tylor die angeschwollene Wange hielt, überkam ihm neue Wut.

Ein vernichtender Blick traf den dritten Wächter, Magnus' Ton war scharf wie ein Rasiermesser, als er zu ihm sprach: »Du bist bis auf Weiteres aus deinem Rang als dritter Wächter im Rudel enthoben. Und glaub nicht, dass das für dich schon alles war.

Der, der meinen Gefährten auch nur schief ansieht, bekommt es mit mir zu tun, habt ihr alle das verstanden?«, wandte er sich in hasserfüllten Ton an alle.

Einstimmiges heftiges Nicken und ein anschließendes Präsentieren der Kehlen eines jeden war die Antwort. »Geht mir aus den Augen, bevor ich mich vergesse!«

Magnus sah zu, wie sie eingeschüchtert kehrtmachten.

»Benjamin! Du nicht!«

Benjamin stoppte abrupt in seinem Lauf und ging mit bedachten Schritten auf seinem Rudelführer zu. Der zweite Wächter wartete die neuen Anweisungen seines Alphas mit unterwürfigem Blick auf seine Füße ab.

»Lauf zu Phil und sag ihm, dass er zu mir kommen soll. Er muss meinen Gefährten verarzten.«

»Ja, mein Alpha!«, presste Benjamin hervor und rannte los.

»Benjamin war bei mir, ich habe ihn kaum verstanden. Nur irgendwas von dir, dem Wald und irgendeinem Gefährten, den ich verarzten …«

»MEINEN Gefährten sollst du versorgen, verdammt noch mal! Mein Gott wie hat Benjamin es bloß geschafft, Lehrer zu werden? Der Kerl kann keine drei Sätze hintereinander aussprechen, ohne sich zu verhaspeln!« Genervt ließ Magnus Phil eintreten und deutete an, ihm ins Schlafzimmer zu folgen.

»Zu seiner Verteidigung, Benjamin wirkte ziemlich nervös. Hattet ihr eine Meinungsverschiedenheit? Wie siehst du überhaupt aus? Du bist voller Blut!«, bemerkte Phil auf den zweiten Blick und sah skeptisch auf Magnus' blutverschmiertes Shirt.

»Warte mal. Hast du gerade gesagt, dass es sich um DEINEN Gefährten handelt? Willst du mich verscheißern?«

Phil wirkte nun erst recht verwirrt und blieb mitten im Flur stehen, um Magnus von Neuem zu mustern.

»Ja, ist er! Und hör jetzt bitte auf, mich mit Fragen zu löchern, sondern hilf meinen Gefährten! Ich erklär dir später dann alles in Ruhe.«

Als hätte jemand bei Phil einen Knopf gedrückt, wechselte er automatisch in den Arzt-Modus und wirkte aus unerfindlichen Gründen sofort souverän und tatkräftig.

Phil folgte Magnus ins Schlafzimmer. Der junge Omega lag bewusstlos im Bett. Er hatte sich noch nicht gerührt. Auch nicht vorhin, als Magnus ihn vorsichtig in der Badewanne von dem vielen Blut und der Erde des Waldbodens gesäubert hatte.

»Wie lange ist er schon bewusstlos?«

»Etwa seit einer Stunde«, antwortete Magnus knapp, wobei er seinen Gefährten keine Sekunde aus den Augen ließ. Phil stellte seine Tasche auf den Boden und wollte die zwei Decken von dem Omega anheben, die Magnus so liebevoll auf den Körper des Bewusstlosen drapiert hatte, als Magnus heftig knurrte.

»Hör auf, dich wie ein Höhlenmensch zu benehmen, oder soll ich ihn so liegen lassen? Immerhin wolltest du, dass ich vorbeikomme!«

Magnus knurrte nur bedrohlicher.

»Nimm meine Hilfe an und lass mich den Kleinen verarzten! Danach kannst du wieder den Neandertaler raushängen lassen, der du in Wirklichkeit bist!«, fauchte Phil mit angepisster Stimme und forderte Magnus zu einem Blickduell heraus.

Phils Glück war, dass sie sich bereits im Sandkasten gegenseitig um die Kuchenbackformen geprügelt hatten und anschließend beste Freunde wurden.

Kaum ein anderer durfte so mit ihm sprechen. Phil war im selben Rudel aufgewachsen und war der ständige Begleiter von Magnus und Prat. Als Arzt übernahm der gut aussehende und charismatische Wolfswandler eine wichtige Rolle im Rudel.

Phil war etwa eins neunzig groß und muskulös, jedoch nicht so bullig wie Magnus. Mit seinen silberbraunen Haaren, dem drei Tage Bart und dem Zahnpastalächeln nannten ihn Rudelmitglieder oft Doktor Clooney, da er gewisse Ähnlichkeiten mit besagtem Schauspieler in einer Arztserie aus den Neunzigern hatte. Auch der Ruf eines Schürzenjägers, der nichts anbrennen ließ, eilte Phil voraus.

Magnus zwang sich, ruhig zu bleiben, und nickte einmal kaum sichtbar Phil zu, der dies als Antwort und Zusage gelten ließ. »Wie fühlt sich das an, auf seinen wahren Gefährten zu treffen?«

Magnus wischte sich über das Gesicht, er brauchte einen Moment, um seine neuen Gefühle zu beschreiben, wünschte, er wäre wieder in seiner Wolfshaut. Da müsste er nicht so viel erklären.

Er seufzte tief. »Wie ein Schlag in die Magengrube, und gleichzeitig die ganze Zeit auf Wattebällchen zu gehen. Mein Wolf windet sich wie eine Schlange, die ihre Haut abwirft. Die Empfindungen zermürben mich und zugleich wirkt es aufputschend auf mein Gemüt. Das ist nicht logisch, doch das Gefühl, dass er der fehlende Teil meiner Seele ist, ist präsenter als alles, was ich bis jetzt in meinem Leben gespürt habe.

Und jetzt untersuch ihn endlich, sonst dreh ich noch durch!«

Der Rudelarzt richtete den Blick wieder zu Magnus' Gefährten und schlug die Decken etwa bis zu der Taille hinunter. Magnus hörte, wie Phil scharf die Luft einsog und sah, wie der Doc die Fähigkeit zu blinzeln verloren hatte.

Nach einem Moment der Stille hauchte Phil geschockt »Das … das kann nicht sein. Du hast einen … OMEGA als Gefährten bekommen?«

»Beantwortest du deine Fragen immer selbst?!«, donnerte Magnus zurück.

»Sorry«, nuschelte Phil.

Der Rudelarzt setzte sich endlich auf das große Bett und begann mit der Untersuchung. Magnus blieb dabei wie angewurzelt vor dem Bett stehen und versuchte, Phil nicht mit seinem Blick zu erdolchen, wenn dieser seinen Gefährten notgedrungen anfasste. Es schockierte ihn selbst, wie besitzergreifend er sich in der kurzen Zeit verhielt.

Phil war voll bei der Sache und ließ sich durch Magnus nicht aus der Ruhe bringen. Der Doc leuchtete mit einer Taschenlampe abwechselnd in die Augen des Omegas und maß mit Manschette und Stethoskop den Blutdruck, wobei Phil die Stirn in Falten legte.

»Was ist?«, wollte Magnus wissen, doch der Arzt deutete ihn mit einer Handbewegung an, still zu sein. Schließlich ließ er alle Luft aus der Manschette.

»Ein Blutdruck ist kaum vorhanden«, meinte Phil nur und untersuchte weiter, ohne genauer darauf einzugehen. Er nahm eine Hautfalte am Handrücken. Die Haut blieb aufrecht stehen. Als Laie wusste auch Magnus, dass das nicht gut war. »Er ist total dehydriert, er braucht unbedingt Flüssigkeit.«

»Seine Schulter ist vermutlich auch ausgekugelt«, warf Magnus ein.

»Das ist jetzt zweitrangig, Magnus. Er hat einen Schock, aufgrund der Dehydration. Der kaum noch fühlbare Puls und die blasse und kaltschweißige Haut sind eindeutige Symptome.«

Phil griff in seine hintere Hosentasche und warf Magnus seinen Autoschlüssel zu. »Hol mir die zweite Arzttasche aus meinem Auto, da hab ich eine Glukoselösung drin. Und nimm das tragbare Röntgengerät mit!«

Magnus eilte sofort los. Als er zurück ins Schlafzimmer kam, tastete Phil gerade die Arme des Omegas ab, vermutlich, um einen Venenzugang zu finden. Doch er legte den Arm wieder beiseite. Phil suchte an dem freigelegten, flachen Bauch weiter und auch an den Beinen, fand endlich passende Venen und legte zwei Zugänge an den Fußknöcheln an, verband die Systeme mit der Glukoselösung und einer Kochsalzlösung. Konzentriert stellte der Arzt die verschiedenen Tropfgeschwindigkeiten ein und erst, als die Lösungen zu seiner Zufriedenheit in die dürren Adern rannen, richtete er das Wort wieder an Magnus, ohne jedoch den Blick von dem Omega zu nehmen.

»Was ist passiert, dass er so zugerichtet ist?«

Magnus strich sich durch sein kurzes Haar und verhakte seine Hände im Nacken. Er überlegte, wie er alles am besten so kurz wie möglich zusammenfassen konnte.

»Benjamin kam zu uns und erzählte, dass sie einen Omega auf unserem Territorium gerochen haben. Als er mich zu der besagten Stelle führte, war Tylor, der Wichser dabei, sich an ihm zu reiben, nachdem er den Kleinen schon am Boden fixiert und ihm die Schulter ausgekugelt hatte.

Ich riss Tylor von ihm runter, dabei floh der Kleine in den Wald, stürzte einen Abhang etwa fünf Meter hinunter und verlor das Bewusstsein.«

Phil sah ihn skeptisch an, die Augenbrauen eng zusammengezogen. »Mehr weißt du nicht?«

»Nein« Magnus hasste seine resignierte Stimme.

Sein Freund blickte mit ernster Miene wieder auf den Omega und studierte dessen malträtierten Körper. Er nahm das mobile Röntgengerät in die Hand und untersuchte ihn weiter.

»Die zerschnittenen Füße, die ausgekugelte Schulter, die aufgeplatzte Lippe, die vielen Schürfwunden und drei gebrochene Rippen sind alles frische Wunden, kaum älter als zwei Stunden. Die Schulter renke ich wieder ein, alles andere muss von selbst heilen.

Die Dehydration ist die Folge von extremem Flüssigkeitsmangel. Ich konnte aufgrund seines niedrigen Blutdrucks kaum eine Vene finden. Sein Oberkörper ist übersät mit frischen Hämatomen. Seine linke Hand ist total hinüber, was aber nicht von Tylor und den anderen Jungs stammen kann. Vier Finger sind auffällig schief und verkrümmt, es wurden alle Gelenke gebrochen, sie sind falsch wieder zusammengewachsen. So wie die Finger aussehen, ist das alles schon mehrere Monate oder sogar Jahre her.

Ich werde sie nochmals brechen und schienen müssen, dass sie wieder gerade zusammenwachsen können. Im rechten Ohr ist das Trommelfell gerissen, er hat sicher Ohrenschmerzen, dieses muss aber auch von alleine heilen.« Sanft strich Phil über die Haare von Magnus' Omega.

Normalerweise würde Magnus jedem anderen die Kehle rausreißen, doch er sah an Phil, dass dies eine rein fürsorgliche Geste war, kommentierte es nicht und ließ Phil weiter seine Arbeit tun. Dieser öffnete vorsichtig den Mund des Kleinen mit einem Holzspatel und leuchtete mit einer Taschenlampe hinein.

Als ob Magnus Phil telepathisch mitgeteilt hätte, dass er wissen wollte, was er sah, beschrieb es der Doc sachlich. »Seine Zähne sehen gut aus und es sind alle noch vorhanden. Das Zahnfleisch ist rot und entzündet, vermutlich von dauerhafter, fleischloser Mangelernährung.« Dabei wanderte Phils Blick nochmals über den dürren Oberkörper des Bewusstlosen und wieder zurück in seinen Mund.

»Dass er nur Haut und Knochen ist, ist ja eh kaum zu übersehen.« Phil hob eine Augenbraue, als er weiter in dem Mund des Bewusstlosen herumhantierte.

»Was ist denn jetzt?«

»Seltsam … er hat ein Zungen-Piercing. Ist noch nicht alt, die Zunge ist davon noch etwas blau. Wurde erst vor ein paar Wochen gestochen. Die Wunde verheilt nicht gut, durch das entzündete Zahnfleisch gelangen Keime in die Wunde, die die Heilung verlangsamen.«

Piercings waren bei Gestaltwandlern eher selten aufzufinden. Bei der Wandlung zum Tier verschwanden die Metallstecker nicht einfach und blieben in besagter Körperstelle stecken. Magnus hatte einmal einen Fuchswandler gesehen mit einem Augenbrauen-Piercing und mehreren Ohrsteckern. Das Tier sah irgendwie befremdlich aus …

Phil pinselte das Zahnfleisch mit einer geruchsintensiven Heilpaste ein und stand vom Bett auf. Er deutete Magnus mit einer Handbewegung an, zu ihm zu kommen.

»Hilf mir, ihn auf den Boden zu legen, im Bett kann ich ihm nicht die Schulter einrenken.«

Magnus schlang eine dünne Decke um die Mitte seines kleinen Gefährten, während Phil die Glukoselösung auf den Bauch des Omegas legte, um den ausgemergelten Körper weiterhin mit Flüssigkeit zu versorgen.

Der Beutel mit der Kochsalzlösung war bereits leer und Phil trennte ihn vom Zugang.

Ganz langsam und vorsichtig beförderten sie das Fliegengewicht auf den grauen, flauschigen Hochflor-Teppich, der den Großteil des Schlafzimmers einnahm.

Der Omega war noch immer ohne Bewusstsein und bekam davon nichts mit. Phil kniete neben den Jungen, nahm vorsichtig den verletzten Arm und drehte ihn nach außen.

Im neunzig Grad Winkel zog er sachte am Arm.

»Musst du nicht viel kräftiger ziehen?« Magnus sah besorgt zu seinem Freund. Dieser drehte sich ruckartig in seine Richtung und fixierte ihn, ohne dabei von dem Omega abzulassen.

»Hast du oder habe ich letztes Jahr die Ausbildung zum Chiropraktiker mit Auszeichnung absolviert?«

»Immerhin habe ich dir die scheiß Ausbildung bezahlt, da werde ich ja wohl noch fragen dürfen! Das ist der Arm meines Gefährten! Ich wäre dir äußerst dankbar, wenn du ihn nicht dauerhaft beschädigen würdest.«

»Ach so? Genau das versuche ich ja zu vermeiden. Wenn ich ruckartig ziehe, wie in jeder zweitklassigen Arztserie und zu viel Kraft anwende, besteht die Gefahr, dass ich Blutgefäße und Nerven schädige. Ich weiß, dass du dir Sorgen machst und deshalb so absolut widerwärtig und unausstehlich bist.

Du musst mir vertrauen. Schultereinrenkungen kann ich im Schlaf. Ich nehme ihn dir schon nicht weg!« Magnus grunzte als Antwort.

Gespannt sah er zu, wie sein Freund mit gezielten Manövern die Schulter wieder einrenkte. Es sah alles andere als schön aus, wie das Gelenk mit einem dumpfen Geräusch wieder in die Ausgangsposition rutschte.

Der Junge machte dabei keinen Mucks, die Ohnmacht war tief.

Zurück im Bett brachte Phil die Glukoselösung wieder über dem Omega an, verband die nächste Flasche mit Kochsalzlösung mit dem Zugang und setzte sich an den Rand der Matratze, um die schiefen Finger nochmals zu untersuchen.

Bedrückt war seine Stimme, als er mehr zu sich selbst als zu Magnus sprach: »Das wird wahrscheinlich mehr wehtun als die blöde Schulter.«

Dann brach er jedes einzelne Fingergelenk mit präziser Gewalt, was sich anhörte, wie das Brechen kleiner Äste. Magnus verzog bei dem Klang das Gesicht, währenddessen neue Wut sich durch seinen Körper Bahn brach.

Wer hatte ihn so zugerichtet?

Er würde denjenigen finden, ihm eigenhändig das Herz herausreißen und es vor den Augen seines verblutenden Feindes genüsslich verzehren.

Wäre der Kleine ein Mensch, müsste er wegen der Hand in einem Krankenhaus chirurgisch versorgt werden, doch die wundersamen Heilkräfte der Wandler ließen es zu, dass ein Knochenbruch innerhalb kürzester Zeit wieder verheilte.

Als Phil Finger Nummer vier gerade richtete, gab der Omega ein schmerzvolles Stöhnen von sich. Das erste Lebenszeichen des Burschen. Magnus' Herz stolperte bei dem Anblick des wunderschönen Gesichts, das gerade so gequält wirkte.

Magnus' Freund stützte die Hand mit einer festen Bandage. Das Gesicht des Omegas war noch immer schmerzverzerrt. Magnus war dicht hinter Phil, um alles zu beobachten.

»Weißt du, wie er heißt?«, flüsterte Phil Magnus zu.

»Nein.«

»Oh Mann! Weißt du eigentlich irgendwas?«

»Dass, wenn du weiterhin so patzig bist, du gleich einen kräftigen Arschtritt von mir bekommst, das weiß ich!«, spie ihm Magnus genervt entgegen.

»Wenn's Dir guttut …«, kam es resigniert von Phil, der seine Aufmerksamkeit lieber wieder auf den Omega konzentrierte. Phil berührte die Wange des Jungen mit den Fingerspitzen und musterte diesen genau. »Welpe, kannst du mich hören?« Die Augen des Jungen öffneten sich etwas, Magnus erkannte durch dessen dichten Wimpern dunkle Pupillen.

Phil bewegte einen Zeigefinger vor dem Gesicht des Omegas hin und her, doch der Omega reagierte nicht. Der Doc nahm die Taschenlampe zur Hand und leuchtete wie zu Beginn seiner Untersuchung abwechselnd in die Augen. Keine Reaktion.

»Es ist noch zu früh. Er ist nicht wirklich bei Bewusstsein. Sein Elektrolythaushalt muss wieder einigermaßen normalisiert werden. Der Kleine ist halb tot gewesen, ich hoffe, das ist dir bewusst.«

»Er wird doch wieder gesund?« Magnus hoffte, dass er sich das leichte Zittern in seiner Stimme nur eingebildet hatte.

»Er braucht viel Ruhe … er muss Schlimmes erlebt haben … Magnus?«

»Ja?«

»Du solltest besser Bruce verständigen.«

Magnus ließ die Worte von Phil erst einmal sacken. Für seinen Vollstrecker hatte er jetzt keine Nerven. Sie gingen in die Küche. Die Schlafzimmertür blieb offen für den Fall, dass der Kleine wach werden würde. Phil bediente sich in Magnus' Kühlschrank und holte zwei Bier heraus. Bestimmend drückte Phil Magnus die kalte Flasche in die Hand.

»Trink, das beruhigt die Nerven. Das ist eine ärztliche Anweisung.«

Sie tranken schweigend ihr Bier, jeder hing seinen eigenen Gedanken nach. Es war mitten in der Nacht, die Zeit schien stehen geblieben zu sein.

Schon komisch, dachte Magnus.

Vor ein paar Stunden testete ich noch meine Tauglichkeit als Babysitter – und jetzt?

Nicht im Traum hätte er gedacht, dass sich dieser Abend so entwickeln würde. Seinen, vom Schicksal vorbestimmten Gefährten zu finden, war so besonders, wie auch selten. Und dann war dieser Gefährte auch noch ein Omega!

Kaum zu glauben.

Dieses Rudel wäre mit einer Alpha-Omega-Vereinigung gesegnet. Es galt als höchstes Gut, wenn dieser Fall eintrat. Die ganzen Schauermärchen waren erst in den letzten Jahren aufgekeimt, da Omegas sehr selten waren, jedes Rudel aber einen dieser wundersamen Geschöpfe haben wollte.

Kämpfe um die raren Wandler waren deshalb vorprogrammiert. Jedoch verschwanden die Omegas letztendlich vollkommen von der Bildfläche.

Die seltsamen Omegaverluste galten immer als böser Wink des Schicksals. Umso wertvoller war es, dass nun einer dieser außergewöhnlichen Exemplare in Magnus' Bett lag.

Phil durchbrach als Erstes die Stille, während Magnus geistesabwesend das Etikett seines Biers herunter kratzte.

»Er ist noch ein … Teenager, ein … Welpe. Keine zwanzig Jahre alt. Versteh mich nicht falsch, aber bist du dir sicher, dass er DEIN Gefährte ist?«

Phil bekam keine Antwort. Magnus' persönliche Haus-Spinne links oben in der Küchenecke schien plötzlich eine magische Wirkung auf ihn zu haben und er ignorierte die Frage. Da Phil fast nie ein Blatt vor dem Mund nahm, redete er weiter. »Ich weiß noch, wie wir als Kinder in dem alten Turnsaal der Schule auf kratzigen Wolldecken saßen und immer gespannt den Geschichten deiner Tante gelauscht haben.

Die Erzählungen über die Alpha-Omega-Vereinigungen zählten immer zu meinen Favoriten. Der Gedanke, dass ein Alpha sich mit einem Omega verband, war so … mein Herz hat vor Aufregung immer gewummert.

Diese Vereinigungen waren unglaublich kostbar und nicht mit Gold abzuwiegen. Durch sie entsprangen die stärksten Rudel unserer Geschichte.

Die Symbiose, die zwischen Alpha und Omega und deren Rudelmitgliedern entstand, konnte man nicht einfach nachahmen. Zufriedene Wandler, die durch die bloße Anwesenheit eines verbundenen Omegas deutlich ausgeglichener und erfüllter waren.

In allen dieser Rudel herrschte angeblich eine besondere Harmonie. Sie waren stärker, wurden nicht nur durch Muskelkraft und Dominanz, sondern auch durch Nächstenliebe und Herzensgüte gelenkt. Deshalb spricht man heute von einem gesegneten Rudel.

Die Götter meinten es gut mit dir, Kumpel. Den Scheiß, den Tylor von sich gibt, darfst du nicht ernst nehmen. Wir haben genauso von diesen anderen Geschichten gehört. Ich weiß noch, wie sich das Gesicht der Geschichtenerzählerin immer verdunkelt hatte, wenn sie davon sprach. Wie sie die tragischen Vorfälle beschrieben hatte, wenn alleinstehende Omegas ein Rudel spalten konnten.

Die plötzlichen Besitzansprüche vieler Wandler … ein einziger Omega konnte mit seinen Duft Dutzende Rudelmitglieder unbeabsichtigt dazu bringen, sich gegenseitig anzugreifen und sogar zu töten – so triebgesteuert handelte man, nur um den kostbaren Omega für sich zu beanspruchen.

Sie waren wie Freiwild, das es zu erobern galt. Was der Omega wollte, war zweitrangig. Bald galten nicht verbundene Omegas als schlechtes Omen, die großes Unglück über das Rudel brachten.

Versuche, einen Omega an einen Alpha zwangszubinden, um Übergriffe zu verhindern, waren lange präsent. Das war eine verdammt schlimme Zeit.

Man hat diese seltenen Geschöpfe behandelt wie einen Gegenstand und an das Rudel verscherbelt, das am meisten zahlte.

Für viele Jahre war die Macht eines Rudels wichtiger als die Omegas selbst. Heute ist es verpönt, einen Omega zu einer Vereinigung zu zwingen.

Viele Wandler starben bei den Kämpfen um die Omegas, dadurch wurde der Hass auf sie geschürt. Die Schauermärchen haben auch wir uns als Teenager am Lagerfeuer reingezogen, über die grausamen Gemetzel, die nur wegen der Omegas angezettelt wurden.

Sie galten als Unglücksraben, wurden gefürchtet, verfolgt und manchmal auch getötet, nur um weiterhin ›Frieden‹ zu gewährleisten. Besser überhaupt ein funktionierendes Rudel als gar kein Rudel, lautete die Devise …

Deshalb frage ich dich, ob du dir wirklich sicher bist, dass der blutjunge Knirps dein wahrer Gefährte ist und dein Gefühl nicht nur auf der latenten Geilheit beruht, die diese Geschöpfe heraufbeschwören.«

Phils Blick war lange auf Magnus gerichtet, das spürte der Alpha. Als Magnus auch jetzt nicht gewillt war, zu antworten, hörte er ein kratzendes Geräusch, was von Phil herrührte, der missmutig über seine silbernen Bartstoppeln strich. Phil hasste Magnus' Schweigen.

»Hast du dieses Halsband gesehen, was er trägt? Ich bin mir ziemlich sicher, dass es aus Silber besteht. Somit hätte er sich nicht verwandeln können, ohne die Gefahr, dass sich das Halsband in sein Genick frisst. Ziemlich kranker Scheiß. … Ist dir die Narbe aufgefallen am rechten Handgelenk?«

Magnus sagte nichts, doch sein bester Freund wusste, dass er ihm genau zuhörte.

Also redete der Doc weiter und erkläre seine Thesen. »Ist nicht schön, die Wunde wurde nicht genäht. Ist aber ein Jahr alt oder sogar älter. Sieht wie der Biss eines Tieres aus, könnte ein Angriff gewesen sein oder …«

»Oder was?«, wollte Magnus wissen, immer noch die dicke schwarze Spinne in der Ecke anstarrend.

»Na ja … er könnte es sich auch selbst angetan haben.« Magnus stieß kurz die angestaute Luft aus seinen Lungen, sagte sonst nichts dazu. Er hasste es, Vermutungen anzustellen. »Willst du nicht auch mal was dazu sagen?«, hörte Magnus Phil leicht genervt fragen. »Selbstgespräche zu führen, ist etwas trostlos um zwei Uhr früh, findest du nicht?«

Magnus richtete sich in seiner vollen Größe auf und sah seinen Freund mit einem strengen Blick in die Augen. Andere Wächter hätten sich dabei ins Fell gemacht.

»Du willst wissen, ob ich mir sicher bin, dass er mein Gefährte ist? Ja verdammt, ich bin mir sicher! Und nicht nur wegen der Tatsache, dass ich seit Stunden mit einem Ständer in meiner Hose herumlaufe!

Dieses Gefühl … ist so viel mehr als simple Geilheit oder nur der Duft! Sein Alter kann ich genau so wenig beeinflussen wie die Tatsache, dass sich die Erde um die Sonne dreht! Und ja, ich habe das Halsband bemerkt! Auch, dass irgend so ein krankes Arschloch das Schloss einfach zugeschweißt hat, ist mir aufgefallen.

Dass mit der Narbe krieg ich nicht in meinen Schädel und ich will jetzt auch keine Vermutungen anstellen, die zum Schluss reine Zeitvergeudung sind. Ich …«

Magnus stockte, er wusste nicht, was er noch dazu sagen sollte. Er verspürte den Drang, bei seinem Gefährten zu sein, und ließ Phil einfach in der Küche zurück. Magnus eilte in sein Schlafzimmer und fühlte sich beim Anblick des Omegas gleich besser.

Er war noch immer bewusstlos, manchmal machte er jedoch die Augen auf und nuschelte irgendetwas, was Magnus nicht verstand.

Er setzte sich aufs Bett, legte seine Hand in die gesunde Hand des Jungen und drückte diese leicht. Er wollte ihm so übermitteln, dass er über ihn wachte. Der Junge drehte manchmal den Kopf hin und her oder fixierte einen Punkt, den nur er sah. Als die Hand seines Gefährten plötzlich stark zu zittern und zu zucken begann, wurde Magnus unruhig.

»Das ist normal. Er befindet sich in einem Delirium. Das Zucken ist ein Symptom, auch das getrübte Bewusstsein und die verwaschene Sprache sind Anzeichen davon.«

Magnus hatte gar nicht bemerkt, dass Phil zu ihnen ins Schlafzimmer gekommen war. »Das wird bald von alleine nachlassen, sobald er mehr Flüssigkeit aufgenommen hat.«

Magnus spürte, dass das noch nicht alles war. Phil wechselte die nächste Glukoseflasche ein.

»Sorry Magnus, wegen vorhin. Das Alter spielt keine Rolle. Ich wollte dich nicht verunsichern oder verärgern. Immerhin bist auch du mit deinen knapp sechzig Jahren noch ein sehr junger Alpha, fast ein Teenager!«

»Ich bin vierzig, du Trottel! Solltest du es vergessen haben, wir waren in der gleichen Klasse!« Magnus sah Phils Gesicht nur im Seitenprofil, trotzdem erkannte er das schmutzige Grinsen.

»Und ich dachte immer, du seist so oft sitzen geblieben.«

»Hör auf mit dem Quatsch und sag mir lieber, wie lange es wohl dauern wird, bis er aufwacht.«

»Na ja, das kann man nicht genau sagen. Für ihn wäre es gut, wenn er noch eine Weile so liegen könnte, dann heilt sein Körper schneller. Dank seiner angeborenen Selbstheilungskräfte als Gestaltwandler wird er schnell wieder auf die Beine kommen. Es könnte in ein paar Stunden so weit sein, aber auch erst in ein oder zwei Tagen.«

Magnus überlegte, wie es weitergehen sollte. Phils Vorschlag, Bruce zu benachrichtigen, ging ihm durch den Kopf. Bruce hatte gleich zwei hohe Ränge im Rudel. Er war der Vollstrecker des Rudels und der erste Wächter. Der ehemalige Detective lebte hier schon sein ganzes Leben lang.

Als Magnus zusammen mit seinem Bruder Prat das Rudel übernommen hatte, hatten sie von Anfang an einen guten Draht zu dem starken Alpha. Der oft miesepetrige Kerl hatte sehr ähnliche Charakterzüge wie Magnus.

Innerhalb der Gemeinschaft wurde oft gewitzelt, dass vielleicht Bruce Magnus' Zwillingsbruder sei und nicht Prat. Sie ernannten Bruce zu ihrem ersten Wächter und somit zum stellvertretenden Anführer des Chaplin-Rudels.

Es wäre nur vernünftig, ihn zurate zu ziehen. An seinen Bruder hatte Magnus ebenfalls schon gedacht, er brauchte dessen Rat und vor allem Beistand.

Auch wenn Magnus oft als Sturschädel galt, wusste er, wann es nötig war, Unterstützung anzufordern. Magnus benötigte jetzt eine starke zusätzliche Hand.

»Phil, ich glaube, es ist am besten, wenn du jetzt nach Hause gehst und dich aufs Ohr haust.« Phil wollte widersprechen, doch Magnus ließ ihm keine Gelegenheit dazu. »Das ist keine Bitte. Müde bist du mir und vor allen meinem Gefährten keine Hilfe. Wenn etwas passiert, rufe ich dich an, du wohnst ja nur ein paar Schritte entfernt.

Außerdem möchte ich, dass du morgen früh, bevor du wieder herkommst, Prat und Bruce Bescheid gibst, dass sie herkommen sollen.«

Phil gab sich ohne zu murren geschlagen. Bedächtig legte der Doc zwei Infusionslösungen auf das Nachtkästchen und erklärte Magnus in knappen Sätzen den Wechselvorgang.

»Das schafft sogar einer, der die Feinmotorik einer fünf Tonnen schweren Abrissbirne besitzt«, grinste der Doc, umarmte seinen Freund und verließ das Haus.

»Net, net ...«, das und ein paar andere unverständliche Wörter nuschelte die zarte Gestalt schon seit dem frühen Morgen vor sich hin. Das Zucken der Hand war verschwunden, die Augen hatte er wieder geschlossen und die Glukoselösung war leer. Magnus hatte nicht viel geschlafen.

Er wollte sich nicht zu dem Omega ins Bett legen, aus Angst, dass dieser aufwachte und sich bedrängt fühlen könnte. Die Couch im Wohnzimmer wollte er auch nicht nutzen, aus Sorge, er könnte nicht schnell genug bei dem Kleinen sein, sollte etwas passieren. Somit hatte sich Magnus seinen gemütlichen Couchsessel nah ans Bett geschoben und sich dort hinein gepflanzt. Jetzt am Morgen beschloss er, dass er das Wort bequem und Sessel nicht mehr im selben Satz verwenden durfte. Sein schmerzendes Kreuz stimmte ihm zu. 40 war halt doch schon alt.

Das uralte Möbelstück hatte er damals in diesem Haus gefunden und sich sofort darin verliebt. Neu gepolstert und mit schwarzem Leder bezogen, passte es perfekt zu seinem bevorzugten Einrichtungsstil.

Den kleinen Omega hatte er bis obenhin warm zugedeckt. Wenn er an die letzte Nacht zurückdachte, als der Junge nur mit einer Jeans bekleidet im Schnee lag, fröstelte es Magnus selbst am ganzen Körper.

Der Junge war noch immer kreidebleich und ein Zittern überkam ihn hin und wieder. Magnus hatte sogar die Heizung wärmer gestellt, um es seinem Gefährten so warm wie möglich zu machen.

Um Punkt acht Uhr morgens hämmerte es wie wild an Magnus' Haustür. Magnus erkannte schon an der Art des Klopfens, dass es nur sein Bruder sein konnte. Er öffnete die Tür und erblickte Prat, direkt dahinter Bruce und Phil. Er nickte dem Trio knapp zu und deutete ihnen an, hereinzukommen. Prat richtete das Wort an Magnus, nachdem sich jeder eine Wand, Kochinsel oder Kühlschrank als Stütze gesucht hatte.

»Magnus, Phil hat uns auf den Weg hierher die Kurzfassung erzählt, was gestern alles passiert ist. Ich ... ich weiß nicht, was ich sagen soll. Ich freu mich riesig für dich, dass du deinen Gefährten gefunden hast, jedoch nicht, in was für einer Lage er sich befindet.« Magnus nickte Prat dankend zu, im Bewusstsein, dass er immer auf seinen Bruder zählen konnte.

»Wie geht es ihm? Ist er aufgewacht?«, wollte Phil wissen.

»Nein, ist er nicht. Er redet noch immer unverständliches Zeug.«

Bruce' emotionslose Stimme hallte durch die Küche »Können wir ihn mal sehen?«

Magnus nickte kurz. Sie machten allen Platz, um Magnus als ersten ins Schlafzimmer eintreten zu lassen. Sie standen vor dem kleinen Gestaltwandler und bestaunten ihn. Phil schloss eine neue Glukoselösung an seinen Venenzugang an.

Gegen seinen inneren Widerwillen gab Magnus dem Arzt die Erlaubnis, die Vitalzeichen des bewusstlosen Omegas zu checken. Magnus wollte nicht, dass die andern seinen Gefährten so schutzlos sahen, doch es ließ sich nur schwer vermeiden. Phil ging wortlos seiner Arbeit nach, während alle anderen den blassen Jungen einfach nur musterten.

»Er ist außergewöhnlich schön, Magnus«, verkündete sein Bruder leise die frohe Botschaft und tätschelte Magnus leicht am Unterarm. Ein Hauch von Stolz ließ sein Herz wummern.

»Ja, das ist er wirklich.«

Phil war fertig mit der Untersuchung und klappte die Arzttasche geräuschvoll zu. Wohl davon aufgeschreckt, begann sein Gefährte wieder mit dem unverständlichen Gebrabbel, was ihn augenblicklich an seine Nichte Sophia erinnerte. Sanft legte er seine riesige Hand auf die Stirn des Kleineren, die wie eine Pranke auf dessen zerbrechlichen Kopf wirkte.

»Net, net … net … pomoshch, mat …«

»Das macht er schon eine ganze Weile. Ich kann sein Kauderwelsch nicht verstehen«, sagte er, als er den fragenden Blick seines Bruders aufschnappte.

»Das ist kein Kauderwelsch, das ist eine fremde Sprache, die er da spricht«, meldete sich Bruce das erste Mal zu Wort, seit sie vor dem Omega standen.

»Wie kannst du dir da so sicher sein?« Magnus war sichtlich skeptisch.

»Es kommt mir bekannt vor. Ich weiß aber nicht woher«, erklärte Bruce mit verschränkten Händen, vor der breiten Brust. Den Kopf hatte er nachdenklich zur Seite geneigt, den Omega fixierend wie eine Viper ihr Opfer.

Phil meldete sich mit seiner Arztstimme wieder zu Wort »Er sieht so weit gut aus, der Blutdruck ist zwar noch niedrig, aber schon deutlich besser als gestern. Die Wunden heilen gut. Ich muss jetzt leider für ein paar Stunden in die Praxis. Wenn was ist, ruf mich an, dann komme ich sofort. Okay?«

»Danke Phil.« Magnus war sichtlich erleichtert, dass es seinen kleinen Gefährten den Umständen entsprechend gut ging. Besser gestimmt verabschiedete er sich kurz von seinem Freund. Während Phil sich auf den Weg machte, fixierte Bruce noch immer den Omega, so als versuche er, telepathisch mit ihm in Kontakt zu treten.

Dabei wirkte der erste Wächter bedrohlicher als sonst.

Bruce war ein Verschnitt aus Rambo und Terminator. Ein durchtriebener Spürhund, der sich nie zu schade war, sich die Finger schmutzig zu machen. Bruce war sehr klug und vielschichtig denkend. Magnus vertraute dem Vollstrecker blind sein Leben an, in den letzten drei Jahren waren sie zu sehr guten Freunden geworden.

Der Rang des »Vollstreckers« spielte eine sehr wichtige Rolle in einem Rudel. Der alte Name dieses Ranges erinnerte zwar noch immer an die längst vergangenen Drecksarbeitsaufgaben wie Foltern und Hinrichten von Gefangenen. Doch es war so viel mehr als nur das.

In erster Linie war er ein treuer Berater der zwei Alphas, aber er war auch für den Grenzschutz ihres Territoriums verantwortlich, sowie die Einteilung der Wachposten und das Ausbilden und Einsetzen von weiteren Wächtern, Spähern und Suchern.

Benjamin und Tylor, zweiter und dritter Wächter, waren Bruce unterstellt und hatten seinen Anweisungen Folge zu leisten. Als rechte Hand von Prat und Magnus und deren Vertretung, konnten sie sich keinen besseren Mann vorstellen, als Bruce. Der langjährige Polizist war geboren für den Job.

»Was denkst du, Bruce?« Prat war Bruce' Fixierung auf den Kleinen ebenfalls aufgefallen. Der Vollstrecker antwortete, ohne den Blick von dem jungen Omega abzuwenden.

»Hatte er was bei sich?«

»Was meinst du?«

»Kleidung. Hatte er welche an? Wenn ja, hast du seine Taschen durchgesehen?«

»Er hatte nur eine alte Jeans an, die Taschen waren leer. Ich hatte ebenfalls gehofft, dort etwas Brauchbares zu finden, war leider Fehlanzeige.«

»Hat er dir gesagt, wie er heißt bevor, er bewusstlos wurde?« Magnus schüttelte den Kopf.

Es frustrierte ihn, so wenig zu wissen, er konnte nur hoffen, dass sein Seelenpartner bald aufwachen würde.

Prat legte aufmunternd eine Hand auf Magnus' hängende Schulter.

»Er sieht ziemlich schwer verletzt aus … gestern waren draußen minus zwanzig Grad … ganz schön kalt, wenn man nicht in Wolfsgestalt unterwegs ist und noch dazu fast nackt«, meinte Bruce nachdenklich.

»Bevor ich hergekommen bin, habe ich kurz mit Tylor gesprochen.«

Bei dieser Aussage konnte Magnus das Knurren nicht unterdrücken. Wenn er bloß Tylors Namen hörte, durchzog pure Wut seinen angespannten Körper. Bruce hingegen zeigte sich davon gänzlich unbeeindruckt.

»Tylor hat nicht erwähnt, dass der Omega in einer fremden Sprache geredet hatte. Er muss also zweisprachig sein.«

»Was weiß dieses Arschloch denn schon? Der hat in seiner Geilheit nicht mal bemerkt, dass ich direkt hinter ihm stehe!«, Magnus schnaubte vor Wut.

Bruce blieb gelassen. »Ja, das hört man öfter, dass viele durch den betörenden Duft eines Omega nicht mehr klar denken können. So in etwa wie bei den Sirenen.«

Bei dem Wort wechselte Prat mit Magnus einen fragenden Blick. »Das ist ein weibliches Fabelwesen in der griechischen Mythologie, so wie eine Meerjungfrau, die durch ihren betörenden Gesang vorbeifahrende Schiffer anlockt, um sie zu töten«, erklärte Bruce schnell weiter.

Magnus gefiel der Vergleich nicht, jedoch musste er Bruce zum Teil recht geben. Der Geruch des Kleinen wirkte wirklich hypnotisierend auf ihn.

Wie sehr würde Magnus es jetzt genießen, sich mit dem Omega ins warme Bett einzukuscheln und ihn mit seiner Wärme zu umhüllen. Er wollte seinen Gefährten vor Lust schreien hören, wenn er ihn heftig wie ein wild gewordenes Tier bestieg, bis beide vor lauter Verausgabung zusammenbrechen würden.

Aaargh!

Zurück im Hier und Jetzt angelangt, schüttelte Magnus schweren Herzens den Gedanken ab und konzentrierte sich wieder auf Bruce, der ihm eine Frage gestellt haben musste, denn alle Augenpaare waren auf ihn gerichtet.

»Ähm, was hast du gesagt?«

»Ich kann keine Nachforschungen anstellen, wenn ich nicht einmal den Namen des Welpen kenne. Ich kann dir anbieten, dass ich die

Vermisstenmeldungen durchforste, vielleicht sucht ihn ja bereits seine Familie.«

»Glaubst du, er ist ein Ausreißer?«, wollte Prat wissen.

»Kann sein, das wäre zumindest das Einfachste. Das Alter würde für solche Hirngespinste passen. Hat er irgendwelche besonderen Merkmale, sodass ich die Suche kleiner halten kann? Besondere Muttermale, Narben, Tattoos, so was in der Art.«

»Nein, Muttermale hat er gar keine, genauso wenig wie Tattoos. Er hat eine Narbe am Handgelenk. Phil meinte, dass diese etwa ein Jahr alt sei.«

Bruce beugte sich leicht über den Jungen und warf einen kurzen Blick auf die Narbe, ohne ihn dabei zu berühren, vermutlich aus Respekt Magnus gegenüber. Grimmig nickte Bruce Magnus zu.

»›Auffallend hübsch und jung‹ kann ich leider nicht in die Suchmaschine eingeben, da wäre mir *Narbe auf Wange* oder *einbeinig und taub* lieber.«

»Du wirst auch so sicher behilflich sein können«, warf Magnus' Bruder schnell aber bestimmt ein.

Prat wusste, dass Magnus auf den Sarkasmus von Bruce eher patzig reagieren würde, und nahm den beiden die Luft aus den Segeln.

»Gut … sollte ich hier in der Gegend nichts finden, werde ich mich mit einem Wandler-Detective aus der Stadt besprechen, um das Suchgebiet zu vergrößern. Er ist ein ehemaliger Kollege, vertrauenswürdig und absolut loyal. Ich kenne ihn schon lange. Ist dir das recht, Alpha?«

»Wenn du ihm vertraust, dann mach es so, wie du gesagt hast.«

»Gut.« Bruce machte noch mit Erlaubnis von Magnus ein Foto des Bewusstlosen, um dies seinem Kollegen aus der Stadt zukommen zu lassen. Bruce drehte sich zum Gehen um, da für ihn alle Fragen soweit geklärt waren, als ihn Magnus' Stimme kurz zum Bleiben zwang.

»Tylor ist dir unterstellt. Für die nächsten Wochen teilst du ihn nur für die Nachtwachen ein, ich weiß, wie sehr er das hasst. Und nicht nur das. Solange ich es für nötig halte, ist dieses sexgesteuerte Subjekt seines Ranges enthoben.«

»Geht klar.«

»Außerdem verklickerst du dem Arsch, dass wir, egal um wen es sich handelt, NIEMANDEN missbrauchen! Wenn er das nicht akzeptieren will, dann bringst du ihn zu mir. Dann wird er am eigenen Leib zu spüren bekommen, was das für ein Gefühl ist, von einem Stärkeren bestiegen zu werden!«

Bruce nickte emotionslos. »Ich rede mit dem Blödmann.«

Magnus war fürs Erste zufrieden. »Halte mich auf den Laufenden. Egal was du findest oder auch nicht.«

»Ich werde etwas finden, ganz sicher.«

»Dann beeil dich.«

Bruce ging ohne weiteren Kommentar und machte sich an die Arbeit.

Prat und Magnus blieben noch lange bei dem Jungen stehen und sahen ihn einfach nur an. Der Anblick des schönen Jungen hatte etwas Beruhigendes, auch wenn sein Zustand gestern so kritisch und er noch immer nicht ganz geheilt war, wirkte er bereits etwas ausgeruhter. Seine dunklen Augenringe waren fast verschwunden und seine Haut war noch blass, wirkte aber nicht mehr so totenähnlich durchsichtig.

Um den Kleinen nicht auch noch Rückenschmerzen zu bescheren, drehte ihn Magnus auf die Seite und deckte den mageren Körper wieder mit mehreren warmen Decken liebevoll zu.

In der Küche machten sie sich Sandwiches, nur um sich irgendwie zu beschäftigen. Es tat Magnus gut, seinen Bruder hier zu wissen. Prat hatte einen tröstenden und zugleich wohltuenden Einfluss auf ihn.

»Danke Prat, dass du hier bist«, meinte Magnus so leise, dass er befürchtete, sein Bruder hätte es gar nicht mitbekommen. Doch als Prat kurz seine Schulter drückte, wusste er, dass er es gehört hatte.

»Na klar. Das ist doch selbstverständlich. Ich konnte es kaum glauben, als Phil heute Morgen vor der Tür stand und erzählte, du hättest deine zweite Hälfte gefunden. Beth wollte auch mitkommen.

Beinahe hätte sie vergessen, dass wir zwei Kinder haben, die zu furchterregenden Bestien mutieren, wenn sie kein Frühstück bekommen. Okay, das tun sie auch oft trotz Frühstücks.«

Prat biss genüsslich in sein Schinken-Sandwich. Mayonnaise verzierte sein Kinn, Magnus schüttelte bei dem Anblick amüsiert den Kopf: Das war sein Bruder. »Du hast gesagt, er hatte nur eine Hose an, richtig?«

»Mhh?« Prat wechselte so rasch das Thema, dass Magnus nicht schnell genug mit kam. »Äh … ja. War schon recht alt und zerrissen.«

»Ich rufe am besten Wendy an, um ein paar Klamotten für den Kleinen zu besorgen.« Wendy war ihr ›Mädchen für alles‹ im Rudel.

Eine alleinstehende Frau in den Fünfzigern. Sie verlor ihren Mann und ihren Sohn vor etwa zehn Jahren bei einem tragischen Unfall. Seitdem involvierte sich die kurvige Wolfswandlerin mit der grellroten Bobfrisur sehr stark im Rudel.

Sie half bei den Vor- und Nachbereitungen von Veranstaltungen und Versammlungen, kochte für frisch gewordene Mütter, um ihnen Arbeit abzunehmen, brachte ihre älteren Rudelmitglieder zum Arzt und ging für sie einkaufen.

Als Babysitterin war sie Anlaufstelle Nummer eins. Somit kam sie in der Gemeinde ganz schön herum und wusste über alles und jeden Bescheid. Ihre Aufopferung gegenüber dem Rudel war bemerkenswert.

Die selbstbewusste Frau war eine große Stütze für das Rudel und wie eine große Schwester für Prat und Magnus. Wenn Wendy mal sauer war und sich Luft machte, suchten sogar die beiden Alphawölfe ein sicheres Versteck.

Magnus würde jedoch nie offen zugeben, dass er ziemlichen Respekt vor der Gestaltwandlerin hatte.

Eher würde ich meinen rasierten Kopf mit Honig einpinseln und diesen anschließend in ein Nest von Feuerameisen stecken!

Magnus hörte gespannt zu, was Prat am Smartphone versuchte, Wendy zu erklären. »Ja danke, mir gehts gut … nein, ach beim Franzosen war es so lala … ich bin gerade bei Magnus zu Hause … deshalb ruf ich an … könntest du mir ein paar Klamotten besorgen … nein nicht für mich und auch nicht für Magnus … für, für seinen Gefährten, Wendy. Magnus hat seinen Gefährten gefunden.«

Magnus' Bruder erklärte die Umstände besonnen, schaltete für Magnus auf Lautsprecher. In der Leitung war es für ein paar Sekunden lang still.

Magnus befürchtete schon, dass Wendy einfach aufgelegt hatte. Dann hörte er ihr allbekanntes Schnauben.

»Warum um alles in der Welt will er ihm was anziehen? Er sollte ihn die Kleider vom Leib reißen! Magnus ist oft so begriffsstutzig!«

Magnus' Knurren war bis an Wendys Ohr gedrungen. Prat musste ein Auflachen unterdrücken und versuchte, ernst zu bleiben.

»Wendy, das erklärst du in nächster Gelegenheit meinen Bruder selbst. Noch mal zurück zu meiner Bitte. Ich brauche Klamotten für den Jungen … Welche Größe? Ähm …« er blickte Magnus Hilfe suchend an.

»Was weiß ich denn? Sehe ich aus wie Karl Lagerfeld oder Calvin Klein?« Magnus' allbekannte Gereiztheit bahnte sich an.

»Auf jeden Fall nichts Größeres als ›small‹. Eher etwas Enges, Kleines, für einen sehr dürren und knochigen Teenager …«

Bei den Worten schnaubte Magnus leicht. Die körperlich schlechte Verfassung machte dem Alpha nach wie vor Sorgen. Der fadendünne Leib erinnerte ihn an die Bilder von Magersüchtigen.

Er befürchtete, dass er kaum 50 Kilo auf die Waage brachte. Magnus selbst hatte satte 125 Kilo reine Muskelmasse, aufgeteilt auf zwei Meter Körpergröße.

Auch die anderen Gestaltwandler waren gut genährt, alle überdurchschnittlich groß und kräftig gebaut.

Er war irgendwie stolz auf sein Aussehen, seine Kraft, auf seine Potenz.

Auch die Frauen in ihrer Gemeinschaft wiesen eher athletische und kernig gebaute Körper auf – ein Zeichen, dass es dem Rudel an nichts fehlte. Wenn Magnus an seinen neuen Gefährten dachte, wurde ihm bewusst, wie friedlich es in ihrem Rudel war und wie grausam das Leben sein konnte, wenn man nicht so viel Glück hatte wie er.

Bei dem Gedanken zog sich seine Brust schmerzhaft zusammen. Sobald sein Gefährte bei Bewusstsein war, würde er ihn wieder aufpäppeln und versuchen, ihn mit allen Mitteln zu verwöhnen. Magnus würde dem Omega seine weiche Seite zeigen.

Ja, auch ich kann liebevoll sein!

Es wäre das erste Mal für ihn, in so eine Rolle zu schlüpfen, aber er spürte, wie sein inneres Tier drauf und dran war, dem Omega stundenlang das Fell zu lecken und ihn zu betüddeln – nachdem er als Mensch den schwarzhaaren Omega endlich gefickt hatte, versteht sich.

Ich bin ja auch nur ein Mann!

In Gedanken versunken, bemerkte er nicht, dass Prat bereits aufgelegt hatte und ihn intensiv musterte.

»Was?«

»Nichts … es ist nur schön, zu sehen, wenn du dich um jemanden sorgst.«

»Was ist daran so neu? Ich sorge mich um dich, um deine Familie und das ganze Rudel!« Magnus konnte es nicht verhindern, eingeschnappt zu klingen.

»Ja … aber nicht so wie um ihn. Ich wünsche euch beiden nur das Beste.«

»Danke, aber dafür müsste er einmal aufwachen.«

»Du weißt nicht, wie lange er unterwegs war. Hab etwas Geduld, schließlich war er gestern mehr tot als lebendig. Das scheint sich ja schon geändert zu haben. Der Schlaf wird ihm guttun.«

»Ja, das hat Phil auch gesagt«, gab Magnus mit resignierter Stimme zu.

»Ich hol schnell die Klamotten von Wendy. Ich werde ihr sagen, dass sie sich bedeckt halten soll bezüglich deines kleinen Unbekannten.

Du weißt ja, sie ist die größte Tratsche des ganzen Rudels. Der Omega soll sich sicher fühlen und Ruhe finden.«

»Danke, nochmals.«

Prat erhob sich von seinem Stuhl und marschierte zur Tür hinaus. Phil kam gegen Mittag kurz vorbei, wechselte erneut die Glukoselösung aus, gab noch ein paar Aufbaumineralien und Vitamine hinzu, und beruhigte Magnus, dass es dem Omega den Umständen entsprechend gut ging.

Am frühen Nachmittag rief Bruce an, dass er noch keine brauchbaren Informationen gefunden habe, was sich auf Magnus' miese Laune nicht gerade positiv auswirkte.

Prat brachte von Wendy die versprochenen Klamotten vorbei, die von Rudelmitgliedern aussortiert worden waren. Magnus zog dem seltenen Wandler, natürlich *ohne* Beisein seines Bruders, eine schwarze Boxershorts und das Shirt einer Musikband an, von der er noch nie im Leben gehört hatte – und auch nicht vermutete, dass er sie würde hören wollen.

Als er den Bewusstlosen musterte, würde er ihn am liebsten gleich wieder ausziehen. Er hatte sich unsterblich in die schneeweiße Haut verliebt, wollte am liebsten jeden Zentimeter des blutjungen Körpers erforschen, mit seinen Händen, Lippen und Zähnen.

Die restlichen Sachen verstaute er in einem Wäschekorb, musterte zum gefühlt tausendsten Mal den zarten Körper und das androgyne Gesicht des Schlafenden.

Wäre das ein Märchen, müsste er sich bloß über die schlafende Schönheit beugen und die vollen Lippen des Omegas küssen. Leider war Magnus kein Prinz und der Omega auch nicht Dornröschen. Zumindest sah keiner der beiden so aus.

KAPITEL 5

Nikolay

Mühsam öffnete Nikolay die gefühlt tonnenschweren Augenlider, als ein klirrender Laut bis zu seinem trägen Verstand vordrang. Die anthrazitfarbene Zimmerdecke mit dem weißen Stuck, geradlinig und frei von Kitsch, auf die Nikolay hochstarrte, erkannte er nicht.

Sein Überlebensinstinkt befahl ihm, wachsam zu sein, doch seine völlige Orientierungslosigkeit verlangsamte seine Sinne. Geschwächt setzte er sich auf und spürte sogleich einen spitzen Stich, der durch seine Schulter jagte.

Ach ja, da war doch was – doch er erkannte, dass auch seine Erinnerung sich noch nicht wieder vollständig zum Dienst gemeldet hatte.

Er ging der Schmerzenswelle nach, die mit der Bewegung durch seinen Körper zog, von seinen zerschnittenen Fußsohlen, den angeschlagenen Rippen bis hin zu seinen Haarspitzen, die zwar nicht wehtaten, dafür aber angenehm nach einem unbekannten Shampoo rochen.

Der Duft war neu – die Schmerzen leider nicht.

Zu guter Letzt beschloss sein Magen, um uneingeschränkte Aufmerksamkeit zu knurren.

Nikolay ignorierte gekonnt das wohlbekannte Geräusch und blickte sich in dem wildfremden Zimmer um. Er lag in einem riesigen Bett, in wunderbarem Geruch und kuscheliger Wärme. Als er sich so umsah, stellte Nikolay fest, dass alles in diesem Zimmer imposant auf ihn wirkte: Der edle, schwarze Hochglanz-Kleiderschrank, die dazu passende Kommode, sowie der gemütlich aussehende Couchsessel, der direkt beim Bett stand.

Das Zimmer war dezent in Schwarz und Grau gehalten, alles wirkte stimmig. In zwei Ecken standen exotische, grüne Zimmerpflanzen mit eindrucksvollen lilafarbenen Blüten, im starken Kontrast zu der frostigen Jahreszeit. Er empfand für einen kurzen Moment den Drang, die Pflanze zu berühren, um ihre Echtheit zu prüfen.

Schnell verwarf er den Gedanken und sah sich weiter um. Schließlich hatte er andere Probleme. Ein großes Fenster auf der Stirnseite des Bettes tauchte das Schlafzimmer in angenehmes Licht.

Als Nikolay an sich herunterblickte, bemerkte er die fremde Kleidung an sich. Auch sie roch frisch gewaschen. Noch nie hatte er sich so über die Existenz von Maiglöckchen-Weichspüler gefreut, wie in diesem Moment.

Das Hochgefühl über die Weichheit der fremden Klamotten dauerte jedoch nur einen Sekundenbruchteil an.

Schlagartig drangen verstörende Erinnerungsfetzen in sein Bewusstsein. Das Bild des Wächters, der sich an ihm vergehen wollte, flackerte vor seinem inneren Auge auf. *Tylor*. Nikolay erinnerte sich sehr deutlich an den Namen dieses Arschloches.

Unbedacht wischte er sich über die Wange, die der Wächter in dieser eiskalten Winternacht abgeleckt hatte. Der Flashback war so real, dass er Tylors Gewicht auf seinem Rücken spüren konnte.

Die Bewegungen, als das Ekelpaket sich und seinen Ständer an ihm gerieben hatte, spürte er so deutlich, dass er die blauen Flecken und Schrammen auf seinem Rücken nicht sehen musste, um zu wissen, dass sie da waren.

Stück für Stück kamen die Erinnerungen zurück, die Übelkeit verstärkte sich.

Nikolay dachte an den großen Alpha, der sein Blut abgeleckt hatte. Als das Bild des Abhangs durch seinen Kopf geisterte, den er runtergestürzt war, war es der Rudelführer, den er als letzten wahrgenommen hatte.

Dieser furchteinflößende Hüne war das Schlimmste, was Nikolay jetzt passieren konnte. Seine Gedanken waren vernebelt, doch Nikolay wurde eines schlagartig klar – das war das Schlafzimmer dieses Alphas! *Verdammt!*

Panisch wanderten seine Augen umher, seine Fluchtmöglichkeiten prüfend. Es gab nur zwei Möglichkeiten, die er wählen konnte. Entweder die Tür oder das Fenster.

Da er von der Tür dumpfe Schritte wahrnahm, die vermutlich von einem Teppich verschluckt wurden, tat er sich mit der Entscheidung leicht und wählte das Fenster.

Nikolay streifte die warme Decke von seinen Beinen und schwang sich aus dem Bett. Zu spät bemerkte er die Nadel, die in seinem Knöchel steckte – gesteckt hatte. Irgendeine Flüssigkeit tropfte aus ihr heraus, nun rann ein feines Blutrinnsal über seinen Fuß und hinterließ einen kleinen Blutfleck im grauen Laken.

Was für krankes Zeug pumpten die in mich hinein?

Panik stieg in ihm hoch, flaute aber gleich wieder ab. Nikolay horchte in sich hinein. Er fühlte sich schlapp, ihm überkam sofort Schwindel und eine leichte Übelkeit breitete sich in seinem leeren Magen aus, jedoch fühlte er sich nicht benommen oder gar high. *Das wäre ja auch zu schön gewesen!*

Er krallte sich krampfhaft in das Laken, um nicht umzukippen.

Er musste sofort von hier verschwinden! So schnell er konnte, krabbelte Nikolay zum Kopfende des Bettes und lehnte sich weit über das Kopfteil, um das Fenster zu erreichen.

Es schneite leicht und die Landschaft war in Weiß und Grau getaucht.

Das Fenster war nicht mit einem Schloss versehen. *Gott sei Dank!*

Langsam betätigte Nikolay den Hebel, und öffnete lautlos das Fenster. Er hätte mit einem markerschütterten Quietschen von den Scharnieren gerechnet, was den Alpha auf ihn aufmerksam machen würde, doch das Glück war dieses Mal auf seiner Seite.

Jetzt aber schnell! Seine Füße zitterten und machten ein schnelles Weiterkommen schwierig. Verwirrtheit breitete sich in seinem Kopf aus, als er seine gerichteten Finger sah, die in einer festen Manschette fixiert waren. Ihm blieb jedoch keine Zeit, sich darüber zu wundern, da er lautes Getrampel im Flur hörte.

Jemand rannte auf dieses Zimmer zu!

Nikolay musste schnell handeln. Mit zusammengepressten Lippen, keinen Laut von sich gebend, schwang er sich mit den Beinen voran auf die Fensterbank.

Die Eiseskälte stach auf seiner Haut wie Tausende kleiner Nadeln, doch er hatte keine Zeit, zimperlich zu sein. Er wollte gerade loslassen und in den weichen Schnee plumpsen, als zwei starke Hände sich um seine dünnen Oberarme legten und er ruckartig zurück ins warme Zimmer gezogen wurde.

»Nicht so schnell, Kleiner! Du bleibst schön hier!«, knurrte eine tiefe Stimme, die eindeutig zum Alpha gehörte.

Nikolay wurde erbarmungslos in die Matratze gedrückt, sodass ihm ein angstvolles Keuchen aus der Brust entkam.

Mit weit aufgerissenen Augen blickte Nikolay hoch zu dem furchteinflößenden Wandler. Der gigantische Mann wirkte noch größer als in seiner Erinnerung.

Seine breite Brust bebte, eine steile Falte zwischen den Augenbrauen bildete sich, und die kalten Augen sahen, wie auf der Lichtung, unbarmherzig zu ihm runter. Die kräftigen Schultern des Alphas ließen es nicht zu, sich an ihm vorbei zu retten.

Ein lautes Knurren, das tief aus der Kehle des Alphas drang, ließ Nikolays Blut gefrieren. Seine völlig verkrampften Muskeln konnten sich gegen den festen Griff nicht wehren. Der Alpha beugte sich weit über ihn und wartete auf Nikolays Unterwerfung, er roch förmlich die stumme Aufforderung des wütend aussehenden Mannes.

Pah! Da konnte er lange warten!

Eher würde er sich die Zunge abbeißen, als sich voller Demut auf den Rücken zu werfen, seinen nackten Bauch zu zeigen und seine Kehle zu entblößen.

Mit erwachendem Trotz sah Nikolay herausfordernd in die Unheil verkündenden Augen des Alphas und wand sich aus dem festen Griff. Mit voller Wucht trat er mit den Beinen nach dem Größeren. Dieser lockerte völlig unerwartet den harten Handgriff um Nikolays Arme.

Nikolay sah seine Chance und konnte den Mann mit einem gezielten Tritt in den Magen so weit von sich stoßen, um nochmals zum Fenster zu gelangen. Die Hoffnung, endlich frei zu kommen, erstickte der Rudelführer im Keim. »Du bleibst hier!« Der Alpha zog ihn mit Leichtigkeit zurück ins Zimmer.

»Ahh! Nein! Nein!«, schrie Nikolay mit schriller Stimme. Todesangst überschwappte sein Inneres und übermannte sein noch zuvor trotziges Verhalten.

Das Fenster wurde mit gezielten Handgriffen energisch wieder geschlossen, von der Tür abgeschnitten durch den breiten Körper seines Angreifers, fühlte sich Nikolay in einer Sackgasse gefangen.

»Warum unterwirfst du dich mir nicht?« Der Alpha schien verwundert und verärgert zugleich.

Nikolay brachte keinen Ton heraus, er war eine Armlänge von dem wutschnaubenden Mann entfernt und zitterte wie Espenlaub.

Als der Alpha einen Schritt nach vorn trat, stolperte Nikolay rückwärts und ließ sich auf den Boden fallen. Für einen Kampf war er viel zu schwach und kroch deshalb von dem Alpha weg. »Bleib hier!«

Der Mann wollte ihm nicht noch mal einen Fluchtversuch ermöglichen und blieb Nikolay auf den Fersen. Nikolay drückte sich in letzter Verzweiflung in den schmalen Spalt zwischen Kopfende des Bettes und der Wand. Als er im letzten Winkel saß, verfestigte sich in ihm die Aussichtslosigkeit dieser Situation.

Er presste seine Beine an seinen vor Angst zitternden Körper und drückte die Arme fest um sie. Er saß in der Falle! Wie eine verängstigte Katze hatte er sich verkrochen.

Ich bin so erbärmlich.

Der Alpha war viel zu breit gebaut, um ihn ohne Schwierigkeiten zu erreichen. Wenn er jedoch das Bett wegschob, konnte er problemlos zu ihm gelangen. *Scheiße*!

Nikolay machte sich selbst Vorwürfe, nicht schneller gewesen zu sein. Er hätte längst im Wald verschwunden sein können.

Hätte ich nur nicht so lange die scheiß Zimmereinrichtung angeguckt! Nikolay schalt sich selbst einen jämmerlichen Idioten. Er stand am Abgrund, nur mehr einen winzigen Schritt von der endlosen schwarzen Tiefe getrennt.

Immer größere Panik ballte sich in ihm zu einem betäubenden Schmerz, während der Alpha auf ihn einredete und Nikolay nichts verstand.

Seine Augen wurden glasig und im nächsten Moment liefen bereits dicke Tränen seine Wange hinab. Als ob ein Staudamm brach, sackte sein Körper zusammen, er schluchzte ununterbrochen und schimpfte sich gedanklich einen erbärmlichen Feigling, dass er hier so herumheulte.

Er konnte nicht mehr stark sein, seine Kräfte waren längst aufgebraucht. Er versuchte, mit der Wand hinter sich zu verschmelzen, drückte seinen dünnen Leib immer weiter in die Ecke. In seiner Furcht, die gerade alles andere überschattete, bemerkte er jetzt erst, dass ein weiterer Gestaltwandler das Zimmer betrat und wild gestikulierend mit dem Alpha stritt. Geschwächt wie Nikolay war, hatte er Mühe, die Worte zu erfassen.

Es war still geworden, was Nikolay durch den Vorhang durch seine nassen Wimpern und dicken Tränen aufsehen ließ. Der andere Wandler hatte einen Dreitagebart, war etwas kleiner als der Alpha, machte deshalb jedoch noch nicht automatisch einen vertrauenswürdigeren Eindruck.

Der Fremde kniete sich plötzlich nieder und redete in seinem Versteck auf ihn ein. Nikolay verstand kein Wort. In seinen Ohren rauschte das Blut, die Todesangst tobte laut und auf Russisch in seinem Kopf herum, drohte seinen Schädel zu sprengen.

»Pomoshch … pomoshch!« Nikolay vermutete, dass dies seine letzten Hilferufe wären, doch niemand würde ihn hören und ihm zu Hilfe kommen. Es war aussichtslos.

Er schloss die Augen und ließ den Kopf gegen die Wand sinken. Seine letzte Kraft verschwand aus seinem ohnehin geschwächten Körper, während der Alpha wieder wie ein Tier brüllte. Nikolay spürte einen Ruck an seiner rechten Seite, wo er eigentlich mit dem Bettende verschmelzen wollte.

Der Alpha hatte das große Boxspringbett mit Leichtigkeit zur Seite geschoben und war mit zwei Schritten bei ihm. Nikolay rechnete mit Schlägen und Tritten und hielt abwehrend die Hände vor den Kopf – die Schläge aber blieben aus.

Hart packte ihn der furchteinflößende Dämon an seinen Oberarmen und riss ihn so weit in die Höhe, dass seine Füße in der Luft baumelten.

Als Nikolay aufs Bett gedrückt wurde, sah er für einen Moment Sterne und Übelkeit übermannte ihn. Der etwas kleinere Gestaltwandler rückte wieder in Nikolays Blickfeld und berührte ihn kurz an der Wange. Ängstlich zuckte er zurück.

Plötzlich knurrte der Alpha den fremden Kerl an – eine deutliche Warnung. Als hätte der Kerl sich verbrannt, zog er seine Hand von Nikolay zurück, äußerte jedoch seinen Unmut gegenüber dem Rudelführer.

Kein Wort, das über dessen Lippen wanderte, konnte Nikolay verstehen. Nikolay blinzelte ein paar Mal und hoffte, somit seine Verwirrtheit abzuschütteln, während der Typ wieder das Wort an Nikolay richtete.

Dabei sah der Alpha immer noch mit einer Miene auf den Jungen herab, als würde er ihn mit Haut und Haaren fressen wollen.

»Welpe!« Der Mann mit den dunkelbraunen Augen neben dem Alpha rückte näher. Er roch nach Kaffee und Desinfektionsmittel.

»Welpe. Kannst du mich verstehen?«

Nikolay zögerte, langsam kam das Verständnis der Sprache zurück, doch bei Weitem nicht perfekt. »Wir … wollen … dir … nichts … tun …« Der fremde Wandler deutete auf den Alpha. »Das ist Magnus … unser zweiter Alpha des Chaplin-Rudels. Ich bin Phil … wie heißt du, Bursche?«

Chaplin-Rudel? Das war doch das Grey-Rudel, oder?

»Lasst mich gefälligst los! Ihr habt kein Recht, mich hier festzuhalten!«

Als Nikolay seine krächzende Stimme hörte und begriff, dass er die beiden gerade in seiner Muttersprache anschrie, war er von seinem Verwirrtheitszustand selbst erschrocken. Er blinzelte und versuchte erneut, die Typen auf Englisch anzuschreien, doch nur russische Wörter sprudelten aus seinem Mund.

So eine Taubenkacke! Das war ihm noch nie passiert. *Gibts ja nicht! Kauft euch gefälligst ein Wörterbuch!*

Die zwei Kerle redeten miteinander, während Nikolay von dem Alpha auf der Matratze weiterhin festgepinnt wurde. Dieser Phil bückte sich nach einer braunen Ledertasche, stellte sie neben Nikolays Kopf ab.

»Magnus halt ihn fest, es nützt alles nichts«, sprach der Mann und suchte gezielt nach etwas in der Tasche, während der Alpha Nikolay hart niederdrückte und unten hielt.

»Ich sagte festhalten und nicht zerquetschen!«, raunte Phil den Alpha an, worauf der feste Druck leichter wurde, aber dafür sah er zu spät die Spritze, die Phil an Nikolays Armbeuge ansetzte. Er schrie und versuchte, sich aus dem eisernen Griff des Alphas zu befreien, doch es war zwecklos. Er spürte das schmerzhafte Eindringen der Nadel.

»Nein! Nein! Bitte nicht!«

Doch es nutzte alles nichts, seine Augen wurden schwer und ihn überfiel tiefe Schwärze.

KAPITEL 6

Magnus

Magnus stürmte aus dem Zimmer, sobald der kleine Omega sicher im warmen Bett verstaut war. Er war wütend und gleichzeitig geschockt, wie sich der Kleine verhalten hatte. Dessen vor Schreck weit aufgerissene Augen und die dicken Tränen, die nicht aufhören wollten zu fließen, verwirrten ihn. Der Welpe hatte Angst – vor ihm. Sein eigener Gefährte hatte Angst vor ihm!

So sollte das nicht laufen!

Wendy würde sagen, dass die Scheiße nun so richtig am Dampfen war. Wie aufs Stichwort meldete sich Phil zu Wort, der ihm gefolgt war. *Natürlich*!

»Erklärst du mir mal bitte, was das eben sollte?!« Phil als aufgebracht zu bezeichnen, war eine Verharmlosung.

»Was ist denn hier los?« Die vertraute, tiefe, dunkle Stimme aus dem Flur gehörte Prat, der sie beide skeptisch musterte. Magnus fühlte die Blicke auf ihn lasten, wie sie alle im geräumigen Flur standen und ihn nicht aus den Augen ließen.

»Magnus hat sich wie ein Wahnsinniger aufgeführt, das ist los!«

»Wie soll ich denn das nun verstehen? Magnus, was hast du jetzt wieder angestellt?«

Phil atmete einmal tief ein und aus und griff sich Halt suchend an seine Nasenwurzel.

»Der Junge ist aufgewacht! Als ich ins Zimmer kam, flüchtete er gerade in die letzte Ecke und Magnus hat ausgesehen, als wolle er ihn kurz und klein hacken. Der Junge hatte panische Angst.«

»Aber warum denn? Was ist zuvor passiert?« Magnus schluckte seine Wut und Enttäuschung runter und ließ den Augenblick Revue passieren, der eigentlich der schönste Moment in seinem Leben hätte werden sollen. *Dornröschen am Arsch!*

»Auf der Veranda zersprang ein Blumentopf in tausend Stücke. Dadurch ist er wohl aufgewacht. Ich roch sofort sein Blut. Er hatte sich den Zugang entfernt. Als ich ins Zimmer kam, war er gerade dabei, aus dem Fenster zu springen.

Ich habe ihn aufgehalten, er hat sich so viel gewehrt, ich musste aufpassen, dass ich ihn dabei nicht verletze. …

Dann ergab das eine das andere und dann kamst du ins Zimmer gerannt …« Magnus deutete auf Phil, sein Gesichtsausdruck war aufgewühlt. »Was sollte ich denn machen? Er hätte sich bei dem Sprung aus dem Fenster das Genick brechen können. Ich wollte ihm nichts Böses.«

»Warum bist du dann wie ein Irrer auf ihn los, als er sich vor lauter Angst in die Ecke quetschte?« Magnus blickte zu Boden, er konnte gerade niemanden in die Augen sehen, sie würden sonst seinen erneut aufkeimenden Zorn sofort erkennen.

»Etwas in mir setzte aus, als ich begriff, welch große Angst er vor mir hat … so sollte das alles gar nicht ablaufen, verdammt. Er hat sich nicht unterworfen, da setzte kurzzeitig mein Hirn aus und …«

»Er hat sich nicht unterworfen?« Prat schien verwirrt.

»Ja, sagte ich doch gerade.«

»Das habe ich noch nie gehört. Ein Omega unterwirft sich immer den Alphas, das ist ihre Natur.«

»Bei diesem anscheinend nicht«, raunte Magnus verärgert. »Mein innerer Wolf ist im Dreieck gesprungen bei seinem ablehnenden Verhalten.«

»Du hättest ihm Zeit lassen sollen. Stell dir vor, DU wachst in einem fremden Zimmer auf, bist völlig verwirrt und ein wildgewordener Alpha stürmt auf dich zu. In dem Moment hatte sogar ich Angst vor dir«, versuchte Phil es Magnus zu erklären.

Wieder zu Prat gewandt, berichtete Phil weiter: »Magnus hat den Kleinen einfach hochgerissen. In seiner Panik hat der Knirps in einer fremden Sprache geredet.

Er stand kurz vor einer Panikattacke. Ich war gezwungen, ihm ein Beruhigungsmittel in Kombination mit einem Schlafmittel zu spritzen. Er wird jetzt für eine Weile wieder schlafen.«

Magnus wollte vor Zorn jemanden in Stücke reisen. Er ballte seine

Fäuste, grub die Nägel tief in die Haut und versuchte, sich zu beherrschen. Es war seine Schuld, Phil hatte recht, doch das konnte er jetzt nicht zugeben.

Zwei unerträglich ermüdende, schier endlos erscheinende Tage schlief der Junge, ohne Anzeichen, dass er demnächst aufwachen würde. Magnus legte sich öfter zu seinem Omega ins Bett, streichelte ihn beruhigend und flüsterte ihm zu, wie leid es ihm tat, nicht Herr der Lage gewesen zu sein.

Die weiche Haut und der Geruch des Omegas waren für Magnus wie ein Rausch. Wie gerne hätte er ihn geküsst und sanft über den schlanken Hals geleckt. Magnus war bereits kurz davor gewesen, mit dem Daumen über die vollen Lippen zu streichen. Diese androgynen, ja beinahe elfenhaften Züge hatten es ihm angetan. Noch nie hatte er so einen attraktiven jungen Mann gesehen, in dessen Gesicht er sich regelrecht verlor.

Nur einen kurzen Moment hielt er es bei ihm aus, dann musste er das Schlafzimmer verlassen. Seine Hormonflut war keine von der harmlosen Sorte.

Verdammt, ich war so geil wie ein hormongesteuerter Teenager!

Da half nur eine kalte Dusche, Dauerwichsen war keine Lösung für sein Problem.

So viel Gleitgel gab es auf der ganzen Welt nicht und auf einen wunden Schwanz hatte er keine Lust. Er hatte noch nie so dicke Eier wie in den letzten Tagen, es war die reinste Folter. Er versuchte, sich so gut es ging abzulenken – um seiner Eier willen.

Er befreite mit einem Bolzenschneider den Welpen von dem eng anliegenden Halsband, Phil versorgte anschließend den aufgeschürften Hals des Omegas. Die Wundheilung an sich verlief gut, doch Phil sorgte sich eher um das Gewicht des Jungen.

Mit dem schlafenden Omega in den Armen stellte sich Magnus auf die Waage. Der Welpe musste mit seinen nur achtundvierzig Kilo dringend essen und Gewicht zulegen. Auch bei seiner geringen Körpergröße war das kein gesundes Gewicht für einen Gestaltwandler.

»Magnus, er wacht auf«, flüsterte Phil, der gekommen war, um nach dem Rechten zu sehen. Seit Stunden ging Magnus seiner Büroarbeit nach, die er die letzten Tage vernachlässigt hatte. Ruckartig sprang Magnus aus dem Bürosessel und preschte aufgewühlt los, bis ihn Phil mit erhobenen Armen stoppte.

»Warte kurz! Die Ansage lautet für dich Zuckerbrot OHNE Peitsche, klar?

Pack deinen fickerigen Wolf im Genick und stopf ihn in einen Zwinger, bis der Omega zu dir Vertrauen aufgebaut hat!«

Magnus schnaubte, gab aber Phil recht.

Von Magnus' Wunschvorstellung, dass der Kleine die Augen öffnete und sich Magnus sofort an den Hals werfen würde, war er wohl meilenweit entfernt. Der Welpe war verängstigt und alleine, Magnus musste seine eigenen Bedürfnisse hinten anstellen, wenn er nicht die gleichen Fehler ein weiteres Mal machen wollte.

Der Omega lag eingemummelt auf der Seite und verzog süß die Nase. Wie ein kleines Kind schob der Welpe die Handflächen unter seine Wange, als ob er zwanghaft versuchte, noch nicht wach zu werden. Magnus hatte Mühe, ihn nicht gleich hier, ohne weitere Erklärungen, zu nehmen und Anspruch auf ihn zu erheben.

»Magnus, überlass mir zuerst das Reden, in Ordnung?«, flüsterte ihn Phil noch leise zu.

Magnus nickte, ohne den Blick von den Jungen abzuwenden, der langsam vom Land der Träume zurück in die Wirklichkeit kam. Die Augenlider zuckten und öffneten sich langsam. Der Junge musste ein paar Mal blinzeln. Die Sonne, reflektiert durch die unendlichen Schneemassen, strahlte an diesem Morgen besonders kräftig und erhellte ungewöhnlich konzentriert das Schlafzimmer.

»Hallo, Kleiner.« Phil sprach sanft und leise. »Guten Morgen. Aufwachen …« Der Doc hatte ein breites Lächeln im Gesicht. Dieses seltene Geschöpf erweichte alle Herzen. Magnus tat es Phil nach.

Ja!! Ich, der böse Alpha kann ebenfalls lächeln!

Dieser zwanghafte Reflex, den betörenden Omega fest an sich ziehen zu wollen, war so wundersam. Es war kaum zu unterdrücken ... *scheiß drauf, er war einfach süß und basta!*

Erst als Phil sanft über den freigelegten Arm des Jungen strich, kam etwas mehr Leben in ihn. Magnus musste das Knurren, das ihm bereits in der Kehle steckte, unterdrücken, um den Kleinen nicht gleich wieder zu erschrecken. Magnus hasste es, wenn jemand sein Eigen anfasste!

Dieser Omega ist mein!

Magnus schmerzendes Stück Fleisch zwischen seinen Beinen und die dicken Eier stimmten ihm laut pochend zu. *Meiner*!

Aber alles zu seiner Zeit. Magnus musste sich gedulden lernen, sonst würde er den Omega nur erneut verschrecken und das Theater fing wieder an.

Das ging aber nicht mehr, weil bei noch mehr Schlaf das angebetete Kerlchen schlichtweg verhungern dürfte. Magnus' aufgestaute Hormone würden ihn zwingen, sich zu erhängen.

Geduld bewahren! Nicht die Nerven verlieren!

Der Welpe blickte zum ersten Mal in ihre Gesichter, man hörte fast das Rattern der betäubten Rädchen in seinem Kopf.

Magnus musste an Phils Worte denken und seinen Wolf mit Gewalt in den Zwinger treten. Das Antlitz des Omegas war berauschend und verstörend zugleich.

In seinen 40 Jahren hatte er noch nie in so imposante, einnehmende Augen geblickt. Die zwei ›glühend heißen Kohlen‹ waren Magnus' Untergang. *Mama Mia! So süß, so sexy!*

Der Begriff *Schlafzimmerblick* musste neu definiert werden. Magnus versuchte, sich auf seinen Speichelfluss zu konzentrieren, das Schlucken nicht vergessen und vor allem nicht zu sabbern.

Hechele ich etwa? Nein, alles okay.

»Hallo. Kannst du mich verstehen, Welpe?«

Der Kleine runzelte etwas die Stirn und nickte dann zaghaft. Ein leichter Geruch von Nervosität stieg von dem Kleinen auf. Wie aufs Stichwort sprach Phil Magnus' Gedanken aus. »Hab keine Angst. Niemand tut dir was.«

Das Stirnrunzeln blieb, genauso wie sein Duft. Der Omega traute der ganzen Sache nicht, er blickte abwechselnd in ihre Gesichter und wirkte noch immer nicht ganz wach. *Total schlaftrunken.*

»Weißt du noch, wer wir sind? Ich bin Phil und der grantig aussehende Kerl neben mir ist der zweite Rudelführer Magnus. Sagst du mir, wie du heißt?«

Der Gesichtsausdruck des schönen Gestaltwandlers verwirrte Magnus. So, als ob er angestrengt nachdenken musste. Dann wurde der Blick des schwarzhaarigen Omegas leer. Der Namenlose rutschte etwas von ihnen weg, bis sein Rücken die Lehne des Kopfteils berührte, die Hände umklammerte dabei fest die Decke.

Sein Mund öffnete und schloss sich wieder, die Antwort blieb aus. »Weißt du, es wäre gut, wenn wir deinen Namen kennen, sonst müssten wir dich wohl immer *unser Welpe* nennen. Ich kann mir nicht vorstellen, dass dir das gefällt.«

Eine gewisse Gereiztheit lag in den dunkeln Augen des Jungen. »Ich … gehöre euch … nicht«, erwiderte der Omega rau, die Stimmbänder eingetrocknet, jedoch war es unverkennbar eine rauchige Baritonstimme, die Magnus' Nackenhaare zum Aufstehen brachte. Sein Wolf wollte sich auf den Omega stürzen, ihn ablecken und zärtlich beißen. Er würde ein Vorhängeschloss für den Zwinger brauchen, ein großes!

»Ähm, nein das tust du nicht … wie gesagt, wir wollen dir nichts Böses, Kleiner.«

Das schöne Kerlchen sah starr auf die Tagesdecke, in der seine schlanken Beine vergraben waren.

»Nikita.« Der Omega sprach so leise, dass Phil nachfragen musste.

»Nikita? Ist das ein Kosename?« Magnus wusste, was Phil vorhatte. Bruce benötigte den vollen Namen, um die Identität des unbekannten Omegas herauszufinden. Dass der Kleine die Fragestunde bewusst in die Länge zog, lag klar auf der Hand. *Kleiner Satansbraten!*

Nikita blieb stumm. Phil blickte etwas verloren zu Magnus, der ebenfalls ratlos schien.

»Na gut, Nikita. Hast du Schmerzen? Ich bin Arzt und hab dich versorgt, als du bewusstlos warst. Deine Schulter und die Finger werden zwar noch etwas weh tun, aber sonst haben deine Selbstheilungskräfte gute Arbeit geleistet. Du bist jung und wirst dich davon schnell erholen. Schonen solltest du dich trotzdem noch.«

Bei den Worten sah Nikita auf seine dünnen Finger, die lang und grazil wirkten, wie die eines Klavierspielers. Magnus schätzte sich glücklich, so einen exzellenten Arzt als Freund zu haben.

»спасибо, spasibo.«

Das unverhoffte Dankeschön des Jungen zauberte ein Lächeln in Phils Gesicht. »Gern geschehen. Wie ist das mit den Fingern passiert?« Nikita gab keine Antwort.

»Sagst du uns, woher du kommst? Oder ob wir wen benachrichtigen sollen? Dich wird bestimmt jemand vermissen, oder? … Wie alt bist du denn? Deine Eltern suchen dich sicher bereits.«

Der Omega blieb stumm. *Aaargh*!

Magnus und Phil platzten fast vor Neugier und der Kleine spielte den Verschwiegenen.

Das darf doch nicht wahr sein!

Auch Phil konnte diesmal ein Schnauben nicht mehr unterdrücken.

»Du bist sicher hungrig, ich mache dir jetzt etwas zu essen. Dann könnt ihr zwei euch in Ruhe unterhalten.« Bei Phils Worten blinzelte der Kleine nervös, versuchte aber, sich sonst nichts anmerken zu lassen.

»Er wird dir nichts tun, versprochen. Wenn du Angst bekommst, dann ruf nach mir. Er wirkt manchmal recht bedrohlich. Okay?«

Nikita nickte kurz, da verschwand Phil auch schon grinsend aus dem Raum, nachdem er Magnus aufmunternd zuzwinkerte. Magnus starrte den Welpen einige Zeit nur an, wusste nicht, was er sagen sollte. Er hatte so viele Fragen auf einmal, wollte den Jungen aber nicht schon wieder bedrängen.

»Ich wollte mich bei dir entschuldigen. Bei unserer letzten Begegnung lief alles etwas aus dem Ruder. Es tut mir leid, dass ich dir Angst gemacht habe.«

»Wieso bin ich hier?« Nikita sprach noch sehr zaghaft und ging nicht auf die Entschuldigung von Magnus ein.

»Na ja, du bist den Abhang runter gestürzt, du brauchtest ärztliche Hilfe.«

»Dann kann ich ja jetzt wieder gehen. Ich brauche keinen Arzt mehr.« Nikita versuchte, eine gewisse Gelassenheit auszustrahlen, doch Magnus war das Zittern in seiner Stimme nicht entgangen.

»Du warst mehr tot als lebendig … du musst erst mal wieder zu Kräften kommen. So geschwächt würdest du vermutlich nur wieder einen Abhang hinabstürzten.

Sollen wir wirklich niemanden anrufen? Deine Eltern vielleicht? Du warst mehrere Tage bewusstlos. Dich wird bestimmt irgendwer suchen. Bist du überhaupt schon volljährig?« Nikita schüttelte nur den Kopf. *Auch gut.*

»Versprich mir bitte, dass du hierbleibst und nicht wieder versuchst, wegzulaufen. Wir halten dich nicht fest, trotzdem wollen wir und vor allem ich, dass du noch hierbleibst. Ich habe dein Halsband runtergeschnitten, ich hoffe, das ist okay für dich?« Magnus hatte die Hoffnung, den Omega etwas milder zu stimmen. Der Bursche war vorsichtiger als ein Sprengstoffexperte bei der Arbeit. Nikita fasste hastig nach seinen schlanken Hals, um dort nur die nackte Haut zu ertasten.

»Warum … willst du, dass ich hierbleibe?«

»Weil du MEIN bist.« Nikita sah Magnus verstört an.

»Und warum glaubst du, dass ich dir gehöre? Nur weil ich ein Omega bin, bin ich noch lange nicht das Eigentum von jemandem!« Magnus hob beschwichtigend die Arme, was den Kleinen zusammenzucken ließ.

»Nein, nicht weil du ein Omega bist, sondern … na ja, weil wir Gefährten sind.« Dieser Satz ließ Nikita ein zweites Mal zusammenzucken.

»Ich bin niemandes Gefährte! Ich bin nur ein Omega, und ich bin sicher nicht dein Gefährte! Dich täuscht nur mein Duft!«

»Nein, dein Duft täuscht mich nicht, er sagt ganz klar, dass du *mein* Gefährte bist.«

»Du irrst dich! Omegas bekommen keine Gefährten. Ich locke nur besitzergreifende, geile Alphas an, die ihre Triebe an mir ausleben wollen! Und das will ich nicht!«

Nikita knurrte den letzten Satz.

Wow, das hatte gesessen.

Nikita kannte Magnus doch gar nicht, wie konnte dieser dann so was behaupten? Gut! Er war vielleicht etwas besitzergreifend, aber er würde niemals seine Macht oder gar Triebe ausnutzen! Er doch nicht!

»So, hier kommt dein Frühstück!«, unterbrach Phil Magnus' Gedankengang. Der Doc brachte ein großes Glas Orangensaft und eine Schüssel mit einer unbekannten Masse darin.

»Was ist das?«, wollte Magnus noch vor Nikita wissen, der die Schüssel von Phil zögerlich annahm und darin umrührte.

»Ein warmer Hirsebrei mit Banane, Leinsamen und Blaubeeren«, berichtete der Doc stolz mit einem selbstüberzeugten Grinsen in der Visage. *Wartet er jetzt etwa auf ein Lob?*

»Ich dachte, du machst ihm was … Deftigeres. Hast du den Speck und die Eier im Kühlschrank nicht gesehen?«

»Willst du, dass er dir das Bett vollkotzt?«, stellte Phil genervt die Gegenfrage.

»Er hat tagelang nichts gegessen und sieht auch noch lange nicht so verfressen aus wie du. Das wäre viel zu viel Fett auf einmal! Außerdem ist Hirsebrei nahrhaft und wärmt von innen«, verkündete Phil in Doktor-Modus. *Das hatte Phil sicher aus der aktuellen Doktor Klugscheißer – für und von Halbgöttern in Weiß-Zeitschrift! So ein feiner Pinkel!*

Magnus rollte verärgert mit den Augen. Er hielt sich jedoch zurück, denn zumindest hatte es den Anschein, dass der Brei Nikita schmeckte. Immerhin verputzte er den gesamten Inhalt der Schüssel. Magnus hätte an seiner Stelle das Obst übrig gelassen. Nikita beäugte auch das Glas Orangensaft, ließ es jedoch am Nachttisch stehen.

»Du musst viel trinken, um Verdauung und Stoffwechsel wieder anzukurbeln«, klärte der *Herr Doktor* weiter auf.

»Ich … bin grad so voll.«

»Dein Magen muss sich erst wieder etwas dehnen. Kannst du aufstehen? Dein Kreislauf muss wieder etwas in Schwung kommen.« Der Kleine lehnte jede Hilfe ab und schaffte es mit zittrigen Knien allein. Verloren sah er sich im Zimmer um.

Das Omega-Gen stand dem Welpen auf der Stirn geschrieben. Obwohl Nikita der erste Omega war, den Magnus zu Gesicht bekam, waren alle Überlieferungen und Geschichten auf Nikitas Leib geschneidert.

Omegas fielen durch ihre geringeren körperlichen Maße auf, waren nicht als Kämpfer geboren. Doch am meisten wurde immer über ihre verlockenden, reizvollen Körper und das anmutige Aussehen gesprochen, die jeden Omega auszeichnete und auch bei diesem Prachtexemplar zutraf.

Magnus suchte für den verboten gut aussehenden Burschen ein paar Klamotten aus Wendys Wäschekorb. Nikita nahm sie dankend an und wich Magnus' lüsternen Blicken aus. Noch immer erhoffte sich Magnus eine Unterwerfung von Nikolay. Der Omega machte jedoch keine Anstalten, vor Magnus die Kehle oder gar mehr zu entblößen. Es wurde mehr als deutlich, dass der Spargeltarzan sich nicht vor ihnen umziehen wollte.

»Brauchst du Hilfe beim Anziehen? Nicht das dir schwindelig wird?« Phil versuchte auf Nikitas Vernunft bauend, doch der ausgemergelte Junge verneinte kopfschüttelnd. *Grrr*!

Magnus' Wolf war von der Sturheit des Omegas furchtbar aus dem Häuschen, ging im Zwinger auf und ab. Es gefiel ihm gar nicht, den Burschen aus den Augen zu lassen. Phil hatte Mühe, Magnus aus dem Schlafzimmer zu zerren. »Das läuft ja nicht gerade prickelnd.« Magnus nickte zustimmend.

»Er ist ganz schön stur.«

»Ja, wirklich nicht sehr Omega-typisch.«

»Aber er ist zu hundert Prozent ein Omega. Der unglaubliche Duft, sein Äußeres, sprechen dafür.«

»Ja, er sieht furchtbar geil aus«, rutschte Phil raus und schlug sich selbst hastig auf den Mund, als ihm klar wurde, was er da gesagt hatte.

»Kann es sein, dass dir das Fell juckt? Soll ich es mal ausklopfen?«

»Sorry, ich muss dringend mal wieder ausgehen. Ich bin spitz wie ein Apachen-Pfeil, der betörende Duft von dem Omega ist da nicht sehr hilfreich.«

Magnus rollte genervt die Augen, er ließ seinen Freund viel zu viel durchgehen.

Nach ein paar Minuten machte der Omega noch immer keine Anstalten, aus dem Zimmer zu kommen. Magnus wollte nachsehen, ob alles in Ordnung war, als er ein Poltern von draußen hörte.

Auf der Veranda war auf den ersten Blick alles wie immer, erst beim zweiten Mal Hinsehen erkannte Magnus, dass nur ein weiterer Blumentopf kaputt gegangen war. Ein seltsames Gefühl überkam ihm, als er einen erdverdreckten Stein in der Nähe des Topfes liegen sah. Mit einem Satz drehte Magnus sich um und sprintete in das Schlafzimmer. Nur mehr die Klamotten des Jungen lagen am Boden, das Fenster war sperrangelweit offen und sein Gefährte weg. Mit dem Ablenkungsmanöver des Blumentopfes hatte sich Nikita wertvolle Zeit erschlichen.

»Er kann nicht weit sein, wir holen ihn leicht ein.« Phil, der die Situation ebenfalls richtig deutete, sprach sehr beschwichtigend, wollte Magnus' Wut etwas verringern.

»Nein, du gehst nach Hause, ich finde ihn allein!«

Genauso wie Phil in seinen Arzt-Modus schalten konnte, war Magnus in der Lage, auf Alpha-Modus umzuschalten.

»Ja … mein Alpha«, sagte er zögerlich und zog sich zurück. Das war das Gute an Phil, sie konnten sich noch so viel necken und zanken, wenn die Grenze erreicht war, fanden sie ohne Umstände in ihre jeweilige Rolle zurück.

Der stattliche Alpha entledigte sich seiner Kleider, ließ seine Nackenwirbel knacken und stellte sich mit nackten Füßen auf die Fensterbank.

Schneeflocken prallten auf die erhitzte Haut, schmolzen unaufhaltsam, während sich sein Körper in Sekunden veränderte. Noch während der Verwandlung machte Magnus einen kraftvollen Satz nach vorne, sprang aus dem Fenster und kam als großer Wolf im Schnee auf. Magnus schüttelte sich, sein dunkelbraunes, dichtes Fell bewegte sich in alle Richtungen. Dann lief er los, erreichte die Grenze zum Wald.

Im Dickicht witterte er eine eindeutige Geruchsspur, die ihn abrupt anhalten ließ. Der Duft wurde zwischen den eingeschneiten Sträuchern immer intensiver.

Die Erde unter den Sträuchern war nicht vom Schnee bedeckt, aber der Waldboden schien zerwühlt. Ein paar Schritte weiter hatte Magnus den Geruch wieder in der Nase, der immer strenger wurde.

Er fand schließlich die Quelle des seltsamen Duftes; es war der komische Brei, den der Kleine gegessen hatte. Nikita musste die herben Wurzeln des Strauches zerkaut haben, um erbrechen zu können. Magnus wurde aus dem Jungen nicht schlau. *Warum erbrach Nikita die erste Nahrung seit langer Zeit, um dann zu fliehen, ohne etwas im Magen zu haben?*

Magnus nahm die Witterung des rätselhaften Omegas auf. Er würde sich seinen Gefährten zurückholen!

KAPITEL 7

Nikolay

Nikolay rannte, so schnell ihn seine in Wolfsform schwachen Beine tragen konnten. Er humpelte links vorne leicht, trotzdem schonte er sich nicht.

Im Stillen dankte er seiner ausgeprägten Selbstheilungskraft. Wäre er ein Mensch, wäre seine Hand dick eingegipst und sein Arm in einer Schlinge, ganz abgesehen von den Rippen und vielen anderen Wehwehchen, die ihn zur Ruhe zwingen würden. Doch er wollte nur so viel Abstand wie möglich zwischen sich und das Chaplin-Rudel bringen.

Sein schneeweißes Fell war eine wirklich gute Tarnung in dieser fast schon kitschigen Postkarten-Winterlandschaft. Nikolay hoffte, dass dieser Vorteil und die Zeit, die er sich durch das Ablenkungsmanöver verschafft hatte, ausreichten, um sich in Sicherheit zu bringen.

Nur leider machte er die Rechnung ohne den Alpha Magnus. Er hörte ein lautes Jaulen ganz in seiner Nähe.

Nein! Nein! Nein!

Nikolay versuchte noch mehr an Tempo zuzulegen, die lädierte Schulter machte ihm allerdings einen Strich durch die Rechnung. Das Jaulen des Alphas verstummte für lange Zeit und Hoffnung keimte in Nikolay auf, den Rudelführer endlich abgehängt zu haben.

Der Hoffnungsfunke zerbarst jedoch im nächsten Moment, als plötzlich ein großer Schatten über ihm aufragte, der im Schnee wie ein formloses Ungeheuer wirkte, das ihn mit Haut und Haaren verschlingen wollte.

Erbarmungslos drückte ihn der schwere, fellbedeckte Körper in die weißen Massen, bis Nikolay alle Luft aus den Lungen entwich. Nikolay erstarrte, als Magnus seine scharfen Zähne in sein Nackenfell grub. Ein typisches Dominanzverhalten, das Nikolay zeigen sollte, wer hier der Chef war.

Nikolay dachte nicht im Traum daran, nachzugeben. Statt sich unterwürfig zu präsentieren, knurrte er warnend, was den Alpha zur Weißglut brachte. Magnus schüttelte ihn kräftig durch, so als ob das Nikolay zur Besinnung bringen würde. Obwohl Magnus nicht die Haut durchbrach, war es schmerzhaft.

Nikolays Verstand sträubte sich gegen eine Unterwerfung. Es kostete ihn unglaubliche Kraft, seinen inneren Schweine-Wolf unter Kontrolle zu halten, denn eigentlich sehnte sich dieser sogar nach dem schweren Körper über ihm.

Er wollte sich an dem starken Alpha schmiegen und ihm demonstrativ seinen weichen, weißen Bauch zeigen.

So was von absurd!

Nikolay erlaubte sich dieses Eingeständnis nicht, stattdessen drehte er schnell den Kopf zur Seite und schnappte nach dem Alphawolf. Knapp verfehlte er ihn. Bei dem Versuch, Magnus zu beißen, drückte ihn der Alpha weiter in den tiefen Schnee, bis Nikolay endgültig die Luft ausging.

Er hatte keine Chance, sein ohnehin geschwächter Körper erschlaffte, es war aussichtslos, gegen den Alpha über ihm noch etwas ausrichten zu wollen. Obwohl er sich gezwungenermaßen gefügig zeigte, blieb der feste Griff in seinen Nacken. Die reine Vorführung von Magnus' Überlegenheit!

Wäre Nikolay gerade in Menschenform, würde er vor Zorn Tränen vergießen und Magnus tausend Schimpfwörter an den Kopf knallen.

Erst nach einer halben Ewigkeit lösten sich die spitzen Zähne aus Nikolays Nackenfell und das schwere Gewicht verschwand ebenfalls. Resigniert und geschwächt blieb Nikolay im Schnee liegen und erwartete den schnellen Tod. Er war sich sicher, dass kein Alpha so ein widerborstiges Verhalten eines Omegas dulden würde. Doch etwas völlig Unerwartetes passierte. Nikolay rechnete mit einem tödlichen Biss. Umso verwirrender war es für ihn, als nichts geschah.

Der Alpha stand nicht mehr drohend über ihm, er fühlte fast so was, wie eine Wärme von dem zottigen Monster ausgehend. Fast liebevoll stupste er Nikolays kalte Nase an, pustete mit seinem dampfenden Atem die leichte Schneeschicht von dem empfindlichen Riechorgan. Die warme Luft des großen Wolfs kitzelte in Nikolays Nase und er musste zweimal in Folge niesen. Fast schon fürsorglich leckte Magnus Nikolays Schnauze.

Es wäre ein schöner Moment gewesen – so behutsam wie der Alpha plötzlich war, doch die Situation war zu kompliziert und verfahren. Der sinnliche Augenblick hielt nicht lange. Der Rudelführer biss kurz, aber deutlich fester als erforderlich, erneut in Nikolays Nackenfell.

›*Du kommst nun mit mir mit!*‹

Zaghaft stand Nikolay auf und trottete vor dem großen Wolf mit hängendem Kopf her, zurück in dessen Heim. Er war sich seiner aussichtslosen Situation bewusst. Magnus war nicht nur als Mensch riesig, als Wolf schaffte er es problemlos, Nikolay weiche Knie zu bescheren.

Der bedrohliche Alpha trieb Nikolay weiter voran. Er spürte förmlich den starken Kiefer und die spitzen Reißzähne dicht bei seiner Rute, die ihn zum Weitergehen drängten. Kurz vor der Waldgrenze kämpfte Nikolay mit seiner schwindenden Kraft. Dazu kam ein enormer Schwindel, der Nikolay gefährlich schwanken ließ. Als er dann wie ein Stück Holz seitlich in den Schnee fiel, riss Magnus der Geduldsfaden. Der Alpha verwandelte sich zurück in einen Menschen und hob Nikolay in seine Arme.

»Ich glaub es ja nicht!«, schnaubte der Muskelberg. Nikolay zitterte am ganzen Körper und musste es über sich ergehen lassen, wie ein blöder Schoßhund getragen zu werden. *So eine Blamage!*

Nikolay wusste nicht, was er davon halten sollte, wieder in Magnus' Haus zu sein. Es war ihm furchtbar peinlich, das Klappern seiner Zähne nicht unterdrücken zu können.

In Magnus' Armen konnte er dies unmöglich verbergen. Der Rudelführer brachte ihn ins Schlafzimmer.

Das offenstehende Fenster hatte den gesamten Raum beißend unangenehm ausgekühlt. Magnus legte den wehrlosen Körper auf dem flauschigen Teppich ab und wandte sich zur Kommode, nachdem er das Fenster wieder fest verschlossen und verriegelt hatte. Im Schrank wühlte der große Mann endlose Zeit herum. Die Kehrseite des nackten Alphas zog Nikolays Aufmerksamkeit auf sich wie die Motte das Licht. *Uff!*

Magnus beeindruckender Körper glich einer Kampfmaschine. Es wunderte Nikolay, dass der Alpha keine Schneise im Wald hinterlassen hatte, bei diesem intensiven Tanz der Rückenmuskulatur.

Und als würde Magnus' Körper nicht bereits genug dafür sorgen, dass Nikolay Todesangst hatte, tat das Tattoo sein Übriges. So was hatte Nikolay noch nie gesehen.

Das einschüchternde Kunstwerk zog sich von der linken Hand, den Arm über die Schulter und den halben Rücken. Eine beeindruckende Kampfszene zwischen zwei Wolfsrudeln. *Autsch!*

Bei den Gedanken an das Stechen der Tattoos holte ihn die Realität wieder ein, als sich Magnus mit einem todernsten Gesichtsausdruck zu ihm umdrehte.

Nur einen winzigen Augenblick glitten Nikolays Augen tiefer, um vor Schock gleich wieder hoch in Magnus' Augen zu starren. *Das Teil gehörte zu einem Zuchthengst, ganz sicher!*

Nikolay ahnte Böses. Besorgt legte er seine Ohren zurück und machte sich klein.

»Verwandle dich.« Nikolay gehorchte, wenn auch ungern, er sah jedoch auch ein, dass er mit der lädierten Schulter nicht weit kommen würde.

Die Verwandlung vom Wolf zum Menschen dauerte nur wenige Sekunden. In Menschengestalt spürte er die Kälte im Zimmer noch deutlicher. Eine Gänsehaut überzog seinen Körper und ließ ihn stärker zittern.

Als der Alpha ihm befahl, die Hände auszustrecken, wusste Nikolay, dass dies wohl das Ende war. Gefesselt war er dem Stärkeren schutzlos ausgeliefert. Doch er war zu geschwächt, um lange darüber nachzudenken und folgte kapitulierend dessen Befehl.

Als er die zitternden Hände langsam nach vorne streckte, umklammerte der Alpha sie mit nur einer Hand und holte hinter dessen Rücken einen langen Seidenschal hervor. Der große Mann verschnürte damit seine Handgelenke, in einer so rasanten Geschwindigkeit, dass Nikolay nur perplex auf Fesselung sah.

»Was hast du vor?« Nikolays Stimme war panisch.

Der Mann ignorierte jedoch seine Frage. Magnus kontrollierte ein letztes Mal die engen Fesseln, stand auf und verließ ohne weitere Worte das Schlafzimmer.

»Warum tötest du mich nicht einfach?«, rief Nikolay dem Rudelführer in seiner Verzweiflung nach, doch auch diese Frage blieb unbeantwortet.

Nikolay kniete mit hängenden Schultern auf dem Teppich, nackt, gefesselt und nicht wissend, was mit ihm geschah.

Er zwang sich dazu, nicht hysterisch zu lachen – es war doch wirklich aberwitzig, zu denken, dass er seinem Dauer-Albtraum entfliehen konnte.

Egal wo er hinging, er würde immer in die gleiche aussichtslose Situation geraten.

Ich bin verflucht!

Nach etwa fünfzehn endlosen und zugleich viel zu schnell vergangenen Minuten kam der Alpha zurück in das Schlafzimmer gestapft. Magnus hatte sich eine hautenge Short übergezogen, die Nikolay aus den Augenwinkeln ausmachte, da er resigniert auf seine eigenen Oberschenkel starrte, die schon halb taub waren von der unbequemen Haltung.

Nikolay fühlte sich vollkommen überfordert. Nie hatte ihn jemand beigebracht, mit so einer oder auch nur einer ähnlichen Situation umzugehen, nie hatte er aber auch bisher jemanden gefunden, der seine Situation, seine Art, seinen Duft nicht ausnutzen wollte.

Die Unwissenheit machte ihn wahnsinnig – ein Gefühl zwischen Wutausbruch und Panikattacke, er konnte es gar nicht mehr unterscheiden.

Der Alpha stand nun direkt vor ihm, das kaum verhüllte, sich in allen Konturen deutlich abbildende große Gemächt nur wenige Zentimeter von seinem Gesicht entfernt. Er konnte den animalischen, moschusartigen Duft durch die Shorts riechen.

Machte der Alpha seine Aufforderung wahr?

Ohne Vorwarnung am Nacken gepackt, verkrampfte sich Nikolays ganzer Körper. Doch ihm wurde nicht das Genick gebrochen, wie gedacht.

Er stöhnte vor Furcht auf, als Magnus ihn über dessen breite Schulter warf wie einen Sack Mehl.

Der Alpha trug ihn raus aus dem Zimmer den Flur entlang, und hielt bei der nächsten Tür inne. Mit einem überraschend sanften Fußtritt öffnete der Rudelführer die Tür, als ihm auch schon warme Nebelschwaden entgegenkamen und seinen von Gänsehaut überzogenen Körper umhüllten. Nikolays Zähne klapperten vor Kälte und eine Beklommenheit in der Brust machte ihm das Atmen schwer.

Der Alpha ging weiter in das Badezimmer hinein, sagte noch immer nichts, was Nikolay langsam aber noch mehr beunruhigte.

Und das war noch harmlos ausgedrückt!

Verdammt, ich sterbe gleich – spätestens vor Angst! Da half auch die aktuell perfekte Aussicht auf den knackigen Hintern des Alphas nichts, dessen muskulöse Backen durch die enge Short imposant in Szene gesetzt wurden.

Ruppig umschlang der Rudelführer Nikolays Taille, zog ihn von seiner Schulter und setzte ihn völlig unerwartet in die Badewanne … gefüllt mit angenehm heißem Wasser, Badeschaum und sinnlich duftenden Badezusätzen. Das heiße Wasser würde seinen Knochen und versteiften Muskeln unglaublich guttun. Doch dazu müsste sich Nikolay entspannen können, was anhand der blanken Panik, die sich gerade schon wieder über seinen Körper ausbreitete, nicht funktionierte.

Reine Todesangst überkam ihn, als ihn der Alpha ins Wasser legte und von ihm abließ.

»Bitte nicht!«, schrie er entsetzt auf.

Überall um ihn herum war Wasser und Badeschaum. Er konnte nur noch schreien, so laut, mit letzter Kraft, sein Hals brannte, er bekam keine Luft mehr.

Er strampelte mit den Füßen, suchte Halt, nach etwas, wo er sich hochziehen konnte, doch seine Sicht verschwamm. *So dunkel!*

Ein panikersticktes »Nein!« entkam Nikolay aus letzter Kraft, bevor sich sein Mund mit Badewasser füllte.

Der Alpha will mich ersäufen!

Sein Kopf rutschte unter Wasser.

Er strampelte unkontrolliert mit den Füßen. *Wasser! Überall Wasser!*

Als Nikolay zu sterben dachte, wurde er mit einem heftigen Ruck aus dem Wasser gezogen. Ein kalter Schauer wanderte über seine erhitzte Haut, als ihn Magnus an eine geflieste Wand drückte. Nikolay hustete Badewasser und schrie seine Angst laut hinaus, als seine Lungen wieder frei waren.

Die Angst kroch wie ein Insekt mit langen haarigen Beinen über den Badezimmerboden auf ihn zu und setzte sich fest wie ein Parasit.

Seine Arme und Beine zitterten und der Brustkorb schien viel zu klein, dass seine Lungen darin Platz fanden. *Ich sterbe!* Die Angst hatte sich in seinem Körper festgesogen, es gab kein Entkommen. Als Nikolays Kopf auf die Seite flog, brauchte er ein paar Sekunden, um zu begreifen, dass Magnus ihn eine schallende Ohrfeige verpasst hatte.

»Es reicht mit dem Theater!« Nikolay hörte auf zu schreien. Seine Wange brannte, aber die Ohrfeige hatte gutgetan. Nur angestrengte

Atemversuche waren von der Panikattacke übrig. »Niemand will dir was tun, verdammt noch mal! Kapiere es doch endlich!«

Nikolay wurde von dem Alpha zu Boden gedrückt. Schützend drängte er sich in Embryonalstellung, verbarg sein Gesicht in seinen Händen und zog die Beine fest an seine Brust. Nikolay spürte die große Hand, die schwer, aber nicht erdrückend, entlang der Wirbelsäule auf und ab fuhr. *Magnus' Hand!*

Wie meilenweit entfernt, so leise und dumpf hörte sich Magnus' Stimme an, er redete auf ihn ein. Er verstand nicht den Sinn der Worte, nur den Ton.

Die Art und Weise, wie der Mann die Wörter aussprach, ließen darauf schließen, dass sie beruhigen sollten. Das Streicheln hörte nicht auf, es wurde eher stärker.

Nach einer gefühlten Ewigkeit bekam Nikolay langsam wieder mehr Luft, der brennende Druck in seiner Brust ließ ebenfalls nach.

Wasser tropfte von seinen Haaren ins Gesicht und vermischte sich mit den Tränen auf seinen Wangen. Langsam rückte er mit dem Kopf etwas hoch, die Beine fest an den Körper ziehend, die immer noch gefesselten Hände darüber gezogen, als er sich seiner Nacktheit bewusst, und klar wurde, was für ein jämmerliches Bild er abgab.

KAPITEL 8

Magnus

Magnus zitterte fast so stark wie der kleine Omega.

Scheiße noch mal! Was war hier gerade passiert?

Er wollte Nikita mit einem heißen Bad überraschen und in Ruhe darüber sprechen, warum der Bursche immer von neuen floh, wenn sich eine Gelegenheit bot.

Als der Bursche jedoch wild in der Wanne herumrutschte und wie am Spieß brüllte, war er geschockt über das blanke Entsetzen in den Augen von Nikita.

Warum stand der junge Omega gerade Todesängste aus?

Er zog Nikita aus dem Wasser und versuchte, die Panikattacke im Keim zu ersticken, indem er ihm ins Gesicht schlug … es schien zu helfen.

Das Schlimmste war überstanden. Der Kleine hielt seinen Körper jedoch so fest, als würde dieser jede Sekunde auseinanderbrechen. Perplex stand Magnus auf.

Er musste raus aus dem stickig-schwülen Raum, um nicht selbst gleich zu hyperventilieren. Er verließ den Raum und lehnte sich gegen die geschlossene Badezimmertür. Fassungslos fuhr er mit den Händen durch die dunklen, kurz geschorenen Haare und suchte angestrengt nach einer Lösung, einen Ausweg, irgendeinen *gottverdammten* Strohhalm, an den er sich klammern konnte, um seinem Gefährten zu helfen!

Er atmete tief ein, stieß sich von der Tür ab, marschierte in seinem riesigen Wohnzimmer direkt zur Bar.

Magnus erkor die Wodkaflasche als bestes Beruhigungsmittel aus und drehte hastig den Verschluss ab.

Gierig trank er direkt aus der Flasche, in der Hoffnung, die Nerven zu beruhigen. Nach dem fünften Schluck spürte er langsam die Wärme des Alkohols, die sich in seinem Körper ausbreitete. Er war nicht betrunken, dazu brauchte es einiges mehr, jedoch fühlte er sich etwas besser im Stande, diese scheiß Situation zu bewältigen.

Ich bin verdammt noch mal Alpha! Ich würde doch mit einem halben Teenager zurechtkommen!

Magnus fragte sich, was wohl Wendy oder Prat in seiner Situation machen würden, denn mit Schreien, Herumkommandieren und Drohen kam er hier nicht weit.

Schade.

Nach reichlicher Überlegung und drei weiteren großen Schluck Wodka – *fünf* Schluck Wodka, aber wen zum Teufel interessierte das schon?! – ging er wieder zurück ins Badezimmer mit durchgestreckten Rücken und kräftigen Schritten.

Als er den kleinen Omega erblickte, noch immer an derselben Stelle, wo er ihn zurückgelassen hatte, hoffte er, nicht einzuknicken. Der Junge hatte sich aufgesetzt, lehnte mit dem Rücken an der Wand, die Beine eng an den Körper gezogen. Magnus setzte sich bedächtig, ihm gegenüber, auf den warmen gefliesten Boden, um Nikita auf selber Augenhöhe zu begegnen. *Das tat man doch, wenn jemand Angst hatte, oder?*

Der junge Wandler sah schüchtern zu ihm, die Wangen benetzt mit großen Tränen, die er am liebsten alle einzeln weggeküsst hätte. Doch das wäre wohl nicht so klug.

Aaargh.

»Willst du mir erklären, was gerade los war?« Magnus' Stimme war kräftig und in jedem Wort schwang der Klang von Alpha, Ruhe und Schutz mit, der den Omega hoffentlich beruhigte. Nikita zog ein Stück mehr die Beine fest an den Körper und versuchte, mit der Wand hinter sich zu verschmelzen. Er schüttelte leise den Kopf, blinzelte und wollte die Tränen in die Schranken zurückweisen.

»Ich möchte wissen, warum du weggelaufen bist. Du wärst bitterlich erfroren! Du bist noch lange nicht kräftig genug, um im Wald bei der Kälte ohne Wasser und Nahrung zu überleben. Ich hätte es mir nicht verzeihen können, wenn dir etwas passiert wäre. ALSO, WARUM?« Magnus' Blick bohrte sich in Nikitas Augen, er würde dieses Mal nicht lockerlassen.

Nikita wirkte nachdenklich, rang offensichtlich mit sich selbst. »Ihr … habt mich ausgetrickst.«

»Wieso denkst du das?«

Nikita sah weg und kaute auf seiner vollen Unterlippe. Vielleicht hoffte der Omega, dass Magnus die Fragerei zu blöd wurde. *Fehlanzeige! So nicht mehr mein Freundchen!*

»Außerdem will ich wissen, warum du dich im Wald mit Bitterwurzel zum Erbrechen gezwungen hast.«

Der Omega sah geplagt aus. »Ich … hab … den Stoff zu spät gesehen. Ich wollte es wieder loswerden.«

»Stoff? Was für einen Stoff, bitteschön? Du redest jetzt Klartext, sonst sitzen wir noch morgen hier!«

»Tu nicht so überrascht. Im Hirsebrei und im Orangensaft waren Drogen beigemischt«, nuschelte Nikita mit gesenktem Kopf und wirkte enttäuscht.

Der Alpha fuhr entsetzt hoch und stürmte in das Schlafzimmer. Der Saft stand noch auf dem Nachttisch. Er roch daran, versuchte zu erkennen, was Nikita meinte.

Da! Nikita hatte recht. Magnus wusste nun, was seinen Omega so verunsichert hatte. Er sah den Pulversatz und ärgerte sich über seine eigene Dummheit. *Verdammt noch mal!*

Zurück im Badezimmer kniete er sich vor den Burschen hin und legte sachte eine Hand auf die knochige Schulter. Nikita zuckte bei der Berührung zusammen, Magnus zog sie zurück.

Hmpf!

Magnus versuchte, sich die Enttäuschung nicht anmerken zu lassen.

»Du meinst den Pulversatz im Saft, nicht wahr?«

Nikita nickte, ohne aufzusehen.

»Das kann ich dir erklären.« Magnus holte eine Dose hinter seinen Rücken hervor und hielt sie Nikita vor die Nase. »Das ist ein hoch kalorisches Pulver, das man unters Essen und Getränke mischt. Es ist geschmacks- und geruchslos. Hier, ich zeig es dir.« Er machte die Dose auf und entnahm mithilfe eines Messlöffels, der sich an der Innenseite des Deckels befand, etwas davon und kippte es in den Orangensaft. Um weiter für sein Vertrauen zu kämpfen, stürzte Magnus den Saft seine Kehle hinunter.

Nikitas Augen weiteten sich.

Er wischte sich mit dem Handrücken über das Kinn. »Es tut mir leid, dass es zu dem Missverständnis kam, Welpe.

Niemals würde ich dir so etwas antun und dich unter Drogen setzen. Phil hatte es nur gut gemeint.

Wir machen uns große Sorgen um dein Gewicht. Du solltest mehr wiegen als ein zehnjähriges Kind.«

Als Nikita beschämt zu Boden sah, schimpfte sich Magnus innerlich einen Idioten. Doch es war die Wahrheit. Er war kein Mann, der log, bloß um jemanden vor der Realität zu schützen.

Also waren Nikitas Reaktion und anschließende Flucht nur ein großes Missverständnis.

Magnus hatte noch Hoffnung. »Also … das Bad entsprach nicht ganz deinen Vorstellungen … wie wäre es mit einer heißen Dusche?«

Endlich schauten die dunkeln Augen seines Omegas direkt in die von Magnus'. Bei dem hinreißenden Anblick hatte er Schwierigkeiten, weiter zu sprechen. Magnus deutete zu seiner Linken und versuchte, die richtigen Worte zu finden. »Die Dusche ist riesig, mit einem Wasserfall- und Regenbrausekopf, Lichtspiele und unzähligen Massagedüsen. Hat mich kleines Vermögen gekostet, dieser Schnickschnack.«

Ohne eine Antwort des Welpen abzuwarten, stand er auf, öffnete die Glastür und zeigte Nikita die verschiedenen Funktionen und Einstellungen. »Hast du Lust?«

Nikita guckte verlegen zu ihm hoch, dann zu der Badewanne, in der er zuvor fast einen Herzinfarkt bekommen hatte. Magnus hatte das Gefühl, etwas weiter ausholen zu müssen, um Nikita zu überzeugen.

»Wenn du das Baden verschmähst, steige ich in die Wanne und du unter die Dusche … Deal?«

Nikita ließ ergeben die angestaute Luft aus den Lungen und nickte schließlich.

Magnus half ihm auf die wackeligen Beine und löste das fesselnde Tuch von den Handgelenken. Nikita rieb sich kurz über die Haut und mied den Blick des Alphas. Mit feuerroten Wangen bedeckte er seine Scham und zog den Kopf ein.

Um es dem Omega leichter zu machen, marschierte er an ihm vorbei, streifte seine Shorts ab und legte sich zügig in die Wanne. Er ermöglichte

Nikita, unbeobachtet in die Dusche zu steigen. Als er das Schließen der Duschtür und das Rauschen des Wassers hörte, huschte sein Blick zu Nikita. Der Omega hatte sich die Regen-Variante ausgesucht, stand mit dem Rücken zu ihm. Die Glaswände der Dusche waren aus Milchglas, weshalb der schmale Körper nur schemenhaft zu erkennen war.

In diesem Moment hasste er sich selbst dafür, nicht die Klarglas-Variante gekauft zu haben. *So ein Pech aber auch!*

So sehr es Magnus auch versuchte, sich nach diesem nervenaufreibenden Tag in der Badewanne zu entspannen, es gelang ihm nicht.

Die Pheromone des kleinen Omegas waren zu intensiv. Sein Wolf wütete in dem Zwinger, wollte den Burschen in sein Bett schleifen und markieren, ihn besitzergreifend in den Nacken beißen und auf ewig ein Mal hinterlassen. Alle sollten sehen und riechen, dass Nikita nur ihm gehörte.

Reiß dich zusammen und schieb nicht immer alles auf deine Hormone!

Sein Schwanz war steinhart und pochte vor Lüsternheit nur sehr knapp unter der Wasseroberfläche. Wie gerne hätte er jetzt die Tür zur Dusche aufgerissen und Nikita von hinten genommen. Tief … so tief, wie er noch nie zuvor in einem Typen gesteckt hatte! Er musste aus der Wanne raus und sein erhitztes Gemüt beruhigen.

Nikita sollte nicht seinen Duft auffangen, der eindeutig schrie: *Ich will dich!!*

Das konnte er sich jetzt nicht leisten. Magnus musste das Vertrauen des verschreckten Omegas gewinnen und herausfinden, weshalb er so verängstigt und misstrauisch war.

Er trocknete sich hastig ab und zog sich eine frische Shorts und ein T-Shirt über, in der Hoffnung, seinen immer noch mächtigen Prügel etwas zu kaschieren. Mit einem großen Handtuch für Nikita schlich er zur Duschkabine. Durch seine zwei Meter Körpergröße lugte er mit Leichtigkeit über den oberen Rand der Glastür zu dem Welpen hinein. Nikita stand noch immer mit dem Rücken zu ihm, das Wasser rann über seinen Kopf und die Schultern.

Nikitas blasse Haut glich weißem Marmor im Regen. Die Wassertropfen funkelten im Licht. Es sah aus, als wäre der Welpe übersät mit kleinen Diamanten. Er konnte seinen Blick kaum von dem Nacken abwenden, in den er tief seine Zähne versenken wollte. Dort zeichneten sich bereits blaue Flecke ab, dort, wo er in Tiergestalt ordentlich zugebissen hatte. Es tat Magnus nicht leid, er hatte in dem Moment richtig gehandelt, auch wenn Nikita dies vielleicht nicht so sah.

Magnus hatte die Vermutung, dass Nikita aufgrund seines geschwächten Zustandes ihr inneres Band nicht spüren konnte. Also einen Schritt nach den anderen. Er sah zu, wie die kleinen Diamanten über die zwei leckeren kleinen Pobacken kullerten – so zart wie ein Pfirsich. *Scheiße, das wird schwer!*

»Komm lieber raus, sonst wachsen dir Schwimmhäute zwischen den Zehen.« Magnus versuchte, locker zu klingen, um von seiner Geilheit abzulenken.

Der Omega drehte das Wasser ab, wandte sich um, und öffnete zaghaft die Glastür.

Magnus breitete das Handtuch vor sich aus und wickelte den Welpen ein. Kurz spürte er den zarten Körper an seinem, Magnus' Schwanz wollte sich an den Kleineren reiben, doch Nikitas Unbehagen war zum Greifen nahe. Er selbst wich von Nikita zurück, schnappte nach einem weiteren Handtuch und wollte Nikitas Haare trocknen.

»Ich kann das alleine.«

Mit einem enttäuschten Schnauben ließ er den Burschen gewähren.

»Ja, sorry.« Er holte für den schmächtigen Omega frische Klamotten und ließ Nikita etwas Privatsphäre, auch wenn es ihm nicht leichtfiel.

KAPITEL 9

Nikolay

Der Alpha brachte ihm eine graue Jogginghose und ein schwarzes Langarmshirt. Als ob der Riese wusste, dass ihm trotz der heißen Dusche kalt war. Oder aber er hörte das unkontrollierte Klappern des blöden Zungenpiercings an seinen Zähnen.

Verdammt! Hör sofort auf damit!

Frisch angezogen, die Haare noch etwas feucht, folgte er mit einem gewissen Sicherheitsabstand dem Mann über einen breiten Flur in die Küche.

Nikolay hatte bis jetzt nur das Schlafzimmer und das Bad gesehen. Ihm war gar nicht bewusst, wie groß das Haus war, in dem er sich befand.

In der geräumigen Küche lud eine große Kochinsel ein, für Gäste und Familie groß aufzutafeln. Die schwarzen Marmorplatten kombiniert mit weißen Hochglanzschränken wirkten modern und ähnlich dem Schlafzimmer. Viele kleine Details waren überall verstreut und ließen die Küche herzlich und warm wirken.

Da hatte eindeutig eine Frau die Finger im Spiel!

Er kannte Magnus überhaupt nicht, aber irgendetwas ließ ihn vermuten, dass nicht der Alpha für die gehäkelten Topflappen beim Herd und die Salz- und Pfefferstreuer in einem rosé Farbton aus Porzellan am Tisch verantwortlich war.

Die dekorativen getrockneten Kräuter, die an der Fensterbank einen angenehmen Duft verströmten und die vielen Pflanzen, die von den Küchenschränken herunterbaumelten, ebenfalls nicht. Vor lauter Sinneseindrücken war er fast in den Alpha hineingerannt, der vor dem soliden Tisch stehen blieb.

»Setz dich«, sagte der Rudelführer knapp und deutete auf einen Sessel am Esstisch.

Nikolay löste die Beine aus seiner Starre und setzte sich wie gewünscht hin. Der Alpha blieb vor seinem Sessel stehen, was ihn durch den Höhenunterschied nur noch gigantischer wirken ließ. »Ich mach uns jetzt einen Kaffee und dann reden wir. Darfst du … eh, magst du Kaffee?«

Nikolay wusste, was Magnus sagen wollte. Er versuchte Magnus' Patzer zu ignorieren und nickte nur. Magnus begab sich zu seiner Kaffeemaschine, die eher einem Raumschiff aus der Zukunft von einem fremden Planeten ähnelte. *Egal!* Ein röstfrisch gebrühter Kaffee nach all der langen Zeit war bis jetzt das Beste, das ihm passieren konnte.

Seine Mutter hatte immer Witze darüber gemacht, er sei mit einem Kaffee-to go-Becher in der Hand zur Welt gekommen.

Er würde für das schwarze Getränk töten!

Egal ob mit Milch, Zucker, Sahne oder schwarz wie die Nacht – Hauptsache stark, aromatisch und *viel* davon. Der Riese hatte die dampfende Tasse vor ihm abgestellt und ihm gegenüber platzgenommen. Er besah die Tasse – oder eher den *großen* Becher vor ihm. Der Alpha bekam dafür einen kleinen Pluspunkt. Nikolay versuchte, nicht mit seinen zitternden Händen die heilige Flüssigkeit zu verschütten, als er einen ersten großen Schluck nahm.

Igitt! Das sonst so natürliche Aroma war völlig ruiniert! Wo ist die Lebendigkeit? Die kräftige Würze?

Für Nikolay, der sich selbst als kaffeesüchtig einstufte, konnte das nur eines bedeuten: Der Kaffee war entkoffeiniert!

Wäre er ein Wettergott, würde er es blitzen und donnern lassen, vor allem über Magnus' Schädel! Doch er versuchte, sich nichts anmerken zu lassen, schluckte den Kaffee – eine Frechheit, diese Plörre überhaupt als Kaffee bezeichnen zu dürfen – runter, und stellte den Becher wieder ab.

Eine Schande! Verdammt soll der Alpha sein!

Magnus bekam von all dem nichts mit. Dieser trank selbst einen Schluck. Nikolay war sich sicher, dass der einen echten Kaffee trank und nicht so ein Fake!

»Ich möchte mit dir was Wichtiges besprechen, Welpe.«

Ja, einen Welpen siehst du in mir! Deshalb das scheiß Kaffee-Imitat!

Nikolay versuchte, so ausdruckslos wie möglich Magnus' Blick zu entgegnen. Magnus sprach in einem ruhigen Ton, der gleichzeitig eine Dominanz mitschwingen ließ, die sagen wollte: *Was ich sage, wird befolgt!*

»Bevor wir uns hier in einen Strudel von Missverständnissen reden, möchte ich, dass du mir zuhörst und mich ausreden lässt.«

Nikolay schnaufte bloß als Antwort.

»Ich heiße dich hier im Chaplin-Rudel herzlich willkommen, das ist wohl vorhin im Schlafzimmer etwas untergegangen.« Nikolay hob skeptisch eine Braue.

Schon wieder dieser Name! Chaplin-Rudel?

»Ich weiß nicht, ob du diese Gegend hier kennst. Mein Bruder und ich leben erst seit etwa drei Jahren hier. Zuvor hatte hier ein ziemlich gestörter Alpha namens Hektor Grey das Sagen.

Die letzten paar Mitglieder des Grey-Rudels, die noch nicht von Hektor verjagt oder getötet wurden, suchten nach Hilfe.

Prat und ich waren die Einzigen weit und breit, die es mit Grey aufnehmen wollten.

In einem fairen Kampf haben wir gegen Hektor und seine Handlanger gewonnen. Seitdem leben hier Mitglieder des Grey-Rudels und Freunde, die mich und Prat begleitet haben. Unsere Gemeinschaft wuchs sehr schnell zusammen und wir sind auf einem guten Weg ein großes, starkes Rudel zu werden.«

Magnus' Blick wurde energischer. »Du bist hier sicher, Kleiner. Ich möchte, dass du hierbleibst und nicht mehr versuchst, abzuhauen. Niemand wird dich verletzen oder in Gefahr bringen. Ich werde dich beschützen.«

»Ich will nicht beschützt werden.«

Okay, das war trotzig. Nikolay wollte nicht dominiert werden. Ein freier Mensch wie jeder andere sein, das wollte er! Keine kranken Spielchen mehr!

Und verdammt, er wollte auch ein Mann sein, dem man nicht nur kastrierten Kaffee servierte!

Höchstwahrscheinlich sprach da hauptsächlich die Wut der Bevormundung aus ihm und nicht das Schutzangebot des Alphas. Der große Mann tat so, als ob er seinen Einwand nicht gehört hätte, und fuhr fort, dieses Mal in einen etwas strengeren Ton. Nikolay kam sich vor wie ein ungezogener Junge, der eine Strafpredigt vom Schuldirektor ertragen musste.

»Ich will, dass du mir von dir erzählst! Ich will alles über dich wissen, woher du kommst, wie du hierhergekommen bist, was mit dir passiert ist. Ich will deinen Namen wissen!«

Erstaunt sah Nikolay hoch zu dem Alpha. »Ja, glaube nicht, ich kauf dir NIKITA ab!«

Nikolay entgegnete ihm bloß ein genervtes Murren. Mittlerweile hatte Nikolay die Hände vor der Brust verschränkt, eine eindeutig abwehrende Position gegenüber dem Alpha. Der Riese ignorierte dies einfach. »Alles, was noch so belanglos für dich ist, will ich wissen. Wie alt du bist, welche Hobbys du hast und was dein Lieblingsfilm ist, verdammt!«

Magnus hatte sich in Rage geredet.

»Pahh! Das ist doch lächerlich!«, fauchte Nikolay, dem es endgültig reichte. Am liebsten wäre er jetzt aufgestanden und abgehauen, hätte die Tür zur Küche zugeknallt, dass die Wände wackelten. Aber er riss sich zusammen und blieb stocksteif sitzen.

»Also?«, fragte Magnus mit hochgezogener Augenbraue.

»Warum willst du das alles wissen?«

»Weil wir zwei vorbestimmte Gefährten sind. WIR GEHÖREN ZUSAMMEN!« *Wow, das klang ja echt irre romantisch, wie der wildgewordene Alpha diese Info so laut über den Tisch brüllte!*

»Das hast du schon einmal gesagt, und ich wiederhole mich gerne. Ein Omega kann keinen vorbestimmten Gefährten haben! Wir haben nicht das Recht dazu!

Außerdem bringe ich Unglück und ich glaube nicht, dass du dir so etwas wie mich ins Haus schaffen willst! Ich bin …«, ein lautes Klatschen ließ Nikolay erschrocken verstummen, da die schönen Salzstreuer in der Mitte des Tisches umkippten.

Der Alpha hatte so fest mit der flachen Hand auf den Tisch geschlagen, dass er erschreckt gedacht hatte, die Holzplatte breche entzwei.

»Rede nicht so von dir! Du bist MEIN Gefährte und kein Unglücksrabe, egal, was die Geschichten sagen!«

»Du willst doch auch, dass ich mich dir unterwerfe! Du bist nicht besser als dieser blöde Wikinger!«

»Was für ein Wikinger?«

»Na dein toller Wächter!«, spie Nikolay erzürnt aus.

»Ach, du meinst Tylor.« Magnus konnte ein Brummen nicht verhindern.

Nikolay schnaubte.

Der Kerl mit den langen blonden Haaren, den zerzausten Zöpfen darin, die auf seine breite Schulter fielen. Eigentlich ein sehr gut aussehender Mann.

Die Tatsache, dass Nikolay wegen dem Typen noch immer Schmerzen in der Schulter hatte, ließ ihn allerdings sauer aufstoßen. »Ja, genau den meine ich. Der wollte auch, dass ich mich ihm unterwerfe, alle wollen das. Ich bringe mir selbst Unglück.

Ich will nur meine Ruhe haben! Weg von den Rudeln, weg von Gestaltwandlern! Ich kann unter ihnen nicht leben!«

Magnus legte seine Hände auf den Tisch und faltete diese zusammen. Die übermächtige Körpersprache des Alphas brachte Nikolay zum Schnauben, wie einen Drachen, kurz bevor er Feuer spie.

»Du bist ein Omega … du brauchst ein Rudel nötiger als jeder andere Gestaltwandler.«

»Was soll der Scheiß bedeuten? Willst du mir sagen, dass ich selber zu nichts fähig bin? Das ist Schwachsinn!«

Magnus ließ beschwichtigend die Hände in die Höhe fahren. »Nein, du hast mich nicht richtig verstanden. Lass es mich erklären.

Ein Omega braucht das Rudel deshalb so sehr, weil ihr sehr sozial veranlagt seid, euch ist das Wohl anderer Menschen wichtig. Omegas sind sehr empathisch ausgerichtet, laut der übertragenen Geschichten.

Das sind alles wertvolle Eigenschaften. Omegas halten das Rudel zusammen, sie stärken es von innen.«

»Wie soll das bitteschön funktionieren? Immerhin hast du diesem Tylor den Kiefer gebrochen, weil er …« Nikolay fehlten die Worte dafür, erst jetzt kapierte er, dass ihn der Alpha vor diesem schändlichen Übergriff bewahrt hatte.

Und Magnus selbst hatte es noch nicht mal probiert, ihn in irgendeiner Weise sexuell anzugraben, obwohl pausenlos eine intensive Duftwolke reinen Verlangens von ihm ausging.

»Weil er dich in Besitz nehmen wollte. Das hätte ich nie zugelassen. Du bist MEIN.«

Nikolay fing an, höhnisch zu lachen. »Ja, ja. Glaub nur fest weiter daran.«

»Ich glaube es nicht, ich weiß es, dass wir wahre Gefährten sind. Wenn wir miteinander vereinigt sind und du mein Mal trägst, weiß jeder, wessen Gefährte du bist, und niemand wird dir noch gefährlich werden.«

»Ich bringe Unglück! Ich bringe DIR Unglück!

Wenn mich Wandler nicht FICKEN dürfen, dann wollen sie mich verjagen oder töten!

Niemand wird mich akzeptieren! Ich wäre nur der Fußabtreter für alle! Geht das nicht in deinen Schädel?«

Nikolay war sauer, und außerdem bekam er langsam Kopfschmerzen von dem vielen Hin und Her. Er wollte ins Bett, und zwar jetzt.

Magnus ließ sich nicht beirren und sprach weiter.

»Das stimmt nicht ganz. Ein ungebundener Omega kann Wirbel in ein Rudel bringen, da hast du recht.

Im schlimmsten Fall kommt es zu Kämpfen. Es möchte einfach ein jeder mit einen Omega in irgendeiner Form verbunden sein, ob körperlich oder auch nur mental.

Aus diesem Grund sagen viele Leute heutzutage, dass ihr Unglück bringt. Doch wenn ein Omega seinen wahren Gefährten findet, und dieser ein Alpha ist, ist es das Beste, was einem Rudel passieren kann.

Gemeinsam können sie das Rudel führen und gut umsorgen. Tylor habe ich seinen Rang des dritten Wächters entzogen, weil ich es für richtig halte.

Wenn er in nächster Zeit nicht angekrochen kommt, um sich bei dir und mir zu entschuldigen, werde ich ihn vermutlich den Rang auch nicht wiederzukommen lassen.

Sollte der schlimmste Fall eintreten und Tylor bei seiner Meinung über Omegas bleiben, die er im Wald so großkotzig herumposaunt hat, werde ich ihn verbannen.«

Damit hatte Nikolay jetzt nicht gerechnet.

Bestimmend setzte Magnus hinterher: »Ich führe das Rudel mit meinem Bruder zusammen. Er ist der erste Alpha im Rang, er hat bereits für Nachwuchs gesorgt, um die Linie aufrechtzuerhalten. Ich hätte niemals damit gerechnet, dass ich für einen wahren Gefährten bestimmt bin. Doch als ich dich sah, wusste ich es sofort! Wir zwei sind wahre Gefährten! Es ist für mich und das Rudel ein wahrer Segen! Schon Jahrzehnte gab es keine

Alpha-Omega-Vereinigung mehr! Das ist das Größte, was uns passieren konnte!«

Magnus war ganz vertieft in seine Rede, fast wurde Nikolay mitgerissen, mit diesem Strom von Stolz? Freude? Zuneigung? Es galt so viel zu überlegen.

Keine Ahnung, jetzt hatte er erstens Kopfschmerzen und zweitens immer noch Hunger. Es hörte sich so sicherlich gut an, was dieser Mann sagte, aber es *konnte* nicht stimmen. Oder? Dieser Streit erschöpfte ihn zusehends.

Nikolay stand ohne Ankündigung auf und blickte dem Alpha fest in die eisigen Augen. »Ohne mich!«, knurrte er Magnus an.

»Oh und dieses entkoffeinierte Gesöff kannst du höchstens als Unkrautvernichter verwenden!« Nikolay ging.

Er rannte nicht davon, dazu war er nicht in der Lage. Er ging in das Schlafzimmer, in dem er die letzten Tage geschlafen hatte. Müde steuerte er auf das Bett zu. Als er unter sich eine weiche Matratze spürte, hatte er bereits die Augen geschlossen und schlief ein.

KAPITEL 10

Magnus

Was war das eben für eine Scheiße?

Magnus war so verblüfft, dass er nicht mal merkte, wie Phil und Prat sich über die Hintertür hereingeschlichen hatten, um zu erfahren, ob er seinen Omega wieder eingefangen hatte. Erst als sich die große Hand seines Bruders auf seine Schulter legte, war er wieder im Hier und Jetzt.

»Was ist denn mit dir passiert? Du siehst aus, als hättest du den Geist unserer fiesen Geschichtslehrerin gesehen.« Magnus nickte nur zustimmend. So etwas in der Art.

»Deinen süßen Omega dürftest du ja wiedergefunden haben, ich kann ihn riechen«, meinte Phil ruhig.

Langsam fand Magnus wieder seine Stimme. »Ja, ich habe ihn eingeholt und wieder zurückgebracht.«

»Wo ist er jetzt?«

»Schlafzimmer, ich glaube, er schläft.«

»Hat er genug getrunken?«, wollte Phil mit seiner Arzt-Stimme wissen. Magnus überlegte kurz, musste dann resigniert mit dem Kopf schütteln.

»Nein, er hat überhaupt nichts getrunken, nur einen Schluck vom Kaffee hier.« Er deutete auf die volle Tasse auf dem leeren Platz, die langsam kalt wurde.

»Du gibst ihm Kaffee? Er ist noch ein halbes Kind! Warum nicht gleich Martini mit einer Olive? Dann hätte er wenigstens was zu knabbern gehabt! Denn Essen rieche ich hier nicht. Hast du nicht das gedünstete Gemüse gesehen, welches ich extra dagelassen habe?«

Magnus musste sich zusammenreißen, um hier nicht gleich ein Massaker zu starten.

»Phil! Er ist KEIN KLEINES KIND! Außerdem war es entkoffeinierter Kaffee und DESHALB hat er ihn nicht getrunken. Er hat mir zum Schluss, bevor er abgerauscht ist, noch an den Kopf geworfen, wie ich es nur wagen könnte, ihm so ein Gesöff hinzustellen!«

»Oh, wie schön! Klingt, als ob er ziemlich selbstbewusst wäre.« Prat konnte ein leises Kichern nicht mehr unterdrücken.

»Ja verdammt, das ist er! Er ist so gar nicht, wie es ein lieber Omega sein sollte!

Als ich ihn das erste Mal roch, habe ich mir schon vorgestellt, wie wir uns die nächsten Tage durch das Bett wälzen und er in meinen Armen liegt und dort ein Nest baut …«

»Ein Nest?« Phil und Prat prusteten gleichzeitig los. »Womit soll er denn ein Nest bauen? Mit deinen Haaren auf der Brust? Oder wolltest du raus aufs Feld, noch ein paar Strohhalme einsammeln?« Sie kriegten sich überhaupt nicht mehr ein, es war sinnlos, mit ihnen darüber zu reden.

»Bildlich gesprochen, ihr Vollidioten! Wenn ihr nichts Sinnvolleres zu tun habt, als mich auszulachen, wäre es besser, wenn ihr so schnell wie möglich abhaut, sonst ziehe ich euch bei lebendigem Leib das Fell über die Ohren!«

Magnus knurrte die letzten Worte, doch leider waren die beiden seine engsten Verbündeten, die Drohung fand damit nur wenig Gehör. Jeder andere hätte sich bereits eingenässt vor Angst.

Magnus konnte sich täuschen, aber sein Bruder murmelte noch etwas Ähnliches wie *»ewiger Nörgler«* in seinem nicht vorhandenen Bart, bevor er Augenkontakt suchte und in normaler Lautstärker weitersprach. »Was ist denn eigentlich passiert? Warum ist das Kerlchen weggelaufen?«

»Er dachte, wir würden ihn vergiften wollen oder unter Drogen setzen. Er sah das hochkalorische Pulver im Saft und hat daraus falsche Schlüsse gezogen.«

»Oh scheiße, das geht dann wohl auf meine Kappe! Sorry Alter! Das hätte ich ihm sagen sollen, dass ich das Zeug untergemischt habe. Hat er dir denn geglaubt?« Magnus nickte missmutig, der Orangensaft lag ihm schwer im Magen. »Ja das schon, habe den Saft vor seinen Augen getrunken, das hat ihn wohl überzeugt.«

»Und warum siehst du dann trotzdem aus, als hätte dir jemand dein Lieblingsspielzeug weggenommen?«

Magnus musste ein paar Mal schlucken, bevor er weitersprach. »Er will mich nicht als seinen Gefährten.«

»WAS?«, kam es wie aus der Pistole geschossen aus beiden Mündern.

Magnus musste wohl wieder einmal weiter ausholen. *Scheiße!*

»Er denkt, dass Omegas keine Gefährten bekommen dürfen, dass er mir und dem Rudel Unglück bringen wird. Er will nicht bei Wandlern leben … nicht in einem Rudel … nicht bei mir.«

Prat kam zu Magnus und umarmte seinen größeren Zwillingsbruder, legte seine ganze Liebe und Zuversicht in die Umarmung.

Prat war immer schon der Sanftere von ihnen gewesen, war immer zur Stelle, um ihn zu trösten, wenn er sich als Kind das Knie aufgeschlagen hatte oder mit einer schlechten Schulnote nach Hause kam.

»Lass ihm Zeit zum Heilen. Sein Körper und seine Seele sind sehr geschwächt, du darfst jetzt nicht alles ernst nehmen, was er sagt.«

Phil meldete sich auch zu Wort. Er hatte das Geflüsterte durch seinen guten Gehörsinn trotzdem verstanden. »Prat hat recht. Außerdem hat Nikita heute keine Flüssigkeit zu sich genommen und kaum Nahrung.

Da sind logisches Denken und Zuhören ziemlich schwer, wenn sich eine Dehydration anbahnt. Es wäre das Beste, wenn ich Nikita noch mal eine Flüssigkeit anhänge, um ihn gut über die Nacht zu bringen.«

»Wenn du meinst.«

Kaum ging Phil zu Magnus' Omega, da meldete sich auch schon wieder der Besitzerinstinkt. *Hmpf. Musste das jetzt sein?*

Mit Prat im Schlepptau folgte er in das Schlafzimmer, wo Phil gerade dabei war, den Omega umzudrehen. Nikita musste unmittelbar eingeschlafen sein, sobald er das Bett berührt hatte. Dieses Wissen gab ihm etwas Trost und bekräftigte das Gesagte von Prat und Phil.

Das Omega-Fliegengewicht war schnell auf den Rücken gedreht, dabei machte der Bursche keinen Mucks, er musste total erschöpft sein. Bei Phils Suche nach einer geeigneten Vene rutschte das Shirt in die Höhe. Der eingefallene Bauch brachte Magnus dazu, schmerzvoll zu schlucken.

Nikita machte kaum einen Mucks, als Phil seine Haut mit der Nadel durchbohrte. Magnus legte den Schlafenden in die Mitte des Bettes, deckte ihn zu und kuschelte sich an ihn, damit er nicht auskühlte.

Bruce rief spät abends an, nur um Magnus mitzuteilen, dass er noch nichts über Nikita rausgefunden hatte. Magnus konnte nur hoffen, dass morgen die Welt bereits anders aussehen würde.

Der neue Gast verschlief die weiteren Tage, während es draußen wieder stärker schneite und ein bitterkalter Wind alle in ihre Häuser zwang. Nikita aß kaum und wenn er mal wach war, dann schwieg er und schien sehr bedrückt. *Wenn Nikita nicht so stur wäre, dann …*

Magnus musste an sich halten, um seine Wut nicht laut hinauszubrüllen. Niemals hatte er gehört, dass sich ein vorbestimmter Gefährte so distanziert verhielt.

Der Omega kam nur aus dem Schlafzimmer raus, wenn er mal ins Bad musste, geschweige denn, dass er die Nähe von Magnus suchte! *Es war zum Verrücktwerden!*

Phil schürte Magnus' Unbehagen noch zusätzlich, er war wegen Nikitas abgemagertem Körper sehr besorgt. Sie hatten kaum Erfahrung mit Untergewicht bei Wandlern.

Immerhin verspeisten Wolfswandler locker das Doppelte von Menschen und hatten normalerweise einen gesunden Appetit. Aus alten Geschichten wusste man, dass Wolfswandler, die hungern mussten, oft den Verstand verloren.

Von solchen Schicksalen wurden die Werwolf-Schauergeschichten abgekupfert. Wenn ein Wolfswandler nahe am Verhungern, nur mehr instinktgesteuert durch den Wald lief und alles verfolgte, was sich bewegte, konnte der Hungernde nicht mehr zwischen Wildschwein, Hase oder Spaziergänger, der nur Pilze sammelte, unterscheiden.

Magnus verlangte von Phil einen Lösungsvorschlag, ehe es so weit kam, wie in den Geschichten. Künstliche Ernährung schlug Phil vor, alles andere wäre nicht erfolgversprechend. Davon wollte Magnus allerdings vorerst nichts wissen, Nikita einen Schlauch durch die Nase zu schieben, würde nur dazu führen, dass er sich noch mehr zurückzog.

Am nächsten Tag kam Bruce, ohne anzuklopfen, ins Haus gestürmt. Magnus saß in seinem Büro, wo er vergeblich versuchte, sich auf seine Arbeit zu konzentrieren, um die so langsam verstreichende Zeit, irgendwie konstruktiv zu nutzen.

Bruce blieb erst direkt vor Magnus' Schreibtisch stehen und blickte den Alpha mit seinem undurchdringlichen Pokerface an.

»Was fällt dir ein, hier so hereinzuschneien?! Und das noch so respektlos?« Magnus hasste es, wenn einer seiner Wächter, oder Rudelmitglieder ihm zur Begrüßung nicht ehrfurchtsvoll die Kehle darboten.

Bei Phil machte er eine Ausnahme, sie waren immerhin beste Freunde, auch bei Bruce war er nicht immer so streng. Jedoch ohne Vorankündigung hier so rein zu platzen, ohne ein Wort zu verlieren, brachte Magnus auf die Palme. Bruce gab sich alle Mühe, nicht patzig zu antworten, und zeigte, wie verlangt seine Kehle.

»Geht doch.«

Im nächsten Moment knallte ihm Bruce einen dicken Aktenordner auf den Schreibtisch. Lose Notizen und Papierschnipsel wehten vom Schreibtisch und flatterten durch die Luft, bevor sie zu Boden segelten. Magnus hatte erst in letzter Sekunde gesehen, dass der Vollstrecker eine Mappe unter dem Arm eingeklemmt hatte. »Was ist das?«

»Vermutlich mehr Fragen als Antworten, aber zumindest ein Anfang.«

Magnus schnaubte genervt. Er hasste es, mangelhafte und unzureichende Antworten zu bekommen. *Er* war der Wortkarge, das war *sein* Job verdammt! »UND WEITER?«

»Das ist die Akte deines KLEINEN OMEGAS.« Während Bruce das sagte, schnappte er sich einen Stuhl und ließ sich verkehrt darauf nieder, die muskulösen Unterarme ruhten auf der Lehne.

»Und das sagst du mir erst jetzt, verdammte Scheiße?«

»He! Du hast mit dem ganzen ICH-BIN-DEIN-ALPHA-UND-VERLANGE-RESPEKT-GEHABE angefangen und wichtige Zeit verschwendet.«

»Ja, ja ist schon gut. Was hast du nun rausgefunden? Von welchem Rudel kommt er denn?« Bruce' Blick ruhte nachdenklich auf den dicken Umschlag der Akte. Es war seltsam für Magnus, den Vollstrecker so zu sehen. Sonst war er sehr wortgewandt und nahm kein Blatt vor den Mund. Hier und jetzt sah es aus, als müsste Bruce seinem Vater beichten, dessen Auto geschrottet zu haben.

»Von diesem, unserem Rudel.« Bruce' Stimme klang bitter.

Magnus konnte spüren, wie sich eine Ader der Wut auf seiner Stirn bildete und stark pochte.

»Warum zum Teufel hat das dann so lange gedauert?« Aufgebracht wippte Magnus mit seinen Bürosessel vor und zurück, in dem Bemühen, seinen ersten Wächter nicht gleich hier und jetzt in den Arsch zu treten.

Herrgott, und wenn dann Bruce noch so teilnahmslos dreinschaut wie gerade eben, könnte ich ihn in der Luft zerfetzen!

In solchen Momenten fragte Magnus sich, warum sie eigentlich »Freunde« und nicht Erzfeinde waren. Geduld gehörte einfach nicht zu seinen Stärken, das musste er sich eingestehen.

»Es hat deshalb so lange gedauert, da er nicht vermisst wurde, zumindest nicht MEHR vermisst wurde ...«

»Ja ist er nun vermisst oder nicht? Himmel, rede endlich, bevor ich platze!« Bruce stand von dem Sessel auf und ging in dem Büro auf und ab, eine Hand im Nacken und die andere in die Hüfte gekeilt.

»Nikolay Koslowski. In Russland geboren, in der Nähe von St. Petersburg in einem kleinen Dorf. Ist vor zwei Wochen 18 geworden.«

»NIKOLAY?«

»Ja, dein Gefährte heißt Nikolay.« Bruce deutete mit einem Fingerzeig auf die dicke Akte vor Magnus auf den Tisch. Zögerlich löste der Alpha den Knopf der Mappe, der die vielen Blätter im Inneren zusammenhielt.

Als Magnus die erste Seite aufschlug, lächelte ihn das hübscheste Gesicht entgegen, das er jemals gesehen hatte. *Sein* Nikolay, viel jünger, aber unverkennbar *sein* Gefährte. Dieselben rabenschwarzen Haare, etwas kürzer als jetzt, die geraden weißen Zähne, mit denen er sofort für jede Zahnpastareklame hätte vorsprechen können. Und die Augen ... wie schwarze runde Onyxe, in denen Magnus versinken wollte.

»Wieso hast du dann so lange gebraucht, die Akte zu finden?«, wollte Magnus von Bruce wissen, um nicht vor lauter ungestillten Verlangen auf das Bild zu sabbern. *Zumindest nicht so lange der blöde Bruce hier war.*

Lieber würde er das lebendige Original vollsabbern, doch *Nikolay* hielt sich noch immer sehr zurück – und das war die Untertreibung des Jahres.

»Weil ich nur nach Vermissten der letzten Jahre innerhalb unserer Grenzen und in der Umgebung gesucht habe. Als ich nichts fand, habe ich Adrian, den Detective aus der Stadt, gebeten, ebenfalls nach ihm zu suchen, dessen Bemühungen verliefen leider auch im Sand.

Adrian meinte, dass der Omega vielleicht wirklich von Russland oder sonst woher kommen könnte und somit unsere Chancen gleich Null waren.

Und selbst wenn wir seinen richtigen Namen wüssten, würde es Wochen dauern, bis man alle Vermisstenanzeigen durchgesucht hätte. Also habe ich mich noch mal auf unser Gebiet konzentriert, denn irgendetwas sagte mir, dass ich gar nicht so falschlag bei meiner Suche.

Ich habe mir gleich gedacht, dass er mir bekannt vorkam, als ich ihn in deinem Bett liegen sah, doch ich war mir nicht sicher, also wollte ich nichts sagen. Ich suchte weiter und als ich ihn schließlich bei den Todesanzeigen gefunden habe, fiel es mir wie Schuppen von den Augen.«

Magnus ließ das Bild vor Schreck zu Boden fallen, als sich die Worte in seinem vernebelten Hirn verankerten.

»Bei den Todesanzeigen?« Bruce nickte nur.

»Wehe, ich muss dir jetzt alles aus der Nase ziehen, Bruce! Das Eis, auf dem du gehst, ist dünn!«

»Ja, er wurde vor drei Jahren für tot erklärt.« Bruce ging zum Schreibtisch und schlug in der Akte die zweite Seite auf, wo wahrhaftig eine Sterbeurkunde eingeordnet war.

»Zuerst wurde er als vermisst gemeldet. Bevor du fragst von wem – von seiner Mutter Irina Koslowski.«

»Ich kenne keine Irina und niemanden der Koslowski heißt, das würde ich wissen, immerhin kenne ich alle mit Namen im Rudel.«

»Du kannst sie auch nicht kennen. Irina wurde ebenfalls für tot erklärt, nur mit dem Unterschied, dass sie ganz sicher tot ist. Sie wurde von dem alten Alpha Hektor getötet.

Er hat sie regelrecht in Stücke gerissen. Der Polizei konnte man weismachen, dass es ein normaler Wolf oder Puma gewesen war, der sie wie ein Schaf gerissen hat. Da so viele andere in diesem Rudel den Tod durch Hektor fanden, war die Vermutung groß, dass er auch ihren Sohn getötet hatte.

Es wurden der Wald und alle Häuser und Hütten durchsucht, doch es wurde keine Leiche gefunden. Er wurde als verschollen in die Akte eingetragen. Nikolay hatte sonst keine Verwandten hier, die dafür gesorgt hätten, dass er weiterhin gesucht und der Fall nicht ad acta gelegt wird.

Nikolay wurde, als einige Zeit verging, schließlich wie seine Mutter für tot erklärt. Es war wohl das Einfachste zu glauben, dass er wie seine Mutter durch den damaligen Rudelführer starb.«

»Unfassbar!«, stieß Magnus hervor.

»Das ist der größte Haufen Scheiße, von dem ich je gehört habe!« Magnus schlug mit der Faust auf den Schreibtisch. Er brauchte ein Ventil für seinen unbändigen Zorn.

Seine Knöchel waren blutverschmiert und im Schreibtisch befand sich nun eine Delle in der Form seiner Faust. Magnus ignorierte das Pochen in der Hand und lief aufgewühlt im Büro auf und ab, worauf sich nun Bruce hinsetzte, um nicht in die Schusslinie von Magnus zu geraten. *Das war gut so!*

»Wie gedankenlos kann man sein, um so übereilt und planlos zu handeln?«

Bei dem Gedanken, durch welche Hölle sein kleiner Gefährte wohl die letzten Jahre gegangen sein musste, wurde ihm regelrecht schlecht und es stieg ihm bittere Galle hoch.

Nur durch seinen eisernen Willen kotzte er Bruce nicht vor die Füße. Wenn man nur gründlicher nach Nikolay gesucht hätte! Dann … dann … *Aaargh!!*

Er widerstand dem Drang, nochmals auf den Schreibtisch zu schlagen. Er hatte den Ahornbaum selbst gefällt, aus dem Wald geschleppt und ihn in mühsamen Arbeitsschritten zu diesen über vier Meter langen Schreibtisch verarbeitet. *Wäre schade um den Tisch.*

»Mein Alpha. Du weißt selbst gut genug, welches Chaos hier herrschte, als Hektor noch das Rudel anführte.

Wir wussten nie, was als Nächstes passieren würde. Auch nicht, an wem Hektor das nächste Mal seine gefürchtete Selbstjustiz ausführte, nur weil ihn wer schief angesehen hatte. Er war ein Tyrann, der sich alles nahm, was er wollte, ohne Rücksicht auf Verluste.

Hektor killte in seiner Zeit als Alpha über zwei Dutzend Wandler, und das nur in unserem Rudel! Wir verloren bald den Überblick, mein Alpha.

Wenn du und dein Bruder, Hektor und seine Handlanger nicht gestürzt hättet, wäre keiner hier noch lange am Leben geblieben. Hektor war ein Psychopath!

Deshalb ging Nikolay in diesem Getümmel unter, wir haben – zig Leute gesucht und für tot gehalten. Das soll keine Entschuldigung sein, aber so war es nun mal. Viele fanden in dieser Zeit den Tod. Nikolay war nicht der Einzige, den wir noch zu finden hofften.«

Magnus' innerer Wolf wollte dafür Tote sehen, dass sein Gefährte einfach in Vergessenheit geraten konnte. Das Tier in ihm kratzte extrem nah an der Oberfläche, war nur schwer zurückzuhalten, weshalb er ein tiefes Knurren nicht mehr unterdrücken konnte. Bruce hatte leider recht.

Es war das reinste Chaos zu Beginn. Die ersten Schritte und Amtshandlungen waren schwer und nur durch viel Gefühl seitens von Prat machbar gewesen, und die noch übrigen Rudelmitglieder zusammenzuhalten, sie davon abzuhalten, das Rudel zu verlassen. Es hatte an Struktur und an Vertrauen gefehlt.

Magnus kam noch ein anderer Gedanke. »Ich habe Nikolay verpasst.«

»Ja. Nachdem Hektor eine ganze Familie ausgelöscht hatte, habe ich mich auf die Suche nach Unterstützung gemacht und dich und Prat gefunden. Da war Nikolay etwa einen Monat verschwunden.«

Bruce' Stimme war etwas belegt, es wurmte ihn, das spürte Magnus.

»Aber das erklärt auch nicht, warum du dich nicht sofort an ihn erinnern konntest, so groß war das Rudel damals nicht!«

»Nikolay kam in das Rudel, da war er etwa zwölf oder dreizehn Jahre alt. Zusammen mit seiner Mutter und seinem Großvater namens Dimitri.

Der starb jedoch an einem Krebsleiden, etwa ein halbes Jahr später. Auf seiner Beerdigung habe ich den Jungen zum ersten und zum letzten Mal gesehen. Da kam er gerade in die Pubertät, deshalb hatte man den Omega, der er ist, noch nicht riechen können. Außerdem waren er und seine Familie irgendwie … sonderbar, wenn ich mich so recht erinnere.«

»Was meinst du mit sonderbar?«

Bruce sprach Klartext. »Die Familie hielt einen großen Abstand zu den anderen Gestaltwandlern. Dimitri war sowieso die meiste Zeit seines kurzen Lebens gezwungenermaßen ans Bett gefesselt. Doch Irina entfernte sich ganz offiziell und arbeitete in der Stadt bei den Menschen. Nikolay tat es ihr nach und ging in eine Schule für Menschen.

Deshalb waren sie nie da, sie verbrachten die meiste Zeit in der Stadt. Als Irinas Vater unter der Erde lag, sah man sie nur mehr, wenn sie als Wölfe im Wald unterwegs waren.«

Bruce' Worte versetzten Magnus in tiefe Verwunderung. Für Gestaltwandler war es sehr ungewöhnlich, in der Stadt bei den Menschen zu leben. Es war für Wandler kein Problem, in die Stadt zu fahren, dort Restaurants zu besuchen, Sightseeingtouren oder Besorgungen zu machen, sei es in einem Supermarkt oder in einem Elektronikgeschäft, um sich das neueste Smartphone zu kaufen.

Auch um in der Stadt notgedrungen einer Arbeit nachzugehen, stellte für eine gewisse Zeitspanne noch kein Problem dar. Doch jeder Wandler, den er kannte, war froh, nach einem Tag in der Stadt wieder nach Hause zu kommen. Gestaltwandler suchten die Nähe von anderen Gestaltwandlern und die der Wälder, der Natur.

»Am Anfang dachten wir, es wäre wegen der russischen Sprache, dass sie Versammlungen und Zusammentreffen aller Art vermieden. Doch die beiden lernten sehr schnell ...« Bruce hob die Schultern in die Höhe.

»Bruce, du willst mir doch noch was sagen.«

Bruce deutete mit einem Kopfnicken auf die Akte. »Alles, was du wissen musst, steht da drin, du kannst es dir in Ruhe durchlesen.«

»Vielleicht will ich ja, dass du mir erzählst, was da drinsteht und was du sonst noch weißt.« Magnus blickte Bruce scharf in die Augen, sie fochten ein Blickduell aus, mehrere Sekunden lang. Bis Bruce schließlich den Kopf senkte und sich geschlagen gab. Seine Stimme hörte sich dabei etwas bedrückt an.

»Nikolay war ... ist sehr klug. Er übersprang gleich mehrere Klassen und schloss mit fünfzehn Jahren die Schule mit Auszeichnung ab. Dann verschwand er plötzlich von einem Tag auf den anderen.

Er hatte die Schule ordnungsgemäß beendet, von da bestand keine Notwendigkeit, dass die Schule ihn bei der Polizei der Menschen als vermisst meldete. Er hatte sich jedoch in der nächsten Stadt um eine Ausbildung als Rettungssanitäter beworben, bei den ROTEN ENGELN.

Diese Einrichtung meldete das Fehlen ihres neuen Auszubildenden. Da wurde dann schließlich die Polizei in großem Stil eingeschaltet, die natürlich auch nichts fanden, aber bei ihrer Suche sehr hartnäckig waren.«

»Bruce, worauf willst du hinaus?«

»Vermutlich auf gar nichts, es ist nur so ein Gefühl.« *Ja genau!* Bruce', ungute Gefühle riefen Magnus eigene ungute Gefühle durch das schmerzhafte Pulsieren in Magnus' Hand hervor, weil er unbedingt auf den Tisch eindreschen musste. Er könnte sich für seine Unbeherrschtheit selbst ohrfeigen.

»Spuck's aus, bevor ich mich vergesse!«

»Dein kleiner Omega war in einer ziemlich schrägen Musikband involviert.«

»Du meinst so 'ne Art Garagenband?«

Bruce schnaubte amüsiert. »Schön wär's. Nein es ist eher eine Mischung aus Metal-Band -und einem Biker-Club.«

»Aha. Und was hat er da genau gemacht?«

»Das weiß ich eben nicht. Auf jeden Fall wurde die Polizei hellhörig. Diese Band nennt sich *Psycho Eggs* und sie hatte ziemlich viel Dreck am Stecken. Die Polizei konnte ihnen aber nie etwas nachweisen. Ob es jetzt mit dem Verschwinden von Nikolay zu tun hatte, oder wegen Drogen, Prostitution oder Waffenhandel. Die hatten für alles und jedes ein Alibi.« Magnus verfolgte Bruce' Erläuterungen mit wachem Interesse.

»Denkst du, dass sie was damit zu tun haben könnten?«

»Das möchte ich noch herausfinden.«

Magnus wollte Bruce gerade Feuer unterm Hintern machen, dass er besser schnell eine Antwort für ihn parat hatte, als sie einen erstickten Schrei hörten.

Nikolay! Phil und Prat waren zurzeit nicht im Haus. Als Magnus in das Schlafzimmer stürmte, kämpfte Nikolay im Bett gegen unsichtbare Gewalten. Er atmete schwer und krallte sich mit den Händen in der Decke fest.

»Net! Net! Moy yazyk!!«, schrie der Omega so laut, dass er davon selbst wach wurde.

KAPITEL 11

Nikolay

»… du kleiner Bastard! Es wäre das Beste, wenn ich dich einfach töten würde!«

»Mein Alpha! Es tut mir leid! Bitte!«

»Nein, damit ist jetzt Schluss! Du befolgst jetzt endlich meine Anweisungen!«

»Aber …«

»Hör auf, ständig zu widersprechen! Ich habe deine bockige Art so satt!«, schrie der Alpha, sodass Spucke auf Nikolays verheultem Gesicht landete. »Du lügst! Du versprichst Dinge und glaubst, du kannst ein falsches Spiel mit mir treiben, doch ich habe dich längst durchschaut! Du willst mich mit deinem verheulten Getue hinhalten, tust so, als beherrscht du ES nicht … doch im Grunde wartest du nur ab, hoffst darauf, dass sich das Problem von selbst erledigt, wenn du nur lang genug stur bleibst.« Der lauernde Blick des Alphas durchbohrte Nikolay wie ein Pfeil. Sein Herz gefror zu Eis, als der Mann unerwartet ruhig und gefestigt weitersprach. »Ich glaube langsam, dass es nur einen Weg gibt, dein trotziges Verhalten zu stoppen. Ich habe es satt, von dir provoziert zu werden.« Während er sprach, zog er ein Jagdmesser aus der Hose. »Du brauchst deine Zunge nicht und ich höre dann deine dummen Ausreden und dein Gejammere nicht mehr.«

Im nächsten Moment verband der Alpha Nikolay die Augen. Er hatte leichtes Spiel, Nikolay war schon seit Stunden an einem klapprigen Stuhl gefesselt und konnte dem Alpha nicht entkommen.

Schwere Schritte waren zu hören, dann ein Scheppern, gleich neben Nikolay. Am lautesten war jedoch sein eigenes Herz, das drohte seine Brust zu sprengen.

»Mach dein Maul auf!« Nikolay schüttelte verzweifelt den Kopf und presste die Lippen fest aufeinander. Ein besonders harter Schlag ins Gesicht folgte. Nikolay entließ ein verängstigendes Wimmern.

Hartes, kaltes Metall stieß auf seine Lippen und forderte brutal Einlass. Das befremdliche Werkzeug zwang Nikolays Mund mit aller Kraft auf und schnappte nach seiner Zungenspitze.

»Ahhh! Nein!!«, schrie Nikolay panisch auf, als das zangenartige Metall seine Zungenspitze einquetsche und erbarmungslos daran zog.

»Halt still!« Das laute Gebrüll des Alphas hallte an den Wänden wider.

Nikolays Wahrnehmung schrumpfte auf den Mann vor ihm und das Messer zusammen. Die Augenbinde war bereits von seinen Tränen nass durchtränkt. Dann pulsierte seine Zungenmitte, ein schneidender, pochender Schmerz breitete sich aus. Nikolay wimmerte vor Verzweiflung.

Von Weitem hörte er das boshafte Lachen des Alphas, das nur langsam zu ihm durchdrang. »Du bist so zimperlich, kleiner Omega!« Die Stimme seines Peinigers war so schneidend kalt, niemals könnte sich Nikolay an diese Unnahbarkeit gewöhnen.

Der klammernde Griff von der Zungenspitze verschwand, gleich darauf schmeckte Nikolay Blut sich in seinem Mund sammeln und etwas befremdlich Neues, das nicht dorthin gehörte.

»Das war einfacher als gedacht … da können wir bald auch an anderen Stellen weiter machen«, raunte der Alpha und streichelte über Nikolays nackte Brust.

Nikolay schlug die Augen auf und wusste nicht, wo er war. Er spürte, wie sich eine längst bekannte Panik in seinem Körper breit machte, doch im nächsten Moment hatte er Magnus im Blickfeld und erinnerte sich, dass er seit einigen Tagen bei dem großen Mann zwangseinquartiert war. Trotzdem war etwas anders. Der dominante Eigengeruch des Alphas war ihm bekannt, doch nun war er vermischt mit einem zweiten Duft. Ein ebenso starker, wie der von Magnus, aber etwas anders, ließ ihn seine Nase rümpfen.

»Du hattest einen Albtraum. Gehts dir wieder besser?« Magnus schien sichtlich besorgt, mit der leicht gerunzelten Stirn und den eisigen Augen, die eine Spur wärmer wirkten als sonst.

Nikolay wischte sich geistesabwesend über den zitternden Mund, von seinem Traum zuvor konnte er fast noch spüren, wie die Zange auf seine Lippen schlug, bevor ihm auf brutalste Art ein Piercing gestochen wurde.

Nikolay hatte in diesem Moment wirklich gedacht, dass ihm die Zunge abgeschnitten wurde. Langsam nickte er Magnus zu, als er sich sicher war, dass das wirklich nur ein Traum gewesen war. Dabei entdeckte er den Mann, zu dem der fremde Duft gehören musste.

Ein großer Typ mit rasierter Glatze stand im Türrahmen und starrte ihn unverhohlen, mit verschränkten Armen vor der durchtrainierten Brust an. Nikolay fühlte sich bei der Musterung sofort unwohl und zog seine Decke wie eine kugelsichere Weste höher. Magnus erkannte den Grund für Nikolays Wortkargheit und warf ebenfalls kurz einen Blick auf den noch Namenlosen.

»Keine Angst, das ist Bruce, mein erster Wächter und Vollstrecker.« Mit einem Kopfnicken erlaubte Magnus Bruce ins Zimmer zu kommen. Der Wächter ließ genügend Abstand zwischen ihnen und legte auf Händeschütteln keinen Wert, was Nikolay etwas beruhigte.

Irgendetwas störte ihn an dem Wandler, wenn er nur wüsste, was!

Sein Rang war vielleicht der eines ersten Wächters, jedoch war der Mann ein ausgewachsener Alpha.

Der Wächter begann zu sprechen und eine leichte Ahnung, oder eher eine Erinnerung bahnte sich durch seine Hirnwindungen.

»Hallo Nikolay. Lange nicht mehr gesehen. Kannst du dich noch an mich erinnern? Damals war ich auch schon Detective im Rudel.«

Nikolay befürchtete, dass ihm seine Augen vor Schock rausfallen würden. *So ein Mist!*

Er wusste, dass es nur eine Frage der Zeit war, bis ihn jemand aus dem ehemaligen Grey-Rudel erkannte. Nicht umsonst wollte er so schnell wie möglich weg von hier.

Wer genau der Glatzkopf war, konnte Nikolay nicht mehr sagen. Bruce … der Name kam ihm nicht bekannt vor. *»Nikolay«* … er hatte seinen Namen schon so lange nicht mehr gehört. Es wirkte befreiend auf ihn, trotz des komischen Gefühls, das seine Magengegend beherrschte. Er blieb auf der Hut.

Nikolay gab dem Wächter keine Antwort, er fand diesen Typen nicht besonders sympathisch, weshalb er ihn, ohne darüber nachzudenken, herausfordernd anstarrte. *Verpiss dich!*

Bruce starrte so zurück, dass sich Nikolays Nackenhaare aufrichteten. Ein warnendes, lautes Knurren seines eigenen inneren Wolfes entkam

Nikolay, machte seine Position deutlich, dass er sich sicher nicht wie ein kleiner Hund beugen würde.

Sein innerer Wolf wurde dabei jedes Mal sehr unruhig, winselte still vor sich hin und wollte dem Stärkeren seinen Bauch entgegenstrecken, doch Nikolay ignorierte und unterdrückte seine Instinkte und hielt seinen Wolf an der Leine.

»Bruce! Hör, auf ihn zu provozieren, und dasselbe gilt für dich, Welpe!« Bruce senkte als Erster den Blick, um danach gleich wieder Nikolay anzuschauen, jedoch nicht mehr herausfordernd. Ein Schmunzeln umrahmte sein hartes Gesicht.

Lachte er mich aus?

Ein tiefes Knurren, lauter als beim ersten Mal, entkam Nikolays Kehle, eher das eines wilden Tiers als von ihm. Magnus und Bruce hoben beide ihre Augenbrauen, etwas konfus über diese Situation.

»Bist du sicher, dass er kein Alpha ist, so wie er sich aufführt?« Bruce' Frage an Magnus tropfte nur so vor Ironie und Nikolay hätte ihm am liebsten sein blödes Grinsen aus dem Gesicht gewischt. *Der Mistkerl amüsiert sich auf meine Kosten!*

Nikolay ließ ihm seinen Todesblick zukommen, der alles sagte, was er sich dachte. Das kam dann endlich auch bei Bruce an. Augenblicklich war sein Schmunzeln verschwunden.

»Liebe auf dem ersten Blick, was?« Magnus wirkte eher erheitert als genervt.

»Wo warst du die letzten drei Jahre, Kleiner?« Der falsch liebevolle Ton machte Nikolay fuchsteufelswild.

»Ich dachte, du weißt eh schon alles?« Nikolays Antwort war so patzig, genauso wie er es vorhatte.

»Nein. Wir haben genug Fragen an dich, um locker eine Woche eingeschneit werden zu können, ohne dass mir der Gesprächsstoff ausgehen würde. Was ist mit dir passiert, dass du so schwer verletzt wurdest?«

Nikolay zog es wieder vor, nicht zu antworten.

»Gut, warum bist du zurückgekommen?« Nikolay spielte den Stummen und blickte auf seine Füße, die unter der Decke leicht zitterten. Magnus hielt sich während der *Befragung* im Hintergrund.

»Was hast DU angestellt, dass dir jemand ein Silberhalsband anlegt?« Bruce wollte ihn provozieren.

Nikolay starrte geradeaus, um nicht reflexartig einen Blick auf sein vernarbtes Handgelenk zu werfen. Bruce schien sich dadurch nicht beirren zu lassen. Der Vollstrecker war vermutlich gewöhnt daran, nicht gleich zu bekommen, was er wollte.

Scheiß Bulle!

Als Nikolay die Polizei am nötigsten gebraucht hätte, war sie nicht da gewesen. Wie lange hatte er gehofft, dass jeden Moment die Tür aufging und eine Horde Polizisten den Raum stürmten. Doch niemand war gekommen, sie hatten ihn vergessen. Niemand suchte nach ihm.

Wie lange hatte er sich die Seele aus dem Leib geschrien, nach Hilfe gerufen? Schreie, die nicht gehört wurden? Er war in seiner Hölle gefangen gewesen und es hatte keinen Ausweg für ihn gegeben.

»Wie du aussiehst, hast du schon längere Zeit kein Fleisch mehr gegessen …«, riss Bruce Nikolay aus seinen düsteren Erinnerungen.

»Und Sonnenlicht war wohl auch Mangelware, da wo du warst …« Dabei musterte Bruce Nikolay nochmals von Kopf bis Fuß, dass es ihn innerlich fröstelte. »Warst du eingesperrt?«

Die Frage war so simpel mit ja oder nein zu beantworten und doch so schwierig. Was würde geschehen, wenn Nikolay ehrlich zu ihnen war? Vermutlich würden sie ihn nicht glauben, sie wären wütend auf ihn. Oder sie würden ihn wieder dorthin zurückbringen, zu seinem Peiniger, seinem Alpha, seinem Besitzer … In Nikolays Kopf wummerte es.

Nein, halt einfach besser die Klappe!

»Wovor hast du solchen Schiss, Kleiner? Du sagst nicht, was mit dir geschehen ist, warum du dich auf einmal in Luft aufgelöst hast und warum du wieder zurückgekommen bist!«, knurrte der Cop ungeduldig mit einer überraschend starken Gereiztheit in der Stimme. Nikolay biss sich auf die Unterlippe, um nicht doch noch zu antworten. *Lass dich jetzt nicht wie ein kleines Kind provozieren!*

Sein Wolf jaulte laut mit eingezogener Rute, doch Nikolay hielt sein inneres Tier eisern zurück.

»Was hast du ausgefressen? Du weißt schon, dass deine Mutter tot ist, oder? Hast du damit was zu tun? Hast du Dreck am Stecken? SAG SCHON ENDLICH WAS!« Nikolay spürte heiße Tränen hinter seinen Augen.

Fang jetzt nicht vor dem Bullen an zu heulen! Bleib stark!

Nikolays Fassade bröckelte.

Als hätte der Alpha Nikolays Verzweiflung gespürt, beendete Magnus abrupt die Fragerunde.

»Es genügt. Ruh dich aus, Bursche.« Magnus und dieser Bruce wandten sich von ihm ab und verschwanden endlich aus dem Zimmer.

Verkrampft zog sich Nikolay die Decke weiter nach oben, behielt die geschlossene Tür aber im Auge. Erst als die immer leiser werdenden Schritte endgültig verstummten, atmete er erleichtert aus. Die Befragung hatte ihn Kraft gekostet. Kraft, die er eigentlich gar nicht mehr hatte.

Eine bleischwere Lethargie breitete sich über ihm aus.

Entkräftet vergrub er sich in den warmen Decken und flüchtete in die Tiefen der Ultra-Premium-Daunenkissen. Eingehüllt in den vielen Schichten anschmiegsamer Baumwolllagen hatte er viel Zeit, über die letzten Tage nachzudenken.

Das Gefasel von Magnus, als sie in der Küche bei dem Fake-Kaffee saßen, war ihm noch sehr präsent. Ein gemeinsames Leben mit einem Alpha, als vorbestimmten Gefährten? Das konnte nur in Wolkenkuckucksheim funktionieren! *Reine Illusion!*

Genauso wie ein Leben in einem Rudel. Nikolay war gern unter Wandlern – früher zumindest. Seine Mutter musste es gespürt haben, dass er, sobald er die Geschlechtsreife erlangte, ein Omega werden würde.

Sie war immer darauf erpicht, Nikolay in der Menschenwelt gut aufgehoben zu wissen. Doch er war so arglos gewesen, dass es Irina das Leben gekostet und er sein eigenes zerstört hatte.

Diese blöde Geschlechtsreife!

Früher hatte sich Nikolay nie besonders über seine Entwicklung zum Erwachsenen Gedanken gemacht. Er dachte, es gebe sowieso nur die *eine* Option – ein stinknormaler Beta werden – ohne Rang natürlich. Schon im Kindesalter wusste er, dass seine Schmächtigkeit niemals dicken Muskeln Platz machen würde und er als ein erster, zweiter oder dritter Wächter nie etwas darstellen konnte.

Sein lang verstorbener Vater war ebenfalls ein ganz gewöhnlicher Beta gewesen, genau wie seine Mutter. Die Aussicht, ein Omega zu werden, hatte er nie für möglich gehalten, trotz des seltsamen Verhaltens von Irina.

Wie ein Panzer auf ein feindliches Hindernis war die Geschlechtsreife und somit die Veränderungen über ihn gerollt. Der penetrante, süßlich-schwere Duft der Waldbeeren, tausendmal intensiver als er noch davor gerochen hatte, war für ihn ein Schock gewesen. Als sich in seiner aufkeimenden Panik sein Fell verfärbte, wollte er nur noch so schnell wie möglich nach Hause, als er schlagartig aus seinem bisherigen Leben gerissen wurde.

KAPITEL 12

Magnus

»Warum hast du mich einfach abgewürgt? Ich hatte ihn fast so weit, dass er auspackt!« Bruce war sauer – und das war noch harmlos formuliert.

Der Vollstrecker ging draußen auf der Veranda auf und ab, obwohl es eher aussah, als ob der Detective fette, ekelhafte Riesenkakerlaken zertrat, so wie er seine kräftigen Beine in den Holzboden stampfte. »Warum hast du mich nicht weiter machen lassen?« Bruce richtete seinen Zeigefinger auf Magnus' breite Brust. »DU bist sonst immer der Ungeduldige! Wieso bist du jetzt so defensiv?«

»Er ist noch nicht so weit, Bruce. Sein Verhalten, seine ganze Körpersprache hat das nur verdeutlicht. Ist dir sein Zittern nicht aufgefallen?«

Bruce blieb stehen, um Magnus wütend anzufunkeln. »Ja, sicher habe ich das bemerkt! Das war ein sicheres Zeichen, dass er gleich gestehen würde!«

»Verdammt, er ist KEIN VERDÄCHTIGER IN EINEM MORDFALL!«

Bruce riss erzürnt die Hände in die Höhe, rang um Fassung und musste sich sehr zurückhalten, keine schnippische Bemerkung zu machen.

Magnus wollte die Wahrheit erfahren. Durch Druck oder Zwang würde das jedoch nicht funktionieren. *Jammerschade!*

Magnus ließ Bruce schimpfen und fluchen, es kümmerte ihn nicht. Er gönnte sich ein Bier und trank einen ordentlichen Schluck, als sich Bruce auf den Heimweg machte.

Zurück im Büro ließ er seine Arbeit Arbeit sein und setzte sich auf die Couch, Nikolays Akte auf seinem Schoß gebettet und studierte die einzelnen Seiten.

Nikolay … der Name passte zu dem kleinen Omega. Durch Google wusste er, dass der Name aus dem Altgriechischen kam und »Sieger des Volkes« bedeutete.

Sehr passend für einen Omega. Wenn Nikolay es zuließ, könnte er das Herz von Magnus' und Prats Rudel werden.

Aus den Meldedaten las Magnus, dass Nikolay mit seiner Mutter in einem großen Haus auf der anderen Seite des Territoriums gewohnt hatte. Jetzt lebte dort eine Familie mit ihren fünf Kindern. Er nahm sich vor, bei ihnen vorbeizuschauen. Vielleicht waren ihnen persönliche Dinge von den Vorbesitzern aufgefallen, die sie aufgehoben hatten. Das wäre ein Schritt, Nikolays Vertrauen zu gewinnen.

Er fand noch weitere Fotos von seinem Gefährten, manche davon gemeinsam mit Nikolays Mutter. Irina war wunderschön gewesen und hatte ihren Körper sehr selbstbewusst zur Schau gestellt. Diese Frau hätte ihn nervös gemacht! *Mama Mia!*

Die russische Abstammung war ihr ins markante Gesicht geschnitten. Dieselben Züge, die gerade Nase, die hohen Wangenknochen und die schwarzen Augen wie bei Nikolay – laut ihrer Personaldaten wäre Irina in drei Monaten vierzig geworden. Es war nicht fair, dass sie bereits so lange tot war.

Magnus war so vertieft in die Akte, er registrierte erst spät, dass Nikolay im Türrahmen stand. Schnell schlug er die Akte zu, legte sie achtlos neben sich auf die Couch, die im Moment sein Schlaflager darstellte. Es war das erste Mal, dass Nikolay den Weg zu ihm suchte.

»Störe ich?«

Magnus ging ein paar Schritte auf ihn zu, blieb in der Mitte des Raumes stehen. »Du störst mich nie.« Magnus versuchte, dabei so sanft wie nur irgendwie möglich zu klingen – ob es ihm gelang, wusste er nicht. Einem gefährlichen Katzendämon das Schnurren beizubringen, wäre ein ähnlich schwieriges Unterfangen gewesen. *Herrgott, ich bin nun mal ein Alpha!*

Nikolay machte passend dazu den Eindruck eines verschreckten Tieres, dass zum ersten Mal aus seinem Versteck gekrochen kam, in ständiger Alarmbereitschaft.

Bei jedem Erschrecken würde er sofort wieder in das Schlafzimmer flüchten. *Keine falsche Bewegung!*

Sein Gefährte roch nach Magnus' herbem Duschgel, konnte jedoch nicht den schweren süßlichen Omegaduft verdrängen. Die Haare waren noch feucht und leicht verstrubbelt, einzelne pechschwarze Strähnen fielen ihm in die Augen, die er sich immer wieder unbewusst zur Seite strich.

Ein hoffnungsloses Unterfangen, wie Magnus grinsend feststellen konnte, denn wenige Sekunden später fielen sie wieder an ihren alten Platz. Ein besonders attraktives, aber auch unschuldiges Schauspiel. Der Welpe war so verdammt jung! Wieder wurde ihm der Altersunterschied von über zwanzig Jahren bewusst.

Werwesen alterten jedoch viel langsamer als Menschen und wurden auch locker doppelt so alt. Amon, der Älteste ihres Rudels, war 199 Jahre alt.

Er sah keinen Tag älter aus als siebzig und war noch immer stark wie ein Bär. Er war sogar einmal Rudelführer gewesen. Aufgrund seiner lobenswerten Führung in vielen Jahren hatten sie sogar den Berg, auf dem sie lebten, nach dem ehemaligen Rudelführer benannt.

Hektor hatte sich damals im Rudel eingenistet und Amon hinterhältig von seinem Rang gestoßen. Es glich einem Wunder, dass Hektor Amon nicht getötet hatte – er schüttelte diesen Gedanken ab.

Nikolays teerfarbene Augen scannten das gesamte Büro.

»Bruce ist bereits gegangen.«

Magnus hatte den Eindruck, Nikolay befürchtete, Bruce würde aus einem Versteck hervorspringen und ihn attackieren.

Verschüchtert kratze sich Nikolay über den Hinterkopf. »Ähm … danke, dass du mir den Blödmann vom Hals geschafft hast.« Nikolay sprach gerade zum ersten Mal zu Magnus, ohne aufgefordert zu werden.

Der Russe war jedoch weiterhin eindeutig auf der Hut, sein Körper wirkte steif und angespannt, als müsste er sich zwingen, nicht kehrtzumachen.

»Es war ja nicht zu übersehen, dass du ihn nicht sonderlich sympathisch gefunden hast.« Als Magnus zurückdachte, welch imposantes Knurren aus dem Knirps gestiegen war, pulsierte sein Schwanz vor Geilheit. »Bruce kann manchmal unausstehlich sein. Er braucht wieder mal einen Tritt in den Arsch, dann ist er für eine Weile besser zu ertragen.«

Die Mundwinkel des Burschen formten sich zu einem leichten Schmunzeln.

Puh, er hatte ihn damit nicht verschreckt! *Weiter so! Du kannst das! Langsam kam sich Magnus vor, wie ein Volldepp, wenn er sich innerlich selbst anfeuerte, wie ein Love-Coach es tun würde. Warum war das so verdammt schwer? Sonst hatte er sich noch nie Gedanken gemacht, wie und was er sagte!*

»Kommt Phil heute noch mal vorbei?«

Autsch!! Was wollte der Omega von Phil, verflucht?

Warum fühlte sich Nikolay in der Gegenwart von Phil wohler als bei Magnus oder Prat? Phil war sich sicher, Nikolays Verhalten rührte daher, dass Phil kein Alpha war und deshalb harmloser wirkte. Außerdem bereitete der Doc bisher jede Mahlzeit für den Burschen zu.

Alles sehr gesund und nahrhaft – viel Gemüse, Getreide und Kartoffeln mit gedünstetem Fleisch. Alles gut und schön, jedoch nichts für Magnus, dessen Körper mehr nach rotem Fleisch, Eiern und noch mehr Fleisch verlangte. Das Restliche war nette Dekoration aber nicht notwendig.

»Ich glaube nicht, dass er heute noch mal vorbeischaut. Er ist in der Praxis.«

»Okay … also dann.« Nikolay drehte sich bereits wieder um, vermutlich, um sich im Bett zu verkrümeln.

Magnus ergriff sofort die Initiative und hielt ihn auf. Der junge Omega blieb stehen und sah ihn aus den großen schwarzen Augen an.

»Heute machen WIR uns was Essbares.« Er wartete Nikolays Antwort nicht ab, schlängelte sich an dem Burschen vorbei in Richtung Küche.

Nur zögernd folgte Nikolay Magnus nach, der den Kühlschrank anvisierte. Unzählige Flyer von Lieferservices waren mit Magneten an der Fronttür festgepinnt. »Ist dir Pizza recht?«

Nikolay nickte und Magnus glaubte, ein leichtes Funkeln in seinen Augen gesehen zu haben.

Während Nikolay die Auswahl studierte, schnappte sich Magnus sein Smartphone, wählte die eingespeicherte Nummer. »Weißt du schon, was du haben willst?« Er stellte sich nahe hinter den Burschen, um zu sehen, auf wessen Nummer er mit einem schlanken Finger zeigte.

Wie gerne hätte er diesen Finger in den Mund genommen und daran gesaugt. Er musste aufpassen, nicht genüsslich zu stöhnen; der betörende Duft seines Omegas stieg ihm ausgerechnet jetzt in die Nase. Er zwang sich, einen Schritt zurückzugehen, um nicht über diesen süßen, heißen, geilen, duftenden … okay, über den gesamten Welpen herzufallen. Es gab keine Stelle, die er nicht erkunden wollte.

Als er die Bestellung aufgab, schmunzelte er über den Omega. Nikolay bestellte sich eine Pizza mit extra viel Speck.

Es gab ja doch noch Hoffnung!

Magnus beendete das Telefonat, während Nikolay mit bedachten Schritten zum Kühlschrank ging und den Flyer wieder fixierte.

»Ich wusste nicht, dass der Pizzaservice bis hier rauf kommt.«

»Seit sie wissen, dass wir ordentlich Trinkgeld geben, streiten sie sich um die Fahrt hier rauf«, meinte Magnus zwinkernd und hoffte inständig, sein Zwinkern gerade sah nicht so aus, als hätte er einen Schlaganfall.

Sein junger Gefährte wirkte unsicher, wie er so dastand, irgendwie ganz verloren.

Um Nikolay etwas abzulenken, bat Magnus ihn, schon mal im Wohnzimmer Platz für das Essen zu schaffen. Es war noch ein langer Weg, bis der Bursche endlich seine Scheu ablegte. Magnus unterdrückte ein Seufzen und wand sich zum Kühlschrank.

Wäre das Ganze hier besser für ihn gelaufen und hätte er von Anfang an einen Zugang zu seinem sexy Omega gefunden, dann hätten sich die beiden mittlerweile etliche Male gepaart, er hätte ihn markiert und sie würden sich wahrscheinlich gerade jetzt immer noch in den Laken wälzen.

Magnus versuchte, das Beste aus der Situation zu machen und auch die Kleinigkeiten wertzuschätzen. Es fiel ihm echt schwer.

Er öffnete den Kühlschrank, genoss die Kälte auf seiner überhitzten Haut. Der unwiderstehliche Geruch von Waldbeeren stellte furchtbare Sachen in Magnus' Körper an. *Wie lange würde ich das noch aushalten?*

Er versuchte, sich und seine Libido abzulenken, und inspizierte sein Getränkefach.

»Welpe! Willst du eine Coke? Ich würde dir gern ein Bier anbieten, jedoch wird mich Phil höchstwahrscheinlich umbringen, wenn er das erfährt. Also lieber etwas ohne Alkohol.«

In Wandlerkreisen waren die Regeln nicht so streng, wie es sonst in Amerika der Fall war. Gestaltwandler durften mit 18 Jahren trinken, wählen und heiraten. Aber mit Phil an der Backe?

Nikolay gab ihm mit leiser Stimme recht. Magnus glaubte sogar, dass der Doc den Müll durchwühlen und heimlich Bluttests durchführen würde, um die Wahrheit zu erfahren.

Magnus verzichtete auf Gläser und stellte die Dosen auf die Kücheninsel. Verträumt blickte er aus dem Fenster. Eine kleine Gruppe Rehe stand am Rande des Waldes und suchten unter der Schneedecke nach Gräsern.

Neben ihm war der Geschirrspüler offen, die benutzten Kaffeetassen waren feinsäuberlich einsortiert. Er schüttelte amüsiert den Kopf.

Wie hätte er wissen können, dass der junge Russe ein Kaffeejunkie war? Das schwarze Gebräu war das Einzige, das Nikolay mit Begeisterung trank, natürlich *mit* Koffein.

Phil hatte Nikolays Kaffeekonsum jedoch inzwischen nach unten geschraubt und ihm stattdessen Kräutertee angeboten. Der darauf folgende bitterböse Blick von dem Omega war nicht von schlechten Eltern gewesen.

»Fertig.« Nikolay stand mit etwas Abstand hinter ihm, als sich Magnus überrascht zu ihm umdrehte. Der Bursche gab überhaupt keine Geräusche beim Gehen von sich – so leichtfüßig wäre Magnus auch gern.

Sein Gewicht machte es ihm unmöglich, sich anzuschleichen. Da hatte der Omega einen kleinen Vorteil, einzig dessen verräterischer Duft war eine Vorwarnung.

Als endlich der Pizzalieferant klopfte, setzten sie sich auf die gemütliche Couch und verspeisten die Pizza. Magnus genoss Nikolays Gesellschaft. Nur mit einem kleinen (oder eher gigantischen) Nachteil. Nikolays betörender Duft verdrängte sogar den penetranten Pizzageruch, worauf Magnus' latente Geilheit langsam aber sicher gigantische Ausmaße annahm und sein Ständer eine neue Dimension an Härte entwickelte.

Langsam fragte er sich, was er angestellt hatte, dass ihn das Schicksal so schwer bestrafte.

KAPITEL 13

Nikolay

Schneller als eigentlich beabsichtigt, war Nikolay wieder zurück im Schlafzimmer verschwunden. Der Duft des Alphas war immer präsenter geworden und hatte die Luft mit dessen Begierde und Verlangen angefüllt. Nikolay sah nur eine Möglichkeit, nämlich sich so unauffällig wie möglich zu verdrücken, um nicht weiter das Ziel von Magnus' Lust zu sein.

Er musste sich jedoch eingestehen, dass es gemütlich gewesen war, Pizza mit Magnus zu essen und nebenbei eine belanglose Sendung zu gucken. Es war eindeutig das beste Essen seit Jahren.

Die Speisen, die Phil so liebevoll kochte, waren gesund und wichtig, um seinen Vitaminspeicher wieder aufzufüllen, doch wenn er sich eingestand, schmeckte es einfach … *grauenhaft. Was er natürlich niemals zugeben würde!*

Allein schon deswegen, weil es auf jeden Fall abwechslungsreicher war als bei … na ja, als früher eben. Er war dem Arzt, der eine erschreckende Ähnlichkeit mit George Clooney hatte, unglaublich dankbar, ihn mit solcher Aufopferung wieder aufpäppeln zu wollen.

Mit der Pizza lag jedoch Magnus in Nikolays Punktebewertung ganz vorne. Sogar mit imaginärem Sternchen. Er bewunderte Magnus für seine Disziplin, ihn nicht anzurühren. Nikolay wusste nur nicht, wie lange der Mann das wohl noch durchhalten würde. Immerhin war sich der Alpha sicher, sein wahrer Gefährte zu sein. Würde dieser da nicht irgendwann sein Anrecht auf ihn einfordern?

Der Gedanke ließ ihn schaudern. Nikolay konnte niemandem mehr trauen! Vor allem keinen Gestaltwandler! Unter Menschen war sein Duft nur zu erahnen, auch damals, als er noch nicht zum Omega geworden war.

Wenn er an Todd und die Psycho Eggs dachte … er spürte, wie sich ein imaginäres Messer durch sein Herz bohrte. Tausende Fragen schwirrten in seinem Kopf umher, was dazu führte, dass sich eben dieses Messer immer wieder genüsslich umdrehte. Höchstwahrscheinlich war er, wie vieles andere, für die Menschen in Vergessenheit geraten.

Inzwischen waren drei Jahre vergangen, das Leben ging weiter. Nikolay hatte noch Hoffnungen, sich in der Menschenwelt ein Leben aufbauen zu können. Er musste weg von Gestaltwandlern, die hypnotisiert durch seinen Duft, zu allem fähig waren. Werwesen waren für Nikolay wie tickende Zeitbomben. Er wusste nicht, wann sie ihn angreifen würden, doch es war Fakt, dass sie es tun würden.

Bei diesem Gedanken jaulte sein innerer Wolf eingeschnappt auf, der ihn an die Tatsache erinnerte, dass ihm hier, in Magnus' Heim, noch keiner etwas angetan hatte. Sie hatten ihm sogar Kleidung, medizinische Versorgung und Essen zukommen lassen. Doch die vielen Fragen, vor allem von Bruce, könnten Nikolay zum Verhängnis werden.

Was war an Magnus so anders, dass Nikolay mit seinem inneren Wolf geteilter Meinung war? Tief in seinem Inneren wusste er die Antwort, doch diesen Gedanken verbannte er wieder dorthin zurück, wo er hergekommen war. Nikolay blendete die erdrückenden Gedanken aus und fiel in einen unruhigen Schlaf.

Fest eingewickelt in seiner roten Decke, mit dem weißen filigranen Muster, der wie wilder Efeu den Stoff verzierte, war Nikolay gerade dabei, einzuschlafen. Feste Schlafgewohnheiten hatte er schon lange nicht mehr. Wenn ihn die Müdigkeit überfiel, legte er sich hin, sonst ließ er in dem fensterlosen Raum seine Gedanken kreisen. Mehr gab es hier nicht zu tun.

Die Sehnsucht nach Nähe war viel zu stark, weshalb Nikolay, als er das unverkennbare Scharren der schweren Metalltür hörte, sich sogar freute; und dass trotz seiner unglaublichen Furcht vor dem Mann. Er hasste sich dafür, doch die qualvolle Einsamkeit hatte ihn geprägt.

Reflexartig kniff er die Augen zusammen, als der Peiniger das Licht aufdrehte und der karge, kalte Raum erhellt wurde. Der Alpha warf einen lang gezogenen Schatten über die längst ergrauten Fliesen. Mit bedachten Schritten kam er näher.

Nikolays panische Angst vor dem Alpha wurde von seinen verräterischen Instinkten überschattet. Anstatt zu versuchen, zu flüchten oder den Alpha anzugreifen, zwang ihn sein erbärmliches Innerstes, das seit der Geschlechtsreife auf Unterwerfung geprägt war, sich auf den Boden zu werfen und dem Alpha sein entblößtes Genick zu präsentieren.

Die Handflächen und Stirn auf den Boden gedrückt, versteifte sich sein ganzer Körper. Er spürte unter sich die Vibrationen der Fliesen, als der Alpha direkt vor seinem gesenkten Kopf stehen blieb.

»Küss meine Stiefel.«

Nikolay wusste, dass hinter dem dichten weißen Vollbart des Alphas ein niederträchtiges Lächeln steckte und immer breiter wurde, als er sich ein paar Zentimeter hochzwang und das schwarze Schuhleder küsste – und nach dessen Aufforderung auch ableckte. Nikolays Wolf wollte dem Alpha gefallen, also drängte er den Menschen Nikolay dazu, den Befehl so gut wie möglich auszuführen, um vielleicht ein Lob zu hören, das für seine verkümmerte Seele wie Medizin war.

»Auf die Knie.«

Nikolay erhob sich zu schnell, ihm wurde für einen Moment schwarz vor Augen.

»Wirds bald!«, knurrte der Alpha unheilvoll, als Nikolay nicht sofort die Hände hinter dem Rücken verschränkte.

Er beeilte sich und sah bereits das Werkzeug, das der Alpha in der Hand hatte.

»Maul auf.«

Als er dem Befehl nachkam, konnte er nicht verhindern, eine Träne zu vergießen, die langsam über seine Wange rollte. Schroff brachte der Alpha das Werkzeug an, bis Nikolays Zähne weit auseinandergespreizt waren. Die Prozedur war ihm bereits bekannt, trotzdem pochte sein Herz wie verrückt. Nikolay wusste, was nun passierte, nachdem der Alpha den Lederriemen auf seinem Hinterkopf festschnallte. Der ringförmige Mundspreizer brachte Nikolays Kiefermuskeln zum Brennen, lange bevor der Alpha seine Hose aufmachte. Der bärtige Mann wusste, wie schmerzhaft es für Nikolay sein musste, denn der sadistische Wandler stöhnte vor Lust, während Nikolay der Geifer übers Kinn tropfte.

Nikolay war auf Augenhöhe des Reißverschlusses, der langsam geöffnet wurde. Kurz bevor der Alpha seinen Schwanz aus der Short zog, wurde Nikolay mit dem übel riechenden Vorejakulat konfrontiert, das sich immer mehr in dem kargen Raum entfaltete.

Als der Alpha tat, weshalb er hier war und was Nikolay immer wieder zum Würgen brachte, wuchs das hasserfüllte Gefühl in seinem Inneren, dem Alpha zu gefallen. Noch mehr strengte sich Nikolay an, versuchte, tapfer zu sein, nicht noch mehr Tränen zu vergießen, als ihn ohnehin schon entwischten, während der Alpha erbarmungslos in seinen Rachen stieß. Sein Peiniger krallte seine Hände in Nikolays schwarzen Schopf und drängte sich noch tiefer. Als sein Schaft vollkommen hinter Nikolays weit gespreizten Zähnen verschwunden war, hielt der Mann inne und sah tief in Nikolays tränennasse Augen. Der Moment dauerte eine gequälte Ewigkeit, bis sich der Alpha endlich in ihm entlud und seinen ekelerregenden Schwanz zurückzog.

Postwendend würgte und hustete er das widerliche Sperma auf die Fliesen. Die harte Ohrfeige traf ihn dennoch unvorbereitet. Nikolay stürzte zu Boden und wimmerte.

»Wertloser Omega! Nicht einmal das kannst du richtig!«

Nikolay spürte, wie der Mann die Schnalle auf seinem Hinterkopf löste und ihn mit groben Handgriffen von dem Mundspreizer befreite. Seine Wange pochte von der Ohrfeige und sein Wolf winselte verzweifelt, denn der Alpha war nicht zufrieden mit Nikolay. Was folgte, war das angsteinflößende Knurren des Alphas – eine Drohung. Nikolay wurde sich wieder bewusst, wie abhängig er von dem Gemütszustand des Alphas war, als dieser gefährlich leise flüsterte: »Leck es auf.«

Eine warme Hand rüttelte Nikolays Schulter, riss ihn aus seinem Albtraum. Die dunklen Erinnerungen verblassten leider kaum bei dem warmen Licht der kleinen Nachttischlampe. Magnus musste sie eingeschaltet haben, als er sich zu ihm ans Bett gesetzt hatte. Er spürte Feuchtigkeit auf seinen Wangen und um die Augen. Hastig fuhr er sich übers Gesicht, doch Magnus hatte die Tränen bereits entdeckt.

»Ich habe dich schreien gehört, Welpe. Es ist alles in Ordnung, du hast schlecht geträumt.«

Er hörte Magnus reden, doch seine Worte erreichten ihn nicht, die Erinnerung war noch zu deutlich. Er spürte seine brennenden Kiefer, das eng anliegende Silberhalsband um seinen Hals und den ekelhaften Geschmack auf seiner Zunge.

Die Erfahrung der Demütigungen brachte ihn beinahe um. Nikolay setzte sich schluchzend auf. Im Schneidersitz lösten sich die Schluchzer mit bitterem Weinen ab, die quälenden Gefühle übermannten ihn vollkommen. Magnus' warme Hand verschwand plötzlich und wurde durch eine feste Umarmung ersetzt. Er war nicht im Stande, sich dagegen zu wehren.

Wollte er das überhaupt?

Magnus umhüllte seinen schmächtigen, bebenden Körper mit seinen starken Armen, die eine unglaubliche Hitze ausstrahlten. Eine Hand streichelte behutsam und langsam seine knochige Wirbelsäule rauf und runter, ein einlullendes Gefühl. Er ließ langsam die Decke los und traute sich, mit bebenden Händen an Magnus' Shirt zu greifen. Er wollte den Schmerz und die Einsamkeit verjagen, spürte Magnus' Wärme und den dominanten Duft, der ihn umfing.

Ohne nachzudenken, legte er die Stirn in dessen Halsbeuge, die wie dafür geschaffen war, sich anzulehnen. Nikolays Tränen versiegten langsam.

»Sag mir, was du geträumt hast.« Magnus hielt Nikolay weiterhin fest.

Er wollte Magnus den Gefallen tun, fühlte sich plötzlich so sicher bei diesem Alpha. Die breite Brust bot ihm Schutz und Wärme zugleich, es war ein herzerwärmendes Gefühl, welches ihn an die Nähe zu Irina erinnerte.

Doch was sollte er denn genau erzählen? Von dem Blowjob? Von seiner Decke, die ihm der Alpha noch grob entrissen hatte, bevor er hinter der dicken Stahltür wieder verschwunden war? Von der völligen Dunkelheit und beißenden Kälte? Oder vom Alpha selbst?

Das würde alles nur unzählige Fragen aufwerfen und er wäre noch mehr in die Ecke gedrängt, Magnus die Wahrheit zu erzählen. Dazu war er noch nicht bereit und würde es nie sein.

Nikolay schüttelte nur den Kopf und wollte sich wieder zurück in die Halsbeuge des Alphas schmiegen, als dieser seine dünnen Oberarme ergriff, ihn etwas von sich entfernte und intensiv anstarrte. *War er jetzt sauer?*

»Dich werden deine Geheimnisse irgendwann zerfressen. Diese Albträume in so kurzen Abständen … dein Körper will dir damit sagen, dass du dein Erlebtes nicht richtig verarbeitest.«

Magnus' hellgraue Augen sahen geduldig, ja, fast liebevoll auf ihn herab, während der große Mann leicht die Stirn runzelte. »Erzähl mir, was dir passiert ist, Welpe.«

Nikolay öffnete den Mund, um Magnus zu antworten. Sein inneres Tier wollte der Aufforderung nachgeben und Magnus alles erzählen, was er wissen wollte, solange der Mann dann mit ihm zufrieden war. Doch Nikolay drängte seinen Wolf zurück, um keinen fatalen Fehler zu begehen. Sein Wolf hatte damals falsch gehandelt. Jetzt musste Nikolay Stärke beweisen.

»Es geht nicht.« Nikolays Schuldgefühle erdrückten ihn beinahe.

Magnus legte eine Hand auf Nikolays Wange und strich mit dem Daumen darüber, um die letzten Spuren der Tränen wegzuwischen. Der andere Alpha hatte seine Wange mit einem Handabdruck gebrandmarkt, dieser hier versuchte, ihn mit einer sanften Berührung zu beruhigen und zu ermutigen. Nikolay wollte den Älteren nicht enttäuschen.

»Ich sehe dir deine Zerrissenheit an, Welpe. Dann erzähl mir nicht von dem Traum. Aber vielleicht etwas anderes von dir, ich will dich kennenlernen.«

»Wieso willst du das alles wissen, warum gibst du dich mit mir ab? Siehst du nicht, dass ich total kaputt bin?«

»Du bist mein Gefährte, und was kaputt ist, kann man wieder reparieren. Ich will dir dabei helfen, du bedeutest mir etwas, Nikolay«, hauchte der Alpha so sanftmütig, wie es dieser gewaltige Mann nur sein konnte.

Nikolay hatte trotzdem Zweifel. Die Angst, zu diesem Monster zurückgebracht zu werden, war allgegenwärtig. »Das will dir nur mein Duft weismachen. Fast alle Wandler reagieren auf mich so. Ich kann deinen Erwartungen nicht gerecht werden. Es ist Zeitverschwendung, mich hier halten zu wollen. Ich werde dich nur enttäuschen.«

Verdammt ich bin schon wieder so unterwürfig!

Der zarte Körperkontakt zwischen ihm und Magnus ließ wohl sein Gehirn weich werden.

Magnus runzelte die Stirn und sah dadurch augenblicklich strenger aus. »Du kannst mich nicht enttäuschen, Welpe. Du hast Angst, ich kann aber nur erahnen, was dir alles Furchtbares widerfahren sein muss. Lass dir von mir helfen, egal, was in der Vergangenheit passiert ist, ich werde dich nicht verurteilen.«

Nikolay konnte nicht verstehen, was der Alpha an ihm fand. Magnus benutze weder seinen Körper, noch wusste dieser etwas über seine verborgenen … *ach, lassen wir das!*

Nikolay war für solche Gedanken zu sehr hin und hergerissen. Es hatte ihn viel Kraft gekostet, seinen Wolf zu unterdrücken. Er befürchtete, sich nicht mehr unter Kontrolle zu haben, sollte er sich auf den Alpha einlassen.

Was wenn es nur ein böser Trick von Magnus war, um Nikolay gefügig zu machen? Doch konnte man solche Gesten und Berührungen nachstellen?

»Pass auf, bevor du dir deinen hübschen Kopf zermarterst, lass mich dir einfach ein paar Fragen stellen. Du wirst sehen, dass es bei Weitem harmloser ist, als du dir vorstellst.«

Nikolay nahm allen Mut zusammen. Er nickte ergeben, dabei glättete sich langsam die Stirn des Alphas.

»Schön … Bevor ich dich was frage, möchte ich ehrlich zu dir sein. Bruce hat mir deine Akte zukommen lassen, deshalb weiß ich bereits einiges von dir.«

Nikolay bemerkte erstaunt, dass er nicht mal erschrocken war. Er hatte es schon vermutet, trotzdem wunderte es ihn, dass es der Alpha ehrlich zugab. Nikolays Blick huschte flüchtig über den Wecker, der auf dem Nachttisch stand. Es war zwei Uhr morgens und der Alpha wollte ein Frage-Antwort-Spiel spielen.

Der war doch verrückt!

»Was … willst du denn wissen?« Die Skepsis in seiner Stimme konnte er nicht vermeiden.

»Wie heißt die Hauptstadt von Botswana?«

»Gaborone.« Nikolay schüttelte im nächsten Moment den Kopf und starrte Magnus verwirrt an, als dieser ein Schmunzeln nicht mehr verbergen konnte. Er hatte so schnell geantwortet, wie es manche in einer Quizshow tun würden.

»T'schuldigung, aber es war zu verlockend. Deine Zeugnisse sprechen bereits dafür, aber ich wollte mich selber davon überzeugen, dass du ein Genie bist.«

»Ich bin höchstens ein Nerd.« Verlegen kratzte er sich den Arm, um seine nervösen Hände zu beschäftigen, und mied Augenkontakt.

»Ich bin stolz auf dich, am liebsten würde ich deine Auszeichnungen an die Wand hängen, dass sie jeder sehen kann, der zu uns kommt.« Nikolays Augen weiteten sich. »Bloß nicht!« *Verdammt, was meinte der große Kerl mit »uns«?*

KAPITEL 14

MAGNUS

D*as Eis scheint gebrochen zu sein,* dachte Magnus triumphierend, als er die geröteten Wangen des Omegas sah, ebenso wie ein kleines Funkeln in den Augen. Stand ihm übrigens beides verflixt gut. *Sehr gut sogar!*

»Dann halt nicht.« Innerlich setzte er ein *»fürs erste«* noch dazu. »Du hast bei einigen Wettbewerben gewonnen, Gymnastik und Bodenturnen. In deiner Akte steht, dass du mehrere Klassen übersprungen hast … du hast die Schule abgeschlossen … und dich zur Ausbildung als Rettungssanitäter entschieden …«

»Das sind keine Fragen, nur Fakten.« Nikolay war skeptisch, das erkannte Magnus an dem befremdlichen Blick, auch der russische Akzent wurde dann immer intensiver – ein Akzent, der Magnus scharf wie eine Rasierklinge machte.

»Warum wolltest du ausgerechnet Sanitäter werden?«

»Warum denn nicht?«

»Versteh mich jetzt nicht falsch, Sanitäter müssen überaus qualifiziert sein, genug Eigenverantwortung besitzen und in stressigen Situationen den Überblick bewahren … aber warum bist du auf keine Uni gegangen? Du hättest auch Raketenwissenschaften oder Medizin studieren können. Die Unis müssten sich um dich geprügelt haben, bei deinen Leistungen in dem Alter.«

Nikolay grübelte vor sich hin, er sah aus, als ob er nach passenden Worten suchte, dabei legte sich die Stirn in Falten und fuhr mit einer Hand durch das schöne, glänzende Haar, das ihm reizvoll ins Gesicht fiel.

»Die Schule war einfach …«, Nikolay stockte. Er sah hoch zur Decke und überlegte angestrengt weiter, »… einfach scheiße«, kam es trocken von den süßen Lippen des Russen.

Magnus' sonst so starre Mimik kam ins Wanken. Er presste seine Kiefer fest aufeinander.

»Lachst du mich jetzt aus?«

»Nein, überhaupt nicht!« Magnus wischte sich eine Lachträne aus dem Augenwinkel und räusperte sich, um wieder ernster zu sein. »Du warst doch überall so gut, warum mochtest du die Schule dann nicht?«

»Das Stillsitzen fiel mir unglaublich schwer und es war für mich nicht einfach, mit den Älteren mitzuhalten. Ich habe damals auch nicht gerade Superman verkörpert.«

»Wurdest du gemobbt?«

»Nein! Das nicht … nur …«

»Was?«

Nikolay biss sich auf die Lippe, bevor er weitersprach. »Die Menschen haben es auch irgendwie gespürt, dass ich anders bin. Viele sind auf Abstand gegangen, weil ich ihnen unheimlich war.«

»Unheimlich? Auf den Fotos in deiner Akte siehst du nicht gerade wie ein Teufelsanbeter aus, der Fledermäusen den Kopf abbeißt.«

Jetzt musste Nikolay fast lachen. »Unheimlich in dem Sinn, dass sie mir fast zwanghaft … viele Geheimnisse, Dinge, die sie nie jemanden erzählen würden, anvertraut haben.

Sie suchten meine Nähe, wie Sünder den Beichtstuhl, obwohl sie mich gar nicht richtig kannten – dass machte ihnen Angst. Trotzdem wollte nie jemand wirklich mein Freund sein. Ich blieb Außenseiter. Wenn das nicht gewesen wäre, hätte ich gerne Medizin studiert.«

Magnus beobachtete Nikolay ganz genau, ein trauriger Schatten verdunkelte kurz das faszinierende Gesicht. Er zuckte mit den Schultern, eine belanglose Geste, jedoch spürte Magnus, dass Nikolay bedrückt war. »Die Uni läuft dir nicht davon, du bist so jung, dir stehen alle Wege offen, Welpe.«

Nikolay verzog kaum merklich die vollen Lippen. »Als Sanitäter wäre ich nicht gezwungen, still zu sitzen und vor allem kann man in dem Job Menschen helfen. Das war wohl der vorrangige Grund, mich für die Ausbildung zu entscheiden.«

»Das liegt in deiner Natur.«

»Das ich nicht still sitzen kann? Das bezweifle ich.«

Magnus fand den spitzzüngigen Nikolay um einiges besser, als den verängstigten und panischen Omega, den er im Wald gefunden hatte und den er so oft aus seinen Albträumen wecken musste. »Nein, dass du anderen helfen willst.« Darauf wand Nikolay sein Gesicht wieder ab. *Hatte er was Falsches gesagt?*

Magnus versuchte, es zu erklären.

»Es ist nichts Schlechtes, ein Omega zu sein, dein Wesen ist gutmütig, sanft und herzlich.«

»Toll, du hast gerade alle Attribute eines Golden Retrievers beschrieben!«, bellte Nikolay und sah eingeschnappt in seine Richtung.

»Hör auf, so über dich als Omega zu denken, du weißt gar nicht, wie stolz ich bin, dass du einer bist.«

»Warum, um alles in der Welt, bist du stolz drauf?«

»Weil … ich niemals mit einem Beta zufrieden gewesen wäre. … Ich brauche einen Gefährten, der mich erdet. Bis jetzt haben das nur mein Bruder oder Phil geschafft. Solltest du es noch nicht mitbekommen haben, ich bin nicht sehr umgänglich.

Eher griesgrämig, schnell reizbar und wortkarg. Andere Wandler bringen mich oft in Sekunden zur Weißglut und meiden mich daher sehr. Sie bevorzugen es, mit meinem Bruder zu sprechen, der viel leichter im Umgang ist.

Doch wenn ich in deiner Nähe sein kann, bin ich ruhiger und entspannter … das bewirkt deine Omega-Ausstrahlung.«

»Pft.«

Magnus erkannte die leichte Röte auf Nikolays Hals. Es war ihm bewusst, dass der Omega seine eigenen Wesenszüge nicht akzeptieren wollte.

Magnus tat sich schwer, sich damit abzufinden. Er war immer stolz gewesen, ein Alpha zu sein; er konnte sich nicht vorstellen, wie es war, seine eigene Identität zu verleugnen.

»Prats und mein Geburtsrudel liegt südlich von hier. Mein Vater hat immer an uns geglaubt und uns unentwegt Mut zugesprochen, stolz auf das zu sein, was wir sind.«

»Das ist auch nicht schwer, wenn dein Vater Alpha ist und es auf eure Stirn getackert steht, dass ihr ebenfalls Alphas werdet und keine normalen Betas«, murmelte Nikolay säuerlich.

»Da liegst du falsch.«

»Mh?«

Magnus hatte die volle Aufmerksamkeit des Omegas. »Unser Dad ist ein Schläfer.«

»Was? Er kann sich nicht verwandeln?«

»Genau. Das passiert sehr selten, aber es ist möglich. Auch sein Geruch gleicht mehr dem eines Menschen.

Dad hat keine geschärften Sinne wie wir, oder bessere Selbstheilungskräfte. Einzig seine erhöhte Lebenserwartung ist eines der wenigen Zeichen, dass er ein Formwandler ist und kein Mensch. Mit seinen hundert Jahren sieht er nicht älter aus, als ich oder Prat.«

»Weißt du … warum?«

»Warum er ein Schläfer ist? Vermutlich weil meine Großmutter ein Mensch war. Die Wandlergene meines Großvaters waren wohl nicht stark genug ausgeprägt, um auf meinen Vater vollständig überzugehen.«

Magnus sah, wie Nikolay nachdenklich auf seiner Unterlippe kaute. Die darauffolgende Frage von Nikolay hatte Magnus bereits erwartet.

»Aber wie haben du und dein Bruder das Alpha-Gen vererbt bekommen?«

»Durch unsere Mutter. Sie ist die Alpha des Rudels.«

»Echt? Eine weibliche Alpha?«

»Es besteht ein gewisser Seltenheitswert, ja. Unsere Mutter ist die stärkste Wölfin, die ich je gesehen habe. Wenn sie wollte, hätte ich in einem fairen Kampf meine Schwierigkeiten mit ihr. Ahnst du, warum ich dir das erzähle, Welpe?«

Etwas verschüchtert schüttelte der wunderschöne Omega den Kopf.

»Mein Vater hätte sein ganzes Leben lang seinen Zustand verfluchen können. Es ist ihm gewiss nicht immer leicht gefallen, ein Dasein unter Formwandlern zu führen, die so viel mächtiger sind, als er es ist. Doch er hat sein Schicksal akzeptiert und führt gemeinsam mit meiner Mutter das Rudel.

Er kauert nicht im Schatten der Alpha-Frau, nein. Er steht mit geradem Rücken und herausgestreckter Brust neben ihr. Stolz und ausgeglichen.

Er strahlt eine Selbstsicherheit aus, die jedem eine Gänsehaut beschert, der meinen Vater das erste Mal sprechen hört. Niemand in meinem alten

Rudel würde Dad als rangniedrig bezeichnen. Er ist unersetzbar für ihre Gemeinschaft.«

Magnus beobachtete Nikolay, wie das Gesagte auf ihn wirkte. »Du kannst den Omega in dir nicht vertreiben, Nikolay. Lerne, ihn zu akzeptieren. Du kannst dich und deine Seele nicht entzweireißen.«

Es war lange Zeit still. Magnus bemerkte, wie Nikolay angestrengt versuchte, das Gesagte zu verarbeiten.

Durch die schwarzen Haarsträhnen blitzte eine kleine Denkfalte zwischen den Augenbrauen hervor, die Magnus am liebsten weggeküsst hätte. Magnus versuchte, ihn auf andere Gedanken zu bringen.

»Wieso seid ihr von Russland hierhergezogen?« Der Themenwechsel brachte die Denkerfalte dazu, sich noch mehr zu vertiefen.

»Das war die Idee meiner Mutter … sie träumte immer schon von Amerika. Russland war ihr zu konservativ und zu altbacken …«

»Gab es denn einen Auslöser?«, bohrte er nach.

Er hatte das Gefühl, es gäbe einen bestimmten Grund dafür, dass sie ihre sieben Sachen gepackt und das Land verlassen hatten. Nikolays ausweichender Blick ließ darauf zurückschließen, dass Magnus ein gutes Gespür für diese seltsame Fragerunde hatte. Vielleicht hätte er nicht Betriebswirtschaft studieren sollen, sondern Psychologie.

Obwohl – die nervigen Patienten hätte er nicht ausgehalten, dann vielleicht eher Justizbeamter, da durfte man wenigstens mit einem Gummiknüppel hantieren.

»Ähm … meine Mom war ziemlich experimentierfreudig und offenherzig … und das in einem sehr traditionsverbundenen und eher rückständigen Rudel.«

Das weckte die Neugierde von Magnus. »Inwiefern?«

»Meine … meine Mom hatte eine Beziehung zu einem Mann und … zwei … Frauen gleichzeitig. Noch dazu mit Menschen. Sie war immer schon … bi… bisexuell veranlagt und hatte mit dieser Kommune ETWAS über die Stränge geschlagen.«

Magnus sah, wie Nikolay die Röte in die Wangen stieg. Es war ihm sichtlich peinlich, welche »polyamoren Experimente« seine Mutter durchgeführt hatte.

»Meine Mom hat nie Unterschiede gesehen zwischen Wandlern und Menschen. Sie war … ein Freigeist.«

»Sicher nicht das angenehmste Thema für einen Jungen, der gerade in die Pubertät kommt und sich mit dem Sexleben der Mutter auseinandersetzen muss.«

Nikolay verkniff sich ein zustimmendes Auflachen und biss sich wie so oft auf die volle Unterlippe. Diese Geste war unglaublich erotisch.

Magnus rückte etwas näher zum Objekt seiner Begierde.

»Sie wurden vom dortigen Vollstrecker in flagranti erwischt. Die Rudelmitglieder duldeten solch ein Verhalten nicht. Wir wurden sofort aus dem Rudel verbannt, nur das Nötigste durften wir mitnehmen.

Es hätte nur noch gefehlt, dass sie uns mit brennenden Fackeln und Mistgabeln davongejagt hätten. Meine Mom sah es jedoch als große Chance, sich in Amerika zu verwirklichen. Leider war auch dieses Rudel hier, unter der Führung von Hektor, nicht fortschrittlicher als das in Russland.«

»Das ist nun anders.« Magnus bemerkte den ungläubigen Blick des Omegas.

»Schwer zu glauben …«

»Es ist in unserem Rudel vollkommen okay, schwul oder lesbisch zu sein. Ich habe nie ein Geheimnis über meine Homosexualität gemacht.«

»Du bist auch Alpha, NIEMAND wird sich trauen, dir zu widersprechen!«

»Ich betreibe hier keine Zwangsherrschaft, wie in Hektors Zeiten oder in Russland. Nikolay, glaub mir, es ist alles gut.

Seit Prat und ich das Rudel führen, sind die Mitglieder neu aufgeblüht. Hier gibt es keinen Zwang, keinen Terror. Niemand muss sich verstellen. Phil mag auch Frauen UND Männer. Niemand im Rudel würde ihn deshalb anders oder schlechter behandeln.«

Nikolay sog bei Magnus' Erklärung die Unterlippe ein und sah ungläubig zur Seite. »Das … tut eh nichts zur Sache. Ich …«, stockte Nikolay.

Magnus merkte deutlich, wie Nikolay blass um die Nase wurde. Er ließ Nikolay etwas Zeit, weiter zu sprechen, doch der Knirps schien nichts mehr preisgeben zu wollen.

Es musste für Nikolay schwierig sein, sein wahres Ich zu akzeptieren, wenn er in so rückständigen Verhältnissen aufgewachsen war und selbst miterlebt hatte, wie seine eigene Mutter deswegen sogar samt Familie aus dem Rudel geworfen wurde.

Magnus nahm seinen Mut zusammen und legte eine Hand in den warmen Nacken des Jungen.

»Du musst dich nicht schämen, schwul zu sein, Nikolay. Es wurde bereits bei deiner Geburt so vorbestimmt, dass du der EINE für mich bist. Wir zwei sind vom Schicksal bestimmte wahre Seelengefährten«, wisperte er dem Omega besonnen zu, während er vorsichtig näher rückte, ohne Nikolay dabei in Aufregung zu versetzen. Magnus musste noch immer an ein verschrecktes Tier denken.

»Du … mit deiner blöden These«, nuschelte Nikolay kaum hörbar.

Das Thema »wahrer Gefährte« war dem Omega furchtbar unangenehm. Da Magnus ebenfalls kein Mann großer Worte war, sondern lieber Taten sprechen ließ, wagte er einen Schritt nach vorn und suchte die vollen Lippen des schmächtigen Russen. Der intensive Duft nach Waldbeeren vernebelte Magnus' Sinne. Die Hand, die noch immer in Nikolays Nacken ruhte, führte ihn in Magnus' Richtung.

Nur mehr wenige Zentimeter trennten sie voneinander. Magnus' überschaubare Hirnzellen, die noch nicht vollkommen von dem Omegaduft eingenebelt wurden, waren voller Vorfreude über den allerersten Kuss, den er mit seinem wahren Gefährten teilen würde.

Sein Schwanz war vor Verlangen bereits steinhart.

Bei dem Gedanken, endlich seine Zunge in den Burschen zu versenken, drehte sein innerer Wolf fast durch vor Verlangen.

Zu lange hatte er sich zurücknehmen müssen. Wenn er Nikolays sinnliche Lippen endlich in Besitz nahm, würde es nur eine Frage von Minuten dauern, bis Nikolay endlich ihre Bande spüren würde.

Dann könnte er ihn endlich besteigen und markieren! Viel zu lange war seine Durststrecke schon! Er wollte den schmalen Körper packen, nach unten drücken und sich zwischen seine heißen Schenkel drängen!

Als er bereits den Atem von Nikolay auf seiner erhitzten Haut spürte, pochte sein Herz wild vor Vorfreude. Magnus konnte es kaum glauben, als sich Nikolay plötzlich versteifte und sich aus der geführten Bewegung löste.

»Was machst du da?« Nikolays Duft änderte sich plötzlich. Der scharfe Geruch von Angst war beinahe greifbar. *Scheiße!*

Der Russe rutschte mit geweiteten Augen von dem Alpha zurück. *Verdammt!*

»Dich küssen.« Magnus' Hoffnung und Verlangen platzte wie eine Seifenblase, als er das verschreckte Gesicht des Omegas sah. »Tut mir leid Welpe, ich dachte, du willst es auch. Es ging mir nur um einen Kuss.«

»Dein Geruch sagt aber was anderes … derselbe wie beim Pizzaessen neulich.« Nikolay war außer Reichweite gerückt und zog die schlanken Beine an seinen Körper.

Das musste er dem Welpen lassen – Geruchssinn hatte er. *Scheiße*!

»Ja, da hast du Recht, meine Hormone spielen etwas verrückt, aber ich würde nichts tun, was du nicht willst.«

Nikolay sah Magnus nicht an, es war diesem sichtlich unangenehm, darüber zu sprechen.

Ich wollte ihn nicht so überfahren mit meiner Geilheit!

Es war für den Alpha nicht leicht, sich zusammenzureißen.

Normalerweise, wenn zwei Gefährten sich fanden, vereinigten sie sich in den ersten 24 Stunden und markierten ihren Gefährten als ihr Eigen, um ihr Band zu vervollständigen und zu stärken. Außerdem machte die Markierung am Hals für jeden ersichtlich, dass der Partner vergeben war.

Magnus' dicke Eier und ununterbrochen harter Riemen hatten kurzzeitig das Denken übernommen. *Ich bin so schwach!*

Nachdem sich Magnus gefühlte Hundert Mal versichert hatte, dass zwischen ihnen alles in Ordnung war, wünschte er Nikolay noch ein paar angenehme Stunden Schlaf. Er selbst ging duschen. Nach dem er sich zwei Mal einen runter geholt hatte unter dem fließenden Wasser, schwoll sein Fleisch noch immer nicht ab. Dies zwang ihn, härtere beziehungsweise kältere Geschütze aufzufahren, und er stellte das Wasser auf Antarktis-Temperatur. Er biss die Zähne zusammen und verfluchte das Gefährtenband.

Der darauffolgende Tag war wie immer. Phil kam vorbei und kochte für den Burschen wieder irgendeine »gesunde« Pampe, die Nikolay, ohne zu meckern, runterwürgte und sich sogar dafür bedankte! *So ein höflicher und wohlerzogener Bengel.*

Prat beehrte sie ebenfalls. Obwohl total unbegründet, hatte Nikolay vor dem ersten Rudelführer immer noch Angst.

Prat hatte die sanfteste Seele von allen hier am Tisch und glich eher einem verschmusten Kater als dem bösen Wolf aus den Märchen, es sei denn, es ging um den Schutz seiner Rudelmitglieder. Da wurde er zu einem unerbittlichen Krieger.

Nikolay überzeugte wohl Magnus' Schwärmen für seinen Bruder und er blieb brav am Küchentisch sitzen. Ob die extra große Tasse heißer Kaffee dazu beigetragen hatte, sei dahingestellt.

Spätestens als Prat anfing, über Magnus' Schwäche in Teenagerzeiten für gewisse Schauspieler zu tratschen, entlockte der Zwillingsbruder Nikolay sogar ein zartes Lächeln.

»Er hat mich gezwungen ›Charmed – Zauberhafte Hexen‹ anzusehen! Kannst du dir das vorstellen?

Aber nicht wegen der sexy Hexen, sondern wegen … Magnus? Wie hieß der Troll noch gleich, den du so scharf gefunden hast?«, fragte der Arsch ernsthaft.

Ruckartig senkte Magnus die Tageszeitung, in die er vertieft war und funkelte Prat wütend an. »Du meinst BALTASAR! Und er war ein Dämonen-Sahneschnittchen!

Nikolay, glaub ihm kein Wort! Es war genau umgekehrt! ER hat mich genötigt, die Serie anzusehen, weil er die drei Hexenschwestern abwechselnd als Wichsvorlage missbraucht hat!«

»Was? Wie kannst du nur solche gemeinen Lügen über mich verbreiten?«, stöhnte Prat theatralisch auf, drückte bestürzt eine Hand aufs Herz und warf Nikolay einen höchst bemitleidenswerten Blick zu.

Magnus bereute bereits die netten Worte, die er über seinen Bruder gesagt hatte, und zog ihm wütend die Zeitung über den Schädel. Noch ein solches Wort und er würde seinen Zwilling verprügeln.

Nikolay schien es amüsant zu finden.

Am späten Nachmittag klingelte es an der Tür im Dauerton. Aus dem Augenwinkel sah Magnus Nikolay ins Schlafzimmer huschen. Es ärgerte ihn, immerhin hatte sich der Bursche gerade mit einem Thriller aus Magnus' Bücherregal auf die Couch setzen wollen. Der gemütliche Nachmittag war dahin!

Kopfschüttelnd sah er dem kleinen Omega nach, er hatte Bedenken, ob der Russe jemals seine Vorsicht ablegen konnte.

Im Flur kam ihm bereits der bekannte Duft entgegen. Magnus atmete auf. Wendy stand auf dramatische Auftritte.

Als er die Tür öffnete, schlangen sich bereits ihre Arme um seinen Hals und zerrten ihn nach unten in eine enge Umarmung.

»Magnus!« Euphorisch klang ihre Stimme.

»Komm rein, Wendy« Er ließ sie eintreten und wollte sie gerade fragen, was sie hier wollte, als sie bereits den Mund öffnete.

»Und? Wo ist er?«

Daher wehte der Wind! Sie war neugierig! Warum wunderte ihn das überhaupt? Vermutlich verlangte dieses sensationslüsterne Weib bereits einen Orden dafür, dass sie es so lange ausgehalten hatte, ohne bei ihm ála *Mission Impossible* einzubrechen, um seinen Gefährten vom Scheitel bis zur Sohle zu inspizieren.

»Wendy … ich weiß nicht, ob das so eine gute Idee ist …«

Seine Freundin runzelte ihre Stirn und sah ihn betreten an. »Was denn? Du kannst deinen Gefährten doch nicht ewig vor mir verstecken! Zeig mir den Prachtkerl endlich! Ich bin schon so aufgeregt! Ich will alles über ihn wissen, Magnus!«, plapperte sie und marschierte weiter ins Haus hinein. *Nicht nur du!*

Magnus folgte ihr in die Küche und drückte ihre kurvige Gestalt auf einen Stuhl. Er selbst lehnte sich mit den Hintern an den Rand des Tisches und sah auf das rothaarige Biest herab.

»Wendy …«

»Was ist denn nun? Und was ist das für ein süßer Duft?« Das Plappermaul war aufgeregt wie ein Jagdhund, der endlich von der Leine gelassen wurde. *Wie sollte er ihr das jetzt am besten erklären?*

»Wendy, hör mir jetzt genau zu.« Er wartete erst ihr Nicken ab, dann fuhr er fort. »Mein Gefährte … es ist kompliziert …«

Wendy zog die Augenbrauen in die Höhe. »Verdammt Magnus! Ich dachte, es wären immer die Frauen, die eine Beziehung kompliziert machen?! Was könnt ihr beide für Probleme haben?« *Wenn du wüsstest!*

Magnus unterdrückte den Drang, sie wild zu schütteln. »Er ist sehr ängstlich … hat wohl Schlimmes durchgemacht. Bitte halte dich in deiner Euphorie etwas zurück, er hat vor anderen Werwesen Angst.«

Wendys Gesichtszüge veränderten sich. Sie wirkte bedrückt, sagte aber sonst nichts. *Das kam einem Wunder gleich!*

»Hast du mich verstanden?«

Wendy nickte nur und sah verwirrt aus.

Magnus rief nach Nikolay. Er hatte keine Ahnung, ob der Omega überhaupt reagieren würde. Doch bereits nach kurzer Zeit, na ja je nach dem wie lange einem zehn Minuten vorkommen, kam Nikolay in die Küche geschlichen.

Die schwarzen Onyxe waren wachsam, er wirkte so schreckhaft wie ein Reh. Er blieb in der Mitte des Raumes stehen, einen großen Sicherheitsabstand einhaltend. Es musste Nikolay viel Überwindung kosten, hier zu stehen, wie vor der Höhle des Löwen.

Wendy hatte ihre Hand vor den Mund geschlagen.

Magnus wusste nicht, ob vor Enttäuschung, Freude, Entsetzen, Begeisterung … *keine Ahnung!*

Nikolay war eine besondere Schönheit, trotz seines ausgemergelten Körpers, nur wirkte er gerade so angespannt und misstrauisch, dass Magnus nicht wusste, wie Wendy es aufnehmen würde. Magnus räusperte sich kurz.

»Nikolay … das ist Wendy, eine sehr gute Freundin von Prat und mir. Sie wollte dich kennenlernen.« Es war ganz still.

Magnus konnte schwören, Nikolays nervösen Herzschlag zu hören.

»Freut mich, Ma'am.« Nikolay sprach nur zaghaft, mit deutlichem Akzent. Magnus wurde wieder bewusst, wie bedacht Nikolay sonst darauf war, seine Aussprache neutral klingen zu lassen. Magnus jedoch mochte den russischen Zungenschlag, es passte zu dem Kerlchen und es war eine weitere Besonderheit, die Magnus an ihm begehrte.

Noch immer sprachlos stand Wendy auf, ging bedächtig auf Nikolay zu. Vermutlich befürchtete sie zu Recht, dass er bei einer zu ruckartigen Bewegung sofort die Flucht ergreifen würde. Nur wenige Zentimeter trennten die beiden voneinander. Wendy war etwa einen halben Kopf größer als der Omega – vermutlich war jeder Erwachsene im Rudel größer als Magnus' Gefährte.

Magnus sah gespannt auf das Spektakel. Wendys üppige Brust hob und senkte sich, als sie Nikolays Duft inhalierte. Magnus erkannte in ihren geweiteten Augen, wie sie die Erkenntnis traf. *Ja, ich habe einen Omega als Gefährten!*

Magnus nickte seiner Freundin wissentlich zu.

Wendy suchte wieder Nikolays Blick und legte zaghaft ihre Hand auf seine Wange. »Mein Gott. Ich habe noch nie so einen schönen Omega gesehen.« Sie wirkte verwirrt und nachdenklich, so langsam wie sie sprach. *So dürfte sie gerne immer sein …*

Dann umarmte sie Nikolay, der wie angewurzelt stehen blieb und die Nähe von Magnus' bester Freundin erduldete.

Magnus verdrehte die Augen. Seine vorherige Ansage an ihr Gewissen war für die Tonne gewesen.

Magnus räusperte sich, eine Art Zeichen für Wendy, dass es reichte, seinen Gefährten an ihre großen Titten zu pressen. Nur langsam löste sie die einseitige Umarmung, sah Nikolay lächelnd an und zog diesen wie selbstverständlich zum Küchentisch.

Sie machten sich einen Kaffee, der auch Nikolay in gewisser Weise zum Hierbleiben bewegte.

»Magnus, welch Glück du hast. Das Schicksal ist dir sehr gnädig. Sieh ihn dir nur an!« Sie war beeindruckt und schaffte es nicht, auch nur einmal ihren Blick von Nikolay zu nehmen.

»So glänzendschwarze Haare und diese Augen! Er sieht aus wie ein Model! Oder einer dieser schönen Elfen aus ›Herr der Ringe‹ … Einfach nur zum Anbeten!«, predigte Wendy mit so viel Ehrfurcht in der Stimme, dass Magnus es nicht fertigbrachte, sie zu verbessern, denn das waren immerhin ELBEN!

»Aber so dünn!« Einen Wimpernschlag später strafte sie Magnus mit strengen Blicken. »Magnus!! Gibst du ihm nicht genug zu essen? Der Junge ist nur Haut und Knochen!«

»Schlechtes Thema, Wendy.«

Magnus hatte genug Härte in der Stimme, um Wendy begreiflich zu machen, nicht weiter auf dieser speziellen Sache herumzureiten.

Sie wandte sich wieder Nikolay zu, der mit roten Wangen neben ihr saß.

»Das sag ich dir jetzt im Vertrauen, aber dein Duft ist zum Niederknien! Wenn man deinen Geruch in Flaschen abfüllen könnte … wir würden ein Vermögen damit verdienen!«

»Hör nicht auf sie, Nikolay! Wendy hat sich zu oft den Film ›Das Parfum‹ reingezogen.«

»Habe ich gar nicht!«

»Hast du wohl! Du machst ihm Angst mit deinen perversen Ideen!«

Wendy tat Magnus' Einfall mit einer entnervten Bewegung aus dem Handgelenk ab, widmete sich wieder Nikolay.

»Du bist so wunderschön! Ich weiß, ich weiß, ihr Kerle wollte das nicht hören, aber mir fällt kein besserer Begriff für dich ein. Vielleicht atemberaubend oder hinreißend, …«

Wendy stützte verträumt eine Hand unter ihr zweites Kinn, während sie Nikolay anhimmelte. »Sag mal, wie alt bist du eigentlich? Ist dir der Griesgram nicht viel zu alt?«

Magnus musste schmunzeln, als er bemerkte, wie angestrengt der Bursche versuchte, dem Gefasel der Nervensäge zu folgen. Trotzdem wirkte er aus dem Konzept gebracht.

»Ich … bin 18 und ich … glaube, mir fehlen ein paar Zentimeter, um ein Model zu werden, Ma'am.«

Sie lachte auf, schnappte sich Nikolays Hand und fuhr liebevoll über den Handrücken. »Ach er ist so süß, Magnus! Und diese rauchige Stimme! NIKOLAY? Ist das russisch? Kommst du aus Russland?

Dein Akzent ist Sex für die Seele, das kann ich dir sagen, Freundchen. Kannst du mich überhaupt gut verstehen? Soll ich langsamer sprechen?«

Weil sie das so gut konnte …

»Ich bin noch immer so fasziniert von diesem rabenschwarzen Haar! Hat dein Wolf dieselbe Farbe?«

»Ich hatte bis zur … Geschlechtsreife schwarzes Fell, dann … seitdem bin ich weiß, Ma'am.«

»Weiß?« Wendy sah ungläubig zu Magnus.

Mit offenstehendem Mund griff sie kurz unter den Tisch und drückte für einen Sekundenbruchteil Magnus' Knie. Eine Geste, die Stolz und Freude ausdrückte.

»Ein weißer Omega?«, fragte sie in den Raum.

»Das ist ein unglaublich starkes Glückssymbol.«

Wendy hatte beinahe Tränen in den Augen, dann versuchte sie, sich zu sammeln.

»Bitte, mein Liebling, sag doch Wendy zu mir. Weiße Wölfe gibt es hier in der Gegend keine. Du bist mit Sicherheit unglaublich schön in deiner Wolfsform! Ich kann noch immer nicht glauben, dass ich hier mit einem Omega sitze!« Dann begann es.

Wendy fiel in ihrem Beschützer-Verhätscheln-Mama-Modus und drangsalierte den Russen weiter mit endlosen Fragen und betatschte ihn bei jeder Gelegenheit.

Dass Nikolay noch nicht die Ohren bluteten, glich einem Wunder!

Wobei es Magnus auch ein klitzekleines Bisschen süß fand. Immerhin hatte der Welpe die Augen weit aufgerissen, den Mund einen Spalt geöffnet und starrte Wendy erstaunt an. Wahrscheinlich war Nikolay verblüfft, wie Wendy es schaffte, zwischen den Sätzen keine Luft holen zu müssen.

Sie war ein übernatürliches Tratschweib!

Nach einer Weile, in der Wendy in einer für ihre Verhältnisse langsamen Geschwindigkeit seinen Gefährten weiterhin Fragen stellte, kam Nikolay etwas aus sich heraus.

Seine Anspannung fiel immer mehr ab. Es war nicht zu übersehen, dass der schüchterne Omega Wendy mochte, auch wenn er zu Beginn mit ihrer einnehmenden Persönlichkeit etwas überfordert war.

Magnus fiel ein Stein vom Herzen, dass der Bursche nicht die Flucht ergriffen hatte. Immerhin war Wendy seine beste Freundin. Hätte Wendy Nikolay nicht leiden können, oder umgekehrt, wäre das ein weiteres Problem, für das Magnus schlicht und ergreifend die Nerven fehlten. Doch der junge Omega schien sich in Gegenwart von Wendy wohlzufühlen.

Bei Bruce sah die Sache schon wieder ganz anders aus. Er musste unweigerlich an eine Kuh auf dem Weg zum Schlachter denken. Magnus konnte die Anspannung des Welpen regelrecht in der Luft ergreifen, wenn der Detective in seine Nähe kam. Sobald er Bruce auch nur witterte, verschwand er im Schlafzimmer.

Sein süßer Omega war auch beim gemeinsamen Essen mit Prat und Phil aufgestanden und im Schlafzimmer verschwunden. Auf die Frage, ob was nicht stimmte, sagte der Russe nur: »Nein, aber mein Appetit hat sich soeben in Luft aufgelöst.«

Eine Minute später kam Bruce über die Türschwelle und Phil und Prat konnten sich natürlich ihr Lachen nicht verkneifen. Bruce war nicht nach Lachen zumute *(eigentlich nie)* und hatte seine ernste Vollstrecker-Miene aufgesetzt, was Magnus und Prat natürlich in ihren Alpha-Modus brachte – typischer Reflex.

»Was ist los?«, fragte Prat sichtlich gespannt.

Bruce' Blick wanderte kurz zu Phil.

»Phil kann ruhig alles hören, was du zu sagen hast. Wir würden es ihm sowieso früher oder später erzählen«, erklärte Magnus sofort.

»Der Omega?«

»Der ist im Schlafzimmer.«

»Gut. Habt ihr schon etwas rausgefunden? Spricht er schon darüber, was passiert ist?«

Einstimmiges Kopfschütteln.

»Nikolay beantwortet bloß Fragen über harmlose Angelegenheiten.« Magnus' Antwort glich einem Murren.

»Ich habe meine Fühler etwas ausgestreckt und mich bei anderen Rudeln schlau gemacht, ob ihnen ein Omega auf der Durchreise untergekommen war.« Bruce stoppte in seiner Erzählung und holte sich eine Wasserflasche aus dem Kühlschrank.

»REDE WEITER! Verdammte Scheiße noch mal! Das ist wie beim Sex, wenn auf einmal das Vorspiel alles ist, was man bekommt!«

»Magnus, beruhige dich!« Prats erzürnte Stimme war ein Weckruf.

Verflixt, Magnus war sehr dünnhäutig geworden. Der plötzliche Verlust des Omegas, der sich eigentlich nur in einem anderen Zimmer aufhielt, machte ihm sichtlich zu schaffen.

»Gleich zwei Rudel haben gemeldet, einen Omega am Geruch erkannt zu haben, als sie in ihren Wäldern auf Streife waren. Nikolay holte sich wie bei uns keine Erlaubnis vom dortigen Alpha, um das Rudelgebiet zu betreten. Er hatte riesiges Glück, dort sicher und unbeschadet raus gekommen zu sein. Wer weiß, was sie sonst mit ihm gemacht hätten.«

Prat fragte, durch welche zwei Rudel der kleine Omega marschiert war.

»Das Lykaon-Rudel und das Cougar-Rudel.«

»Was?« Alle drei sahen ungläubig zu Bruce hoch.

Magnus konnte es kaum fassen. Das Lykaon-Rudel bestand ebenfalls aus Wolfswandlern, etwa zwanzig Kilometer von ihrem Territorium entfernt, sie waren unmittelbare Nachbarn.

Jeder respektierte die Grenzen. Man hielt sich gegenüber dem anderen bedeckt. Prat machte hin und wieder Geschäfte mit dem Alpha namens Jake.

Ohne Erlaubnis durch ihr Gebiet zu stapfen, würde sich trotzdem keiner wagen. Sollte man erwischt werden, drohte einem ein hefiger Arschtritt. Dies war aber noch lange nicht mit dem Cougar-Rudel zu vergleichen.

Das Rudel bestand aus Katzenwandlern. Die meisten von ihnen waren Berglöwen, auch Pumas genannt. Aber auch Luchse, Schneeleoparden, Pallaskatzen und Ozelote waren im Cougar-Rudel vertreten. Wenn sich dort ein Wolf verirrte, ohne triftigen Grund und ohne Erlaubnis des Alphas, wurde kurzer Prozess mit demjenigen gemacht. Sie waren sehr angriffslustig und erbarmungslos. Sie duldeten in ihrem Rudel keine andere Art als Katzenwandler.

Vermutlich hätten sie Nikolay die schwarzen Augen ausgekratzt und ihn hilflos im Wald herumirren lassen. Schließlich hätten sie ihn umkreist und ihn quälend langsam zu Tode gebissen. Es war für die Katzen ein Spiel, mehr nicht.

Magnus überkam Übelkeit. Er schob seinen halb leer gegessenen Teller von sich und stand auf, um gedankenversunken in der Küche auf und ab zu marschieren. Wie von Weitem hörte er Phil und Prat reden.

»Oh Gott, da hatte er aber wirklich Glück, nicht erwischt worden zu sein. Bei den Pumas wären nur seine Knochen übrig geblieben.«

»Ja, der Alpha dort, wie heißt er noch gleich? Der hätte ihn mit einem Grinsen im Gesicht den Bauch aufgeschlitzt.«

»CARLOS. Eine Dreihundert-Kilo-Miezekatze, die gerne Spielchen spielt.«

»Obwohl ich bei Jake meine Hand auch nicht ins Feuer legen würde. Der kann manchmal ziemlich kratzbürstig sein, wenn wir geschäftlich telefonieren.«

»Vielleicht hat er dann gerade immer seine Tage. Vermerk es im Kalender, wenn er schlecht drauf ist, dann kannst du vielleicht ein Muster erkennen.«

»Schlechter Scherz, Phil«, raunte Prat und verdrehte nun seinerseits die Augen.

»Mh, ich weiß … ich wollte nur die Situation etwas auflockern«, grummelte der Doc niedergeschlagen.

»Die Rudel liegen nördlich von hier. Was wollte er so weit oben? Und wo war er dann?« Magnus wollte endlich Antworten!

»Diese zwei Rudel können wir ja ausschließen. Wie viele Rudel gibt es sonst noch nördlich?«

»Ja das Lunar ec. Wolfsrudel und … ein Rudel mit Braunbären und ein weiteres mit Murmeltieren.«

»Ja stimmt, aber weiter oben sind auch Einzelgänger angesiedelt.«

»Da hast du recht, viele Bären, Elche, Adler, aber auch vereinzelt Wölfe, die kein Rudel haben.«

»Aber das ist doch unmöglich, die alle zu befragen, oder Bruce?«, wollte Phil von dem Vollstrecker wissen.

»Am einfachsten wäre es, wenn wir den kleinen Scheißer einfach fragen würden und das verfickte Rätselraten endlich sein lassen könnten! Schließlich habe ich Besseres zu tun!«, brach es aus Bruce heraus, der die Fragerunde anscheinend mehr als lächerlich fand.

Das böse Knurren überhörte Bruce einfach, worauf Magnus eine kräftige Kopfnuss hinterher setzte.

»Sprich noch mal so über Nikolay und ich trete dir so heftig in den Arsch, dass du noch wochenlang den Geschmack meiner Schuhe im Mund hast!«

»Verstanden«, murrte Bruce mit zusammengebissenen Zähnen. »Aber du musst doch zugeben, dass ich recht habe!«

Magnus hatte keine Lust, Bruce zuzustimmen. Natürlich hatte sein erster Wächter recht! Aber er wollte seinen Gefährten nicht schon wieder bedrängen, etwas zu erzählen, wozu er noch nicht bereit war.

»Nein.« Er schüttelte energisch den Kopf, um das Gesagte noch zu verdeutlichen.

»Hast du noch was rausgefunden?« Alle Hoffnungen lagen wieder in Bruce' detektivischen Künsten. Dieser atmete tief ein und hob eine Augenbraue an.

»Ich habe dir doch von dieser komischen Musik-Band erzählt.«

»Den Psycho Eggs. Ja und weiter?« Magnus verschränkte seine kräftigen Arme vor seiner Brust, um seine Anspannung nicht zu erkennen zu geben.

»Ich habe ihren Club, Proberaum, Absteige, Vorzimmer der Hölle – was auch immer das darstellen soll – ausfindig gemacht. Dieser besagte Club ist in der Stadt, hat jetzt eine Weile leer gestanden. Sie waren auf Tour und kamen erst letzte Woche zurück.«

»Ja und?« Magnus fühlte, wie sich seine Zornesader wieder auf der Stirn sichtbar machte, die im regelmäßigen Rhythmus des Herzens unter seiner

Haut laut pochte. Am liebsten wäre er wie Nikolay verduftet, bevor der Penner hier reingeschneit war.

»Ratet mal, wo sie überall waren.«

»Wo?«, kam es aus allen Mündern zugleich.

»Oben im Norden.«

»Erzähl' mir noch mal, was du über die Band herausgefunden hast.« Magnus wollte sich an seinen Mordgedanken, die er für die Band hegte, sollten sie wirklich etwas mit Nikolays Verschwinden und jetzigen Zustand zu tun haben, nicht zu sehr aufheizen. Er und Bruce rasten gleich los, als der Cop seine Vermutungen ansprach. Sie saßen in Bruce' Pick-up und waren Richtung Stadt unterwegs.

»Es ist eine Rock- und Heavy-Metal-Band. Der Frontmann und Sänger heißt Todd. Er ist das Hirn der Band. Der Gitarrist hört auf Richy. Bass spielt einer namens Mitch und Lenny zurzeit Schlagzeug, ist aber im Grunde der zweite Gitarrist.«

»Und außerdem?« Magnus wusste, dass das noch nicht alles sein konnte.

»Alles Exknackis. Sie hatten sich viel Respekt in der Unterwelt mit Drogen, Waffen und Prostitution verdient. Das meiste Geld scheffelten sie mit den Drogen, vor allem mit Ecstasy und Crystal Meth. Verdienten sich dumm und dämlich an dem Gift.«

»Warum sitzen sie dann nicht alle im Gefängnis?«

»Das ist ja das Seltsame daran. Die Polizei konnte den Typen nichts nachweisen! Nichts! Wie wenn man durch einen blickdichten Vorhang spähen wollte.

Bei jeder gottverdammten Befragung hatten diese Mistkerle ein wasserdichtes Alibi. Die Polizei war mehrmals mit einem Durchsuchungsbefehl dort. Sie hatten alle ranzigen Ecken der Bruchbude durchsucht und jeden einzelnen dieser abgebrühten Mistkerle befragt.

Kein einziges Wort hatten sie über Nikolay verloren. Bei jeder verfluchten Aussage am Revier hatten sie nur die zuständigen Detectives angegrinst und ihren Anwalt verlangt. Es war zum Verrücktwerden.

Irina hatte, kurz bevor sie ermordet wurde, auf der Polizeiwache angeben, dass sich Nikolay die meiste Zeit bei diesen Verbrechern aufgehalten hatte.

Es muss einen Zusammenhang geben, das spüre ich. Der Junge verschwand schlichtweg spurlos und diese Arschlöcher hatten nichts Besseres zu tun, als die Ermittler auszulachen. Da ist was faul, da bin ich mir sicher, Magnus.«

»Und wie sieht dein Plan aus? Wenn die Polizei schon nichts beweisen konnte, wie sollen wir da was herausfinden? Sie werden uns ja schließlich nicht gleich alles beichten, nur weil wir sie ganz nett fragen!«

»Ja, du hast recht. Sonst bleibt uns keine Alternative. Es wird Zeit, dass die uns kennenlernen. Bedenke, dass auch Menschen deine mentale Stärke als Alpha wahrnehmen können. Hoffen wir, dass sie dadurch etwas unterwürfiger werden. Wir müssen auf ihre Reaktionen achten. Vermutlich riechen wir etwas an ihnen, was der Polizei vor drei Jahren entging.«

»Das ist dein ganzer Plan? Nett fragen und mal schnuppern?« Magnus wollte ihn schlagen.

»Wenn dir etwas Besseres einfällt, bin ich ganz Ohr, Boss!«, knurrte Bruce mit gedämpfter Stimme.

»Hmpf! Ich bin umgeben von Nichtsnutzen!«

In der Stadt angekommen, fuhr Bruce in eine verwahrloste Seitenstraße. Dieser Teil der City war verkommen und ausnahmslos sanierungsbedürftig, mit dem ganzen Müll und den zerlegten Autowracks am Straßenrand. Obdachlose hausten in Pappkartons, holperten mit gestohlenen Einkaufswägen die ramponierten Gehwege entlang. Magnus' Wolf wollte bei dem Anblick nur noch nach Hause und eine ausgedehnte Runde im Wald laufen.

Bruce parkte auf einen Parkplatz mit mehr Rissen und Schlaglöchern als Beton. Vier schwere Motorräder mit V-Motor standen dort, trotz des Sauwetters. Ein altes, heruntergekommenes Haus, mit unzähligen Ritzen und abgefallenen Putz krönte das Grundstück. Es schien früher ein Geschäft gewesen zu sein. Die verdreckten Schaufenster und der unlesbare, vergilbte Schriftzug auf der Mauer sprachen zumindest dafür.

Auf halbem Weg drehte sich der Vollstrecker zu Magnus um und suchte seinen Blick. Bruce war – wie immer – ein abgebrühter Cop, der aussah, als ginge ihm alles am Arsch vorbei. In Wirklichkeit war er hoch konzentriert und auf alles vorbereitet.

»Magnus, das sind Menschen und wir sind inoffiziell hier. Vergiss das nicht. Wir können nicht so verfahren, wie wir es in unserem Rudel machen würden. Also bitte, halte dich zurück und überlasse mir das Reden. Mit diesem Gesindel willst du sowieso nicht sprechen.«

»Ja verstanden«, willigte Magnus ein, mehr mit einem Knurren als einer Zustimmung. Bruce genügte es.

Dumpfe Musik drang durch die alten Gebäudemauern. Zigarettenstummel lagen überall am Boden, die achtlos weggeworfen wurden. *Scheiß Umweltverschmutzer!*

Bruce klopfte energisch an die Tür. Eine halbe Ewigkeit später nahmen sie Bewegungen in der Bruchbude wahr. Die klapprige Tür ging quietschend einen Spalt auf, um sie, wenn nötig, sofort wieder zuzuschmeißen. Ein Mann, Mitte bis Ende dreißig, lugte aus dem Türspalt hervor. Er war relativ groß für einen Menschen, sicher 1,95cm und muskulös.

Er verbrachte sicher den halben Tag im Fitnessstudio und die andere Hälfte davon, Drogen an irgendwelche Minderjährigen und Junkies zu verticken. *Das reinste Gesindel!*

Ungehalten plärrte er ein »Ja?«, durch den Spalt.

Bruce war nun ganz Polizist. »Todd Sheperd?«

»Wer zur Hölle will das wissen? Sind Sie Cops?« Der Mann war im Begriff die Tür wieder zuzuschlagen. Ein brüllender Löwe hätte nicht beängstigender wirken können. Magnus war erstaunt, nur selten machte er sich über normale Menschen Gedanken, dieser hier war jedenfalls ein Ausnahmefall.

»Warten Sie bitte! Wir wollen Sie nur etwas fragen. Sie haben recht, ich bin ein Cop, aber ich habe ein anderes Revier. Ich bin privat hier. Mein Name ist Bruce Harper, das ist mein Freund Magnus Chaplin.« *Wow! Ich habe Bruce noch nie bitte sagen hören!*

Der alte Hund war für Überraschungen doch noch gut, dachte Magnus verblüfft.

»Wenn ihr keinen Durchsuchungsbefehl habt, dann würde ich vorschlagen, dass ihr in eure Karre steigt und dort hinfahrt, von wo ihr hergekommen seid!«

»Wir wollten mit Ihnen über Nikolay Koslowski reden. Der Junge ist vor drei Jahren verschwunden. Wir hätten uns von Ihnen ein paar Antworten erhofft«, fuhr Bruce fort und ignorierte die nette Aufforderung des Mannes.

Der Mann, Todd, zeigte sein wutverzerrtes Gesicht in vollem Ausmaß. Er stieß die Tür weiter auf, um sich wie ein Pfau vor Bruce aufzuplustern. Es wirkte wie eine gefährliche Drohgebärde. Der Körper strotze vor Kraft und Zorn.

Jede einzelne Zelle schien in Todds Leib gefährlich hochzukochen und drohte überzulaufen. Die Hände zu Fäusten geballt, wirkte es, als müsse er sich mit aller Kraft zusammenreißen, um nicht Bruce mit bloßen Händen den Schädel von den Schultern zu reißen.

Das Gesicht des Bikers, das ohne Zweifel unglaublich gut aussah, mit den markanten Zügen, den scharfen Augen und dem kantigen Kinn, drückte aber solch harschen Groll aus, dass man unmöglich keine Angst bekam.

Die schwarzen Haare waren an beiden Seiten kahl geschoren, das Haupthaar war dafür streng nach hinten gekämmt und in einem schlampigen Knopf zusammengefasst. Er glich einem blutrünstigen Barbaren.

Sein Hals war ganz rot geworden, dicke Zornesadern zogen sich bis über seine Stirn, die Augen wurden klein und blickten böse in ihre Richtung. *Mimik und Gestik glichen einem Psychokiller in Horrorfilmen.*

»Fahrt zur Hölle!«, schrie der Kerl und schmetterte die Tür ins Schloss.

Bruce murmelte einen Fluch, drehte sich um und ging Richtung Auto.

»Warte mal, wars das etwa schon?« Magnus sah dem Vollstrecker irritiert hinterher.

Bruce blieb stehen und drehte sich zu seinem Alpha um. »Ich habe mir das schon irgendwie so vorgestellt.

Mir bleibt nichts anderes übrig, als die örtliche Polizei um Hilfe zu bitten, vielleicht haben die mehr Glück. Ich kann angeben, dass ich einen Drogenhandel auf der Straße mitverfolgt habe, vielleicht bekommen sie einen Durchsuchungsbefehl genehmigt.«

Magnus schüttelte den Kopf. »Das bringt doch nichts! Hast du ihn nicht gerochen, Bruce?«

Bruce nickte langsam. »Ja, habe ich, der Scheißkerl war nervös.«

»Ja aber nicht nur! Als du Nikolays Namen erwähnt hast, habe ich ganz deutlich Kummer und Schmerz gewittert.«

»Ja … nur bringt uns das auch nicht weiter. Vielleicht vermisst er Nikolay wirklich – wahrscheinlich als seinen Fußabtreter! Es kann leicht sein, dass der Junge eine Art Laufbursche für sie war.

Oder ein Mittelsmann, um die Drogen an Teenager in der Schule zu verticken.«

Bruce reagierte nicht schnell genug, als Magnus' Faust auf sein Kinn donnerte. Im nächsten Moment stürzte Bruce mit den Knien voran auf den nassen Asphaltboden und hielt sich die pochende Wange.

Magnus beugte sich zu ihm runter. Sein erzürnter Blick traf den von Bruce'. »Noch einmal so eine scheiß Vermutung über meinen Gefährten und du WARST einmal mein erster Wächter, verstanden?«

Bruce nickte nur.

Magnus bemerkte den reumütigen Blick des Vollstreckers.

Erst denken, dann sprechen, du Idiot!

Er ließ Bruce in seinem schlechten Gewissen schmoren und ging auf das Haus zu, worin Todd verschwunden war.

»Was machst du denn?«, wollte Bruce wissen, der noch immer am Boden kniete, während sich Schneewasser und Dreck in den schwarzen Jeansstoff saugte.

»Jetzt bin ich dran mit dem Reden.« Nur dieses Mal musste er nicht klopfen, so wie Bruce. Gleich vier Typen standen im Türrahmen und starrten mit einem abgebrühten Pokerface auf Magnus. Er blieb ein paar Schritte von ihnen entfernt stehen. Todd begann bedacht in die Hände zu klatschen. Die anderen taten es ihm gleich. Ein kleiner Funken Respekt schwang in dem Applaus mit. Der Moment währte nur kurz.

»Sauberer Schlag«, raunte Todd, der belustigt schien.

Gewalt gegen die Polizei … da geht denen sicher einer ab.

Magnus sprach nicht. Er war etwas verblüfft über die Tatsache, dass sie hier standen und dieser Abschaum ihn nicht gleich abknallte.

»Du bist kein Bulle, stimmt's?«

»Nein, bin ich nicht«, sagte Magnus knapp. »Ich bin nur ein Freund.«

Todd runzelte die Stirn, die anderen sahen verwirrt aus.

»Und warum fragst du dann nach dem Jungen?«

Magnus konnte ihr wachsendes Interesse spüren, doch er wollte sich bedeckt halten. »Nikolay ist mir sehr wichtig …«

»Ich sehe dich hier zum ersten Mal! So wichtig kann er dir nicht gewesen sein, wenn du erst drei Jahre später aufkreuzt!«, unterbrach ihn Todd barsch.

»Da täuscht ihr euch gewaltig.« Magnus sprach bedacht. Er sah alle an und ließ jeden seine Alpha-Kraft spüren. Dann wandte er seinen Blick ab und drehte sich um. Er war bereit, wieder zu verschwinden, wie es Todd zuvor gewünscht hatte.

»Hey! Warte mal!« *Bingo!*

Magnus befand sich im Inneren der Bruchbude. Im Flur lagen überall alte Zeitungen auf dem Boden verstreut, es roch nach kalten Rauch und Whiskey. Er wurde in einen riesengroßen Raum geführt, dass wohl ein Wohnzimmer oder einen Aufenthaltsraum darstellen sollte, und der um einiges ansehnlicher war, als das Gebäude von draußen vermuten ließ.

Eine gigantische schwarze Ledercouch in U-Form stand in der Mitte des Raums. Auf dem niedrigen quadratischen Tisch waren fünf Aschenbecher, die bereits überquollen.

Unzählige leere Bierflaschen und Alukugeln von irgendeinem Fast Food verzierten die restlichen freien Stellen des Tisches.

Trotz des Saustalls roch es angenehm nach frischer kühler Winterluft, Kaffee und einem Hauch von Kettenfett. Eine Reihe Musikinstrumente lag im Raum verstreut, an einem breiten Schreibtisch war ein monströser Computerbildschirm, dessen Bildschirmschoner eine Frau und zwei Männer zeigten, die die Darstellerin von beiden Seiten durchnahmen.

An den Wänden hingen verschiedene Poster von Bands, von denen Magnus nur wenige wiedererkannte. Ein übergroßer Kalender mit nackten Frauen, die sich auf Bikes rekelten, hing hinter einer wuchtigen Bar, dem Herzstück des Raumes. Aus dunklem Holz, fast schwarz.

Unzählige Alkoholflaschen waren dahinter verstaut und der Name der Band war an der Frontseite sauber in das Holz geschnitzt.

Alles in allen charakteristisch für solche Typen, vermutete Magnus zumindest. Immerhin hatte er weder Drogen gerochen noch irgendwelche Waffen oder eingesperrte Mädchen in Zwingern gesichtet.

Todd und dessen Kumpane ließen sich in die weichen Lederkissen fallen und öffneten jeder ein Bier. Auch Magnus wurde ein Bier gereicht, welches er nur annahm, um nicht gleich am Anfang Unmut zu erzeugen. Vor dem ersten Schluck roch er diskret daran.

Nicht das diese Mistkerle mir K. o. Tropfen ins Bier mischten!

Es roch unauffällig, weshalb er die Flasche in einem Zug leerte. Ihm war bewusst, von den Typen beobachtet zu werden. Als ob er eine Mutprobe bestanden hätte, wirkten alle vier etwas entspannter. Jeder zündete sich eine Zigarette an.

Einer der Kerle bot ihm ebenfalls einen Glimmstängel an. Magnus verneinte mit einer knappen Handbewegung, der stinkende Qualm genügte ihm bereits. Sein inneres Tier sehnte sich jetzt schon nach dem ehrlichen Duft von Erde, Moos, Baumrinde und schnell fließendem kalten Wasser. Mühsam unterdrückte er die Sehnsucht. Er war wegen Nikolay hier, durfte sich jetzt nicht ablenken lassen.

Magnus dachte, Todd wäre der Psychokiller aus den Horrorfilmen, aber der Kerl, der direkt neben ihm saß, übertraf alles. Der Typ war groß und schlaksig, die Arme schienen für seinen Körper jedoch erheblich lang zu sein – eine surreale Erscheinung.

Die dicke, schwarze Nerdbrille rutschte ihm immer wieder von der Nasenwurzel runter. Er berührte sie jedes Mal am Glas, um sie hochzuschieben, sodass unzählige Fingerabdrücke, das Glas verzierten. Die langen fettigen Haare, platt gedrückt auf seinen etwas zu klein geratenen Kopf klebend, gaben dem Ganzen einen runden Abschluss.

So musste ein Psychopath aussehen! Jepp!

Er könnte locker auf ein Filmset eines neuen Gruselschockers spazieren und sofort anfangen die Hauptrolle zu spielen, ohne noch mal in die Maske zu müssen.

Ein Kind, das nur eine Mutter lieben kann.

Die anderen zwei wirkten fast schon langweilig auf ihn. Ein paar Piercings in der fiesen Visage, Tattoos an Hals und Händen.

Einer hatte schwarz geschminkte Lippen – trotzdem wirkten die drei im Gegensatz zu Todd lammfromm. Der Leadsänger und eindeutig der Boss hier, präsentierte in der schwarzen Lederhose und dem eng anliegenden gleichfarbigen Shirt seinen kraftstrotzenden Körper.

Todd lehnte sich zurück, mit breit geöffneten Beinen, zeigte eine unwiderstehliche Pracht in dem beengenden Leder. Die Pose sah ungekünstelt und besonnen aus, dennoch wusste es Magnus besser. Der Kerl steckte sein Revier ab.

»Bist du irgendein berühmter Wrestler?«, fragte der Psycho mit der

Brille und dem kleinen Mauskopf und starrte ihn faszinierend an. Seine Augen blieben auf Magnus' prallem Bizeps kleben.

»Nein, gute Gene.«

»Nun, was willst du eigentlich von uns, Batista Junior?« Die süffisante Tonlage konnte Todds Neugierde nicht ganz verbergen.

»Ich heiße Magnus.« *Du Vollidiot!*

Dachte sich Magnus und musste an sich halten, um den Kerl nicht zu verprügeln. »Ich will wissen, was Nikolay bei euch getrieben hat, bevor er verschwand.«

Todd zog genüsslich an seiner Zigarette und blies den Rauch in Magnus' Richtung. Magnus verzog keine Miene und wartete stoisch ab. Die anderen starrten etwas verunsichert abwechselnd Todd und Magnus an.

»Warum kommen wir nicht gleich zu den richtigen Fragen, Großer?« Todd rückte mit seinem kräftigen Körper etwas nach vorne, um die Ellbogen an den Knien abzustützen.

»Die da wären?«

»Na ja, die Bullen wollten eher wissen, ob er wegen uns drogenabhängig wurde. Eine andere These war, dass wir ein Druckmittel gegen ihn in der Hand hatten, weshalb er bei uns war. Oder meine Lieblingsvermutung: Wie viel Geld oder Drogen er von uns bekommen hatte, wenn wir ihn im Gegenzug vögeln durften«, ätzte er in Magnus' Richtung.

»Vergiss nicht das Schutzgeld, Todd. Die Bullen dachten, wir hielten ihm irgendwelche Arschlöcher vom Leib, wenn er uns genug dafür blechte«, raunte einer der anderen Kerle bitter.

Magnus hielt nur knapp sein Knurren zurück, bei den Anschuldigungen, die eher seinem Omega betrafen, als die vier Kerle hier.

»Die Bullen fragten auch, ob wir ihn an irgendein perverses Schwein verkauft hatten.

Es hätte auch sein können, dass wir ihn selbst abgemurkst hatten, weil er von uns bereits zu viel wusste. Also … wieso suchst du dir nicht von diesen Beispielen eine Frage aus?« Todds sarkastisch gereizter Ton glich dem Zischen einer Schlange.

»Nein danke, ich bleibe lieber bei meiner Frage.« Magnus blieb äußerlich ruhig und zuckte nicht einmal mit einer Wimper. Innerlich glich er einem aktiven Vulkan.

»Warum interessiert dich das? Der Junge ist spurlos verschwunden und verrottet höchstwahrscheinlich in irgendeinem Straßengraben oder in einem verlassenen Waldstück, wenn ihn die wilden Tiere nicht bereits aufgefressen haben! Also, wer bist du und warum dein Interesse?« Todd hätte geknurrt, wenn er ein Wandler wäre und kein Mensch.

Das waren Fragen, auf die Magnus nicht alle Antworten preisgeben konnte. Doch er konnte genau den Schmerz riechen, der Todd umgab … könnte es sein, dass sein Geschrei und aggressiv wirkendes Getue nur Fassade waren?

»Ihr vermisst den Burschen, stimmt's? Er war euch wichtig, das kann ich spüren.«

Todd schwieg und starrte Magnus mit eiserner Miene an. Die anderen Bandmitglieder versuchten unauffällig, Blicke auszutauschen.

Magnus bemerkte die Wolke, die von den Leibern emporstieg, schwanger von Melancholie und Gram. Die feindlichen Blicke und abwehrende Körperhaltungen verschwanden, machten Resignation Platz. Betrübt glotzten sie zu Boden.

Das angriffslustige Verhalten löste sich in Rauch auf. Sie wirkten eher energielos und müde. *Was steckte da nur dahinter?*

Dann erhob Todd wieder seine Stimme, die jedoch an Kraft verloren hatte. »Ja … wir vermissen Nikita.«

Magnus hob bei der Aussage verwirrt die Augenbrauen. »Nikita?«

»Das war hier sein Spitzname, der Unbezwingbare.«

»Er bedeutet auch ›einzigartige Schönheit‹, womit wir ihn immer aufgezogen haben«, nuschelte der schlaksige Psycho mit einem traurigen Lachen.

»Wie habt ihr ihn kennengelernt? Ihr seid locker zwanzig Jahre älter, als er es ist. Da trifft man sich wohl eher nicht im Pausenraum in der Schule.«

»Wir haben ihn unterwegs aufgegabelt.« *Okay … das war sicher nicht die ganze Geschichte, aber was solls. Sie redeten immerhin mit mir.*

»Er war also euer Freund?«

»Das klingt bei dir so abwertend. Kann man nicht mit einem Teenager befreundet sein, ohne gleich irgendwelche Hintergedanken zu haben?«

Magnus widersprach nicht. Er wartete ab, was sie ihm erzählen würden. Todd drückte seine Zigarette direkt am Tisch aus und stand auf. *Scheiße, warfen sie mich jetzt raus?*

»Komm Großer, ich zeig dir was am Computer.« Todd setzte sich auf einen der zwei Bürostühle, Magnus auf den anderen. Todd kramte unter seinem Shirt eine Kette hervor, die um seinen Hals hing und schnappte sich den Anhänger.

Bei genauerer Betrachtung stellte es sich als USB-Stick heraus. Der Mann schloss den Stick am PC an. Magnus erkannte eine Menge Bild- und Video-Dateien.

Doch bevor Todd irgendetwas anklickte, sah er in Magnus' Richtung. Der Mann war kampfbereit, dies sagte zumindest sein Blick.

»Wenn du mit den Infos zur Polizei gehen solltest, mach ich dich ausfindig und schieß dir eine Kugel zwischen die Augen!«

Um seine Botschaft klar zu machen, zielte der raue Mensch mit seinem Finger auf Magnus' Stirn und drückte ab. »Ich hoffe, ich habe mich deutlich genug ausgedrückt!«

Mann! Jetzt weiß ich, wie sich ab und an meine Betas fühlen mussten, wenn ich solche Drohungen aussprach, dachte sich Magnus und ließ den Kerl keine Sekunde aus den Augen.

»Ja, ist bei mir angekommen. Und wenn du mich noch einmal anfasst, dann wirst du keine Gelegenheit mehr haben, mir in den Schädel zu schießen, da ich bereits auf deiner Leiche tanzen werde, nachdem ich dir den Kehlkopf mit bloßen Händen rausgerissen habe!«

Todd und Magnus blickten sich lange in die Augen. Ein Nicken folgte. *Waffenstillstand.*

Todd wand sich zum Bildschirm und suchte offenbar nach einer bestimmten Datei. Nach mehreren auf und ab, klickte er auf eine Videodatei mit dem Namen EYE OF THE TIGER.

»Das war das erste Video, was wir von Nikita gemacht haben«, ergänzte Todd und ließ Magnus endgültig verwirrt dreinblicken. *Was für ein Video soll das denn sein?! Welche perversen Spielchen hatten sie hier mit Nikolay gespielt?!*

Todd ignorierte seinen skeptischen Blick und drückte auf Play. Ein Schlagzeug war in einem kleinen Raum aufgebaut. Scheinwerfer erhellten die dunklen Winkel. Es ertönte eine eingespielte Musik, als die Tür aufging und Nikolay hereinkam, sich wie selbstverständlich auf dem Hocker hinter dem Schlagzeug niederließ und aus seiner hinteren Hosentasche zwei Drumsticks hervorholte.

Bei Nikolays Anblick musste Magnus unweigerlich lächeln. Der junge Russe hatte noch die typischen schlaksigen Züge eines Teenagers. Seine Haut war nicht so krankhaft blass, wie es jetzt der Fall war. Die großen schwarzen Augen und die vollen Lippen dominierten das weichgezeichnete Gesicht. Magnus' Herz begann bei dem Anblick augenblicklich zu stolpern.

Es schien so, als ob Nikolay auf seinen Einsatz wartete. Die Musik wurde lauter. Beim nächsten Wimpernschlag schlug er auf die Trommeln ein. Aber nicht wie ein Geistesgestörter – nein! Der Knirps war voll im Rhythmus, soweit Magnus es als absolute Musik-Lusche einstufen konnte.

Seine Arme flogen nur so hin und her, schlugen auf verschiedene Trommeln und Schellen ein.

Seine Haare waren damals viel kürzer als jetzt, hingen ihm aber trotzdem in die Augen, das ihn überhaupt nicht zu stören schien. Nikolay lächelte unentwegt, wenn er seinen Kopf hob und die Kamera sein jugendliches Gesicht einfing. Er wirkte … glücklich.

Todd drehte die Anlage, die mit dem Computer zusammenhing, weiter auf. Der Song und die Drummerfähigkeiten SEINES Omegas hallten laut im Raum wider.

Normalerweise mochte Magnus es nicht, wenn die Musik so laut war, dass man kein Wort mehr verstand. Doch er fühlte sich wie berauscht. *Hoffentlich war nichts in dem Bier!*

Nein, es war nur dieses Hochgefühl an Kraft und Energie, das hinter dem Lied steckte und vor allem das Rhythmusgefühl und die Leistung des Burschen.

Nikolay glich einer ungezähmten Naturgewalt, wie dieser auf die ganz große Kelle eindrosch. Unglaublich! Seine Hände bewegten sich so schnell, Magnus hatte Mühe, das Geschehen auf dem Bildschirm zu verfolgen.

Das Video endete. Todd klickte eine andere Datei an. Irgendetwas mit B.Y.O.B. und dieser Song übertraf das Vorige, wie er es nicht für möglich gehalten hätte. Gut, das Lied selbst hätte Magnus nicht gefallen, viel zu viel hysterisches Geschrei, aber Nikolay war voll im »Flow«, wie es die Jugendlichen heutzutage formulierten.

Es war überwältigend! Nein, Nikolay war überwältigend!

Magnus war bestimmt kein typischer Musikfan, beschränkte sich auf Motörhead und hin und wieder Metallica, aber sein Gefährte erstaunte ihn so sehr, dass er keine Worte dafür fand. Das Video endete.

Todd drehte sich zu ihm um, sah ihn wissend an. »Mit dem hast du jetzt nicht gerechnet, so blöd wie du aus der Wäsche guckst.«

Magnus schüttelte kurz den Kopf. Er war wirklich verblüfft.

»Das habe ich mir schon gedacht.«

»Erklär mir das«, forderte Magnus den Sänger auf.

»Mhh, da gibts nicht viel zu erklären. Wir haben uns mit ihm angefreundet, und ihn mit in unser Studio genommen. Lenny hatte die Idee, ihm das Schlagzeug näherzubringen. Da hatte Nikita sich einfach zu den Drums gesetzt und drauf los gespielt.

Vermutlich hatten wir damals genauso geschockt ausgesehen wie du jetzt gerade. Das Schlagzeugspielen habe er von seinem Großvater gelernt … Er ist … Nikita war ein Naturtalent.

Wir hatten viel zusammengespielt und ich brachte ihm noch die Gitarre bei. Nikita war so irrsinnig klug.

Er hatte alles, was wir ihm beibrachten, wie einen Schwamm in sich aufgesaugt. Nach nur einer Woche Gitarrenunterricht von mir konnten wir bereits ganze Lieder mit ihm spielen. Er sang sogar mit, was oft jahrelanges Üben benötigte … es ist ihm alles so leichtgefallen. Es war eine fantastische Zeit.«

»Er hatte mit Sicherheit eine schöne Stimme.«

Todd gab Magnus keine Antwort und öffnete stattdessen ein anders Video. Der Name des Clips hieß BUDAPEST.

Sein junger Gefährte saß auf der gleichen Couch, im gleichen Raum und hatte eine Gitarre auf dem Schoß. Todd saß dicht neben Nikolay. Sie berührten sich auf ganzer Länge und Todd gab ihm knappe Anweisungen.

Der große Mann wirkte neben Magnus' Welpen wie ein Bulldozer, der ihn jede Sekunde zerquetschen könnte – bei Magnus sähe das vermutlich nicht viel anders aus.

Todd wirkte in dem Video jedoch vollkommen entspannt und lächelte Nikolay an. Da war keine Begierde in dem Blick, sonst hätte er den Menschen gleich hier und jetzt die Kehle herausgerissen. Nein, es wirkte vertraut und liebevoll.

Nikolay begann zu spielen und gleich darauf zu singen. Magnus' Herz schmolz bei Nikolays tiefer Stimme, die sanft und betörend klang. Er war wie hypnotisiert. Er glich einem schwarzen Engel und war mit nichts vergleichbar.

Todd zupfte hin und wieder an Nikolays Gitarre und sang an manchen Stellen unterstützend mit, wobei jedes Mal der Bursche lächelte und den viel Größeren dankend ansah.

Magnus spähte kurz rüber zu Todd, der den Blick abgewandt hielt. Der Kerl versuchte offensichtlich, seine Gefühle im Zaum zu halten. Es bereitete ihm sichtlich Schmerzen, sich gemeinsam mit Nikolay in dem Video zu sehen. Als das Lied zu Ende war, hörte man Applaus im Hintergrund. Todd umarmte Nikolay liebevoll und nahm ihn anschließend spielerisch in den Schwitzkasten.

»Das ist mein Junge!«, rief Todd laut lachend, während Nikolay vergeblich versuchte, sich aus dessen Griff zu befreien.

Todd schloss die Datei und hielt den Blick gesenkt, seine Kiefer waren angespannt.

Magnus kam ein Gedanke. »Kanntest du seine Mutter? Ihr Name war Irina.«

Todds darauffolgendes Lachen war emotionslos. Ein langer Moment verging. Die drei Typen hatten sich zu der Bar verkrümelt. Sie sahen nicht in ihre Richtung.

Magnus erwartete keine weiteren Antworten mehr, als Todds Lebensgeister und Bewegungen neu erwachten. Er klickte eine Datei an. Es war ein Bild.

Magnus konnte es kaum fassen. Darauf war Todd mit Nikolays Mutter zu sehen, die sich fest im Arm hielten und sich dabei küssten. Ein klassisches Foto von zwei Verliebten. Magnus war sprachlos. Er hätte nicht gedacht, dass sich die Dinge so entwickeln würden.

»Nikita nahm Irina einmal mit zu den Proben. Die zwei hatten ein extrem enges Verhältnis, eher wie unter Geschwistern und nicht wie Mutter und Sohn … als ich sie sah, war es Liebe auf den ersten Blick. Es passte alles so gut! Wir hatten sogar schon darüber geredet, zusammenzuziehen. Doch dann verschwand Nikita auf einmal spurlos. Wie vom Erdboden verschluckt. Am Abend zuvor waren wir alle noch zusammen im Studio und hatten die Aufnahme von Nikolay bei den Roten Engeln gefeiert.

Am nächsten Tag sah es so aus, als ob ich mir alles nur eingebildet hätte.

Irina war kurz vorm Zusammenbrechen, sie war nach dem Verschwinden von Nikolay nur noch ein Schatten ihrer selbst.

Drei Wochen später wurde sie dann … tot und total zerfetzt in irgendeinem Waldstück gefunden. Sie hatte einfach überall nach ihm gesucht, das wurde ihr zum Verhängnis. Die Polizei sagte, dass sie ein Wolf oder ein Puma getötet hatte.«

Magnus nickte verstehend.

Todd wischte sich hastig eine Träne weg und zündete sich eine neue Zigarette an.

»Es tut mir leid, was euch passiert ist.«

Todd nahm einen kräftigen Zug von dem Glimmstängel und blickte Magnus tief in die Augen. Für einen mächtigen Alpha wie Magnus war es seltsam, dass jemand so direkten Augenkontakt suchte.

»Was ist jetzt mit dir? Warum wolltest du das alles wissen?«

Magnus entkam ein kleines Grinsen, stand auf und ging in Richtung Tür. »Danke für das Bier.«

»He, was soll der Scheiß?« Todd wütete so sehr, dass ihm die Zigarette aus dem Mund fiel.

Magnus sprang auf den Beifahrersitz von Bruce' Auto.

Sein Vollstrecker musterte ihn neugierig. »Was war da drinnen los?« Magnus musste einfach grinsen. Er konnte seine Erleichterung nicht verbergen. Ihm fiel ein Stein vom Herzen, dass Nikolay nicht in irgendwelche skurrilen Dinge verwickelt gewesen war.

»So schräg es sich jetzt für dich anhören wird, aber ich glaube, diese Typen verkörperten Nikolays Rudel.« Magnus sah deutlich die großen Fragezeichen rund um Bruce' Kopf kreisen.

»Haben die dich unter Drogen gesetzt?«

Magnus schüttelte den Kopf. »Nikolay und Irina waren mit der Band eng befreundet. Seine Mutter und der Leadsänger waren sogar ein Paar. Die beiden entfernten sich immer mehr von dem Rudel.

Doch wir Wolfswandler brauchen eine Gemeinschaft, sonst vereinsamen wir. Deshalb haben sie sich ein neues Rudel gesucht und das waren zufällig diese vier Kerle.

Todd hat mir ein paar Videos gezeigt. Bruce, du wirst es nicht glauben!

Nikolay kann Schlagzeug spielen und das richtig gut, soweit ich das zumindest behaupten kann. Und er hat eine Stimme, davon bekommst du eine Gänsehaut, wirklich!«

»Du bist ja völlig durch den Wind!«, murrte Bruce und verzog das Gesicht zu einem verstehenden Grinsen.

»Das haben sie dir einfach so erzählt? Und vielleicht noch das Familienalbum ausgegraben, das ihr euch bei Tee und Kuchen reingezogen habt?«

Bruce schüttelte ungläubig den Kopf. Magnus ignorierte Bruce' Geschwafel einfach, dafür war er gerade einfach zu glücklich. »Du denkst also, dass die Typen mit Nikolays Verschwinden nichts zu tun hatten?«

»Ja, da bin ich mir sicher. Die Kerle wirken zwar ziemlich schräg, aber die Videos und Fotos lügen nicht. Ich hätte es gespürt, wenn sie mich belogen hätten. Bruce, das war seine Familie!«

»Eine ziemlich gestörte Familie hat er sich da ausgesucht, wenn du mich fragst.«

»Da muss ich dir recht geben, aber wir kennen die Hintergründe nicht.« Als Magnus an seinen verängstigten Gefährten dachte, überkam ihm Sorge, die erneut sein Gemüt verfinsterte.

»Ich weiß so vieles noch nicht, Bruce. Keine Ahnung, wie ich das alles hinkriegen soll! Ich kenne meinen Gefährten kaum, das haben mir die Videos bewiesen. Er sah so glücklich aus und bei mir? Bei mir … da bekommt er Todesangst, weil ich ihn in die Badewanne stecken wollte. Genauso wie ich ihm selbst oft Angst mache, mit meinem Geruch … weißt du, wie schwierig es ist, mit solch dicken Eiern?!«

»Wiederhol das noch mal!«

»Was? Dass er Angst vor meinen Geruch hat?«

»Nein Blödsinn! Außerdem: Wer würde da nicht Angst kriegen?«

»Klappe, Arschloch!«

»Ich meine das mit der Badewanne. Was war da los?«

»Das war, nachdem er aus dem Fenster abgehauen ist. Ich holte ihn nach einigen Kilometern ein und wir gingen gemeinsam zurück. Er war total erschöpft und durchgefroren und hat am ganzen Leib gezittert.

Auf jeden Fall habe ich ihn in die Wanne reingelegt und als er das Wasser rund um sich wahrgenommen hatte, ist er total durchgedreht.

Er schrie so laut, es schien, als habe er Todesangst. Als ich ihn aus der Wanne heraus zerrte, hatte er eine Panikattacke und hyperventilierte …

es war furchtbar mit anzusehen. Nikolay hat mir so leidgetan, und ich konnte nichts tun, um ihm zu helfen.«

Magnus starrte nachdenklich in die Ferne. Seinen Gefährten so gesehen zu haben, brach ihm bald das Herz.

»Vielleicht hatte er ja wirklich Angst vor dem Sterben …«, flüsterte Bruce gedankenverloren.

Der Alpha drehte interessiert den Kopf in Bruce' Richtung. »Wie meinst du denn das jetzt?«

»Kann ich noch nicht sagen, ist nur so ein Gefühl.« *Na Klasse! Bruce und seine beschissenen Gefühle!*

KAPITEL 15

Nikolay

Penetrantes Vogelgezwitscher weckte Nikolay aus längst gewohnten unruhigen Träumen. Die Augen einen Spalt geöffnet, attackierten ihn die Strahlen der Wintersonne. Gequält drückte er das Kissen auf seinen Kopf, um noch etwas Schlaf zu finden. Es dauerte jedoch nur einen Wimpernschlag, als sein mittlerweile verwöhnter Magen mit einem lauten Knurren nach Kaffee schrie. *Es sah so aus, als hätten sich heute alle gegen mich verschworen.*

Schlaftrunken kletterte er aus dem Bett und streckte seine müden Glieder. Schmerzen in der Schulter spürte er dabei kaum noch, Phil hatte gute Arbeit geleistet.

Nach einer heißen Dusche wühlte er in Wendys Wäschekorb nach passender Kleidung. Die feurige Wandlerin hatte ihm das letzte Mal versprochen, ein paar andere Sachen zu besorgen, damit er nicht aussah, »wie ein Kind in Papas Gewand«. Ihre Worte, nicht seine.

Dank der Erfindung eines Gummizugbundes fand er eine Boxershorts, die sich gut an seine Hüften schmiegte und nicht beim Gehen flatterte wie eine Fledermaus mit akutem epileptischen Anfall.

Gar nicht so einfach bei den Klamotten, die ihm zur Auswahl standen. Es hatte sich anscheinend nicht geändert, dass sogar Teenager im Rudel größer und breiter gebaut waren, als er, das halbes Hähnchen.

Die tannengrüne Jogginghose, die er sich überstreifte, zeigte ihm das wieder allzu deutlich. Viel zu weit geschnitten, saß sie gefährlich tief auf Nikolays Hüften. *Er* würde heute die Hose tragen müssen, anstatt umgekehrt.

Ein dünnes langarmiges Shirt im kalten und klaren Weiß des eisigen Schnees, der die Gegend immer noch dominierte, stülpte er sich auf den

Weg in die Küche über den Kopf. Er hatte keine Zeit zum Trödeln. Sein Körper verlangte nach Kaffee! Und zwar viel davon. Bevor Phil kam und mit der Zunge schnalzte, wenn er sich eine zweite Tasse zubereiten wollte.

Die Feuchte auf Haut und Haaren machten der Eile jedoch einen Strich durch die Rechnung.

Mist, verdammt! Jetzt bin ich schon zu blöd, mich richtig anzuziehen!

Der Kopf blieb im Shirt kleben. Ein harter Aufprall ließ ihn genervt murren. »Verflucht noch eins, seit wann ist der Flur denn so verdammt schmal?« Das darauffolgende leise Lachen erschreckte ihn. Reflexartig versteifte sich sein Körper in Abwehr.

»Ähm, brauchst du Hilfe?«

Der Alpha! *Na klasse, wie peinlich.* Als der Moment eigentlich nicht beschämender werden konnte, spürte Nikolay, wie die Jogginghose gefährlich langsam von seinen Hüften rutschte.

»Ähm, ja, bevor ich hier nur noch in Unterwäsche im Flur stehe.«

»Das hast du nun davon, immer so kopflos in die Küche hetzen zu wollen. Der Kaffee wird nicht schneller alle, nur weil du mal zwei Minuten länger brauchst.« Magnus' Stimme klang amüsiert. *Der hatte auch keinen pingeligen Doc im Genick!*

Nikolay zerrte wild an dem Shirt. »Hilfst du mir jetzt, oder lachst du mich weiter aus, Alpha?«, drängelte Nikolay.

Er befürchtete für sein aufmüpfiges Getue bereits eine Rüge, hörte aber von dem Rudelführer nur einen glucksenden Lacher. Dann spürte er die großen Hände des Alphas auf seinen schmalen Hüften. Sachte zog der Mann den Stoff nach oben. Die schlagartige Wärme, die Nikolays Unterleib überfiel, ließ sein Herz schneller schlagen. *Was … zur Hölle?*

Er kämpfte mit dem Shirt, das er in Zukunft höchstens als Putzlappen verwenden würde. Er musste endlich wieder Herr seiner Glieder und Klamotten werden – dieses Gerangel kam ihm vor wie der unbezwingbare Kampf mit einer Zwangsjacke. Zum Himmel!

Nicht nur seine Kaffeesucht und die dreisten Sonnenstrahlen hatten sich gegen ihn verschworen, die ganze Welt schien sich gegen ihn aufzubäumen!

Endlich befreit, und den Kopf durch den Kragen gesteckt, stand der Alpha gefährlich nah vor ihm und fummelte an seiner Hose herum. Nikolay sah wie erstarrt nach unten, konnte aber durch Magnus' große Pranken nicht viel erkennen.

Verdammt! Magnus soll seine Hand da wegnehmen. SOFORT!

»WAS MACHST DU DA?« Die Hitze verwandelte sich in ein Prickeln, das bis in die Haarspitzen stieg. Es fühlte sich gut an, aber so befremdlich, dass Nikolay ein Zittern unterdrücken musste. *Habe ich gerade einen Schlaganfall?*

»So, jetzt kannst du dir gefahrlos deinen Kaffee machen.«

Nikolay blickte dorthin, wo bis vor kurzen noch Magnus' Hände herumgefummelt hatten und wurde augenblicklich rot im Gesicht. »Oh ... die zwei Kordeln im Innenbund sind mir vorher gar nicht aufgefallen«, nuschelte er betreten, als er die Doppelschleife sah, die Magnus gebunden hatte.

Straff saß die Hose auf seinen Hüften. Nikolays Wangen waren glühend heiß.

»Es ist ein Wunder, dass du vor deinem ersten Kaffee überhaupt fähig bist zu sprechen! Du wirkst verwirrter als ein Chamäleon in einer Packung Smarties!«

Nikolay tat sich schwer damit, den Rudelführer zu entschlüsseln.

Was Magnus sagte, war zwar witzig, jedoch sprach er es so scharf aus, dass es auch ein Vorwurf sein konnte. Nikolay zupfte ein letztes Mal an seinen Klamotten und sah Magnus beschämt an. »Ähm ... darf ich mir jetzt einen Kaffee machen?«

»Ich bitte darum, denn sonst ist das sichere Zusammenleben in diesem Haus wohl nicht mehr gewährleistet. Außerdem musst du mich nicht fragen!

Du kannst hier tun und lassen, was du willst.« Magnus wollte noch etwas ergänzen und hob tadelnd einen Finger in die Luft. »Außer du eröffnest ein Drogenlabor. Da habe ich noch ein Wort mitzureden.«

Nikolay fragte sich augenblicklich, ob der Alpha nervös war. Sonst sprach der grantige Mann nicht so viel und schon gar nicht am Morgen.

Seit er dem Rudelführer verklickert hatte, dass er rein gar nichts von diesem »Gefährtenband« hielt, war ihre Gesprächsbasis nicht sehr prickelnd gewesen. »Aber für das bessere Verständnis habe ich dir eine Kleinigkeit besorgt.«

Bevor Nikolay nachfragen konnte, war Magnus schon auf dem Weg in die Küche. Skeptisch schlich er dem Riesen nach.

Nikolay mochte es nicht, die Kontrolle zu verlieren, doch die Aussicht auf einen Kaffee zwang ihn dazu, jetzt mitzuspielen. Magnus gefiel es sichtlich, Nikolays Unsicherheit zu spüren. Etwas Positives hatte es jedoch – das heiße Prickeln in seinem Unterleib war endlich verschwunden. *Vielleicht waren das auch nur die ersten Kaffeeentzugserscheinungen?*

»Komm schon, hol dir eine Tasse raus, sonst wird das heute nichts mehr mit deinem Kaffee.«

Erneut glaubte Nikolay, eine leichte Nuance von Amüsiertheit aus der sonst so rauen Stimme von Magnus herauszuhören. *Warum war der Alpha so gut gelaunt?*

Nikolay tat wie geheißen und machte den Schrank auf, in dem sich das Kaffeegeschirr befand. Eine Schachtel fiel ihm ins Auge, die den Weg zu den übrigen Tassen versperrte.

»Na komm, hol sie raus.« Magnus klang ermutigend.

Nikolay wurde jedoch klamm ums Herz. Bilder einer solchen Schachtel drangen in sein Gedächtnis. *Auch da hatte ich den Karton aufmachen müssen. Zu diesem Zeitpunkt konnte ich nur eine Hand benutzen, das Öffnen wurde dadurch zu einer langwierigen Prozedur. Das schwere Halsband aus Silber darin hatte mich hämisch ausgelacht … bevor es mir gewaltvoll um den Hals geschlungen wurde …*

»Alles okay?«

Nikolay blinzelte, als er die Blicke des Alphas auf ihn spürte. Er nickte, nahm zaghaft die Schachtel aus dem Schrank und versuchte, das Zittern seiner Hände zu unterdrücken. Vorsichtig stellte er das kleine Paket auf der Küchenzeile ab.

»Keine Panik, Welpe. So wie du aussiehst, vermutest du entweder einen Schwefelsäure-Angriff oder ein giftiges Vieh, das dir an die Kehle will.«

Wieder dieser Witz, der jedoch rau und ruppig klang. Nikolay biss sich auf die Lippe und öffnete mit Bedacht die Schachtel. Seine Augen wurden groß, vor Verwunderung. »Wieso … schenkst du mir das?«

»Na ja, weil du gerne Kaffee trinkst, und zwar viel davon.«

»Aber du hättest nicht extra einen Becher für mich kaufen müssen! Zur Not würde ich den Kaffee auch aus der Abtropftasse trinken, weißt du? Ich bin da nicht wählerisch.«

Magnus verzog seine Lippen zu etwas wie einem Schmunzeln. »Ist mir schon klar … gefällt er dir denn?«

Bei dem Anblick des Bechers, verwarf er endgültig seine hässlichen Gedanken.

»Mhh, lass mich überlegen ... es ist ein gigantischer Kaffeebecher. Also – ja sicher! Er gefällt mir!« Es war ein schwarzer Becher mit einem Text, der Nikolay erst auffiel, als er ihn von allen Seiten begutachtete. »Ähm, Magnus?«

»Ja?«

»Warum steht da ...«

»Oh, das wirst du dann schon sehen.«

Magnus' teuflisches Grinsen beruhigte Nikolay nicht unbedingt. Er wurde von dem großen Mann auf seinem Platz am Küchentisch verbannt.

Natürlich mit der neuen »Tasse«, angefüllt bis oben hin mit cremigem Cappuccino. Gedanklich forderte Nikolay den Kaffee auf, endlich die passende Trinktemperatur anzunehmen, als Magnus verlauten ließ, dass ER heute für sie beide Frühstück machen wollte und sogleich in der Küche herumscharwenzelte. Hin und wieder sah der Riese verstohlen rüber zu Nikolay.

Die gefährlichen Blicke zogen ihm beinahe die Klamotten wieder aus.

Sonst kam Phil immer vorbei und bereitete für Nikolay irgendwas *Gesundes* zu, während der Alpha immer mürrisch an seinem Kaffee nippte und den Finanz- und Wirtschaftsteil der Zeitung las.

»Soll ... ich dir helfen?« Langsam plagte ihn ein schlechtes Gewissen. *Ein Alpha, der einen Omega bekocht?*

Außerdem kam er sich nutzlos vor, wenn er hier einfach so rumsaß und sich bedienen ließ.

»Nein schon gut, bleib du nur sitzen und halte deine Klamotten in Schach.« Der Alpha schaffte es, Nikolays Wangen erneut rot einzufärben.

»Doch wenn ich es mir recht überlege, könntest du mich ruhig öfter halb nackt anspringen.« Magnus grunzte. Es sollte wohl einem Lachen ähneln.

Nikolay machte bald einer roten Beete Konkurrenz. Um sich abzulenken, nahm er einen großen Schluck Kaffee aus der neuen Tasse.

Phil kam bei der Hintertür hereingeschneit. Sein »Guten Morgen« blieb ihm im Halse stecken, als er das Monstrum von Kaffeebecher fixierte und Nikolay ungläubig anstarrte.

»Was ist denn das, bitte schön?«, fragte der Arzt pikiert und verschränkte die Arme vor der Brust.

Magnus kam Nikolay zuvor. »Ich würde mal sagen, eine kleine, bescheidene Kaffeetasse. Die hat er von mir.«

Die Worte des Alphas klangen schon wieder grinsend. Er hantierte dabei in der Küche weiter, ohne Phil anzusehen.

Uff! Jetzt gings los.

»Spinnst du denn komplett? Da geht doch sicher ein halber Liter rein!«

»750 Milliliter, ich habe nachgemessen.«

»Willst du, dass der Junge Magengeschwüre bekommt und bei dir die Wände hochklettert? Das kann nie im Leben gesund sein! Magnus, du bist so verantwortungslos!

Ich bin echt enttäuscht von dir! Förderst einfach seine Sucht! Und was soll DAS bitte schön?!«, zeterte der Doc völlig außer sich und starrte auf den Herd.

Magnus hatte das Gemotze von Furie-Phil einfach ignoriert. Der Alpha ging mit den Frühstückstellern zum Tisch und stellte einen gut beladenen direkt vor Nikolay ab.

Nikolay lief das Wasser im Mund zusammen, als ihn sein Frühstück anlachte. Spiegeleier mit einem Turm aus gebratenen Speckstreifen und warmen Brötchen mit Butter. Richtige Butter. Nicht das pflanzliche Fake-Produkt von Phil, das wie hellgelbe, streichfähige Scheiße schmeckte!

Er war gestorben und im Himmel, das war die einzige Erklärung. Nikolay überhörte gekonnt die nächsten Schimpftiraden von Phil und schnappte nach der Gabel, um damit den Speck aufzuspießen, als ihn Phil böse anfunkelte. *Echt jetzt? Denkt George Clooney ernsthaft, dass ich »Nein« zu diesem Gaumenschmaus sagen würde?*

»Nicht nur, dass du den Welpen mit Koffein vergiften willst, nein, du willst ihn auch mit erhöhten Blutfettwerten früh ins Grab bringen! Willst du, dass er einen Herzinfarkt bekommt? Wie kann man nur so verantwortungslos sein!«

Als Phil in seinem Wutanfall kurz pausierte, versuchte er, Nikolay den Teller zu entreißen.

»Iss das nicht, mein Junge. Ich mach uns jetzt einen warmen Dinkelbrei mit getrockneten Früchten und Mandelmilch.«

Nikolay knurrte ihn gefährlich an. Sein Wolf war so nah an der Oberfläche wie selten zuvor, es dauerte nicht mehr lange und er würde sich verwandeln.

Phil fehlten die Worte.

Mit verdattertem Blick sah er Nikolay an, der sich schützend über seinen Teller beugte.

Magnus suchte Nikolays Blick. »Nikolay, zeig Phil den Aufdruck auf dem Becher, sonst hört er wohl nie auf.«

Der Alpha fand die Situation ziemlich witzig, mit dem Dauergrinsen im Gesicht.

Ihm wollte auch keiner das leckere Essen wegnehmen!

Nikolay tat wie befohlen und drehte den Becher mit dem Text in Phils Richtung.

»Was?« Phils Augen warfen sinnbildlich giftige Pfeile nach dem Alpha.

»Echt jetzt? Du hast dir extra die Mühe gemacht, einen Becher bedrucken zulassen, mit ›Halt deine blöde Klappe, Phil!‹?«

Magnus grinste nur als Zustimmung, zuckte dann mit den Achseln.

»Echt lustig Magnus! Ich lach mit tot!« Der Doc holte sich ein Mineralwasser – NATÜRLICH ohne Kohlensäure und ohne jeden Geschmack – aus dem Kühlschrank und verzog sich schmollend hinter die Kochinsel. Magnus lachte laut auf und auch Nikolay konnte sich ein kleines Grinsen nicht verkneifen.

»Komm, iss dein Frühstück, bevor es kalt wird.« Magnus' Tonlage ließ dieses befremdliche Kribbeln in seiner Leibesmitte erneut kurz aufflackern.

Im Schlafzimmer lehnte sich Nikolay an die geschlossene Tür und atmete tief durch. Trotz des leckeren Frühstücks hatte er während des ganzen Essens kaum geatmet. Weshalb er auch nicht mehr bei Phil und Magnus sitzen geblieben war und sich stattdessen zurück in seine Fluchtstätte getrollt hatte. *Wäre ja auch nicht toll angekommen, einfach umzukippen, vor Sauerstoffmangel.*

Er warf sich auf das imposante Bett und grummelte vor sich hin. Dieses Kribbeln von vorhin machte ihm Sorgen.

War Magnus' unmittelbare Nähe bloß ein Zufall gewesen? Nikolay dachte an die Hände des Rudelführers, groß wie Schaufeln, die ihn spürbar, aber nicht grob berührt hatten. Er legte den Unterarm über die Augen, die Sonnenstrahlen waren heute wirklich sehr hartnäckig. Die andere Hand fand den Weg nach unten, bis seine Fingerspitzen in der Innenseite der Jogginghose die Schlaufe berührten, die Magnus festgeschnürt hatte.

Dieses Prickeln hatte ich lange nicht mehr gespürt … diesen Hunger auf … scheiße! Doch nicht auf …? Er hatte sich geschworen, niemals mehr so zu empfinden, bei niemandem! Und als ob diese Erkenntnis nicht schon schlimm genug war, spürte Nikolay, wie sich seine Boxershorts füllte. *Nein! Nein! Nein!*

Mit erschrocken geweiteten Augen blickte er an sich hinunter und sah zu, wie sein Zelt in der Hose immer größer wurde. Als schlängelte eine tödliche Giftschlange in seiner Hose herum, zog er seine Finger schnell weg. Dieses Ungetüm war Nikolay nicht geheuer, eigener Körper hin oder her. Ihm brannten Tränen hinter den Augen.

Nikolay stand nun schon einige Minuten in der Tür von Magnus' Büro und beobachtete das Treiben des Alphas. Magnus' Arbeitsplatz war, wie alles in diesem Haus, riesengroß. Nikolay wusste bereits, dass der Alpha den ganzen Papierkram jeglicher Art inklusive aller Geldangelegenheiten des Rudels verwaltete. Eine wichtige, für Nikolay jedoch undankbare wirkende Arbeit. Так скучно – so langweilig!

Bei Magnus' Erläuterungen über seinen Job wäre er beinahe mit dem Kopf voran auf die Tischplatte gefallen. Nur mit eisernem Willen war er nicht weggenickt. Keine zehn Pferde würden ihn zu einem Bürojob bringen.

»Hast du vor, dort an der Türschwelle Wurzeln zu schlagen, Welpe?«

Der Alpha riss Nikolay aus seinen Gedanken, ohne sich zu ihm umzudrehen. Wenn Magnus ihn als Welpe bezeichnete, machte irgendwas in Nikolays Hirn *Klick.*

Er wollte sich in seine Arme stürzten und den Kopf in der Halsbeuge vergraben – wie ein Welpe das nun mal tun würde. Es war erschreckend, wie schnell er sich an den Alpha gewöhnt hatte. Vor ein paar Tagen noch hatte er Todesangst, im Hier und Jetzt wusste er zumindest, dass ihn der Riese nicht die Kehle rausreißen würde.

Mit seiner antrainierten Willenskraft konnte Nikolay seine wirren Gefühle schattieren.

»Komm schon her, oder muss ich dich abholen?« Der eindrucksvolle Mann drehte sich kurz zu ihm und schenkte Nikolay ein verwegenes Lächeln.

Nikolay sammelte sich und schritt zögerlich in das Büro. Kurz vor Magnus blieb er stehen und versuchte, gelassen zu wirken. Nikolay war im Stehen kaum größer als Magnus im Sitzen.

»Hat es dir die Sprache verschlagen?«

»Ähm, nein … ich …« Nikolay unterdrücke einen Fluch. Er kam sich so blöd vor, hier vor dem Alpha herum zu stammeln wie ein kleines Kind, noch dazu mit so deutlichem russischem Akzent. Eine Augenbraue hob sich bei Magnus, der ihn nicht aus den Augen ließ.

Nikolay fühlte sich in Magnus' Gegenwart unbehaglich … wenn er vor diesem riesigen Kerl stand, der diese ergreifende Autorität und Macht ausstrahlte. Als er sich im Geiste für seine Verlegenheit noch selbst in den Hintern trat, stand Magnus auf und hob ihn, ohne Widerworte zu dulden, auf den Schreibtisch. Nikolays zarte Kehrseite wurde einfach als Briefbeschwerer missbraucht!

»Im Sitzen lässt es sich genauso schweigen, weißt du?« Der Alpha ließ ihn los und nahm in dem Bürosessel wieder Platz. Magnus ahnte nicht, was er damit für einen Sturm in Nikolay entfachte.

Berührt der Kerl mich einfach!

Der Rudelführer brachte Nikolay völlig aus dem Konzept. Immerhin wollte er hier hocherhobenen Hauptes mit so viel Selbstbewusstsein in der Stimme, hereinmarschieren, dass Magnus Hören und Sehen verging.

»Das Frühstück war echt lecker … danke noch mal dafür, auch wenn Phil jetzt sauer ist.«

Ja! Ja! Theorie und Praxis sind zwei völlig verschiedene Dinge.

»Gern geschehen, es tut gut, dir zuzusehen, wenn du dich mit Genuss auf das Essen stürzt. Da nehme ich Phils Schnute mit Freude hin. Aber deswegen bist du nicht zu mir gekommen.«

Nikolay wischte sich verlegen über die Oberarme. »Stör ich dich?«

»Du würdest mich niemals stören, Junge … also? Was gibts denn, dass du so zurückhaltend bist?« *Mh … vielleicht die Tatsache, dass ich wegen dir einen Harten hatte?! Und dass mir das eine scheiß Angst macht.*

»Ich wollte dich nicht bei der Arbeit stören.« Nikolay hasste sich selbst für seine fahle Begründung.

Magnus rutschte mit seinem Bürosessel ganz nah an Nikolay heran. Ihre Beine berührten sich. *Sicher ganz ungewollt. Sicherlich!*

Es machte Nikolay schier verrückt. Die Gewissheit, dass sein schwacher Körper Magnus ... er konnte es kaum denken, geschweige denn wahrhaben wollen ... anziehend fand, machte ihn nervös. Andererseits hatte er das Gefühl, seine Brust würde vor Zorn bald entzweispringen.

»Ähm ... ich wollte fragen ... ich will ...« *Sag es! Jetzt! Sofort!*

»In den Wald.« Als er in das erstaunte Gesicht des Alphas sah, ergänzte er, »ich war ... schon lange nicht mehr als Wolf unterwegs. Ich lauf auch nicht weg, Ehrenwort.«

Magnus' Miene hatte von erstaunt zu nachdenklich gewechselt, sagte jedoch nichts.

Nikolays Hoffnung sank ins Bodenlose.

Der Alpha lehnte sich grüblerisch in seinen Sessel zurück und legte beide Hände in den Nacken. »Wenn du mir ehrlich ein paar Fragen beantwortest ... dann sehen wir weiter.«

Nikolay runzelte die Stirn. »Ist das nun ein Ja oder ein Nein?«

»Das sehen wir dann, wenn du meine Fragen beantwortest.«

»Vertraust du mir nicht? Glaubst du, ich laufe davon?«

Magnus legte seine Stirn in Falten und sah ihn mit diesen stechend scharfen, grauen Augen an. »Gegenfrage: Vertraust du mir?«

Nikolay war verärgert, so was hatte er befürchtet. Er schmollte lieber, anstatt zu antworten. Wie Irina immer sagte: Wenn du nichts Nettes zu sagen hast, dann sei lieber still.

»Ich habe alles offengelegt. Du kannst mich fragen, was du willst. Ich werde dir alles beantworten. Ich möchte dich besser verstehen, Nikolay. Ich mache das nicht aus Bosheit. Also? Bist du einverstanden?«

Nikolay sah weg, er wollte doch nur eine Weile im Wald herumlaufen und seinen Wolf spüren! Und jetzt musste er wieder das Frage- und Antwort-Spiel spielen. *Das war doch zum Kotzen!*

Magnus würde nicht lockerlassen. Schwer nickte Nikolay, sog dabei seine Lippen ein, um nicht zu schreien.

Magnus' Gesicht erhellte sich über sein Einverständnis sichtlich. Der Riese streckte seine Beine aus und verschränkte die muskulösen Arme vor seiner Brust. Der Stoff seiner Ärmel spannte sich dabei ächzend. »Wie lange warst du denn schon nicht mehr im Wald laufen?«

»Was?«

»Du hast vorhin gesagt, dass du schon eine Weile nicht mehr im Wald warst, ich will wissen, wann dein letztes Mal war? Natürlich abgesehen von deinem Fluchtversuch, versteht sich.« Magnus ließ ihm kein Schlupfloch übrig.

Nikolay musste sich entscheiden, entweder Fragen beantworten, um endlich in den Wald zu kommen, oder Schweigen und über dem Bett die Decke anstarren. »Vor etwa drei Jahren, hier im Wald.«

»Was ist im Wald passiert?«

»Ich … wurde zum Omega.«

»Du wurdest mit fünfzehn bereits ein Omega? Da warst du sehr früh dran … die meisten entpuppen sich erst so um das sechzehnte Lebensjahr, oder sogar noch später, als ihr wahres Ich …«, meinte der Alpha nachdenklich.

»Wann hattest denn DU deine Geschlechtsreife?«

Magnus grinste ihn amüsiert an. »Mit achtzehn.«

Besser spät ein Alpha werden, als früher und dafür ein Omega …

»Wie hast du es bemerkt?«, fragte Magnus weiter.

»Zuerst an meinem Geruch.«

»Waldbeeren und ein Hauch von Regen.«

Nikolays Bauch kribbelte, der Alpha sagte dies, als sei sein Geruch das Beste, was er jemals gerochen hatte. »Es roch so intensiv … eine reine Duftexplosion. Dann verfärbte sich mein Fell.«

»Du warst davor schwarz.«

»Ja, mit nur einem weißen Fleck auf der Brust.« Nervös rückte Nikolay am Schreibtisch hin und her, sein Wolf wollte raus und solange laufen, bis ihm die Kraft versagte.

»Was ist dann passiert, als du begriffen hast, dass du ein Omega bist?« Diese Frage hatte er bereits befürchtet.

Das Problem war, dass er es selber nicht wirklich wusste. Er sah, wie Magnus gespannt auf sein Gesicht sah, vermutlich, um alle Regungen in ihm einzufangen.

»Hast du dich nicht getraut, zurück zum Rudel zu kehren? Dachtest du, dir würde etwas passieren? Hattest du Angst vor Hektor? Er hätte dich unterwerfen können … ich kann mir vorstellen, dass dir das Sorgen gemacht hat. Oder hast du die Reaktion deiner Mutter gefürchtet?«, riet Magnus ins Blaue hinein.

Nikolays Herz pochte schneller. Die Erinnerungen brachten ihn zum Zittern. Er spürte wieder diese bitterbeißende Kälte auf seinem schutzlosen Körper.

»Ich kann mich nur noch an einen Duft erinnern, ein Wolf … ein Alpha.« »Etwa Hektor?

»Nein. Ich weiß es doch selbst nicht.«

»Was geschah dann weiter?«

Nikolays Erinnerungen waren viel zu schmerzhaft. Er rutschte von dem Schreibtisch runter, um in sein Zimmer unter die Bettdecke zu flüchten. *Scheiß auf den Wald!*

Eine starke Hand umklammerte seinen dürren Oberarm und riss ihn herum. Der Alpha stand direkt vor ihm. Nikolay musste seinen Kopf in den Nacken legen, um Magnus ins markante Gesicht sehen zu können. »Lass mich! Ich will nicht mehr!« Er musste sich jetzt zusammennehmen, um die Vergangenheit nicht aufreißen zu lassen, wie eine zu dünne Einkaufstüte. Er würde sonst zusammenbrechen.

»Bleib hier, Nikolay. Lauf nicht immer davon, wenn du etwas nicht sagen kannst.«

Magnus' Blick war so eindringlich, dass Nikolays schnippische Antwort im Hals stecken blieb. Der große Mann führte ihn zu dem Sessel, auf dem er noch vor einen Moment gesessen hatte, und drückte ihn hinein. Der Sessel strahlte noch immer die Körperwärme von Magnus aus, unbewusst beruhigte es sein aufgewühltes Inneres.

Der Rudelführer lehnte sich an den Tisch und verschränkte nachdenklich seine Arme. »Bruce' Nachforschungen haben ergeben, dass du durch zwei fremde Rudelterritorien gewandert bist. Das Lykaon-Rudel und durch das Cougar-Rudel.«

»Ja und?«

Magnus ignorierte die patzige Tonlage geflissentlich. »Wie hast du es geschafft, nicht erwischt zu werden? Dein Geruch ist so intensiv, es gleicht einem Wunder, dass du da sicher rausgekommen bist.«

»Ich bin die meiste Zeit durch den Fluss gewatet, um meinen Duft zu verdünnen.«

»Wir haben tiefsten Winter und du warst noch dazu gezwungen, als Mensch durch die fremden Territorien zu marschieren! Du hättest ernsthaft krank werden oder im schlimmsten Fall erfrieren können!« Magnus klang furchtbar bestürzt.

»Besser krank, als von irgendwelchen Katzen in der Luft zerfetzt zu werden, oder?«

Magnus gab ein kaum merkliches Knurren von sich. »Wohin wolltest du?«

»Keine Ahnung. In den Rudeln war ich nicht sicher. Die Stadt war eine Option. … Sind wir bald fertig?«

»Ja gleich, wenn du mir diese Frage noch beantwortest, kannst du in den Wald, unter einer Bedingung.«

»Welche Bedingung?« In Nikolay hörte sich das Ganze nach Erpressung an, aber nicht er hatte hier das Sagen, diese Situation machte ihm das nur zu deutlich klar.

»Alles zu seiner Zeit. Erst die Antwort auf meine Frage.«

Nikolay kam sich vor wie ein kleines Kind, das eine vergebliche Diskussion mit den Eltern führte, weil es nicht schlafen wollte. *Einfach sinnlos.*

»Warum hat man dir dieses Halsband angelegt? Welchen Grund hatte es, dass du kein Wolf mehr sein durftest?«

Als Nikolay die Frage vollkommen aufgesogen hatte, implodierte irgendwas innerlich. Mit einem bitteren Lachen brach es aus ihm heraus. Magnus ließ sich nicht beirren und wartete gespannt auf eine Erklärung.

»Das war eine Sanktionierung … und zum Schutz vor mir selbst. Ich habe versucht, mich umzubringen.«

Der Blick des Alphas wanderte zu Nikolays Handgelenk mit den dicken roten Narben.

Bei seiner Teil-Wandlung hatte er mit seinen spitzen Reißzähnen recht erfolgreich versucht, sich die Pulsadern aufzubeißen. Nur knapp entkam er dem Freitod, den er gewählt hatte. Die Narben würden nie verblassen.

Um Magnus keine weiteren Fragen durchgehen zu lassen, sprang er von dem Sessel und stellte sich vor dem Alpha auf. »Ich bin nicht verrückt oder irgendein Psycho. Ich hatte meine Gründe.«

»Die du mir nicht sagen willst.«

»Endlich hast du es verstanden.« Er konnte den Schatten der Trauer, der sich in Magnus' Gesicht widerspiegelte, regelrecht ergreifen.

Mit einem Nicken fasste sich Magnus wieder und stieß sich vom Tisch ab, trat Nikolay erneut gegenüber. »Danke für deine Ehrlichkeit.«

Er versuchte, sich nicht einlullen zulassen und bemühte sich standhaft, Magnus' Blick zu begegnen. »Kann ich nun raus?«

»Unter einer Bedingung, ja.«

»Und die wäre?«

»Ich will dich begleiten.«

Scheiße nein!

Nikolay wollte Abstand von Magnus. Außerdem wusste er nicht, wie sein Wolf auf den Alpha reagieren würde. »Ich bin kein kleines Kind, auf das du aufpassen musst!«

»Nein, vielleicht kein kleines Kind, aber MEIN Welpe! Und noch dazu ein Omega, der von mir noch nicht markiert wurde!«

Nikolay riss die Augen weit auf. Die Gedankengänge des Alphas brachten Nikolay in Rage. *Blöder Idiot!*

»Das wird auch niemals passieren! Hörst du? Ich bin doch kein Rindvieh, das man brandmarken muss, nur um zu wissen, wem es gehört! Wir leben doch nicht mehr im Mittelalter!«

»Nikolay, beruhige dich! Es ist doch völlig normal, dass sich Gefährten markieren. Sicher, der Biss ist sehr schmerzhaft, ich wäre auch vorsichtig. Bedenke, die Narbe, die du zurückbehältst, zeigt jedem, dass du unter meinen Schutz stehst. Versteh doch, als Omega ziehst du andere Wandler magisch an. Willst du, dass dir was passiert?

Es hat im Rudel noch nicht allzu groß die Runde gemacht, dass du mein Gefährte bist. Ich könnte es nicht ertragen, wenn dir etwas geschehen sollte, oder sich die Ereignisse am Fluss wiederholen. Sei bitte vernünftig, Welpe.«

Der Alpha ließ nicht locker mit diesem Gefährten-Mist.

Magnus kam einen Schritt auf ihn zu und wollte die Hand in Nikolays Nacken legen, als der nach hinten schreckte.

»Nein«, flüsterte Nikolay kaum hörbar, drehte im Stand um und verließ das Büro. Er hörte noch, wie Magnus frustriert ausatmete, es war ihm egal. *Was dachte sich der Typ? Markieren? Keine Zähne kamen meinem Hals zu nahe!*

Nikolay verschwand im Schlafzimmer. Der sonst so große Raum wirkte plötzlich erdrückend, die Luft schien knapp zu werden. Er stapfte zum großen Fenster und öffnete beide Flügel. Sein erhitztes Gemüt brauchte dringend Abkühlung. Bäuchlings ließ er sich auf das Bett fallen und brüllte gedämpft in ein Kissen. *Es war zum Verrücktwerden mit dem sturen Alpha!*

Leider heizte seine Wut mehr gegen ihn selbst, als gegen den blöden Rudelführer. Leise gestand er sich ein, dass er bloß Angst hatte, sich als kleiner Wolf dem viel stärkeren Alpha zu unterwerfen. Immerhin wollte sich sein Omega-Wolf geborgen fühlen.

Ein Klopfen an der Zimmertür ließ seinen Wolf aufgeregt mit dem Schwanz wedeln, er wusste genau, wer vor der Tür stand. Der aromatisch-herbe Duft war unverkennbar. Nikolay überdrehte gedanklich die Augen über seinen naiven Wolf.

»Geh weg!« Er wollte jetzt nicht schon wieder eine Diskussion führen, erst recht nicht, wenn er den Tränen so nahe war. Er würde einfach in diesem Zimmer bleiben, notfalls so lange, bis der Rudelführer an Altersschwäche starb. Als er den Türdrücker sich senken hörte, das leichte Knarzen der Holztür vernahm, drücke er seinen Kopf noch mehr in die Kissen. *War das kindisch? Aber sicher doch, nur ging mir das am Arsch vorbei. Immerhin kapierte der Rudelführer ja auch nicht meine mehr als deutliche Aufforderung, sich zu verpissen.*

»Verschwinde, ich will dich nicht sehen!«, fauchte er gegen das Daunen-Federn-Kissen, was etwas die Schärfe in seiner Stimme nahm.

Er erwartete nicht, dass der Alpha auf ihn hören würde, das lag nicht in der Natur eines Alphas. Außerdem war das sein Schlafzimmer. Er hätte ein spürbares Einsinken der Matratze erwartet, oder eine Hand auf seinem Rücken, oder auch das laute Gebrüll von Magnus, weil Nikolay trotziger als ein Dreijähriger war.

Deshalb erschrak er auch, als etwas Nasses und Kaltes über seinen Ellbogen strich. Nikolay riss den Kopf in die Höhe und starrte unerwartet in Magnus' tiefgraue Augen, in dem ungewohnten Körper eines Wolfes, direkt vor seinem Bett.

Eine rosa Zunge leckte blitzschnell über die dunkle Schnauze und die Nase, die kurz zuvor Nikolay angestupst hatte. Bei seinem letzten Fluchtversuch hatte Nikolay den Alpha bereits in seiner Wolfsgestalt gesehen, doch damals hatten Erschöpfung und Angst seinen Blick vernebelt.

Magnus' dickes Fell war dunkelbraun, nur die Brust war eine Mischung aus Hellbraun und Grau. Auch als Wolf war er unglaublich imposant! Und riesig!

Werwesen waren in den meisten Fällen größer als ihre Artgenossen, jedoch war Magnus auch unter den Gestaltwandlern überdurchschnittlich groß. Feste Muskeln arbeiteten unter dem Fell. Die strammen Beine, der breite Rücken, der große Schädel und das glänzende Fell – der Alpha strotzte nur so vor reiner Kraft. Ein jedes Weibchen würde ihre Seele dem Teufel verkaufen, um von dem Rudelführer genommen zu werden.

Ein Brummen ließ Nikolay von seiner optischen Wanderschaft über Magnus' Körper aufhorchen. Es hörte sich aufmunternd und zugleich auffordernd an.

Der Wolf stellte sich in voller Größe auf und wedelte mit seiner Rute. Ein Drang, den Nikolay Jahre lang nicht mehr gespürt hatte, eroberte in ihm den Wunsch … zu spielen. Magnus bellte auffordernd.

Nikolay gab sich einen Ruck und nestelte an seiner Hose herum, die Magnus am Morgen so sorgsam mit der Doppelschleife festgebunden hatte. Ihm fiel der fast schon sabbernde Blick von Magnus auf, als er die Schleife löste und die Hose bereits von selbst zu rutschen begann. »Drehst du dich vielleicht mal um?«

Ein leises Knurren ließ Magnus' Unmut heraushören. Etwas zu gemächlich drehte sich der Alpha weg.

»Alter Spanner«, nuschelte Nikolay leise, als er sich das Shirt über den Kopf zog und sich verwandelte.

Magnus knurrte eingeschnappt.

Als Wolf ermahnte Nikolay sich sofort, Magnus nicht wie ein Schoßhündchen zu erliegen. Für diese neue quälende Fragerunde hatte er vor, den Alpha büßen zu lassen.

KAPITEL 16

Magnus

Das war doch nicht zu fassen! Der kleine Scheißer wird was erleben … Sprang der schon wieder aus dem beschissenen Fenster! Nikolay könnte sich bei dem Sprung alle Knochen brechen. Doch der kleine Omega jaulte glücklich auf, als er im Schnee aufkam. Eilig rannte der weiße Wolf Richtung Wald.

Na warte! Magnus Jagdinstinkt wurde unweigerlich geweckt.

Als sie in der Finsternis endlich wieder Magnus' Haus erreichten, zitterte Nikolay wie Espenlaub. Magnus hatte den Welpen zweimal ins Genick zwicken müssen, um ihn endlich davon zu überzeugen, mit nach Hause zu kommen. Es war ein traumhafter Ausflug gewesen. Seinen Omega so verspielt und sorglos zu sehen, hatte Magnus' Herz erweicht.

Und wieder einmal war das scheiß Fenster offen!

Dass es im Haus schweinekalt war, erklärte sich von selbst. Die kuscheligen minus 16 Grad konnten es sich stundenlang im ganzen Haus gemütlich machen, während sie selbst im Schnee gehockt hatten. *Klasse! Super Klasse! Aaargh!*

Magnus verwandelte sich und verriegelte schnell das Fenster, drehte die Boden- und Wandheizungen hoch, um hier nicht zum Eislutscher zu werden.

Nikolay verwandelte sich ebenfalls zurück, seine vollen roten Lippen waren nun blitzeblau. Schüchtern bedeckte er seine Scham mit den Händen.

Einen Moment später stand er schon in der Dusche und taute seinen gefrorenen Körper auf. Dicke Schwaden entstiegen der Dusche und verwandelten den Raum in ein Dampfbad.

Weil Magnus nicht wieder alter Spanner geschimpft werden wollte, verließ er freiwillig den warmen Raum. Auf nackten Sohlen schlich er ins Wohnzimmer. Bereits am Nachhauseweg hatte ihn eine Idee gepackt, die er nun umsetzen wollte.

Für sich allein hatte er nur ein einziges Mal ein Feuer entfacht, damals, als vor zwei Jahren die Heizung gestreikt hatte.

Das heimelig knisternde Holz im großen Kamin verbreitete eine anziehende Wärme, so anziehend, dass Nikolay hereinkommen musste. Leise, ebenfalls barfuß, glitt er in den Raum.

Nur an Nikolays Geruch erkannte Magnus, dass der Omega im selben Raum war. Dieses unbewusste Heranschleichen war für den Alpha noch immer ungewohnt.

»Du hast Feuer gemacht.«

»Jepp, ich dachte, es wäre passend, immerhin herrscht hier gerade eine Eiszeit, gegen die es in unserer Tiefkühltruhe geradezu warm ist.« Magnus drehte sich vom Feuer weg zu Nikolay. Zu seinem Bedauern hatte sich der Junge etwas angezogen. Er würde bald neue Klamotten für den Burschen kaufen müssen. Sehr bald. Das *Hello-Kitty-Shirt*, das er gerade trug, war zu viel des Guten. »Mach es dir auf der Couch bequem, ich geh schnell duschen.«

Magnus kam frisch geduscht, mit einer leichten Jogginghose und einem Shirt bekleidet zurück ins Wohnzimmer. Er hatte zwei große Tassen heiße Schokolade mitgebracht und wollte die Nähe des Omegas suchen. Zügig wanderte sein Blick durch den Raum und fand Nikolay am Boden, direkt vor dem Kamin. Der Bursche hatte sich eine Landschaft aus Decken und Polstern gebaut.

»Ähm ich hoffe, es macht dir nichts, wenn die Sachen am Boden liegen?« Nikolay fragte so leise, als rechnete er mit einer Standpauke.

»Aber nur unter der Voraussetzung, dass ich mich zu dir setzen darf.«

Nikolay lugte nervös zur Seite, nickte aber gleich darauf, mit etwas geröteten Wangen.

»Ich habe uns heiße Schokolade gemacht, oder magst du lieber einen Kaffee?«

Bei Magnus' Worten glühten Nikolays Gesichtszüge auf, wie das Holz in seinem steinernen Gefängnis. »Nein, heiße Schokolade ist schon in Ordnung.«

Magnus setzte sich neben Nikolay in die weichen Kissen.

Verdammt, woher hatte ich so viele Polster und Kuscheldecken? Ich fühle mich wie in einem Möbelhaus – nicht zu fassen. Das war sicherlich Wendys Werk!

Es tat Magnus' ausgehungertem Wolf gut, hier auf dem Boden, zwischen Kissen und Decken vor dem prasselnden Feuer zu liegen.

Nikolay war nur wenige Zentimeter von ihm entfernt. Seine Gedanken schlichen sich in verbotene Ecken, erzeugten Bilder, in denen er Nikolay vor dem Kamin von hinten das Hirn rausvögelte, während der warme Schein des Feuers Nikolays Schweißfilm am Rücken zum Glänzen brachte.

»Spasibo. Es war wirklich schön im Wald«, durchbrach Nikolay die Stille und Magnus' Kopfporno.

»Das freut mich zu hören. Wir können so oft du willst laufen gehen, es hat mir ebenfalls Spaß gemacht. Außer in dem Moment, als du dich so gut getarnt hast, dass ich dreimal an dir vorbeigelaufen bin, ohne dich zu bemerken!« Magnus schüttelte den Kopf.

Er konnte es noch immer nicht fassen, dass sich Nikolay so exzellent im Schnee tarnen konnte. Es war ein seltsames Verhalten, zumindest für einen Kämpfer wie Magnus. Tarnen und verstecken wurde ihnen nicht beigebracht, doch für den kleinen zarten Russen war es nur von Vorteil, sich durch seine Fellfarbe und geringe Größe vor feindlichen Wandlern verbergen zu können. »Es war aufregend mit dir zu laufen, Bursche. Ich wandere die meiste Zeit alleine durch den Wald.«

»Du meinst wohl eher, du stolzierst.«

»Was?«

»Du flanierst mit erhobenem Haupt durch den Wald, das meine ich. Nur zu schade, dass man als Wolf dabei keinen Spazierstock schwingen kann!«

»Frechdachs!«

Nikolay kicherte, verkniff sich wohl eine weitere kecke Antwort.

»Ich habe schon seit meiner Kindheit mit meinem Bruder nicht mehr fangen gespielt. Niemand würde mir das glauben.«

Nikolays Lippen wurden blass, als er sie zu einem schmalen Strich zusammenpresste. Vermutlich war der Omega über seinen eigenen Mut erschrocken, wie er Magnus zum Spielen herausgefordert hatte.

Als sie, wie zwei kleine Welpen herumgetollt waren, hatte das ein wirres Gefühl in Magnus' Brust ausgelöst. So viel Spannung war von ihm abgefallen, als er seine anmutige Art zu laufen verwarf, und wie ein junger Hund voranstürzte und Nikolay spielerisch in die Rute zwickte.

»Ich wäre dein Zeuge«, nuschelte Nikolay leise, doch ein nervöses Lächeln folgte.

»Und ich, als du dem Eichhörnchen hinterhergejagt hast.«

»Es war mir zu flink, ich hatte keine Chance gegen das springende Fellknäuel.«

»Du hast dich gut geschlagen. Als dich der Nager dann verspottet hat, von weit oben auf dem sicheren Baumwipfel, da hätte ich mich am liebsten in den nächsten Schneehaufen fallen gelassen und es laufen lassen.«

»Das nächste Mal gehe ich mit einer Säge im Wald spazieren, dann ist es vielleicht nicht mehr so frech.«

»Das machen wir.«

Nikolays Wangen färbten sich eine Nuance dunkler bei dem Wort *wir*. Er trank seine Tasse leer und kuschelte sich in die weichen Polster und Decken, um sich weitere Gespräche zu ersparen. Er schloss zufrieden die Augen, rückte noch ein paar Polster zurecht, um angenehm auf der Seite zu liegen. Nikolays Shirt rutschte dabei unbemerkt in die Höhe und ließ die helle, makellose Haut auf der Flanke aufblitzen.

Im Schein des Feuers schimmerten die feinsten Härchen hellgolden, dass Magnus das Wasser im Mund zusammenlaufen ließ.

Es war reine Folter, diese paar Zentimeter Haut zu sehen und sie nicht berühren zu dürfen. War der Junge wirklich so immun gegen ihr Gefährtenband? Tausendmal hatte er sich schon darüber den Kopf zerbrochen und kam doch nicht weiter. Könnte er ihn nur einmal küssen, dann …

Ein Gedanke kam Magnus. Er hatte sich heute Morgen eingebildet, einen Hauch von sexueller Erregung bei Nikolay zu wittern. Er wünschte sich aus tiefster Seele, dass die Erregung ihm gegolten hatte. Er musste den Russen fragen, sonst käme er nicht zur Ruhe.

Der Alpha beförderte seinen großen Körper weiter in die Kissen und sah in Nikolays entspanntes Gesicht.

»Nikolay?« In letzter Sekunde hatte er Angst, der Welpe wäre bereits eingeschlafen. Doch Nikolay schien wach, seine Augen blieben geschlossen, aber über die perfekte Stirn zogen ein paar kaum erkennbare Falten. »Ja?«

Er blinzelte, öffnete die Augen langsam und nahm wahr, dass Magnus' Gesicht nur eine Handbreit von seinem entfernt war. Trotz der ungewohnten Nähe schreckte der Welpe nicht zurück.

»Ich … ich mag dich wirklich gern, Nikolay.« Aus großen Augen sah Nikolay Magnus an und blieb stumm wie ein Fisch. »Ich mag dich und ich bin froh, dass du hier bei mir bist. Du … bist mir unglaublich wichtig. Ich will, dass du das weißt … ich möchte, dass du dich bei mir wohlfühlst und …« Magnus ließ seinen Blick kurz sinken, um dann wieder in die schwarzen Augen des Omegas zu blicken, die noch immer denselben Ausdruck von Erstaunen und Verwirrung zeigten.

»Ich wollte dich fragen, ob du auch so ähnlich empfindest?«

»Ähm … na ja, ich … ähm«

Magnus verzweifelte innerlich bei Nikolays Gestammel. Er versuchte, sich jedoch nicht anmerken zu lassen, was Nikolays nächste Worte in Magnus' Inneren anrichten könnten.

»Ich weiß nicht, mir … fehlen gerade echt die Worte.«

Magnus merkte, wie sich der Körper des Burschen verkrampfte und einen Hauch von Angst verströmte. Die entspannte Zweisamkeit vor dem prasselnden Feuer würde wie eine Taube bei einem Zaubertrick verpuffen, wenn er nicht einschritt.

Er versuchte, die Situation zu retten, indem er seine Hand langsam in Nikolays Haare vergrub, um ihm damit etwas Halt zu geben. »Warum hast du jetzt Angst?« Magnus hoffte, dass seine Enttäuschung nicht herauszuhören war.

Für einen Moment wollte der Omega der sanften Berührung entrinnen, sein Fluchtreflex, der schärfer trainiert war, als es ihm guttat, wollte wieder einmal die Kontrolle übernehmen.

Mit einem tiefen Durchatmen rang er die in sich widerstrebenden Kräfte nieder, um ehrlich zu antworten. »Ich habe Angst, dass ich … dich genauso mögen könnte.« Nikolay stockte.

»Warum hast du Angst?«

»Du … du bist ein ALPHA … alle Alphas, die ich bis jetzt kannte, waren … anders … waren …«

»Du meinst Hektor?«

»Nicht nur, aber auch. Sie alle haben ihre Macht ausgenutzt, ich dachte … du bist genauso. Aber ich glaube, ich hoffe, ich habe mich geirrt.«

Magnus ermutigte ihn, weiter zu sprechen, indem er seine Fingerspitzen etwas mehr in seine weichen Haare vergrub und Nikolay zunickte.

KAPITEL 17

Nikolay

Magnus' kräftige Finger gruben sich in sein Haar, liebkosten zärtlich die Haut darunter. Die Geste brachte sein aufgewühltes Gemüt dazu, liegen zu bleiben, anstatt in das Schlafzimmer zu flüchten, wie er es sonst immer getan hatte, wenn der Alpha seine Nähe suchte.

Er schluckte den Kloß in seinem Hals runter, hatte das Gefühl, dass sich der Rudelführer beinahe lautlos an seinen Schutzpanzer anpirschte und sich mit einer Haarklammer, anstatt einem Brecheisen an dem Schloss versuchte.

Nikolay spürte, wie seine Unterlippe zitterte. Er war nervös, sog den Alphaduft in sich auf und zum ersten Mal witterte er nicht die allbekannte Überlegenheit, sondern eine ungetrübte, klare Kraft, die ihn beschützen und umsorgen wollte.

Nikolay schluckte ein letztes Mal, bevor er weitersprach. »Ich hatte solch furchtbare Angst vor dir. Ich war dir ausgeliefert, aber du hast deine Macht nicht missbraucht. Ich … bin dir für alles … dankbar, was du für mich getan hast.«

»Hast du jetzt auch noch Angst vor mir?«

»Ich habe Angst vor der Zukunft.« Nikolay blickte in das fragende Gesicht des Alphas.

Die Züge hart wie immer, doch die hochgezogenen Augenbrauen und die leicht gerunzelte Stirn ließen ihn verletzlicher wirken.

Trotzdem konnte er sich nicht dazu durchringen, dem Rudelführer die bittere Wahrheit zu erzählen.

Alleine die Tatsache, dass er dicht neben einem gefährlichen Alpha lag, ohne zu heulen, ohne panisch zu schreien und ohne um sich zu schlagen, war für ihn ein erster Etappensieg, den er nie für möglich gehalten hätte. Vor einer Weile noch hätte er dem Alpha die heiße Schokolade um die Ohren gehauen und ihm einen prickelnden Schwanzbruch gewünscht.

Doch nun ertappte er sich dabei, dass er immer öfter seinen Kopf an die harte, leicht behaarte Brust drücken wollte.

Hin und wieder träumte er von den großen Pranken, die seinen Nacken kraulten oder seine Wirbelsäule entlangglitten. So wie gerade eben.

Das verwöhnende Gefühl am Hinterkopf war für ihn wie eine fremde Droge, der er noch nicht ganz trauen konnte und wollte. Die grundtiefe Angst, die sich in seiner Seele festgefressen hatte, konnte er trotz alledem nicht gänzlich abschütteln. Nikolay schluckte hart. Dazu würde er vielleicht nie in der Lage sein.

KAPITEL 18

Magnus

Der kleine Russe quälte sich gerade selbst, dass erkannte Magnus an dem angespannt mahlenden Kiefer, was einfach nicht in dieses wunderschöne Antlitz passen wollte.

Wie oft hatte er sich schon gewünscht, den Jungen wild durchzuschütteln, sein argwöhnisches, verschrecktes Verhalten einfach rausklopfen zu können, wie angesammelten Staub aus einem alten Teppich.

Die Realität hatte ihm bereits allzu deutlich gezeigt, dass Nikolay keine Maschine war, die man so hinbiegen konnte, wie man es gerne hätte.

Er war ein verwundeter Omega, aus irgendeinem Grund tief verletzt in seiner Seele, die es erst wieder zu reparieren galt. Doch seine eigene Sehnsucht wollte keine Ruhe geben.

Er lechzte so sehr nach seinem wahren Gefährten, dass er es nicht lassen konnte, ein paar Zentimeter näher zu rücken. Nikolays Dank und erste wirkliche Bekundung seiner wirren Gefühle zu Magnus, zauberte ein Lächeln in das Gesicht des Alphas.

»Du hast nicht die geringste Ahnung, wie glücklich du mich machst. Ich liebe es, wenn ich deine charismatische Stimme mit diesem sexy russischen Akzent durch den Flur höre und dein Duft in jede Ritze dieses Hauses kriecht. Je mehr Tage vergehen, umso mehr lerne ich dich kennen, Nikolay. Es sind meistens nur kleine Marotten, aber …«

»Du findest, ich habe einen Tick?«

»Nein, das meine ich nicht. Es sind kleine, ganz persönliche Eigenarten oder Schrulligkeiten, wenn du es so nennen willst, die jeden Tag zunehmen und ausdrucksstärker werden.

Ich erkenne daran, dass du hier bei mir langsam zur Ruhe kommst.

Es ist die Art, wie deine Augen funkeln, wenn du dich über ein mit Käse überbackenes Sandwich freust oder wenn du dich an der Nase kratzt, kurz bevor du gähnst.

Dein Blick, wenn du noch ohne Kaffee-Infusion Ähnlichkeit mit einem süßen schlaftrunkenen Koalabären hast, den man ärgert.

Ich liebe dein heimliches Augenrollen, wenn Phil dir etwas Ekeliges vor die Nase stellt. Mittlerweile hast du aber den Doc schon so sehr ins Herz geschlossen, dass du es nicht schaffst, ihm den Fraß nachzuwerfen.«

Magnus machte eine kurze Pause, da Nikolay eingeschnappt die Wangen aufblies bei dem Vergleich mit dem zarten, eukalyptusfressenden Kuscheltierchen. Das Nächste, was er sagen würde, war ihm verdammt ernst.

Für das »L« Wort war er noch nicht bereit, aber Nikolay musste erfahren, wie es um sein Herz stand.

»Mein ganzes Leben habe ich auf dich gewartet, mein Gefährte. Ich überlege mir ganz genau, WEN ich in meine kleine Gefühlswelt reinlasse. Du bist es, den ich bei mir haben möchte, an meiner Seite. Und NUR du. Du sollst hier glücklich werden … mit mir gemeinsam.«

Magnus sah in die tiefschwarzen Augen des Omegas. Er spürte förmlich, wie sich der Bursche entspannte, ihm zunickte. Nikolay musste nichts sagen, Magnus erkannte die stille Übereinkunft, die über ihnen schwebte.

Der Bursche war schwer zu knacken, doch Magnus blieb hart und gab nicht auf. Irgendwann würde Nikolay ihr Gefährtenband genauso als Segen sehen, wie er es tat. Er würde niemals müde werden, es weiter zu versuchen.

»Bitte versteh, dass ich dir nahe sein will. Ich und mein innerer Wolf verzehren sich so sehr nach dir. Nikolay, wenn du mir vertraust, dann schließ deine Augen für mich.«

Nikolay versuchte, sich seine mehr, als offensichtliche Besorgnis nicht anmerken zu lassen. Seine Lider schlossen sich langsam, fast zögerlich.

Magnus atmete einmal tief ein und beförderte seinen Wolf mit einem Tritt in den altbekannten Gefühlszwinger. Er durfte jetzt nicht zu ungestüm in die Sache hineinlaufen.

Denn er war zu sich selbst ehrlich: Er, der Ranghöchste unter den Wandlern war nie besonders zurückhaltend gewesen. Warum auch?

Ein jeder willige Kerl hatte mit Freuden das Bett mit ihm geteilt – und das waren einige! Bis vor Kurzem waren die Wörter *Geduld* und *Rücksicht nehmen,* nicht einmal in seinem Wortschatz vertreten gewesen. Ein jeder hatte ihm gierig den Hintern entgegengestreckt. Nikolays Verhalten war ihm so fremd wie einem Walross die Sahara.

Magnus senkte seinen Kopf und starrte in das Antlitz des Omegas. Die volle Unterlippe war untypisch für einen Kerl, aber an Nikolay war nichts Gewöhnliches. Das androgyne Gesicht brachte Magnus' Wolf dazu, vor Geilheit gegen die Gitterstäbe des Zwingers zu preschen und seinen Schwanz dagegen zu reiben – gegen die Stäbe; gegen Nikolay hielt er sich mit schier unmenschlicher Kraft zurück.

Nikolays warmer Atem umfing Magnus und berauschte seine Sinne. Noch nie hatte sein Herz so wild gepocht, wie in diesem Moment, als sich ihre Lippen berührten.

Die weiche, nachgiebige Haut überraschte ihn. Sein Omega hielt ganz still und hechtete nicht davon, wie befürchtet. Magnus' Wolf winselte. Mit etwas mehr Druck intensivierte er den Kuss. Der Geschmack von Waldbeeren haftete auf seinen Lippen.

Er wollte mehr davon!

Er wagte sich einen kleinen Schritt weiter, immerhin hatte ihn Nikolay noch nicht den Kopf abgerissen. Seine Zungenspitze schnellte hervor, sachte leckte sie über Nikolays Oberlippe. Sie neckte den Omega so lange, bis Nikolay zaghaft den Mund einen Spalt öffnete. Magnus streichelte dabei in einem steten Rhythmus durch Nikolays Haar, als er mit der Zunge in den heißen Mund des Omegas eintauchte.

Er entlockte dem Russen ein Stöhnen, das alle Nervenenden in Magnus' Leib explodieren ließ. Sein Stöhnen war das Erotischste, was Magnus in seinem ganzen bisherigen Leben gehört hatte. Er hatte innerhalb einer Sekunde einen Ständer, härter als jedes Gestein dieser Erde.

Mittlerweile wagte Nikolay ebenfalls einen Schritt nach vorne und begann, Magnus' Mund zu erkunden.

Dies ließ wiederum den Alpha aufstöhnen. Der Junge roch und schmeckte so verflucht betörend, dass er sein Begehren beinahe nicht mehr zurückhalten konnte. Seine Zunge streifte etwas in Nikolays Mund. Unnatürlich hart und glatt fühlte es sich an.

War das etwa sein Zungenpiercing?!

Magnus saugte an der Stelle und leckte wild über das Metall. *Holla!* Das Gefühl war ihm neu.

Magnus wurde wilder, leidenschaftlicher … es war so verflucht neu und aufregend, endlich seinem Gefährten näher zu kommen, andererseits fühlte es sich richtig und vertraut an. Ihre Küsse glichen einem brodelnden Vulkan, gefährlich nahe vor dem Ausbruch.

Sein Gefährte legte endlich die Schüchternheit beiseite, genoss ihre heißen Berührungen, die sie sich gegenseitig schenkten. Mittlerweile hatte Magnus eine Hand in dessen Haaren festgekrallt, aus Angst, er würde ihm aus den Fingern entgleiten. Waghalsig knabberte er an der Unterlippe des Omegas. Seinen inneren Wolf juckte es gewaltig. Wenn er nicht aufpasste, würde er in seiner Hose kommen.

Magnus presste seinen Oberkörper auf Nikolays, der jetzt entspannt in die vielen Kissen gebettet dalag. Er glaubte es kaum, wie nahe er Nikolay war! Er wollte alles haben, was er von seinem Gefährten kriegen konnte. Er drückte seine massiven Muskeln gegen den zarten Leib und musste aufpassen, ihn nicht wie eine Porzellanpuppe zu zerbrechen. Doch wie er es liebte, über den süßen Körper zu rollen.

Nikolays Lust war deutlich zu spüren. Magnus' innerer Wolf sabberte, wollte den jungen Gefährten endlich als sein Eigen markieren. Er drängte ihn zurück, obwohl sein Zahnfleisch juckte. Ein Biss wäre jetzt fatal.

Sie küssten sich innig weiter, Magnus konnte es nicht lassen, sich ein klein wenig an dem schmächtigen Körper zu reiben. Es fühlte sich so verboten gut an. Magnus knurrte unwillkürlich, als sich ihre beiden Ständer aneinanderpressten. *Verdammt noch mal, warum haben wir eigentlich noch unsere Klamotten an?!*

Der Geschmack des sexy Russen war eine Droge, von der Magnus nie genug bekommen würde. Als nun Nikolay zur Gänze von Magnus bedeckt war, ließ der Bursche plötzlich von ihm ab und holte einmal tief Luft.

Magnus leckte sich selbst und Nikolay neckend über die Lippen und grinste. Bei einer so wilden Knutscherei ging einem schon mal der Sauerstoff aus. Doch die Duftwolke aus Lust und Erregung war verraucht. Ein anderer Duft drängte sich in den Vordergrund, einer, den er schon so oft an dem Burschen gewittert hatte – Furcht.

»Was hast du?«

Nikolays Augen schwirrten im Zimmer herum und versuchten, einen anderen Punkt zu fixieren, Magnus' fragenden Blick auszuweichen.

»Nikolay?«

Schwer atmend suchte der Junge nach Worten. »Das … ist … einfach zu viel.«

Eine Träne, die Nikolay nicht mehr aufhalten konnte, bahnte sich einen Weg durch die dicken, schwarzen Wimpern. Weitere Tränen folgten, er atmete schwer. Der Alpha drehte sich auf die Seite, um seinen Gefährten mehr Raum zu geben. Magnus war irritiert über die Reaktion seines Omegas. *Es war doch gerade alles so schön! Verdammte Scheiße! Verflixt und zugenäht!*

Alle Hoffnungen zerplatzten gerade wie eine Seifenblase, als er in Nikolays verzweifelte Augen blickte. Er schluckte seinen Unmut runter, verband erneut ihre Blicke, wischte dem Kleinen eine Träne aus dem blassen Gesicht. Nikolays Lippen waren voll und dunkel vom wilden Küssen.

»Ruhig Welpe, wir machen nichts, was du nicht willst.« *Aaargh, du weißt gar nicht, was dir entgeht, Bursche!*

»War ich zu forsch?«

Nikolay antwortete ihm nicht. Er sah nur beschämt zur Seite und versuchte, mit den Decken und Kissen zu verschmelzen.

»Hat es dir nicht gefallen?«

»D… doch.«

»Wir schalten einen Gang zurück, okay?« Magnus drehte Nikolay in seine Richtung. Dessen Wangen hatten ein schönes Verlegenheitsrot angenommen. In den Wimpern sammelten sich einzelne Tränen, die wie kleine Diamanten im Schein des Feuers funkelten. Sachte hob Magnus Nikolays Kinn an, bis ihre Blicke sich trafen.

»Ich hoffe, du hast nicht vergessen, was ich vorhin zu dir gesagt habe. Nichts auf der Welt ist mir wichtiger als du. Ich mache alles, damit du dich hier wohlfühlst. Ich will, dass du bei mir bleibst. Wir haben alle Zeit der Welt.«

Bei dem letzten Satz heulte sein notgeiler Wolf geschockt auf. Er wusste, dass es heute Abend wieder Handbetrieb heißen würde.

KAPITEL 19

Nikolay

Eine weitere schneereiche Woche war vergangen, seit sie sich im kitschigen Feuerschein-Ambiente das erste Mal geküsst hatten. Bei den Gedanken daran hatte Nikolay Schmetterlinge im Bauch, die ihn nervös machten.

Er fühlte sich unsicher, wenn Magnus seine Nähe suchte. Er wusste nicht, wie er mit seiner eigenen aufblühenden Lust zurechtkommen sollte.

Mit zwischenmenschlichen Beziehungen, Begierde und Sinnlichkeit hatte er zu wenig Erfahrung und keine Ahnung, wie er seine Empfindungen steuern konnte.

Denn eines war klar – sein Geist und sein Körper wollten völlig verschiedene Dinge. Nikolay konnte sich nicht vorstellen, etwas so Schmerzhaftes und Demütigendes wieder ertragen zu können. Die quälenden Erinnerungen wurden immer wieder von Magnus' muskelbepacktem riesigen Leib überschattet, der ihn schützend umhüllte und all seine Gedanken fortjagte.

Doch an den Gedanken daran schlich sich oft der kräftige Körper von Magnus, der ihn beschützend festhielt und dabei merkte Nikolay, wie hart das Fleisch zwischen seinen Beinen wurde. Er wusste auch, wessen Schuld das war!

Sein Wolf sehnte sich nach dem Alpha! *Er* wollte das schwere Gewicht von dem Rudelführer auf sich spüren. *Er* wollte sich Magnus unterwerfen, dieses verdammte Verlangen seines eigenen kleinen Wolfes machte Nikolay ganz krank vor Sorge. Er konnte sich nur auf das Versprechen des Alphas verlassen, ihm nicht wehtun zu wollen. Doch wie sollte er?

In den Tagen suchte Magnus immer öfter die Nähe zu Nikolay. Der große Mann zog ihn zu jeder sich bietenden Gelegenheit an sich heran, küsste ihn sinnlich, strich so heiß durch seine Haare, dass sich Nikolay in jedem dieser Momente wünschte, sofort Wolf zu sein, der streichenden Hand nicht nur die paar Kopfhaare, sondern ein ganzes Fell anzubieten!

Das Kribbeln in seinen Lenden ließ ihn jedes Mal aufstöhnen, wenn Magnus an seiner Unterlippe zerrte wie ein verhungerndes Tier. Es war so schön, aber zugleich fühlte er auch Magnus' steinharte Erektion immer gegen seinen flachen Bauch drücken. Das erinnerte ihn nur allzu deutlich, dass Magnus eine körperliche Vereinigung anstrebte. *Verdammt, er will mich flachlegen! Und beißen!*

Eine aufwallende Scham überfiel jedes Mal seinen Körper und war nur einen Wimpernschlag von seinen grässlichen Erinnerungen entfernt. Die harten Schläge … erbarmungslose Pranken, die sich in seine Schenkel gruben … die harsche Stimme, wenn *er* ihm Schmerzen zufügte. Niemals könnte er diese Stimme vergessen, auch wenn er es sich noch so sehr wünschte.

Als Magnus auf ihm gelegen hatte, da verschwand der Muskelmann plötzlich und eine nicht allzu weit entfernte Vergangenheit war nach vorne gerückt, hatte ihn zum Zittern gebracht. Magnus' Reaktion hatte ihn überrascht – im positiven Sinn. Es hatte ihm viel bedeutet, immerhin hätte er eher mit einem Wutausbruch gerechnet.

An diesem Abend ließ Magnus Nikolay das erste Mal allein, um einer Rudelversammlung beizuwohnen. Sie war schon länger geplant. Nikolay lehnte es ab, ihn zu begleiten. Bei dem Gedanken an die vielen Gestaltwandler brach Nikolay der Schweiß aus.

Magnus gab ihm das Versprechen, ohne Sorge mitkommen zu können. Nikolay war aber nicht bereit, sich so einer großen Gruppe Wandlern zu stellen.

Er wusste nicht, wie sie reagieren würden. Auf seinen Duft! Kälte kroch seine Wirbelsäule hinunter bei dem Gedanken, wie sich deren Nasenflügel blähten und sich die Augen weiteten, wenn sie die Erkenntnis traf. Da blieb er lieber im warmen Haus, aß Chips aus der Tüte und sah sich Love

Island an. Die Realityshow konnte jedoch seine Tausenden Gedanken an Magnus nicht wirklich dämpfen. Kopfschüttelnd schaltete er die Flimmerkiste aus, als das letzte Stück Holz verglommen war.

Die Massagedüsen in der Dusche verwöhnten ihn auf angenehme Weise. Er seufzte zufrieden, legte den Kopf in den Nacken und genoss den Luxus von fließend heißem Wasser zu jeder Tageszeit. *Einfach herrlich.*

Er kuschelte sich in das warme, große Bett, rollte sich zu einer Kugel zusammen und versuchte, Schlaf zu finden. Er war alleine. Zum ersten Mal seit … ja, eigentlich seit er hier war. Alleine und im Dunkeln. Das Haus klang plötzlich ganz anders, unheimlich. Leises Knacken der hölzernen Balken, Balken, die er nicht mal bei Tageslicht sehen konnte – sie mussten irgendwo in den Wänden oder Böden versteckt sein. Genauso, wie die kichernden Geister, die er plötzlich vernahm, leise flüsternd.

Er bereute es bereits, sich die letzte Grusel-Serie angesehen zu haben. Das unsichtbare Holz bewegte sich über und unter ihm, Luft gluckste in Heizungsrohren in unregelmäßigen Abständen, Mäuse stöberten unter der Veranda nach Futter oder suchten nach warmen Schlafplätzen. Nikolay schlang ein Polster um seine Arme, hielt sich daran fest, wie an einem Rettungsring. Es half nichts!

Er fühlte sich seltsam allein – so wie damals.

Endlich hatte er sich zur Ruhe gezwungen. Mit einem mulmigen Gefühl im Bauch schlief er ein.

Brutal wurde Nikolay in die Realität geschleudert, als er hochschreckte. Verwirrt sah er sich im Raum um, spürte dabei die pochenden Kopfschmerzen, sie drohten seine Schädeldecke zu sprengen und seine Sicht verschwamm. Es war ein Wunder, dass er diesen Drogencocktail überlebt hatte. Bei der Menge hätte er nicht gedacht, je wieder aus seiner Bewusstlosigkeit aufzuwachen, eher daran, krampfend an seinem eigenen Erbrochenen zu ersticken.

Laute Geräusche drangen an seine hochempfindlichen Ohren. Eine große Gestalt schrie, brüllte ihn an. Im nächsten Moment wurde sein Körper in einem Schraubstockgriff festgehalten. Instinktiv wehrte er sich in seinem verwirrten Zustand. Er schlug und trat um sich, so fest er nur konnte, riss sich los und stürzte zu Boden. Sein Blick war verschwommen, klärte sich nur langsam. Die große Silhouette kam laut stampfend auf ihn zu. Abwehrend hob er seine Arme und kämpfte gegen den Angreifer. Er spürte den viel größeren Körper, die Haut, das Fleisch. Ein Schrei hallte in dem Keller wider. Es war nicht seine Stimme. Die Attacken stoppten.

Nikolays Sehschärfe kehrte nur langsam zurück. Die Silhouette entpuppte sich als »sein« Alpha – der ihm zornig ansah. Noch langsamer als seine Sicht, war sein durch Drogen vernebelter Verstand.

Blut lief von der Wange des Alphas hinunter, das Hemd am Halskragen war bereits rot gefärbt. Klarheit kam über Nikolay, wie kräftige Sonnenstrahlen, die eine dicke Wolkendecke durchbrachen. ER war das gewesen. Was hatte er da bloß angestellt? Der Alpha würde ihn töten!

Nikolays drogenvernebeltes Hirn blieb keine Zeit, sich etwas einfallen zu lassen. Der blutende Mann packte ihn am Knöchel, zog ihn hinter sich her, wie einen zerschlissenen Kartoffelsack. Ohne Rücksicht wurde Nikolay gewaltsam die vielen Stufen raufgezerrt. Schmerz durchfuhr ihn, als seine knochigen, hervorstehenden Wirbel an den Kanten der einzelnen Stiegen aufprallten.

»Du kleines verdammtes Dreckstück! Na warte bis ich mit dir fertig bin!«

Nikolay versuchte gar nicht erst, sich zu befreien. Es würde seinen Peiniger nur unnötig anstacheln. Oben angekommen, knallte der Alpha die Tür des Badezimmers an die Wand. Sein Knöchel entkam endlich dem harten Griff. Der Schmerz war noch nicht verraucht, da zog ihn der Alpha brutal an den Haaren in die Höhe. Nikolays Schrei wurde durch das Klatschen einer kräftigen Ohrfeige übertönt.

Er konnte sich kaum auf seinen schwachen, ausgemergelten Beinen halten. Eine weitere Ohrfeige ließ ihn kurz orientierungslos werden, bis er sich auf dem kalten Fließen wiederfand. Die Luft entwich seiner Lunge und er sah Sterne vor seinen Augen tanzen.

Tausend Nadelstiche malträtierten plötzlich seinen nackten Körper. Das eiskalte Wasser traf ihn mit voller Wucht. Er konnte nicht atmen. Nikolay rollte sich zusammen, versuchte, seinen Körper zu schützen, doch gegen den kalten Strahl kam er nicht an. Erst nach einer gefühlten Ewigkeit drehte der Alpha das Wasser ab. Nikolay dachte, seine Haut würde ihm von den Knochen fallen. Seine Lunge brannte und die Kopfschmerzen erreichten ihren Zenit.

An den nassen Haaren wurde er aus der Dusche rausgeschleift. Der Alpha ließ ihn neben die Wanne plumpsen. Sein Peiniger wühlte hektisch in einer Schublade, murmelte dabei gemeine Flüche. Mit einem lauten Ruck schloss der Alpha die Lade, setzte sich breitbeinig auf den Wannenrand.

»Komm her, du kleine, dürre Made!«

Sein schmales Handgelenk konnte dem festen Griff des Alphas nicht entkommen. Eine Nagelschere blitze auf, die gefährlich nahe zu Nikolays gespreizten Fingern geführt wurde. Nikolays Folterknecht schnitt ihm die Fingernägel radikal kurz.

Nikolay brüllte, doch der Alpha arbeitete unbeeindruckt weiter. Sein Peiniger schnitt tief in das darunterliegende Fleisch, bis Blut hervorquoll. »Wenn du mich noch einmal kratzt, ich schwöre dir, ich reiß dir die Nägel mit einer Zange aus!«

Nikolay heulte unkontrolliert. Es war aussichtslos, einen Fluchtversuch zu wagen. Er versuchte, still zu halten, um den Mann nicht auf dumme Ideen zu bringen.

Als alle seine Finger bluteten, ließ das Scheusal Nikolay los. Er schlug ihn noch mal ins Gesicht, sodass es warm seine Nase herunterlief. Innere Leere breitete sich in ihm aus, sein Weinen verstummte.

Sein Peiniger zerrte ihn grob in die Höhe, nahe an sein Gesicht heran. Nikolay erkannte deutlich die tiefen Kratzspuren auf der Wange. Ein Reflex übernahm seinen Körper und ließ ihn unüberlegt handeln. Seine zittrige, blutende Hand glitt auf das Gesicht seines schlimmsten Albtraums zu und streichelte über die verletzte Wange.

Wohl zu perplex, um zu reagieren, hielt der Alpha sogar still.

Noch nie hatte er seinen Peiniger freiwillig berührt. Der ehemals schneeweiße Dreitagebart war mit Blut verkrustet und kitzelte seine Hand, die eine seltsame Hitze abstrahlte.

»Mein … Alpha, ich will … es wieder gut machen.« Von Neuem rannen ihn Tränen über die Wange, ihm bewusst, dass er sein ganzes Leben lang an diesem Mann gebunden und seiner Laune ausgesetzt war. Die Hitze wurde intensiver.

Der Alpha spürte die Wärme ebenfalls, verblüfft sah er Nikolay an.

Nikolays Hand sank hinab, die Hitze war verschwunden. Die Kratzer waren verheilt.

Was hatte er getan? War er das? Scheiße, war das seine … Fähigkeit?

Schwer atmend und mit überlaut pochenden Herzen schreckte Nikolay aus dem Albtraum hoch. *Verdammt*!

Diese Erinnerungen waren nicht gerade hilfreich! Kerzengerade saß er im Bett und versuchte, sich wieder zu fangen, als er ein Geräusch hörte. Er spitzte gespannt die Ohren, als er schwere Schritte im Flur dumpf wahrnahm. *Wer war das? Wer kam mitten in der Nacht ins Haus? Hatte ihn sein Peiniger gefunden? War er hier, um ihn wieder mitzunehmen?*

Nikolays Herz pochte so schnell vor Angst, er befürchtete, seine Rippen würden brechen. Ein Lichtstreifen unter der Tür verfinsterte sich. Jemand stand direkt vor Nikolays Zimmertür. Die Klinke wurde nach unten gedrückt. Bilder seines Peinigers und dem Keller blitzten vor seinen Augen auf. Die Tür öffnete sich, das Licht vom Flur erleuchtete das Schlafzimmer und blendete ihn.

Die Gestalt im Türrahmen hielt inne.

Nikolay blinzelte und hielt sich die Hand schützend vors Gesicht. Er war starr vor Angst. Seine Sicht wurde besser und erkannte langsam die Silhouette.

Der Alpha …

Magnus!

Erleichtert atmete Nikolay aus. »Heiliger Kuhmist, hast du mich erschreckt!« Er konnte nicht verhindern, aufgebracht zu klingen.

»Sorry. Schlaf weiter, ich wollte nur kurz nach dir sehen. Ich bin gerade von der Versammlung zurückgekommen.«

Magnus war schon dabei, sich zu verkrümeln, als Nikolay ohne nachzudenken, schnell sprach. »Warte, Magnus. Ist was passiert?«

»Nein, nichts ist passiert … ich hatte nur Sehnsucht nach dir.«

Eines musste man dem wortkargen Alpha lassen … dass, was er sprach, war meistens goldrichtig, um ihn zu besänftigen.

»Krieg ich einen Gute-Nacht-Kuss?«

Nikolay musste den Satz gedanklich zweimal wiederholen, um ihm eine Antwort darauf geben zu können. »Jaa …« Bei seiner Zustimmung erröteten seine Wangen vor Verlegenheit.

Magnus war schneller beim Bett als ein Hund, der freudig zu seinem Herrchen hastete.

»Was ist los?«

»Warum fühlst du dich zu mir eigentlich so hingezogen? Ich kann das nicht wirklich nachvollziehen … ich bin so … kaputt und so schwach … und ich weiß nicht, was du in mir siehst?« Er fühlte die warme, große Hand, die sein halbes Gesicht einnahm. Magnus' Blick war so offen und liebevoll, man würde nicht glauben, dass ein Alpha seines Kalibers zu solch weichen Gesichtszügen fähig war.

»Du bist MEIN, Nikolay. Ich will dich genauso, wie du bist. Dein Körper heilt bereits und ich hoffe inständig, dass du einmal imstande sein wirst, mir von deiner Vergangenheit zu erzählen. Nur so kannst du sie auch hinter dir lassen. Ich will dich zu nichts zwingen, dafür bist du mir zu wichtig, aber es wird dir nicht erspart bleiben … Und du willst wissen, warum ich mich zu dir hingezogen fühle? Sieh dich doch mal an … du bist das begehrenswerteste Geschöpf, das ich jemals gesehen habe. Ich kenne niemanden, der solch ausdrucksstarke große Augen hat wie du. Obwohl sie so tiefschwarz wie Kohle sind, kann ich in ihnen jede Gefühlsregung von dir erkennen.«

»Klingt mir eher verräterisch als gut für mich.«

Magnus musste schmunzeln. »Ich finde es schön so. Ich möchte nicht, dass du dich versteckst … ich mag es, dass du schmal und kleiner bist als ich. Ich finde es schön, so ein zartes Wesen im Arm zu halten und keinen Muskelberg, wie zum Beispiel Bruce. Bei dir plustert sich mein Wolf auf, der Instinkt, dich beschützen zu dürfen, bereitet ihm Freude. Du bist so perfekt für mich. Du bist intelligent und ich mag dein Temperament, das langsam endlich erblüht. Wenn ich in deiner Nähe sein kann, bin ich entspannt und besänftigt, was niemand sonst bei mir schafft.«

Nikolay sollte sich bei dieser Aussage bestärkt und glücklich fühlen, seinen *Gefährten* so zu gefallen, wie er war, doch stattdessen breitete sich Unmut und Traurigkeit in ihm aus.

»Was ist, Welpe?« Magnus durchschaute ihn sofort.

»Ich weiß nicht … ob ich deinen Ansprüchen gerecht werden kann, Magnus. Vielleicht wäre es besser, wenn du dir jemand anderen suchst … für … für …«

»Für was, Nikolay? Welchen Ansprüchen kannst du nicht gerecht werden?«

Hitze stieg ihm in die Wangen. Er wollte über dieses spezielle Thema nicht sprechen, es war ihm unangenehm und es erinnerte ihn an eine Zeit zurück, die er am liebsten ungeschehen machen wollte.

»Du … du bist ein Mann.«

»Gut, dass dir das aufgefallen ist, denn du bist zufällig auch einer.«

Nikolay war zu nervös, um zu schmunzeln. Sein Magen fühlte sich an, als wären zwei Tonnen Steine darin. »Du hast gewisse Bedürfnisse … die ich dir … nicht erfüllen kann.«

»Wieso glaubst du das?« Mittlerweile hatte sich Magnus auf die Bettdecke gelegt, und suchte die Nähe zu Nikolay, wie eine Motte das verführerische Licht.

Nachdenklich fuhr sich Nikolay durchs Haar, um die richtigen Worte zu finden, ohne im Erdboden versinken zu müssen, während Magnus zart über sein Knie streichelte.

»Ich kann das nicht, Magnus. Du willst … Sex mit mir, aber das schaff ich nicht. Ich will nicht, dass du wegen mir auf etwas verzichten musst. Es wäre nur fair, wenn du dir einen anderen Gefährten suchst.«

Der Alpha runzelte die Stirn. »Nikolay, ICH WILL NUR DICH. Nie wieder werde ich jemand anderen attraktiver finden. Warum willst du keinen Sex? Wovor fürchtest du dich so?« Magnus ging im nächsten Moment eine Seifenblase auf: »Oh! Hast du noch nie? Daran habe ich noch nicht gedacht, immerhin bist du ja noch so verdammt jung.«

Nikolay wollte sich ein Erdloch suchen, wo er vor Scham hineinkriechen konnte. Wie sollte man so was erklären?

»Doch … Ich will über diese Kapitel nicht reden. Okay?« *Oh Mann, seine Wangen mussten im Dunkeln bereits glühen!*

»Du bist auf jeden Fall nicht impotent oder hast sonst eine Erektionsstörung.«

Ging es vielleicht noch etwas peinlicher? Wenn es einen Gott gibt, dann bitte töte mich auf der Stelle!

»Also wird es wohl nicht körperlich sein, dass du nicht mit mir schlafen willst. Ich spüre und rieche deine Erregung, genauso, wie du meine wahrnimmst. Also fühlst du dich zu mir hingezogen.« Magnus redete schon fast mit sich selbst und versuchte, das Rätsel zu lösen, das ihn Nikolay aufgegeben hatte. »Du bist nicht hetero, hast keine Erektionsstörungen und wie du sagst, wäre es auch nicht dein erstes Mal … also … bleibt nur eine Möglichkeit: Dir ist was Schlimmes widerfahren.«

Fuck! Prangte das in Großbuchstaben auf meiner Stirn? Ach wenn machte er sich hier was vor? Natürlich tat es das.

»Magnus, bitte zwing mich nicht, das zu beantworten! Ich will keinen Sex haben, verstanden?«

»Hast du Angst vor Schmerzen?« *Vor Schmerzen! Vor der Erniedrigung! Vor Verletzungen! Vor der Demütigung! Such dir was aus, Großer!*

»Ich … ertrag das nicht. Können wir das Thema bitte wechseln? Ich würde es verstehen, wenn du mich nicht mehr willst, ich …« Nikolays Zaudern wurde von Magnus' Lippen und seiner heißen Zunge unterbrochen, die sich zärtlich einen Weg in seinen Mund erkämpfte.

Zu Beginn versuchte er noch, dagegen zu protestieren, aber es war einfach ein zu schönes Gefühl, von Magnus verschlungen zu werden. Seine Muskeln entspannten sich, als der Riese ihn im Genick und an der Schulter packte und Nikolay in einem Ruck auf sich zog. Er ließ es mit sich geschehen, ohne dass sich ihre Lippen dabei trennten. Er lag auf Magnus und spürte den darunterliegenden harten Körper pulsieren. Überall. Die ungewohnte Position war seltsam für ihn.

Es war angenehm, nicht erdrückt zu werden, gleichzeitig war der intensive Körperkontakt pure Reizüberflutung für seinen ausgehungerten Leib.

Obwohl vollständig bekleidet, spürte Nikolay seinen eigenen verdammten, verräterischen Ständer hart gegen den von Magnus' Länge drücken. Der Alpha roch so betörend! Große raue Hände streichelten spürbar über Nikolays Rücken – ein einlullendes Gefühl. Dabei trennten sich nie ihre Lippen.

Diese Küsse gingen Nikolay direkt unter die Haut, es war die reinste Wohltat. Der Rudelführer löste sich jedoch schnell und suchte Nikolays Blick. »Tut es dir weh, wenn ich dich so küsse und dich dabei am Rücken streichle?«

Nikolay war verwirrt. *So was doch nicht!* »Ähm, nein.«

»Und … tut … das … vielleicht … weh?«, wollte Magnus wissen und drückte nach jedem Wort einen zarten Kuss auf seinen Hals, das Nikolay eine Gänsehaut bescherte.

»Ahh …«

»Ich werte das Stöhnen als ein NEIN.« Magnus grinste, er hatte sichtlich Spaß, den verwirrten Omega zu reizen. Der Alpha küsste die andere Seite des Halses und saugte an einer Stelle intensiver. Ein Stromschlag fuhr von der malträtierten Stelle direkt in Nikolays Lenden. »Was … was machst du da?«, stotterte Nikolay mehr, als er fragte.

»Gib mir nur Bescheid, wenn du Schmerzen hast. Sonst sag nichts, und genieß einfach. Ich werde dir niemals absichtlich wehtun, Welpe.«

Nikolay konnte nur ein weiteres Stöhnen als Antwort geben, da Magnus sich bereits eine neue Stelle suchte, daran leckte und saugte. Genüsslich schloss er dabei die Augen und ließ es einfach geschehen. *Magnus konnte man eh nicht hindern.*

Magnus' Hand auf seinem Rücken mogelte sich streichelnd unter sein Shirt. Die Berührung der schweren Pranke jagte glühende Funken durch seine Blutbahn.

In einer fließenden Bewegung wurde Nikolays Gewicht auf den Rücken verlagert. Seitlich über ihn ragte der Alpha auf, wie ein stattlicher Kater, der eine winzige Maus mit den Pfoten einkesselte, ohne sie dabei zu verletzen.

Nikolay hatte bei ihrer Schmuserei vor dem Kamin ein furchtbar beklemmendes Gefühl in der Brust bekommen.

Als ob ein unsichtbarer Riese auf ihm gesessen und ihm dabei Mund und Nase zugehalten hätte. Hier und jetzt ließ Magnus sich nicht auf ihn fallen, es schien, als berücksichtigte der Rudelführer seine unausgesprochenen Ängste.

Die glühenden Funken brannten stärker und drängten sich in jede Zelle seines Körpers, als Magnus leidenschaftlich an verschiedenen Stellen seines Halses saugte. Seine tellergroße Hand lag schwer auf Nikolays Bauch, sie ängstigte ihn seltsamerweise nicht, sondern beruhigte ihn.

Magnus leckte sich höher und eroberte wieder seinen Mund. Es war noch immer ein so irres Gefühl, diese Lippen zu küssen und Magnus' hingebungsvolle Zunge zu spüren, die sonst so oft scharfe, harsche Worte parat hatte.

Der Alpha saugte sich an Nikolays Zungenpiercing fest.

Fuck, das war geil! *Was passiert hier gerade? Geil? Nicht denken, Nikolay! Nur genießen, hatte der Alpha gesagt.*

Magnus' Hand streichelte seinen Bauch und nestelte an dem Stoff herum. »Streck deine Arme über den Kopf aus, Welpe«, befahl der Alpha zwischen zwei Küsse.

Nikolay gehorchte, wofür sein Wolf verantwortlich war. Er hasste es, dass er so devot war, aber gleichzeitig würde er gerade alles dafür tun, um diesen Alpha zufriedenzustellen.

Magnus zog ihm das Shirt mit einem Ruck über den Kopf. Bevor er sich nackt und beschämt fühlen konnte, kam von Magnus, tief aus dessen Kehle ein Knurren, das den Omega aufsehen ließ. Es lag blanke Begierde in den grauen Augen, die eine Nuance dunkler als sonst waren.

»Du bist ein so schönes Geschöpf …« Magnus' Hand streichelte unaufhörlich über Nikolays Brust und Bauch, während er ihn leidenschaftlich küsste. Die Berührungen waren ungeheuer intensiv. Magnus' Finger eroberten seinen Körper, der immer wieder erzitterte.

Ihn überkam eigenartigerweise keine Angst, als der Rudelführer seinen empfindlichen Hals umfasste, ihn zärtlich streichelte. Die bösen Erinnerungen an ähnliche Gesten an einem ganz anderen Ort mit einem ganz anderen Mann, kamen erneut über ihn. Erinnerungen an Hände, die wehtaten, verletzten, bösartig waren. Er wischte sie mit aller Macht hinweg.

Magnus war voll in seinem Element, nie im Leben hätte er dem großen Wolf solche Berührungen zugetraut. Beinahe selbstverständlich wanderte die fremde Hand zu seinem tief sitzenden Hosenbund und strich über seine Eichel.

Sein gesamter Schwanz drückte gegen den weichen Stoff, bettelte, jammerte um Aufmerksamkeit.

Trotzdem war Nikolay darüber erschrocken. Wollte er denn wirklich von dem Alpha *dort* berührt werden?

Vor noch einer Woche hatte er noch panisch reagiert, als er wegen dieses Mannes eine Erektion bekommen hatte. Und was war jetzt anders? Sein Gehirn hatte aufgehört zu denken, war auf Urlaub und hatte ein Bitte-Nicht-Stören-Schild an die Tür gehängt.

Magnus streifte mit den Fingern seine linke Brustwarze und seine letzten Grübeleien waren wie weggefegt. Der Rudelführer setzte seinen Leib in Brand.

»Ahhh!« Irritiert sah er zu dem Muskelmann, der abrupt aufhörte, ihn zu küssen.

»Habe ich dir wehgetan?«

»Was? Nein … es war kein Schmerz … zumindest nicht richtig.«

»Bist du dort empfindlich?« Der große Mann strich etwas kräftiger über Nikolays Brustwarze.

»Oh Fuck!« Wenn Magnus so weiter machte, würde er sich aus seiner in Brand gesetzten Haut schälen müssen.

Der Alpha senkte seine heißen Lippen auf die mittlerweile steinharte Knospe und leckte mit der Zunge darüber.

Nikolays Nervenenden schickten kurze pulsierende Stromstöße durch seinen Körper, die ihn zum Explodieren brachten. Fest saugte Magnus an seinem Nippel und ließ seine Zähne sachte darüber kratzen. Zeitgleich zwirbelte er die andere Brustwarze zwischen zwei Fingern.

Die Reizung ließ Nikolays harten Schwanz abspritzen. Direkt in die Hose und ohne, dass er etwas dafür oder gar dagegen hätte tun können. Er hatte noch nicht mal seine Hand dort gehabt! Noch nie hatte er solche Gefühlsregungen in sich erlebt.

Die intensive Behandlung der hyperempfindlichen Nippel tat leicht weh, doch er hätte sich eher die Zunge abgebissen, als Magnus zu sagen, dass es schmerzte. Dieser Zwiespalt aus süßem Schmerz und Lust waren kaum zu beschreiben.

Magnus ließ von der Brustwarze kurz ab, um über die nassgeleckte Knospe zu blasen.

Er zuckte von der plötzlichen Kälte zurück. »Was machst du nur mit mir?«, fragte Nikolay ernst.

Langsam fühlte sich das alles viel zu gut an, um wahr zu sein. Misstrauen breitete sich in ihm aus. Aber nur schwach, sein Blut hatte gerade was anders zu tun, als in seinem Schädel zu kreisen.

»Gefällt es dir?«

Nikolay nickte langsam.

»Wir haben gerade Sex, das tue ich mit dir. Du bist ja gerade auch schon gekommen.«

Der Mann hatte keinen Schimmer, wie konfus das für Nikolay gerade alles war.

»DAS ist doch kein Sex!«

»Vielleicht nicht direkt Geschlechtsverkehr, aber bei mir gehört das dazu und man kann es variieren, wie man möchte. Und bevor du zu viel darüber nachdenkst, mach ich da weiter, wo ich aufgehört habe.« Magnus lachte über den perplexen Gesichtsausdruck von Nikolay.

Der Sturkopf kreiert sich auch noch seine eigenen Tatsachen!

Der Rudelführer entlockte ihm einen hellen Aufschrei, als er in die sensible Brustwarze biss.

Magnus' Lust war so greifbar. Hingebungsvoll liebkoste der raubtierhafte Mann nun die Kuhle zwischen Hals und der Schulter. Der Riese war so unberechenbar wie ein Tornado, der über seinen Körper fegte und nichts so zurückließ, wie zuvor.

Nikolay war überrascht, als der Rudelführer seine Hände packte und über seinen Kopf drapierte, um einfacher an seine Achselhöhlen zu gelangen. Magnus bedeckte die empfindliche Haut mit wilden Küssen, Bartstoppeln setzten erneut ein Feuer in Nikolay in Brand, das kein Wasser der Welt löschen könnte. Er spürte, wie der Alpha tief die Luft einsog und seinen starken Omega-Duft inhalierte.

Der Muskelberg erzitterte – wegen ihm! Magnus' Augen wirkten seltsam verschleiert, als ob er eine starke Droge in sich aufgenommen hätte und seine Sinne damit betäubte. Nikolay schluckte trocken, als sich der große Mann auf ihn setzte, ohne dabei seine Liebkosungen zu unterbrechen. Gekonnt leckte sich der Riese hinab, Richtung Bauchnabel und versenkte seine Zunge in der Vertiefung.

»Gottverdammt!« Am liebsten wäre Nikolay die Wände hochgeklettert, sein Körper reagierte so empfindlich auf diese völlig neuen Berührungen.

Sein steinharter Schwanz brannte erneut vor Verlangen. Es hätte ihn nicht gewundert, wenn sich sein angeschwollenes Fleisch ein Loch durch den Stoff ätzen würde.

Der Alpha schien Gedanken zu lesen. Ohne weitere Umschweife griff er nach dem Bund der flauschigen Jogginghose und legte die nasse, heiße Erektion frei, ohne damit aufzuhören, seinen Bauchnabel zu lecken.

Nikolay ließ einen stummen Schrei entfleuchen. Das war eine Barriere, die er nicht überschreiten wollte. *Niemals*!

Aber seinem erhitzten Schwanz tat die frische Luft gut. Die Hände von dem Alpha wanderten langsam wieder hoch zu den »vernachlässigten« Nippeln, um sie im Uhrzeigersinn zu zwirbeln, während Magnus' heißer Mund dem freigelegten Ständer immer näherkam.

»Was tust du? Hör auf!«, rief Nikolay perplex, als er endlich wieder seine Stimme fand und begriff, was der Alpha im Sinn hatte. Ohne mit dem Zwirbeln aufzuhören, sah Magnus hoch zu Nikolay.

»Tu ich dir weh? Hast du Schmerzen?«

»Nein, aber …«

»Dann leg dich wieder zurück, sei ruhig und genieße es, Welpe!«

Etwas verdutzt von der schroffen Art gab Nikolay nach, unterwarf sich dem Mann. Seine Knie wären sowieso zu wackelig, um jetzt davon zu stürmen.

Außerdem saß der große Wolfswandler auf seinen Beinen. Er spürte, wie der heiße Atem des Alphas über seinen Schwanz blies. Es kitzelte. Sein Schwanz zuckte. Die wunden Nippel sendeten permanente Stromstöße in seine Lenden, was seinen Schwanz zum Pulsieren brachte. Einzelne Tropfen hatten sich auf dem flachen Bauch gesammelt, welche der Alpha von seiner weißen Haut leckte und genüsslich dabei stöhnte.

»Verdammt, Welpe! Du schmeckst so gut, wie du riechst, einfach fantastisch.« Magnus zog einen feuchten Pfad mit seiner Zunge von seinen Hoden bis zur Schwanzspitze, nahm einen Teil der Pfütze aus seiner Scham mit auf.

Nikolay keuchte heiser. Magnus' Handeln war grotesk und doch so wunderbar.

»So gut … wie Waldbeeren im Regen …« Der Mann leckte seinen nassen Schaft entlang.

Verflucht! Lange konnte ich das nicht mehr durchhalten!

Nikolay beobachtete gebannt den Rudelführer, der seine Zunge so hingebungsvoll und betörend einsetzte – um Nikolay zu verwöhnen. Er konnte es noch immer nicht fassen, was hier gerade geschah, spürte, wie sich seine Eier schon wieder zusammenzogen, sich bereit machten für den nächsten Schuss. Nikolay dachte nicht, dass es noch besser werden konnte, als der Alpha seine Lippen über seine pralle Eichel stülpte.

Magnus' heißer Mund und die weichen Lippen, die mein schmerzend hartes Rohr komplett umschlossen, waren … scheiße, mir fehlten die Worte … es war geil! Einfach nur geil! Geil! Geil! Geil!

Der Alpha nahm die Spitze tief in den Mund und schluckte, um ihn noch weiter hineinzuschieben. Er saugte und lutschte in stetem Tempo, ohne dabei seine Nippel zu vernachlässigen, die er leise neckte und zwirbelte.

Nikolay starrte wie gebannt auf das Treiben. Die Empfindungen waren so neu und so fremd. Er atmete immer schneller, seine Bauchmuskeln zuckten und ein kontinuierliches Stöhnen verließ wieder und wieder seine Kehle.

Gleich war er im Paradies! Ja gleich! Nur noch ein bisschen!

»Oh Gott!«

Viel zu schnell verließ Nikolay die Kraft, sich zurückzuhalten. Er fühlte, wie sich seine Eier noch fester an seinen Körper zogen. Seine Bauchmuskeln spannten sich an. Als er spürte, wie Magnus mit einem Fingernagel über den wundgeleckten Nippel schabte, kam er schmerzvoll.

Nikolay schaltete endgültig seine Gedanken ab und schrie Magnus' Namen und vieles mehr auf Russisch. Er spritzte tief in dessen Kehle ab und bekam Gänsehaut bei dem grandiosen Gefühl.

Der Alpha molk in konstanten Bewegungen seines Halses den Schwanz gierig leer. Kein einziger Tropfen würde verloren gehen.

»O Bozhe. O Bozhe«, wiederholte der Junge entkräftet. Die Ausschüttung von Endorphinen ließ seine Muskeln erschlaffen und ihn schwer atmen.

Nur am Rande bekam er mit, wie Magnus mit der Zunge seinen Schwanz sauber leckte, ihm die feuchte Hose auszog und sich dicht neben ihm in die Kissen legte.

Magnus strahlte übers ganze Gesicht. Anscheinend gefiel es ihm, wie benebelt und leergesaugt Nikolay dalag und kein Wort heraus brachte.

Ich hatte nie gedacht, dass es so gut sein könnte!

Aber so schön, wie der Moment eben auch war, spürte er seine bekannte Nervosität in seinem Magen neu aufflackern. Musste er jetzt für den Mann die Beine breitmachen?

Das konnte er nicht! Nicht jetzt und niemals! Nein! Nein! Nein!

»Du musst dir keine Sorgen machen, Welpe. Ich kann es in deinen Augen lesen. Keine Panik … auch ich bin wie ein Teenager in meiner Hose gekommen, als du meinen Namen geschrien hast. Das war zu viel für mich.« Er lächelte und begegnete wieder Nikolays Blick.

Nikolay fiel ein tonnenschwerer Stein vom Herzen.

»Nikolay, ich werde heute bei dir schlafen.« Es war keine Bitte. Magnus' Wunsch wurde von Nikolay mit einem ergebenen Nicken kommentiert. Zu allem anderen fehlte ihm die Kraft.

Der große Alpha verschwand kurz im Bad.

Nikolays Gedanken waren zu wirr, um klar denken zu können. Der Anblick des Mannes, der mit einer dunkelblauen Retro Shorts bekleidet ins Zimmer gesaust kam, war für klares Denken nicht besonders förderlich.

Er schluckte bei diesem Bild von einem Mann. Er zweifelte seine Zustimmung, Magnus bei sich schlafen zu lassen, langsam an.

Der große Mann mit diesem wie aus Stein gemeißelten Leib, stellte gefährliche Dinge in seinem Kopf an und drängte sich eng an Nikolays Körper, der sich wie ein ausgelaugter Schwamm anfühlte. Magnus konnte ihn hin und her bewegen, wie er wollte. Nikolay hätte nicht die Kraft, seine Muskeln anzuspannen, um dagegen anzukämpfen.

Ich wollte es auch gar nicht!

Magnus drehte ihn auf die Seite und schmiegte sich fest an seinen nackten Rücken. Einen schweren, muskelbepackten Arm legte er schützend über ihn, als Nikolay ins Land der Träume abdriftete.

In dieser Nacht schlief er das erste Mal seit drei Jahren ohne einen Albtraum, sicher und behütet.

KAPITEL 20

Magnus

Magnus wollte noch weiter träumen und klammerte sich an dem Kissen fest, als wäre dieses ein Rettungsanker für weiteren Schlaf. Er sog den tief sitzenden Geruch in dem Kissen ein. Waldbeeren erschienen vor seinem inneren Auge.

Die Nacht war für Magnus ein großer Fortschritt. Im Nachhinein hätte sein Handeln auch schief gehen können, doch Nikolay hatte sich endlich ein Stück weit geöffnet und Magnus vertraut.

Die anschließende Genugtuung, endlich wieder in seinem eigenen Bett schlafen zu können, gemeinsam mit seinem Omega, war mehr, als sich Magnus erhofft hatte. Sie hatten sich in der kurzen Nacht eng aneinandergedrängt. Es war so wundervoll, Nikolay so nahe an sich zu spüren.

Sein Wolf hatte sich zufrieden zusammengerollt, schnurrte ausnahmsweise mal wie ein Kätzchen. Blind strich er über die Matratze, tastete nach der blassen Haut, die sich unter seinen Fingerspitzen so perfekt anfühlte.

Er fasste ins Leere, doch das Laken war noch nicht ganz ausgekühlt. Er drehte sich auf die andere Seite und dachte an Nikolays Reaktionen letzte Nacht.

Magnus hatte es schon immer genossen, die Oberhand beim Sex zu haben.

In dieser Nacht konnte er Nikolay einen kleinen Einblick geben, wie es sein würde, mit ihm intimer zu werden. Er wollte, dass sich sein Gefährte voll und ganz auf ihn verlassen konnte, sich fallen lassen, ihm blind vertrauen konnte, egal was er mit ihm anstellen wollte.

Magnus musste unentwegt an Nikolays babyweiche Haut denken. Beinahe haarlos, nur an den Unterschenkeln, unter den Achseln und an der Scham war ein kaum sichtbarer Schatten. So unschuldig! Dagegen war Nikolays langer Schwanz beinahe schon unpassend für den sonst so zierlichen Körper. Die Stimmung wäre dahin gewesen, hätte er peinlich zu würgen begonnen, immerhin war Nikolay flattrig wie eine Fledermaus gewesen – nicht gerade angenehm für Deep Throat.

Dieses schreckhafte und ahnungslose Verhalten hatte Magnus bis an den Rand des Wahnsinns getrieben. Noch nie war er so erregt.

Wenn er jetzt nicht aufhörte, an die letzte Nacht zu denken, würde er, wie schon vor ein paar Stunden, erneut in seiner Hose kommen, ohne sich berühren zu müssen. Er beschloss, sich auf die Suche nach seinem kleinen Omega zu machen.

Er kannte Nikolay bereits gut genug, um zu wissen, dass er ihn in der Küche vorfinden würde. Sein Welpe stand mit dem Rücken zu ihm, werkelte an der Kaffeemaschine herum. Vermutlich für die zweite oder dritte Tasse. Magnus lehnte sich entspannt in den Türrahmen und beobachtete den Burschen beim Herumdrücken an der Maschine. *Musste das so verführerisch aussehen?*

Die kalte Dusche war bald hinfällig, wenn er weiterhin so die Kehrseite von dem Jungen anstierte. Nikolays knackig kleiner Pfirsichhintern war in der hellgrauen Jogginghose schön zu erkennen.

Immerhin hatte der Bursche bereits ein, zwei Kilo zugenommen – die Fortschritte sah man deutlich, eben unter anderem an seinen Arsch, in dem Magnus am liebsten versinken würde.

»O Bozhe!! Bist du wahnsinnig? Du erschreckst mich zu Tode!«

Völlig in seinen nicht jugendfreien Gedanken gefangen, erkannte Magnus zu spät, dass sich sein Welpe umgedreht und völlig erschrocken seine Hand auf die Brust presste, als ob vor Schreck sonst sein Herz rausspringen würde.

»Mhh … das hast du gestern auch gesagt.«

»Das du wahnsinnig bist? Kann schon sein.«

Magnus musste ein Lachen unterdrücken. Er stieß sich vom Türrahmen ab und kam näher.

Sein Gang ähnelte dem eines Raubtiers, das sich an eine kleine Gazelle anpirschte und es war vollkommen beabsichtigt. »Nein, ich meinte das O BOZHE. Was heißt das?«

Magnus sah, wie dem Burschen das Blut in die Wangen schoss und er verlegen zu Boden sah. »Nun?«, fragte er nach, als keine Antwort folgte.

»Oh Gott.« Nikolay sah noch immer nicht zu ihm hoch, vermutlich schossen ihm gerade alle Details der gestrigen Nacht in den Kopf und er suchte ein imaginäres Loch, das ihn in diesem Moment verschlang.

Magnus versuchte, so normal wie möglich zu wirken, um ihn nicht noch mehr in Verlegenheit zu bringen. »Du kannst aber ruhig noch Magnus zu mir sagen.«

Sein Welpe hob langsam den Kopf und biss sich auf die Unterlippe.

Das war purer Sex in seinem Gesicht. Dieser unschuldige, fast schon engelsgleiche Ausdruck in seinen Augen und dann dieser Schmollmund mit den schön geschwungenen Lippen, die von diesen weißglänzenden Zähnen malträtiert werden?!? Magnus' Beherrschung schwankte gefährlich.

Er umarmte ihn zärtlich und drücke seine Lippen auf die des Omegas. Nur kurz spürte er ein Zurückzucken. Als seine Zunge auf Einlass beharrte, ließen Nikolays Muskeln nach und er entspannte sich. Magnus spürte förmlich, wie Nikolays Körper weich und formbar wie Knetmasse wurde.

Sein Gefährte schmeckte nach Kaffee und Butterkeksen, die Magnus neben der Kaffeemaschine deponiert hatte. Phil hatte dort ein paar Kräuterteesorten abgestellt, um an Nikolays Vernunft zu appellieren. Irgendwann hatte er die Teepäckchen im hintersten Fach in der Speisekammer gefunden.

Leider wurde ihr gutes Guten-Morgen-Vorspiel, mit der Hoffnung auf mehr, viel zu schnell beendet, als es laut an der Hintertür klopfte. Nikolay zuckte vor Schreck zusammen und löste sich von Magnus. Der Alpha knurrte vor Verärgerung über den Störenfried.

»Wer, zur fickenden Hölle stört uns so früh, verdammte Scheiße!«

Phil und Prat kamen vorsichtig und langsam hereingeschlichen. Betreten sahen sie irgendwo anders hin, nur nicht dem Alpha direkt in die Augen. *Ist auch besser so!*

Sie frühstückten gemeinsam, und langsam legte sich Magnus' Zorn. Nikolay war vertieft in den Erzählungen über Phils Job und den gestrigen Patienten.

Der Omega wollte alles über die verschiedenen Behandlungsmethoden, Heilverfahren und Therapien von Krankheiten wissen. In dem kleinen Dorf in Russland waren Ärzte und Krankenhäuser Mangelware.

Nikolays Augen wurden auffallend groß, wenn Phil irgendetwas besonders Ekeliges erklärte. *Taten das normalerweise nicht nur Psychopathen?*

Nikolays Beziehung zu Phil war sehr beständig und wuchs konstant. Der junge Russe sah zu Phil auf, dass erkannte Magnus in seinen schwärmenden Blick. Trotz der nagenden Eifersucht freute sich Magnus für Nikolay. Er dachte unweigerlich an die vergangene Nacht zurück. Es war Nikolay irrsinnig schwergefallen, ihm seinen Körper zu überlassen. Nun saßen sie hier gemeinsam am Küchentisch und er konnte es kaum erwarten, Nikolays Nippel zu zwirbeln, die von heute Nacht sicherlich noch ganz empfindlich waren.

Prat unterbrach seinen geilen Gedankengang und sprach über Bruce. *Ein echter Lustkiller.*

Er hatte von seinem ersten Wächter schon ein paar Tage lang nichts mehr gehört. Der Vollstrecker recherchierte wegen seiner Erzählungen von Nikolays Panikattacke in der Badewanne.

Er wusste nicht, inwiefern das nützte, vertraute jedoch seinem Vollstrecker und ersten Wächter in dieser Hinsicht blind.

Er erinnerte sich ebenfalls daran, dass er heute mit Nikolay noch etwas vorhatte. Sein Magen kribbelte vor Aufregung.

Prat riss ihn aus seinen Gedanken, da er das zweite Mal eine Frage über die gestrige Rudelversammlung stellte, und Magnus stumm blieb.

Wann verschwanden diese zwei Nervensägen endlich?

Ohne auf die Frage von seinem Bruder einzugehen, stand der Alpha auf und alle verstummten.

»Prat, Phil wenn ihr fertig mit dem Frühstück seid, macht euch vom Acker. Nikolay und ich haben noch etwas zu erledigen.«

Der fragende Blick von Nikolay törnte ihn an. Prat und Phil verkrümelten sich und ließen sie allein am Küchentisch zurück. Die Stirn des Omegas verzog sich immer mehr, vermutlich zermarterte er sich den schönen Kopf, warum Magnus die beiden so schnell loswerden wollte.

»Willst du mich nicht fragen, was ich mit dir vorhabe, bevor du noch hässliche Falten bekommst?«

»Ähm ja … was hast du denn vor … mit … mir?«

Am liebsten würde ich dir hier auf dem Tisch so lange deinen perfekten Arsch lecken, bis du wimmerst, dir meinen harten Prügel mit nur einen Stoß reinrammen und dich für mich dehnen, bis du schreist … Mhhhh … Träumen konnte man ja.

»Ich habe mir gedacht, dass wir gemeinsam in die Stadt fahren und dir neue Klamotten kaufen. Danach habe ich noch eine besondere Überraschung für dich.« Neben dem leichten Duft von Angst erkannte Magnus auch in den großen Augen des Welpen das Unbehagen, die sich tiefschwarz verdunkelten. Er war froh, seinen Omega mittlerweile gut lesen zu können, um passend zu reagieren.

»Ich bin die ganze Zeit bei dir, keine Angst.«

»Ich habe doch genug Klamotten hier, die mir passen«, grummelte Nikolay betreten. »Mehr oder weniger« fügte er hinzu, als Magnus eine Augenbraue skeptisch hochzog und das *Sailor-Moon-Shirt* wie ein ekeliges Insekt anstarrte. »… Und außerdem hab ich kein Geld für sowas.«

Aha, daher wehte der Wind.

»Ich habe genug Geld, um das halbe Einkaufszentrum zu kaufen, da werden mich ein paar Dollar für Klamotten nicht arm machen. Die Sachen, die du hier hast, sind viel zu wenig. Außerdem kann ich dich nicht in dem *Sailor-Moon-Kinder-T-Shirt* rumlaufen lassen.«

»Warum denn nicht?«, fragte Nikolay patzig und verschränkte seine Arme vor der dürren Brust.

Der Bengel wollte eindeutig die Wahrheit hören. »Was glaubst du, in welcher Intensität dich Bruce aufziehen wird, sollte er in den Genuss kommen, dich so zu sehen?«

»Wann fahren wir?«

Na wenigstens war das Hund und Katz – Verhältnis von Bruce und Nikolay auch einmal ein Vorteil.

Als sie das Einkaufszentrum hinter sich ließen, war Magnus um zweitausend Dollar ärmer, dafür Nikolay um eine gesamte Garderobe reicher. Mit jeder Einkaufstasche mehr war Nikolay immer blasser um die Nase geworden.

»Magnus, bitte! Ich brauch doch nicht so viele Shirts! Und erst recht nicht so teure Marken!« Nikolays Stimme war beinahe schrill, als sie durch ein cooles Modegeschäft für Skatepunks schwirrten.

Magnus hatte das Gefühl, hier Nikolays Geschmack zu treffen. Als er sah, wie Nikolays Augen bei der Auswahl leuchteten, bestätigte sich seine Vermutung, hier richtig zu sein. Nur widerwillig probierte der Bursche die Sachen.

Eine nette Verkäuferin ergriff ihre Chance, als sie das Jaulen von Nikolay hörte. Die junge Dame suchte emsig nach allem, was gerade aktuell war und für Nikolay noch gerade so passte. »Bei dem ausdrucksstarken Gesicht können wir einiges machen! Neongelb, Petrol und weiß stell ich mir toll an dir vor. Deine blasse Haut und die schwarzen Haare wären dazu ein toller Kontrast und …«

»Ähm, vielleicht etwas Dezenteres, er soll nicht wie ein Paradiesvogel aussehen«, unterbrach Magnus die eifrige Verkäuferin.

Der Blick des Omegas hatte Bände gesprochen. *Nichts zu Auffälliges!*

»Okay, dann eher etwas Dunkleres? Schwarz, grau … vielleicht auch dunkelrot und dunkelgrün. Soll ich etwas Passendes heraussuchen?«

Nikolay nickte der Angestellten mit dem Ring in der Lippe schüchtern zu, nachdem er hilfesuchend, aber stumm, Magnus um dessen Erlaubnis fragte.

»Wieso willst du mir HIER Sachen kaufen? Ein Shirt kostet locker achtzig Dollar! Ein Fetzen um fünf Dollar von Walmart wäre genauso effektiv!«, flüsterte der Bursche aufgebracht, um die Verkäuferin nicht zu vergrämen.

Magnus genoss die Unruhe seines Gefährten, sein Akzent kam dabei so deutlich hervor. »Jetzt lass mir doch die Freude! Gefallen dir die Klamotten denn nicht?«

»Pfff! Sicher gefallen sie mir! Aber …«

»Nichts aber! Halt den Mund, sei brav und suche dir jetzt aus, dass dir gefällt, sonst mach ich das!«

»Hmpf!«, war die trotzige Antwort und Nikolay stapfte zu dem Stapel an Klamotten, die er alle anprobiert hatte.

Der Russe fischte sich drei Shirts und eine Hose heraus, ging zurück zu Magnus, der ihn mit verschränkten Armen vor der Brust, streng mustere. Eine Augenbraue hob sich und er sah Nikolay fragend an. »Das ist alles?«

»Jepp!«

Die Verkäuferin verflüchtigte sich nach Magnus' finsterem Blick in Richtung Kasse. Er beugte sich gemächlich runter zu seinem Omega, der bockig dem Blick standhielt, und flüsterte ihm ins Ohr: »Wenn du nicht sofort den ganzen Stapel nimmst und damit zur Kasse gehst, schwöre ich dir, ich lege dich hier und jetzt, inmitten dieses Geschäfts, übers Knie und versohle dir mit einem zweihundert Dollar Gürtel von der Stange da drüben deinen geilen Arsch.«

Magnus hatte noch nie gesehen, wie jemandem alle Farbe aus dem Gesicht wich und sich die Wangen zugleich tiefrosa färbten. Nikolays Augen erreichten die neue Dimension von Untertassen und der widerspenstige Blick wich Verwunderung. Folgsam holte der Welpe die restlichen Sachen und schlurfte mit heißen Wangen hinter Magnus zur Kasse. Die nette Verkäuferin konnte ein Grinsen nicht verbergen. Magnus gab ihr ein sattes Trinkgeld und sie verließen mit sechs großen Einkaufstaschen das Geschäft.

Als sie in Magnus' großem Pick-up saßen, spürte er die Anspannung von Nikolay abfallen.

»Spasibo, Magnus.«

Magnus' Lächeln wurde breiter. »Gern geschehen, Welpe. Willst du jetzt zu deiner Überraschung?«

»Hast du nicht schon genug Geld für mich ausgegeben?«

»Oh, das kostet mich keinen Cent, versprochen.« Zur Bestärkung seiner Aussage hob er schwörend die Hand in die Höhe.

»Okay, okay.«

»Gut, ich muss dir nur schnell die Augen verbinden, sonst siehst du vielleicht etwas, was die Überraschung verdirbt.« Magnus tat es, drehte den Schlüssel und fuhr los. Nikolay sagte nichts mehr. Magnus spürte die Anspannung von Neuem aufflackern. Vielleicht schaukelten sie sich sogar gegenseitig in die Höhe. Die Überraschung könnte ja auch ein Schuss in den Ofen werden.

Am Parkplatz angekommen, zog er die Handbremse und stellte den Motor ab.

»Ich bin in einer Minute wieder da. Bleib solange im Wagen sitzen und nimm ja nicht die Augenbinde ab.«

Nikolay nickte knapp. Magnus stieg aus und stürmte zur Tür. Wie vorangekündigt kam er keine Minute später wieder zu seinem Wagen und öffnete für Nikolay die Wagentür.

»Keine Angst, ich bin es. Komm, ich helfe dir raus.« Magnus spürte, wie Nikolay sich immer mehr anspannte. Es fiel dem Omega sichtlich schwer, die Fassung zu wahren.

»Was hast du? Du musst dich nicht fürchten. Es wird dir nichts passieren.« Beruhigend streichelte er über dessen glatte Wange. Auch davor zucke der Junge zurück.

»Es ist nur … nur die Augenbinde.« Nikolay zitterte leicht.

Er gab Nikolay einen langen Kuss, welcher den Burschen etwas zu beruhigen schien. »Hältst du es noch zwei Minuten aus?«

»Zwei Minuten?«

»Versprochen, nicht länger.« Nikolay nickte als Antwort und griff nach Magnus' Hand.

Magnus hielt ihn fest. Er führte Nikolay ins Gebäude, die andere Hand ruhte beschützend zwischen den Schulterblättern. Die Frage, warum der Russe solche Angst vor der Augenbinde hatte, versuchte er, in seinen Gedanken etwas nach hinten zu schieben. Jetzt war etwas anderes wichtiger.

Magnus erreichte mit Nikolay einen Raum, in der laute Metal-Musik an den Wänden abprallte. Die Düfte von Vanille und Zimt mit einem Hauch von Benzin überwältigten ihre Riechorgane. Nikolay rümpfte seine empfindliche Nase. Magnus stoppte Nikolay im Gehen.

Dicht blieb er neben ihm stehen. Dann nahm er Nikolay die Augenbinde ab und hoffte, mit dieser Aktion keinen Blödsinn verzapft zu haben. Im selben Moment verstummte auch die laute Musik.

Nikolay blinzelte und blickte geschockt auf seine Überraschung. Todd und seine Bandkollegen schauten genauso überwältigt drein und starrten wie gebannt auf den Welpen.

Sie waren im Studio der Psycho Eggs!

Magnus hatte der Band ebenfalls eine Überraschung versprochen, als er schnell in ihre Probe geplatzt war. Er hatte sie herumkommandiert und angebrüllt, sie hatten die Klappe zu halten und sich brav im Raum aufzustellen, wie bei einer Täteraufstellung am Polizeirevier.

Das dürfte denen nicht schwerfallen.

Magnus konzentrierte sich voll und ganz auf seinen Gefährten, um jede noch so kleine Gefühlsregung und Empfindung in seinem Gesicht zu lesen und richtig zu interpretieren. Nikolay sah schockiert aus.

Magnus riskierte einen kurzen Seitenblick zu den Typen, die noch immer wie bestellt und nicht abgeholt dastanden und Nikolay mit starrer Miene fixierten. In Nikolays Augen schwammen Tränen, die er mit aller Kraft versuchte zurückzuhalten. Ein leises Schluchzen überkam den Omega, was Magnus noch immer nicht erkennen ließ, ob die Überraschung nun voll aufgegangen oder für die Katz war.

Endlich wurde die Stille von Lenny durchbrochen, zumindest glaubte er, dass das sein Name war. »Mein Gott, du bist es wirklich, Nikita!«

Die Hölle brach los. Die vier Kerle stürmten auf den hilflos dastehenden Nikolay zu, um ihn was? Zu erdrücken? Umarmen? Tot würgen? Knuddeln? Magnus konnte Nikolays Nervosität beinahe ergreifen.

Die zittrigen Hände des Omegas schlangen sich um die Schultern von Lenny, der ihn ruckartig hochhob und fest an sich drückte. Richard und Mitch taten es ihm nach und küssten und drückten Nikolay wie wild. Sie lachten und weinten zugleich. Dann war Todd an der Reihe, er hatte sich etwas im Hintergrund gehalten. Er stand vor dem Burschen, der weit nach oben sehen musste. Immerhin war Todd fast so groß wie Magnus. Todds Gesicht war angespannt, ein Kiefermuskel zuckte merklich. Todd entließ keuchend die Luft aus seinen Lungen und riss Nikolay fest an sich. Nikolay schlang reflexartig seine Beine um die Hüften des Menschen und legte seine Hände in dessen Nacken.

Magnus musste seinen inneren Wolf beruhigen, der bereits vor Eifersucht knurrend und mit aufgestelltem Nackenhaar auf und ab wanderte. Dieses Wiedersehen durfte er dem Kleinen nicht zerstören.

Ruhig stand er da, die Miene kalt und grimmig wie immer. Tief in seinem Unterbewusstsein hatte er Angst, dass Nikolay nicht mehr mit ihm nach Hause fahren wollte, da er nun sein »altes Rudel«, wie er annahm, wiederhatte.

Verdammt! Ich hasste die eifersüchtigen Gedanken.

Er hörte von Todd ein lautes Schluchzen und einen krampfartigen Schrei, der so gesättigt von Schmerz, Freude und Trauer war. Nikolay legte seinen Kopf auf die Schulter des großen Mannes, die anderen standen um sie herum und streichelten liebevoll den bebenden Rücken des Burschen.

Die Freude, die Magnus nun endlich vernahm, ließ ihn die angestaute Luft aus seinen Lungen entkommen.

Todd, der noch immer unkontrolliert schluchzte, suchte Magnus' Blick.

»Danke«, war alles, was Todd rausbrachte. Magnus nickte dem Mann zu. Er verstand.

Sie setzen sich auf die riesengroße Couch, Nikolay immer noch im Arm von Todd. Magnus fühlte sich auf einmal ziemlich fehl am Platze. Er gehörte hier nicht dazu, sein Gefährte schon. Er fühlte sich hundsmiserabel. Zugleich war er froh, seinem Russen eine Freude gemacht zu haben. Doch das Negative überwog. *Gefühle waren so scheiße!*

Nikolay löste sich etwas von Todd, um nun auch die anderen wieder sehen zu können. Seine Augen waren rot vom Weinen, die Wangen nass von den vielen Tränen. Trotzdem hatte Magnus ihn noch nie so glücklich gesehen.

Er hatte ihn noch nie so glücklich gemacht, kam unweigerlich der Gedanke. Todd löste sich kurz von Nikolay und ging auf Magnus zu, wischte sich schnell die Tränen aus dem Gesicht und versuchte, seine arrogante, eiserne Haltung wieder zurückzubekommen.

»Ich weiß nicht, wie und warum, aber ich frage erst gar nicht, wo du Nicky aufgetrieben hast. Denn eines habe ich von Irina gelernt. Ihr Leute vom Berg seid verschwiegener als Mönche in einem Schweigeorden.«

»Kluge Entscheidung.« Magnus' Stimme war emotionslos.

»Geht es ihm gut? Ich habe ihn fast nicht wiedererkannt, so dünn und bleich, wie er ist. Er war schon immer ein Fliegengewicht, aber mit fünfzehn Jahren wog er bestimmt zehn Kilo mehr als jetzt. … Ist … ist er krank?«

»Nein, er hat nur viel hinter sich. Fragt ihn nicht aus über die letzten drei Jahre«, erklärte er und war im Begriff, Richtung Tür zu gehen, als er die Stimme seines Gefährten wahrnahm, die ihn zum Stehenbleiben zwang.

»Magnus! Was machst du? Bleib hier!« Nikolays Blick war auffordernd und verwirrt zugleich.

War ich ihm doch nicht ganz egal?

»Ich dachte, ich lass euch eine Zeit lang unter euch. Ich hatte bereits das Vergnügen, mit dir alleine Zeit zu verbringen. Ihr solltet euer Wiedersehen feiern.« Das klang kalt und rüde, doch er wollte sich seine Unsicherheit nicht anmerken lassen.

»Ohne dich?«

»Ich habe hier in der Nähe einen Burger Laden gesehen, ich hol uns allen was zu essen, währenddessen könnt ihr in Ruhe quatschen.«

Magnus stürmte aus dem Club. Plötzlich hatte er das Gefühl, er müsse ersticken.

Es brachte ihn fast um, seinen Gefährten hier zurückzulassen, sei es auch nur für eine Weile. Diese Unsicherheit brachte ihn bald um den Verstand. Würde Nikolay mit ihm wieder nach Hause fahren? Oder lieber hier weiterleben?

Todd hatte letztes Mal erwähnt, dass er eigentlich mit seiner Mutter und Nikolay zusammenziehen wollte, bevor Nikolay verschwand und Irina starb.

Würde Nikolay jetzt auch noch bei Todd einziehen wollen? Magnus hatte noch nie solche Ängste ausgestanden, wie jetzt gerade. Er wollte seinen Gefährten nicht verlieren. Aber er wollte auch, dass er glücklich war.

Dieses Glück hatte er in seinen Augen gesehen, als er die vier Kerle umarmte. Sie waren seine Familie und *er*? War er für Nikolay auch Familie? Diese Selbstzweifel und Befürchtungen zerfraßen ihn von innen heraus. Am liebsten würde er sich selbst in den Arsch treten.

Ich hab ihn hierhergebracht! Selbst Schuld! Wieso hatte das unbedingt und jetzt sein müssen? Warum nicht erst viel später, zumindest nachdem ich ihn markiert hatte. Dann wäre mir wohler gewesen. Oder auch nicht. Wer weiß das schon?

Ein wütendes Knurren entkam ihm, als er in seinen Pick-up einstieg und losfuhr. Magnus blieb etwa zwei Stunden in dem Burger-Laden und trank fünf Becher Kaffee. Danach zwang er sich, eine Großbestellung zum Mitnehmen in Auftrag zu geben. Mit dem Fast Food fuhr er zurück. Langsam ging er in den Club, die Tür war noch immer offen, niemand hatte ihn zuvor hinausbegleitet. Mit jedem Meter, den er immer strammer marschierte, wuchs seine Anspannung ins Unermessliche. Das ungesunde und fettige Essen trug er in einer großen Schachtel vor seiner Brust, vielleicht sogar vor seinem Herzen.

Er schlich durch den Flur, normalerweise war das nicht seine Art, immerhin war er ein großer gefährlicher Alpha, da stampfte oder stolzierte man. Hier aber fühlte er sich als Eindringling. Er ging um die Ecke, die Tür zum großen Aufenthaltsraum war nur angelehnt. Die Stimmen der Jungs waren zu hören, so blieb er stehen und hielt kurz inne.

»Was ist eigentlich zwischen dir und diesem Hulk am Laufen?«

Nikolay kicherte. »Ich habe auch sofort an Hulk gedacht, als ich ihn das erste Mal gesehen habe.«

Hulk?? War das nicht dieses wütende, grüne Monster? So sah ich für die aus? Auch für Nikolay? Magnus' Herz wurde immer schwerer.

»Wenn du mich fragst, strahlt der Typ was Gruseliges aus, wie ein Mafiaboss oder Zuhälter. Weißt du sicher, ob er nicht Dreck am Stecken hat? Diese Typen vom Berg sind mir unheimlich!«

»He, immerhin wohne ich auch da!«, konterte Nikolay.

»Ja, aber du und … Irina … wart trotzdem die meiste Zeit hier bei uns.«

»Ihr schätzt Magnus ganz falsch ein … außerdem braucht ihr gar nicht so große Töne zu spucken! Wenn ich mir euch so ansehe, dran denke, was ihr früher alles getrieben habt, dann wäre es besser, ihr haltet eure Klappe.«

»Nikita, hast du dir den Typ schon mal genauer angesehen? Der sieht aus, als ob er dich mit Haut und Haaren verschlingen will!«

»Da hat Richy recht. Als wir dich umarmten, hat er ausgesehen, als ob er uns gleich an die Kehle will!«

»Ja, das glaub ich schon … er kann ziemlich besitzergreifend sein«, murmelte Nikolay.

»Du gehörst ihm doch nicht! Bist ja nicht sein beschissener Köter!«

»NEIN! Das habe ich auch nicht gesagt! Er … will mich nur beschützen … und … er mag mich eben, weiß auch nicht genau warum.«

Es war kurz still. Erst nach langen Momenten des Schweigens durchbrach Todd die Stille.

»Nikita, dass du SCHWUL bist, muss dir nicht peinlich sein. Das wussten wir schon, bevor du es wusstest, glaub mir. Uns ist es egal, ob du mit Männlein oder Weiblein vögelst, aber der Typ ist doch sicher Anfang Vierzig! Der könnte glatt dein Vater sein! Der nützt doch sicher nur deine Situation aus!« Todd klang aufgebracht und hörte sich dabei selber wie ein besorgter Vater an.

»Todd! Halt die Klappe! Er nutzt mich nicht aus! Höchstens umgekehrt! Er hat gerade ein halbes Vermögen für mich ausgegeben! Ich liege ihm auf der Tasche!«

»Glaubst du, dass wir das zum ersten Mal hören, dass ein junges Früchtchen wie du, einen alten Sack hat, der dir alles kauft, wenn du nur schön die Beine breit machst?! Ich glaube, du bist zu jung, um das zu verstehen!«

»Falsch! Ich bin nicht zu jung, ich will DICH nur nicht verstehen!«, spie Nikolay genervt aus.

So kannte Magnus seinen kleinen Omega.

»Und außerdem … hatten wir noch keinen … richtigen … na ja … ihr wisst schon.«

Magnus konnte förmlich die roten Flecken auf Nikolays Wangen aufblitzen sehen.

»Du meinst, er hat dir noch nicht das Hirn rausgeknallt? Wundert mich nicht, denn sonst hätte er dich wahrscheinlich in einen Rollstuhl hier reinschieben müssen! So wie der aussieht, reißt er dir sicher dabei deinen dürren Arsch auf und bricht dich in zwei Hälften!«

»LENNY! Du bist einfach nur KRANK! Und kein bisschen hilfreich!«

»Sorry, ich mein ja nur!«

»Warum willst du mit ihm wieder mitfahren? Du kannst doch auch hier bei uns bleiben? Wir passen schon auf dich auf, und wenn Hulk dir blöd kommt, erledigen wir das für dich«, meinte Todd.

Magnus war gespannt, er hoffte, sein Herz pochte nicht zu laut, um auf sich nicht aufmerksam zu machen.

»Deshalb eben!«

Typische Antwort eines Teenagers. *Immer diese Geheimniskrämerei von dem Burschen!*

»Spuck's aus, oder ich kette dich hier ans Schlagzeug fest!«, knurrte Todd.

»Hmpf.«

»DAS IST KEINE ANTWORT!«

»Ich glaube, ich verlieb mich grad in ihn! ZUFRIEDEN, DU BLÖDMANN??«

»Bist du dir da sicher?«

Langes Schweigen. Magnus hielt den Atem an.

»Ja ich denke schon … er hat mir geholfen und …«

»Verwechselst du da gerade Liebe mit Dankbarkeit?«

»Aaargh! Könnt ihr mich einmal ausreden lassen? Ihr dreht mir das Wort im Mund um, verdammt noch mal!«

Alle lachten, bis auf Nikolay.

»Ich mag ihn wirklich. Mehr als das, okay? Er wirkt etwas furchteinflößend und streng, wenn man ihn nicht gut kennt, aber das ist er gar nicht. Zumindest nicht zu mir.

Er tut alles, damit ich mich bei ihm zu Hause wohlfühle, obwohl ich nicht gerade zugänglich war oder bin. Letztens hat er Fotos von Mom und mir in seinem Wohnzimmer aufgehängt. Die Fotos hingen damals bei uns im Flur. Keine Ahnung, wo er die auf einmal aufgetrieben hat. Er schläft sogar freiwillig in seinem Büro auf der Couch, während ich in seinem Bett schlafen darf. Und wenn ich ehrlich bin, bin ich sogar froh, dass er älter ist. Ich mag das Gefühl, dass er mich beschützen will und auf mich aufpasst. Klingt das bescheuert, wenn ich das so sage?«

»Durchaus, aber das sind wir schon gewohnt von dir. AUA!«, kreischte Lenny auf, der von Nikolay vermutlich gerade eine gescheuert bekam.

Alle lachten. Das war Magnus' Stichwort, um in den Aufenthaltsraum zu treten.

»Ich hoffe, ihr habt Hunger«, sagte er beim Eintreten und sah ein verstörendes Bild. Nikolay lag mit den Typen in einem Knäuel aus Armen und Beinen verknotet auf der Couch. Magnus' Wolf fletschte die Zähne, stellte die Nackenhaare auf und war bereit, Blut fließen zu lassen. Kurz bevor Magnus dem erzürnten Wolf die Gelegenheit gab, seinen Blutdurst zu stillen, besann er sich, als er die Situation richtig erfasste.

Diese Typen wurden von Nikolay besänftigt, geerdet – wie bei ihm. Alle hielten konstanten Körperkontakt, was seinen Omega überhaupt nicht zu stören schien.

Jeder der Anwesenden wirkte entspannt und gelockert. Das machte Nikolays Omega-Gen aus. Die Berührungen und die Gesten waren nicht sexueller Natur. Es wirkte … irgendwie familiär – so familiär, wie es eben für so einen schrägen Haufen von Typen normal und gesellig sein konnte.

Lenny kam als Erstes zu ihm und nahm dankend den Karton mit dem Essen entgegen.

»Magnus!« Nikolay sprang auf und huschte zu ihm. Der Russe wollte ihm etwas ins Ohr flüstern, weshalb er sich tief runter beugen musste. Sein Atem roch nach Bier, aber er schien nicht betrunken zu sein. »Ich habe mir schon Sorgen gemacht, wo du abgeblieben bist.«

»Hattest du Angst, dass ich dich bei den Typen lasse?« Mit dieser Frage wollte er bloß von seinem Unwohlsein ablenken, doch an Nikolays Gesichtsausdruck war zu lesen, dass Magnus ins Schwarze getroffen hatte.

»Oh Nikolay. Ich würde dich niemals zurücklassen … eigentlich hatte ich die Befürchtung, dass du lieber hierbleiben willst, als mit mir wieder zurück nach Hause zu fahren … ihr seid so vertraut und familiär miteinander … dass ich langsam beunruhigt war.«

So jetzt war es raus!

Ich hatte gerade so gar nicht Alpha-mäßig geklungen, aber scheiß drauf. Das hier war schließlich auch nicht mein Rudel. HIER hatte ICH nichts zu sagen.

Nikolay sah betrübt zu Boden und biss sich auf die Unterlippe. Magnus musste an sich halten, um den Russen nicht sofort die Klamotten runter zu reißen. Es machte ihn so scharf, wie dieses sinnliche Fleisch von den Zähnen massakriert wurde. *Grrrr …* Nikolay hatte keine Ahnung, was diese scheinbar harmlose Macke in Magnus' Hose für einen Tumult anrichtete.

»Ähm, Magnus?« Nikolay war kaum zu hören, das Auspacken der Burger und das geräuschvolle Kauen der Typen war überdurchschnittlich laut.

»Ja?«

»Kann … darf ich wieder mit zu dir kommen? Ich liebe die Jungs, keine Frage, aber den ganzen Tag halte ich die nicht aus.«

»He, du Grünschnabel! Das hab ich gehört! Na warte! Wenn ich den Burger aufgegessen habe, kannst du was erleben!«, kam es geräuschvoll rülpsend von Mitch, der gut gespielt eingeschnappt aussah.

Mit überdrehten Augen stellte Todd einen weiteren Burger vor seiner Nase ab, die Drohung war damit leider verpufft.

Nikolay sah abwartend in Magnus' Gesicht hoch. Der Junge wirkte unsicher, so als ob er wirklich nicht wusste, wie Magnus entscheiden würde.

»Nikolay, sicher will ich, dass du mit zu mir kommst! Das sollte gar nicht zur Debatte stehen. Du bist mein Gefährte. Ich brauche dich und du brauchst mich.«

»Na ja, du hattest doch auch Bedenken.«

»Eines steht fest – wir zwei brauchen einander.«

»He, ihr Turteltauben! Wenn ihr nicht gleich herkommt und euch einen Burger unter den Nagel reißt, gibt es nichts mehr!«

Magnus nickte seinen Gefährten aufmunternd zu, und sie setzten sich zu den anderen. Es wurde sogar richtig nett. Schräg, aber nett.

Magnus entspannte sich langsam und lauschte den Erzählungen, in denen es hauptsächlich um Nikolay und seine Mom ging. Beim Essen beobachteten die vier Typen akribisch genau, wie viel Nikolay aß. Nikolay war zuerst peinlich berührt, dann nervös, bis er schließlich vor Weißglut platzte.

»Hört auf, mich so anzustarren! Ich bin kein Vieh aus dem Zoo, wo gerade die Fütterungszeit eingeläutet wird!«

Den vier Kerlen war die Aussage schnuppe und sie glotzten den Welpen weiter an.

»So, wie du aussiehst, gibt dir dein MACKER nicht genug zu essen!«, grunzte Richy und deutete dezent mit ausgestreckten Daumen auf Magnus.

»Halt die Klappe, Richy!«, quetschte Nikolay mit vollem Mund an dem Wabbelbrötchen vorbei. *Es war zu köstlich, das Gezanke mit anzusehen. Wie sich die fünf kabbelten, war filmreif.*

»Ich krieg bei Magnus genug zu essen!«

»Wow, ist ja schon gut! Hast du deine Tage oder warum bist du so zickig?«, fragte Richy lachend.

»Von deinem Geschwafel müssen mir ja schon fast Eierstöcke wachsen, du Blödmann!«

»Nikita, du hast nicht nur Gewicht verloren, auch deine Freundlichkeit hat ganz schön abgenommen, Alter!«, warf Lenny in die Runde und biss gelangweilt in seinen Burger.

Alle lachten, bis auf Nikolay, der alle mit einem todbringenden Blick bedachte.

»Noch einer mit so 'ner scheiß Bemerkung und ich bin weg!«

»Ach kommst eh wieder, haben wir heute erst wieder festgestellt.«

Nikolay konnte nichts Schlagkräftiges erwidern, lachte resigniert und wurde von Todd in eine liebevolle Umarmung gezogen. Bei der Umarmung von Todd verschwand Nikolay fast gänzlich hinter dem starken, muskelbepackten Arm.

Magnus wollte schon vor Eifersucht knurren, doch der Omega löste sich von der Umarmung und aß seinen Burger fertig, während die anderen wieder lustige Geschichten zum Besten gaben. Als Nikolay mit dem Essen fertig war, sah er träge zu Magnus hoch.

»Müde, Bursche?«

»Mhh.«

»Willst du nach Hause?«

»Ja bitte.«

»Was? Jetzt schon? Du bist doch gerade erst wiedergekommen! Du hast noch nicht mal was am Schlagzeug spielen können, geschweige denn, dass wir gemeinsam gespielt hätten!«, rief Richy entrüstet aus.

»Jungs, lasst gut sein. Nikita wird ja hoffentlich wieder vorbeischauen, oder?«, warf Todd ein und gab ihm endlich Rückendeckung.

»Ja klar, auf jeden Fall!«

»Ja ja, das sagen die Weiber auch immer zu mir, aber kommen tun sie dann doch nicht!«

»Na, Gott sein Dank ist Nikita ein Kerl, sonst würdest du wahrscheinlich recht haben.«

»Er hat doch gesagt, dass ihm bereits Eierstöcke wachsen, da ist es doch gar nicht so abwegig!«

»Ihr seid solche Idioten! Ich habe euch echt vermisst«, lachte Nikolay bei dem Gezanke.

Jeder umarmte Nikolay innig, wuschelte ihm durchs Haar und gab ihm gefühlte hundert Klapse auf die Schulter. *Hoffentlich musste Phil ihm nicht wieder die Schulter einrenken.*

»Nikita, ich meins ernst. Bitte komm so bald wie möglich wieder … wir haben einiges nachzuholen … MAGNUS … kann natürlich auch mitkommen.«

Die Steifheit, wie Todd Magnus' Namen aussprach, war kaum zu überhören, doch man sah dem Mann an, dass er für Nikolay durchs Feuer gehen würde. Oder eben Magnus ertragen.

Der Mensch umarmte Nikolay ein zweites Mal, dieses Mal inniger.

Todd streichelte Nikolays Nacken und gab ihm anschließend einen unauffälligen Kuss auf seine weichen Haare. »Mach's gut, Kumpel. Wir sehen uns bald wieder, versprich mir das.«

»Ich verspreche es.«

Damit gab sich Todd zufrieden und ging bedacht auf Magnus zu.

Wie beim letzten Mal vollführten sie ein intensives Blickduell. Todd wäre ein geborener Alpha. Dies war wahrscheinlich auch der Grund, warum er und Nikolay so eine innige Beziehung hatten. Omegas und Alphas zogen sich magisch an.

»Magnus, ich danke dir, dass du uns die kleine Nervensäge zurückgebracht hast«, sagte Todd nach dem Duell und reichte Magnus die Hand.

»Ich hoffe, ich bereue es nicht. Willst du Nikolay deine Nummer aufschreiben? Ich habe vergessen, ihm heute ein Smartphone zu kaufen, aber ich habe einen Festnetzanschluss. Damit ihr was ausmachen könnt für das nächste Treffen oder Probe, wie auch immer das bei euch heißt.«

Todd nickte dankend, schrieb seine Nummer auf einen Schmierzettel, und gab ihn Nikolay.

»Magnus?«

»Ja?«

»Wie ... hast du gewusst, dass ...« Nikolay starrte gebannt auf die Zahlen auf dem Zettel, als sie im Auto saßen, zurück Richtung Amon-Berg.

»Wie ich von den Psycho Eggs erfahren habe?«

»Mhm.«

»Von Bruce.«

»Echt?«

»Ja, er hat viel recherchiert, weißt du? Das ist sein Job. Eigentlich dachte er, dass die Typen etwas mit deinem Verschwinden zu tun hatten.

Sie haben anscheinend viel Ärger gemacht. Bruce und ich sind zu ihnen, um sie auszufragen. Als ich etwas mehr nachbohrte, zeigte mir Todd einige Videos von euch. Somit wurde mir klar, dass das dein Rudel war, oder?«

»Wir waren die meiste Zeit in der Stadt, hielten uns von Hektors Rudel fern. Da war es nur eine Frage der Zeit, dass wir uns ein Ersatzrudel suchten, nur dass sie eher uns gefunden hatten.«

Magnus fuhr aus der Stadt raus, zurück in die Natur, während er weiter Nikolays Ausführung lauschte.

»Hattest du keine Angst vor ihnen und ihren illegalen Machenschaften? Bruce hat mir eine ganze Litanei aufgezählt, was für krumme Dinge sie am Laufen haben ...«

»HATTEN. Sie hatten krumme Dinge am Laufen, jetzt aber nicht mehr«, sagte Nikolay ohne den Blick von Todds Nummer abzuwenden.

»Erklärst du mir das genauer?« Nun war Magnus gespannt, ob der Junge genug Vertrauen hatte, um ihn etwas an seiner Vergangenheit teilhaben zu lassen.

»Ich hatte mich in der Stadt verlaufen, es war schon dunkel, mein Akku vom Handy war leer, ich konnte Mom nicht mehr anrufen. Ich irrte in einem heruntergekommenen Viertel herum. Keine Menschenseele war auf den Straßen unterwegs, weil sich ein Gewitter anbahnte.

Als ich in eine Seitenstraße einbog, sah ich zwei Typen vor einem großen Müllcontainer stehen, die sich miteinander unterhielten.

Der eine war Todd. Ich ging auf sie zu. Ich wollte sie fragen, ob ich kurz mit einem Handy telefonieren könnte, um Irina anzurufen. Der Fremde ergriff jedoch sofort die Flucht, als er mich bemerkte. Als mich Todd sah, hat er nur wild geschrien und mich davongejagt. Ich hatte einen Drogendeal platzen lassen, kam mir der Gedanke, als ich immer weiter irrte und völlig die Orientierung verlor.

Zu allem Überflusses schüttete es wie aus Kübeln, als ich weiter nach dem richtigen Weg suchte. Ich war pitschnass, als mich plötzlich ein Kerl in eine dunkle Ecke zog und mich gegen die Wand knallte. Es war der Fremde von zuvor. Er war total hysterisch und voll zugedröhnt.«

Magnus hielt bei Nikolays Erzählung die Luft an.

»Er drückte mir eine dreckige Spritze an den Hals. Ich war sein Sündenbock für den geplatzten Deal. Starr vor Angst konnte ich mich nicht wehren. Ich versuchte, auf ihn einzureden, doch er war völlig dicht. Er wollte mir gerade die Spritze in den Hals rammen, als plötzlich ein Typ kam und ihn davon abhielt. Er hat ihn von mir weggestoßen.«

»Es war Todd, oder?«

»Ja.« Nikolay lächelte, ohne seinen Blick zu heben.

»Todd schlug dem Junkie das Hirn zu Brei, soweit es das nicht schon vorher war«, sagte er. »Er entschuldigte sich bei mir und nahm mich mit ins Studio.

So lernte ich auch die anderen Jungs kennen und hab mich gleich auf Anhieb mit ihnen verstanden. Er gab mir trockene Klamotten und ließ mich meine Mom anrufen.

Ich freundete mich schnell mit ihnen an, verbrachte meine Nachmittage bei ihnen.

Und Irina verknallte sich sofort in Todd. Sie wurden zu unserem neuen Rudel.

Leider hatten die Kerle wirklich ihre Finger in jedem Dreck drin. Sie dealten und betrieben im großen Stil Waffenschmuggel.

Todd hat seit meinem Angriff von dem Junkie keine Drogen mehr verkauft. Er hat verstanden, was er damit alles anrichten konnte. Sie wollten sich wirklich ändern und haben es auch schlussendlich geschafft. Es war nicht immer leicht für sie, aber sie haben nicht aufgegeben. Sie designen erfolgreich T-Shirts und verkaufen sie übers Internet, davon können sie heute gut leben. Die üble Nachrede blieb allerdings an ihnen kleben.«

»Damit habe ich jetzt nicht gerechnet.« Magnus schluckte. Es passierte selten, dass er überrascht war. Er hatte die Jungs unterschätzt.

»Müssen wir Phil unbedingt sagen, dass ich mir mit Junkfood den Bauch vollgeschlagen habe?«

Magnus war dankbar für Nikolays Themenwechsel. Der Doc war so pingelig.

»Doch wir sagen es ihm! Und gleich darauf verklickere ich Phil, dass es sich endlich ausgekocht hat mit dem gesunden Zeugs! Letztens hat mich so ein Ding beinahe erschlagen, als ich den Kühlschrank aufgemacht habe und mir dieser riesige Blumenkohl entgegengeflogen ist. So was hat in meiner Küche nichts verloren!«

Als sie zu Hause ankamen, stand Bruce auf der Veranda. Magnus überkam ein ungutes Gefühl. Es sah dem Vollstrecker nicht ähnlich, seinen muskelbepackten Hintern der Eiseskälte auszusetzen, wenn er dies vermeiden konnte.

Sie trugen gemeinsam die Einkaufstüten hoch und begrüßten Magnus' ersten Wächter.

»Magnus, ich muss dich ALLEINE sprechen.« Dass Bruce ohne Umschweife sein Anliegen aussprach, war jedoch wieder typisch.

Magnus hörte ein leises Schnaufen von Nikolay, der zügig im Haus verschwand.

»Sei das nächste Mal etwas netter! Ich kann es mir denken, warum er dich nicht leiden …«

»Magnus es ist wirklich wichtig und du willst sicher nicht, dass das dein Gefährte mitbekommt.«

Magnus stieß kräftig die Luft aus seiner Nase. »Rede.«

»Gehen wir ein Stück.«

Sie gingen auf der Straße entlang, überall sonst lag zu viel Schnee. Magnus steckte seine Hände tief in die Taschen und zog seine Schultern hoch, um dem beißenden Wind zu entkommen.

»Ich habe dir doch von Adrian erzählt, der Detective, der in der Stadt arbeitet.«

»Ja und weiter?«

»Adrian und ich treffen uns alle paar Wochen in der Stadt in einer Kneipe und tauschen uns ein wenig über den Job aus, helfen uns gegenseitig, wenn man mal nicht mehr weiterweiß. Als du mir das von Nikolays Todesangst von der Badewanne erzählt hast, bin ich stutzig geworden.

Adrian hatte mir vor einiger Zeit bei einem Bier erzählt, dass ihm ein neuer Fall zugewiesen worden sei, den seine Kollegen aufgegeben hatten.

Es ging um einige Videos, in denen ein Junge schwer misshandelt wurde. Das Opfer ertrank bei einer Foltereinheit fast in einer Badewanne – so hatte es mir zumindest Adrian damals erklärt.

Ich habe mit ihm über Nikolays Panik gesprochen, und Adrian möchte morgen hierherkommen. Er hat die Videos mit dem Foto, das ich ihm gegeben habe für die Suche von Nikolay verglichen. Adrian sagt, dass es Nikolay sein könnte, der in den Videos zu sehen ist.

Er möchte sich vergewissern und ihn sehen, beziehungsweise mit ihm sprechen, wenn der Verdacht bestätigt ist.«

»Warte mal.« Magnus blieb stehen und musterte Bruce. »Du redest, als ob ihr euch bereits sicher wärt.«

»Magnus, die Möglichkeit besteht. Das würde auch sein verängstigtes Verhalten und seine körperliche Verfassung erklären.« Bruce ließ Magnus kaum Zeit, das Gesagte zu verarbeiten.

»Magnus, wäre es für dich jetzt so überraschend? Schließlich ist der kleine Scheißer nicht gerade das blühende Leben.«

»Natürlich habe ich mir tausend Mal darüber Gedanken gemacht! Verdammt! Doch durch sein Schweigen habe ich es beinahe …«

»Verdrängt?«

»Nein! Aber ich beiße immer wieder auf Granit, wenn ich zu viele Fragen stelle. Ob du es glaubst oder nicht, aber ich bin genauso harmoniebedürftig wie andere!«

»Hat Adrian deine Erlaubnis, hier her zu kommen, Alpha? Bevor du fragst, Adrian ist ein Katzenwandler, genauer gesagt ein Jaguar. Er kennt die Regeln und wird sie auch befolgen.«

»Ja er hat meine Erlaubnis, jedoch nur, wenn er die Videos mitbringt. Ich will sie mir ansehen.«

»Ich weiß nicht, ob er die so einfach mitnehmen kann. Das ist Beweismaterial.«

»Ist mir scheißegal, entweder das oder er kann bleiben, wo der Pfeffer wächst!«

Magnus fühlte seit dem gestrigen Gespräch mit Bruce einen schweren Kloß im Hals, der, wie seine Anspannung, zu wachsen schien. In wenigen Minuten würden Bruce und Adrian vorbeikommen.

Prat war zur seelischen Unterstützung hier, doch auch seine Anwesenheit beruhigte Magnus' aufgewühltes Gemüt nicht. Als es an der Tür klopfte, bleckte sein Wolf die Zähne.

Bruce kam herein, hinter ihm ein gut aussehender Mann. Sie hielten einen Sicherheitsabstand zu den zwei Alphas. Magnus' Anspannung triefte aus allen Poren.

Beide boten ihre Kehle zur Begrüßung dar, dabei musterte Magnus den Jaguar-Wandler genau. Er hatte blondes welliges Haar, modern geschnitten. Unter seinen dunkelgrauen Armani-Anzug war er athletisch durchtrainiert und sehr schlank.

Er war einen Kopf kleiner als Magnus. Adrian wirkte elegant, seine Schritte waren geschmeidig und sehr katzenhaft. Genau wie sein Geruch, der nicht abstreiten ließ, dass er ein Kater war. Magnus und Prat standen nebeneinander und nickten ihnen kurz zu.

»Magnus, Prat, das ist Detective Adrian Dallas. Adrian unsere zwei Alphas, Prat und sein Bruder Magnus Chaplin«, stellte Bruce sie mit ruhigen Worten vor. Der Jaguar musterte die beiden Alphas aus sandfarbenen Augen.

»Es freut mich, Sie kennenzulernen, leider unter solch prekären Umständen.«

»Haben Sie die Videos dabei?« Magnus wollte nicht um den heißen Brei reden.

Adrian nickte kurz und sah hilfesuchend zu Bruce, der jedoch Adrian den Vortritt ließ. »Ja, ich habe sie mitgenommen, jedoch empfehle ich nicht, sie anzusehen, sollte es sich wirklich um Ihren Gefährten handeln. Die Videos setzen einem sehr zu … Darf ich fragen, wo Ihr Gefährte jetzt ist? Ich habe seinen Geruch in der Nase, jedoch nur sehr schwach. Ist er nicht hier?«

»Ich habe ihn mit einem Freund weggeschickt, er kommt erst später wieder. Er weiß von dem hier nichts, ich wollte ihn nicht beunruhigen.«

»Das kann ich gut verstehen, ich zeige Ihnen einen Ausschnitt, vielleicht reicht das, um uns ganz sicher zu sein.«

»Gehen wir in mein Büro.«

Magnus führt die drei in besagten Raum und schloss hinter sich die Tür. Sie setzten sich und alle Augen waren auf Adrian gerichtet. Der Gast räusperte sich kurz, bevor er seine Aufmerksamkeit den beiden Alphas schenkte.

»Bevor ich das Video freigebe, möchte ich noch ein paar Dinge klarstellen.

Seit Bruce vor zwei Jahren offiziell in den vorzeitigen Ruhestand ging, bin ich in meinem Revier der einzige Gestaltwandler. Mein Spezialgebiet sind Internet-Verbrechen. Ein Kollege von mir hatte den Fall zugeteilt bekommen.

Als er sich die Videos ansah, war er jedoch nicht sicher, ob diese echt oder nur gestellt waren … es sind ganz deutliche Sätze zu hören mit ›Alpha‹ und ›Omega‹.

Eines der Videos wirkt für Menschen gefälscht und nicht real. Mein Kollege bat mich um meine Meinung als Videospezialist. Als ich sie mir das erste Mal ansah, wusste ich sofort, dass diese Aufnahmen nicht gefälscht sind und es sich zu hundert Prozent um Gestaltwandler handelt.

Ich konnte meinen Kollegen und den Abteilungsleiter davon überzeugen, dass es eine Fälschung sei und wir den Fall als gestorben ansehen lassen können.

Gott sei Dank hat niemand Verdacht geschöpft. Der Fall ist offiziell zu den Akten gelegt und als geringfügig eingestuft worden. Es wäre eine Katastrophe, wenn das an die Öffentlichkeit gelangen würde.«

»Wie sind Sie überhaupt zu den Videos gekommen?«, warf Prat ein, der offenbar noch immer Herr seiner Stimme war. Magnus hatte dieses Talent kurzzeitig verloren.

»Aus dem Darknet. Es wurden horrende Summen für die Videos bezahlt, leider konnten wir keinen der Käufer oder auch den Hersteller der Filme ausmachen, es gelang uns jedoch, die Filme zu sperren.

Da die Akte offiziell geschlossen ist, wird auch nicht nach Tätern und Mittätern gefahndet. Trotzdem ließen mir die Videos keine Ruhe, deshalb war ich sehr froh, als mir Bruce gesagt hat, dass er eventuell eine Spur für mich hätte.

Ich bin inoffiziell hier, die Filme habe ich vom Revier mitgehen lassen. Wenn sie mich dabei erwischen sollten, bin ich meinen Job los. Ich hoffe, Sie gehen diskret damit um.«

Alle drei nickten in Zustimmung. Der menschliche Jaguar gab sich damit zufrieden und erteilte das Einverständnis, den Film zu starten.

»Dieses Video ist das erste, das vertrieben wurde … seit drei Jahren kursierte es bereits im Darknet. Sollte es zu heftig für jemanden werden, brechen wir ab.« Dann drückte er auf »Play«.

Magnus fühlte, wie sein Herz zu zerspringen drohte. Nur wusste er nicht, ob vor Wut gegenüber dem Mann, der in dem Video zu sehen war, oder vor Bedauern, weil er nur untätig zusehen konnte. *Bei den Göttern! Was war das für eine kranke Scheiße!*

Das Video zeigte einen großen gefliesten Keller, in der Mitte eine Matratze, die schon bessere Tage erlebt hatte. Das Licht war abgedunkelt, er konnte förmlich den modrigen Geruch wahrnehmen, der mit Sicherheit in dem fensterlosen Keller vorherrschte. Ein Mann stand seitlich neben der Matratze und fixierte mit den Augen die Tür. Er war groß und breit gebraut, wirkte wie ein Büffel. Sein Gesicht war hinter einer Sturmhaube versteckt, die Magnus keinen Einblick auf die Visage schenken wollte. Plötzlich wurde die Tür aufgestoßen und ein großer, schlanker Mann kam herein, der vor sich einen Jungen im Genick fixiert hielt und ihn unsanft in den Raum stieß. Der Junge wehrte sich mit aller Kraft, doch gegenüber dem Größeren hatte er keine Chance. Der Maskierte sah dem Treiben der zwei gespannt zu. Der schlanke Mann bugsierte den Jungen zu der Matratze und drückte ihn grob darauf. Der Kleine schrie und versuchte, sich mit Tritten und Hieben zu wehren. Seile waren an den vier

Ecken der Matratze festgemacht, die der bullige Mann mithilfe des Dünnen an Handgelenken und Beinen des Jungen fixierte. Der Jugendliche wehrte sich gegen die Fesseln, bis ihn der breitgebaute Mann so hart ins Gesicht schlug, dass sein Kopf zur Seite flog und einzelne Blutstropfen spritzten. Ein erstickter Schrei entkam dem Kleinen. Sein Brustkorb bebte, er versuchte, sich zusammenzureißen. Im nächsten Moment spuckte er dem Maskierten einen Batzen Blut ins Gesicht.

»Ganz schön kratzbürstig! Wenn dein Geruch nicht so intensiv wäre, würde ich daran zweifeln, dass du ein verfickter Omega bist. Aber keine Sorge, deinen Kampfgeist treib ich dir schon noch aus!«, sprach der Mann in markerschütterndem Ton, während er sich langsam das Blut von der Sturmhaube wischte und es genüsslich von seinen Fingern leckte.

»Pomoshch! Pomoshch! Pomoshch!«, schrie der Junge aus Leibeskräften, Magnus' Herz brach endgültig entzwei. *Das war Nikolay!!*

Bis jetzt hatte sein Verdrängungsmechanismus gehofft, der Junge hätte bloß eine fürchterliche Ähnlichkeit mit seinem Gefährten, doch die russischen Hilfeschreie machten seine Hoffnungen zunichte. Prat spürte seine Verzweiflung und legte behutsam eine Hand auf Magnus' Unterarm, um wortlos seine Anteilnahme zu zeigen.

»Los gib ihm was, damit er die Schnauze hält!«, brüllte der Maskierte den schlanken Gehilfen an, der sofort etwas aus einer kleinen Tasche hervorkramte, die neben der Matratze auf den Boden lag. Währenddessen ging der Bullige auf die Kamera zu, nahm sie in die Hand. Er schritt damit zurück zu Nikolay, der noch immer versuchte, sich aus den Fesseln zu befreien. Sein schmächtiger Körper bebte und zitterte vor Anstrengung. Der schlaksige Kerl erhitzte geübt einen Löffel mit einem Feuerzeug. Die weiße Substanz darin verflüssigte sich langsam.

»Schneller!«

Der Typ begann unverzüglich, die Flüssigkeit in einer Spritze aufzuziehen. In Windeseile schnürte er Nikolay den Arm mit einem Gummiband ab. Der Kleine schrie wie am Spieß, als der hochgewachsene Kerl eine Vene suchte. Der Omega bäumte sich gegen die Fesseln auf und erschlaffte, als der Kerl die

Spritze in die Armbeuge des Welpen bohrte. Nikolay entkam ein Schluchzen, das Magnus furchtbar zusetzte.

Die Droge wirkte schnell auf den kleinen Körper, seine Muskeln entspannten sich, das Schreien und Weinen hörte auf und seine Augen waren halb geschlossen. Nikolay war noch immer bei Bewusstsein, das verriet sein weiter andauerndes leises Winseln nach Hilfe. Der Maskierte schmiss den großen Kerl aus dem Keller und filmte Magnus' Welpen von Kopf bis Fuß. Nikolay hatte seine Klamotten an, doch der Kerl betatschte ihn heftig und griff unter sein Shirt. Er stöhnte widerlich, als er Nikolays Flanken auf und ab wanderte.

Magnus hatte das Gefühl, kotzen zu müssen, doch er musste standhaft bleiben, musste dieses Martyrium bis zu Ende sehen.

Nikolay keuchte geplagt, als sich der Maskierte auf seinen Bauch setzte. Grob wirkten dessen Bewegungen, als er über Schultern und Brust strich, Nikolays Shirt am Halskragen mit einem lauten »Ratsch« zerriss. Das Geräusch wurde von Nikolays Schluchzern untermauert. Der Junge zitterte wie Espenlaub und kniff ängstlich die Augen zusammen, als der Mann begann, über Wange und Hals zu streicheln.

Magnus wusste, was in dem Arschloch vorging. Nikolays zarte und unschuldige Haut warf auch Magnus' Gefühlswelt ständig über den Haufen. Wie eine Dampfwalze kam es ihm vor. Doch trotzdem: DAS durfte nicht sein. Bitter war die Galle, die er gerade runterwürgte. Wie oft war sein junger Gefährte von dieser Berührung bei *ihm* zurückgeschreckt. Und wie oft hatte er sich dabei ertappt, dass er verärgert war über die Reaktionen des jungen Wolfswandlers. Es war die Bitterkeit seiner eigenen Galle, als er erkannte, dass er dem Jungen Unrecht getan hatte, zu viel von ihm verlangte.

»Ich werde mit dir noch viel Spaß haben, das kann ich spüren, mein Hübscher. So ein besonderes Exemplar wie dich habe ich schon viele Jahre nicht mehr gesehen.« Der Mann mit der Sturmhaube lachte auf und fasste in Nikolays schwarzes Haar. Der Junge versuchte vergeblich, den Kopf wegzudrehen. Er war dem Mann schutzlos ausgeliefert.

»Dein Wert steigt zwar, wenn du unberührt bist, das bedeutet aber nicht, dass ich mich nicht amüsieren werde. Es gibt … andere Wege«, raunte der Mann und strich beinahe unmerklich über Nikolays volle Unterlippe, die vor Angst bebte. Schemenhaft erkannte man, dass der Maskierte sein steifes Glied aus der Hose holte, es massierte, während er auf Nikolay saß und sich an seiner Hilflosigkeit ergötzte.

Das Stöhnen, das der Arsch von sich gab, stach wie lange Nadeln in Magnus' Ohren.

Der Mann gab ein letztes Mal das ächzende Geräusch von sich und ergoss sich über Nikolays Brust und Hals. Nikolay weinte still, mit geschlossenen Lidern. Der Maskierte grunzte und verrieb sein Sperma auf Nikolays zarter Haut, vermischte es mit den Tränen, die dem Jungen übers Gesicht rollten. Der Vermummte stand auf und ging zu der Tür, wo kurz davor sein Gehilfe verschwunden war. »Willkommen in deinem neuen Zuhause, Omega!«

Das Video war zu Ende.

Magnus war unfähig zu sprechen. Adrian, Prat und Bruce sahen ihn eindringlich an, versuchten, seine Verfassung zu deuten. Bruce wollte gerade das Wort ergreifen, als plötzlich die Tür aufgerissen wurde und Nikolay in der Tür stand. Alle drehten sich zu dem Burschen um, der etwas überrascht dreinblickte und alle im Raum musterte.

Magnus kämpfte mit seiner Stimme. »Hallo Nikolay. Schon wieder zurück mit Phil?«

»Ähm … Phil hat seinen Pieper bei dir in der Küche liegen lassen …« Sein Gefährte deutete auf den Pieper in seiner Hand. »Ich habe ihn schnell geholt«, sagte er leise.

Magnus' Geruchssinn verriet ihm, dass sein Welpe eine leichte Angst verströmte. Der Jaguar war Nikolay nicht geheuer, so wie er diesen musterte.

»Phil lässt dich ja ganz schön zappeln, mit der Praxis-Tour, was?« Nikolay bejahte geistig abwesend und nickte, während der Omega kein Auge von Adrian lassen konnte.

Der Junge wirkte sichtlich nervös. Magnus versuchte, den Schein zu wahren.

»Oh, sorry … das ist Adrian, ein Bekannter von Bruce, wir haben ein paar Rudelangelegenheiten zu besprechen.« Magnus hasste es, seinen Gefährten anzulügen. Schuldgefühle plagten ihn. Dagegen lächelte Adrian Nikolay freundlich an, während Nikolay noch immer etwas verdutzt aussah.

»Oh, okay. Dann stör ich nicht länger. Bis später.« Nikolay schloss hinter sich die Tür und man hörte ebenfalls, wie sich die Haustür schloss.

Dass sich der Junge auch so geräuschlos bewegen musste! Am liebsten würde ich ihm eine Glocke um den Hals binden, wie einer Weidenkuh.

»Puhh, das war knapp! Glaubt ihr, er hat was mitbekommen?«, fragte Adrian nervös.

»Nein, Nikolay ist fremden Gestaltwandlern gegenüber nur sehr misstrauisch. Verdammt, nach diesem Video weiß ich auch, wieso.«

»Jetzt, wo ich ihn gesehen habe, bin ich mir zu hundert Prozent sicher, dass es sich um Ihren Gefährten in dem Video handelt. Es tut mir wirklich leid, ich hatte gehofft, dass es nicht so ist.«

»Ich will die anderen Aufnahmen auch sehen.« Adrian und Bruce tauschten besorgte Blicke aus.

»Mann, Magnus, warum willst du dich selber quälen? Das führt doch zu nichts.«

»Ich will wissen, was er noch alles durchgemacht hat!«

»Warum? Er hat es überstanden, nur das zählt«, knurrte Bruce. Magnus funkelte seinen Vollstrecker wütend an.

»Damit ich von nun an richtig reagieren kann! Damit ich ihn nie wieder in eine Situation wie die mit der Badewanne bringe! Ich will, dass er sich hier sicher fühlt! Ihm soll es an nichts fehlen! Ich will, ich MUSS über ALLES Bescheid wissen!«

Adrian und Bruce gaben sich geschlagen und wechselten die Disc aus.

»Magnus, das ist das Video mit der Badewanne, es … es ist ziemlich heftig, nur zur Warnung.« Adrian drückte auf Play und der Albtraum begann.

Nikolay war nackt, sein Körper ausgezehrt und mager und mit Hunderten von dünnen Seilen umwickelt. Seine Hände waren hinter dem Rücken straff zusammengebunden, ebenso wie die Beine eng aneinandergepresst verschnürt waren. Er befand sich nicht in dem Keller, wie im ersten Video. Es war ein Badezimmer, die Fenster mit einem Vorhängeschloss gesichert und mit Zeitungspapier zugeklebt. Der junge Omega stand in einer Badewanne und weinte bitterlich. Der Alpha tauchte aus einer Ecke auf. Sein Gesicht war unkenntlich gemacht worden.

»Bitte nicht, Alpha! Bitte nicht!«

Der Mann, den Nikolay »Alpha« nannte, schlug ihm hart ins Gesicht, sein Betteln verstummte. Dann drehte der bullige Mann das Wasser auf.

Magnus konnte das Bild auf dem Monitor kaum noch ertragen. Sein Gefährte atmete stoßweise, als er an einem Haken befestigt wurde und in der Mitte zusammengeklappte. Er hörte das sadistische Gelächter des Mannes, das sich mit Nikolays panischen Schreien vermischte.

Das Wasser stieg immer höher, als der »Alpha« hinter Nikolay in die Wanne stieg, ihn auf den Hintern schlug und sich in Position brachte. Der Mann schien mit roher Gewalt in Nikolay einzudringen, wenn man Nikolays Schmerzensschreie und gequältes Gesicht richtig deutete.

»Mal sehen, wie lange du heute die Luft anhalten kannst!«

Das Wasser stieg unaufhaltsam. Nikolays Schluchzer und Schreie wurden undeutlicher. Er drücke sich immer wieder hoch, versuchte, den lebensnotwendigen Sauerstoff einzuatmen. Der Mann hinter ihm penetrierte ihn mit harten, gewaltsamen Stößen, die Nikolays geschwächten Körper jedes Mal aufs Neue erschütterten.

Sein Kopf und seine Lippen waren blau angelaufen. Mittlerweile gab der kleine Russe kein Lebenszeichen mehr von sich.

Das kranke Arschloch hatte Nikolay in der Wanne ertränkt, dachte Magnus und kämpfte mit seiner Selbstbeherrschung. Einzig die Tatsache, dass er Nikolay gesund und munter wusste, ließ ihn nicht ganz durchdrehen. Es juckte in seinen Fingerspitzen, sich den PC-Monitor zu schnappen und ihn in tausend Stücke zu schlagen.

Der Mann in dem Video ließ endlich von dem Burschen ab, der schlaff in den Seilen hing, den Kopf vollständig unter Wasser. Ohne Eile löste der Mann mit dem verpixelten Gesicht den Omega von dem Haken und schubste den leblosen Körper auf die harten Fliesen.

Eine Schweißperle rann über Magnus' Rückgrat hinab, während seine Fäuste etwas zum Zerschlagen, Brechen oder Töten suchten. Noch nie in seinem Leben kämpfte er so sehr mit seiner Selbstbeherrschung. Prats Griff um seinen Unterarm wurde stärker.

Das Video zeigte Nikolays Vergewaltiger, der ihm in den Bauch trat. Der Omega schien tot zu sein, blieb regungslos liegen. Der Mann benötigte noch einiges an Gewalt, um Nikolays Lebensgeister wieder zu erwecken. Der Junge hustete und erbrach einen Schwall Wasser. Viel zu schnell sog er Sauerstoff in seine Lungen, die sicherlich brannten und schmerzten, er hustete gequält. Er war in seiner Bewegungsfreiheit eingeschränkt, wand sich in seinen Fesseln, wie ein Fisch an Land. »Das üben wir morgen gleich noch mal und dann ohne dein jämmerliches Getue.«

Magnus war speiübel. Niemals hätte er Nikolay in die Wanne voll Schaum gelegt, hätte er gewusst, was ihm Grauenhaftes angetan wurde. Doch wie hätte er das wissen sollen?

Magnus' Bruder drückte noch fester seinen Unterarm. Einen kurzen Blick in seine Richtung ließ ihn das Entsetzen und den Schmerz in Prats Augen erkennen. Prat war ebenso geschockt wie er selbst.

Magnus wollte im Moment nur zu seinen armen Welpen, um ihn nie wieder loszulassen. Doch er zwang sich, hierzubleiben.

»Weiter!«, fauchte er Bruce an, der ohne weiteren Kommentar die nächste Disc einlegte.

Das Video zeigte seinen Gefährten im Keller. Bäuchlings lag er gefesselt auf der dreckigen Matratze, das Gesicht darin vergraben. Der »Alpha« trug dieses Mal wieder eine Sturmhaube, wie beim ersten Video. Er lag auf Nikolay, beide waren nackt. Der Mann grunzte jedes Mal, wenn er die Hüften nach vorne rollte und in Nikolay stieß. Der Rücken des Burschen bebte. Abscheulich war der Anblick der Schulterblätter, Rippen und Wirbel, die unter der geisterhaften Haut aufragten wie scharfe Felsen eines Berges. Er war ausgezehrt, verloren, unter dem großen Mann begraben. Der Maskierte krallte sich in Nikolays Schopf, überstreckte ruckartig seinen Kopf. Die Kamera fing Nikolays schmerzerfülltes und tränenüberströmtes Gesicht ein. Beim nächsten Stoß schrie Nikolay lauter als zuvor. Das Piercing in seinem Mund blitzte auf. Der »Alpha« lachte bei Nikolays Lauten und beugte sich weit über ihn, leckte ihm über das Ohr, als der Bildschirm schwarz wurde.

»Dieses Video ist das kürzeste, das wir im Darknet gefunden haben. Wir vermuten, dass die Stromzufuhr gekappt wurde oder die Batterien in der Kamera aufgebraucht waren. Es wurde erst vor einigen Wochen im Darknet ausfindig gemacht.«

»Waren das alle Videos?«

»Ähm … nein eines haben wir noch …«

»Na dann her damit, bringen wir es hinter uns.«

Adrian legte plötzlich eine Hand auf Magnus' Schulter. Die sandfarbenen Augen des Jaguarwandlers suchten intensiven Blickkontakt.

»Magnus, dieses Video ist etwas anders als die davor … es ist genauso schlimm, nur auf eine andere Art und Weise. Mehr psychische Gewalt als körperlich, verstehen Sie mich?«

Magnus nickte.

»Und es ist auch etwas ganz Besonderes darauf zu erkennen.«

»Was denn?«

»Wie beschreibe ich das nur am besten?«, fragte Adrian sich eher selbst. Der Blondschopf sah gut aus, wie er so verbissen nachdachte, doch Magnus empfand nichts bei dem attraktiven Mann. Niemals könnte er jemand anderen mehr berühren außer Nikolay.

»Diese eine BESONDERHEIT war der Grund für mich, dass dieser Film nicht an die Öffentlichkeit der Menschen gelangt, die Folgen wären nicht erfassbar.« Er seufzte tief auf. »Aber sehen Sie selbst.«

Bruce drückte wieder auf Play.

Nikolay war zu einer kleinen Kugel zusammengerollt und schien auf der versifften Matratze tief zu schlafen. Ein lautes Scharen durchbrach die Stille, als sich die Tür öffnete und sich der »Alpha« zu Nikolay auf den Boden kniete. Bei dem Griff um sein Genick erschrak Nikolay.

»Nein, bitte nicht! Bitte …« Ein harter Schlag ins Gesicht ließ Nikolay verstummen. Der Mann warf die Sporttasche, die er mit in den Keller getragen hatte, vor Nikolays Füße.

»Anziehen!« Nikolay befolgte augenblicklich den Befehl und streifte sich einen roten Pullover und eine Jeans über, die in der Tasche waren. Nikolays Hand in dem Video schien bereits seit einer Weile verkrüppelt zu sein. Sie bereitete ihm Schwierigkeiten bei Reißverschluss und Knopf. Der »Alpha« schlug ihn erneut und schrie ihn an, sich zu beeilen. Er zog ein Springmesser, drückte es dem Jungen an die ungeschützte Kehle. Nikolays Adamsapfel hüpfte merklich.

»Du hörst mir jetzt aufmerksam zu, oder es setzt was!« Ein paar frische Tränen fanden ihren Weg aus dem dichten Wimpernkranz, rollten wie in Zeitlupe über die Wangenknochen.

»Ich komme gleich mit meiner kleinen Nichte wieder. Sie ist drei Jahre alt und leidet an einer schweren Rheumaerkrankung, ihre Arme und Beine sind dadurch verkrüppelt.« Der Mann machte eine Pause, kratzte mit der Klinge über Nikolays Kehle, ohne die Haut zu durchbrechen. Mit flüsternder Stimme sprach er weiter: »Du wirst sie heilen! Hast du mich verstanden?«

Nikolay gab keinen Ton von sich. Der Mann brüllte im nächsten Moment, wie ein wildgewordener Stier, befahl Nikolay zu antworten.

»Ich … versuche es.«

Der Mann drohte mit dem Messer. »Versuchen ist mir zu wenig. Du wirst sie vollständig heilen. Alles andere ist inakzeptabel!«

»Aber mein Alpha … ich beherrsche es doch nicht richtig!«

Nikolays Stimme war kaum wieder zu erkennen. So voller Furcht. Magnus wusste nicht, was er von dem Video halten sollte. Das ergab alles keinen Sinn für ihn! Er konnte nur hoffen, dass dieser Mistkerl Nikolay nichts antat.

»Wenn du sie nicht heilst, dann werde ich dir mit dem Messer den Bauch aufschlitzen und dich mit deinen eigenen Gedärmen erwürgen! Hast du mich deutlich verstanden?«

»Ja … Alpha.« Nikolay wurde ruckartig losgelassen und auf seinen Schlafplatz geworfen.

»Ich hole jetzt die Kleine, du bleibst die ganze Zeit hier sitzen und rührst dich nicht. Wenn du versuchen solltest, mich hereinzulegen oder gegen meinen Willen zu handeln, werde ich dich so lange quälen, dass du die Geburt deiner Hurenmutter verfluchen wirst, du wertloses Geschöpf!« Der Mann, den Nikolay Alpha nannte, stürmte aus dem Keller und kam wenige Sekunden später mit einem kleinen Mädchen im Arm hereinspaziert. Sein Gang war verändert. Leichtfüßig und gut gelaunt wirkte der Mann, obwohl man sein Gesicht nicht erkennen konnte, ebenso wie das des Mädchens.

Der »Alpha« erklärte seiner Nichte, dass Nikolay ein guter Freund sei und er ihr helfen würde. Der Mann sprach charismatisch und voller Hoffnung in der Stimme, als der das Kind vor Nikolay absetzte. Der Alpha kniete sich hinter den Burschen, das Springmesser in seinem Genick platziert, sodass das Mädchen nichts davon bemerkte.

Nikolay versuchte, das Mädchen anzulächeln und für sich zu gewinnen, als er auch das Stofftier, das sie mit sich trug, in ein Gespräch mit einbezog. Sie hieß Lucy. Er schaffte es, das Kind zum Kichern zubringen. Wenig später hatte er ihre Erlaubnis, ihre Hände und Beine anzufassen.

»Ich bin aber kitzelig.«

»Das bin ich auch, ich pass gut auf, versprochen.« Nikolay strich sanft über die dargebotenen Hände, Handgelenke und Arme. Die Streichungen glichen einer Massage.

»Das … wird ganz warm. Onkel, das wird warm!«, plapperte das Kind erstaunt.

»Gut mein Schatz, gleich hast du es geschafft!« Mittlerweile war die Spitze des Messers durch die Hautschicht gedrungen und ein dünner Blutstrom sickerte in den Halskragen des Pullovers.

Magnus konnte seinen Augen kaum glauben, blinzelte mehrmals. Man sah eine deutliche Veränderung. Als ob ein Spezialeffekt dafür verantwortlich war. Die Hände des Kindes verformten sich! Sie wirkten nun normal für ein Kind ihres Altes. Nikolay war dafür verantwortlich! Sein Gefährte … hatte Heilkräfte!

Im weiteren Videoverlauf konzentrierte sich Nikolay auf die Beine des Kindes, während das Mädchen gebannt aus allen möglichen Winkeln ihre gesund aussehenden Hände betrachtete und voll Freude mit ihrem Onkel plapperte. Als Nikolay auch ihre Beine geheilt hatte, war ihm die Erleichterung im Gesicht anzusehen. Das Messer verschwand von seinem schutzlosen Nacken.

Gerade noch rechtzeitig, denn das Mädchen stürzte sich aus heiterem Himmel in Nikolays Arme, dankte ihm in ihrer kindlichen Sprache. Der Bursche erwiderte die Umarmung, drückte sie an sich, seine Hände zitterten stark.

Magnus' Hirn arbeitete auf Hochtouren und konnte trotzdem keinen klaren Gedanken fassen. Nikolay war so deutlich anzusehen, dass er den Hautkontakt genoss und brauchte. Wie lange musste er bereits ohne liebevolle Berührungen ausharren, dafür Pein und Leid ertragen.

Die innige Umarmung wurde von dem Mann unterbunden, er entriss ihm das Kind mit nur einem Ruck.

»Bitte warte!« Nikolays Unterlippe zitterte. »… nur noch ein bisschen!« Kommentarlos marschierte der Mann mit dem Kind aus dem Keller. Nikolay schluchzte gequält, als plötzlich das Licht abgedreht wurde und die Tür laut ins Schloss fiel.

Der Bildschirm wurde schwarz. Magnus' Herz verdunkelte sich wie das Video, in dem Nikolay von der Finsternis verschluckt wurde. Er ließ sich in seinem Sessel zurückfallen und bedeckte sein Gesicht mit den Händen.

»Ich kann es kaum glauben. Wie kann ein Mensch nur so grausam sein und Magnus' Gefährten solche Qualen bereiten? Der Missbrauch, die Folter … was geht nur in so einen kranken Kopf vor sich?«, fragte Prat aufgebracht.

Magnus nahm die Hände vom Gesicht und sah zu den zwei Cops und seinem Bruder, die ihn musterten, als ob der Gefahr liefe, in ein Minenfeld zu treten, der als Erstes das Wort an Magnus richtete.

»Was machen wir jetzt?« Magnus konnte es nicht leugnen, mit der Situation überfordert zu sein.

Adrian ergriff das Wort. »Magnus, wir vermuten, dass Nikolays Peiniger lebt und sich eventuell ein anderes Opfer beschaffen wird, um seine … Perversionen auszuleben. ODER er sucht bereits verbissen nach Nikolay, wenn er sich auf den Russen fixiert hat. Vor allem wegen seiner Kräfte wäre es nicht abwegig. Daher wäre es gut, wenn ich mit Ihrem Gefährten arbeiten könnte, um alles über diesen Verbrecher herauszufinden! Es könnte jedes winzigste Detail von größter Wichtigkeit sein. Außerdem können wir dem Omega …«

»Er heißt NIKOLAY! VERDAMMTE SCHEISSE!«

»Entschuldigung, Rudelführer«, drangen Adrians reuige Worte zu Magnus' Gehör.

»Wir können Nikolay über den Standort ausfragen, von wo er geflohen ist. Wenn er das wüsste, dann wäre es leichter, dieses Scheusal ausfindig zu machen. Wir müssen diesen Dreckskerl erwischen.«

Bevor Magnus dem Jaguar eine Antwort geben konnte, hörte er erneut die Haustür und roch auch deutlich den Duft seines Gefährten. Alle starrten gespannt zur Bürotür.

»Nikolay?«, rief Magnus laut. Die Tür ging langsam auf und ein unsicherer Welpe blickte, wie vor einer Stunde, in Magnus' Gesicht.

»Was ist los?«

»Ähm … Phil musste zu einem Autounfall Richtung Stadt … ich … ich gehe raus in den Garten, okay?«

Magnus drehte sich reflexartig zum Fenster und bemerkte die Millionen von wild tanzenden Schneeflocken im Wind. Nikolay schien die rauen winterlichen Verhältnisse einem warmen Haus mit Bruce und einem fremden Katzenwandler vorzuziehen. Er nickte seinen Welpen als Zustimmung zu. »Aber bleib auf dem Grundstück!«, rief er seinem Gefährten hinterher, der bereits auf dem Weg nach draußen war. *Ich hörte mich wie ein besorgter Vater an!* Sie lauschten ein zweites Mal, wie die Haustür ins Schloss fiel.

Prat, Bruce und Adrian folgten Magnus in die Küche, von dort aus hatten sie einen besseren Blick in den Flur, sollte Nikolay ungehört hereinkommen. Magnus sah in Prats blasses Gesicht. Ein unsichtbares Seil schnürte sich um Magnus' Kehle, drohte ihn zu ersticken. Die Abscheulichkeit der Filme hatte sich in seine Netzhaut eingebrannt. Niemals könnte er dies wieder vergessen.

»Das waren Ausschnitte von drei entsetzlichen Jahren, die Nikolay an diesem Ort ausharren musste. Es war deutlich zu erkennen, dass er gerade mal 15 war, bei dem ersten Video, wo er mit den Drogen vollgepumpt wurde. Ich kann mir kaum vorstellen, was er noch alles ertragen musste, bei diesem sadistischen Schwein!«, knurrte Prat aufgebracht.

Sein Zwillingsbruder sprach die Worte aus, die Magnus aufgrund des Seiles, das sich immer tiefer um seinen Hals schnürte, nicht aussprechen konnte. »Wie erklären wir das nun Nikolay, Magnus? Wir müssen ihm sagen, dass wir die Filme gesehen haben.«

Es war alles so zermürbend! Kein klarer Gedanke wollte in Magnus' Hirn hängen bleiben. Zerstreut und geistesabwesend ging er in den Flur und überhörte alle Rufe von Prat und Bruce. *Ich muss hier raus!*

Er steuerte auf die Haustür zu. Weit aufgerissen, strömten Wolken von Schneeflocken ins Haus. Die Tür blieb offen, er schritt die Stufen der Veranda hinunter, nur mit Jeans und kurzärmeligem Shirt bekleidet. Im Haus war es angenehm warm, doch hier im Freien versuchten gerade vielleicht minus zehn Grad seine Haut zu ärgern. Er nahm die Kälte kaum wahr.

Sein Blick suchte den seines Omegas. Er fand ihn weiter vorne wo er gerade auf dem Dach(!) des Gartenschuppens stand.

Wie zum Teufel ist er da raufgekommen?

Er sah gerade noch, wie Nikolay einige Flickflacks machte, ehe er von dem Dach einen Rückwärts-Salto schlug und in den hohen Schneebergen landete. Dabei verließ ein glückseliger Schrei seine Lungen. Er blieb in den weißen Massen mit ausgespreizten Gliedern liegen und sah den Flocken beim wilden Herumfliegen zu.

Eine aufsteigende wohlige Wärme in Magnus kämpfte gegen Stein, Seil und die äußere Kälte, er empfand Glück dabei, seinen Gefährten so ausgelassen zu sehen.

Doch diese Position im Schnee ließ ihn unwillkürlich an das erste Video zurückdenken. Festgebunden und ausgestreckt auf der Matratze, um sein Leben schreiend, als ihm die Spritze voll Drogen in den Arm gestochen wurde. *Damals war niemand da gewesen, der ihn hätte beschützen können, vor diesen gewaltbereiten Händen.*

Mittlerweile hatte Nikolay entdeckt, dass Magnus zu Eis erstarrt im kurzen Shirt im Garten stand und ihn fixierte. Nikolay stand auf und stapfte durch den hohen Schnee auf Magnus zu.

Der Bursche trug den dunkelblauen Fleecepullover, den er für ihn gestern ausgesucht hatte. Die warme Winterjacke aber hing auf der Türschnalle des Gartenschuppens. Nikolays schlanker Körper sah in den neuen Sachen so verboten gut aus. Nur Nikolays Lächeln konnte kurz die Anziehungskraft des unschuldigen Leibes überschatten. Seine Wangen und Ohren waren ob der Eiseskälte stark gerötet, er sah so wundervoll aus. Doch dieses Lächeln lief Magnus kalt den Rücken runter. *Wie konnte er nur so fröhlich sein? Nach all dieser Tortur?*

In Magnus drehte sich alles und er nahm nichts mehr wahr. Sein Tier schaltete seine unruhigen, zu menschlichen Gedanken ab und übernahm seinen Körper. *Nichts mehr fühlen, nicht nachdenken!,* befahl ihm aus reinem Selbstschutz sein Wolf und ließ die schnelle Verwandlung zu, bevor sein Gefährte ihn endgültig erreichen konnte.

KAPITEL 21

Nikolay

Als er nach dem Salto Magnus erblickte, der wie erstarrt im Schnee stand und ihn direkt beobachtet hatte, war er erleichtert, wohl doch keinen Fehler gemacht zu haben.

Es hatte ihn schon länger in den Fingern gejuckt, mal wieder die alten Übungen aus dem Leichtathletik-Kurs zu machen. Mit der dank Phil geheilten Hand, war das jetzt wieder möglich. Er versuchte, schnell zu Magnus zu gelangen, dass bei all diesen Schneemassen gar nicht so einfach war. Als er näherkam, bemerkte er Magnus' Blässe im Gesicht. Er wirkte … verstört.

War er doch sauer, weil er aufs Dach geklettert war?

Nikolay wurde nervös, seine Schritte verlangsamten sich. Als er vor dem Alpha stoppte, verwandelte sich dieser übergangslos in einen riesigen Wolf und rannte blitzschnell in den Wald. Verdattert starrte er dem Rudelführer hinterher, nur mehr ein dunkler Punkt im noch dunkleren Wald.

Er spürte Prat und Bruce in seinem Rücken, die in seine Richtung marschierten. Nikolay drehte sich nicht um, er wollte nicht, dass sie seine Unsicherheit sahen, die ihm ins Gesicht geschrieben stand.

»Hab … habe ich was falsch gemacht?«

»Nein, Nikolay … Er braucht nur Zeit, um etwas zu verstehen …«

»Was zu verstehen?« Nikolay drehte sich nun doch zum ersten Alpha und zu Bruce um, die dieselben Gesichtszüge aufwiesen, wie der geschockte Magnus, kurz vor der Verwandlung.

Diese Ausdrücke hatte er bei ihnen noch nie gesehen. Sie machten ihm langsam Angst.

»Komm, Nick, gehen wir rein«, sagte Prat, der die Hand ausstreckte und Nikolays Handgelenk umfasste, um ihn Richtung Haus zu ziehen. Nikolay ließ sich anstandslos mitschleppen. Bruce sammelte die Jacke am Schuppen und die zerplatzten Sachen von Magnus auf, folgte dann schnellen Schrittes zurück ins warme Haus. Nikolay nahm sofort wieder den Katzengeruch wahr. Unsicher sah er sich nach diesem Adrian um.

Hatte dieser Typ was damit zu tun, dass sich alle so seltsam aufführten? Was lief hier verdammt noch mal ab?

Der rangoberste Rudelführer blieb plötzlich stehen und drehte sich zu Nikolay um.

Adrian war zu ihnen in den geräumigen Flur gekommen, hatte ebenfalls eine ernste Miene aufgesetzt. Alle Blicke waren auf Nikolay gerichtet. Ihm wurde bewusst, dass er das erste Mal hier alleine mit Prat und Bruce war.

Ohne Magnus fühlte er sich noch kleiner, als er schon aufgrund seiner Körpergröße und erst recht seines Ranges war. Prat war ein Alpha, Bruce als Vollstrecker könnte ebenfalls einer sein.

Nikolay war nicht markiert und völlig schutzlos. Er wusste, dass er bereits einen intensiveren Duft verströmte, durch die Anspannung, die an ihm nagte, wie ein verhungerndes Tier an einem nackten Knochen. *Würden sie ihm was tun?*

Prat hielt sein Handgelenk noch immer fest und drückte es leicht, um seine Aufmerksamkeit auf sich zu ziehen. Nikolay sah hoch in das bekannte und doch fremde Gesicht. Der sonst so gut gelaunte Mann wirkte traumatisiert. So fremd, für Nikolay. Er hatte Prat bisher nur ausgeglichen und immer mit einem Lächeln im Gesicht erlebt.

»Geh duschen, Nikolay.«

»Warum?«

»Du bist eiskalt und vollkommen durchnässt. Wir … wir warten solange in der Küche auf dich. Wir müssen mit dir reden, bis dahin ist Magnus vielleicht wieder da.«

Prat ließ sein Handgelenk los. »Geh ruhig.« Nikolay fragte nicht weiter nach, er würde vermutlich sowieso keine Informationen bekommen. Also stolperte er ins Bad und verschloss die Tür. In der Dusche floss das heiße Wasser über seine unterkühlte Haut, während er sich den Kopf über die seltsame Situation zermarterte. Was war nur an diesem Tag passiert?

Er hatte sofort ein komisches Gefühl, als Magnus vorgeschlagen hatte, heute mit Phil in die Praxis zu fahren. Der Katzenwandler, der dann plötzlich im Büro saß, schürte seinen Argwohn noch mehr.

Erst als seine Haut krebsrot war, stieg er mit zitternden Knien aus der Dusche und zog sich schnell etwas anderes an. Er sehnte sich nach Wärme und Geborgenheit, die er am liebsten in Magnus' Armen bekommen wollte. Stattdessen wählte er einen dunkelgrünen Kapuzenpullover, um zumindest seine Hände in die warmen Taschen stecken zu können – leider nicht annähernd das gleiche Gefühl wie mit Magnus.

Seine Haare waren noch verstrubbelt und feucht, als er in die Küche schlich. Sie nahmen seinen Duft wahr, denn alle drehten sich zeitgleich um, noch immer mit diesem undeutbaren Ausdruck im Gesicht.

»Willst du einen Kaffee, Welpe?«

Nikolay wusste, dass Prat es nur gut meinte, doch innerlich gab es ihm einen Stich ins Herz. *Nur Magnus sollte mich so nennen!*

Er nickte und setzte sich an den Küchentisch, nachdem ihn der Alpha dorthin beordert hatte. Seine Hände hatte er immer noch in den Taschen versteckt, dass keiner sein Zittern bemerkte. Prat machte für alle Kaffee, während er von Bruce und dem Fremden weiterhin mit bemitleidenswerten und angespannten Blicken bombardiert wurde.

Alle setzten sich mit vollen Tassen an den Tisch und schwiegen. Man hörte das Nachtropfen des Duschkopfes aus dem Bad, so still war es.

Das Nichtwissen stresste Nikolay. Sein Herz wummerte in der Brust und sein Körper war angespannt. *Wäre Phil nur hier, dann würde ich mich wohler fühlen!*

Nikolay fokussierte sich auf Prat, immerhin kannte er diesen am besten, er war Magnus' Bruder und der Ranghöchste am Tisch.

»Was habt ihr denn alle? Habe ich was angestellt?«

Nikolay glaubte eine Träne im Augenwinkel des Rudelführers gesehen zu haben, als Prat schnell aber sanft eine Hand auf Nikolays Arm legte.

»Nein, Nikolay! Du hast überhaupt nichts angestellt. Wirklich nicht.«

»Prat, mit Ihrer Erlaubnis erzähle ich dem Omega, ähm Nikolay, was hier gerade los ist.«

»Ich will auf meinen Bruder warten.«

»Wer weiß, wann er wieder zurückkommt? Es könnten Stunden oder auch Tage sein!« Adrian klang ungeduldig, wie er so da saß, mit angespannten Schultern und zuckenden Kiefer.

Er war ein richtiger Schönling, dieser Kerl. Die Frisur, der teure Anzug, die leuchtenden Augen – ein feuchter Traum. Doch Nikolay konnte bloß an Magnus denken, wie der im Wald verschwunden war.

»Nein, er wird bald kommen, ich weiß das! Er lässt seinen Gefährten nicht einfach zurück«, kam es aufgebracht von Prat.

»Wenn ich mich nicht täusche, hat Magnus Nikolay aber gerade im Schnee stehen lassen!«

»Adrian! Es reicht! Du bist hier Gast, also benimm dich gefälligst auch so! Schließlich sitzt du hier vor unserem Alpha!«, fauchte Bruce Adrian von der Seite an. Adrian zuckte dabei etwas zusammen und lehnte sich resigniert zurück.

»Ich bitte um Verzeihung, Alpha.«

»Ist schon gut, wir sind alle aufgebracht und durcheinander.«

»Kann mir mal einer sagen, warum ihr so komisch seid? Am Morgen war noch alles in Ordnung und jetzt seht ihr mich alle an, als ob wir alle vor einer Alieninvasion stünden und ich der Einzige bin, der davon nichts weiß.«

Bruce' ernster Blick fand den von Prat. »Mein Alpha, wenn du erlaubst, erkläre ich Nikolay, was der Grund für die ganze Aufregung ist. Alle weiteren Entscheidungen überlassen wir dann Magnus, wenn er wieder hier ist.«

Langes Schweigen zog sich durch die Küche, dann nickte Prat langsam. »In Ordnung.«

Nikolay versuchte, seinen Unmut nicht zu zeigen. Es kotzte ihn gewaltig an, dass es jetzt gerade Bruce war, der Licht ins Dunkle bringen sollte.

Der Vollstrecker fuhr sich nachdenklich über die Glatze und sah dann zu Nikolay rüber.

»Nikolay, Adrian ist ein Polizist aus der Stadt. Sein Spezialgebiet ist die Internet-Kriminalität.

Er erzählte von einigen Filmen, die im Darknet kursierten und die er überprüfen musste. Durch Zufall bin ich auf den Verdacht gekommen … dass du die Person sein könntest, die da in diesen Videos … gequält wird.

Adrian kam heute mit den Filmen vorbei … Wir sind uns sicher, dass du es bist.«

Bruce pausierte kurz, während in Nikolay ein Teil zerbrach. Sein Herzschlag beschleunigte sich und ein schmerzendes Stechen breitete sich in seiner Brust aus.

Oh Gott!! Nein! Nein! Nein! Nicht diese Videos!

»Adrian und ich möchten mit dir zusammenarbeiten, um deinen Peiniger aufzufinden und einzusperren.«

Prat hatte wohl Nikolays ängstlichen Blick richtig gedeutet und legte wieder eine Hand auf seinen dünnen Oberarm.

»Aber nicht gleich jetzt Nikolay. Wenn Magnus wiederkommt, redest du erst mal mit ihm und dann sehen wir weiter, okay?«

»Welche … welche Filme? Warum dachtest du, dass ich es sein könnte? Wie kommst du darauf?« Nikolays Stimme klang dünn.

»Magnus erzählte mir von deiner Panikattacke wegen der Badewanne und Adrian hatte mir von einem Video berichtet, wo ein Junge in einer Wanne misshandelt wird. Der Film hat es uns bestätigt.«

Nikolay hatte Mühe, ruhig zu bleiben und klar zu denken. Die Tatsache, dass sie die Filme kannten, ließ ihn beinahe vor Scham und Selbstverachtung sterben.

Hatte er nicht schon genug in seinem Leben gelitten? Magnus wurde von Minute zu Minute wichtiger für ihn. Der Kuss, letzte Nacht der Blowjob, die Fürsorglichkeit, die … *Liebe*?

Nikolay … liebte … Magnus, das wurde ihm in dieser Sekunde klar.

War diese Erkenntnis nun wertlos? Konnte Magnus ihn überhaupt noch ansehen?

Und wenn, dann auch so bemitleidenswert wie die drei hier am Tisch? Oder schlimmer … würde Magnus sich vor ihm ekeln, ihn abstoßend finden?

Das konnte er nicht ertragen! Warum drängte sich seine Vergangenheit in den Vordergrund? Sein Peiniger zerstörte sein gesamtes Leben!

Bruce richtete erneut das Wort an ihn, der Sturm seiner Gefühle ging an dem Typen wohl vorbei.

Kein Wunder bei einem Einfühlungsvermögen von einem Stück Holz.

»Nikolay … wir sahen auch noch einen anderen Film … in dem du ein kleines Mädchen von ihrer Behinderung geheilt hast … warum hast du nie etwas gesagt? Wieso hast du dich nicht selbst geheilt? Du bist unglaublich mächtig, deine Kraft ist vermutlich einzigartig!«

Nikolay konnte den verärgerten Unterton von Bruce klar und deutlich heraushören.

»Denk doch mal, wie wichtig du für das Rudel sein könntest. Oder bist du so egoistisch und willst niemandem helfen? Bist du glücklich, wenn du drei warme Mahlzeiten am Tag bekommst, ein kuscheliges Bett und einen Alpha, der dir Zucker in den Arsch bläst?«, fragte Bruce vorwurfsvoll.

»Bruce, reiß dich gefälligst zusammen!« Prat klang entrüstet.

Nikolay schluckte die harten Worte von dem Vollstrecker. Seine aufkeimende Wut half Nikolay, vor den Wandlern nicht zusammenzubrechen.

Was ging sie das überhaupt an? Das war mein Problem, nicht ihres!

Er zog seinen Arm aus der sanften Umklammerung des Alphas und stand so schnell auf, dass der Stuhl umkippte. Tränen des Zorns und der Hilflosigkeit verirrten sich in seine Augen.

Jetzt bloß nicht heulen!

»Ich will nicht, dass ihr nur ein Ding, ein Objekt in mir seht. Ich will kein Wertgegenstand sein, womit sich das Rudel schmückt!«

Verdammt, das hatte ich die letzten drei Jahre ertragen müssen!

Alle blickten verstört zu Nikolay und er begriff, dass er wieder auf Russisch geschrien hatte. Er sammelte seine Nerven, um ihnen nochmals auf Englisch seine Meinung zu verklickern.

»NIEMANDEN geht diese Kraft etwas an!! Ihr habt doch keine Ahnung von dem Ganzen!

Ich bin kein Stück Fleisch, das ihr benutzen könnt, um euer blödes Rudel ansehnlicher zu machen!«

»Nikolay, nein! Bruce hat das nicht so gemeint!«

»BULLSHIT! Ihr seid doch alle gleich!« Nikolay rannte wie betäubt in den Flur.

Ich musste hier raus!

Weit weg, von den dreien und weit weg von seinen Erinnerungen, die versuchten, ihn auf schmerzhafte Weise wieder einzuholen und zu verschlingen.

Er wollte sich in einen Wolf verwandeln, als er zu Boden gerissen wurde. Er konnte die Verwandlung nicht durchführen, kam als Mensch auf dem harten Boden auf. Ein schweres Gewicht erdrückte ihn fast. Helle Punkte schwirrten vor seinen Augen, als er nach Luft rang. Er roch Bruce' schweren Duft auf ihm.

»GEH RUNTER VON MIR, du scheiß Möchtegern-Alpha!!«

Der erste Wächter des Rudels vergrub eine Hand in Nikolays Haaren und drehte seinen Kopf grob zur Seite.

»NEIN!!« Nikolay schrie vor Verzweiflung, wusste er doch ganz genau, was dies zu bedeuten hatte.

Bruce grub seine Zähne in Nikolays Nacken und drohte damit zuzubeißen. Panik überfiel Nikolay bei dem Gedanken, von Bruce markiert zu werden, sich ihm in Zukunft beugen zu müssen.

Er schrie wie am Spieß. Um den Vollstrecker abzuschütteln, war er nicht stark genug.

»BRUCE! Wage es nicht!« Prats Stimme durchschnitt die Luft. Die fremden Zähne verschwanden augenblicklich aus seinem empfindlichen Nacken. Das Gewicht verringerte sich nicht. Dennoch …

Nikolay atmete hektisch, die Tränen ließen sich nicht mehr aufhalten. Aber er roch kein Blut!

Bruce hatte nicht die Haut durchbrochen. Das schwere Gewicht wich endlich von ihm.

Mit einem Ruck wurde er im Nacken und am Hosenbund gepackt und hochgezogen.

Bruce drückte ihn schwer gegen die Wand, seine große Hand lastete auf Nikolays Brust. Der Blick des Vollstreckers glich einer Betonwand – undurchdringlich und nicht einsehbar.

Nikolay hatte keine Ahnung, was in dem Vollstrecker vorging. »Glaubt ihr nur, weil ihr ein paar Filmchen gesehen habt, seid ihr voll im Bilde? Ihr habt KEINE AHNUNG!«, fauchte Nikolay sie alle an und versuchte, gegen Bruce' harten Griff anzukommen.

»Bruce, lass ihn verdammt noch mal los! Wage es nicht, Nikolay noch einmal anzufassen!

Bei Gott, ich schwöre dir, ich bring dich sonst um!« Prat hatte eine solche gefrierende Kälte in der Stimme, die Nikolay beinahe in die Knie zwang.

Magnus klang oft so bestimmend. Hier und heute konnte Prat, die Verwandtschaft zu Magnus nicht mehr abstreiten. »Mach dich nützlich und ruf Phil an. Er soll herkommen!«

Augenblicklich ließ Bruce von Nikolay ab und verschwand vor sich hin knurrend im Büro. Das Tippen von den Tasten des Festnetztelefons war zu vernehmen.

Prat ging direkt auf Nikolay zu, er wirkte bedrohlich. Adrian war ebenfalls neben Prat aufgetaucht. *Es war aussichtslos!*

Er würde hier nicht wegkommen. Resigniert ließ er Kopf und Schultern hängen. Magnus' Zwillingsbruder hob sein Kinn in die Höhe. Nikolay musste ein paar Mal blinzeln, um Prat klar zu sehen.

»So haben wir das nicht gemeint, Nikolay. Bitte beruhige dich. Ich verstehe, dass du Angst hast, aber NIEMAND will dir hier etwas Böses. Magnus wird bald wiederkommen und dann wird alles wieder gut. Versprochen!«

Nikolay wusste nicht, was er darauf erwidern sollte. Nicht einmal nicken erschien ihm angemessen.

Er hasste gerade sich selbst und die ganze Welt. Bruce kam wieder in sein Blickfeld, wirkte angespannt. Der Vollstrecker hatte den Blick leicht gesenkt. »Phil kommt in zwei Minuten, Alpha.«

»Warte draußen auf ihn und erklär ihm die Kurzfassung! Verschwinde!«

Die Kühle in Prats Stimme war Nikolay von dem sonst stets gut gelaunten Zwilling nicht gewohnt.

Bruce' Versuch, Nikolay zu unterwerfen, hatte Prat aus dem Gleichgewicht gebracht. Für Nikolay war es jedoch nur eine Frage der Zeit, dass andere damit anfangen würden, ihn in die Knie zu zwingen und ihn unterwerfen zu wollen.

Bruce stapfte hinaus in die Kälte, während Prat noch immer auf Nikolay einredete, doch der bekam nur Wortfetzen mit. Er verkroch sich in sein Innerstes, dort nahm er den Schmerz nicht so schlimm wahr.

Erst als Prats Hände verschwanden, durch Phils ersetzt wurden und dessen bekannter Geruch ihn erreichte, blickte er in die warmen Augen des Docs.

Automatisch legte Nikolay seine Arme um den Rudelarzt, der für ihn wie ein großer Bruder war und drückte ihn ganz fest. Der Arzt umarmte ihn und zog ihn hoch.

Nikolay schmiegte sein Gesicht in seine Halsbeuge. Er spürte eine warme Hand, die ihm am Rücken streichelte. Leider war es nicht die von Magnus.

Er wurde in das weiche große Bett gelegt, das er gestern noch mit Magnus das erste Mal geteilt hatte – vermutlich insgesamt das letzte Mal.

Ein leises Wimmern entkam ihm bei dem Gedanken.

»Sch, alles wird wieder gut, versprochen.« Phil zauberte eine kleine weiße Pille hervor. »Bitte schluck die Schlaftablette. Ich glaube, du hattest genug Aufregung für heute.«

Warum eigentlich nicht? Schlafen und alles vergessen. Vielleicht wachte ich ja auf und erkannte, dass alles nur ein Albtraum war? Oder aber ich würde gar nicht mehr aufwachen. Die Hoffnung starb zuletzt.

Er legte sich in die flauschigen Kissen und wurde von Phils Streicheln am Rücken und sanftes Einreden eingelullt.

»Und deshalb wollte ich Magnus dabeihaben, wenn wir mit dem Welpen reden! Jetzt haben wir die Kacke am Dampfen!«

»Prat, beruhige dich!«

»Nein Phil, ich beruhige mich jetzt nicht! Es ist alles aus dem Ruder gelaufen! Du warst nicht dabei. Nikolay hatte Angst vor uns, wollte sogar davonlaufen, und das Beste – Bruce wollte ihn UNTERWERFEN, weil sich dieses Arschloch nicht unter Kontrolle hat!«, fauchte der Alpha aufgebracht.

»Mein Alpha, es tut mir leid.

Ich verlor die Selbstbeherrschung. Sein Duft war so hochgradig und konzentriert. Mein Wolf übernahm meinen Körper so schnell, ich hatte keine Möglichkeit, es zu verhindern.«

»Bei mir brauchst du dich nicht entschuldigen, sondern bei dem Burschen und bei Magnus! Freu dich schon darauf!«

»Psst! Seid gefälligst etwas leiser, ihr weckt noch den Welpen auf!«

Nikolay spürte, wie eine warme Hand sanft über sein Haar strich. Sicher Phil, dachte er im Halbschlaf.

Prat fuhr, trotz Phils Anweisung leiser zu sein, in derselben Lautstärke fort. »Und was ist mit Ihnen, Adrian? Sie haben die ganze Zeit über noch nichts gesagt! Haben einfach zugesehen, wie das Kartenhaus zusammenfiel und das Chaos ausgebrochen ist.«

»Chaos würde ich das nicht grad nennen. Ich habe ehrlich gesagt damit gerechnet, dass der Omega so reagiert.

Ich wollte sehen, wie er sich verhält. Ist schon klar, Bruce hat eindeutig eine Grenze überschritten, aber nicht absichtlich. Er war wütend und hat nicht nachgedacht. Ich kann es sogar gut nachvollziehen, wenn man bedenkt das ...«

»Adrian! HALT DEINE BLÖDE KLAPPE!«, zischte Bruce warnend.

»Hört auf mit diesem Gezanke! Da stellen sich mir alle Haare zu Berge!« Phil war aufgebracht. »Ihr alle geht jetzt nach Hause! Ich will heute keine eurer Visagen noch mal sehen. Wenn ich nicht gerade selbst die Filme gesehen hätte, würde ich euch kein Wort glauben!«

Na toll, auch mein nun einziger Vertrauter hatte die scheiß Videos gesehen!

»Es ist einfach unglaublich, was mit Nikolay passiert ist, und ihr habt alle falsch reagiert!

Ihr habt Nikolay in die Enge getrieben und ihm zum Schluss sogar Vorwürfe gemacht, wegen seiner Kräfte?! Soweit hat mir zumindest Adrian das erklärt und wiedergegeben. Bruce, Adrian! Ihr beide seid Polizisten! Was ist mit eurer psychologischen Ausbildung? Habt ihr euch gar nichts gemerkt?

Er ist ein OPFER von physischer und psychischer Gewalt! Außerdem wurde er von Magnus einfach stehen gelassen! Was glaubt ihr, wie sich der Bursche fühlen muss? Ihr habt ihn völlig falsch behandelt, da muss man mit Ruhe, Geduld und Verständnis an die Sache ran gehen!«

»Er wollte einfach davonlaufen! Ich habe nur versucht, ihn aufzuhalten!«, widersprach Bruce.

Mit seinen verfluchten Zähnen!

»Du hättest ihn nicht aufhalten dürfen! Du hättest mit ihm laufen können, bis er sich beruhigt hat, stattdessen hast du dich wie ein hirnloser Höhlenmensch benommen und ihm vermutlich eine Heidenangst eingejagt mit deinem Unterwerfungsversuch, DU VOLLPFOSTEN!« So außer sich hatte Nikolay Phil noch nie erlebt.

»Vergiss nicht, mit wem du hier redest, Doc!«, knurrte Bruce lauernd.

»Ich weiß ganz genau, wer da vor mir steht! Nämlich ein erbärmlicher Haufen Scheiße, wenn du mich fragst! Wie konntest du nur so Magnus' und Nikolays Vertrauen missbrauchen!«

»Der Omega hat mir nie vertraut!«

»Oh ja, das ist richtig! Wie wir sehen konnten, hatte er auch allen Grund dazu! Kaum ist sein Gefährte und DEIN Alpha nicht in Reichweite, bespringst du den Omega und willst deine Geilheit durchsetzen! Ich möchte nicht wissen, was passiert wäre, wenn Prat dich nicht aufgehalten hätte!«

»Es ist aber nichts passiert! Dem Burschen gehts gut, ich …« Nikolay konnte förmlich hören, wie Phil vor Wut die Luft anhielt.

»Ihm gehts gut? Denkst du das wirklich? Der Junge war total apathisch, seine Welt ist vermutlich gerade ein zweites Mal zusammengebrochen! Er wird niemals Vertrauen zu uns fassen, wenn so was passiert.

Kannst du nicht verstehen, wie schwierig das für den Omega sein muss? Sein betörender Duft, der alle Wandler, die ihn anfassen, sofort in schwanzgesteuerte Monster verwandelt, die ihm nahe sein oder ihn ficken wollen!? Du hast doch keine Ahnung! Als wenn ein Fluch auf ihm lasten würde.«

Phil musste ein paar Mal tief ein- und ausatmen, um sich wieder zu beruhigen. Bruce' Stimme hörte er nicht mehr, nach Phils Wutausbruch, auch verständlich.

»Prat, mein Alpha, wenn du nichts dagegen hast, bleibe ich bei Nikolay, bis Magnus wieder zurückkommt. Wenn das geschieht und sich die zwei ausgesprochen haben, dann kommt ihr alle wieder und wir besprechen die weitere Vorgehensweise FRIEDFERTIG und IN RUHE.«

»Das ist bis jetzt der beste Vorschlag, den ich gehört habe. Ja so machen wir es. Danke Phil, dass du hier die Stellung hältst.«

»Schon gut.«

KAPITEL 22

Magnus

Magnus betrat sein Haus auf nackten Sohlen und lauschte. Ein leises Schnarchen drang aus seinem Schlafzimmer. Nikolay war das mit Sicherheit nicht, der Bursche gab normalerweise keinen Laut von sich. Es war im gesamten Haus dunkel, nur ein sanfter Lichtschein stahl sich durch den Türspalt, ließ ihn wissen, dass die Lampe auf dem Nachtkästchen brannte. Er schlich zur Tür und schielte vorsichtig hinein. Sein geliebter Omega lag in seinem Bett und schlief tief und fest.

Er musste die Tür etwas mehr aufmachen, da er nur fremde Beine auf dem Bett ruhen sah, aber nicht den Körper dazu. Es war Phil, der in dem großen gemütlichen Couchsessel mit verschränkten Armen schlief und dabei die Füße überkreuzt auf Bett abgelegt hatte.

Mein bester Freund wacht über meinen kleinen Welpen!

Das schlechte Gewissen wurde noch größer und würde ihn wahrscheinlich bald erschlagen. Er versuchte, sich zu konzentrieren und rational zu denken.

Erst mal duschen, denn er stank furchtbar nach Dreck und Blut. Ein Wildschwein war ihm in die Quere gekommen, er hatte es im Blutrausch erlegt, sich in dem Kadaver gesuhlt und war dann wie von Sinnen weitergelaufen, bis ihm die Kraft ausgegangen war. Sein Wolf hatte vollkommen die Kontrolle über ihn, das Denken wurde ausgeschaltet, nur tiefe Instinkte leiteten seinen Körper. Wut, Hilflosigkeit und Schmerz waren einfach nicht vorhanden. Endlich wieder etwas beruhigt und zum Mann zurückverwandelt, fühlte er eine tiefe Dankbarkeit für diese Auszeit – sofort jedoch gepaart mit dem schlechtesten aller Gewissen, dass er einfach seinen Gefährten hatte stehen lassen, obwohl der ihn gebraucht hätte. *Wird mir Nikolay verzeihen?*

Mit hängendem Kopf duschte er dampfend heiß, seine ausgepowerten Muskeln dankten ihm dafür. Ein Paar schwarze Jogginghosen reichten ihm für den Moment.

Sanft drückte er die Schulter seines Freundes, bis dieser erwachte und verschlafen zu ihm hochblinzelte.

»Du kommst spät«, meinte Phil trocken, als der auf die Uhr sah.

»Ich weiß …« Magnus sah zu seinem Gefährten, der sich nicht rührte.

»Er hat eine Schlaftablette intus, so schnell wacht er nicht auf.«

»Danke, dass du auf ihn aufgepasst hast, mein Freund. Ich … konnte nicht …«

»He, ist schon gut, dafür sind Freunde ja da.«

»Warum musstest du ihm eine Schlaftablette geben? Was ist passiert, als ich davongerast bin?«

Phil setzte sich aufrecht hin und rieb sich nachdenklich die Stirn. Der Doc deutete Magnus an, sich ihm gegenüber aufs Bett zu setzen, was dieser auch tat.

»Magnus, ich will ehrlich zu dir sein, okay? Danach ist alles etwas aus dem Ruder gelaufen. Prat, Bruce und dieser Adrian haben versucht, Nikolay zu erklären, was sie über die Filme wissen. Dabei haben sie sich etwas dämlich angestellt. Nikolay wollte davonlaufen, hatte Angst … Bruce hat ihn aufgehalten und hat dabei etwas über die Stränge geschlagen.«

»Was meinst du damit?«

»Das soll er dir schön selber erklären, wenn er vor dir und Nikolay zu Kreuze kriecht. Da will ich mich nicht einmischen.«

Magnus versuchte, den schlafenden Nikolay durch einen Röntgenblick durch die Decke zu mustern.

»Nein«, lächelte der Arzt schwach.

»Es geht ihm gut, ihm ist nichts passiert. Gleich danach haben sie mich angerufen. Ich habe Nikolay beruhigen können und alle rausgeschmissen, weil sie mir gehörig auf den Sack gegangen sind. Ich habe ihnen verklickert, dass sie erst wiederkommen sollen, wenn du dich mit Nikolay ausgesprochen hast.«

Magnus entkam ein lautes Schnaufen. Er suchte Phils Blick.

»Wenn ich nur wüsste wie? Wird er mir überhaupt verzeihen, dass ich einfach abgehauen bin? Was für ein Scheiß Alpha bin ich, der wegrennt, wenn es mal schwierig wird. Prat sollte mich aus dem Rudel verbannen! Ich kann Nikolay nicht in die Augen sehen! Er wird mich hassen!«

»Magnus! Dramaqueen! Jetzt mal halblang! Du bist unser Alpha, das stimmt! Aber nicht nur! Du bist auch sein Gefährte.

Einer der Schreckliches gesehen hat auf diesen Videoaufnahmen. Es war richtig von dir, für kurze Zeit deinen Wolf übernehmen zu lassen. Nur er konnte dich beruhigen. Jetzt kannst du an die Probleme anders herantreten.

Mach dir keine Vorwürfe, dein Bruder hat ebenfalls alles getan, um den Kleinen zu beruhigen.

Bedenke eines – in so einer schwierigen Situation gibt es kein Richtig oder Falsch.

Rede in Ruhe mit Nikolay. Gib ihm das Gefühl, dass sich zwischen euch deshalb nichts geändert hat. Verstehst du, was ich meine?«

Ein trauriges Nicken kam von Magnus.

»Gut, ich verschwinde jetzt. Lasst euch alle Zeit der Welt. Wenn ihr soweit seid, ruf mich an, dann trommeln wir alle zusammen und versuchen gemeinsam, das Problem zu lösen.«

Sie standen beide auf und umarmten sich zum Abschied brüderlich.

»Danke Phil … für alles.« Phil erwiderte nichts darauf, er hatte vorhin bereits alles gesagt.

Als Phil ging, stellte sich Magnus vor das große Bett, in dem sein kleiner Welpe so verloren wirkte. Er schlüpfte zu ihm unter die Decke. Fest drückte er den schlafenden Russen an seine nackte, heiße Brust.

Beide Arme um ihn geschlungen. Die Nase vergrub er tief in das rabenschwarze Haar, gierte nach dem verführerischen und vertrauten Duft. Das Bild von der kurzen Umarmung von Nikolay und dem kleinen Mädchen in dem Video drängte sich in sein Gedächtnis, lief wie ein Drama vor seinem inneren Auge nochmals ab.

Niemals würde er Nikolays Verzweiflung vergessen können. Tränen bahnten sich unaufhaltsam einen Weg ins Freie. Magnus wusste nicht, dass er jemals in seinem Leben geweint hatte.

Nein, ich weinte nicht! Ich war ein Alpha, ein mächtiger noch dazu. Und jetzt lag ich da, mit meinen geliebten Gefährten in den Armen und flennte stumm vor mich hin!

»M… Magnus …? Warum weinst du denn?«, fragte Nikolay mit verschlafenem Gesicht.

Magus war so vertieft in Gedanken, dass er gar nicht merkte, wie Nikolay sich rührte. »Schlaf weiter, ich wollte dich nicht wecken.«

Doch Nikolay versuchte, seinen Schlaf einfach wegzublinzeln. Als Magnus klar wurde, dass der Omega nicht wieder ins Land der Träume zurückkehren wollte, war es wahrscheinlich wohl an der Zeit, mit ihm zu reden. Nikolay sah ihn abwartend mit seinen riesigen Augen an.

»Es … es tut mir so furchtbar leid, dass ich weggelaufen bin, als ob der Teufel höchstpersönlich hinter mir her wäre.

Ich … ich war nur so … Als du auf mich zugelaufen kamst, hattest du dieses Lächeln im Gesicht, und im nächsten Moment sah ich dein Gesicht in einem der Filme, schmerzverzerrt und verzweifelt, da … klinkte etwas in mir aus. Ich konnte das nicht ertragen. Es tut mir so leid! Kannst … kannst du mir jemals verzeihen?«

Nikolay sah ihn fragend an, so als ob er die Frage nicht verstanden hätte.

War es für Nikolay einfach irrwitzig, mir zu verzeihen? Hatte sich Nikolay bereits geschworen, mich auf ewig deswegen zu hassen und mich zu verlassen?

Er wollte es noch mal erklären, wenn nötig würde er ihn sogar auf Knien anflehen, ihm zu vergeben und sich hundert Mal dafür entschuldigen, als Nikolay den Mund aufmachte. Die Stirn in Falten gelegt sah er Magnus direkt in die Augen.

»Magnus, ich glaube … ich glaube …«

Magnus Inneres platzte gleich vor Panik. Dem Russen fiel es schwer, weiter zu sprechen. Was wollte der Omega ihm sagen? Dass er ihn nie mehr sehen wollte? Dass er genug von ihm hatte? Dass er enttäuscht von ihm war? Dass er ein Feigling war und kein Alpha?

Er könnte sich sein Leben ohne seinen kleinen Schwarzschopf nicht vorstellen. Niemals könnte er auf dieses herzerwärmende Lachen verzichten.

Magnus hatte in den letzten Wochen eine Fürsorglichkeit entwickelt, die er nie für möglich gehalten hatte. Der Bursche hatte bereits die Macht, DEN Magnus, DEN Rudelführer und Alpha zu einem kleinen Häufchen Elend schrumpfen zu lassen, weil … weil …

»Magnus … ich glaube, ich liebe dich …«

HÄH? Hatte ich ihn richtig verstanden? Er hat doch »Ich liebe dich« gesagt und nicht »Ich hasse dich« oder? Nein, ich war ganz sicher – oder doch nicht? WOLLTE ich das vielleicht nur hören?

Magnus fühlte sich, als hätte ihn jemand geschrumpft, in eine Mikrowelle gesteckt und auf die höchste Stufe gedreht. Glückshormone schossen unaufhaltsam durch seine Blutbahnen, brachten seinen ausgepowerten Leib zum Kribbeln, als wäre er auf einen wilden Ritt einer Glückswolke. Dieses Gefühl von … *Ich habe mich nicht verhört!*, jubelte in ihm.

»Bitte, lass es mich irgendwic wieder gut machen … ich tu alles, was du willst … bitte.« Sein Gefährte kämpfte mit den Tränen.

Magnus war verwirrt, sein Glücksrausch legte sich.

»Warum solltest DU etwas wieder gut machen? Ich bin doch der, der die Flucht ergriffen hat. Ich muss mich bei dir entschuldigen.«

»Weil … weil ich dir nichts davon erzählt habe … ich wollte dich nicht anlügen … bitte Magnus, das musst du mir glauben.«

Zart legte Magnus einen Finger auf die weichen, vollen Lippen seines Gefährten, brachte ihn zum Schweigen, als er sah, in welchem Kuddelmuddel von Missverständnissen sich Nikolay befand.

»Scht. Nikolay … du hast nicht gelogen. Du hattest Angst, von diesen traumatischen Erlebnissen zu erzählen. Jetzt kann ich verstehen, warum.

Ich ahnte ja schon so etwas … es aber auf dem Monitor zu sehen, hat mich fast umgebracht. Da wurde mir bewusst, dass … dass ich dich auch von ganzem Herzen liebe!«

So, jetzt war es gesagt, was Magnus schon so lange für diesen bezaubernden Burschen fühlte.

Noch nie waren ihm diese Worte über die Lippen gerutscht. Es war befreiend. Sein Gefährte sah ihn verwundert an.

»Ich hielt es fast nicht aus, dich in den Videos so leiden zu sehen.« Er zog instinktiv Nikolay näher heran und küsste ihn, fühlte jedoch, wie sich der Bursche verspannte und ihn nicht in seinen heißen Mund einließ. Verunsichert zog Magnus sich etwas zurück.

»Willst … willst du …« Sein Welpe rang nach Worten, die ihm nicht über die sündigen Lippen kommen wollten.

»Ruhig, Nikolay. Was willst du mir sagen?«

»W… Willst du mich überhaupt noch, nachdem du die … Videos gesehen hast?«

Streng umfasste er mit einer Hand Nikolays Hinterkopf und zwang ihn somit, aufzusehen.

»Was denkst du denn da? ICH LIEBE DICH, Nikolay. NIEMAND ist in der Lage, diese Tatsache zu ändern.«

»Wirklich?« Magnus sah eine tonnenschwere Last aus Nikolays Augen rutschen. Die Augen offenbarten seine Seele.

»Das ist mein voller Ernst. Egal, was du in der Vergangenheit erlebt hast, ich möchte alles wissen.

Keine Geheimnisse mehr. Und wenn es noch so schmutzig und grausam ist.

Es wird meine Liebe zu dir nicht mindern, ich gebe dir mein Wort. Es tut mir in der Seele weh, wenn ich daran denke, was dir alles zugestoßen ist.

Denn vergiss nicht – das ist dir widerfahren! Das hast du nicht getan. Schon gar nicht aus freien Stücken. Ich würde mit dir tauschen, wenn ich nur könnte.

Ich möchte, dass du mir und den anderen, vor allem diesem Adrian alles erzählst, was du über deine Gefangenschaft noch weißt.

Ich will dieses Monster, das dich so grausam gequält hat, finden und ihm die Kehle herausreißen!« Magnus erkannte sofort die Angst in Nikolays Augen, als er seinen Peiniger erwähnte und streichelte ihn sanft am Rücken. »Wir müssen alles tun, um ihn zu finden, bevor er dich findet.«

Nikolay wandte nachdenklich seinen Blick von Magnus ab, er rang sichtlich mit sich selbst. Dann, nach einer gefühlten Ewigkeit, nickte sein kleiner Omega und stimmte Magnus' Anforderungen schweren Herzens zu.

Erleichtert atmete der Rudelführer aus und schenkte seinem Welpen ein aufrichtiges Lächeln.

»Komm her, Junge.« Er nahm die Nuance Angst wahr, gemischt mit Erwartung und Zuneigung. Trotzdem befolgte der schöne Omega seine Anweisung, legte sich sogar vor ihm auf den Rücken.

Magnus' Wolf reckte die Schnauze vor Erwartung. *Schnell nimm ihn! Leck ihn! Fick ihn! Beiß ihn! Ach, sein Wolf war ein ungeduldiges Tier.* Der Mensch Magnus rollte sich auf Nikolay, stützte sich seitlich mit den Ellbogen von Nikolays schmalem Körper ab. Er wollte ihn nicht erdrücken.

Der sinnliche Kuss, den Magnus Nikolay schenkte, wurde von dem Russen eifrig erwidert, wurde schnell leidenschaftlich und wilder.

Magnus hatte das Gefühl, Nikolay wurde von einer schweren Last befreit, als er spürte, wie auch er die Initiative ergriff. Das Piercing umschmeichelte Magnus' Zunge und weckte dreckige Gedanken. *Wie sich das wohl anfühlen musste, wenn er mit diesem Piercing meinen harten Schwanz lutschen würde?*

Magnus platzte bald vor Lust. Er brauchte mehr Hautkontakt – jetzt sofort. Er löste sich von Nikolays heißen Lippen.

Sein kleiner Gefährte sah ihn verunsichert an. »Hab … ich was falsch gemacht?«

War es unmoralisch oder falsch, wenn ihn diese unschuldige Art furchtbar antörnte? Vielleicht, aber er hatte nie behauptet, ein Heiliger zu sein.

»Du kannst hierbei nichts falsch machen, mein bezaubernder Welpe.«

Er wartete auf Nikolays Nicken. »Zieh deinen Pullover aus, Junge.«

Seine Stimme triefte vor Dominanz. In seinem erregten Zustand war es ein Wunder, noch ganze Sätze sprechen zu können. Während sich Nikolay aus dem Gestrickten schälte, packte Magnus Jeans samt Shorts, die der Omega trug und zog sie mit einem Ruck von den schlanken Hüften. Erschrecken blitzte in Nikolays Blick auf.

Er lag nun splitterfasernackt vor ihm, die straffe weiche Haut makellos. Kein einziges Muttermal zierte den schönen Körper. Nur die Narbe am Handgelenk blitzte aus dieser milchcremigen Haut hervor, die dessen Schönheit jedoch nicht minderte.

»Sieh dich nur an. Du bist das schönste Geschöpf, das ich in meinem Leben je gesehen habe.«

Magnus' Augen wanderten über die glatte Haut, den straffen Bauch, den kleinen Bauchnabel … Magnus wollte die sehnigen Bauchmuskeln mit der Zunge nachziehen. Die dunkelrosa Nippel zogen sich vor Erregung eng zusammen. Nikolays Puls jagte dem raschen Atem hinterher. Sein langer, praller Schwanz lag nicht mehr lange ruhig auf dem Bauch, seine Eier schienen zwar zwischen den Beinen gebettet, doch was in ihnen vorging …

Ein Anblick zum Niederknien.

Langsam legte Magnus seinen eigenen pochenden Schwanz frei, der so gerne so furchtbar schmutzige Dinge mit Nikolays Körper anstellen wollte. Magnus wusste, dass es dazu noch zu früh war. *VERDAMMT!*

Der Kleine war angespannt. Er versuchte zwar, den Schein zu wahren, der intensive Duft und seine großen Augen sprachen jedoch Bände.

Es würde nicht einfach werden, Nikolays grauenvolle Vergangenheit auszublenden, wenn er mit ihm intim werden wollte.

Nun konnte er Nikolays Zurückhaltung verstehen. Es war keineswegs Schüchternheit oder Abneigung, was den Russen geplagt hatte. Vergewaltigung und Misshandlung waren nicht mit sinnlichem, leidenschaftlichen Sex zu vergleichen.

Bei der Entführung war er gerade mal 15 gewesen, sicher noch unschuldig und völlig unerfahren.

Der Welpe musste fürchterliche Angst haben, wusste er doch nicht, wie es sich gut und richtig anfühlen sollte.

»Willst du mich anfassen?« Magnus' Stimme klang rau und belegt, er war furchtbar geil, doch er wusste sich zu zügeln und Nikolay aus der Reserve zu locken. Keine Antwort überwand die vollen Lippen.

»Du brauchst keine Angst zu haben. Schon vergessen, du kannst hierbei keine Fehler machen. Sei nicht schüchtern. Berühr mich, wo du willst.« Magnus bettete sich auf den Rücken, legte die Hände am Kopfteil ab. Er wartete auf Nikolay, der sich in Zeitlupe aufsetzte und Magnus perplex anstarrte.

»Ich … weiß nicht, was ich machen soll.«

»Hast du denn schon mal einen anderen Mann angefasst, so wie du es wolltest?«

»N… Nein.«

»Dann hast du jetzt mit mir deine Premiere, Welpe.«

Magnus führte Nikolays zitternde Finger auf seine behaarte Brust. »Trau dich ruhig, ich mag es, wenn du mich berührst.«

Nikolay benötigte noch mehr aufmunternde Worte. Seine Fingerspitzen vibrierten bei der Berührung von Magnus' erhitzter Haut. Nur zögerlich strich er über die muskelbepackte Brust.

Es fühlte sich wie die Berührung von Samtpfoten mit eingefahrenen Krallen an.

Magnus beobachtete die langen, filigranen Finger, wie sie ganz vorsichtig über seine erhitzte Haut strichen. Er sah die Unbeholfenheit im Antlitz des Welpen. »Denk nicht so viel nach, das ist keine Abschlussprüfung in Chemie.«

Nikolay blies eingeschnappt die Backen auf und verkniff sich wohl eine schnippische Bemerkung. Er nahm sich aber das Gesagte zu Herzen, denn der Druck wurde fester, als er Magnus' stramme Bauchmuskeln nachzog.

Magnus stöhnte leise. Nikolays andere Hand berührte ihn an seiner Flanke, wo er ziemlich empfindlich war, die Hand jedoch mit genau dem richtigen Druck auf und ab fuhr.

Magnus schloss für einen Moment genüsslich die Augen. Zärtlich streifte Nikolay einen seiner Nippel und ließ seine Fingerspitzen über die Halsbeuge und das Schlüsselbein gleiten. Eine Gänsehaut breitete sich aus, als Nikolay wieder tiefer glitt.

Magnus' ausgehungerter Wolf wälzte sich überschäumend vor Freude auf dem Boden. So simple Zärtlichkeiten hätten Magnus in der Vergangenheit bei seinen vielen Sexpartner niemals angemacht. Hier und jetzt glich seine Freude einem Feuerwerk zu Silvester.

Magnus öffnete wieder seine Augen und ergötzte sich an der russischen Schönheit.

Seine Bauchmuskeln waren angespannt, als Nikolay sanft darüber strich, bis tief in die Leiste. Sein Gefährte reizte Magnus bis zum Äußersten.

Der Alpha ertrank in den großen Augen, versank in dem Meer der Lust und Begierde. Nikolays Brustkorb hob und senkte sich schwer.

Sein schöner, langer Schwanz stand steil aufgerichtet, in all der Kraft, die in einem so jungen Wesen steckte. Magnus' eigener Schwanz zuckte bei dem Anblick. Beide waren bereits feucht an der Spitze.

»Ich werde mich an dir nie sattsehen können. Du bist das schönste Wesen, das ich je gesehen habe«, raunte er, als ihn Nikolay tief in der Leiste berührte und ein lauteres Stöhnen entlockte.

Er hatte nur um ein paar Millimeter seinen pochenden Schwanz verfehlt. »Du machst mich fertig«, knurrte er und schloss die Augen, um die intensiven Berührungen noch mehr auskosten zu können. Eine Hand ruhte auf Magnus' breiter Brust und reizte eine Brustwarze, während die andere Hand wieder tiefer wanderte und sein dunkles, kurz getrimmtes Schamhaar streichelte.

Endlich spürte er feingliedrige lange Finger an seiner Schwanzwurzel, die langsam, aber mit festem Druck höher wanderten, bis zu seiner Spitze. Nikolay berührte ihn in unregelmäßigen Abständen. Die Anspannung wuchs ins Unermessliche. Magnus machte die Augen auf. Sein zappeliger Wolf wollte Nikolays Tun mitverfolgen.

Der Omega fuhr die dicken, mit Blut angestauten Adern auf Magnus' Schaft nach.

Das war Folter! Ein lautes Knurren entkam seinen Lungen.

»Nicht gut? Soll … ich aufhören?«, fragte sein Gefährte verunsichert und stoppte in seinen Bewegungen.

»Wenn du mich umbringen willst?« Magnus erkannte eindeutig ein schiefes Lächeln im Gesicht des Omegas, bevor dieser sich wieder so verführerisch auf die Lippe biss, ohne sich dessen bewusst zu sein.

Die zarte Hand des Russen griff seinen Schaft. Magnus' Fleisch war so dick, Nikolay konnte ihn gar nicht völlig umfassen, doch der bloße Anblick seines Gefährten, der seinen Schwanz in der Hand hielt, brachte ihn beinahe jetzt schon zum Explodieren.

Sein Wolf drehte fast durch und knurrte vor Gier.

Nikolays andere Hand hatte sich in seinem Brusthaar festgekrallt, während er mutiger wurde, seine Lusttropfen als Gleitmittel nutzte und ihn pumpte. Er sah von den Geschehnissen kurz hoch in das Gesicht seines Omegas. Die zwei schwarzen Onyxe waren dunkler als je zuvor und starr auf sein Tun konzentriert.

Der Geruch der Angst war verduftet, der des Verlangens drängte sich in den Vordergrund, Magnus stöhnte bei dem grandiosen Aroma. So gut!

Der Anblick von Nikolays Schwanz setzte weitere Wallungen in Magnus frei. Der Precum-Tropfen in Nikolays Nille wurde zu einer glänzenden Perle mit verzaubernder Wirkung.

Die Massage wurde intensiver, der Russe legte alle Scheu ab.

Magnus musste seine Hände fester um das Bettgestell krallen, um der Gefühle in seinem Inneren Herr zu werden, die laut schrien: Pack ihn und fick ihn endlich!

Magnus sah die flachen, aber definierten Muskeln in Nikolays Unterarmen arbeiteten. Nikolays Körper verlangte nach einer ganz neuen Definition von Schönheit.

Magnus musste die krampfhafte Umklammerung des Bettes lösen, um es nicht entzweizubrechen. Stattdessen krallte er eine Hand in die Matratze, die andere suchte das Knie des Omegas. Als der Russe provokativ mit dem Daumen zwei, drei Mal über die empfindliche Spitze fuhr, wurde the Big Boss von seinem Big Boss-Orgasmus überwältigt.

»Oh, verdammt, ja, JAAAAHHHHH!«

Ein Höhepunkt, übermächtig wie noch nie in seinem Leben, rollte über ihn hinweg.

Sein Gehirn explodierte förmlich bei der tiefen Glückseligkeit in seinem ausgehungerten Körper. Das allererste Mal durch die Hand seines Gefährten zu kommen, war eine neue und bedeutende Erfahrung für Magnus und sein inneres Tier.

Die mehreren Salven Sperma aus seiner Spitze zeugten davon und landeten auf Bauch und Brust.

Er starb tausend Tode und erlebte zugleich den siebten Himmel! Sein Körper wurde schwer, sein Wolf heulte zufrieden auf, seine Muskeln entspannten. Tanzende Sterne tauchten vor seinen Augen auf.

Das Pumpen der fremden Hand wurde langsamer, verwandelte sich in leises Streicheln, der Schwanz wurde losgelassen, die Hand auf seiner Brust löste sich. Magnus sah hoch zu seinem Omega, der etwas konfus das zähflüssige Ergebnis seiner magischen Hände betrachtete.

Einfach niedlich.

Er packte den dünnen Oberarm des Russen und zog ihn zu sich hinunter. Perplex landete der Bursche auf seiner breiten Brust und mitten in dem weißen See. Sperma und auch Geruch verteilten sich auf Nikolays Körper. Endlich zufrieden durch den Duftaustausch jaulte sein Wolf nochmals auf.

Der harte Schwanz des Omegas drückte sich in Magnus' Bauch. Magnus entlockte Nikolay ein Keuchen, als er die Hände in diese knackigen Arschbacken grub, das harte Fleisch noch deutlicher spürte.

»Küss mich, kleiner Russe.«

Als ihre Lippen sich trafen, streichelte er über Nikolays Rücken und knetete seinen geilen Arsch. Ein letztes Mal verbiss er sich in der Unterlippe seines Gefährten und entließ ihn dann für einen kurzen Augenblick, indem er mit beiden Händen in den schwarzen Haaren nach Halt wühlte und Nikolay sanft von sich schob. Ein wohliger Schauer durchfuhr ihn, als er die Lust in dem Antlitz des kleinen Russen sah, mit den glänzenden Lippen und heiß geweiteten Augen.

Schnell drehte er Nikolay auf den Rücken und drückte ihn tief in die Matratze. Magnus genoss den Anblick des Kleinen, der so verloren in den Bergen von Decken und Kissen wirkte. Als wäre das Bett eine Venusfliegenfalle, die Nikolay jeden Moment verschlingen könnte.

Sein Raubtierinstinkt traute sich an Magnus' Oberfläche. Er wollte seine Beute erlegen, ihn in Besitz nehmen. Seine Fangzähne tief in dessen Halsbeuge vergraben und ein Mal zurücklassen, sodass jeder sehen konnte, dass der Omega ihn alleine gehörte. Er packte Nikolays Schulter und Hüfte und drehte ihn trotzdem sanft auf den Bauch.

»Was machst du?«, kam es erschrocken von seinem Objekt der Begierde. Die Positionsänderung warf den Schwarzschopf sichtlich aus der Bahn.

»Psst. Nichts, was dir nicht gefallen wird, Nikolay. Wir machen es so wie beim letzten Mal. Wenn ich dir wehtun sollte, sagst du sofort Bescheid, dann hör ich auf der Stelle auf.«

Nikolays Blick war noch immer ängstlich, er spürte, wie er mit sich selber rang, ob er seiner Furcht, oder lieber seiner Neugierde nachgeben sollte. »Versprichst du es?«

Ein sanftes Lächeln legte sich über Magnus' Gesicht. Er hob die Hand und legte sie auf seine Brust. »Ich verspreche es hoch und heilig, mein Welpe.«

Nikolay nickte zustimmend, ließ seinen Kopf, wo er war, beobachtete Magnus. Dessen Position und das bevorstehende Ungewisse waren Nikolay nicht geheuer. Magnus beugte sich weit nach vorne, um sein Nachtkästchen zu erreichen. Auf der Suche streifte er eine Packung Taschentücher und Gleitgel, schob sie beiseite, um endlich ein kleines Fläschchen zu erreichen. Er zog sein Indian Rose Massageöl heraus und machte sich damit auf Nikolays Oberschenkel bequem.

»Was tust du?«, klang es besorgt von dem Omega, der krampfhaft versuchte, sein ängstliches Zähneklappern zu unterdrücken.

Ach, wie gerne hätte er ihn in dieser Position einfach genommen! Es war Magnus' Lieblingsstellung. Der Sexpartner kehrte ihm ohne jeglichen Schutz den Rücken zu.

Demutsvolle Unterordnung und Unterwerfung! Bei dem Gedanken schwoll sein Fleisch von Neuem an und tropfe vor Verlangen.

Er musste sich kurz räuspern, um den Gedanken zu besiegen, Nikolay unter sich zu haben und ihn hart in die Matratze zu ficken.

»Ruhig, dir geschieht nichts. Leg dich hin und entspann dich, Kopf nach unten, Welpe.«

Der Omega tat, wie ihm befohlen, das ängstliche Zähneklappern war jedoch noch immer zu hören.

Magnus träufelte in seine Handfläche das duftende Öl. Er legte seine großen beölten Pranken mit genügend Druck auf Nikolays oberen Rücken, der bei der ersten Berührung kurz zusammenzuckte und sich versteifte.

»Ruhig, Welpe«, flüsterte er, während er ganz zärtlich den schlanken Rücken einrieb. Bei dem Duft wurde zwar Nikolays eigener Geruch überschattet, jedoch half es Magnus, nicht gleich über ihn herzufallen. Als er mit einer angenehmen Massage begann, legte sich Nikolays Anspannung allmählich und das Zähneklappern hörte auf.

Merk dir eines, Nikolay. Ich bin nicht so wie dieses Monster.

Es war ein unglaubliches Gefühl, die babyweiche Haut des Burschen in dieser Intensität zu spüren. Es glich einem einzigartigen Privileg, etwas, das ihm gar nicht zustand. Er genoss es mit jeder Faser seines Körpers.

Langsam löste er die Verspannungen in Nacken und Trapezmuskel, die vermutlich von der verbrauchten Matratze stammten, auf der Nikolay jahrelang schlafen musste. Schnell verbannte Magnus den Gedanken weit weg in sein Innerstes. Er wollte das hier genießen, der morgige Tag würde schnell genug kommen.

Leicht und behutsam massierte er jede Verhärtung aus Nikolays Rückenmuskeln. Gemächlich arbeitete er sich tiefer in Richtung Steißbein und äußere Flanken. Nikolay lockerte sich nach einer kurzen Anspannung wieder und lag regungslos in den Kissen.

Magnus wollte mehr Emotionen von dem Welpen bekommen und arbeitete mit mehr Druck weiter. Magnus' Belohnung war Nikolays lang gezogenes Stöhnen. Magnus liebte harten, rohen Sex. Blümchensex kam in seinem Wortschatz nicht vor, er war für raue Ficks und wilde zügellose Leidenschaft geboren.

Der Alpha wusste nicht, wie Nikolay darauf reagieren würde, aber die Tatsache, dass er eher die feste Berührung genoss als das sanfte Streicheln, ließ ihn hoffen.

Immerhin war der Gewichtsunterschied der beiden schon eine Hürde, wenn da sein Gefährte eher zimperlich veranlagt wäre, würde es früher oder später zu »Ungereimtheiten« führen.

Wenn man »zerquetscht werden« als Ungereimtheit bezeichnen möchte.

Er brachte Nikolay erneut zum Stöhnen. Der Omega bewegte sich leicht unter ihm und atmete etwas hastiger.

Ein klarer Duft von Erregung schwängerte die Luft, bescherte Magnus eine Gänsehaut an den Unterarmen.

In der Hoffnung auf noch mehr Lust, strich er tiefer und bearbeitete Nikolays Pobacken. Seine großen Pranken bedeckten vollständig den kleinen Arsch. Wie geschaffen für ihn! Die Haut war straff über seine prallen Backen gezogen.

Jugendliche Unverdorbenheit spiegelte sich in diesem begehrenswerten Anblick wider. Nikolay war gerade mal den Jugendjahren entwachsen, etwas, das Magnus' böses Innerstes anheizte. *Hatte ich ein schlechtes Gewissen?*

Nö, ich fand es furchtbar geil, so einen jungen Gefährten zu haben!

Langsam arbeitete er sich weiter vor, während sich der Omega wie eine Schlange wand. Nikolays eingeklemmte Erektion wünschte sich wohl etwas mehr Beachtung.

Geduld, Geduld, mein kleiner, sexy Russe.

Behutsam drückte er ihn tiefer in die Matratze, machte ihn bewegungsunfähig. Stückchenweise wanderten seine öligen Finger immer weiter auf Nikolays Spalte zu. Er spreizte seine Pobacken und streifte bedächtig über den Eingang. Ein tiefes Knurren entkam Magnus' Kehle bei dem Anblick des Lochs, das sich nur in einem zarten Hauch von Rosa von der blassen Haut unterschied. Frei von Schuld und makellos. Magnus' eigener Ständer bettelte förmlich darum, sich in diesen unverdorbenen Stern zu versenken und tief in ihm abzuspritzen.

Geduld!

Er versuchte, sein eigenes Verlangen zu drosseln. Jetzt war Nikolay an der Reihe, der merklich seine Backen zusammenkniff und die Hände in die Laken und Kissen krallte. Magnus führte seine Erkundung fort und spreizte nochmals die zwei festen Apfelhälften. Bevor Magnus einen Finger sehnsüchtig über die Rose gleiten lassen konnte, hörte er ein ersticktes Wimmern.

»Nein, bitte …« Magnus erstarrte in seiner Bewegung. Er beugte sich über den Jungen und hob Nikolays Kopf aus den Kissen. Tränen schwammen in den Augen, das Gesicht war vor Angst, aber auch vor Erregung verschleiert. Nikolay war selbst zerrissen.

»Habe ich dir wehgetan?«

»Nein … aber.«

»Aber du befürchtest es?«

Der Russe nickte nur.

»Nikolay, ich verspreche dir, der nächste Schritt wird nicht wie bei deinem Peiniger sein. Vertrau mir einfach und lass dich fallen. Bitte.«

Magnus sah, wie Nikolay versuchte, die Tränen zurückzudrängen, und nickte kaum merklich.

»Du wirst es nicht bereuen.« Mit Schalk in der Stimme gab er ihm einen tiefen Kuss, bis sich Nikolay wieder entspannte. Er gab die Lippen seines Gefährten frei und sah zu, wie sich der schöne Omega zurück in die Kissen schmiegte.

Magnus drängte Nikolays Beine auseinander, um besser an den begehrten Eingang zu gelangen. Er wollte ihn schmecken, unbedingt. Nichts in der Welt könnte ihn jetzt aufhalten, das zu tun. Er versenkte seinen Mund in den Spalt, seine Hände erleichterten ihm den Weg zu dem rosigen Eingang.

»Was? WAS WAR DAS?« Schockiert traf die Tonlage des Omegas wohl am besten.

»Meine Zunge …« Magnus liebte diese Art von Liebkosungen, er hatte es nur selten bei seinen Sexpartnern gemacht, da dies doch sehr grenzwertig für manche war. Und bei einem schnellen ONS machte man das schon mal gar nicht.

Ohne eine Antwort abzuwarten, versenkte er seine Zunge wieder in der Spalte und leckte genüsslich über den engen Eingang. Nikolays leise Geräusche, die einem Stöhnen nahekamen, trieben Magnus weiter voran. Sein Omega schmeckte so gut! Unbeschreiblich gut!

Er leckte gierig weiter, manchmal fester, dann kitzelte er nur die übersensible Haut, um Nikolay zu necken. Seine Zunge versuchte, in den Burschen einzudringen, was sich als schwieriger herausstellte als gedacht. Sein Muskelring war so straff und eng, dass er kaum vorankam.

Er biss kurzerhand in Nikolays linke Arschbacke, dass der Omega konfus keuchte.

Magnus spürte, wie Nikolays Körper unter der Liebkosung erbebte. Gekonnt und in einer fließenden Bewegung zog er Nikolays Arsch in die Höhe, Kopf und Schultern noch immer in die Kissen gedrückt. Magnus leckte weiter, stieß wieder und wieder gegen den starken Muskel, der etwas nachgab. Mit dem restlichen Öl auf den Fingern umfasste er sanft Nikolays Eier, streichelte und massierte sie. Nikolay keuchte lauter, bestärkte Magnus in seinem Tun immer mehr.

Gott! Ich liebe diesen Jungen!

Er griff zwischen Nikolays Beine, erwischte den harten Schwanz. Nikolay zuckte erschrocken, doch zog er sich nicht zurück.

Magnus umfasste die dicken Bälle und das steinharte Fleisch, drückte leicht zu, bis sich der Omega wand und irgendwelche Worte auf Russisch faselte. Ein sanftes Klatschen auf dessen Pobacke ließ ihn in die Wirklichkeit zurückfinden.

»Ahh!«

»Soll ich aufhören?«, neckte Magnus den Omega.

»N… Nein.« Nikolays Wangen mussten bei seiner Antwort einen neuen Rotton entwickelt haben. Die Scham in seiner Stimme war zuckersüß. Magnus drückte Nikolays Gemächt weiter nach hinten, bis er von seiner Rosette abließ und die Spitze gierig mit den Lippen umschloss. Nikolays Lusttropfen, die sich freudig gesammelt hatten, explodierten auf Magnus' Zunge.

»Oh mein Gott!«, kam es laut aus den Kissen geschrien. Sein Welpe würde nicht mehr lange brauchen. Wie besessen leckte Magnus wieder über seinen Eingang und fickte den Jungen mit seiner Zunge, während er den Schwanz mit seiner großen Hand fest umschloss.

Noch glitschig vom Massageöl pumpte er Nikolay hart und unnachgiebig. Als er merkte, wie sich Nikolays Loch noch enger zusammenzog, wichste er fester und drückte die pralle Eichel zusammen. Nikolay stöhnte laut auf, als er sich in Magnus' Hand ergoss, während der ein letztes Mal mit der Zunge den Muskelring durchbrach und zustieß. Der Omega sackte in sich zusammen, die Gliedmaßen weit von sich gestreckt, atmete schwer. Schweißperlen glitzerten auf dem blassen Rücken. Magnus leckte sie auf, genoss den leicht salzigen Geschmack auf seiner Zunge.

»Alles an dir schmeckt so gut!«

Er rutschte von dem Omega herunter, drehte den schlaffen Körper zur Seite, nur, um ihn umso fester an seine Brust zu ziehen. Er suchte dessen völlig entkräfteten Blick. »Hat es dir gefallen?«

Nikolays Wangen färbten sich dunkler, er sprach aber nicht.

»Wenn du mir nicht antwortest, leck ich dir so lange deinen geilen Arsch, bis du schreist.« Er setzte schon an, Nikolay wieder auf den Bauch zu drücken, als dieser beschwichtigend die Hände hob.

»Ja … ja es hat mir gefallen.«

»Gut, denn ich will es wieder machen.«

»Jetzt?«, fragte Nikolay schockiert.

»Haha, nein. Jetzt wird erst mal geschlafen. Dir fallen ja schon die Augen zu.«

KAPITEL 23

Nikolay

Nikolay erwachte aus einem traumlosen Schlaf. Sein Körper fühlte sich schwer und träge an und seine Kehrseite zuckte ungewohnt. Dieses … Lecken war unbeschreiblich gewesen. Die Stelle war wohl das Intimste, was jemand berühren beziehungsweise ablecken konnte. Gab es dazu eine Bezeichnung?

Das musste er mal recherchieren oder Todd und die Jungs fragen, dachte er, als er schwere Schritte aus dem Flur hörte.

Er blickte zur Tür, im Rahmen lehnte Magnus. Der Alpha trug bloß eine enge Boxershorts, die den verboten gut aussehenden Körper in ein perfektes Licht rückte. *Aaargh …*

So was schon früh am Morgen zu sehen, ließ ihn schwer schlucken. Er selbst war noch nackt von dem letzten Gefummel. Auf seinem Bauch befanden sich noch die letzten Spuren von Magnus' Lusterguss. Die Decke bedeckte knapp seine Lenden, seine pochende Morgenlatte bildete daraus bereits ein Zelt. Es wurde auch nicht besser, als er Magnus' muskulösen Körper inspizierte, der auf ihn zu kam, wie wenn eine Katze eine Maus taktierte.

»Dein Schlafzimmerblick macht mich so heiß.« Die große Beule in Magnus' Schritt bestätigte nur das Gesagte. Kaum sah er das enorme Stück Fleisch, das sich deutlich unter dem Stoff abzeichnete, bildete sich ein Kloß in seinem Hals. Gestern oder besser gesagt heute Nacht, hatte ihm der Atem gestockt, als er Magnus' imposanten Ständer gesehen hatte. Bis jetzt hatte der Rudelführer immer eine Jogginghose getragen …

Er dachte schon immer, *er* habe einen großen Schwanz, doch er hatte keine Ahnung, was man zu Magnus' Kaliber sagen sollte. *Enorm? Gigantisch?*

Bombastisch? Eines stand auf jeden Fall fest: Diese einäugige Anakonda würde niemals in mich passen! NEVER!

»Kommst du mit duschen?«

Um nicht peinlich irgendwas daher zu stottern, nickte er nur. Noch während er überlegte, wie er am besten seine Morgenlatte vor dem Alpha verstecken konnte, riss ihn der Mann unvorhergesehen in die Höhe. Reflexartig umschlang er Magnus' Hüften, um nicht auf den Boden zu krachen und wurde sofort von dessen heißer Zunge begrüßt. Seine Grübeleien lösten sich in Rauch auf, als ihn der Alpha ins Badezimmer trug. Die Latte aber blieb.

In der Dusche floss das Wasser warm zwischen ihre Münder, weiter hinunter zu ihren harten Erektionen, die sich aneinander rieben. Nikolay fühlte die kalten Fliesen an seinem Rücken, als ihn der Alpha kräftig dagegen drückte, sodass Magnus die Hände frei hatte, während Nikolays Hände im Nacken des Alphas lagen. Magnus hörte nicht auf, ihn gierig zu küssen, als er seine Hand zwischen sie legte und ihre beiden Schwänze fest umschloss. Die grauen Augen fixierten ihn, als er heftig keuchte und versuchte, seinen Orgasmus noch ein wenig zurückzuhalten.

Diese große Hand, die sich wie ein eiserner Schraubstock anfühlte und sie beide kräftig pumpte, war zu viel. Der stetige Druck und dass glitschige Gefühl des Duschgels, das Magnus als Gleitmittel diente, raubten ihm die Sinne.

Er sah den breitschultrigen Körper von Magnus, der über ihm aufragte. Magnus strotzte nur so vor Kraft, Dominanz und Macht – und doch war er niemals grob zu ihm, hatte nie etwas gemacht, das Nikolay nicht wollte, hatte ihn zu nichts gezwungen oder ihn als Omega ausgenutzt.

Er blickte in Magnus' Augen und schmolz dahin. Hingabe, Zuneigung und Verliebtheit glaubte er, in dem harten Gesicht zu sehen.

»Komm für mich, Welpe.« Der Schwall an Übermacht, die in Magnus' Stimme mit floss, bescherte ihm eine Gänsehaut. Nikolay keuchte und krallte sich in den Schultern aus Stahl fest, als sie gleichzeitig Erlösung fanden und ihren Saft auf sich verteilten.

Mit lustverhangenem Blick beugte sich der Alpha vor, um Sperma von Nikolays Schlüsselbein abzulecken, bevor es endgültig vom Wasser weggespült wurde. Die Zunge auf seiner Haut war elektrisierend.

Magnus knurrte zufrieden. »Du bist wie eine Droge, die süchtig macht.«

»Was hast du vorhin gesagt?«

Nikolay legte die Stirn kraus, als er mit wackeligen Beinen die Dusche verließ.

Magnus konnte es nicht lassen, Nikolays nasse Haare mit einem Handtuch trocken zu rubbeln, während er überlegte, was der Alpha meinte. »Ich … hab gesagt, dass ich dich liebe, als ich … na ja …«

»Als du gekommen bist«, sagte der Alpha mit einem fetten Grinsen. »Es macht mich so scharf, wenn du komplett weggetreten auf Russisch irgendwas sagst, ohne es zu merken.«

Mhh … Nikolay beunruhigte das eher, wenn sein Hirn so zusammenschrumpfte, dass er sich nur mehr in seiner Muttersprache artikulieren konnte. Der Alpha warf ihn ziemlich aus der Bahn, das stand schon mal fest. Magnus trocknete ihn einfach weiter ab, wie ein kleines Kind.

»Ya mogu …« *Hmpf! Schon wieder.* »Ich kann … mich selber abtrocknen.« Er ärgerte sich, über seine geringe Selbstbeherrschung und versuchte, Magnus davon abzuhalten, mit dem Handtuch tiefer über seinen Bauch zu fahren. Nur widerwillig gab der große Mann nach.

In der Küche bereiteten sie gemeinsam ihr Frühstück vor und machten es sich bequem. Die Eier, der Schinken … der Kaffee … bei diesem grandiosen Duft wurde Nikolay erst klar, welchen Hunger er hatte. Magnus ließ eine riesige Portion von all den Köstlichkeiten auf seinen Teller gleiten.

»Iss, du wirst die Kraft brauchen.«

Nikolay sackte etwas in sich zusammen. Er dachte an seine heutige Aufgabe und bekam Magenschmerzen. Automatisch ließ er die Gabel wieder sinken.

Magnus legte ihm eine seiner tellergroßen Hände auf die Wangen, die hellen grauen Augen musterten ihn. Die warme Pranke ließ Nikolays Haut darunter aufgeregt kribbeln. Der große Alpha musste nicht reden, Nikolay wusste, was er sagen wollte. *Egal was passiert, ich lass dich nicht alleine!*

Er war mit dem Frühstück fast fertig, als Nikolay den kräftigen Geruch von Bruce witterte. Er hatte wenig Lust, sich mit diesem Arschloch auseinanderzusetzen.

Allein bei dem Gedanken an die Eskalation von gestern bekam er Kopfschmerzen. Am Boden niedergedrückt, Bruce' schweres Gewicht auf seinen schmächtigen Körper, spürbare Zähne, die sich in sein Genick gruben … ein wachsender Ständer an seinem Steißbein, dazu dieses arrogante Getue – das alles ließ Nikolay innerlich wütend aufschreien.

Im Genick spürte er bereits den Bluterguss, den Bruce hinterlassen hatte. Nikolay wollte aufstehen, in sein Zimmer flüchten, als er Magnus' schwere Hand auf seiner Schulter spürte.

»Ich weiß, dass Bruce kommt, bleib bitte hier.«

Magnus sah ihn abwartend an. Erst als Nikolay resigniert nickte, gab sich der Rudelführer zufrieden und nahm die Hand fort. »Willst du mir sagen, was zwischen euch beiden vorgefallen ist?«

Nikolays Blick huschte durch die ganze Küche.

Die große Küchen-Spinne in einer Ecke schien ihn ebenfalls anzustarren. Er beneidete sie fast, konnte da oben still und heimlich in ihrem Netz hocken und alles beobachten.

»Schon gut, dann wird es mir Bruce berichten.« Magnus' Stimme war sachlich und leise, als ob ihn nichts aus der Ruhe bringen könnte. Bruce glitt beinahe geräuschlos in die Küche.

Die Anspannung des Vollstreckers erfüllte den ganzen Raum, hing schwer und drückend in der Luft.

Bruce kam zu ihnen zum Tisch und kniete sich aus heiterem Himmel vor Magnus auf den Boden, mit frei präsentierter Kehle. Die Augen hatte der Wächter dabei fest verschlossen, sein ausgeprägter Kehlkopf hüpfte hektisch.

Magnus beachtete ihn nicht weiter und aß in aller Ruhe seine letzten Bissen auf.

Die Zeit stand still, Sekunden wurden zu Minuten, Nikolay blickte starr auf seinen Teller, die Gabel dabei fest umklammert, brachte jedoch keinen Bissen mehr hinunter.

»Rede«, sagte Magnus knapp, aber so bestimmend und herrisch, dass Nikolay eine Gänsehaut bekam.

Bruce Adamsapfel zuckte verräterisch. »Mein Alpha, ich weiß, dass ich euch enttäuscht habe …«

»Erzähl mir, was passiert ist, mein Gefährte und Phil schweigen sich dazu aus.«

Dabei nippte Magnus seelenruhig von seiner Tasse Kaffee. Bruce wirkte etwas verdutzt, wahrscheinlich hatte er gerechnet, dass Nikolay seine Klappe nicht halten konnte, und alles petzte.

Falsch gedacht, Arschgesicht!

»Mein Alpha, ich habe deinen Gefährten beleidigt und körperlich überwältigt. Es tut mir …«

»Geht das auch genauer?«, unterbrach ihn Magnus erneut, dieses Mal schroffer.

»Ich habe deinen Gefährten wegen seiner Heilkräfte, die er uns verschwiegen hat, einen Egoisten genannt … der dich und deine Großzügigkeit nur ausnutzt. Als er aus dem Haus laufen wollte, habe ich ihn angefallen … und wollte ihn … unterwerfen.«

Nikolay beobachtete bei der Erklärung Magnus' Mimik. Sein Gesichtsausdruck wurde dunkler, eine Zornesader stach auf der Stirn hervor.

Nikolay konnte die angespannten Kiefer ausmachen und Magnus' Geruch wahrnehmen, der innerhalb von Sekunden intensiv nach purer Dominanz, Gefahr und Zorn roch. Blitzschnell packte der Alpha nach der entblößten Kehle seines ersten Wächters, riss ihn in die Höhe, um ihn gegen die nächste Wand zu donnern.

Bruce' Kopf knallte gegen die Mauer. Unterwürfig senkte der Vollstrecker seine Hände und ließ sich in den Würgegriff nehmen.

»SAG DAS NOCH MAL!«, knurrte Magnus Bruce an, dieser hatte bereits eine rote Gesichtsfarbe angenommen und keuchte schwer.

»Mein … mein Alpha es tut mir leid, ich habe die Kontrolle über mich verloren. Ich habe Nikolay … angefallen und … zu Boden gerissen. Mein Wolf übernahm die Kontrolle. Ich roch … nur noch den hochgradigen Duft … und dass er nicht … markiert ist. Ich konnte … nicht mehr klar denken.

Prat hat mich vor Schlimmerem bewahrt, mein Alpha … Bitte … verzeiht mir.« Bruce' Gesicht nahm langsam die Farbe einer Himbeere an.

»Du willst mir erklären, dass DU, MEIN ERSTER WÄCHTER, der mir ewige Treue geschworen hat, meinen Gefährten unterwerfen und somit für sich beanspruchen wollte? Nikolay, der nur MIR ALLEIN gehört?«

Nikolay bekam durch das Gesagte eine Gänsehaut, war überwältigt von Magnus' Reaktion. Es hörte sich so beängstigend, aber auch zugleich so fürsorglich an.

»Ja … mein Alpha.«

Magnus drückte weiter Bruce' Luftröhre ab und stieß wütend dessen Kopf immer wieder gegen die Wand.

»Magnus, hör auf! Er erstickt!«

Nikolay hatte langsam Mitleid mit dem Idioten. Er stand auf, um zu den beiden zu gelangen.

Sanft berührte er Magnus' Oberarm, der durch die Attacke auf Bruce hart und angespannt war.

»Das ist auch gut so! Er hat dich angegriffen, in dem Moment, als du schutzlos warst und ich nicht in der Nähe!

Ich werde ihm seine Eier abreißen und ihn zwingen, sie zu essen, sollte er einen falschen Mucks von sich geben!«

Bruce' Hautfarbe färbte sich von Dunkelrot auf blau.

»Magnus! Lass Bruce los und beruhige dich!«

Verzweifelt klammerte er sich mit beiden Händen an Magnus' Oberarm fest, um das Gesagte zu verdeutlichen. »Sofort!«

Magnus kämpfte mit sich und seinem dominanten Wolf. Der Alpha wollte Bruce wehtun, seine Augen waren todbringend auf den Vollstrecker gerichtet.

Erst nach einer gefühlten Ewigkeit löste Magnus seinen harten Griff von Bruce' Kehle.

Dieser sackte dabei nach Luft ringend auf dem Küchenboden zusammen. Der Blauton im Gesicht verschwand langsam. Magnus ignorierte Bruce' Keuchen und sah zu Nikolay hinunter.

»Er hat dir wehgetan, sowas kann ich nicht dulden.« Purer Schmerz war in Magnus' Blick zu deuten.

Nikolay versuchte zu deeskalieren. »Nein, Bruce hat mir nicht wehgetan, er hat … mich nur erschreckt, es ist nichts passiert.«

»Ja, weil Prat es verhindert hat! Was wäre gewesen, wenn niemand da gewesen wäre, der sich ihm in den Weg stellt?«

»Das ist unwichtig. Prat hat auf mich aufgepasst, als Bruce kurz nicht er selbst war. Du warst ja auch nicht Du selbst. Die Situation belastet uns aktuell alle. Es ist alles gut und ich … ich verzeihe Bruce.«

Boah … echt jetzt?

Nikolay war selbst verblüfft über seine Entscheidung, doch er ließ es sich nicht anmerken und sprach weiter.

»Und du verzeihst ihm auch. Er ist dein erster Wächter und dein Freund, der treu zu dir hält.

Er ist mit entblößter Kehle zu dir gekommen, um vor dir zu knien und um sich zu entschuldigen.

Bruce ist ein Alpha … Er ist stark und dominant genug, um ein eigenes Rudel zu führen … es muss ihn viel Kraft gekostet haben, sich zu entschuldigen.

Wahrscheinlich hat er auch deshalb kurz die Kontrolle verloren – sein dominanter Wolf ließ ihm keine Wahl – bei meinem Duft. Das ist doch genau das Unglück, das ein Omega über ein Rudel bringen kann. Der FLUCH DER OMEGAS.

Das Rudel spaltet sich. Jeder will Besitzansprüche stellen und den Omega unterwerfen. Mein falscher Geruch ist daran schuld. Ich …«

»An deinem Geruch ist rein gar nichts falsch«, unterbrach ihn Magnus mit sanfter Stimme.

Als ob alle Wut verraucht wäre. »Du bist für dein Alter viel zu klug und vernünftig.

Jeder andere hätte mir wahrscheinlich zugestimmt und mich in meinem Tun nur bestärkt. Du siehst alles mit anderen Augen.«

Magnus drehte sich zu dem am Boden hockenden Vollstrecker, der sich seine schmerzende Kehle rieb und seinen direkten Blick mied.

»Sei froh, dass ich so einen besonderen Gefährten habe, der dir einfach so verzeiht, weil er selbstlos und großherzig ist. Wenn es nach mir ginge, hättest du im besten Fall das Rudel verlassen müssen oder im schlechtesten Fall wärst du hier in meiner Küche verblutet wie ein abgeschlachtetes Schwein.«

Bruce nickte bedächtig. »Danke Magnus, danke Nikolay … ich danke euch von Herzen.«

Nikolay sah, wie sich Magnus innerlich einen Ruck gab und Bruce aufstehen half.

Der Wächter war noch wackelig auf den Beinen, aber er würde sich schnell wieder erholen, er war ein gesunder und kräftiger Wolfswandler.

»Mach dir einen Kaffee und setzt dich dann zu uns«, knurrte Magnus.

»Danke mein Alpha.« Bruce' Stimme troff vor Ehrfurcht. Der Wächter war sichtlich froh, so glimpflich davon gekommen zu sein. Er setzte sich ein paar Stühle weiter hin und starrte in seine Tasse.

Nach einer Weile sah Bruce in Nikolays Richtung und musterte ihn. »Wieso vergibst du mir?«

»Du hast dich entschuldigt«, nuschelte Nikolay unbehaglich und umklammerte dabei seine riesige Kaffeetasse, die er von Magnus geschenkt bekommen hatte.

Er sprach nicht oft mit Bruce, tat sich schwer mit der wabernden Dominanz und Arroganz, die der große Mann sonst immer ausstrahlte.

»Das kann nicht der einzige Grund sein«, bohrte Bruce weiter.

»Das ist eben meine Natur. Ich bin kein Kämpfer und ich ertrage keinen Streit oder Wut. Ich bin nicht so wie ihr.«

»Ja, das stimmt«, sagte Bruce bedächtig. »Du bist zehn Mal besser als wir alle. Danke Nikolay.«

Nikolay blickte verlegen in seine große Kaffeetasse. Bruce' Zugeständnis warf ihn aus der Bahn.

Magnus legte beruhigend eine Hand auf Nikolays Oberschenkel und drückte ein paar Mal zu. Magnus' liebevoller Blick ging Nikolay dabei durch Mark und Bein.

Wie konnte jemand ein paar Minuten zuvor fast einen Mord wegen mir begehen und im nächsten Moment so fürsorglich und zärtlich sein?

Magnus' Beschützerinstinkt war extrem heftig ausgeprägt. Der Alpha schien wie ein aufgestacheltes Raubtier, um Nikolays herumzuschleichen.

Beinahe wie eine beschützende Löwenmutter, die ihre Jungen auf keinen Fall aus den Augen ließ und alles und jeden als Feind betrachtete.

Vielleicht hatte das mit der fehlenden Markierung zu tun?

So musste Magnus noch mehr darauf achtgeben, sich als sein Alpha und sein wahrer Gefährte zu beweisen.

Nikolays fehlende Unterwerfung und das mangelnde devote Verhalten machten es dem Alpha nicht leichter.

Doch lieber würde sich der junge Omega in eine Höhle voller tollwütiger und hungriger Hyänen begeben, nackt, mit Schweineschmalz eingerieben, und einem Apfel im Mund, als seinen Hintern mit Magnus' *mega* Zuchtrute bekannt zu machen. Und da hatte er noch gar nicht an die langen spitzen Fangzähne gedacht, die sich gnadenlos in seine Halsbeuge graben würden … *Nein! Nein! Nein! Kommt gar nicht infrage. Ich bin doch nicht wahnsinnig.*

Als Prat, Adrian und Phil eintrafen, stieg die Spannung von einer Sekunde auf die andere deutlich in die Höhe. Nikolay kamen große Bedenken. Er hatte Angst vor ihren Reaktionen, wenn sie erfuhren, wie schwach und bemitleidenswert er war. Kein richtiger Wolfswandler hätte sich das gefallen lassen.

Alle hier anwesenden Männer hätten vermutlich gekämpft, wären entweder freigekommen oder im Kampf gestorben … Nicht so wie er …

Warum habe ich mich dazu überreden lassen, mein Martyrium anderen preiszugeben? Das war eine bescheuerte Idee! Ich werde mich nur bloßstellen!

Sie versammelten sich alle im Büro des Alphas. Nikolay saß zusammen mit Magnus und Phil auf dem Sofa, Prat und Adrian hatten die zwei Rollsessel in Beschlag genommen, während Bruce noch etwas vorsichtig, abseits gegen einen Aktenschrank gelehnt, dastand.

Sein Hals war deutlich geschwollen und rote Abdrücke von Magnus' großen Händen zeichneten sich darauf ab. Die Beine eng an seinen schmalen Körper gezogen, saß Nikolay trotzig da. Er konnte es nicht abstreiten, dass er nicht hier sein wollte.

Er beobachtete, wie Adrian seine mitgebrachte Aktentasche öffnete, darin herumwühlte und ein kleines Notebook einschaltete. Nikolay drehte sich rüber zu Magnus, dieser beobachtete ebenfalls das Treiben des Jaguars.

»M… Magnus?«, flüsterte er, jedoch war ihm klar, dass die anderen ihn ebenfalls hören konnten, doch er konzentrierte sich nur auf den Alpha.

Dieser sah besorgt zu ihm. »Magnus, könnt ihr nicht so tun, als ob ihr die Filme nie gesehen hättet?«

»Du schaffst das, Welpe, du bist nur nervös. Dir wird nichts passieren. Versprochen.« Der Alpha legte seine warme Hand beruhigend in sein Genick, ließ seinen Daumen kreisen. »Und dein süßer Blick, mit den großen Kulleraugen hilft dir da auch nicht weiter.«

»Kennst du nicht das Sprichwort SCHLAFENDE HUNDE SOLL MAN NICHT WECKEN!« Nikolay wollte seine bissige Tonlage gar nicht unterdrücken.

Er hörte von Phil ein leises Lachen, doch Nikolay war alles andere als zum Lachen zumute.

Adrian wandte sich zu ihm. Dieser Typ war unglaublich gut aussehend mit seinem hellgrauen Anzug, mit dem schwarzen Hemd und der gleichfarbigen Krawatte. Es musste lustig aussehen, wenn er mit Bruce unterwegs war. Adrian, die grazile, elegante Gazelle – Bruce, der grobschlächtige Ochse.

»Okay, Nikolay, ich spüre dein Unwohlsein, genau wie jeder andere im Raum. Ich appelliere an deine Vernunft, denn dein Entführer sucht vielleicht nach dir.

Es kann sein, dass er dich bereits ausfindig gemacht hat, und nur auf eine passende Gelegenheit wartet, um dich wieder in seine Gewalt zu bringen. Es besteht auch die Möglichkeit, dass er andere Omegas entführt hat. Deshalb bitte ich dich inständig, mich tatkräftig zu unterstützen.

Ich will deinen Entführer finden! Er muss aufgehalten werden und ich hoffe, dass mir das mit deiner Hilfe gelingt.

Aber dafür musst du ehrlich sein, nichts auslassen oder verschweigen, und wenn es noch so schwierig für dich ist. Kann ich mich da auf dich verlassen?«

Im Gegensatz zum Vortag war der Jaguar wortreich und wirkte fast schon besessen davon, seinen Peiniger aufzuspüren.

Nikolay holte tief Luft, nicht imstande, etwas zu sagen. Darum nickte er resigniert.

Er hörte von mehreren Seiten ein Aufatmen.

Adrian stützte sich mit den Ellbogen an den Knien ab, in einer Hand sein Notebook, und blickte Nikolay tief in die Augen.

»Nikolay, zuallererst möchte ich wissen, wo du gefangen gehalten worden bist.«

»Das weiß ich nicht.«

Boah, das fängt ja gut an, gleich die erste Frage kann ich schon nicht beantworten!

Adrian zog bei seiner Antwort die Stirn kraus. Er rollte mit seinem Sessel etwas näher zu Nikolay, was ihn automatisch ein Stück nach hinten in die Couch rutschen ließ. Der Typ war zwar gut aussehend, ihm aber noch lange nicht vertrauenswürdig.

»Kannst du die Region vielleicht eingrenzen? Hier, ich habe eine Karte zur Einsicht! Wir haben bereits herausgefunden, dass du vom Norden her zu uns gekommen bist. Du hast ein Katzenrudel und das benachbarte Wolfsrudel durchquert. Diese habe ich bereits rot eingekreist. Sieh es dir bitte an!«

Nikolay nahm mit zitternden Händen das Notebook entgegen und betrachtete die Karte. Magnus' und Prats Rudel waren grün markiert, weiter nördlich, wie Adrian bereits erwähnt hatte, waren die zwei Rudel rot eingekreist. Er studierte die Karte intensiv, doch es wollte sich nichts ergeben. Er könnte überall gewesen sein. Nichts fühlte sich vertraut an oder kam ihm bekannt vor.

»Es tut mir leid, aber ich weiß es wirklich nicht. Ich kann mich an so vieles nicht mehr erinnern.«

Adrian nahm ihm das Notebook wieder ab. Nikolay sah für einen kurzen Moment einen Funken Enttäuschung in den Augen des Jaguars, den dieser aber schnell wegblinzelte.

»Kein Problem! Wir kommen später auf deine Befreiung zurück. Also … nachdem du mir jetzt keine detaillierte Wegbeschreibung geben kannst, schlage ich vor, wir beginnen bei null.

Ich möchte von dir wissen, was du alles von deiner Entführung noch weißt. Wie ist es dazu gekommen? Was war das Letzte, was du gemacht hast, bevor du entführt worden bist?«

Nikolay verkroch sich wieder tief in der Couch, als versuche er, mit ihr zu verschmelzen. Er erzählte ihnen sein Erlebtes bei seiner Geschlechtsreife, als er als Wolf im Wald einem Hasen nachjagte und sich plötzlich sein Fell verfärbte. Sein Geruch penetrant süß wurde.

»Es ist sehr selten, dass Omegas bei ihrer Geschlechtsreife plötzlich weiß werden.

Es ist eine Laune der Natur, wenn so etwas passiert. Jedoch ist man dadurch nicht nur am Geruch, sondern auch äußerlich sofort als solcher erkennbar. Es ist ein gutes Omen für ein Rudel, einen weißen Omega zu besitzen.

Sie strahlen Reinheit und Großherzigkeit aus.« Adrian wandte sich an Magnus. »Du musst sehr stolz sein, Alpha Magnus.«

Nikolay spürte das tiefe, zustimmende Brummen in Magnus' Brust, als er Adrian zunickte.

»Und was ist dann passiert, Nikolay?«, fragte Adrian im ruhigen Ton weiter.

»Ich roch einen anderen Wolf, einen Alpha, unmittelbar in meiner Nähe. Mittlerweile bin ich mir aber nicht mehr sicher, ob es vielleicht auch ein starker Beta gewesen ist, das kann ich nicht mehr sagen. Ich habe nicht mit Bösem gerechnet, bin nicht vorsichtig genug gewesen. Plötzlich hat mich ein furchtbarer Drang überwältigt, mich auf den Rücken zu legen und mich zu unterwerfen. Als ich noch über dieses seltsame Verlangen nachgedacht habe, bin ich bereits k. o. geschlagen worden.«

»Hast du jemanden erkennen können?«

»Nein, es ist alles so schnell gegangen.«

»Was ist geschehen, als du wieder zu dir gekommen bist? Bist du dann schon bei deinem Peiniger gewesen?«

»Nein, zu dem bin ich erst später gekommen. Es hat da ausgesehen wie in einer Auffangstation. Ich bin unter Drogen gesetzt worden und habe die ganze Zeit geschlafen. Meine Augen sind die ganze Zeit verbunden gewesen. Ich habe angekettet auf einem schmalen Bett gelegen. Hatte ich mal wache Momente, hat jemand Fotos von mir gemacht.«

»Dieser jemand hat nach einem Käufer gesucht?«

»So ist es mir vorgekommen, aber zu diesem Zeitpunkt hatte ich keine Ahnung, was da abgehen würde. Ich hab die Anwesenheit eines anderen Mannes gespürt, eines fremden Wandlers.«

»Weiß du, wer das gewesen ist?«

»Nein, so einen Duft hab ich noch nie in der Nase gehabt. Er hat nach Sand gerochen und mich in einen Leichensack gesteckt. Bevor er ihn verschlossen hat, hat mir mein Entführer ein Foto entgegengeworfen.«

Tränen schwammen in Nikolays Augen, nur auf den nächsten Wimpernschlag wartend, um als dicke Tropfen auf seine angezogenen Knie zu fallen.

»Was ist das für ein Foto gewesen?«

»Von meiner Mat'.« Nikolays Stimme wurde brüchig, es war so schwer, daran erinnert zu werden.

»Was heißt …« wollte Phil zu Ende fragen, als Bruce das erste Mal etwas sagte.

»Mat' heißt Mutter auf Russisch.«

Nikolay konnte nur nicken, er war damit beschäftigt, seinen Tränenfluss zu stoppen.

Die Zeit dehnte sich wie ein endloses Gummiband, niemand sagte etwas. Nur Magnus' Hand strich beruhigend über seinen Nacken. Mit weniger Kraft als erhofft, redete er schließlich weiter.

»Auf dem Foto ist sie total entstellt gewesen, sie war zerfleischt worden. Ihre Arme und Beine haben im Gras verstreut herumgelegen. Ihr Bauch war aufgeschlitzt. Ihr Gesicht so schmerzverzerrt. Die toten Augen haben mich direkt angesehen. Der Entführer hat nur gelacht.«

»Kann es sein, dass es Hektor gewesen ist, der dich gefangen gehalten hat? Denn er selbst hat deine Mutter … getötet.« Bruce' Stimme klang nicht so harsch wie sonst.

»Nein, ich erinnere mich an Hektors Geruch. Der Entführer hat gesagt, er selbst habe Hektor den Tipp gegeben, Irina zu töten, weil sie mit einem Menschen zusammen gewesen war und wir die Absicht hatten, das Rudel wegen Todd endgültig zu verlassen.« Nikolay wischte sich die Tränen aus dem Gesicht, konnte jedoch ein Schluchzen nicht mehr unterdrücken. Er spürte Magnus' starke Arme um sich. Es war beruhigend und tröstend. Er war dankbar dafür.

»Vielleicht ist es einer von Hektors Anhängern gewesen. Die sind jedoch alle mit Hektor gestorben«, murmelte Magnus gedankenversunken.

»Du bist dann noch am selben Tag verkauft worden?«

»Ja.«

»Nur so aus reiner Neugierde, wie viel bist du damals deinem Peiniger wert gewesen?«, fragte Adrian gespannt.

»Vierundsiebzigtausend kanadische Dollar.«

Alle Anwesenden wirkten gleich schockiert.

»Wow. Das ist heftig. Was ist dann weiter geschehen?«

Nikolay musste überlegen, seine Sinne waren bis eben getrübt gewesen. »Der Leichensack ist verschlossen worden. Ich glaube, es ist ihnen darum gegangen, meinen Duft drin zu halten, um niemanden auf mich aufmerksam zu machen.«

»Da könntest du recht haben. Gerade in deinem Fall, dein Duft ist wirklich sehr extravagant.«

Nikolay erzählte von einem schlaksigen Kerl mit dem Sandgeruch, der ihn mitgenommen hatte wie einen Reisekoffer. Er war es auch, der ihn bei seinem Peiniger im Haus grob in den Keller gestoßen hatte.

Die Erzählung von seinem ersten Zusammentreffen mit diesem Monster blieb ihm erspart, immerhin hatten sie das Video dazu schon gesehen.

»Und der Käufer? Was ist er für ein Wandler gewesen und wie hat er ausgesehen?«

»Ich habe ihn nie in Tierform gesehen.«

»Das ist nicht meine Frage gewesen. Ich hab mir sagen lassen, dass du einen sehr ausgeprägten Geruchssinn hast. Was ist er für ein Wandler?«

Nikolay biss sich auf die Lippe, er wollte niemanden enttäuschen, er wollte alles richtig machen. Aber auch alles richtig für sich und seine karussellfahrenden Gefühle. In diesem Moment hätte er alles dafür gegeben, nach draußen rennen und in Wolfsgestalt herumtollen zu können, nur um dieses ganze Leid zu vergessen.

»Ich bin mir nicht ganz sicher. Er könnte ein Grizzlybär oder ein Eisbär sein.

Seiner Haarfarbe nach eher ein Eisbär, aber er ist ja auch schon älter, da könnte dies auch täuschen.«

»Eisbären und auch Grizzlybären sind nicht besonders nette Zeitgenossen. Sie sind furchtbar stark, aufbrausend und jähzornig. Typische Einzelgänger«, murmelte Phil vor sich hin.

»Das würde zu einem cholerischen Sadisten passen. Seinen Namen hat er mir nie gesagt, ich hab ihn immer Alpha nennen müssen.

Ich schätze ihn so auf Ende sechzig, Anfang siebzig vom Aussehen her. Er hat weiße Haare und einen gleichfarbigen Vollbart.

»Kannst du mir ein Beispiel nennen bezüglich seines Verhaltens?«

Nikolays Augen wurden groß. *Jetzt auch das noch!*

»Bitte, Nikolay. Ich will mich in ihn hineinversetzen. Sag mir einfach, was dir als Erstes einfällt, sozusagen eine Alltagssituation«, hakte der Jaguar nach, als er Nikolays Zögern sah.

Nur widerwillig dachte er darüber nach, welche Situation in eine Antwort hineinpasste. »Er hat mir wegen eines Versehens jedes einzelne Gelenk in meinen Fingern gebrochen. Dann hat er mich bewusstlos geschlagen und mich einfach liegen lassen. Ich hab tagelang im Dunkeln gehungert.«

»TAGE?«

»Er hat mich oft mit Wasser- und Essensentzug bestraft … ist das Beispiel genug?«, fragte er schnippischer als gewollt.

Ihm ging die Fragerei auf dir Nerven. Es drohten zu viele Erinnerungen wieder an die Oberfläche zu kommen. Erinnerungen, die er mühsam in den letzten Wochen verdrängt hatte.

»Was war das denn für ein VERSEHEN?« Adrian hatte vorhin keinen Spaß gemacht, er wollte wirklich alles wissen.

Nikolay murrte, bevor er antwortete. »Ich habe ihn gebissen, okay?«

»Gebissen? Warum das?«

Weil er ein widerlicher, ekelhafter Sadist war!!!

»Ich fühlte mich in die Ecke gedrängt. Ich konnte mich sonst nicht wehren.«

»Himmel, lass dir nicht alles aus der Nase ziehen, erklär es uns.« Die Katze begann zu fauchen.

Nikolay seufzte schwer. »Ich war noch nicht lange bei ihm, erst ein paar Wochen. Er wollte, dass ich ihm … einen blase. Der Alpha hat mich so angewidert, ich hab ihn im Reflex gebissen, als er mir mit seinem Teil zu nahe gekommen ist.«

Nikolay sah die schmerzverzerrten Gesichter. Schon klar, das war für keinen Kerl angenehm, aber dieses widerliche Subjekt hatte es gar nicht anders verdient.

»Es ist nicht so schlimm gewesen, wie es sich anhört. Er hat nicht einmal geblutet, nur einen Bluterguss hat er abgekriegt. Die Finger hat er mir trotzdem gebrochen und so dafür gesorgt, dass das kein zweites Mal passiert.« Beim bloßen Gedanken an den Mundspreizer spürte Nikolay wieder das höllische Brennen seiner Kiefer.

Der widerliche Alpha hatte sich ohne Eile, ohne Zurückhaltung an ihm austoben können. »Reicht das jetzt als Beispiel?«, fragte er an Adrian gewandt.

»Ja. Erzähl mir von deiner Unterkunft«, kam es wissbegierig von Adrian, der Nikolays wütende Traurigkeit einfach ignorierte.

»Ach, das kann man doch sicher alles auf den Videos erkennen. Es ist ein stinknormaler Keller gewesen!«, knurrte er und verdrehte die Augen.

»Hast du Zugang zu sanitären Anlagen gehabt?«

»Ja, in einer Ecke waren eine Toilette und ein Waschbecken.«

»Was ist noch in diesem Raum gewesen?«

Nikolay musste ein sarkastisches Lachen unterdrücken. »Ähm, eine Matratze.«

»Und weiter?«

Denkt der, dass ich da Stressless-Sessel, PlayStation und Stereoanlage hatte?

»Nichts weiter. In der Mitte des Raums lag eine dreckige, miefige Matratze auf den kalten Fliesen. Der Raum hat kein Fenster gehabt. Von der Decke hat eine nackte Glühbirne herabgehangen, die in unregelmäßigen Abständen eingeschaltet worden ist. Sonst hatte ich NICHTS.«

Nikolay kannte jede Fliese, jeden Sprung und Haarriss, jede Einkerbung in den Fugen beim Vornamen. Fast drei Jahre war der Keller sein Gefängnis gewesen. Er beschrieb Adrian die massive Stahltür, die jedes Mal aufs Neue mit einem anderen Code versehen war. Dazu die Kamera, die rund um die Uhr lief.

»Ist immer nur der Alpha zu dir gekommen?«

»Nein. Ich glaube, es sind Angestellte von ihm gewesen, sie haben ihr Gesicht immer hinter einer Maske verdeckt.

Sie haben nicht mit mir geredet, haben mir aber auch sonst nichts getan. Außer ich habe mich gegen sie gestellt oder die Stimme erhoben, dann haben sie sich mit Elektroschocker oder Schlagstöcke verteidigt. Das habe ich dann schnell wieder gelassen.«

»In welchen Abständen ist denn der Alpha zu dir gekommen?«

Der bloße Gedanke an die Besuche des Alphas ließ ihn ungewollt zusammenzucken. »Er ist sehr selten gekommen, eher sporadisch. Ich bin die meiste Zeit alleine gewesen.«

Ein stechender Schmerz breitete sich in seiner Brust aus, wenn er an damals dachte.

Die Einsamkeit, die ihn langsam erdrückte und verrückt gemacht hatte. Wenn er sich dabei ertappte, hatte, wie er Selbstgespräche führte, um die beängstigende Stille fortzujagen. Die Angst und die Panik, wenn der Alpha zu ihm in den Keller kam, und die verdammte Freude, für eine Zeit lang nicht alleine zu sein.

»Hast du einen Verdacht, warum er so selten zu dir gekommen ist?«

»Ich glaube, es ist nicht sein einziges Haus gewesen. Die Abstände haben mehr der Nutzung eines Ferienhauses geglichen.«

Es war für einen Moment still, als ob jeder spürte, was Adrian als Nächstes fragen wollte.

»Nikolay, der Alpha hat in dem ersten Video gemeint, dass dein Wert steigt, je länger du unberührt bist. Warum hat er es sich dann anders überlegt?«

»Er hatte vor, mich weiter zu verkaufen. Aber …«

»Aber?«

»Meine EIGENART hat sich das erste Mal gezeigt, als ich verzweifelt genug gewesen bin, den Alpha beruhigen zu wollen, nachdem ich ihn im Gesicht verletzt hatte.«

»EIGENART! Es ist viel mehr als das, Nikolay. Du hast deine FÄHIGKEIT entdeckt, eine HEILENDE GABE!«

Phil strahlte Nikolay mit echter Zuneigung an. »Kaum jemand besitzt überhaupt so etwas und du hast sogar so eine gewichtige und bedeutende Kraft. Das ist so erstaunlich und einfach nur wundervoll, Nikolay.«

»Für mich ist es mehr Fluch gewesen als Segen.«

»Warum? Was ist danach passiert? Im Grunde müsste er dich auf Händen getragen haben, bei solch einem außergewöhnlichen Talent.«

»Ihm ist die Tragweite meiner Kräfte erst bewusst geworden. Er hat sich bereits im Geld schwimmen sehen, hat meine Fähigkeit teuer anbieten wollen. Mich zu verkaufen, stand nicht mehr zur Debatte. Deshalb ist es auch nicht mehr wichtig gewesen, ob ich … na ja …«

»Ob du unberührt bist«, führte Bruce seinen Satz zu Ende.

»Wann hat er mit dem Missbrauch begonnen?«

Er zuckte mit den Schultern, es machte ihn krank, über all das nachdenken zu müssen. »Etwa vor einem Jahr.«

»Bist du nicht jünger gewesen, als du deine Fähigkeiten entdeckt hast?«

»Warum ist das wichtig?«

»Warum hätte er warten sollen? Ich habe das Gefühl, du willst dich in ein paar Einzelheiten ausschweigen.«

Oh Mann! Gespür hat der Mistkerl, das muss ich der Miezekatze lassen.

Nikolay fuhr sich nachdenklich durch die Haare, die ihm immer wieder ins Gesicht fielen. »Er ist krank. Ich glaube, er hat ein Prostataleiden oder ein Peniskarzinom.« Bei dieser Aussage spürte Nikolay, wie alle hellhörig wurden.

»Sprich bitte weiter«, sagte Adrian schnell.

»Er ist nur in den seltensten Fällen hart geworden, dafür ist er ein geborener Folterknecht gewesen. Er hat mir unglaubliche Schmerzen zufügen können, ohne dabei sichtbar bleibende Schäden anzurichten.

Er hat es genossen, mich zu demütigen. Hat mich immer so weit getrieben, ihn anzuflehen. Er liebte das Weinen, die Schreie, das Betteln. Mir die Luft zu nehmen.

Dabei hat er mich immer überlegen angesehen, hat schief gegrinst und es genossen, mir zuzusehen, wenn ich das Bewusstsein verloren habe.«

»Dann ist das mit der Badewanne nur die Spitze des Eisberges gewesen«, erkannte Phil, dem der Schock im Gesicht abzulesen war, so blass, wie er war, und die Augen weit aufgerissen.

»Ja.«

»Noch mal zurück zu deiner Vermutung, dass der Alpha krank sei. Warum denkst du, dass er Krebs hat?«

»Er hat oft ewig gebraucht, um zu kommen. Oft hatte er es einfach sein lassen und wütend abgebrochen.«

»Na ja, er könnte aber auch einfach Probleme mit der Potenz haben. Du hast gemeint, dass er schon betagter ausgesehen hat. Im Alter kommt das manchmal vor.«

»Sein Sperma war mit Blut vermischt, es hat nach faulen Eiern gerochen. Der Alpha hat mich zwingen wollen, ihn zu heilen, doch es ist nichts passiert. Er hat mich angeschrien und mich verprügelt, weil er geglaubt hat, dass ich ihn nicht heilen WILL. Das hat auch gestimmt. Ich hab Angst gehabt, dass er mich dann noch mehr quälen würde.«

»Phil? Sie sind Arzt, was meinen Sie dazu?«, fragte Adrian hoffnungsvoll.

»Nur an Hand der Beschreibung und ohne genaue Untersuchung fällt es mir schwer, eine Diagnose zu stellen, aber Nikolays Verdacht, dass es die Prostata sein könnte, könnte zutreffen. Vielleicht hat er sogar fortgeschrittenen Prostatakrebs.«

Adrian nickte dankend in Phils Richtung, wandte sich dann augenblicklich wieder an Nikolay. »Was geschah dann, als du ihn nicht geheilt hast?«

»Er hat mir einige seiner Angestellten gebracht, die kleine Wehwehchen gehabt haben, beziehungsweise die sich nach seinem Befehl selbst mit einem Messer verletzt haben.«

»Und, hast du sie heilen können?«

»Ich habe es wirklich versucht, aber es hat sich nichts getan. Ich habe keine Hitze gespürt, kein Kribbeln. Erst als er das kleine Mädchen gebracht hat, hat es wieder funktioniert.

Danach ist er fuchsteufelswild gewesen. Er hat nicht eingesehen, warum es bei seiner Nichte geklappt hat und bei ihm selbst nicht. Er hat dann angefangen, mich noch mehr zu hassen, und hat diese ganzen Dinge mit mir getan, um mich zu bestrafen, trotz der Einschränkung seiner Manneskraft.«

Adrian legte die Stirn in Falten. »Ich habe zwei Filme, wo er dich vergewaltigt. Das Video mit der Wanne hat keine besonderen Auffälligkeiten gezeigt, was sein Stehvermögen betrifft.«

»Ich war selber dabei, und ich kann dir sagen, dass das sadistische Schwein nicht mal zum Abschuss gekommen ist, geschweige denn imstande gewesen ist, hart genug zu bleiben. Lasst mich raten, in den Filmen seht ihr bestimmt nie irgendwelche detaillierten Aufnahmen, oder?« Nikolay sah, wie alle Blicke tauschten.

»Nein, meistens nur dich von vorne. Der Alpha ist dabei von dir verdeckt, interessant. Richtig.« Adrian rieb sich geistesabwesend sein Kinn. »Aber warum das ganze Getue mit den Videos?«

»Reine Angeberei, zumindest in den Kreisen, in denen er sich bewegt hatte.«

»Was sind das für Kreise gewesen?«

Nikolay fuhr sich zittrig durch die schwarzen Haare, entließ dabei seine tauben Beine aus der Zwangsstellung und stellte sie überkreuzt am Boden ab.

Das gibts nicht. Was der noch alles wissen will!

»Er hat immer nur von den ANDEREN gesprochen. Es ist mir vorgekommen wie eine Community auf einer sozialen Plattform.«

»Also wie Facebook und solche Sachen?«

»Ja, wo man sich miteinander verbindet, Gemeinsamkeiten teilt, Fotos und Videos runterlädt und sich miteinander austauscht.«

»Was glaubst du, wie viele Videos er mit dir gemacht hat?«

»Keine Ahnung. Er hatte mir oft irgendeinen Drogencocktail gespritzt. Daraufhin hatte ich Wahnvorstellungen und ziemliche Gedächtnislücken.

Die Videodrehs haben meistens damit geendet, dass ich nach Stunden heulend am Boden gelegen habe, meist in totaler Finsternis, mit seiner stinkenden Wichse in den Haaren und drauf wartete, dass ich das Bewusstsein verlor.« Nikolay musste kurz innehalten, die Erinnerungen rasten wie eine Lawine auf ihn zu, die drohte, ihn darunter zu begraben.

KAPITEL 24

Magnus

Nikolays Erzählungen setzten ihm wie befürchtet ziemlich zu. Er musste sich schwer zusammenreißen, um sich nicht vor allen zu übergeben.

Die Berichte aus der Gefangenschaft und vor allem von den Videodrehs waren so schrecklich für Magnus, dass sein Frühstück am liebsten wieder retour kommen wollte. Hart schluckte er und hörte Nikolays Erzählungen weiter zu.

»Er ist schnell aufbrausend geworden und zornig. In angetrunkenem Zustand ist er erst recht nicht hart geworden. Er hat mir eine Menge verschiedener Drogen gegeben.

An manche Besuche hab ich mich gar nicht erinnern können. Ohne die Schmerzen hätte ich oft gar nicht gewusst, dass er bei mir gewesen ist.«

Langes Schweigen. Nikolay schloss gequält die Augen und wünschte sich wahrscheinlich weit weg von hier. Magnus konnte das gut verstehen.

Trotzdem war er dankbar, dass Nikolay endlich den Mund aufmachte und über seinen wahr gewordenen Albtraum sprach, auch wenn es noch so mühsam war.

»Was ist geschehen, als du das Silberhalsband bekommen hast?«

Nikolay räusperte sich, er sah wütend zu Adrian, als würde er ihn am liebsten in Stücke reisen.

»Er ist betrunken gewesen, hat furchtbar nach Schnaps gestunken. Er hat mich an dem Tag das … erste Mal …« Nikolay sprach nicht weiter, Tränen rannen über sein Gesicht.

Magnus grub seine Hand in Nikolays Haare, um ihn zu bestärken, weiterzusprechen, und um ihn zu trösten. Doch noch zwei Anläufe waren nötig.

»Er … er … hat das erste Mal … Sex mit mir gehabt. Er war brutal, hat mich dabei immer wieder geschlagen und gewürgt. Ich hab mehrmals das Bewusstsein verloren. Er ist wieder schlaff geworden und hat es nicht zu Ende bringen können. Er war so verdammt wütend, ich hab gedacht, er bringt mich um … ich habe es mir sogar gewünscht.

Geschlagen hat er mich und sogar angepinkelt. Dann hat er mich einfach so liegen lassen und ist weggegangen. Als ich langsam alle Sinne wieder bei mir gehabt habe und realisiert habe, was passiert ist, hab ich nicht mehr gekonnt.

Ich bin so schwach und verzweifelt gewesen, jeder Lebensmut war verschwunden. Ich hab an meine Mutter gedacht, hab nur noch zu ihr gewollt.« Nikolay schluchzte auf und wischte sich schnell die Tränen aus dem Gesicht.

Magnus' Hand war noch immer in Nikolays Haaren, was ihm etwas Halt gab, hoffte er zumindest.

»Ich hab mich teilgewandelt und mir mit den Reißzähnen die Pulsadern aufgebissen.«

Nikolay strich geistesabwesend über das stark vernarbte Handgelenk, sein Blick hing in endloser Leere.

Adrian kam mit seinem Bürosessel näher. »Darf ich mal sehen?«

Nikolay hielt Adrian seine zittrige Hand hin. Sein Handgelenk war so schmal, dem Jaguar fiel es leicht, es mit einer Hand völlig zu umschließen. Die Narben waren rot und dick, von der gesunden Haut abgehoben und stark ausgefranst.

»Sieht ziemlich schmerzhaft aus.«

»Das ist es auch gewesen.«

»Hat dich der Alpha gerettet?«

Knapp nickte Nikolay dem Katzenwesen zu.

Magnus knurrte, woraufhin der Jaguar die Hände von Nikolay nahm.

Die Berührung war lang genug für meinen Geschmack!

»Zur Strafe«, sprach Nikolay weiter, »hab ich das Halsband bekommen, das es mir unmöglich gemacht hat, mich zu verwandeln.

Er hat mir gedroht, mir alle Zähne zu ziehen, sollte ich es in Menschengestalt noch mal versuchen. Ich bin immer schwächer geworden, die fleischlose Kost hat mir von Anfang an schwer zugesetzt, aber ab diesem Zeitpunkt hab ich extrem viel Gewicht verloren. Ich bin so mutlos geworden.«

»Er hat dich gebrochen.« Bruce' Stimme klang rau wie Schleifpapier. Adrian nickte zustimmend. »Und diese Tatsache hat er ausnutzen wollen.«

Magnus' Frühstück wollte noch immer nicht wirklich Ruhe geben und sehnte sich nach dem Tageslicht. Er hätte heute Morgen besser auf 4 der 10 Eier verzichten sollen ... Grüblerisch beobachtete er Adrian, der wiederum gespannt auf seinen Gefährten blickte.

Adrian fuhr wieder in dieser neutralen ruhigen Stimme fort, die Magnus zugleich bewunderte, aber auch verabscheute. Es hörte sich so an, als ließe ihn das Gesagte kalt. Nur seine gute Nase roch ebenfalls die Anspannung des Jaguars.

»Was hat sich verändert oder was ist passiert, dass du wieder leben wolltest? Ich meine, du hättest auch aufhören können zu essen oder zu trinken. Andere würden längst tot sein. Und auch ohne Zähne hättest du es als Mensch irgendwie schaffen können, die Pulsadern erneut zu öffnen. Du bist hier nicht in deinem Heimatland, sozusagen fremd. Dein Vater, dein Großvater, deine Mutter, alle waren tot.

Tief in dir hast du gewusst, dass niemand nach dir sucht und dich vermisst. Niemand ist mehr da gewesen, abgesehen von diesen zwielichtigen Musik-Typen aus der Stadt. Du musst gewusst haben, dass sie als Menschen keine Möglichkeiten gehabt hätten, dich aus diesen Wandlerkreisen zu befreien. Was ist der Grund für deinen Lebenswillen?«

»Ich habe mich weiter verändert, nicht körperlich. Mein Wolf hatte die Zügel in die Hand genommen und mich geführt. Er ist stärker geworden, hat mich von innen beruhigt und ermutigt, weiterzumachen.«

Magnus legte fürsorglich eine Hand auf Nikolays Wange und sie sahen sich tief in die Augen. Nikolays schwarze Augen waren weit geöffnet, der vergangene Schrecken stand direkt in ihnen und wollte raus, egal, wie weh das tat.

Magnus verstand es. Er strich mit dem Daumen sanft über die glatte Haut seines Gesichts und versuchte, so viel Liebe und Fürsorge in seinen Blick zu legen wie nur irgend möglich. Sein Gefährte war so stark.

»Ich hab wieder mehr Lebenswillen gezeigt, der Alpha hat es sich dann zur Aufgabe gemacht, ihn mir wieder auszutreiben. Als ich ihm das letzte Mal widersprochen habe, hat er mir damit gedroht, mir die Zunge abzuschneiden. Er hat mich gefoltert, mir das Piercing gestochen, als ihm wieder klar geworden ist, dass ich eine potenzielle Geldquelle für ihn war.

Ich hätte bei einer Zungenamputation verbluten oder an einer Infektion sterben können. Er hat mich so sehr gequält und gleichzeitig hat er sich nicht mehr getraut, die Grenzen zu übertreten.«

»Wie ist es weitergegangen?«, fragte der Jaguar nach, als Nikolay verstummt war und auch blieb.

»Nikolay?«, versuchte Phil sein Glück. »Als ich dich versorgt habe, als du bewusstlos gewesen bist, habe ich das Piercing auch gesehen. Es ist noch nicht verheilt gewesen, höchstens ein paar Wochen alt. Was ist in dieser kurzen Zeit passiert?«

Nikolay schnaufte teenagertypisch, das theatralische Augenrollen fehlte noch.

»Nicht viel eigentlich, nach dem Stechen des Piercings hat er mich einige Tage in Ruhe gelassen. Als er dann wiedergekommen ist, ist er anders gewesen, hektischer als sonst. Nervös.

Aber ich wusste nicht warum. Sein Gewand und seine Schuhe waren völlig durchnässt. Er war wütend, das konnte ich riechen. Mit der Kamera in der Hand ist er zu mir gekommen und hat mir ins Gesicht geschlagen. Er hat meine Hände mit Handschellen gefesselt und sie vor der Matratze am Boden verankert. Den Schlüssel für die Fesseln hat er wie immer an seiner Halskette getragen. Er hat mich auf die Matratze gezerrt und mir die Hose ausgezogen. Dann hat er die Kamera eingeschaltet und … na ja … angefangen.«

Nikolays kurze Pause ließ Magnus' Einbildungskraft schier unendlich grausame Bilder entwickeln. Doch es benötigte keiner blühenden Fantasie, die Realität war grausam genug.

»Kurz zuvor hatte er mir so fest in die Seite geschlagen, dass eine Rippe knackste.

Als er sich auf mich draufgelegt hat, wäre ich beinahe wegen seines schweren Gewichts erstickt, doch nach kurzer Zeit ist es dunkel geworden, das Licht war aus, der Keller fensterlos. Man sah die Hand vor Augen nicht. Nach wenigen Sekunden ist das Licht wieder angegangen. Der Alpha ist von mir runtergestiegen.«

»Habt ihr einen Stromausfall gehabt, einen Notstromgenerator, der das Licht wieder hat leuchten lassen?«, fragte Bruce fieberhaft.

Es war eindeutig das kurze Video, das nur zwei Minuten lang war, da waren sie sich im Stillen einig.

»Ich denke schon. Der Alpha hat wie angewurzelt mitten im Raum gestanden und hat versucht, etwas zu hören. Keine Ahnung. Plötzlich ist eine Fontäne Wasser aus dem Kanaldeckel geschossen, der im Boden eingelassen gewesen ist. Der Alpha hat darübergestanden und ist durch die Kraft des Wassers vom Boden gehoben worden. Er ist nach hinten geflogen und mit dem Hinterkopf gegen die Fliesen geknallt, dann hat er das Bewusstsein verloren. Das Wasser ist mit solcher Wucht aus dem Kanal rausgeschossen, dass der kleine Raum schnell überflutet gewesen ist. Ich hab Panik bekommen, schließlich bin ich noch immer am Boden gefesselt gewesen, während das Wasser immer höher gestiegen ist.«

Magnus bemerkte, wie Nikolays Hände unkontrolliert zuckten und er unregelmäßig atmete. Die Angst von damals hatte ihn wieder fest im Griff.

»Willst du eine Pause machen?« Ohne zu zögern, und das Murren Adrians ignorierend, nahm er Nikolays zittrige Hand und stand zusammen mit ihm auf.

»Holt euch einen Kaffee, ich geh mit Nikolay raus an die frische Luft.«

Schnell drückte er seinen Jungen an seine Seite und marschierte mit ihm nach draußen auf die Veranda. Es war eisig kalt, es schneite und ein stürmischer Wind ließ Nikolays Haare wild umherfliegen. Seine Wangen waren gerötet, doch er merkte, wie gut ihm die kalte Luft tat.

Mit beiden Händen umklammerte der Omega den Verandazaun so fest, dass seine Fingergelenke weiß hervortraten. Er atmete tief und versuchte, sich selbst zu beruhigen und gegen seine neu aufkommende Panikattacke zu kämpfen. Magnus umschlang ihn von hinten, ohne ihn zu erdrücken, und küsste liebevoll seinen Nacken, dort, wo Bruce' Zahnabdrücke langsam als Bluterguss sichtbar wurden.

Magnus schluckte seinen Zorn über seinen Freund runter und konzentrierte sich auf den Welpen. »Ich bin so stolz auf dich.«

Nikolay wurde nach ein paar Minuten ruhiger und löste seinen festen Griff von der Veranda. »Gehts wieder?« Ein zaghaftes Nicken war zu sehen. »Ich liebe dich, Nikolay, vergiss das nicht.«

Sie gingen zurück ins Büro und nahmen den heißen Kaffee von Phil und Prat entgegen. Als sie sich setzten, lag eine greifbare Spannung in der Luft.

Nikolay musste sich ein paarmal räuspern, trank langsam seinen Kaffee und sprach mit brüchiger Stimme und mit deutlichem Akzent weiter.

»Das … das Wasser ist immer … höher … gestiegen. Ich hab gedacht, ich würde dort unten … sterben. Der Strom ist wieder ausgefallen und totale Finsternis hat mich umgeben. Ich hab so laut geschrien und gehofft, dass die Angestellten meine Schreie hören, doch niemand ist gekommen, und plötzlich hab ich ein lautes Geräusch gehört, ein Klicken.«

»Was für ein Klicken?« Prats Nerven waren genauso zum Zerreißen gespannt wie Magnus'.

»Die Tür … das Verriegelungsprogramm hat sich ausgeschaltet und die Tür geöffnet. Wohl auch eine Folge des Wassers. Ich hab die steile Stiege gesehen, wo ein Notlicht gebrannt hat. Meine erste wirkliche Chance, von dort wegzukommen, und ich war am Boden gefesselt! Mich hat eine solche Wut gepackt. Ich hab wie wild an den Fesseln gezerrt, bis ich Blut gerochen habe, das sich sofort im Wasser verdünnt hat. Ich brauchte eine freie Hand, um den bewusstlosen Alpha, der im Wasser trieb, zu erreichen. Mir waren nur mehr wenige Minuten geblieben, um zu handeln. Ich hab mir selbst die Hand mit den verkrüppelten Fingern gebrochen und mich durch die Handschelle gezwängt. Danach hab ich es geschafft, den Alpha zu erreichen und mir die Kette zu greifen. Das Wasser ist so eiskalt gewesen, gemischt mit Dreck und Schlamm. Ich musste tauchen, um die Fesseln von der anderen Hand lösen zu können. Vor lauter Panik ist mir der Schlüssel mehrmals runtergefallen, doch als ich endlich frei gewesen bin, bin ich rüber zu der Treppe geschwommen. Völlig außer Atem hab ich mich an die Wand gelehnt. Dort hing eine Sporttasche mit alten Klamotten darin. Ich bin mit der Tasche die Stufen hochgerannt und hab mir die Sachen übergezogen.«

»Wo bist du gewesen? Ist dir etwas Besonderes aufgefallen?«, fragte Adrian verbissen.

»Mir ist in diesem Moment rein gar nichts aufgefallen. Ich hatte einen Tunnelblick.

Ich habe eine Außentür gefunden und sie aufgerissen. Danach bin ich über ein paar Stufen ins Freie gesprintet. Ein furchtbares Gewitter tobte, es war kalt und mitten in der Nacht.

Doch ich fühlte mich wie in einem Drogenrausch. Die gebrochene Rippe war vergessen und ich bin gelaufen, so lange und schnell ich konnte. Ich hab nicht gewusst, wo ich hingelaufen bin, einfach nur weg von diesem Ort und diesem sadistischen Schwein.«

Magnus war noch nie in seinem Leben so angespannt gewesen wie gerade eben.

Nikolay atmete einmal tief ein und aus, ehe er weitersprach.

»Das Gewitter hat getobt. Ich bin in wenigen Sekunden klatschnass gewesen, das Wasser ist nicht mehr in den Boden gesickert und hat Bäche und riesige Pfützen gebildet. Es hat gedonnert und geblitzt, der Sturm ist genau über mir gewesen. Meine Lungen haben gebrannt und das ungewohnte Laufen ist mir schwergefallen, aber ich hab nicht gewagt, stehen zu bleiben. Doch dann hat mich etwas im Rücken getroffen und ich bin in das knöchelhohe Wasser gestürzt. Jemand hat mich an den Haaren gepackt. Ich hab sofort gewusst, wer das gewesen ist.«

»Der Alpha.« Adrians Stimme war rau, wie Schleifpapier.

Nikolay nickte beklommen.

»Er hat mich zu sich gedreht, wie ein Wilder geschrien. Nackt ist er gewesen und Blut in seinen Haaren. Ich weiß nicht mehr, was er genau gesagt hat, nur wie von Sinnen er war. Er wollte mich töten. Der Alpha hat mich an den Oberarmen gepackt und mich hochgerissen, bis ich vor ihm gestanden habe. Niemals zuvor hab ich eine solche Angst verspürt wie in diesem Moment.«

Magnus biss die Kiefer fest aufeinander. Viel zu oft hatte er in der Vergangenheit Nikolay so angepackt, jedes verfickte Mal, wenn er weglaufen wollte.

Hätte er damals bereits gewusst, dass … Er zwang sich, die Gedanken abzuschütteln. Die Vergangenheit konnte er nicht mehr ändern, die Gegenwart schon. Er lauschte Nikolays Erzählungen weiter.

»Der Alpha hat sich zum Teil gewandelt. Ich hab seine Klauen gespürt, die mir die Haut abgeschürft haben, hab gesehen, wie sein Kopf zu einer großen Schnauze mit spitzen Zähnen geworden ist. Er wollte sich auf meine Kehle stürzen, als …«

»… als was?«

Der Bursche schien zu überlegen. »Als ein Blitz eingeschlagen hat, direkt in den Alpha.«

»Ein Blitz? Ihr seid vom Blitz getroffen worden?!« Adrian wollte es noch einmal aus Nikolays Mund hören.

»Ja, genau. Ich bin wegkatapultiert worden. Total benommen bin ich aufgestanden und hab gesehen, dass sich der Alpha nicht mehr gerührt hat. Ich hab nicht gewusst, wie viel Zeit vergangen war, aber der Sturm hat noch über uns getobt.

Ich bin gelaufen, so schnell mich meine Füße tragen konnten. Ich wollte so weit wie möglich weg von dort. Ich hab nicht gewusst, ob er tot oder nur schwer verletzt ist. In meiner Panik hab ich nicht daran gedacht, ihn mir anzusehen. Keine zehn Pferde hätten mich mehr in die Nähe dieses Sadisten gebracht.«

Mein Gott! Nikolays Erlebtes ist filmreif. Kaum zu glauben, was mein Gefährte alles durchstehen musste.

»Hast du von dem Blitzeinschlag den Trommelfellriss gekriegt?«, warf Phil ein, der mit großen Augen wie gebannt auf Nikolay starrte.

Ein zaghaftes Nicken war seine Antwort. »Vermutlich.«

»Wo bist du hingelaufen, Nikolay?«, wollte Adrian wissen.

»Ich weiß es nicht genau. Ich bin die ganze Nacht gelaufen, der Regen hat nicht aufgehört. Ich bin gelaufen oder geschwommen, dabei immer durch kaltes Wasser. Als es heller geworden ist, hab ich in einem Wasser das Bewusstsein verloren. Die Strömung hat mich weitergetrieben. Ich bin völlig orientierungslos gewesen. Der Alpha hatte mich vorher etwa drei Tage lang hungern lassen, dann der lange Lauf und die gebrochene Hand, und die Rippen haben mir auch schwer zugesetzt.

Ich bin so lange gelaufen, bis ich bewusstlos geworden bin, jedes Mal aufs Neue, einfach nur weg von dort. Das ist alles gewesen, was ich wollte.«

»Nikolay, hast du Angst gehabt, dass wir dich dem Alpha wieder aushändigen? Wolltest du deshalb nichts von deiner Vergangenheit preisgeben?«, fragte Prat mit ruhiger Stimme.

Nikolay erwiderte nichts, dafür sprach sein Blick Bände. Es war lange still.

Magnus sah in die fassungslosen Gesichter der anderen und erkannte, dass alle geplättet waren. Er selbst ebenso.

Nikolay sah von allen Anwesenden gerade am wenigsten mitgenommen aus. Er wirkte abgeklärt, irgendwie erleichtert.

Bruce räusperte sich und sprach nach langen Minuten Nikolay als Erster wieder an. »Wieso hast du dich nicht selbst geheilt?«

Magnus bemerkte, dass Bruce die Sache mit Nikolays Heilkräften am meisten beschäftigte. Warum das so war, konnte er nur erahnen, doch das gehörte hier nicht her.

»Weil ich das nicht kann.« Aus Nikolays Ton konnte man deutlich heraushören, dass ihm aus welchem Grund auch immer seine Gabe unangenehm war.

»Bei deiner Flucht hast du dich durch einige Rudel durchgeschlichen. Warum hast du bei keinem um Asyl gebeten?«, fragte Bruce weiter, während sich Adrian fleißig Notizen machte.

»Klingt ziemlich einfach, wenn du das so sagst.

Aber du vergisst gerade eine simple, jedoch ausschlaggebende Kleinigkeit. Ich bin ein NICHT MARKIERTER OMEGA. Ich hab nicht gewusst, was sie mit mir gemacht hätten.

Ich bringe durch meinen Geruch Wandler dazu, sich wie hirntote Zombies aufzuführen, weil ich sie mit meinem Duft aufstachle. Kommt DIR sicher bekannt vor?« Traurig grinste ihn Nikolay an.

»Touché«, presste Bruce mit zusammengebissenem Kiefer hervor.

»Ich hab Panik gehabt und bin dehydriert gewesen. Ich wollte in die Stadt unter Menschen, vielleicht in ein Krankenhaus. Todd und die Jungs sind mir auch in den Sinn gekommen, nur hab ich Angst gehabt, dass sie mich vielleicht nicht sehen wollten.

Da Irina tot ist, hab ich nicht gewusst, wie sie auf mich reagieren würden.

Gestaltwandler sind für mich ein rotes Tuch. Mein Peiniger hatte jahrelang Zeit gehabt, meine Furcht vor Wandlern zu schüren und zu pushen.

Ich hab gedacht, jeder würde einen Omega auf diese Weise behandeln. Und ich bin auch nicht eines Besseren belehrt worden, als euer dritter Wächter mich in Empfang genommen hat!«, knurrte Nikolay die letzten Worte und funkelte Bruce auffordernd an, der resigniert schnaubte.

»Doppelt touché.«

Adrian kam zum Ende seiner Befragung und kritzelte weitere Notizen aufs Papier. Der Jaguarwandler und Bruce wollten sich die nächsten Tage intensiv zusammensetzen, um weiter zu recherchieren.

Adrian bat Magnus noch um ein kurzes Vieraugengespräch.

»Alpha Magnus, ich würde raten, dass Sie, solange wir dieses Schwein nicht geschnappt haben, Nikolay nicht aus den Augen lassen.

Allein schon wegen seiner Gabe wäre er am Schwarzmarkt einen Haufen Geld wert. Ich würde es ebenfalls nicht im Rudel bekannt werden lassen, man weiß nie, ob nicht ein schwarzes Schaf dabei ist.«

Magnus nickte bedächtig. »Danke, Adrian. Ich hoffe, ich werde bald über neue Erkenntnisse informiert.«

»Das hoffe ich ebenso.«

Als er alle aus dem Haus geworfen hatte, war er wieder mit seinem kleinen Omega allein.

Nikolays Offenbarung seiner fast dreijährigen Gefangenschaft machte Magnus schwer zu schaffen.

Er versuchte jedoch, sich nichts anmerken zu lassen, und schlug Nikolay vor, gemeinsam in ihrer Wolfsgestalt laufen zu gehen. Nikolay wartete bereits ungeduldig als Wolf auf Magnus, der gerade die Hose auszog.

»Nicht so schnell, irgendwer muss ja auch die Tür wieder zu machen, oder willst du, dass es hier wie in einem Vogelkäfig zieht, wenn wir wieder zurückkommen?«

Magnus bewunderte Nikolays schönes Fell. Als er auf ihn zuging, konnte er es sich nicht nehmen lassen, einmal durch das samtig weiche Fell zu streicheln.

Er ist eine Augenweide.

Sie liefen nebeneinander her, Magnus konnte seine Gedanken schweifen lassen. Er verstand endlich Nikolays Scheu gegenüber anderen Gestaltwandlern und seine Furcht, mit Magnus intim zu werden. Er konnte es nachvollziehen, warum Nikolay mit seiner eigenen Rolle als Omega solche Probleme hatte. Niemand sollte für etwas leiden, das schon bei der Geburt vorbestimmt ist.

Magnus versuchte, seinen eigenen Wolf zurückzuhalten, wenn es um die herbeigesehnte Unterwerfung ging. Ihm war klar, dass Nikolay stark mit sich kämpfte, um seine wahren Attribute, die in ihm tief verankert waren, zu unterdrücken. Ein Bellen riss ihn aus seinen Gedanken.

Der Omega blieb stehen und forderte Magnus heraus, ihn zu fangen. Magnus wusste zuerst nicht, was er wollte, bis er die Anspielung mit dem gesenkten Kopf und den Vorderpfoten, sowie den in die Höhe gestreckten Hintern verstand.

Ach, ich wüsste da auch ein anderes Spiel.

Diese verspielte Art war noch neu für den Alpha. Der Welpe hatte viel nachzuholen. Magnus würde keinen Moment zögern, Nikolay dabei zu unterstützen.

Zurück zu Hause waren beide komplett aus der Puste, doch angenehm zufrieden. Sie duschten zu zweit.

Magnus fand es hinreißend, wie schüchtern Nikolay wurde, sobald nackte Haut im Spiel war. Verstohlen hatte er Magnus' schaumbedeckten Körper gemustert, während er sich selbst einseifte.

Es war ein schöner Moment. Ohne Gier, sondern mit anfänglicher Vertrautheit.

Als Magnus wenige Minuten nach Nikolay ins Schlafzimmer stapfte, schlief sein Gefährte bereits tief und fest, obwohl es erst später Nachmittag war. Sanft drückte er dem Burschen einen liebevollen Kuss ins feuchte Haar und wünschte ihm angenehme Träume.

Nikolay schlief geschlagene fünfzehn Stunden durch. Er musste völlig erledigt gewesen sein von seinem Geständnis.

Erst um acht Uhr morgens erkannte man ein deutliches Lebenszeichen des Kleinen. Und wenn er »Kleinen« dachte, dann meinte er Nikolays großen »Kleinen«, denn dieser zeichnete sich überdeutlich unter der dunkelroten Retro-Shorts ab.

Nikolay hatte angefangen, sich im Bett herumzuwälzen, wobei die kuschelige Decke zur Seite rutschte und den betörenden Jungen freigab. Der schwarzhaarige Russe lag auf dem Rücken und Magnus prägte sich jede Stelle seines Körpers ein. Nikolay hatte rote Abdrücke auf der Haut, da, wo das Laken Falten geschlagen hatte. Eine Kissenfalte zierte seine rechte Wange.

Er sieht einfach zum Anbeißen aus.

Magnus wusste nicht recht, wie er sein unaufhaltsames Sabbern wieder einstellen konnte. Er hatte fast freien Blick auf den verführerischen jungen Körper.

So rein und makellos!

In ein paar Monaten kam er bestimmt auf ein normales Gewicht, sonst wollte er an Nikolay nichts ändern. Sein schöner roter Schmollmund, seine schwarzen, vollen Wimpern, die endlos lang erschienen und Schatten unter den Augen warfen. Sein ebenmäßiges Gesicht, umrahmt von rabenschwarzem Haar, ließ ihn puppenhaft wirken. Die schlanken, sehnigen Muskeln, die an den Oberarmen und Unterarmen zu bewundern waren.

Auch die Beine wirkten bereits kräftiger als zu Beginn. Seine Brustwarzen, so schön klein und dunkelrosa.

Sie schrien förmlich danach, geleckt und gebissen zu werden. Nikolay war ein russisches Prachtexemplar eines Omegas.

Magnus setzte sich näher zu dem Burschen, um sanft die Kissenfalten nachzuziehen, die den schlafenden Omega zierten. Ein ungewollter Schauer lief durch Magnus hindurch, immer wieder aufs Neue überrascht, wie warm und weich die Haut seines Gefährten war.

Er setzte seine Erkundung des fragilen Körpers fort, er hatte solche Sehnsucht nach diesem heißen Leib. Sein eigener innerer Wolf war seit dem gestrigen Lauf im Wald sehr aufgewühlt und wollte endlich Anspruch auf Nikolay erheben, ihn unter sich haben, ihn unterwerfen und beugen.

Magnus ärgerte sich über sich selbst. Er war wie ein kleines Kind, das nicht bekam, was es wollte, und deshalb an nichts anderes denken konnte.

Er musste weiterhin Geduld haben, schließlich war er mit Nikolay schon weit gekommen. Sein Gefährte vertraute ihm, hatte gestern alles erzählt, was er Schlimmes erlebt hatte. Magnus musste weiter zuversichtlich sein, kleine Schritte … aber sein Verlangen war groß, in etwa in der Größe seines Schwanzes, der rasant anschwoll und versuchte, den Stoff seine Shorts zu sprengen.

Nikolay rekelte sich etwas im Bett und atmete entspannt aus. Magnus' Hand streichelte einen seiner Nippel, der sich freudig eng zusammenzog. Langsam öffnete der Bursche die Augen und blinzelte. *Und dann dieser verdammt sexy Schlafzimmerblick!*

Nikolay kam zu sich und fuhr sich durch sein Haar. »G… Guten

Morgen …«, kam es schlaftrunken von seinem Gefährten, der nicht wirklich realisierte, warum Magnus so aufgekratzt schien.

Nikolays Blick wanderte von seinen eigenen Boxershorts hin zu Magnus' praller Hose. Dem Kleinen schoss eine Röte in die Wangen, dem anderen Kleinen woandershin. Magnus' Herz schlug schneller.

»Selber guten Morgen. Gib mir einen Kuss.« Zum Zeitschinden war er einfach zu geil.

Der Alpha legte so viel Leidenschaft in den Kuss, dass Nikolay ein leises Stöhnen von sich gab, das Magnus bestärkte, seine Fingernägel erneut über seine verhärteten Brustwarzen zu fahren, was ein tiefes Stöhnen zwischen zwei Küssen zur Folge hatte.

Magnus löste sich von den süchtig machenden Lippen und wanderte Richtung Süden.

Er zog ihm die Shorts aus und drängte sich zwischen Nikolays Beine. Er wollte alles sehen. Träge umfasste er Nikolays Harten. Die prall gefüllten Eier des Schwarzschopfes waren eng am Körper gespannt und das verboten kleine Loch zuckte heiß bei Magnus' intensiven Massage. Magnus lief das Wasser im Mund zusammen.

Nikolay hatte den Kopf zurückgeworfen, lag mit verschlossenen Augen in den vielen Kissen und versuchte, sich irgendwo festzukrallen.

Magnus schlürfte seinen Schwanz gierig ein. Er genoss die samtene Haut und die Härte, die darunter lag, in vollen Zügen. Mit etwas Spucke massierte er gleichzeitig Nikolays Damm. Beinahe zufällig streichelte er die enge Rosette, als er den Schwanz bis zur Wurzel schluckte. Mit einem gutturalen Schrei kam der Bursche in Magnus' Mund.

Der Alpha schluckte alles, was ihm sein Gefährte gab, leckte ihn sauber und spürte, wie Nikolays Körper erschlaffte. Er war eine Augenweide, wie er so dalag.

Magnus trug das Fliegengewicht ins Bad, drehte das Wasser in der Dusche auf und stieg mit Nikolay gemeinsam unter den warmen Strahl. Magnus' Schwanz war hart wie Stahl. Er musste sich Erleichterung verschaffen, sonst würde er ihm abfallen. Schnell stellte er Nikolay auf seine eigenen Beine, um sich selbst zu erlösen, doch Nikolay hielt ihn davon ab. Der Omega legte seine Hände in Magnus'.

»Nikolay, wenn ich nicht auf der Stelle komme, wird mir mein Schwanz wegen Blutstau absterben!«

Nikolay zog ihn zu sich nach unten und küsste ihn sinnlich. Betreten stand Magnus da. Er liebte es umso mehr, wenn der Omega die Initiative ergriff, sein innerer Wolf wurde dabei ganz ruhig und selig.

Als sich Nikolay von Magnus' Lippen löste, wollte er ihn noch mal über die Dringlichkeit seines akuten Schwanzzustandes informieren, jedoch hatte er nicht erwartet, dass Nikolay weiter nach unten wanderte und mit Zunge, Lippen und Zähnen seinen Oberkörper quälte. Sein Schwanz zuckte und etliche Perlen der Lust tropften von der Spitze. Nikolay arbeitete sich weiter.

Fuck, der Bursche kniet sich hin!

Mit riesigen Augen starrte Nikolay auf den tropfenden, stark geäderten Riemen.

»N… Nikolay, du musst nicht …«, doch er kam nicht weiter. Magnus dachte, er würde träumen.

Nein, er wird doch nicht? Doch er tut es!

Sein Schwanz verschwand so schnell in Nikolays Kehle, dass er es kaum realisieren konnte. Erst als er spürte, wie Nikolay seinen Schwanz immer weiter in den Rachen schob, wurde ihm klar, dass das kein irrwitziger Traum war. Er rutschte tief in Nikolays Kehle und wurde von allen Seiten beinahe schmerzhaft stimuliert.

Fuck! Der Russe hat das Blasen echt gut drauf! Aber was heißt hier blasen? Das war Deepthroating der höchsten Stufe!

Nikolays Nasenspitze drängte sich in Magnus' gestutztes Schamhaar. Zögerlich sah der Omega zu ihm hoch, als suche er nach Bestätigung. *Na, was denn sonst?*

Magnus' Hirnfunktionen waren auf ein Minimum beschränkt. »Oh Gott! Nikolay! Ahh! Bitte hör nicht auf! Das … das ist so … gut!«

Nikolay ließ Magnus' Hände los und suchte Halt an den strammen Oberschenkeln, Magnus verspürte nur die scheue Berührung der zittrigen Hände auf der Haut.

Er stützte sich vor ihm an den Fliesen ab. Vor lauter Geilheit und Verwunderung konnte er seinem Gleichgewichtssinn nicht mehr trauen. Nikolay nahm einen intensiven Rhythmus auf. Magnus war zu sehr mit atmen und zusehen beschäftigt, um darüber nachzudenken, warum der Junge so gut wie keinen Würgereiz besaß und er das so genial beherrschte.

Er konnte nur mehr stoßweise atmen. Sein Hirn hatte sich endgültig ins Nirwana verabschiedet, er fühlte nur noch Nikolays tanzende Zunge und enge heiße Kehle. Er bewegte sich in demselben Tempo wie der Bursche und kam ihm entgegen. Nikolay schien das nicht zu stören.

Riesige schwarze Augen blickten hoch zu ihm, umrandet von langen Wimpern mit schweren Wassertropfen, geschwollene Lippen und gespannte Kiefer, die seinen Schwanz fast zu zerquetschen drohten. Er wusste nicht, ob er im Himmel oder in der Hölle war. Seine Empfindungen waren überreizt und überempfindlich, alles gebündelt in seinem Schwanz, der unaufhaltsam von Nikolay verschlungen wurde.

Magnus konnte sich nicht länger zusammenreißen. Er spürte bereits das Ziehen in seinen Eiern. Mit drei letzten Stößen spritzte er tief in Nikolays Kehle ab. Nikolay vergrub sich dabei in seine Scham, ließ seinen Saft die Kehle runterlaufen. Als sein Orgasmus abgeklungen war, zog Magnus Nikolay von seinem abschwellenden, empfindlichen Glied herunter, ließ sich selbst auf die Knie sinken und eroberte Nikolays Mund.

Er schmeckte sich selbst auf Nikolays Zunge. Nikolay keuchte, während das Wasser auf sie herabprasselte. Er ließ das Geschehene kurz Revue passieren, musste dabei unweigerlich an seine eigene Forschheit denken.

»Hab … habe ich dir wehgetan?«, fragte er außer Atem.

»Nein.« Nikolays Stimme klang verlegen.

»Ich bin noch nie so intensiv gekommen. Das war einfach Wahnsinn!«

Die meisten Sexpartner waren wegen Magnus' Größe immer sehr vorsichtig, von Deepthroating immer weit entfernt gewesen, aus Angst, zu kotzen oder sich zu verletzten. Es war Magnus auch nie wichtig gewesen. Er war sowieso derjenige, der am liebsten fickte, aber wäre mal eine schöne Abwechslung gewesen.

Doch das hier übertraf einfach alles, was er sich vorgestellt hatte.

Magnus streckte seinen Arm nach oben, um das Wasser abzustellen, danach erhob er sich gemeinsam mit seinem Gefährten und stieg mit ihm aus der großen Dusche.

Abgetrocknet kam auch in sein kleines Naturtalent wieder Leben und zog sich Shorts und Jogginghose an. Danach reichte Nikolay ihm eine frische Shorts und spähte noch mal verstohlen auf Magnus' Schwanz, biss sich dabei auf die Unterlippe.

»Hör auf damit!«, rutschte es Magnus raus, wobei Nikolay erschrocken zusammenzuckte.

»Weißt du eigentlich, wie geil du aussiehst, wenn du dir auf die Lippe beißt? Das ist PURER SEX in deinem Gesicht, ich werde bloß DAVON schon hart … also, wenn du nicht einen Kieferkrampf riskieren möchtest – für Runde zwei – würde ich vorschlagen, du hörst sofort auf damit, denn ich kann sonst für nichts garantieren!«, knurrte Magnus halbstreng, während er sich die gereichte Shorts überstreifte.

»Pff … Na ja, du weißt doch, dass ich auch kurzen Prozess machen kann, mit deinem besten Stück.« Provokant ließ der Bursche einmal seine Zähne laut aufeinanderschlagen.

Magnus starrte perplex in das Gesicht seines Gefährten.

Dessen Miene war neben den beeindruckenden russischen Zügen emotionslos. Alles war still, Sekunden vergingen wie Minuten, erst nach einer gefühlten Ewigkeit grinste Nikolay spitzbübisch, beinahe teuflisch und malträtierte nochmals und diesmal besonders langsam seine geschwollenen Lippen.

Magnus ließ seine Nackenwirbel laut knacken und sah mit einem ebenso teuflischen Blick runter auf seinen Gefährten.

»Na warte!«

Nikolay erkannte, was er da für ein Feuer entfachte. Er machte kehrt, Richtung Ausgang und rannte durchs Haus.

Magnus war ihm dicht auf den Fersen. »Du kannst was erleben, wenn ich dich erwische, du kleiner Satansbraten!«

Nikolay war flink und schnell. In der Küche dachte Magnus, dass er ihn in der Falle hatte, doch der Frechdachs sprang einfach über die Kochinsel drüber und rannte weiter ins große Wohnzimmer. Doch Nikolay rechnete nicht damit, dass Magnus durch die zweite Tür ins Wohnzimmer gelangte. Magnus bekam ihn zu packen und warf ihn sich mit Schwung über die Schulter.

Nikolay schrie kurz vor Schreck auf und lachte danach aus vollem Herzen. Magnus klopfte Nikolay neckisch auf seinen knackigen Hintern und schimpfte gespielt streng. »Entschuldige dich!«

Nikolay lachte noch lauter, er baumelte wie ein halb voller Sack Mehl an Magnus herunter. »Niemals!«

»Na warte!«

Er war mit ein paar schnellen Schritten bei der großen Couch und warf ihn schwungvoll darauf. Nikolay blieb kurz die Luft weg, musste dann jedoch wieder lauthals lachen. Es war das erste Mal, dass Magnus ihn so erlebte. Die Stimme, so melodisch und schön, sein Gesicht strahlte, kleine Grübchen waren auf seinen Wangen zu erkennen.

Die weißen Zähne und das Piercing blitzten hervor. Es wirkte wie ein wahr gewordener Traum, als Nikolay die Arme über den Kopf legte und den Kopf zur Seite neigte, um seinen empfindlichen Hals zu entblößen. Magnus' halb nackter Körper war dicht über ihn gebeugt. Sein Wolf erkannte sofort die Situation. Nikolay unterwarf sich, die demütige Haltung war unverkennbar. Im dunstigen Schleier der puren Lust und Dominanz legte er sich über Nikolay. Sofort stand sein Schwanz wie eine Eins, sein Wolf trieb ihn an, sich in ihm zu versenken, ihn innen und außen zu markieren, ihm sein Mal in den Hals beißen … sein Blut kosten, ihn unterwerfen, sein …

Nikolays erschrockener Blick ließ Magnus entsetzt innehalten. Das bedrohliche Knurren des Alphas hatte Nikolay zurückweichen lassen.

Verdammt! Verdammt! Verdammt! Warum nur? Ich bin so blöd!

Der Schleier der Geilheit und der Nicht-Beherrschung war verschwunden, er hatte sich wieder unter Kontrolle.

»Tut mir leid, Bursche! Das wollte ich nicht. Es ist nur kurz mit … mit mir durchgegangen.«

Er sah, wie Nikolay der Schreck aus dem Gesicht wich und er ihm zunickte. »War … glaube ich irgendwie meine … Schuld. Mein … Wolf wollte sich …«

Magnus blickte Nikolay zuversichtlich an. »Ja, mein Wolf auch. Aber ich und mein Wolf werden so lange warten, bis du als Mensch dazu bereit bist, Nikolay. Keine Sorge, es ist okay so.«

»Mein Wolf will es ja, sogar mehr als alles andere … doch ich …«, flüsterte Nikolay und wirkte in dem Moment wieder so zerbrechlich, dass sich Magnus' Beschützerinstinkt in den Vordergrund schob und er ihn auf seinen Schoß zog.

»Du brauchst Zeit und die bekommst du auch.

Ich werde dich zu nichts zwingen, mein Schatz. Ich liebe dich. Vergiss das nicht. Das vorhin in der Dusche war der absolute Hammer, aber du musst nichts tun, was du nicht willst, oder noch nicht willst. Ich werde dir deswegen nie böse sein. Versprochen.« Magnus sah während seiner kleinen Rede die ganze Zeit in Nikolays Augen, die immer größer und glasiger wurden und sich sein Kiefer anspannte.

Als er zu Ende sprach, drückte ihm Nikolay einen Kuss auf die Lippen. »Danke, mein Alpha.« Die Anrede »mein Alpha« war Balsam für Magnus' Seele.

So angenehm und schön die Stimmung im Haus auch war, musste sich Magnus jedoch aufraffen, seiner Arbeit nachzugehen. Die Rudelangelegenheiten wurden wegen seiner Libido nicht weniger.

Währenddessen hatte Nikolay bei seiner dritten Tasse Kaffee bereits über eine Stunde mit Todd telefoniert. Hin und wieder hörte er ein Kichern oder ein Auflachen, dann wieder ein lautes Schnaufen, wenn Todd vermutlich irgendeinen kranken Mist erzählte.

Nikolay war mit seinen achtzehn Jahren vermutlich erwachsener als Todd und die Jungs zusammen. Jedoch war ihre Freundschaft wahrscheinlich genau deswegen so eng. Gegensätze zogen sich für gewöhnlich an.

Magnus musste zugeben, dass er sich eigentlich einen anderen Freundes- und Familienkreis für seinen kleinen Omega wünschte. Diese Kerle waren, gelinde gesagt, sehr gewöhnungsbedürftig. Aber solange Nikolay glücklich war, würde er sich hüten, etwas in der Richtung zu sagen.

Nikolay hatte Magnus erzählt, dass Todd für ihn einst wie ein Vater war, zwar ein etwas seltsamer, aber er hatte ihn immer beschützt und nur das Beste für ihn gewollt. Das rechnete Magnus diesem Todd hoch an und solange die Typen nichts Illegales am Start hatten und clean blieben, hatte er keinen Grund, sie zu töten.

Magnus war bereits auf sein Rudel gespannt, wenn sie Nikolay das erste Mal als seinen Gefährten sehen konnten. Bei der letzten Rudelversammlung hatte Amon, der Älteste, verkündet, seinen zweihundertsten Geburtstag mit dem gesamten Rudel zu feiern. Vielleicht wäre das ein guter Zeitpunkt. Die Feier würde in ein paar Wochen stattfinden.

Davor musste er mit dem Omega noch einige Dinge besprechen, die unweigerlich auf sie zukamen, wenn er das Rudel näher kennenlernen sollte. Seine Fähigkeit war eines dieser Dinge. Seit seinem Verhör mit Adrian wurde es auch nicht mehr angesprochen. Nikolay hatte sichtlich ein Problem mit seiner Kraft.

Am Nachmittag war Magnus fast fertig mit seinen Unterlagen, als sein Handy klingelte. Es war Bruce' Nummer. Schnell hob er ab.

»Was gibts, Bruce?«

»Ich wollte dir nur mitteilen, dass Adrian eine Spur hat. Nikolays Beschreibung von seinem Peiniger passt zu einem Verdächtigen.«

»Wer ist es?«, fragte Magnus ungeduldig.

»Er ist nur verdächtig, es ist noch nicht hundertprozentig sicher, dass er es wirklich ist.«

»Bruce, ich vergesse mich gleich! Rede, verdammte Scheiße noch mal!«

»Er ist ein Eisbär-Wandler und heißt Clayton Johnson. Alter und Statur passen, und er hat mehrere Häuser in den USA, aber ein Haus steht auf Nunavut.«

»Das ist doch hoch im Norden Kanadas. Ein Territorium mit vielen arktischen Inseln. Bruce, das ist zu weit weg von unserem Rudel.«

»Dort hat es aber vor etwa zwei Monaten heftige Gewitter, Hochwasser und Überschwemmungen gegeben. Viele Häuser wurden überflutet, Rohrbrüche und umgekippte Tanks kamen dazu und manche Häuser wurden sogar weggespült. Es würde zu Nikolays Beschreibungen passen. Es ist auch die einzige Gegend in dieser Zeit mit diesen Wetterereignissen.«

»Wie soll er denn von dort hierhergekommen sein?«

»Er hat doch gesagt, dass er ständig im Wasser gelaufen beziehungsweise geschwommen ist; und als er bewusstlos geworden ist, könnte er von den Wassermassen sehr weit getrieben worden sein. Wenn wir richtigliegen, gleicht es fast einem Wunder, dass er das überlebt hat in seiner schlechten Verfassung. Abgesehen davon, dass er ertrinken oder erfrieren hätte können, hätte er ebenso von Braunbären, Wölfen oder Eisbären getötet werden können.« Es war kurz still in der Leitung,

Magnus war wie versteinert. »Woher habt ihr die Informationen?«

»Adrian hat einen Bekannten, er ist ein Grizzly-Wandler. Dieser lebt ebenfalls dort oben, ist ein Einzelgänger. Er hat mit dem Eisbären mehrere Meinungsverschiedenheiten über ihre Jagdgebiete gehabt.

Clayton ist ein ziemlich erfolgreicher Immobilienmakler, hat anscheinend viel Geld gescheffelt die letzten Jahre. Er ist aber ruhiger, weil er krank geworden ist.

Der Grizzly hat ihn beobachtet, wie er vor einigen Wochen ziellos und wutentbrannt im Wald und in der Umgebung nach irgendetwas gesucht hat. Seit einer Woche hat er ihn nicht mehr gesehen.

Claytons Keller steht wegen eines Rohrbruchs von den Stürmen unter Wasser. Es ist nun unbewohnt. Magnus, das könnte er wirklich sein. Es würde alles zu Nikolays Geschichte passen. Grizzly Curt meldet sich, wenn er den Eisbären wieder zu Gesicht bekommt.« Ein Klopfen an seiner Bürotür ließ Magnus kurz aufblicken.

Nikolay stand im Türrahmen. »Magnus?«

Magnus hob die Hand, Nikolay verstummte. Das Gespräch mit Bruce war zu wichtig. Aus den Augenwinkeln sah er, wie Nikolay ging. Er würde ihn später fragen, was er wollte.

»Wie geht es nun weiter?«

»Adrian streckt nun alle Fühler aus. Das Cougar-Rudel hat sogar seine Hilfe angeboten, Magnus.«

»Was? Das Katzenrudel?«

»Der Alpha Carlos ist mit Adrian befreundet, ihm geht die Geschichte von Nikolay ziemlich nahe, in ihrem Rudel werden ebenfalls zwei Omegas vermisst.« *Interessant!*

»Könnte es sein, dass er mehrere Gefangene hat?«

»Das ist nicht auszuschließen. Auf jeden Fall wird Carlos' Rudel die Grenzen streng bewachen und Ausschau halten, ob ein Eisbär oder ein anderer Wandler das Gebiet passieren möchte. Wir haben von ihnen Rückendeckung.«

Das war bemerkenswert. Das Katzenrudel war bis jetzt nie gut auf sie zu sprechen. Die Katzen wollten sich nicht mit Wölfen mischen. Darum war es umso schöner, dass sie nun zusammenarbeiteten.

»Bruce, melde dich, sobald du was Neues weißt.«

»Geht klar, Alpha.« Er beendete das Telefonat und legte seinen Kopf in den Nacken. Sie hatten eine Spur. Jetzt mussten sie diesen Mistkerl nur noch schnappen.

Er bemühte sich, seine Fassung zu wahren, und machte sich auf die

Suche nach dem Omega. Als er ihn in keinem der Räume fand, wurde er nervös. Laut rief er seinen Namen, drehte sich dabei im Kreis. Er schluckte den schweren Kloß runter und bemühte sich, einen leichten Anflug von Panik zu unterdrücken.

Schnell stieß er die Haustür auf und überblickte von der Veranda sein Grundstück. Die Panik verrauchte, als er endlich den Burschen erblickte, der unter einem großen Baum im Schnee hockte.

Magnus hatte nur eine Jeans und ein T-Shirt an, doch er ging, ohne darauf zu achten, zielstrebig zu seinem Gefährten. Bei ihm angekommen, drückte er seine Hand fest auf Nikolays Schulter.

»Nikolay? Was machst du hier draußen, verdammt? Du sollst doch nicht alleine losziehen. Was wenn …« Magnus stockte, als er sah, warum der Omega so einfach auf jede Sicherheit pfiff. Nikolay hielt einen großen, leblosen Vogel in den Händen. *Ein Rabe!* »Wo hast du den denn hergezaubert?«, murrte er.

Nikolay streichelte geistesabwesend über das weiche Gefieder des Vogels. »Ich habe ihn schreien hören, er hat da oben auf dem Baum gehockt, sein Flügel hat kraftlos von seinem Körper gehangen. Er ist mir direkt vor meine Füße geflogen.«

»Aha.« Magnus wusste nicht so recht, was er davon halten sollte. Ihr Gespür für Tiere war besser als von Menschen. Doch ihr Wolfsduft machte Tieren oft Angst. Außerdem waren sie Raubtiere und sahen kleine Tiere mehr als Beute an. Der Vogel lag leblos in Nikolays Schoß, wurde behutsam gestreichelt. »Willst du … probieren ihn zu heilen?«

Nikolay sah entrüstet zu Magnus hoch. »Was?«

»Na, du willst ihm doch helfen, das sehe ich dir an.«

Nikolay sagte lange Zeit nichts, er schluckte ein paarmal und sah dann wieder traurig zu dem Vogel hinunter.

»Ich weiß nicht, wie ich das anstellen soll.«

»Versuchen kannst du es, du hast nichts zu verlieren.« Leise setzte er noch dazu. »Und wenn es nicht klappt, dann gibt es heute Abend Brathähnchen zum Essen.«

»Magnus! Wir werden ihn nicht essen!«, kam es entrüstet von dem Omega.

»He, wer hat gestern die Chickenwings abgenagt, als wäre es seine Henkersmahlzeit? Du oder ich?«

Nikolay blies entrüstet die Backen auf.

»Komm, nimm das Federvieh mit rein, ich frier mir hier sonst gleich was ab. Und darum wäre es vermutlich schade!«

KAPITEL 25

Nikolay

Sie eilten ins warme Haus zurück, und dort ins Badezimmer, wo Magnus den Vogel auf den warmen Fliesen ablegte. Er hockte sich dicht vor den Raben und musterte ihn.

»Soll ich dich allein mit ihm lassen?«

»Nein, bitte bleib hier.« Nikolays Lippen zitterten.

Als ob Magnus sein Unwohlsein spürte, setzte er sich ganz dicht hinter ihn und zog ihn fest an sich. »Wovor hast du solche Angst?«

»Ich weiß nicht genau, ich will niemanden enttäuschen, DICH will ich nicht enttäuschen.«

Ich bin so eine Memme! Magnus wird mich sicher gleich auslachen.

Doch anders als befürchtet, spürte er dessen Lippen in seinem Nacken, die ihn zärtlich küssten.

»Niemand ist enttäuscht von dir, und ich am allerwenigsten. Ich liebe und bewundere dich, Nikolay, egal, ob du deine Gabe beherrschst oder nicht. Versuch es einfach.«

Er drückte einen letzten Kuss auf seine Haut und verhielt sich hinter ihm ruhig.

Nikolay atmete einmal tief durch und bemühte sich um Konzentration. Er spürte Magnus' Blick über seiner linken Schulter. Seltsamerweise beruhigte ihn die Anwesenheit.

Er streichelte den armen Raben und überlegte, was er tun sollte. Er dachte zurück an den Sturz, der Rabe war auf den Kopf gefallen, deshalb legte er eine Hand darauf und begann, intensiv darüberzustreichen. Nach einigen Minuten wollte er schon enttäuscht aufgeben, als er ein Kribbeln in seinen Fingern wahrnahm, als wären Ameisen unter seiner Haut. Das

Kribbeln wurde intensiver, Wärme legte sich über den Kopf des Raben, wie damals bei dem kleinen Kind. Plötzlich machte der Rabe die Augen auf. Nikolay nahm schnell die Hand weg.

Magnus hinter ihm zog hörbar die Luft ein. »Nikolay, du hast es geschafft!«

»Das kann bloß ein Zufall sein, dass er aufgewacht ist.«

Wie gebannt starrten beide auf den Vogel, der sie ebenfalls neugierig beäugte. Er war aufgestanden, am Boden hing noch immer sein Flügel, den er hinter sich her schleifte. Instinktiv griff Nikolay langsam nach vorne, um den Raben an seiner Hand riechen zu lassen.

»Nikolay, pass auf! Diese Viecher können einem ein Stück Fleisch heraushacken!« Er hörte deutlich die Sorge aus Magnus' Stimme und spürte, wie der Alpha seinen Arm fester um ihn schlang.

Der Rabe legte seinen Kopf zur Seite und begutachtete die angebotene Hand. Dann passierte das Verblüffende. Der Rabe stellte sich mit seinen kräftigen Krallen auf seine Handfläche. Erstaunt über diesen Vertrauensbeweis, blieb Nikolay kurz die Luft weg.

»Wow!«, hörte er von Magnus hinter sich.

Nikolay zog die Hand näher zu sich heran, der Vogel schien keine Angst zu haben. Zaghaft nahm Nikolay seine vor Aufregung zitternden Finger und legte diese vorsichtig auf den gebrochenen Flügel. Der Rabe ließ es über sich ergehen, obwohl er bei der ersten Berührung kurz aufschrie. Langsam und bedacht strich Nikolay immer wieder über den Flügel, bis das Kribbeln wieder einsetzte. Der Rabe stieß ein paar Krächzer aus und fing langsam an, mit seinen Flügeln zu schlagen, zuerst vorsichtig, dann immer wilder. Bevor Nikolay begreifen konnte, was los war, umarmte ihn Magnus innig von hinten und jubelte.

»Du hast es geschafft, Nikolay! Ich bin so stolz auf dich. Du hast ihn geheilt. Das ist unglaublich.«

Der Rabe schüttelte sich wild, sodass ein paar Federn davonflogen, blieb aber auf Nikolays Hand sitzen. Der Junge war sprachlos. Er spürte, wie Magnus ihn, noch immer mit dem Raben in der Hand, langsam auf die Beine zog.

»Gehen wir auf die Veranda und sehen zu, wie er davonfliegt?«

»Ja sicher.«

Draußen spürten sie kaum die Kälte, die Aufregung hatte ihre Gemüter erhitzt. Nikolay streichelte noch mal sanft über das schöne Gefieder, das hier draußen in der Sonne dunkelviolett schimmerte.

»Mach's gut, Großer. Pass das nächste Mal besser auf dich auf. Und jetzt mach, dass du wegkommst, sonst verspeist dich Magnus – gut gewürzt und gebraten!«

Mit viel Schwung schnellte er seinen Arm in die Höhe, um so dem Raben genügend Aufwind zu verschaffen. Der Rabe breitete seine Flügel aus und flog in die Luft. Nikolay war erstaunt, wie gut der Vogel sich wieder bewegen konnte.

Das hatte *er* gemacht, durch seine Hände. Er spürte, wie sich kräftige Arme von hinten um ihn schlangen. Er wollte sich gerade umdrehen, um Magnus einen Kuss zu geben, als er wildes Krächzen hörte.

»Was zur Hölle?«, rief Magnus und wollte Nikolay zurück Richtung Tür drängen.

Es war der Rabe, der so wild Laute von sich gab. Er war zurückgekommen und flatterte über ihnen. Er hatte seine scharfen Krallen gespreizt. Sogleich streckte Nikolay den Arm in die Höhe und der Rabe landete sachte darauf, ohne ihn mit den Krallen zu verletzten.

»Warum ist er zurückgekommen, Magnus?«

»Ich weiß es nicht.«

»Glaubst du, er ist ein Wandler?«

»Ich bin mir sicher, dass er ein normaler Rabe ist.«

»Kolkrabe.«

»Was?« Magnus' Augenbraue hob sich skeptisch.

»Er ist ein Kolkrabe. Das ist der größte Singvogel, den es gibt. Sie sind gute Strategen und äußerst intelligent. Manchen kann man sogar das Sprechen beibringen. Sie sind Allesfresser und können zwischen zwanzig und dreißig Jahre alt werden.« Nikolay kraulte den Raben den Kopf.

»Langsam machst du mir Angst.«

Nikolay merkte, wie unbehaglich die Situation für Magnus war. Er versuchte, das Eis zu brechen. »Willst du ihn auch mal nehmen?«

Magnus hob abwehrend die Hände. »Nein, Bursche, der gehört ganz dir. Immerhin habe ich gesagt, dass er auch als Brathähnchen taugen würde … nicht, dass er mir noch die Augen dafür auskratzt.«

Nikolay musste ein Lachen unterdrücken. Sein großer Alpha hatte Angst vor einem Vogel.

»Was machen wir jetzt?« Nikolay wollte hier draußen in der Eiseskälte nicht mit der Veranda verwachsen.

Der Rabe wechselte von seiner Hand hoch zu seiner Schulter.

»Gott, du siehst mit dem Vieh aus, wie ein Grufti aus einem schlechten Horrorfilm. Bitte, meide alle Friedhöfe, klar?«

Nikolay musste Magnus recht geben. Es sah merkwürdig aus, dass der Vogel so an ihm klebte.

»Na komm, du Kolkraben-Flüsterer! Gehen wir rein, dann sehen wir weiter.«

Der Rabe wich den ganzen restlichen Tag nicht von Nikolays Seite. Sie hatten ihm in der Küche einen Platz auf der Sessellehne vermacht. Trotzdem saß er lieber auf Nikolays Schulter.

Phil und Prat kamen am Abend vorbei und beäugten das Schauspiel misstrauisch. »So wie es aussieht, hat sich das Federvieh wohl in seinen Lebensretter verknallt«, sagte Phil belustigt, als er sich die Geschichte anhörte.

Nikolay konnte in Prats Augen ebenfalls Stolz erkennen, als Magnus prahlte, wie er den Raben geheilt hatte. Er spürte, wie ihm das Blut in die Wangen schoss, und sah wieder schnell zu dem Raben, der ihn fast schon liebevoll mit seinem großen Schnabel durch die Haare wühlte.

»Pass auf, dass er dir da kein Nest einbaut.«

Die nächsten Tage waren verhältnismäßig ruhig. Der Rabe, den er ›Espresso‹ taufte, da er dieselbe Farbe hatte wie sein Lieblingsgetränk, war noch immer bei ihnen, ständig in ihrer Nähe, nur in der Nacht war er draußen. Doch bereits am Morgen klopfte Espresso mit dem Schnabel gegen das Küchenfenster und bat um Asyl. Mittlerweiler konnte er den Vogel ohne weitere Probleme absetzen und dieser blieb dann auch brav sitzen.

Ein besonderer Tag war angebrochen: Todd und die Jungs wollten Zeit mit Nikolay verbringen. Magnus schlug freundlicherweise vor, ihn in die Stadt zu fahren. Nikolay wusste, dass Magnus nicht ganz wohl dabei war, aber der Alpha versuchte es, so gut es ging, zu vertuschen.

Bei Todd angekommen, sprang Nikolay sofort aus dem Wagen und in Todds Arme. Sie drehten sich ein paarmal im Kreis, dann stellte er ihn wieder auf festen Boden. Todd legte einen Arm um Nikolays Schultern, dabei sah er förmlich, wie sich Magnus' Nackenhaare aufstellten. Nikolay fand es süß, dass der Alpha sich solche Sorgen machte, beziehungsweise eifersüchtig reagierte. Todd griff nach Magnus' Hand.

Sie sahen sich lange in die Augen. Als Nikolay Todd in die Rippen boxte, senkte dieser den Blick.

Die zwei benehmen sich wie sture Platzhirsche. Nicht zu fassen!

»Also, was macht ihr heute?«, fragte Magnus und hoffte, dass es unbekümmert wirkte.

»Gleich haben wir Probe«, antwortete Todd, »da muss uns Nikita tatkräftig am Schlagzeug unterstützen. Dann fahren wir zu einem Typen, der mir Geld schuldet, und verprügeln ihn. Sobald das erledigt ist, machen wir noch einen Abstecher auf den Straßenstrich, um meinen Weibern das verdiente Geld abzuknöpfen, uff!«

Nikolay stieß Todd ein zweites Mal in die Rippen, dieses Mal deutlich fester. »Todd!«

Magnus' Blick sprach Bände, er würde nicht davor zurückschrecken, Todd in tausend Stücke zu zerfetzen.

»Keine Angst, ich bring dir dein Schatzilein sicher und unversehrt wieder zurück«, säuselte Todd mit verdrehten Augen.

»Das will ich dir auch geraten haben!«, knurrte Magnus, sah dann aber zu Nikolay, worauf sich sein Blick deutlich erhellte. »Nikolay, hier! Ich hab noch was für dich.« Er kramte in seiner Jackentasche herum und zog ein schwarzes Smartphone aus der Tasche.

Neben ihm pfiff Todd beeindruckt aus.

Natürlich! Magnus muss das neueste und teuerste Smartphone kaufen, das gerade am Markt ist.

»Für den Fall, dass du mich erreichen möchtest: Meine Nummer ist schon eingespeichert. Ich bin sicher, TODD wird dir beim Einstellen helfen.«

Nikolay ignorierte den Ton, in dem Magnus Todds Namen aussprach, und klammerte das Handy fest an sich, umarmte den Rudelführer zum Dank. »Du hättest mir das nicht kaufen müssen, ich …«

»Ich wollte es aber, okay? Lass mir die Freude. Ich wünsch euch viel Spaß heute.«

Magnus stieg ein und fuhr los, konnte es aber nicht lassen, noch einmal im Spiegel einen Blick auf ihn zu werfen. Nikolay spürte den Verlust, seine Brust wurde schwer, doch er versuchte, sich nicht entmutigen zu lassen. Er fand es erschreckend, wie wichtig ihm Magnus in der kurzen Zeit geworden war.

Der Tag verflog rasend schnell. Todd wollte es sich nicht nehmen lassen, Nikolay nach Hause zu bringen. Als sie das Rudelgebiet erreichten, blieb Todd jedoch stehen und stieg aus dem Wagen und umrundete ihn, bis er bei der Beifahrertür ankam.

»Was machst du denn, bitte schön?« Todd machte die Tür auf und deutete Nikolay an, rüber zu rutschen.

»Du fährst weiter, Nikita.«

»Ich habe doch noch gar keinen Führerschein!«

»Das hat dich früher auch nicht davon abgehalten, mit meinem Baby zu fahren. Außerdem sind wir hier ja schon auf eurem komischen Privatbesitz. Also rüber mit deinem knochigen Hintern!«

»Hmpf!« Nikolay rutschte rüber, schnallte sich erneut an und startete den Motor. Todd nannte seinen getunten Pick-up-Truck mit dem Rammbock auf der Kühlerhaube und den zusätzlich montierten Scheinwerfern sein *Baby*.

Mit dieser »Rolling Coal«, diesem Umweltverschmutzer, konnte man förmlich in den Krieg ziehen. »Und übrigens: Mein Hintern ist alles andere als knochig!«

Todd drehte die Musik voll auf und ermutigte Nikolay, endlich Gas zu geben. Mit quietschenden Reifen preschte Nikolay los Richtung Berg. Todd schrie vor Begeisterung laut auf und klopfte im Takt der lauten Heavy-Metal-Musik auf das Autodach.

Nikolay fühlte sich wie berauscht. Die offenen Autofenster ließen die kalte Winterluft auf sein Gesicht klatschen und seine Haare wild umherwehen. Todd sang laut mit Brian Johnson mit. Er fühlte sich frei und glücklich.

Sie fuhren immer schneller, Nikolay wusste, dass kurz vor der breiten Einfahrt zu Magnus' Haus eine kleine Erhöhung den Besucher dazu zwang, die Geschwindigkeit zu drosseln.

Nikolay trat das Bremspedal voll durch. »Festhalten!«, schrie er, als sie bereits in der Luft waren und erst mehrere Meter weiter wieder sanft auf der Straße landeten.

»Wuhhu!! Gott, war das abgefahren!!«, schrie Todd und lachte wie ein kleines Kind im Vergnügungspark.

Nikolay zog die Handbremse. Wie einstudiert rutschte der Wagen direkt bis vor die Veranda. Dass Magnus und Bruce mit verschränkten Armen auf ebendieser standen und sie schockiert musterten, kriegten beide nicht mit.

Der junge Russe stellte den Motor ab, die Musik ebenfalls. »Wir sind da«, sagte er knapp zu Todd und stieg aus.

»Hi, Magnus.«

Nikolay hatte nicht bedacht, dass Magnus das gar nicht witzig finden könnte, wenn er wie ein Wahnsinniger in halsbrecherischem Tempo hier vorflog.

»Soweit ich weiß, hast du noch keinen Führerschein, Bürschchen!«, spie Bruce als Erster aus und ließ Nikolays Herz in die Hose rutschen.

»Und soweit ich weiß, ist das hier Privatgrund, da kann er tun, was er will, BULLE!«, säuselte Todd in süßlichen Ton.

»Ach so! Na, na wenn das so ist, können wir hier auf unserem Privatgrund auch gleich wieder die Hexenverbrennung einführen, oder, EX-KNACKI?«

Bruce und Todd begannen sich gegenseitig lauter liebreizend nette Wörter an den Kopf zu knallen, doch Nikolay konnte nur Magnus anstarren und versuchte, dessen Mimik zu deuten, doch der ließ nichts durchblicken.

»Wer hat dir so fahren beigebracht?« Magnus hielt den Blick streng auf ihn gerichtet.

Todd kam um das Auto herum, legte neckisch einen Arm um Nikolay und zog ihn fest zu sich heran. »Na, ich!«

Magnus' Augen wanderten von Nikolay zu Todd und wieder zurück.

»Respekt.«

Nikolay atmete innerlich aus. Gut, er war nicht sauer.

»Was hast du da an?« Magnus musterte ihn vom Scheitel bis zur Sohle.

Das hatte Nikolay in der Aufregung fast vergessen. Todd war mit ihm *shoppen* gewesen. Er trug enge Bikerklamotten aus echtem Leder, pechschwarz und sehr figurbetont. Der Junge sah, wie Magnus' Augen immer größer wurden und er krampfhaft schluckte.

Auch dieses Mal antwortete Todd für ihn. »Das braucht er, wenn er im Frühling mit seinem neuen Bike eine Ausfahrt macht.«

»Welches Bike?«

Todd drehte sich Richtung Laderampe um und zeigte den beiden das bescheidene Geschenk. »Ich war Nikita noch drei Geburtstags- und drei Weihnachtsgeschenke schuldig, da habe ich gleich ein großes Geschenk gekauft.«

Magnus und Bruce staunten nicht schlecht, als sie das starke V-Zwei-Motorrad von KTM erblickten. Nach dem ersten Schock halfen sie, die Maschine vorsichtig abzuladen und in Magnus' Garage zu verstauen, wo auch dessen Bike stand.

Todd ließ sich nicht lange darum bitten, auf einen Sprung mit ins Haus zu kommen. Er war unfassbar neugierig auf Nikolays neues Heim. Sein Beschützerinstinkt war ähnlich ausgeprägt wie der von Magnus.

Magnus und Bruce hielten sich etwas im Hintergrund und ließen ihn mit Todd alleine im Haus umherschlendern.

Somit konnten sie die doofen Bemerkungen, die Todd von sich gab, nicht hören. »Wo ist denn nun dein Zimmer?«

Nikolay zog fragend die Stirn kraus. »Das hast du schon gesehen. Das Zimmer neben dem Bad.«

Todd verschränkte die Arme vor der Brust und sah gespielt streng zu ihm runter. »Das ist das Schlafzimmer des Wrestlers gewesen, aber wo ist deins?«

»Ich schlaf auch darin.«

»Aha! Also muss ich das so verstehen, dass ihr bereits wilde Unzucht miteinander treibt?«

»Todd!«

»Ja oder nein?«

»Halt die Klappe! Das geht dich nichts an!« Nikolays Wangen brannten heiß.

»Na komm, du kannst es DADDY ruhig erzählen, was ihr für schmutzige Dinge miteinander treibt«, raunte er dramatisch und wackelte mit den Augenbrauen.

Nikolay lachte los, sein Ziehvater war schon ein komischer Kauz. Magnus und Bruce kamen dazu und fragten sich, was hier los war.

»Todd geht jetzt!«, sagte Nikolay bestimmt, als er sich nach seinem Lachanfall wieder gefangen hatte.

»Was? Komm schon, Nikki!«, empörte sich Todd, der nun von Nikolay rücksichtslos zur Haustür geschoben wurde. »Ich halt schon die Klappe, versprochen!«

»Mach's gut, Todd! Danke für das Bike, wir telefonieren.« Nikolay blieb hart.

Eine Umarmung und ein kräftiges Schulterklopfen von Todd später fuhr der Biker zurück in die Stadt. Bruce verdrückte sich ebenfalls wenige Minuten später, nachdem er noch ein paar brummige Bemerkungen über Todd losgelassen hatte. Die zwei mochten sich noch weniger als Batman und Joker.

Magnus starrte Nikolay komisch an, als sie das Haus wieder für sich hatten.

»Ähm, ich geh duschen und mich umziehen«, nuschelte der Junge, um aus der Lederkluft zu kommen.

»Nein!«, raunte Magnus. Es war dieser dominante Ton, der ihm eine Gänsehaut bescherte. Der Alpha kam langsam näher, bis er nur mehr wenige Zentimeter von Nikolay entfernt war. Hinter ihm war bereits die Wand, er war in die Ecke gedrängt. »Du behältst die Klamotten an!« Der Alpha ließ keine Widerrede zu, zog den Reißverschluss nach unten und packte Nikolays halb steifen Schwanz.

»Ahh! Was?«

»Sei still! Hände nach hinten, an die Wand!«

Nikolay tat wie befohlen und starrte Magnus perplex an. Der Alpha knetete sein Fleisch und packte mit der anderen Hand seine Hüfte, um sie zu fixieren und still zu halten. In Zeitlupe kniete sich der große Mann hin, führte seinen Mund zu Nikolays Schwanz, der jetzt hart und prall war.

»Magnus! Was tust du denn da?«

Magnus hob eine Augenbraue. »Kekse backen, du Genie. Wonach sieht es denn aus?«

»Das mein ich nicht, aber du kannst dich doch nicht vor mir hinknien!«

»Aha, und warum nicht?«

»Ein Alpha, wie du es bist, kann doch nicht einfach so vor mir auf die Knie gehen! Alphas knien nicht vor Omegas«, sagte Nikolay entrüstet über Magnus' Verhalten. Als er nun Magnus schmunzeln sah, war er noch verwirrter.

»Ich werde Tag und Nacht vor dir knien, wenn ich das will. Du bist MEIN Omega, MEIN Gefährte. Damit hast du denselben Rang wie ich, zwar eine andere Rolle, aber trotzdem sind wir zwei gleichgestellt. Mach dich selber nicht immer kleiner als du bist. Nikolay, du bist das Beste, das mir je passieren konnte. Wenn ich vor dir auf die Knie gehe, mach ich das, weil ich es so will. Du darfst dich also entspannt zurücklehnen und es genießen, wenn ich dich jetzt fresse, denn ich würde das für keinen anderen auf der Welt machen. NIEMALS.« Nikolay war sprachlos. »Außerdem hatte ich doch gesagt, du sollst still sein, oder?«

Nikolay konnte nur nicken, seine Stimme hatte sich verabschiedet. Magnus musste auflachen. Er fand Nikolays Gesichtsausdruck wohl ziemlich amüsant. Der Alpha fokussierte seinen Blick wieder auf Nikolays Leibesmitte.

Nikolays Erektion stand steil von seinem Körper ab. Die Hände des Alphas packten noch fester seine Hüften, sein Mund öffnete sich für Nikolays harten Schwanz. Nikolay stöhnte, als der große Wolfswandler ihn in den Mund sog und ihn mit seinen Lippen eng umschloss. Er spürte, wie Magnus' Zunge seine empfindliche Eichel umkreiste. Das Gefühl bescherte ihm eine Gänsehaut. Magnus behielt die Kontrolle, Nikolay störte es nicht. Er ließ sich fallen und genoss die unglaublichen Empfindungen, die ihm Magnus bescherte.

Am späten Abend wollte Magnus alles wissen, was er mit Todd und den Jungs so angestellt hatte. Es war schön, zu sehen, dass der Riese so ein großes Interesse hatte. Natürlich beruhte das auf Gegenseitigkeit. Langsam, aber sicher legte Nikolay den Rest seiner Angst und Scheu gegenüber dem großen Alpha ab und fragte ihm Löcher in den Bauch. Magnus erzählte frei von der Leber weg und schien froh darüber zu sein, dass sich Nikolay immer mehr öffnete.

An diesem Abend saßen sie gemeinsam auf der Couch. Magnus hatte seinen muskulösen Arm um Nikolays Schultern geschlungen und drückte ihn an seine harte Brust.

Espresso hatte es sich auf dem Schoß des Kleinen gemütlich gemacht. Er wirkte fast wie ein kleiner Schoßhund, nur, dass er eben ein großer, ausgewachsener Rabe war, dessen Gefieder er geistesabwesend streichelte. Der Rabe gab zufriedene, krächzende Laute von sich, während sie sich einen Marvelfilm ansahen.

Der Alpha hatte beschlossen, alle guten Filme der letzten drei Jahre mit ihm anzusehen, damit er wieder auf den neusten Stand war. Nikolay war nämlich aus allen Wolken gefallen, als er ihm erzählt hatte, dass bereits die letzte Staffel *Game of Thrones* ausgestrahlt wurde. Da herrschte auf jeden Fall Nachholbedarf.

Nikolay sah auf den riesigen Flat-Screen-Monitor, *Venom* biss gerade jemandem den Kopf ab, als er das Gefühl hatte, beobachtet zu werden. Er drehte seinen Kopf langsam Richtung Magnus. Dessen Gesichtsausdruck war nachdenklich, wirkte aber entspannt.

»Wieso siehst du mich so an?«, fragte Nikolay.

Magnus sagte lange nichts. Erst als er durch Nikolays Haar streichelte, antwortete er mit einer Frage: »Bist du glücklich?«

He? Was ist das denn jetzt?

Nikolay zog die Augenbrauen hoch und sah ihn mit großen Augen an.

»Ich meine, bist du zufrieden hier bei mir? Kannst du dir vorstellen, dass du hier, in diesem Haus, an meiner Seite, glücklich werden kannst?«

Wow, ganz schön gewichtige Fragen für einen faulen Filmabend.

Nikolay fiel die Antwort leichter als gedacht.

»Ja, ich denke schon. Mir gefällt es hier, ich bin gerne bei dir, Alpha.« Nikolay wurde rot, das *Alpha* war ihm so rausgerutscht, doch von Magnus' Gesicht konnte er ablesen, dass ihm seine Antwort gefiel. Eine wohlige Wärme breitete sich in ihm aus. Ja, er fühlte sich hier wirklich wohl, sogar mehr als das. Hier bei Magnus war er zu Hause. »Magnus?«

»Ja, Welpe?«

»Ich liebe dich. Danke, dass ich bei dir sein kann.« Nikolay konnte förmlich sehen, wie sich Magnus' Gesichtszüge aufhellten.

»Ich bin froh, dass du bei mir bist. Ich liebe dich auch, Bursche, über alles.«

Sie küssten sich innig, der Film war vergessen, genauso wie Espresso, der etwas eingequetscht wurde. Beleidigt flog er davon und setzte sich auf seinen Platz in der Küche.

Magnus zerrte wild an Nikolays Klamotten. So schnell hatte er ihn noch nie ausgezogen. Er spürte die Stärke des Alphas, der seitlich neben ihm lag und ihm dominant die Zunge in den Mund stieß. Seine großen Pranken berührten Nikolay überall. Auch Nikolay ließ seine Hände über Magnus' muskulösen Oberkörper wandern. Es war ein wildes Gefummel, leidenschaftlich und wild. Nikolay wollte, dass der Alpha wusste, was er für ihn empfand. Er wollte es ihm mit seinem Körper sagen, nicht nur mit Worten, er wollte es ihm zeigen.

Doch dabei überkam ihm wieder diese heimtückische Furcht. Wenn er an die vergangene Pein zurückdachte, wollte er lieber nicht so weit gehen, oder doch? Früher oder später musste er doch über seinen Schatten springen. *Warum dann nicht gleich jetzt? Weil ich ein Angsthase bin und mir mein Hintern wund und blutig nicht sonderlich gefällt! Aaargh!!*

»Alles okay? Du wirkst abgelenkt, Bursche.«

»Alles gut. Ich denk nur zu viel nach.«

»Da wirst du wohl recht haben, aber mittlerweile weiß ich, wie ich dein kluges Köpfchen auf Stand-by schalten kann«, hauchte er mit einem teuflischen Grinsen im Gesicht.

Mit nur einem Ruck drehte er ihn auf den Bauch und legte sich über ihn. Nikolay spürte deutlich die riesige Erektion des Alphas, die gefährlich in seiner Spalte hin und her rückte. Nikolay konnte sich keinen Zentimeter bewegen, das Gewicht des Alphas pinnte ihn auf der Couch fest. Magnus' Küsse, die er auf Nacken und Schultern verteilte, waren wundervoll. Und standen im Kontrast zu der Kraft, mit der er Nikolays Hände hinter dessen Rücken fixierte. Er lag genauso da wie damals bei dem dritten Wächter des Rudels, dem Wikinger. Nur, dass es diesmal bei Weitem nicht so schmerzhaft war, sondern eher … erregend? Er wollte es sich gar nicht eingestehen.

Nikolay wusste nicht, warum er so fühlte. Er hatte auch keine Angst, er gab zu, nervös zu sein, wie jedes Mal, wenn Magnus an ihm herumspielte, aber seine Lust überwog diesmal und riss ihn mit seinen wilden Empfindungen mit.

Magnus hatte jedes Mal sein Wort gehalten und ihn nie verletzt. Deshalb versuchte er sich zu entspannen und zu genießen. Der Alpha mochte es, die Oberhand zu haben und den Ton anzugeben, das hatte er bereits mehr als deutlich gemerkt.

Nikolays eigener Wolf ließ das gerne zu, ihm gefiel es ebenfalls. Es fühlte sich fast so an, als ob sein eigener Wolf mit dem Alpha-Wolf stumm kommunizierte und ihn sogar ermutigte. Sein Wolf *wollte* unterworfen und markiert werden, der Wolf des Alphas wollte unterwerfen. Sie beide wollten das Gleiche, nur der Mensch Nikolay sträubte sich dagegen.

Zu groß war die Angst vor den Schmerzen und dem Gefühl, nur ein wertloses Stück Dreck zu sein. Doch seine Gedanken drifteten wieder weit ab, Magnus leckte und knabberte an seinem Schulterblatt, sodass ihm ein ungedämpftes Stöhnen entfuhr.

Magnus leckte weiter nach unten, dessen hartes Glied verschwand von seiner Pobacke. Bevor er jedoch den Druck vermissen konnte, legte sich Magnus' Gesicht auf seinen Hintern. Seine Oberschenkel wurden grob auseinandergeschoben.

Er spürte die Zunge des Rudelführers, die sich in seine Spalte grub und auf seine Rosette zusteuerte. Magnus' eine Hand hielt noch immer seine Arme am Rücken fest, während die andere sich unter Nikolay grub und seinen Schwanz mit genau dem richtigen Druck packte.

Er hob sein Becken etwas an. Seine Knie stellten sich auf. Er schwebte einige Zentimeter in der Luft, seinen Hintern leicht in die Höhe gestreckt. Die Position trieb ihm Blut und Schamesröte ins Gesicht, doch der Alpha war voll in sein geiles Tun vertieft.

Lusttropfen hatten sich gesammelt, die Magnus schnell verteilte. Dann begann er Nikolays Schwanz langsam zu pumpen. Nikolay stöhnte laut auf, als sich noch dazu ein starker Zungenmuskel in seinen nass geleckten Eingang bohrte und immer wieder durchstieß.

»Oh Gott! Bozhe moy!«, schrie er in beiden Sprachen, da sein Gehirn langsam seine Funktion an den Nagel hängte.

Nach unendlichen Qualen der Lust hörte Magnus auf, Nikolays schweren Schwanz zu bearbeiten. Ein gequältes Stöhnen entkam ihm, äußerte seinen Unmut. Für seine Stimme waren nicht mehr genügend Hirnfunktionen vorhanden. Magnus dagegen war anscheinend noch voll bei Verstand, immerhin konnte er klare und verständliche Sätze formen. Nikolay beneidete ihn.

»Oh Gott! Ich kann nicht aufhören, dich zu berühren«, raunte er, als er seine Zunge aus ihm herauszog, dafür aber mit seiner freien Hand nicht fest, aber bestimmend, seine linke Pobacke schlug.

»Ahh!«, war das Einzige, was Nikolay herausbrachte.

»Du schmeckst so gut. Ich kann nicht genug von dir kriegen. Ich brauch mehr.« Bei diesen Worten klatschte er ein letztes Mal auf Nikolays Hintern, bevor er einen glitschigen Finger hineinschob. Es brannte leicht, als er durch den engen Kanal brach, was Nikolay aufkeuchen ließ. Er fühlte, wie sich Magnus' Hand fester um seine Handgelenke legte. Er hielt ihn an Ort und Stelle fest, während er mit dem Finger immer weiter in ihn eindrang. »Ruhig, Welpe, es wird gleich besser«, knurrte er und biss leidenschaftlich in den jungen Arsch, saugte und knabberte an der weichen Haut.

Nikolay versuchte wirklich, ruhig zu bleiben, aber seine innere Stimme erinnerte ihn an den Keller und die furchtbaren Schmerzen, als er spürte, wie Magnus unaufhörlich seinen Finger in ihm bewegte als … *Holla!*

»Fuck!«, kam es gepresst aus Nikolays trockener Kehle. Wie ein Funkenstoß, der in seinen Lenden einen Großbrand entfachte. *Was zur verfickten Hölle?*

»Ahh!« Schon wieder. »Wa… was tust … du da?«, fragte er gepresst in die Couch stöhnend.

»Kommst du da nicht selber drauf? Du bist hier immerhin der Nerd, nicht ich.« Magnus klang viel zu amüsiert für Nikolays Geschmack.

Er hatte so etwas noch nie gespürt. Keine Ahnung, was das war. *Ein epileptischer Anfall, vielleicht?*

Er knurrte beleidigt auf, da der Rudelführer ihn so neckte, als dieser wieder seinen Finger über diesen magischen Punkt strich und Nikolay damit fast über den Rand katapultierte.

»Pryamo zdes'!«, stöhnte er nun lauter als zuvor.

Der Schmerz war endgültig verraucht, er kam auch nicht zurück, als er spürte, wie Magnus einen zweiten Finger in ihn einführte, da er sofort wieder neckisch über diesen Punkt strich, der ihn zu einem Nervenbündel werden ließ.

»Was hast du gesagt?«, fragte Magnus und er hörte deutlich dessen Belustigung heraus.

»GE… GENAU DAAA«, presste er mühsam hervor. Nikolays Wangen glühten auf, als Magnus seine Bewegungen intensivierte und jedes Mal über die magische Stelle fuhr und diese malträtierte.

Nikolay keuchte, er spürte, wie sich kleine Schweißperlen auf seinem Rücken bildeten. Sein Schwanz weinte vor Geilheit, unter ihm zierte bereits ein feuchter Fleck die Couch.

Als Magnus den Griff um seine Handgelenke noch mehr verstärkte und ihn grob in den Hintern biss, während er die zwei Finger tief in ihm versenkte, kam Nikolay so heftig, dass sich alles zu drehen begann. Seine Knochen fühlten sich an, als wären sie aus Gummi, ein irrsinniges Glücksgefühl durchzog ihn und ließ ihn zusammenbrechen.

Magnus ließ seine Hände los, um ihn umzudrehen. Auf dem Rücken liegend spürte er sein klebriges Sperma. Er sah in Magnus' Gesicht, das von einem Schleier der Lust verhangen war. Sein hart geäderter Schwanz ragte steil in die Höhe. Eine milchige Perle schimmerte auf der Spitze.

Nikolay wollte aus dem ersten Impuls heraus Magnus' Tropfen ablecken und ihn mit dem Mund befriedigen, als ihn Magnus wieder auf die Couch drückte. Der große Mann setzte sich auf seinen Bauch. Mit schnellen Bewegungen reizte sich Magnus selbst, Nikolay sah fasziniert zu. Es fühlte sich so verrucht an, dem Rudelführer dabei zuzusehen, aber um nichts auf der Welt würde er bei diesem Anblick blinzeln. Der Alpha strich keine fünf Mal über den dicken Schaft, als er kam und Nikolays Namen dabei laut stöhnte. Sein Zuckerguss traf Brust und Hals und zierte die blasse Haut des Jungen damit. Der Größere klappte zusammen und legte besitzergreifend ein Bein und einen Arm über Nikolay, nachdem er sein Sperma auf Nikolays Brust und Hals verschmiert hatte, um ihn oberflächig als sein zu markieren. Beide rangen nach Luft, müde und ausgelaugt schliefen sie eng aneinandergepresst ein.

Nikolay hörte eine Tür ins Schloss fallen. Als er die Augen aufschlug, musste er sich neu orientieren. Als ihm Bilder des Vorabends durch den Kopf schossen, war er kurz davor, wieder knallrot anzulaufen. Erst jetzt spürte er Magnus' heißen Körper dicht neben sich, noch immer einen Arm und ein Bein über ihn drapiert. Das Gesicht des Alphas war in Nikolays Haaren vergraben. Er spürte den heißen Atem, der sein Ohr leicht kitzelte. Magnus' Morgenlatte sagte ebenfalls *Guten Morgen*. Sie war an Nikolays

Hüftknochen gepresst und schrie um Beachtung. Magnus schlief noch. *Was hat mich dann geweckt?* Er hatte nicht mehr genug Zeit zu reagieren, als eine Frauenstimme zu kreischen und gleich darauf Espresso wild zu krächzen begann.

Hört sich beinahe gleich an.

Dabei schreckte Magnus aus dem Schlaf, war sofort auf den Beinen, kampfbereit.

Mann, so schnell wach wäre ich auch mal gerne.

Bevor er nicht seinen ersten halben Liter Kaffee intus hatte, war er kaum lebensfähig. Die Frauenstimme erkannte er schnell als die von Wendy, die panische Angst vor Espresso hatte und, dann auch noch als Sahnehäubchen auf ihrem Schrecken, Magnus und Nikolay nackt auf der Couch liegen sah.

»Oh Gott! Was zur Hölle macht dieser Aasfresser hier? Der bringt über das gesamte Rudel Unheil!«

»Reg dich ab, Wendy! Das ist ein Vogel, nichts weiter!«

»Rede nicht in diesem Ton mit mir! Und zieh dir gefälligst etwas über deinen Schwengel und schaff diesen Todesboten hier raus!«

Magnus verdrehte unbeeindruckt von Wendys Geschrei die Augen und gab Nikolay einen Kuss auf die Stirn.

»Ich ziehe mir was an, um Wendy nicht zu sehr in Versuchung zu bringen.«

Der Rudelführer reichte ihm auch seine Klamotten, die überall im Zimmer verteilt lagen. *Ein Wunder, dass sie noch heil waren.*

»Zieh dich in Ruhe an, während ich in die Küche gehe, um unseren ungebetenen Gast zu begrüßen und Espresso rauszulassen.«

»Nicht umgekehrt?«, kam es von Nikolay, dann verschwand er, während Magnus ihm lachend einen Topflappen hinterherwarf. Er brauchte nicht lange.

»Guten Morgen, mein Liebling!«, trällerte Wendy unerwartet gut gelaunt.

Die hat sich ja schnell von dem Schock erholt, dachte sich Nikolay, während er versuchte, sich aus einer innig-klammernden Umarmung mit einem ekelig nassen Schmatz auf die Wangen zu befreien. Sie hatte ein wissendes Lächeln im Gesicht, das Nikolay dazu brachte, im Boden versinken zu wollen.

»Nikolay«, zischte Magnus streng, »wag es nicht, rote Tomate zu spielen, nur weil ein gewisses WEIB nicht anklopfen kann, so wie normale Menschen auch!«

»Sonst würde ich ja noch immer glauben«, sprach Wendy, »dass es hier wie in einem Kloster zugeht. Der Junge ist noch immer nicht markiert. Freiwild sozusagen!« Mit erhobenem Zeigefinger sah sie in Magnus' Richtung. »Außerdem erzählst du mir ja nie etwas. Da musste ich mich halt mit eigenen Augen davon überzeugen, dass du nicht doch noch ein Gelübde oder gar ein Körperteil abgelegt hast, Magnus.«

Nikolay sah, wie Magnus den Kopf in den Nacken legte und die Wirbel knacken ließ, um Wendy nicht in der Luft zu zerreißen.

»Wenn du weiterhin solch ein Zeug erzählst, vergesse ich mich!«

Wendy legte eine Hand auf Nikolays Rücken und die andere auf seine Brust. Die Berührung wirkte beschützend und fürsorglich, seine Mutter hatte ihn oft so gehalten.

»Ach, du bist so süß, wenn du dich aufregst, mein Hasi«, säuselte Wendy liebreizend und brachte Magnus damit zum Knurren. Wendy war schon eine harte Nuss. »Möchtest du einen Kaffee, mein Liebling?«, fragte sie zuckersüß an Nikolay gerichtet und legte zärtlich ihre Hände auf seine roten Wangen.

»Gerne, Mami.«

»Dann setz dich zu Magnus. Ich richte uns ein ganz besonderes Frühstück her, okay? Komm, setz dich!«

Nikolay fühlte sich wie fünf, aber er konnte nicht sagen, dass es ihm nicht gefiel, mit so einer geballten Ladung an Mutterliebe umsorgt zu werden. Dagegen sah Magnus alles andere als begeistert aus.

Nikolays genierlicher Gemütszustand hob sich in dem Moment, als Wendy mehrere Teller an Essen auf den Tisch stellte.

»Blinis!«, staunte Nikolay ehrfurchtsvoll.

»Was ist das?« Magnus beäugte skeptisch die fremden Teigwaren, während Nikolay den ersten Bissen genoss. Der Geschmack sorgte für zahlreiche Kindheitserinnerungen. Für Magnus sahen sie so aus, als würden sie bei jedem Bissen im Mund größer werden.

»Ist ja wieder typisch, dass du das nicht kennst. Du solltest dich etwas mit Nikolays Herkunftsland auseinandersetzen, Freundchen!«

Wendys Ton war so spitz wie eine Pfeilspitze. »Das ist ein traditionelles russisches Frühstück mit allem, was dazugehört.« Sie deutete auf den ersten Teller. Magnus folgte dem Fingerzeig.

»Das sind BLINIS – das ist ein russischer Pfannkuchen. Ich habe Kiefernzapfenmarmelade besorgt. Im Internet steht, dass das ein guter Aufstrich für die Blinis ist. Hier, diesen warmen Milchbrei mit eingelegten Früchten nennt man KASCHA.

Dann habe ich noch KEFIR zum Trinken besorgt und Quarkpuffer gebraten. Bratwürste und Bratkartoffeln kommen gleich«, säuselte sie fröhlich und verschwand hinter dem Herd.

»Wendy, du bist die Beste! Spasibo!«

Nikolay strahlte Wendy zwischen zwei Bissen an, bevor er einen kräftigen Schluck Kefir trank, der einen Milchbart hinterließ.

»Gern geschehen, mein Lieber. Du darfst niemals deine Wurzeln vergessen. Ich dachte, bei einem traditionellen Essen werden sicher ein paar Erinnerungen hochkommen. Vergiss nie, woher du kommst und sei stolz drauf.«

»Bol'shoye spasibo.« Nikolay entfernte sich hastig eine Träne aus den Augenwinkeln.

Wendys gütiges Lächeln erwärmte Nikolays Herz. Kichernd wischte sie ihm den Kefirrand von der Oberlippe und wandte sich an Magnus, der eher zaghaft das fremde Essen probierte. »Magnus, du musst mehr auf Nikolay achten. So ein junger Wolfswandler muss ausreichend essen. Er ist noch immer zu dünn!« Wieder wuschelte sie Nikolay durchs Haar und strafte Magnus mit einem tadelnden Blick.

»Er isst doch! Soll ich ihn mästen wie eine polnische Gans?«

Wendy winkte unwirsch ab und wandte sich wieder Nikolay zu. Sie strich über seine Wange, entfernte einen unsichtbaren Fussel, den nur die Wandlerin sah. Magnus platzte der Kragen.

»Wendy, hör auf, meinen Gefährten die ganze Zeit zu betatschen und ihn gegen mich aufzuhetzen!!«

Beschwichtigend legte Nikolay eine Hand auf Magnus' geballte Faust. »Magnus, sie meint es nicht so.«

Wendys nächste Worte waren nicht gerade eine Hilfe. »Ich betatsche ihn nicht und aufhetzen tu ich ihn schon mal gar nicht! Du redest einen Haufen Mist, ist dir das klar?

Dein Alpha-Getue kannst du dir bei mir sparen. Es gibt auch andere Leute, die Nikolays Gesellschaft sehr zu schätzen wissen, wenn sie mal dazu kommen würden! Du nimmst ihn ja ständig nur für dich ein, du egoistisches STEINZEIT-ALPHATIERCHEN!«

Bevor Magnus etwas darauf sagen konnte, stoppte Nikolay endgültig die Diskussion der beiden, indem er ruckartig aufstand.

Die Zeit schien still zu stehen, als Nikolay allen Mut zusammennahm, Wendy bei der Hand packte und mit ihr an einem verdutzt aussehenden Magnus vorbeirauschte. Frische Luft würde dem Weib hoffentlich guttun.

Auf der Veranda lief die Wandlerin mit verschränkten Händen wie eine Wölfin auf und ab, sie fauchte und nuschelte Unverständliches. Der Wind blies ihr rotes Haar durcheinander, ihr schien es nicht aufzufallen.

»Was ist los, Wendy? Magnus ist doch gar nicht so. Eigentlich bin ich es, der andere Wandler meidet.« Er stellte sich vor sie, stoppte sie in ihrer spannungsgeladenen Wanderung. Langsam erkannte Nikolay Wendys Fassade, die schon leicht bröckelte. Als hätte er einen Schalter umgelegt, schluchzte sie laut auf und fiel in Nikolays Arme.

Er widerstand dem Drang, zurückzuweichen, und legte ebenfalls seine Hände um sie. »Was ist denn los mit dir?«

»Das … das ist kompliziert.«

»Sag schon. Warum bist du so grantig?«

Er gab ihr einen Moment Zeit. Nikolay konnte sich schon denken, was gerade los war. In der Schule hatte er ebenfalls solche Gefühlsausbrüche miterlebt.

»Sei ehrlich, Wendy«, flüsterte er ihr ins Ohr und streichelte ihren Rücken. Sie sog seinen beruhigenden Duft ein, dann nickte sie stumm.

»Ich bin so verdammt einsam und …« Wendys Stimme brach, ihre Arme zogen Nikolay noch näher. Nikolay ließ ihr Zeit.

»Du weißt bestimmt, dass mein Mann und mein kleiner Sohn vor Jahren gestorben sind.« Nikolay nickte spürbar, um sie zum Weiterreden zu bewegen. »Seitdem bin ich allein, das Rudel ist mir sehr wichtig, aber es kann nicht die Leere in mir füllen. Ich bin schon lange mit Magnus und Prat befreundet, sie sind … wie kleine Brüder für mich. Besonders mit Magnus bin ich viel zusammen gewesen. Prat hat bereits eine eigene Familie gegründet. Magnus hat nun auch in dir seinen wahren Gefährten gefunden.« Wendy wischte sich hastig übers Gesicht. »Verflucht noch eines, ich bin so … so … verdammt eifersüchtig.« Ihre Selbsterkenntnis ließ sie noch lauter schluchzen.

Nikolay löste sich aus der Umarmung und führte sie zur Hollywoodschaukel, die mit warmen Schaffellen ausgelegt war. Als sie sich darin einkuschelten, kam Espresso herbeigeflattert. Wendy beäugte Nikolays

Haustier misstrauisch, war jedoch so gnädig, keinen Schreikrampf vom Stapel zu lassen.

»Erzähl weiter, ich höre zu.«

Wendy sah wie ein kleines Mädchen aus, die ihre Lieblingspuppe verloren hatte. Ihre sonst so selbstsichere und starke Aura war welk wie eine nach Wasser flehende Blume.

»Ich sehe jeden Tag, wie das Rudel wächst und stärker wird. Ich bin bei jeder Geburt dabei, unterstütze die jungen Familien in allen Lebensbereichen und kann den vielen Kindern beim Aufwachsen zusehen.

Diese Aufgabe hat mich immer erfüllt, aber … seit einiger Zeit ist es mir nicht mehr genug. Ich lebe in einem großen Haus, aber Erinnerungen füllen weder die Räume, noch machen sie mich warm.

Keine kleinen Kinderbeine, die über den Flur watscheln, kein lautes Auflachen, wenn ich meinen kleinen Schatz bei den unzähligen Versteckspielen gefunden habe. In der Küche riecht es nicht nach dem Sonntagsbraten von früher und mein Bett ist nur mehr der Ort, um lebensnotwendigen Schlaf zu tanken. Ich fühl mich so schwerelos, leer, als wäre ich im freien Fall.«

Wendy wischte sich mit ihrem Ärmel übers tränennasse Gesicht. »Außerdem spüre ich eine Migräne anrollen. Schon seit Tagen bin ich gereizt und habe Stimmungsschwankungen.«

»Sind das klassische Anzeichen?«

»In meinem Fall schon. Ich könnte bei der kleinsten Kleinigkeit explodieren, was … gerade geschehen ist.« Wendy überdrehte die Augen, der Gedanke an ihren Wutausbruch machte sie sichtlich unglücklich. »Es fühlt sich an, als wären kleine schadenfrohe Monster in meinem Kopf und piksen mich mit Nadeln.«

»Was wünscht du dir?«

»Was ist das denn für eine komische Frage, Liebling?«

»Eine ganz einfache.«

Wendy zuckt mit den Schultern. »Ich möchte glücklich sein.« Nikolay sah in Wendys traurigem Gesicht, dass sie wenig Hoffnung hegte, diesen Zustand wieder zu erreichen.

»Die Migräneanfälle hatte ich das erste Mal nach dem Tod meiner Familie. Sie werden immer schlimmer und reißen mich in ein tiefes Loch. Ich überdecke meinen Zustand meistens mit Lautstärke und Ratschlägen, die keiner hören will.« Wendy lachte trocken.

»Wie kannst du glücklich werden?«

»Ich will öfters zu euch kommen dürfen, ohne dass ich mich unerwünscht fühle. Ich brauche jemanden, bei dem ich mich anlehnen kann, wenn mich die Erinnerungen wieder einholen. Ich wünsche mir ein neues Leben.«

Nikolay sah sie hoffnungsvoll an. »Ich sehe niemanden, der dich von einem neuen Leben abhält. Tu's doch einfach.«

»Mit allem Drum und Dran, ja?«

Nikolay hob fragend eine Augenbraue. »Was meinst du damit?«

Wendy rückte ein paar Zentimeter von Nikolay weg, wischte sich eine Haarsträhne aus dem Gesicht. Sie wirkte plötzlich wieder so ungeduldig. »Ich bin auch nur ein Mensch und habe gewisse … Bedürfnisse.«

»Ja. Und?«, fragte Nikolay lang gezogen. Die Richtung, in die das Gespräch ging, ließ seine Wangen heiß werden.

»Verdammt, Nicky, ich möchte einen Kerl kennenlernen, der es mir wieder einmal so richtig besorgt. Die Balken sollen sich so heftig biegen, dass das Bett auseinanderbricht! Ich will es noch Tage später spüren, dass ich endlich mal wieder so richtig durchgenommen wurde!«

Plötzlich stoppte sie ihren mehr als intimen Gefühlsausbruch, schlug sich die Hand vor den Mund. Mit krauser Stirn und verwirrten Blick sah sie in Nikolays Richtung.

Nikolay schenkte ihr ein beruhigendes Lächeln. »Wendy, deine Ehrlichkeit ist meine Schuld. Das macht der Omega in mir. Früher sahen meine Mitschüler auch so verwundert aus wie du gerade. Du bist nicht verrückt oder verbittert.«

»Trotzdem, es … es tut mir leid, dass ich dir das gesagt habe. Du hast selbst genug Probleme, da kann ich dich nicht auch noch als Jammerkasten missbrauchen!«

»Ist schon gut, Wendy. Eine Frage habe ich … gehts dir jetzt besser?«

Wendy zog eine Augenbraue hoch, überlegte, bevor sie antwortete. »Abgesehen von den aufkeimenden Kopfschmerzen gehts mir wirklich besser …« Wendy wirkte verblüfft. Nikolay fasste sich ein Herz. »Wendy, zeig mir, wo es wehtut.«

Etwas verstört zeigte sie auf die Stellen auf Kopf und Stirn. Als er seine Hände genau auf die Punkte legte, befürchtete er ein Wegzucken, doch Wendy war völlig ruhig, sah nur unentwegt in seine Augen.

Das Kribbeln setzte ein, Nikolay fiel ein Stein vom Herzen. Die heilenden Kräfte verließen seine Fingerspitzen, übertrugen sich in Wendys Kopf, dorthin, wo sich die Migräne wie ein Parasit eingenistet hatte. Wendy glitt wie in Trance, die warme Energie ließ sie völlig entspannen. Dann war es vorbei. Er nahm die Hände fort.

»Er ist weg … der Schmerz ist weg … Nikolay … wie?«

»Das ist seine Gabe, Wendy.« Überrascht drehten sie sich zu Magnus um, der auf sie zukam. Der Alpha schien das Spektakel mitbeobachtet zu haben.

»Wie lange stehst du da schon?«, fragte Nikolay.

»Na ja, so lange, dass ich weiß, dass wir für Wendy einen Mann suchen müssen, der sie, – wie hast du gesagt? – der sie so richtig durchnimmt.« Magnus schien amüsiert.

»Es tut mir leid, dass ich gelauscht habe, aber ich …« er zeigte mit dem Daumen auf seine Brust, »ein egoistisches Steinzeit-Alphatierchen kann gar nicht anders.«

»Es tut mir leid, Alpha, ich habe das nicht so gemeint, meine Migräne und …«

»Schon gut, Wendy, ich weiß. Ist ja nicht so, dass ich dich erst einen Wimpernschlag kenne. Wie geht es dir jetzt?«

Wendy sah verwundert von Magnus zurück zu Nikolay, dann wieder zu Magnus hoch.

»Es geht mir sehr gut, meine Migräne ist weg und auch das andere … meine Wut und meine Traurigkeit … einfach verraucht. Wie kann das sein?«

»Der Segen eines Omegas, meine Liebe.«

Wendy umarmte Nikolay und vergoss ein paar Freudentränen.

»So, ich würde vorschlagen, dass wir wieder reingehen und du Nikolay noch mal so ein komisches Blini-Dings machst. Wenn schon kein Speck oder Fleisch drin ist, soll er wenigsten etwas mehr davon essen. Und wenn es Nikolay nicht stört, würde ich sagen, du kommst ab jetzt mindestens einmal die Woche und hilfst mir, Nikolay aufzupäppeln.«

KAPITEL 26

Magnus

Magnus war so verdammt stolz auf seinen Welpen mit den heilenden Händen. Er sah zu, wie Nikolay jeden Tag mehr aus sich herauskam, seine Angst und inneren Dämonen langsam ablegte und zu einem fröhlichen jungen Mann wurde.

Es war eine Wohltat, mit dem Burschen zusammen sein zu dürfen. Er liebte diese schüchterne Art, die oft von seiner erblühenden Schlagfertigkeit abgelöst wurde. Magnus hatte noch nie so viel gelacht wie in den letzten Tagen mit Nikolay.

Er hätte ihn mit Haut und Haaren fressen können, als er an seiner dritten Tasse Kaffee nippte und genüsslich stöhnte, als ob es das Beste wäre, was es auf der Welt zu trinken gäbe.

Am Vortag hatte er ihn das erste Mal mit einem Schwips erlebt. Er war vor Lachen fast gestorben.

Sie hatten einen total unspektakulären Abend geplant. Ein paar Folgen *Sons of Anarchy*, Essen vom Chinesen und ein paar Bier. Die Bier hatten Nikolay nichts ausgemacht, immerhin war er auch ein Wolfswandler mit einem schnelleren Stoffwechsel. Aber dann wurde Magnus etwas unvorsichtig und mixte ein paar Cocktails.

Ein »böser Fehler«, wie Magnus nun wusste.

Nikolay war leider der englischen Sprache nicht mehr mächtig gewesen und hatte nur auf Russisch gelallt.

Magnus hatte sich fast totgelacht – doch als Nikolay aus heiterem Himmel seine Jeans aufgemacht hatte, war ihm das Lachen im Hals stecken geblieben.

Magnus hatte nicht gedacht, dass der Blowjob in der Dusche übertroffen werden konnte, doch Nikolay hatte es dieses Mal mit einem teuflischen Grinsen geschafft, Magnus jammern und betteln zu lassen wie ein Verdurstender um ein Glas Wasser, bis er laut stöhnend gekommen war.

Doch nicht lange, da war Nikolay wieder das Häufchen Elend gewesen wie beim letzten Mal – nur dieses Mal mit drei Fingern in seinem engen Arsch, die seine Prostata quälten.

Nikolays feste Arschbacken haben dabei so schön gezittert. Aaargh.

Wie beim letzten Mal kam der Bursche rein anal durch die Reizung seines Lustpunktes, er war so herrlich empfindlich. Noch so jung, alles war so neu mit ihm. Magnus genoss jede einzelne Sekunde. Der Schwarzschopf machte tolle Fortschritte.

Auch gegenüber Prat legte Nikolay sein scheues Verhalten langsam ab. Den Drang, sich zu unterwerfen und den Bauch zu zeigen, fühlte Nikolay bei allen Alphas und starken Betas. Das war auch der Grund, warum der Junge Bruce nicht leiden konnte. Magnus konnte sich gar nicht vorstellen, was für eine Stärke Nikolay besitzen musste, um so standfest zu bleiben, seine wahre Natur zu unterdrücken.

Mittlerweile war für Magnus jeder Morgen ein guter Morgen. Die Anwesenheit des schnuckeligen Omegas versüßte dem Alpha jeden Tag, auch wenn er noch so kalt und grau war. An diesem Morgen versuchte Magnus, den Jungen aus dem Bett zu bekommen. Magnus hatte seine Tiergestalt angenommen und stand als riesiger Wolf breitbeinig über dem schmalen Körper. Nikolay erschrak im ersten Moment.

»Magnus, was willst du?« Noch völlig verschlafen sah Nikolay den großen, »bösen« Wolf an. Der verwegene Schlafzimmerblick setzte Magnus zu. Er musste den Burschen schnell auf die Beine bringen, sonst würde ihm noch etwas anderes einfallen, als Fangen im Wald zu spielen.

»Lass mich noch zehn Minuten schlafen.« Nikolay drückte den Kopf in die Kissen und suchte blind nach der Decke, die Magnus zuvor vom Bett gezogen hatte.

Nix da, mein Freundchen. Ich will spielen!

»Außerdem brauch ich vorher noch einen Kaffee … oder zwei. Hey! Sabberst du mich gerade an?«

Upps!

Er stand über dem kleinen Omega und roch seinen intensiven Duft.

Das ist ja wohl klar, dass dann auch der Speichelfluss nicht mehr so gut gehorcht.

Der kleine, zierliche Körper unter ihm war so wunderschön! Die perfekt geschwungene Linie seiner Wirbelsäule, die zu diesem kleinen Prachtarsch führte …

Sein Gewicht war deutlich in die Höhe geschossen. Phil hatte ihn gestern gewogen. Zehn Kilo hatte er bereits mehr auf den Rippen, sie ließen seine Knochen nicht mehr so überdeutlich herausragen.

Noch einmal sog er den grandiosen Omegaduft ein und inhalierte den Geruch von Waldbeeren an einem Regentag, und das Wasser lief ihm erneut im Maul zusammen.

Ohne nachzudenken, leckte er durch die Spalte des knackigen Hinterns. Der teuflische Geschmack ließ ihn hart werden.

Wow! Als Wolf ist das ja noch tausendmal intensiver.

Nikolay sprang wie von der Tarantel gestochen hoch und flüchtete aus dem Bett. »Magnus!« Nikolay wirkte empört, seine Morgenlatte jedoch war einfach nur hinreißend. Schützend legte der Morgenmuffel die Hände vor sein junges Geschlecht, um Magnus' gierige Blicke abzufangen. Magnus knurrte verärgert.

»Hast du mich gerade angeknurrt?«

Sei froh, dass ich nur knurre!

Magnus' Wolf musste sich schwer zusammenreißen, um nicht über den Kleinen herzufallen, ihn zu Boden zu reißen und sich zu nehmen, was ihm gehörte.

»Und das alles vor meinem ersten Kaffee!«, motzte der Russe und verwandelte sich in einen Wolf.

Nachdem ihm Nikolay zur Begrüßung liebevoll die Schnauze abgeleckt hatte, rannte Magnus los in Richtung Hintertür, die er in seiner Wolfsform nur mit Geduld öffnen konnte. Wie vom Teufel höchstpersönlich gejagt, rannte Nikolay an ihm vorbei in den Wald. Eine deutliche *komm und fang mich!*-Aufforderung. Magnus spurtete hinterher.

Nikolays kleine Wolfsgestalt machte ihn schnell und wendig, ließ ihn weit springen und extrem schnell laufen. Magnus hatte Mühe, ihm hinterherzukommen.

Er wollte sich auf keinen Fall die Blöße geben, als mächtiger Alpha bei einem Fangspiel so erbärmlich abzuschneiden.

Magnus nutzte seinen Vorteil, den Wald in- und auswendig zu kennen. Er wusste, dass bald eine Lichtung auftauchen würde, von vielen malerischen Felsen umringt. Auf freier Strecke, ohne hinderliche Bäume und Sträucher, konnte Magnus schnell aufholen.

Er setzte zum Sprung an und flog auf Nikolay, der vor Schreck laut aufjaulte. Sie rangelten im hohen Pulverschnee wie verspielte Welpen. Doch etwas war plötzlich anders. Magnus brauchte einen Moment, um zu realisieren, was es war. Nikolays grandioser Duft war mit Furcht vermischt.

Oder Nervosität?

Schnell drehte sich Magnus in alle Richtungen, doch nichts war zu sehen, sie waren allein. Keine Gefahr. Warum also schien Nikolay bei ihrer Rangelei im Tiefschnee so zu fühlen?

Zu Magnus' völliger Überraschung drehte sich Nikolay auf den Rücken, die Vorderpfoten in der Luft abgewinkelt, Kopf zur Seite geneigt. Nach einigen Sekunden begriff Magnus, dass sein Welpe genau das tat, was er sich seit dem Zeitpunkt ihrer ersten Begegnung von ihm gewünscht hatte.

Der Omega unterwirft sich mir.

Nikolay präsentierte demütig seine Kehle, die Ohren waren angelegt, sein weicher weißer Bauch entblößt, die Rute zwischen die Hinterläufe geklemmt. Zittrig lag er im Schnee. Es musste den Jungen sehr viel Überwindung kosten, hier so demütig vor ihm zu liegen. Magnus empfand puren Stolz, sein dominanter Wolf war überglücklich. Er fühlte sich mächtig und stark.

Tausende von Glückshormonen schwirrten in seinem Körper umher. Sie hatten die nächste Stufe erreicht. Endlich!

Magnus leckte in langen Zügen liebevoll über das herrlich weiche Bauchfell seines Omegas, biss zärtlich in die entblößte Kehle und stupste ihn mit seiner kalten Schnauze an.

Satte Zufriedenheit machte sich in seinem Körper breit. Magnus ließ von ihm ab, akzeptierte die Unterwerfung, sodass sich der Welpe wiederaufrichten konnte.

Schnell war er auf den Beinen und schüttelte sich den Schnee aus dem Fell, und damit all seine Scham und die Angst.

Aber Magnus' neu geweckter Spieltrieb war noch nicht gestillt. Sie tollten wie kleine Jungs umher, wälzten sich erneut im Schnee, kniffen sich mit den Zähnen und leckten sich liebevoll. In der Nähe der großen Felsen warf sich Magnus demonstrativ in den Schnee und blieb dort erschöpft liegen. Nikolay, der Jungspund, wollte ihn weiter zum Spielen animieren und zerrte an seinem Ohr. Magnus knurrte genervt. Nikolay war noch so jung und verspielt. Seine Angst vor Magnus, der zweimal so groß und schwer war, schien so gut wie nicht mehr vorhanden. Die Unterwerfung hatte das deutlich gemacht.

Unbeeindruckt von Magnus' Knurren, verbiss sich Nikolay in seinem anderen Ohr. Prats Kinder würden große Augen machen, wenn sie sähen, wie dreist der Russe Magnus' Aufmerksamkeit einforderte.

Er erhob seinen bulligen Körper. Der junge Omega würde seinen Willen bekommen.

Dieser kleine Satansbraten wird zu Hause einen roten Hintern kassieren, wenn er weiterhin so frech ist.

Diese Botschaft ließ er in sein nächstes Knurren mit einfließen. Nikolay jaulte herausfordernd jubelnd.

Na warte, gleich bist du nicht mehr so frech!

Magnus preschte nach vorn auf den Kleinen zu, der zu den großen Felsen rannte, um sich dort vermutlich in die Höhe zu retten.

Pures Entsetzen musste in Magnus Blick zu erkennen sein, als Nikolay mit einem plötzlich erschreckten Jaulen von der Bildfläche verschwand.

Magnus rannte, so schnell ihn seine Pfoten tragen konnten, zu dem Felsvorsprung, wo er Nikolay gerade noch gesehen hatte und im nächsten Moment nicht mehr. *Nichts zu sehen!*

Er war wie in Rauch aufgelöst. Auffordernd rief Magnus nach ihm. Die Antwort kam postwendend in einem erstickten Wimmern. Aber sein Gefährte war nicht zu sehen. Erst durch einen weiteren leisen Laut erahnte Magnus die Richtung. Unter ihm. Mit weitaufgerissenen Augen sah er zu seinen Pfoten hinab. Vor ihm war ein Spalt. Genau zwischen Felsen und Erdboden. So schmal, kaum zu glauben, dass Nikolay da einfach durchgerutscht war.

Ohne nachzudenken, steckte er seinen Kopf hinein und sah das weiße Fell in der Dunkelheit aufblitzen. Weiter unten wurde die Spalte breiter, dort wo sein Gefährte jetzt lag. Magnus' feine Schnauze witterte Blut.

Sein Welpe war still, sah mit den riesigen schwarzen Augen hoffnungsvoll hoch zu ihm.

Ich muss mir schnell etwas einfallen lassen!

Wenn sie sich beide zu Menschen wandelten, könnte er Nikolay vielleicht herausziehen. Es würde schwierig werden, der enge Spalt machte es Magnus unmöglich seine breiten Schultern durchzuquetschen.

Magnus wollte sich gerade verwandeln, als Nikolays Knurren Mark und Bein durchfuhr und ihn sofort innehalten ließ. Drohend, aggressiv und furchteinflößend.

Magnus hätte Nikolay diese Laute niemals zugetraut. Zu spät nahm der Alpha den fremden Duft wahr, der immer präsenter wurde.

Warnend stellte Nikolay sein Nackenfell auf, bleckte die spitzen Fänge. Magnus' Einsicht, dass ihm Gefahr drohte, kam leider zu spät.

Verdammte Scheiße noch mal, tut das weh! –

Sein Vorderbein pochte, die Schmerzen jagten durch seinen ganzen Körper. Er zwang sich, nicht hinzusehen. Es durfte ihm nicht passieren, in diesem Moment auch noch in Ohnmacht zu fallen. Er versuchte, sich stattdessen zu beruhigen, immerhin war Magnus da, der ihm helfen würde. Der markante Duft, der sich mit Magnus' Alpha-Duft vermischte, ließ jedoch sein Herz erstarren.

KAPITEL 27

Nikolay

Es geschah alles wie in Zeitlupe, bevor ein Blitzgewitter der schlimmsten Ereignisse stattfand, die er je befürchtet hatte. Erst bei seinen letzten Bemühungen, Magnus zu warnen, drehte sich sein Alpha um, doch da war es auch schon zu spät.

Eine riesige weiße Pranke blitzte auf, die Magnus wegschleuderte, wie einen schwerelosen Gegenstand. Ein klägliches Wimmern drang in Nikolays Ohren.

Magnus! Was sollte er jetzt machen?

Er konnte seinen Gedanken nicht weiterspinnen, ein alles verschlingender Schatten tauchte über ihm auf. Sein Hirn wollte ihn noch schützen, was sein Geruchssinn jedoch längst wusste. Der vordringende Duft war eindeutig. Es war *der Alpha.* Sein Peiniger hatte sein Opfer gefunden.

Nikolays Zellen vibrierten panisch bei dem Anblick des Alphas, schickten ihm einen eisigen Angstschweiß nach dem nächsten über den eigentlich noch kälteren Rücken. Zu deutlich sah er vor seinen Augen sein letztes Stündlein gekommen, versuchte sich auf wenigstens noch ein Vater unser zu konzentrieren, während der Bär versuchte, Nikolay mit seinen Pranken zu erreichen.

Wo war Magnus? Hatte der Eisbär seinen Gefährten mit einem einzigen Prankenhieb getötet? Möglich wäre es.

Der Bär versuchte, die Spalte zu erweitern, indem er kleine Felsbrocken zur Seite schob und zu Nikolay hinunterwarf, die ihn hart am Rücken trafen. Der Bär brüllte und wütete. Nikolay duckte sich vor weiteren hinabfallenden Steinen und Erdklumpen. Als er wieder rauf sah, erkannte er noch in letzter Sekunde, wie der Eisbär zur Seite gestoßen wurde. *Magnus! Er lebt!*

Automatisch machte sein verängstigtes Herz einen Hüpfer. Der Eisbär war rein kräftetechnisch im Vorteil, trotz Magnus' imposanter Größe. Von hier unten konnte Nikolay den Kampf nicht verfolgen, geschweige denn eingreifen. Noch nie hatte er sich so nutzlos und unbeholfen gefühlt. Mit dem verletzten Vorderbein schaffte er es nie allein aus dem Spalt. Er brauchte Hilfe! Aber wie?

Seine Hilferufe waren in diesem Augenblick alles, was er tun konnte, um auf sich aufmerksam zu machen. Er stellte sich auf seine Hinterläufe, lehnte sich mit der gesunden Vorderpfote auf die Felsen und jaulte, so laut er konnte. Während seiner kurzen Pausen hörte er immer wieder Kampfgeräusche, Winseln und schwere Körper, die aneinanderstießen und sich zu Boden warfen. Er jaulte weiter, bis sein Trommelfell vibrierte.

Bitte, jemand soll mir antworten! Irgendjemand!

Nichts. Nur die Kampfgeräusche der beiden Alphas klangen in Nikolays Ohren. Eine tiefe Angst breitete sich in ihm aus. Eine Angst, die so groß war, dass er damit rechnete, durch sie in tausend Teile zu zerspringen.

Ohne Magnus – nein, er durfte nicht daran denken. Die Angst, für immer ohne Magnus zu sein, brachte ihn beinahe um. Er würde es sogar in Kauf nehmen, sein restliches Leben in Gefangenschaft zu verbringen, wenn nur Magnus am Leben bleiben würde!

Die Angst kroch weiter in ihn hinein, beinahe hätte er dadurch das Geräusch überhört. Seine Sinne schärften sich erstaunlich, verdrängten kurzzeitig die anschwellende Panik. Jemand antwortete auf seine Hilferufe!

Unterschiedliche Stimmen, von Wölfen, aber auch katzenartige, wie ein lautes Miauen drängten sich leise durch den Spalt. Sie eilten näher, mussten bereits auf der Lichtung angekommen sein. Das Gebrüll des Eisbären drang zu ihm herunter, er erzitterte erneut. Seine Konzentration auf den Geruch versagte durch die immer größer werdende Furcht.

Nikolays ganze Aufmerksamkeit war auf die Laute der Wandler gerichtet. Er versuchte, sie zu deuten, doch dies war schwierig in all dem Durcheinander. Außerdem schmerzte sein Vorderlauf furchtbar, pochte im Rhythmus seines Herzschlages.

Ein Schatten ragte plötzlich über ihm auf. Enttäuscht erkannte Nikolay, dass es nicht Magnus war. Ein zotteliger Wolf, groß und muskulös starrte ihn mit leuchtenden grünen Augen, wie Saphire, an. In sein hellbraunes Fell waren kleine Zöpfe geflochten. Tylor! Der Ex-Wächter des Rudels!

Sofort schossen Nikolay die Bilder durch den Kopf, als er ihn das letzte Mal gesehen hatte und nur knapp einer Vergewaltigung entkommen war.

Nikolay legte die Ohren an. Er hatte sich oft eine Konfrontation mit Tylor vorgestellt, dabei spielte Magnus als Prellbock allerdings eine wichtige Rolle. In Sekundenbruchteilen verwandelte sich der Wächter in einen Mann, der Nikolay sofort an einen Wikinger erinnerte. Seine langen, blonden Dreadlocks hingen in die Spalte hinein und verdeckten zum Teil sein Gesicht. Tylor wirkte aufgeregt, sein Brustkorb bebte. Er musste schnell gelaufen sein. Der Ex-Wächter sah sich die Spalte genauer an.

»Nikolay! Verwandle dich und gib mir deine Hand!« Tylor klang energisch. Nikolay rührte sich nicht vom Fleck.

Gerade würde er den kinderfressenden Pennywise von Stephen King, ES, mehr vertrauen als dem sexy Wikinger. Die Saphire fixierten die Onyxe von Nikolay.

»Welpe, ich tu dir nichts! Versprochen! Es tut mir leid, was damals im Wald passiert ist. Wirklich! Ich war nicht klar bei Verstand. Dass ich dich verletzt habe, tut mir furchtbar leid. Bitte lass mich dir helfen!« Hoffnungsvoll sah er zu Nikolay runter.

Scheiße! Was soll ich jetzt nur machen?

Er musste hier raus, wollte zu Magnus. Seine eigenen Kräfte schwanden. Allein würde er niemals hier rauskommen.

Aber musste es ausgerechnet dieser Kerl sein?

»Welpe, bitte! Du kannst mich auch weiterhin hassen, aber komm jetzt endlich hier raus!«

Nikolay gab sich einen Ruck und verwandelte sich in seine Menschenform zurück. Er hatte das Gefühl, sein Arm würde nur mehr an einem Fetzen Haut hängen. Die Schmerzen waren mit nichts vergleichbar. Er sah nicht hin, bei dieser Finsternis hier unten konnte er sowieso kaum was erkennen. Nikolay versuchte, sich auf den Wächter zu konzentrieren, dessen Gesicht sich etwas erhellte.

»Nenn mich nicht WELPE!«, keifte er mit rauer Stimme nach oben. »Was ist mit Magnus?«

»Er braucht unsere Hilfe! Komm!« Der Wikinger hielt ihm eine ausgestreckte Hand nach unten. Nikolay versuchte, sie mit seinem gesunden

Arm zu erreichen. Neue, wilde Kampfgeräusche drangen bis in seine Spalte vor, ließen ihn erzittern. Er erreichte die dargebotene Hand nicht. Obwohl er sich, soweit er konnte, streckte, war es dennoch zu wenig.

»Ich kann dich nicht erreichen!«

Der Wächter bemerkte seine Hoffnungslosigkeit in der Stimme. »Du schaffst das! Los, versuch es noch mal. Wenn du ohnmächtig wirst, krieg ich dich da nie raus. Schnell! Stütz dich hier an den Vorsprung ab. Komm, bitte, Kleiner!«

Ich bin auch nicht dein Kleiner!

Tylor versuchte sich weiter in den Spalt zu quetschen. Nikolay musste sich zusammennehmen. Er wischte sich schnell eine Träne aus dem Augenwinkel und atmete durch.

Die tausend Nadeln in seinem Arm ignorierend, fasste er nach dem Vorsprung. Ein erstickter Schmerzenslaut löste sich aus seiner Kehle. *Kipp jetzt nicht um!*

Er sprang in die Höhe, soweit er nur konnte. Sein schmerzerfüllter Schrei hallte in der Felsspalte wider. Seine Sinne schwanden für einen kurzen Moment. Als sich etwas Warmes, Festes um seine Hand schloss, wusste er, dass Tylor ihn hielt. Er zerrte Nikolay aus dem Spalt heraus. Das gleißende Licht des Tages, vielhundertfach verstärkt vom weißen Schnee auf der freien Lichtung schmerzte in seinen Augen.

Mühsam sah er sich um. Eine Menge Wölfe, auch in Menschengestalt, waren auf der Lichtung. Er selbst lag nun auf der Seite im kalten Schnee. Gebrüll ließ ihn aufhorchen. Sein Peiniger und Magnus!

Vor ihm auf der großen Lichtung, wie in einer Arena, trafen sie sich in der Mitte, stürzten gemeinsam in den zertrampelten, nun dreckigen Schnee. Der Eisbär schlug seine großen Pranken in den Wolf, der wiederum schnappte nach seiner Kehle. Beide brüllten vor Schmerz. Ihre Felle waren aufgeschlitzt, überall wo er hinsah. Mühsam erhob sich Nikolay von dem kalten Lager. Er wollte seinem Gefährten helfen, und als Mensch war der Schnee alles andere als angenehm.

Die eisigen Finger Tylors hielten ihn zurück. »Kusch, liegen bleiben, Kleiner! Du bist schwer verletzt.«

Nikolay rang sich das erste Mal überhaupt dazu durch, ein Auge auf seinen Arm zu werfen. Der blutverschmierte, weiße Knochen sah unecht aus, wie er so aus einer klaffenden Wunde an seinem Unterarm ragte.

Ebenso der ungewöhnliche Winkel, in dem sein Arm vom Körper abstand. Er war über und über voll mit klebrigem Blut.

Ein Pflaster wird da nicht mehr ganz ausreichen, fuhr es ihm in den Sinn.

Verzweifelt und ehrlich hilflos sah er auf das brutale Spektakel vor ihm. Unzählige Wölfe und zwei Pumas standen in einem Kreis zusammengeschlossen und beobachteten ebenfalls den Kampf.

»Wieso steht ihr nur so da? Wir müssen Magnus helfen. Der Eisbär bringt ihn noch um!«

»Magnus hat den Eindringling herausgefordert. Wir dürfen ihm nicht helfen. Wir können nur abwarten.« Tylor ballte die Hände zu Fäusten.

Der Wächter schien sich zusammenreißen zu müssen, um Magnus nicht zu Hilfe zu eilen. Es gab nur eine Regel zwischen zwei Alphas im Kampf: Der Kampf endete immer mit dem Tod einer der Kämpfer. Nur dann hat man den Rang als Alpha auch verdient.

Panisch schwirrten Nikolays Augen hin und her. Am Rande, hinter den kämpfenden Alphas lagen einige leblose Körper, ebenfalls nackt.

»Wer sind die Toten?«, fragte er, ohne lange den Blick von Magnus abzuwenden.

»Das waren Freunde des Eisbären. Als wir nach deinen Hilferufen die Lichtung erreicht haben, hatten sie Magnus aus dem Hinterhalt angegriffen, die feigen Schweine! Wir haben sie fertiggemacht.« Tylor schlug sich seine Faust gegen die Handfläche, als wäre sie ein Schädel, auf den er eindrosch.

So wikingerhaft!

»Doch den Kampf mit dem Eisbären muss Magnus allein bestehen.« In Tylors Stimme lag der Tonfall des Zornes. Nikolay kannte den muskulösen Wikinger nicht gut genug, doch es schien ihm Schmerz zu bereiten, seinem Alpha bei solch einem Kampf auf Leben und Tod hilflos zusehen zu müssen.

Die Felle der beiden Alphas waren bereits in ihrem eigenen Blut und dem des anderen getränkt. Der Eisbär schleuderte Magnus von sich. Warf ihn gegen einen Felsen. Der Wolf stieß die Luft aus den Lungen, fiel kraftlos in sich zusammen.

Nein! Steh auf!

Nikolay war wie betäubt. Er konnte nur zusehen, wie siegessicher der Bär zu dem leblosen Wolfskörper stapfte. Bei seinem Gefährten angekommen, riss der Eisbär sein Maul weit auf und brüllte laut, als Geste seines Sieges.

Nein! Nein! Nein! Danach stürzte er sich auf Magnus' Hals, wollte ihm die Kehle rausreißen.

»Nein!«, schrie Nikolay hysterisch.

Nikolay wusste nicht, ob ihn seine Sinne einen Streich spielen wollten. Er blinzelte. Einmal. Zweimal. Er war sich sicher. Ja, er war sich ganz sicher.

Magnus hatte sich aufgestemmt, gerade als der Bär seinen empfindlichen Hals erreichte. Magnus riss sein Maul weit auf, schnappte nach der Kehle des Bären. Dem Bären blieb ein Schrei im Halse stecken.

Magnus zog und zerrte an Nikolays Peiniger, bis er ein Stück Fleisch herausriss und ein klaffendes Loch zurückließ. Blut verließ den Bärenhals in Herzschlag-Fontänen, färbte den restlichen Schnee rot wie den Boden eines Schlachthofes. Der Bär kippte zur Seite. Ein letzter Laut drang noch aus dem Maul, bevor er die Augen für immer schloss.

Nikolay atmete erleichtert aus, als Magnus sich mit den Vorderpfoten auf den leblosen Körper des Bären stützte und laut jaulte. Sein Siegesschrei. Danach ging alles ganz schnell.

Der Rudelführer kippte um wie eine leblose Puppe. Einige Rudelmitglieder stürmten auf Magnus zu. Nikolay wollte aufstehen. Es fiel ihm unglaublich schwer, seinen Blick fokussiert zu halten. Der Blutverlust machte sich bemerkbar.

»Nikolay! Oh Gott! Was ist mit dir passiert?«

War das Phil?

Er hatte Schwierigkeiten, die Augen offen zu halten. Er wurde ruckartig an dem gesunden Arm hochgerissen.

»Aua! Verdammte Scheiße!«

Für einen Moment schwand erneut sein Bewusstsein. Jemand schlug ihm ins Gesicht.

»Nikolay, du musst mir helfen!«

Panisch sah der Doc ihn an, umfasste grob sein Gesicht mit beiden Händen. Nikolays Blick klärte sich langsam wieder. Phils Griff fühlte sich kalt und klebrig an.

»Nicky, ich kann Magnus nicht mehr helfen! Bitte, du musst was tun!«

Ruppig und mit ungewohnter Gewalt zerrte Phil ihn über den Schnee zu Magnus. Er sah auf sein Handgelenk, das von Phils kräftigen Fingern umklammert wurde. Jetzt wusste Nikolay auch, warum sich Phils Hände so klebrig angefühlt hatten. Magnus' Blut haftete an ihnen.

Nur Prat und Bruce erkannte er. Sie und auch alle anderen Wandler auf der Lichtung waren nackt, sahen ihn aus schockgeweiteten Augen an.

Unter normalen Umständen wäre ihm die Situation so peinlich, dass sein Gesicht knallrot anlaufen würde, denn alle Blicke waren auf ihn gerichtet. Doch in diesem Moment achtete er nicht darauf. Er musste zu Magnus.

Mit Phils Hilfe erreichte er den Zentralpunkt des Kampfplatzes. Magnus hatte sich in seiner Bewusstlosigkeit zu einem Menschen zurückverwandelt. Der Körper war überströmt von fast schwarzem Blut. Nikolay wusste nicht, was von Magnus und welches von dem Bären war. Eine große Wunde klaffte an seinem Hals. Der Bär musste ihn mit einem Reißzahn erwischt haben. Neben Magnus' blutverschmiertem Körper breitete sich in rasanter Geschwindigkeit eine Blutlache aus. Nikolay sank zu Boden. Automatisch legte er seine Hände auf die blutende Wunde. Zumindest die gesunde Hand. Seine andere gehorchte ihm nicht mehr.

Es ist meine Schuld, dass Magnus hier liegt! Der Eisbär ist wegen mir gekommen!

Fest legte er seine Finger auf die Kehle seines Gefährten und wartete ungeduldig, dass das Kribbeln einsetzte.

Warum dauert das so lange? Wieso passiert nichts?

Im Hintergrund hörte er die Wandler aufgeregt reden. Sie fragten sich, warum nicht Phil als Rudelarzt ihrem Rudelführer half, sondern der fremde Omega.

Nur gedämpft hörte er Bruce' Raunen, zu laut rauschte Nikolays Blut in seinen Ohren. »Haltet alle die Klappe! Nikolay kann Magnus als Einziger helfen!«

Bruce hatte anscheinend mehr Glauben in Nikolay und seine Kraft als Nikolay selbst. Immerhin konnte er nicht einmal seine Augen richtig offenhalten. Wie sollte er da noch seine Kräfte herholen?

Seine Sicht verschwamm, dicke Tränen strömten unaufhaltsam aus seinem Körper. Das verdammte Kribbeln setzte nicht ein. Es war hoffnungslos. Er rüttelte den riesigen Körper. Magnus Körperspannung war verschwunden. »Nein, bitte nicht.«

»Krahhh, Krahhh!«

Der bekannte Warnruf des Kolkraben ließ ihn hochblicken. Der große Vogel warf einen dunklen Schatten auf das blutige Schlachtfeld.

»Krahh! Krahh!«

Als Espresso auf der Leiche des zum Menschen gewandelten Eisbären landete, wichen alle Wandler zurück. Der Kolkrabe musterte Nikolay interessiert.

»Ein Todesomen!«

»Der Rabe soll verschwinden!«

»Was ist das für eine Freakshow!?«

»Unglück! Unglück für uns alle!«

Nikolay dachte an Tylors Worte zurück, die er ihm damals beim Fluss ins Ohr geflüstert hatte. Sie glichen denen der verwirrten Wandler. Die unheimliche Situation ließ die Rudelmitglieder noch weiter zurückschrecken.

Nikolay erinnerte sich zurück, wie er den Vogel geheilt hatte, im Rücken den Alpha, der ihn unterstützt hatte.

Deine Fähigkeit ist ein Segen Nikolay. Ein wahrer Segen. Ich liebe dich, Nikolay!, hatte sein Gefährte gesagt.

Nikolay schluckte giftige Galle.

Er drückte fester auf die zerrissene Kehle *seines* Alphas.

Prat hatte sich als Einziger neben ihn hingehockt. »Bitte stirb nicht, Bruderherz!«, schluchzte er verzweifelt.

Nikolay drehte sich zu dem ersten Alpha und sah ihn wütend an. »Niemand stirbt hier!«

Er ignorierte Prats geschockten Gesichtsausdruck und fixierte wieder Magnus' blasses Gesicht, dessen Augen bereits leblos wirkten. »Du stirbst heute nicht! Hast du gehört? Nicht heute! Nein!«

Er atmete tief durch, schloss die Augen und ergab sich seiner Verzweiflung – und seiner schlechten körperlichen Verfassung. Er fiel halb auf Magnus blutverschmierte kalte Brust, die Hand noch immer auf seiner Kehle. Sein Bewusstsein schwand.

Er fühlte eine Wärme, die seinen Körper verließ.

Nein, Magnus, bleib bei mir! Ich liebe dich so sehr!

Als Nikolay die tonnenschweren Augenlider öffnete, war Phils Gesicht das Erste, was er sah. Er war in seinem *Arzt-Modus*, wie Magnus immer sagte, und sah Nikolay nachdenklich an.

Wo war Magnus?

»Er kommt wieder zu sich«, hauchte Phil und versuchte, ein liebevolles Gesicht aufzusetzen. Es gelang ihm nicht.

»Wo bin ich?« Nikolays Stimme war gefährlich dünn.

»Schhh, ruhig, du hast eine Menge Blut verloren, du brauchst dringend ein paar Blutkonserven. Wir sind noch immer im Wald auf der Lichtung.«

»Wo ist …?« Nikolay ahnte Schlimmes. Er traute sich nicht, weiter zu sprechen.

Phil lächelte ihn fortwährend an, wie es ein Arzt nun mal tat, doch es erreichte nicht seine Augen.

»Du meinst, wo der sture Bock ist, der bereits das Licht am Ende des Tunnels sah? Der ist genau hinter dir und krault dich wie ein blöder Hund hinter dem Ohr.«

Nikolay fuhr ruckartig nach hinten und blickte in kalte, graue Augen, die gleichzeitig so viel Liebe ausstrahlten, dass ihm fast das Herz überschwappte vor Glück.

»Magnus!«

»Ich bin hier bei dir! Schhhh!«

Warum sagen immer alle Schhhh? Zuerst Tylor mit einem »Kusch«, dann Phil und jetzt noch Magnus!

»Was ist denn?«, fragte Nikolay.

Magnus sah rüber zu Phil, Besorgnis spiegelte sich in dessen Gesicht wider.

Phil räusperte sich kurz, sah dann Nikolay tief in die Augen. »Wir müssen dich schnell hier wegbringen. Rudelmitglieder kommen bereits mit einem Geländewagen. Dein Arm ist ziemlich schwer verletzt, ich muss ihn unbedingt operieren. Es kann sein, dass ich amputieren muss, Nicky.«

Als Nikolay das volle Ausmaß verstand und nochmals auf seinen Arm blickte, der mit einem Stück Stoff provisorisch abgebunden war, überfiel ihn eine tiefe Verzweiflung. Eine Verzweiflung, so schmerzhaft wie die ersten Tage und Wochen in dem Keller, als er zu der Erkenntnis gekommen war, dass ihn niemand suchen und befreien würde.

»Nikolay, ich werde alles versuchen, aber wenn du noch mehr Blut verlieren solltest …« Phil hielt kurz inne. »Bevor du verblutest, muss ich ihn dir abnehmen.«

»Nein, bitte.«

»Nikolay!«, zischte Magnus, der Ton autoritär. »Nikolay, versuch dich selbst zu heilen.«

»Kann … das … so etwas … nicht.« Nikolays Augen wurden immer schwerer.

»Hast du es überhaupt schon mal ausprobiert? Wenn du dich konzentrierst, dann …«

»Ja, habe ich.« Benommen legte Nikolay seine gesunde Hand auf seine ausgekühlte Brust.

»Aber, was …«

»Meine Seele hab ich nicht heilen können.« Tränen lösten sich unaufhaltsam, als er zurückdachte, wie er im dunklen Keller festsaß, zerschunden, missbraucht und vergewaltigt, und versucht hatte, sein gebrochenes Ich wieder zusammenzusetzen.

Es hatte nie funktioniert. Seine Macht war nur für andere wertvoll. Ein letztes Mal sah Nikolay in die kühlen Augen, die glasig wirkten. »Das hast nur du geschafft.«

»Schhh, spar deine Kräfte. Alles wird wieder gut, hörst du? Du wirst wieder gesund.«

Nikolays Sinne schwanden. Seltsamerweise fühlte er sich in der Dunkelheit beschützt und geborgen.

KAPITEL 28

Magnus

Magnus marschierte im Gang von Phils privater Praxis seit mehr als drei Stunden auf und ab. Sein Welpe wurde noch immer operiert, er hatte keine Ahnung, wie es um den Kleinen stand. Zweimal war Linda, die Arzthelferin aus dem OP gestürmt, um noch mehr Blutkonserven zu holen, die die Mitglieder des Rudels eifrig gespendet hatten, schließlich waren sie Augenzeugen der schrecklichen Geschehnisse im Wald gewesen. Linda hatte wenig Zeit, dennoch Zeit genug, um mit schreckgeweiteten Augen mitzuteilen, dass es nicht sicher war, ob sie den Omega retten konnten.

Magnus war verzweifelt. Er selbst hatte keinen einzigen Kratzer mehr am Körper. Keine Schmerzen. Keine Wunden oder Narben. Nichts.

Prat und Bruce waren bei ihm im Wartezimmer. Sie alle trugen frische Klamotten, die ihnen Prats Frau Beth gebracht hatte. Beide sahen mitgenommen aus.

»Was ist passiert, als ich weggetreten war?«

»WEGGETRETEN? Magnus, wir dachten, du seist tot, oder kurz davor! Du bist so schlimm verletzt gewesen. Der Bär hat dich an der Kehle gepackt, dann ist alles so schnell gegangen. Du hast den Eindringling überwältigen können und ihm zuerst die Kehle herausgerissen. Danach bist du einfach umgekippt. Du hast im Sterben gelegen, Magnus.« Prat fiel es sichtlich schwer, weiterzureden. Ihm steckte der Schock noch in den Knochen. Er hätte fast seinen geliebten Bruder verloren.

»Phil hat dir nicht mehr helfen können. Er hat gesagt, dass deine Verletzungen viel zu schwer sind. Du hast nicht mehr geatmet, und dein Körper hat ausgesehen wie geschächtet. Du bist mehr tot als lebendig gewesen.«

Prat hörte auf zu sprechen. Dieser Alpha, sensibler als Magnus es jemals hätte sein können, hielt seine Tränen nicht länger zurück.

Stattdessen übernahm Bruce das Sprechen.

»Ich habe Tylor zu der Felsspalte geschickt, um Nikolay von da unten rauszuholen. Ich hatte ihm eigentlich selbst helfen wollen, doch die fremden Wandler haben dich angegriffen. Sie haben versucht, dich wie feige Schweine aus dem Hinterhalt zu töten.

Es sind so viele gewesen, ich habe dir einfach helfen müssen. Prat, Benjamin, fünf weitere Rudelmitglieder und ich haben mithilfe von zwei Pumawandlern die Anhänger getötet, während Tylor Nikolay aus der Spalte gezogen hat.

Tylor hat mir vorhin gebeichtet, dass Nikolay sich beim Sprung nach oben noch mehr verletzt hat. Als du den Kampf gewonnen hast und dann umgekippt bist, ist Phil sofort gekommen, um dir zu helfen, doch … Er hat die aussichtslose Situation gesehen und Nikolay zu dir gezerrt.

Es hatte so ausgesehen, als würde es nicht funktionieren. Du hast immer mehr Blut verloren, warst weiß wie eine Wand, deine Augen trüb. Nikolay war bereits so schwach, dass er auf dir still lag. Doch dann hat man eine deutliche Veränderung erkennen können.«

»Was meinst du damit?« Magnus drückte tröstend Prats Schulter, der noch immer wegen ihm stumme Tränen vergoss.

»Du hast aufgehört zu bluten. Es war seltsam, denn Nikolay hat ebenfalls nicht mehr geblutet, doch fast hat es den Anschein gehabt, als würde er dir sein Blut übertragen.

Dabei ist Nikolay immer blasser geworden, während Du langsam wieder Farbe bekamst. Obwohl er bereits bewusstlos gewesen ist, hat er dich weiterhin an der Kehle gepackt, und so haben sich deine Wunden geschlossen. So was von faszinierend! Ich habe so was noch nie gesehen, Magnus. Es war wie bei dem Mädchen im Film, aber noch tausendmal überwältigender. Wir alle haben einfach nur dagestanden und zugesehen. Du hast auf einmal die Augen aufgeschlagen und so getan, als hättest du nur kurz ein Schläfchen gehalten. Am Ende waren deine Wunden alle verschwunden, nichts mehr ist davon zu sehen gewesen. Den Rest weißt du ja selbst.«

Magnus war erschüttert. Er würde sich das niemals verzeihen, sollte sein Gefährte nicht überleben. Nikolay hatte ihn gerettet, und das mit seiner eigenen Lebenskraft. Magnus hätte das niemals zugelassen! Hätte er die Warnungen von Nikolay nur früher erkannt. Hätte er mehr auf seinen Geruchsinn geachtet, dann wäre ihm der Eisbär schon viel früher aufgefallen.

Hätte!

Hätte!

Hätte!

Das brachte alles nichts, das wusste er, doch die Hilflosigkeit war allgegenwärtig und quälte seine Seele. Er konnte nur warten.

Nach unendlichen acht grauenhaften Stunden kam Phil aus dem kleinen Operationsraum. Der sonst so gut aussehende Rudelarzt war sichtlich erschöpft, hatte dunkle Ringe unter den Augen und kam nur langsam auf sie zu. Magnus war sofort aufgesprungen. Er spürte die Energie in seinem Körper, die eigentlich Nikolay gehören sollte. Er fühlte sich so schuldig.

»Und?«

Phils Miene war nur schwer zu deuten, er wirkte angespannt. Das konnte Magnus deutlich riechen.

»Er lebt.«

Magnus spürte einen riesigen Stein von seinem Herzen abfallen. Er war so erleichtert.

»Und sein Arm?«, fragte Bruce umgehend weiter.

»Der ist auch noch dran.«

»Wird er wieder gesund?«

»Das weiß ich nicht, Magnus«, flüsterte sein bester Kumpel mit gequälter Miene.

»Die offene Ellen- und Speichenfraktur ist kompliziert. Noch dazu hat er sich gleich an zwei Stellen den Oberarm gebrochen, der aber hoffentlich schnell wieder verheilt. Sein Körper war beinahe ausgeblutet. Dass er mit uns auf der Lichtung überhaupt noch sprechen konnte, ist ein Wunder.

Während der Operation hat sein Herz mehrmals aufgehört zu schlagen. Ich habe ihn unzählige Male reanimiert. Ich weiß nicht, wieso er solch einen starken Blutverlust erlitten haben könnte.«

»Hat er innere Verletzungen?«, fragte Prat, der neben Magnus stand.

»Nein, er hat nur diese Armfraktur. Keine Ahnung, wo das ganze Blut hingekommen ist.« Magnus erkannte die Wahrheit in Bruce' Worten, dass er nun mit Nikolays Blut lebte.

»Er hat Spezialinfusionen bekommen. Genauso wie Medikamente und Blutkonserven. Ich hoffe, dass er bald aufwacht, ich kann leider für nichts garantieren. Ich habe alles getan, was in meiner Macht stand, Magnus.«

Phil sah Magnus verunsichert in die Augen. Der ging auf seinen alten Freund zu und umarmte ihn lange und innig. »Danke.«

Als er endlich zu seinem jungen Gefährten durfte, musste er schwer an sich halten.

Er hätte vor Verzweiflung am liebsten laut geschrien. Sein Welpe lag in einem Krankenbett, so steril und befremdlich wie nicht von dieser Welt.

Unzählige Schläuche verließen den dünnen Körper und ergänzten das surreale Bild.

Eine große Glasflasche mit klarem Inhalt hing über den Bewusstlosen und führte zu einem Zentralvenenkatheter an Nikolays Hals. Sein Oberkörper war nicht zugedeckt, und war mit einen Überwachungsmonitor verbunden, um im Falle eines erneuten Herzstillstandes sofort eingreifen zu können. Es klebten noch immer die Platten für den Defibrillator auf seiner Brust, dort, wo Phil Nikolays Herz mit Stromstößen immer wieder aufgeweckt hatte. Sein Arm lag etwas erhöht auf einem Polster, Schrauben und Drähte waren zu sehen, die Phil in ein paar Tagen wieder entfernen würde, falls Nikolay überlebte.

Behutsam legte Magnus seine Stirn auf die von Nikolay. Der Junge wirkte so zerbrechlich und schwach. Sein normalerweise intensiver Geruch nach Waldbeeren und Regen war fast nicht mehr vorhanden.

Das starke Desinfektionsmittel mit der rostigen Farbe, das über seinen Arm und dem Brustkorb grob darüber geschüttet worden war, überdeckte den natürlichen Geruch seines Körpers. Blass, fast schon grau wirkte seine Haut.

In seinem gesunden Arm lag ein Zugang mit einer Blutkonserve, die den Lebenssaft stetig in seine Venen tropfen ließ.

»Bitte werde wieder gesund, Welpe«, flüsterte er Nikolay ins Ohr.

Ganz behutsam streichelte Magnus seinen flachen Bauch und die Brust, er wollte ihm zeigen, dass er da war.

Stunden vergingen. Es hatte im Rudel schnell die Runde gemacht, was im Wald passiert war. Alle waren erleichtert, dass Magnus den Eisbären besiegt hatte, und dem Omega dankbar, dass er ihrem Alpha das Leben gerettet hatte.

Die meisten hatten noch nie einen Omega zu Gesicht bekommen. Sie kamen in die Praxis und beäugten ihn durch die Schutzscheibe. Magnus nahm das alles nur am Rande wahr, konnte er doch seinen Blick nicht von dem schwer verletzten Burschen nehmen.

Wendy blieb lange bei ihm, sie war die Einzige, die ihm Trost spenden und Mut zusprechen konnte. Sie fand meistens die richtigen Worte in solchen Situationen. Auch Tylor kam kurz vorbei. Er entschuldigte sich für sein furchtbares Verhalten damals, als sie Nikolay gefunden hatten.

Man hörte deutlich sein schlechtes Gewissen heraus, er war sehr devot und zurückhaltend.

Magnus hatte jetzt jedoch nicht den Nerv, mit ihm darüber zu reden. Er wollte nur eines – dass sein kleiner Gefährte wieder gesund wurde. Erst dann könnte er wieder aufatmen.

Auch Beth kam mit den Kindern vorbei, genauso wie der Rudelälteste, Amon. Sie alle sagten nicht viel, sahen Nikolay nur gebannt durch die riesige Scheibe im Krankenzimmer an und wünschten ihnen das Beste.

Der schreckliche Tag ging zu Ende, wie jeder andere Tag auch. Nur für Magnus schien die Zeit stillzustehen, sonst nahm alles andere seinen natürlichen Lauf.

Nikolay kam auch am nächsten Tag nicht wieder zu Bewusstsein. Laut Phil verheilte seine Fraktur gut, er legte ihm einen Gips von Oberarm bis zum Handrücken an. Adrian kam im Laufe des Vormittages vorbei und berichtete ihm, was seine Nachforschungen zum toten Alpha ergeben hatten.

Der Eisbär hatte einfach mit seinem Gefolge die Wachposten des Katzenrudels ausgeschaltet und im Eiltempo ihr Territorium gestürmt. Aber auch das war Magnus egal. Seine Aufmerksamkeit war nur auf den kleinen Omega gerichtet.

Magnus war seit mehr als zwei Tagen wach. Er merkte gar nicht, wie erschöpft er eigentlich war.

Er wurde mit dem Kopf voran neben Nikolays Brust wach, als er spürte, dass ihn jemand am Hinterkopf streichelte. Magnus öffnete die Augen, er war immer noch im Krankenzimmer von Phils Praxis. Das monotone leise Piepsen des Herzmonitors teilte ihm mit, dass es Nikolay mehr oder weniger gut ging.

Wer streichelt mich da eigentlich? Sind Wendy oder Prat gekommen?

Niemand sonst würde es wagen, den grantigen Alpha selbst in Form einer Liebkosung zu berühren.

Langsam drehte er den Kopf, doch niemand stand hinter ihm.

Es war die Hand von Nikolay. Zärtlich fuhr sie ihm durch das kurz geschorene Haar.

»Nikolay?« Er setzte sich auf, um in die großen, schimmernden Augen seines Gefährten zu sehen.

»Hey …«, krächzte der Junge.

Magnus nahm vorsichtig sein Gesicht in seine großen Pranken und küsste ihn zärtlich auf den Mund.

»Du bist wach!«

»Scheint so.« Nikolays Blick glich einem gequälten Tier in einer Fußfalle.

»Hast du Schmerzen, Welpe?«

Nikolays Onyxe wanderten über seinen malträtierten Körper, blieben an dem eingegipsten Arm hängen.

Ein Nicken bestätigte Magnus' Vermutung. Er rief sofort nach Phil.

»Oh Nicky, du bist wach! Ich gebe dir sofort etwas gegen die Schmerzen. Ich habe bewusst damit gewartet. Morphin senkt den Blutdruck, was in deinem Fall fatal gewesen wäre.«

Danach prüfte der Doc alle Vitalzeichen, fragte Nikolay hundert Sachen, die dieser mit knappen Kopfbewegungen beantwortete.

Magnus sah deutlich, wie sein Welpe mit den Schmerzen kämpfte, doch das Mittel wirkte schnell in dem kleinen Körper. Die Pupillen des Kleinen wurden riesig, Nikolay war dennoch imstande, besser zu reden.

»Magnus, ich bin so froh, dass du lebst. Hat Phil dich gerettet?«

»Nein, Kleiner«, antwortete Phil statt Magnus, »das bist ganz allein du gewesen. Ich hatte damit nichts zu tun. Ich hätte Magnus niemals helfen können.«

»Was?« Nikolay schien verwirrt.

Phil setzte noch mal zur Erklärung an. »Ich weiß nicht genau wie, aber du hast Magnus fast dein gesamtes Blut gegeben. Du hast ihn vollständig geheilt. Du bist das gewesen, Nicky. Ich bin so glücklich und unbändig stolz!«

Phil beendete den Satz mit Freudentränen in den Augen. Bei ihrem Gespräch hatte Magnus die ganze Zeit über Nikolays zittrige Hand fest umklammert gehalten. Er wollte ihm nie wieder loslassen. *Nie wieder!*

»Kann ich wieder …« Nikolay sah seltsam zur Seite.

»Was denn?« Magnus würde dem Kleinen jeden Wunsch erfüllen.

»Kann … ich nach Hause … zu dir?«, fragte Nikolay, seine leichenblassen Wangen leicht rosa gefärbt.

Magnus erinnerte sich nicht, jemals in seinem Leben so glücklich gewesen zu sein. »Alles, was du willst, Welpe.«

KAPITEL 29

Nikolay

Nikolay konnte gar nicht ausdrücken, wie erleichtert er war, dass Magnus seinen ehemaligen Peiniger getötet hatte.

Eine angenehme Schwerelosigkeit beflügelte ihn seitdem, es war einfach fantastisch!

Als hätte jahrelang ein viel zu enggeschnürtes Korsett seinen Lebensatem, seinen Willen, sein Ich mit Schnüren aus unzerstörbarem Stahl auf ein Minimum gepresst.

Magnus hatte die fesselnden Ketten mit seiner Kraft klirrend zersprengt, sie fielen zu Boden wie dünne Fäden und verblichen zu feinem Staub.

Staub, den sein endlich wieder freier Atem einfach so hinwegbewegen konnte – etwas, was Nikolay mit größter Freude und noch größerer Erleichterung tat.

Er pustete auf den imaginären Staub und mit jedem Atemzug fühlte er sich freier und freier.

Sein Peiniger hatte keine Macht mehr über ihn, konnte ihm nicht mal dann mehr ein neues und noch viel engeres Korsett anlegen, wenn er es wollte. Leichen haben wenig Kraft …

Das Einzige, was ihn jetzt noch belastete, war Magnus. Der Alpha hatte sich, seitdem sie von der Praxis nach Hause gekommen waren, in eine überängstliche Wolfsmutter verwandelt.

Verdammt, bei Wendy machte das Sinn, aber nicht bei dem sonst so grummeligen Riesen.

Er konnte keinen Schritt machen, ohne von Magnus einen besorgten Blick zu ernten.

»Ich will mir doch nur was zu trinken holen.«

»Das kann ich dir doch bringen. Du sollst dich ausruhen!«

Energisch wurde er wieder zurück auf die Couch befehligt, mit all den weichen Kissen darauf. Magnus' Beschützerinstinkt erdrückte ihn. Es sah so aus, als ob Nikolay all seine Rechte bei der Haustür abgelegt hatte.

Phil kam täglich vorbei, um nach Nikolay zu sehen. Dabei knurrte Magnus jedes Mal, wenn der Doc Nikolays T-Shirt in die Höhe schob, um seine Brust zu untersuchen, die vom Defibrillieren und den Herzdruckmassagen noch grün und blau war und ziemlich wehtat. Es war fast nicht auszuhalten – das Getue des Alphas, nicht die blauen Flecken!

Nikolay war am Anfang gerührt gewesen von Magnus' Fürsorglichkeit, aber mittlerweile wünschte er sich, dass alles wieder seinen normalen Gang nehmen würde. Und das Allerschlimmste war, dass ihn Magnus zwar verwöhnte, und verhätschelte wie ein Neugeborenes, ihn jedoch nicht anfasste.

Zumindest nicht da, wo ich will!

Es lag nicht in seiner Natur als Omega, sein Verlangen nach Magnus einfach einzufordern. Außerdem hatte er Angst, dass ihn der Alpha abwimmeln würde und seine schmerzende Gipshand als Ausrede nehmen könnte. Eine Zurückweisung hätte er nicht ertragen.

Es ist zum Verrücktwerden!

Bei Phils letztem Arztbesuch wurde ihm erklärt, dass der Gips noch mindestens eine Woche dranbleiben musste. Nikolay zwang sich, nicht laut aufzuheulen.

Dieses Scheißteil juckt wie Hölle!

Phil dagegen konnte nur lachen. Er fand Nikolays Situation einfach zu köstlich. Einzig die japanischen Mangas, die ihm Magnus besorgt hatte, waren ein kleiner Lichtblick. Magnus hatte extra die Familie besucht, die in dem Haus wohnte, wo Nikolay früher mit seiner Mutter und seinem Großvater gelebt hatte. Nikolay hatte die heiß geliebten Mangas sofort wiedererkannt, hatte er sie doch in dem Kellerverlies so oft in Gedanken immer wieder vor sich gesehen.

Nachdem diese schwierige Woche endlich vorüber und Nikolay nur knapp dem Wahnsinn entgangen war, kam endlich der Gips runter, oder zumindest das, was noch von ihm übrig war.

In einer Nacht-und-Nebel-Aktion hatte Nikolay dem störenden Klumpen den Kampf angesagt. Er hatte sich vorbildlich aus Magnus' schlafendem Klammergriff befreit und war in die Küche geschlichen, um nach einem passenden Werkzeug Ausschau zu halten. Der Mond schien in voller Pracht durch das Küchenfenster vor der Spüle. In einer Schublade wurde er fündig und versuchte, das harte Zeug mit der Geflügelschere in seine Einzelteile zu zerlegen. Sein Handgelenk war bereits befreit. *Geht doch!* Langsam arbeitete er sich weiter, als es plötzlich hell im Raum wurde. Vor Schreck drückte er die Schere zu weit rein und blieb im Gips stecken.

Magnus stand in der Tür. Der Rudelführer glich einem Gorillamännchen, das wild um sich schlug und aus Leibeskräften brüllte. »Muss ich dich anleinen, damit du keinen Blödsinn machst? Es hat einen Grund, warum der Gips erst in ein paar Tagen runter soll, Junge! DU BIST FAST GESTORBEN!«, schrie Magnus, als er den Saustall begutachtete, den Nikolay über die Spüle gelehnt angerichtet hatte.

Nikolay verbiss sich eine kindliche Antwort, sah stattdessen reumütig auf seinen zerstörten Gips. Er rechnete damit, noch länger angebrüllt zu werden, als sich aus heiterem Himmel das Blatt wendete.

Magnus' Wut dominierte die Küche, doch eine andere Duftnote mischte sich dazu. Ein Duft, der seinen Nackenhaaren befahl, sich aufzustellen und dem Kopf, sich reumütig weiter einzuziehen.

Die Duftwolke, die Magnus in seine Richtung schickte, erhitzte seine Haut innerhalb weniger Sekunden. Und mit dieser Wolke flackerte eine Erregung auf, die mehr als deutlich machte, was der Alpha wollte.

Er schielte zu Magnus' Leibesmitte und wurde von der Erektion des Rudelführers beinahe erschlagen.

»Du kleines Monster.« Magnus' raue Stimme war gefährlich tief und kaum wiederzuerkennen.

»Du hast Glück, dass ich dir völlig verfallen bin. Wenn du halb nackt vor mir stehst und demütig den Kopf neigst, stellst du Dinge in mir an, die ich nicht einmal aussprechen kann.«

Magnus setzte ihn hastig auf den Rand der Spüle und zerrte wie ein

Wilder an ihrer beider Shorts. Erst jetzt bemerkte Nikolay seine eigene granitharte Schwellung.

Magnus entblößte ihr Fleisch und drückte sie fest aneinander. Der Rudelführer spuckte derb in seine Hand und packte beide Schwänze. Hart und schroff wichste er sie unverblümt, ohne verspieltes Necken.

Ihr Höhepunkt kam schnell, beinahe schmerzhaft. Dabei sahen sie sich tief in die Augen, die Situation war nicht romantisch, sondern wild und triebgesteuert. Pure Gier war in Magnus' Augen zu lesen.

Nikolays Körper überzog eine Gänsehaut. Er wollte sich in Wolfsgestalt auf den Rücken werfen und Magnus demütig seinen Bauch zeigen. Mit dem Gips machte sich das eher schlecht, daher legte er nur den Kopf in den Nacken, präsentierte ihm seine entblößte Kehle.

Er *musste* sich dem Stärkeren beugen. Sein innerer Wolf wollte es so sehr, er ergab sich seinen Instinkten und spürte, wie ihn Magnus an den Schultern anfasste und rüde mit Lippen, Bartstoppeln und Zähnen über den Hals fuhr.

Die ungewohnte Berührung ließ ihn aufschrecken. Der Alpha packte ihn fester, setzte seine Zähne spürbar an seine Kehle. Doch der Rudelführer biss nicht zu, er schien abzuwarten.

Der Moment war für Nikolay neu, erschreckte ihn und regte ihn furchtbar an. Magnus' Dominanz war zum Greifen nah. Das tagelange Verhätscheln hatte ihn für diese Empfindungen noch sensibler gemacht.

Nikolay ließ sich fallen, entblößte noch mehr von seinem Hals, um sich dem Alpha so devot wie möglich zu präsentieren. Er spürte Magnus' Zittern. Der Alpha gab seine Kehle frei, leckte ein letztes Mal über die empfindliche Haut.

»So verzogene Welpen wie du benötigen eine Lehrstunde!« Magnus trug ihn zurück ins Schlafzimmer.

Nikolay erschauderte vor Verlangen bei Magnus' dominanter Stimme. Das Vertrauen in den Alpha, dass ihn dieser niemals verletzen würde, brachte seine Lenden zum Glühen. Umso zufriedener jaulte sein Wolf auf, als ihn Magnus aufs Bett warf.

Ein kleines Stimmchen in seinem Kopf ließ ihn jedoch die ungestüme Lust kurz beiseiteschieben.

Vor noch einem Monat hatte er sich geschworen, nie in seinem Leben Lust zu empfinden, geschweige denn noch mal Sex zu haben!

Und jetzt überlegte er ernsthaft, nicht ob, sondern *wann* Magnus ihn ficken durfte?

Bin ich etwa bei dem Sturz in die Felsspalte auf den Kopf gefallen?

Instinktiv sah Nikolay auf Magnus' stark geäderten Kolben. Das Teil war riesig. Keine Ahnung, mit welchen Kerlen Magnus früher zusammen war.

Erfahrung hatte er genug! Aber hatten die keine Probleme mit seiner Größe? Aaargh!

Er wollte jetzt nicht auch noch über Magnus' verflossene Liebhaber nachdenken.

Nikolay verjagte das Stimmchen in seinen Kopf, als er von dem Alpha so gedreht wurde, dass er quer auf dem Bett lag, der Kopf hing leicht über der Bettkante der Längsseite heraus. Verwirrt sah er hoch zu Magnus. Der Alpha war noch immer erzürnt über sein unvernünftiges, kindisches Verhalten, einfach den Gips runterzuschnipseln. Magnus packte die verletzte Hand und zog mit einem Ruck die Schere aus dem Gips heraus.

»Bleib auf dem Rücken liegen, Hände seitlich zum Körper, Kopf nach hinten überstrecken, Welpe!«

Warum eigentlich macht mich dieser dominante Befehlston so scharf? Blöde Frage! Weil du ein Omega bist, du hormongesteuerter Volldepp!

Nikolay tat wie befohlen, er hörte auf nachzudenken und ließ den Kopf über die Matratze hängen. Der Alpha stellte sich direkt vor ihn hin. Magnus Eier waren über seinem Gesicht. Sein Schwanz in perfekter Position. Langsam dämmerte es Nikolay.

»Du kleiner Satansbraten, ich bin so verrückt nach dir!«, knurrte Magnus mehr, als dass er sprach.

Der Alpha strich zart über die hellgrünen und gelblichen Blutergüsse, die sich über Nikolays Brust bis zur Flanke zogen. Seine Finger glitten so zärtlich darüber, dass es kitzelte, und Nikolay begann, sich zu winden, zu lachen.

Magnus beugte sich zu ihm runter und gab ihm einen intensiven Kuss. »Ich liebe dein Lachen, Welpe.« Da war so viel Liebe in Magnus' Augen, Nikolay war kurz sprachlos.

Der Alpha stand wieder auf und grinste schelmisch. »Mal schauen, wie lange du noch lachst.« Der Tonfall änderte sich schlagartig von gefühlvoll zu dominant.

Nikolay erzitterte bei dem Gesagten. Sein schon wieder (oder immer noch?) schmerzhaft harter Schwanz lag auf seinem Bauch, schmollte beleidigt und suchte erneute Beachtung. Er war sich bewusst, dass er in dem Alter noch problemlos, 2, 3, oder 4 Mal konnte und in den letzten Tagen viel zu wenig gehabt hatte.

»Beweg dich nicht, Welpe. Alles, was du tun musst, ist da zu liegen.«

Magnus legte eine Hand auf Nikolays gesunden Oberarm und beugte sich leicht über ihn. Mit der anderen Hand führte er seinen Schwanz zu Nikolays Mund, und dieser öffnete automatisch seine Lippen, um das geschwollene Stück Fleisch einzulassen.

Nikolay umschloss den dicken Schwanz und leckte mit seiner Zunge über die Eichel. Dabei hörte er ein verlangendes Stöhnen, das ihn dazu brachte, ihn tiefer aufzunehmen. »Rühr dich nicht. Du machst das so gut! Es ist so geil, wenn sich deine Lippen um meinen Schwanz dehnen.«

Das Stöhnen wurde intensiver. Magnus nahm seine Hand von seinem Schwanz, um in den heißen Schlund noch weiter einzudringen. Er mochte es, seinen Alpha glücklich zu machen. Da ihm sein Peiniger die letzten Jahre seinen Würgereflex abgewöhnt hatte, war Magnus' Schwanzgröße kein Problem. *In meinem Mund! Nicht da unten!*

»Halt still, Junge«, knurrte Magnus und begann, in trägem Tempo Nikolays Mund zu ficken. Je tiefer Magnus eindrang, umso dunkler wurde auch sein Stöhnen.

Schwer und bestimmend legte sich die andere Hand auf Nikolays freigelegte Kehle, ohne zuzudrücken. Nikolay wusste, dass Magnus ihn nie gegen seinen Willen zu etwas zwingen oder ihn absichtlich verletzen würde. Deshalb entspannte er seinen Kiefer, Magnus stieß noch tiefer in ihn hinein. Er nahm die gesamte Länge auf, er berührte mit seiner Nasenspitze dessen schwere Eier. »Oh Nikolay! Gefällt dir das?« Nikolay rutschte näher zu Magnus' Mitte, hing kopfüber aus dem Bett. *Ich liebe es!* Magnus' Bewegungen wurden schneller und kräftiger.

»Oh Gott! Du bist der Wahnsinn! Du machst mich so scharf, wenn mein Schwanz in deinem Mund verschwindet!«, keuchte er jedes Wort gepresst zwischen seinen Lippen heraus und verdeutlichte es mit jedem Stoß.

Kurz ließ der Alpha von ihm ab, sodass Nikolay Luft holen und er sich selbst eine Pause gönnen konnte. Während Nikolay die Luft einsog, strich der Alpha besitzergreifend über seine Kehle. Sie sahen sich einen Moment in die Augen. Magnus schien zu prüfen, ob alles in Ordnung war.

Der Alpha drang erneut in seinen Mund ein, dieses Mal setzte er gleich zu Beginn zu kräftigeren Stößen an. Fickte ihn wild und euphorisch bis zum Anschlag. Tief und hart. Magnus' Begierde steigerte auch Nikolays Lust ins Unermessliche. Als er glaubte, dass Magnus bald kommen würde, wollte er selbst Hand an sich legen, doch Magnus' Stimme ließ ihn innehalten.

»Wage es nicht, Welpe!«

Schnell ließ er seine Hand wieder sinken. Sein Hals wurde etwas fester gepackt und mehr nach unten gedrückt, während der Alpha unaufhörlich zustieß. Magnus' Stöhnen wurde verzerrter, die Stöße kamen in kürzeren Abständen.

Als Magnus kam, zog er sein pulsierendes Teil fast ganz heraus und spritzte sein heißes Sperma in Nikolays willigen Mund. Ein letztes Mal drückte Magnus seinen Schwanz tief in ihn, bevor er das Fleisch aus seinem Mund gleiten ließ. Es sah fast so aus, als ob Magnus wackelige Knie hätte, er musste sich mit beiden Händen auf der Matratze abstützen.

Nikolay holte tief Luft, blieb aber so liegen. Er wollte warten, bis sein Gefährte ihm etwas anderes sagte. Sein Schwanz pochte und schrie förmlich nach Aufmerksamkeit. Das Anfassverbot hatte ihn noch geiler gemacht.

»In die Mitte des Bettes mit dir!«

Er wurde bestimmend von Magnus in die gewünschte Position gedrückt. Lag auf den Bauch, ein Kissen wurde unter ihn geschoben. Die Hände ruhten seitlich neben seinen Flanken. Die Position war bequem für seinen Gips und entlastete seine vielen Blutergüsse auf seiner Brust.

Als er bequem lag, machte sich Magnus mit seiner Zunge ans Werk und ließ ihn aufstöhnen. Nikolay vergrub sein Gesicht in die weichen Kissen, um lauter sein zu können, als er ein Klatschen und gleich darauf ein heftiges Brennen auf der Hinterbacke spürte. Erstaunt hob er den Kopf und drehte sich leicht nach hinten.

Magnus hatte den scharfen Blick eines Adlers in der Luft, der eine Feldmaus fokussierte. »Ich will dich hören.«

Nikolay wollte die Zunge wieder spüren, legte gehorsam seinen Kopf zur Seite und wartete auf seine Erlösung. Magnus' nasse, lange Zunge glitt über seine Rosette und ließ ihn verzücken. Nach einer Weile fasste Magnus unter ihn und zog Eier und Schwanz nach hinten, zwischen Nikolays Beinen hervor.

»Magnus, verdammt!« Er spürte Magnus' heißen Atem auf seiner nassgeleckten Po-Spalte. Der Alpha lachte. Nikolay liebte Magnus' Lachen. Es glich einem seltenen Phänomen und Nikolay war einer der wenigen, denen es gegönnt war, diese Seltenheit zu genießen.

Nikolay spürte den heißen Körper des Rudelführers über seinem Rücken schweben. Einen Moment später war Magnus' Gesicht vor seinem, ein Finger suchte den Weg in Nikolays Mund. Er öffnete für Magnus seine Lippen und saugte an dem langen, dicken Finger.

Bei dem Gedanken, wo dieser Finger gleich stecken würde, prickelte es in Nikolays Nacken vor Aufregung.

Magnus zog seinen Finger zurück, küsste ihn leidenschaftlich. Der Alpha verschwand aus seinem Sichtfeld, lecke erneut über seine Spalte.

Als seine Rosette weichgeküsst war, spürte er Magnus' nassen Finger eindringen. Es brannte. Zischend atmete er die Luft ein und aus. Beruhigend streichelte der Alpha über die linke Pobacke. »Gut so, Kleiner.«

Langsam entspannte sich Nikolay wieder. Magnus drängte den Finger weiter und stieß monoton in ihn. Zwei weitere Finger folgten, dehnten ihn bis zum Bersten. Nikolay presste die Lider aufeinander, keuchte, um den Schmerz irgendwie zu verdrängen. Magnus' Finger waren lang und dick. Als die Finger die kleine Drüse fanden und intensiv dagegen stupsten, keuchte Nikolay lauter.

»Ich liebe dein Stöhnen. Gib mir mehr davon.«

Magnus fickte ihn gnadenlos mit seinen Fingern. Nikolays Lust steigerte sich, er wurde noch heißer, stieß mit dem Becken instinktiv nach vorne. Doch für einen Höhepunkt ließ Magnus seine Finger viel zu schwach über seinen Lustpunkt wandern. Der Alpha quälte ihn.

Nikolay dachte über den Verlauf ihrer Liebesbeziehung nach. Wie er den Alpha gefürchtet hatte, sich ihm verwehrt und trotzig gezeigt hatte, wie ein sturer Teenager.

Magnus hatte nie brutal sein Recht eingefordert, war stattdessen geduldig und einfühlsam gewesen, trotz seines rauen und dominanten Gemüts.

Es musste dem Alpha einiges an Kraft gekostet haben, so beherrscht und gezügelt zu agieren. Schleichend hatte sich Magnus in seinem welken Herz eingenistet, es versorgt und mit positiven Erlebnissen genährt.

Nikolay wurde aus seinen Gedanken gerissen, als er eine plötzliche Leere empfand. Magnus' Finger waren nicht mehr in ihm.

»Nikolay, ich brauche dich. Ich will, dass du mich spürst.« Begierde schwang in jedem Wort mit. *Verdammt! Jetzt oder nie!*

»Vorsichtig, okay?« Er sah, wie der große Mann hinter ihm vor Lust erzitterte.

Nikolays Herz begann aufgeregt in seinem Brustkorb herum zu hüpfen. Er spürte auf einmal etwas Kaltes an seinem Eingang, was ihn ängstlich zucken ließ. »Was ist das?«

»Gleitgel.«

KAPITEL 30

Magnus

Magnus drängte sich weiter zwischen die Beine des Omegas, während er seinem Schwanz mit dem Gleitgel großzügig einschmierte. Dabei strich er mit der anderen Hand über Nikolays knackige Pfirsichhügel.

Gott, dieser Arsch soll nun endlich mir gehören!

Er musste seinen Wolf bremsen, der sich rücksichtslos in das kleine Sternenmuster versenken wollte. Obwohl er bereits abgespritzt hatte, stand sein Schwanz wie der eines im vollen Saft stehenden Teenagers.

Er versuchte, sich auf Nikolay zu konzentrieren, strich ihm zart und liebevoll den Rücken hoch und wieder runter. Dabei spürte er, wie der Bursche zitterte. Er massierte ihn lange, liebte es, über die weiße, samtige Haut zu huschen. Er steuerte Nikolays Prachthintern an, glitt immer wieder mit den Daumen über den rosigen Schließmuskel. Nikolay zuckte merklich. Es war für den Burschen eine Überflutung an Reizen, dem war sich Magnus bewusst.

Eine große Portion Gleitgel benetzte seinen Schwanz, wusste er doch, dass der Bursche eng wie sonst keiner seiner Bettpartner in der Vergangenheit war. Seinen Schwanz als Pinsel verwendend, verteilte er das Gel weiter in der engen Ritze.

In seiner Jugend hatten viele seiner Fickfreunde Probleme mit seiner Größe gehabt. Erst als er älter wurde und erfahrenere Männer gefunden hatte, konnte sich Magnus so richtig austoben.

Er mochte es hart und rau, den Ton angebend und ohne Scheu. Außerdem spürte er, dass dieses herrische Verhalten Nikolay anmachte. Er hoffte inständig, dass es nach der ersten Gewöhnungsphase in seinem Interesse weitergehen konnte.

Um das Gel auch innen zu verteilen, drückte er seinen glitschigen Finger nochmals in den seidigen Kanal. Der junge Russe erzitterte. *Er ist so herrlich empfindlich!*

Sein Wolf drängte ihn dazu, endlich seinen Schwanz in die heilige Enge zu treiben, fest zuzustoßen, wie er es schon seit Ewigkeiten wollte.

Ein paarmal noch fuhr er mit der Eichel Nikolays Spalte auf und ab, dann führte er mithilfe seiner Hand den schweren Schwanz zu Nikolays sternenförmigen Eingang. Es war schwieriger als erwartet, seine Spitze in den Russen zu pressen. Nur mit viel Druck fand er endlich Einlass.

Er freute sich bereits auf die seidigen Wände, die ihm Lust bereiteten, doch die Todesstille ließ ihn innehalten.

»Welpe?«

Er bekam keine Antwort. Sein Omega hatte den Kopf fest in die Kissen gedrückt, die Hände in die Laken gekrallt. *Nein!*

Magnus zog den Schwanz aus dem Körper seines geliebten Gefährten,

In diesem Moment war er froh, dass sein Knüppel nicht reden konnte.

Er packte Nikolay an der Schulter und drehte ihn auf die Seite, wollte in sein Gesicht sehen. Der begehrte Russe hatte die Augen fest verschlossen, Tränen fanden trotzdem ihren Weg aus den Winkeln. Seine sonst so vollen Lippen waren zu einem schmalen Strich zusammengepresst. Kein Ton drang aus ihnen heraus. Ein kurzer Blick nach unten, und er wusste, dass Nikolays Erektion dabei war, sich zu verabschieden.

Scheiße!

Er drehte ihn behutsam auf den Rücken. Nikolay sah ihn entschuldigend an und wollte gerade seine verräterischen Tränen wegwischen, doch Magnus hielt ihn auf.

»Tut … mir leid.«

»Schhh. Entschuldige dich niemals.«

Sehr zärtlich küsste er weg, was sich nass auf Nikolays Gesicht anfühlte, legte seine Lippen auf die des Omegas.

Als sich Nikolay etwas beruhigt hatte, begann er, ihn zaghaft zurück zu küssen, zog dann jedoch seinen Kopf etwas ein, ihre Lippen trennten sich.

»Bitte sei nicht sauer.«

»Sehe ich denn so aus?« Zärtlich strich Magnus über den flachen Bauch des Jungen.

Nikolay mied seinen Blick, zuckte bloß mit den Schultern. »Ich wäre es, an deiner Stelle.«

»Nein, wärst du nicht.« Magnus war über seine Ruhe selbst erstaunt, doch er hatte das Gefühl, Nikolays kalte Füße schnell erwärmen zu können.

Er kitzelte Nikolay über seine empfindliche Flanke, rauf zu seinen Nippeln, den er solange streichelte, bis er sich hart zusammenzog. Magnus sah, wie Nikolay schwer die Luft einsog. Er küsste ihn, rieb weiter über den kleinen Knopf.

»Ich liebe dich«, raunte Magnus zwischen zwei Küssen.

Nikolay ließ sich endlich wieder fallen. Hatte die Augen geschlossen und überließ Magnus die Führung. Magnus versenkte seine Zunge in dem Burschen. Nikolay hieß ihn willkommen. Das Küssen wurde wilder, die Begierde wuchs erneut.

Nikolays Schwanz füllte sich wieder mit Blut.

Ich muss es noch mal versuchen!

Wenn sie jetzt abbrechen würden, wer weiß, vielleicht würde Nikolay sich immer mehr vor dem Akt fürchten.

Er verließ Nikolays heißen Mund, um an seinem Hals zu saugen, bis ein Knutschfleck entstand. Dabei keuchte der Junge, stieß sein Becken nach oben ins Nichts. Als er sich in einen Nippel verbiss, entlockte er dem Russen ein quälendes Stöhnen.

»Ich liebe es, wenn du diese Geräusche von dir gibst, Welpe.«

»Und ich deine Berührungen.«

Nikolays Wangen verfärbten sich verführerisch. Die Verlegenheit des Omegas törnte ihn unglaublich an. Spielerisch leckte er über Nikolays Eichel, kostete einen Lusttropfen. Mit Genuss fuhr seine Zunge über das harte Fleisch, schunkelte dabei ganz sanft dessen Eier.

Er riskierte einen kurzen Blick in das Antlitz des Russen. Sein Blick war lustverhangen, die rosa Zungenspitze war zu sehen, bevor er darauf biss. Seine Erektion war wieder zur vollen Größe ausgefahren, bettelte stumm um Aufmerksamkeit. Das war Magnus' Stichwort. »Wir versuchen es noch einmal, okay?« Der Junge sagte nichts, schien zwiegespalten, sein Blick jedoch ließ Magnus wissen, dass ihm sein Gefährte vertraute.

Er brachte sich zwischen Nikolays Oberschenkeln in Position, setzte seinen steinharten Schwanz an den empfindlichen Schließmuskel und streichelte gleichzeitig Nikolays langen Schaft. Nicht wild, nicht hektisch. Der Bursche brauchte Zeit, Magnus war bereit, ihm diese zu geben.

»Du bist perfekt für mich, Welpe. Ich will, dass du mir gehörst.«

Er sah Nikolay tief in die schwarzen Augen, während er mit seiner prallen Spitze erneut in ihn eindrang und den straffen Muskel überwand.

Nikolays Gesicht verzog sich schmerzhaft, als Magnus in die sündige Enge eintauchte. Er drückte seinen Daumen gegen den kleinen Schlitz auf Nikolays Eichel, bis der lustvoll die Augen verdrehte. Er wichste ihn und drückte sich erst weiter in das heiße Loch, als sich Nikolay etwas entspannte.

»Du machst das so toll, mein Schatz«, schnurrte er, küsste Nikolays Schlüsselbein entlang.

»Du musst es ja wissen.«

Nikolays Stimme klang gepresst, er versuchte, sich sichtlich zu entspannen. Der Omega hatte noch keine Ahnung, wie schön die Vereinigung ihrer Körper sein konnte. Bis jetzt hatte er nur die brutalste Art erfahren. Jetzt sollte sich das ändern.

»Du fühlst dich so gut an, so heiß. Ich liebe dich, Welpe.«

Nikolays Miene erhellte sich, aber er war mit Atmen und Muskelentspannen zu sehr beschäftigt, um zu antworten.

Oh, verflixt ist das eng!

Sein Schwanz wurde von allen Seiten wie in einem Schraubstock zusammengepresst. Das Gleitgel half, sich weiter in ihn zu schieben. Nikolays Reaktion auf das Gleitgel hatte ihm gezeigt, dass der verdammte Eisbär keines benutzt hatte.

Arschloch! Es wundert mich nicht, dass er solch große Angst vor den Schmerzen hat!

Er musste ein böses Knurren unterdrücken. Magnus wollte dem Jungen zeigen, dass es auch anders ging! Er wichste Nikolays Härte kräftiger, als er sich weiter in ihn drückte.

»Fuck! Magnus!«

»Entspann dich, Kleiner. Es wird gleich besser, das verspreche ich dir.«

Er packte Nikolays Beine und legte sie sich um die Hüften. Dann ließ er Nikolays Schwanz los und lehnte sich nach vorne, um ihn zu küssen. Magnus bedeckte ganz vorsichtig Nikolays gesunde Hand mit seiner, verschränkte ihre Finger ineinander und bewegte sich langsam. Mit der anderen Hand stütze er sich auf dem Bett ab. Er achtete dabei genau auf Nikolays Gesichtszüge. Der Omega sah nicht gerade entspannt zu ihm hoch. Dies sollte sich jedoch schnell ändern.

Er glitt langsam tiefer, zog sich wieder zurück. Magnus suchte den richtigen Winkel zum Zustoßen, der Nikolay in andere Sphären katapultieren sollte. Der nächste lange Stoß ließ Nikolay erzittern. Seine Augen waren weit aufgerissen, schockiert.

Nikolay biss sich auf seine volle Unterlippe, um nicht zu schreien. Magnus ließ sich nicht beirren und bewegte sich kräftiger.

»Magnus!«

»Hast du denn geglaubt, dass nur meine Finger dich zum Schreien bringen können?« Verschmitzt war seine Stimme, und wieder stupste er über die Drüse, sodass Nikolay laut aufwimmerte.

Er spürte Nikolays Schenkel um seine Hüften erzittern, stieß weiter zu und glitt bis zur Spitze heraus, um sich diesmal kraftvoll und tief in ihm zu versenken. Seine gesamte Länge verschwand in dem göttlichen Arsch und entzündete ein Feuer in seinem Schwanz. Er saugte an Nikolays Hals, neckte ihn, stieß noch fester zu.

Nikolay schien hin- und hergerissen zwischen entfachter Lust und dem unangenehmen Brennen. Doch Magnus merkte, wie sein Omega immer mehr zur Lust tendierte. Er hielt den jungen Körper fest unter sich, strich mit seinem Stahlrohr provokant über die Prostata.

Als der Junge noch einmal dieses unglaublich sexy Stöhnen von sich gab, legte Magnus alle Bedenken ab.

»Ich liebe dich, Welpe. So sehr!«, keuchte der Alpha.

Er legte nun ein aktiveres Tempo vor. Nikolay verdrehte immer wieder die Augen. Er presste sich tief in die seidige Enge.

Er ist so perfekt für mich!

»Du gehörst allein mir! Du bist mein! Ich werde dir das ab sofort jeden Tag beweisen!« Magnus rammte sich immer schneller in ihn, katapultierte Nikolay auf eine neue Ebene der Ektase.

Magnus löste ihre ineinander verschlungenen Hände und lehnte sich nach hinten, packte Nikolays Beine und legte sie sich über die Schultern.

»Du bist so unglaublich!«

»Magnus! Bitte! Ja, da!«

»So … verdammt … eng …«

Nikolays Schwanz und Eier wurden durch Magnus' feste Stöße hin und her geworfen. Angetörnt von Nikolays Betteln stieß Magnus unaufhörlich weiter zu, und das mit einer solchen Wucht, dass er Nikolays Beine festhalten musste, um ihn nicht durch die Matratze zu vögeln.

»Komm für mich! Komm!« Magnus tauchte tief in die Enge, knurrte so laut – es würde ihn nicht wundern, wenn es das ganze Rudel hören würde. Er spürte, wie sich der Welpe unter ihm versteifte, spürte, wie sein Schwanz von allen Richtungen noch mehr umklammert wurde.

Als dann in Nikolay der Damm brach, spannten sich dessen Arschmuskeln sichtbar an, als sein Gefährte mehrere Salven an Sperma hervorschoss und dabei unentwegt Magnus' Namen schluchzte. Nikolay gab sich ihm hin, er war eine Augenweide.

»Du bist so wunderschön … so etwas Schönes gehört mir … mir allein!«

Überreizt und angespornt von Nikolays wuchtigem Orgasmus, fühlte er erneut seine Eier prickeln. Er zog sich ein letztes Mal aus dem Kanal, stieß erneut zu, um sich in Nikolays Wärme zu entladen. Er flutete Nikolays Innerstes, markierte ihn, so tief er nur konnte. Niemals hatte er so etwas gefühlt. Er glaubte, ohnmächtig zu werden. Er glitt aus der heißen Enge, kam neben Nikolay zur Ruhe, komplett außer Atem und ausgepowert. Verliebt bis über beide Ohren. *Endlich mein!*

Liebevoll küsste er Nikolays Schlüsselbein. Er musste sich um seinen Gefährten kümmern.

»Wie fühlst du dich?«

»Glücklich, mein Alpha.«

KAPITEL 31

Nikolay

Es klingelte an der Tür und Nikolay schlich langsam durch den Flur. Adrian und Bruce hatten sich angekündigt.

Er öffnete die Tür und Adrian umarmte ihn sofort, drückte ihn an sich; die übermittelten Gefühle dabei spiegelten reinste Freude wider.

Bei Bruce fiel die Begrüßung meist wenig spektakulär aus, doch dieses Mal war es irgendwie anders. Der Vollstrecker grüßte ihn in lockerem Tonfall und mit einem erhellten Gesicht. Er lächelte nicht, das hätte Nikolays Vorstellung auch gesprengt, aber Bruce wirkte immerhin gut drauf oder gar entspannt?

Na, vielleicht hatte ihm jemand den Stock aus dem Arsch operiert.

Magnus kam aus seinem Büro und führte die Truppe in die Küche. Als alle am Küchentisch saßen, sahen sie gespannt zu Adrian, der ihnen am Telefon bereits mitgeteilt hatte, dass er einiges in Erfahrung gebracht hatte.

»Also Adrian, sprich!«, sagte Magnus ebenfalls entspannt und drückte Nikolay an sich.

Amüsiert wirkte der Jaguarwandler, während er alle Anwesenden musterte.

»Was ist so lustig, Kätzchen?«, knurrte Bruce.

»Nichts, ich finde es nur bemerkenswert, wie stark sich Nikolays Aura entwickelt hat.«

»Ähm, was meinst du damit?« Nikolay war verwirrt.

»Dein Omega-Duft, der schwer in jedem Raum hängt, verwandelt alle hier Anwesenden in kleine Lämmer. Bruce hatte mich im Wagen wegen Kleinigkeiten noch wüst beschimpft und angemault, und kaum öffnest DU die Tür, wird er zahm wie ein Kätzchen.«

»Ich geb dir gleich ›Kätzchen‹, Kätzchen! Halt die Klappe, bevor ich mich vergesse! Und was heißt hier Kleinigkeit? Das nächste Mal steige ich in deine Karre und fresse einfach DEINEN Not-Powerriegel auf, ohne dich zu fragen! Mal sehen, wie dir das gefällt!«

Ja, so kenne ich den Vollstrecker: einfach nur liebenswert.

Adrian lächelte bloß und fuhr fort. »Magnus, du wirkst ebenfalls auf mich sehr zufrieden und endlich ausgeglichen.«

Magnus nickte dem Jaguar zu, sein Gesicht ebenfalls mit einem Schmunzeln geschmückt.

»Dass mich Nikolay erdet, hab ich schon die ganze Zeit gewusst. Aber seit wir uns vor ein paar Tagen das erste Mal vereinigt haben, ist es noch stärker geworden.«

»Magnus!«, rief Nikolay, empört über die nackte Ehrlichkeit des Alphas.

Gehts vielleicht noch peinlicher?

»Was denn? Glaubst du etwa, sie riechen mich nicht an dir?«

»Doch! Aber ich habe versucht, diese Tatsache geflissentlich zu ignorieren!«

Magnus wuschelte ihm durch das Haar und drückte ihm einen Kuss auf die Schläfe.

Beschämt sah Nikolay zur Küchen-Spinne, die sich in ihrem Netz ebenfalls sicher vor Lachen kugelte.

Hätte ich jetzt einen Kaffee, würde ich mich darin ertränken!

»Du bist so süß!«

»Pfff.« Bevor Nikolay versuchte, durch ein imaginäres Loch zu verschwinden, begann Adrian zu berichten, was er alles herausgefunden hatte. Die Stimmung wurde wieder ernster. »Wir haben eine gute und wie auch eine schlechte Nachricht.«

»Spannt uns nicht auf die Folter.«

»Ich erzähle zuerst die schlechte. Wir haben in dem Ferienhaus, wo du, Nikolay, festgehalten worden bist, zahlreiche Videoaufnahmen gefunden. Auf vielen bist du drauf. Doch auch andere haben wir sichergestellt. Von anderen Omegas und Alphas. Es scheint so, dass eine richtige Tauschbörse im Darknet mit den Videos betrieben worden ist.

Zeigst du mir deins, dann zeig ich dir meins. Sie sind alle unter dem gleichen Decknamen *Black Moon* zu finden. Sagt dir der Begriff etwas, Nikolay?«

»Nein, höre ich zum ersten Mal. Ist ja nicht so, als hätte ich mit meinem Peiniger noch nett beim Cappuccino gequatscht, bevor er mich quälte.«

»Okay, das habe ich bereits geahnt. Bruce und ich werden die Augen offenhalten und versuchen, Näheres über Black Moon zu erfahren.«

»Das ist sehr löblich von euch.« Stolz nickte Magnus den beiden Spürnasen zu.

»Und nun zu der guten Nachricht.« Adrian lächelte und straffte den Kragen seines teuren Anzuges.

Wäre mal interessant, wie der Typ in Jogginghosen aussieht.

»Es ist uns gelungen, drei weitere Omegas zu befreien, die in einem anderen Haus von Clayton festgehalten worden sind.«

»Wirklich?«

»Ja. Und wir haben alle sicher ihren Rudeln übergeben, die sie wieder liebevoll aufgenommen haben. Ein Wolfs-, Fuchs- und ein Eulenwandler sind es gewesen, alle in etwa demselben Zustand, wie du es gewesen bist.«

»Das ist unglaublich.« Die Nachricht war für Nikolay wie Musik in den Ohren.

»Nur dank dir, Kleiner.« Adrian konnte seine Freude ebenfalls nicht verstecken und schenkte ihm ein neues, strahlendes Lächeln.

Nachdem Bruce und der Jaguarwandler mit ihrem Bericht geendet hatten, war Nikolay optimistisch und glaubte, dass eine schwere Last von seinen Schultern gleiten würde, doch ein seltsames Gefühl nagte an ihm.

»Was ist los, Welpe? Freust du dich gar nicht?«

»Doch, doch. Clayton ist tot, und sogar unschuldige Omegas sind befreit worden, aber … was ist mit dem, der mich eingefangen und an Clayton weiterverkauft hat?«

Eine beklemmende Stille legte sich über den Raum. Magnus streichelte seinen unteren Rücken, als Adrian die Hände am Tisch zusammenfaltete, als wolle er beten, und Nikolays Blick suchte.

»Deine Bedenken sind zum Teil berechtigt. Wir gehen aber davon aus, dass es ziemlich sicher jemand von Hektor Blacks Anhängern gewesen ist, und die sind alle mit dem alten Rudelführer gestorben. In eurem Rudel ist seitdem auch niemand mehr verschwunden. Hake es ab. Sonst macht dich die Ungewissheit irgendwann verrückt.

Bitte genieß dein weiteres Leben in vollen Zügen, du hast es schwer genug gehabt.«

Nikolay beherzigte Adrians Worte, obwohl ein bitterer Nachgeschmack blieb, wenn er daran dachte, dass es noch irgendwo arme Omegas gab, die gefangen gehalten wurden.

Nikolay konnte deutlich spüren, welche Last von Magnus' Schultern gefallen war, als der sich endlich mit ihm vereinigen durfte. Nikolay rechnete es Magnus hoch an, solch eine Engelsgeduld mit ihm gehabt zu haben.

Jetzt wollte der Alpha ihn fast zu jeder Tages- und Nachtzeit erneut nehmen, ihn mit seinem Duft markieren, um jedem zu zeigen, dass er ihm gehörte.

Magnus' Küsse waren es jedoch, die Nikolay wissen ließen, dass sich der Alpha nicht nur nach seinem Körper sehnte. Der Rudelführer küsste ihn mit allen Gefühlen, die seinen Körper umgaben und durchströmten. Schutz, Zuflucht und Liebe … so viel Liebe. Die Zeit im Keller würde er nie vergessen. Doch Magnus schaffte es, mit einem Kuss, einem geflüsterten Wort an seinem Ohr oder seinen vielen anderen Arten, seine Zuneigung zu zeigen, seine vergangenen Höllenqualen in einen Koffer zu packen und weit, weit wegzustellen.

Ein Biss wäre für den Rudelführer der krönende Abschluss ihrer Vereinigung und Akzeptanz als Gefährten. Der Gedanke an Magnus' verwandelte, spitze Fänge, die sich in seine babyweiche Haut bohrten, war jedoch ein richtiger Lustkiller. *Never!*

Die Befürchtung, dass es höchstwahrscheinlich nicht bei dem einen Biss blieb, war ein weiterer Grund, dieses blutige Spektakel gleich von Anfang an abzublocken.

Alphas waren in dieser Hinsicht mehr als gründlich, und einmal das Blut des Partners geleckt, lockte es immer wieder. *Ich bin weder gerne ein Blutbeutel, noch bin ich masochistisch veranlagt.*

Für kreisende Gedanken um Blut, Bisse und Schmerzen hatte er weder Lust noch Zeit. Er war bei seiner schrägen Zweitfamilie in der Stadt.

Sein Arm war vollständig geheilt, er schlug mit voller Wucht auf die Trommeln ein, als sie gemeinsam spielten und Todd ins Mikro plärrte. Er war so in seinem Element, dass er Magnus erst bemerkte, als die anderen zum Spielen aufgehört hatten.

»Hey! Wir haben noch nicht mal was gegessen, da holst du Nikita schon wieder ab?«, motzte Lenny aufgebracht.

Todd und die anderen stimmen ihm zu, für die Jungs war Magnus noch immer so etwas wie ein Eindringling. Nikolay mochte ihre ehrliche und harsche Art.

»Muss denn Klein-Nikichen schon ins Bett? War er etwa nicht artig?«, frotzelte Richy, der von Nikolay darauf einen seiner Drumsticks auf den Hinterkopf geklopft bekam. »Aua!«

Nikolay rannte auf Magnus zu und ließ sich von den Riesen auf den Scheitel küssen.

Magnus räusperte sich nach dem Kuss kurz und ließ seinen Blick über die Runde schweifen. »Wir sind heute Abend auf einer Feier eingeladen, deshalb hol ich ihn etwas früher ab.«

»Eine private Feier!«, setzte Nikolay hastig nach, da er bereits die neugierigen Blicke der vier Biker sah. »Ihr seid nicht eingeladen!«

Ein Schnaufen ging durch die Runde.

»Wieder euer Sekten-Ding, versteh schon.« Todd klang beleidigt.

Es freute Nikolay ungemein, dass sein Ziehvater ihn nicht vergessen hatte, in all den Jahren und heute noch liebend gerne Zeit mit ihm verbrachte.

»Wir sind doch keine S… uff!«

Nikolay unterbrach Magnus problematische Aussage, rammte ihm seinen Ellbogen in die Seite. »Ja, Todd hat recht. Das hat was mit der Sekte zu tun. Magnus, Todd ist ein menschgewordener Parasit auf Partys. Du wirst ihn genauso wenig los wie Rotweinflecken auf einem weißen Teppich.«

»Na warte, du …!«

Nikolay flüchtete vor seinem wild tobenden Ersatzvater.

KAPITEL 32

Magnus

»Magnus? Was zieht man zu einer 200-Jahr-Feier an?«

Magnus sah belustigt zu seinem Gefährten, der seine Garderobe musterte. Er stellte sich hinter ihn und schlang die Arme um den schmalen Körper, der die offene Kommode anstarrte und vielleicht darauf hoffte, ein paar Fetzen würden von allein zu ihm springen.

»Das ist Amons Geburtstagsparty, zieh einfach das an, was du sonst auch anhast, du siehst in allem gut aus.«

»Kein Schlips?«

Magnus sah empört zu dem Welpen hinunter. »Sicher nicht! Ich hasse Krawatten, mit den Dingern erhäng ich mich fast.«

Nikolay schien erleichtert.

Magnus konnte seine Finger nicht von seinem gut duftenden Gefährten lassen. Schnell war dieser ausgezogen und die Klamotten waren vergessen. Er wollte, dass er auf der Feier nach ihm roch.

Sein besitzergreifendes Getue, das einem Neandertaler angestanden hätte, hatte er noch immer nicht aufgegeben. Er wollte dieses liebenswerte, sexy Geschöpf beschützen und besitzen. Vor allem besitzen.

Fest fuhr er Nikolays babyweiche Haut mit seinen Pranken nach, schnappte mit den Zähnen nach dem kleinen Nippel und nach seinem pochenden Schwanz. Nikolay lag auf die Matratze gedrückt, bewegungslos. Er stöhnte wundervoll und verdrehte die Augen. Schnell ließ er von ihm ab und holte das Gleitgel.

»Dreh dich flach auf den Bauch.«

Das war keine Bitte, sondern eine Aufforderung, der Nikolay sofort nachkam. Er verteilte das Gel auf seinem Schwanz und auf Nikolays kleinem Eingang. Er war noch immer so herrlich eng. Magnus' Lust wurde dadurch nur noch mehr geschürt. Er spreizte Nikolays Beine weit auseinander und legte sich auf den Welpen. Ohne lange Vorbereitung versenkte er sich in Nikolay, der kurz aufschrie und sein Gesicht in einem Polsterkissen vergrub. Als Magnus' komplette Länge in Nikolay war, hielt er kurz inne. Er umschlang Nikolays Schulter und Hals mit seinen Armen und zog ihn in die Höhe, um sein geiles Gestöhne zu hören.

»Bereit?« Ein Schauder fuhr durch den Körper unter ihm, er küsste Nikolays schutzlosen Nacken.

»Bereit, Alpha.«

Das war Musik in Magnus' Ohren und danach tanzten sie nun auch gemeinsam in den großen, lauten Höhepunkt hinein.

Als sie endlich vor Amons Haustür standen, war die Party bereits voll im Gange. Er schielte auf seine Uhr.

Zwei Stunden zu spät. Magnus hatte erst aufgehört, als seine Eier leer und Nikolays Kehrseite wund war.

Die Tür wurde von einem Rudelmitglied geöffnet, das ehrfürchtig seine Kehle präsentierte.

»Alpha Magnus, schön, dass du gekommen bist.« Benjamins Aufmerksamkeit widmete sich sofort dem heißen Omega, der dicht neben ihm stand und unmerklich zitterte.

»Nikolay, das ist Benjamin, unser zweiter Wächter und Lehrer des Rudels. Ich weiß nicht, ob du dich noch an ihn erinnern kannst, er ist dabei gewesen, als … als wir dich im Wald gefunden haben.«

Benjamin ging auf den Burschen zu und umarmte ihn aus heiterem Himmel. Magnus knurrte warnend.

Bin ich ein Spaßverderber, wenn ich auf Amons Party Benjamin das Hirn zu Brei schlage? Nein, eher den Kopf spalte und das Hirn als Brei schlürfe?

Benjamin löste hastig die Umarmung, sah verdattert zwischen ihnen hin und her.

»Oh Gott! Das hab ich nicht gewollt. Es tut mir leid, Alpha, ich weiß auch nicht, was mich geritten hat. Ich hab Nikolay nur die Hand geben wollen, und dann … ich bin nur so froh, deinen Gefährten endlich kennenzulernen und …«

Magnus' Knurren verklang nicht. Sein innerer Wolf war gereizt.

»Magnus, hör bitte auf, benimm dich, bevor noch alle zu uns herüber starren.

Das ist ganz normal. Ich dufte einfach zu anziehend. Benjamin kann nichts dafür.«

Nikolays Stimme klang ruhig, bestimmt.

»Bitte mach jetzt keine Szene, es ist eh schon schlimm genug, auf so viele Wandler auf einmal zu treffen. Da brauch ich nicht auch noch eine Showeinlage von dir, wie du deinen zweiten Wächter verprügelst.«

Magnus schluckte seine Wut hinunter und hörte auf zu knurren. Wenn Nikolay recht behielt, musste er sich schnellstmöglich an den Gedanken gewöhnen, seinen Gefährten mit dem Rudel zu teilen.

So wie Magnus' Fangzähne juckten, wäre es eine Erleichterung für ihn gewesen, den Burschen mit einem Biss noch fester an sich zu binden, doch genug des Zorns. Aber auf der anderen Seite: Nikolay hatte sich noch nie so bestimmt, so streng angehört.

»Ist schon gut, Benjamin, wir reden später, der Abend ist ja noch jung.«

Mach dich vom Acker, sonst überlege ich es mir noch anders!

Sie gingen weiter, ins Herz des Hauses. Das ganze Rudel war gekommen. Es gab den Rest eines sehr extravaganten Buffets und mehrere kleine Bars, die keinen Wunsch offen ließen. Im Hintergrund hörten sie klassische Rock 'n' Roll-Musik.

Kinder spielten auf dem Boden vor der Couch. Es waren locker fünfzig Personen in dem riesigen Haus verteilt. Die, so kam es Magnus zumindest vor, gerade alle auf Nikolay starrten.

Dieser hielt Magnus' Hand so fest umklammert, als ob sein Leben davon abhinge. Die meisten versuchten, es so unauffällig wie möglich zu tun, andere wiederum deuteten mit dem Kinn zu ihm oder machten keinen Hehl um ihre Neugier und gafften den Omega dreist an.

Phil winkte ihnen einladend zu, er hatte einen weißverhüllten Stehtisch in Beschlag genommen, zusammen mit Prat und Beth. Prat, mit seiner jüngsten Tochter Sophia im Arm, stellte Nikolay Beth vor.

Sie umarmte Nikolay innig wie zuvor Benjamin. Nikolay erwiderte zögernd ihre lieb gemeinte Geste, schien jedoch erleichtert, als sie ihn wieder losließ. Beth verstrickte Nikolay in ein Gespräch, ihre Redegeschwindigkeit machte Magnus langsam Angst. *Ist Wendys Geschnatter ansteckend?*

»Wo ist denn das Geburtstagskind?«, fragte Magnus in unauffälligem Ton und sah sich noch mal um, fand Amon aber nirgendwo.

»Hm, keine Ahnung, vor ein paar Minuten ist er noch da gewesen«, sagte Phil und kratze sich dabei am Hinterkopf.

Prat wollte die nächste Runde an Getränken holen und überreichte seiner Frau die quengelnde Tochter. Die reckte sich plötzlich in Nikolays Richtung und streckte ihre kleinen Ärmchen aus. Sophia weinte und kämpfte mit ganzer Kraft, um sich aus den Armen der Mutter zu befreien.

»Ich werde bald mit ihr nach Hause gehen, wenn sie weiter so ein Theater macht«, klagte Beth entschuldigend und versuchte, das quietschende Ding zu beruhigen.

»Gib sie doch mal Nikolay. Sie sieht aus, als wolle sie zu ihm«, säuselte Phil belustigt.

Magnus spürte, wie Nikolay erzitterte. Der Welpe war es nicht gewohnt, wenn er so viel Aufmerksamkeit bekam, besonders, wenn so viele Fremde um ihn herumstanden.

»Sie ist normalerweise ganz süß«, flüsterte Magnus dem nervösen Schwarzschopf ins Ohr. Langsam ließ Nikolay seine Hand los. Magnus atmete etwas auf. Sophia sprang förmlich in Nikolays Arme und war plötzlich wie ein Bär, dem man einen Holzsplitter aus der Tatze entfernt hatte.

»Oh gut! Ein weiterer potenzieller Babysitter!«

Hinter einer Traube Wandler schlich sich Wendy an, die zu dem Anlass ein saphirgrünes Cocktailkleid trug. Dies betonte auf nicht mehr jugendfreie Art und Weise ihre große Oberweite und ihre kurvige Figur.

»Wow, Wendy, du hast dich ja chic gemacht!«, staunte Beth, die Wendy die meiste Zeit als Nanny betrachtete, in einfachen Jeans und Hemden, mit Babybrei oder Kotze vollgekleckert.

Sie fühlte das Material mit zwei Finger. »Wow! Was für ein toller Stoff! Warum lässt du dir nicht ein Kleid daraus machen?«, grinste Beth weiter.

»Die Verkäuferin meinte, dass mich mit diesem Fummel ein Blinder abschleppen würde.«

Wendy hatte eindeutig schon zu viel getrunken. Dass sie Beths Boshaftigkeit damit nicht kapiert hatte – Beth störte es nicht. Dann könnte sie diesen bösen Satz noch einmal verwenden.

Man sah Wendy nur selten so entspannt ausgelassen. Sie hakte sich sofort bei Nikolay ein und lächelte ihn herzlich an.

»Also funktioniert das Kleid ähnlich wie eine Venus- Fliegenfalle«, rätselte Prat belustigt.

»Praktisch ein Fick-Kleid«, lachte Phil amüsiert.

»Egal, Hauptsache, es funktioniert«, lallte Wendy über das ganze Gesicht strahlend.

Sie flüsterte Nikolay irgendetwas ins Ohr, was nur für ihn bestimmt war. Der Bursche lachte auf, sein Zungenpiercing blitzte in dem etwas dämmrigen Licht leicht auf.

Magnus' Drang, seine eigene Zunge in dem heißen Mund zu versenken, war stark, doch er hielt sich zurück. Die Rudelmitglieder beobachteten sie noch immer, als ob ein Kobold im Raum stand, mit einem regenbogenfarbenen Stringtanga, der mit Goldmünzen und Kondomen um sich warf.

»Wenn ich darf, entführ ich dir mal dein russisches Schnuckelchen und beschaff ihm was Ordentliches zu trinken.«

Magnus murrte, stupste den Welpen jedoch aufmunternd zwischen die Schulterblätter. Nikolay gab Beth ihre Kleine wieder.

»Komm Schätzchen!«

Ehe sie auf der anderen Seite des großen Raums verschwanden, rief Magnus Wendy jedoch warnend hinterher: »Aber keine Cocktails! Sonst versteh ich wieder kein Wort!«

Nikolays Augen verengten sich vor Ärger, als er auch schon von Wendy zu einer provisorisch errichteten Bar gezogen wurde.

Die anderen Wandler schnupperten Nikolay neugierig nach. Er war ja auch ein duftiges Prachtexemplar!

Magnus konnte es nicht lassen, seinen Gefährten nochmals kurz zu mustern. Er sah einfach rattenscharf aus!

Ein Gefühl puren Stolzes machte sich in seiner Brust breit, als er den kleinen Knackarsch besah, der in einer schwarzen Jeans gefangen war. Die gleichfarbigen Militärboots waren nur locker verschnürt, sein dünnes Band-Shirt von *Disturbed* ließ der Fantasie leider nicht viel übrig. Sein mittellanges Haar glänzte in dem künstlichen Licht des Raumes beinahe dunkelblau. Er war zum Anbeißen. Dieses schöne Geschöpf gehörte ihm! Er war so …

»ERDE AN MAGNUS!«

Schnell drehte er sich zu Prat um und fragte gereizt: »Was denn?«

Wow, Nikolay ist gerade mal fünfzehn Schritte von mir entfernt, und schon fühle ich mich schlecht?

»Nur mit der Ruhe, Großer, du bekommst ihn ja wieder. Ungebraucht!«, lachte Prat.

»Das will ich auch hoffen!«

»Alter, dich hats richtig erwischt.« Phil reichte ihm einen dreifachen Whisky. Sie prosteten sich zu und tranken das Glas auf ex.

Die tranken noch ein paar weitere Runden, dabei spähte Magnus immer wieder zu Nikolay rüber, der ganz vertieft mit Wendy redete, während die markante Stimme von *David Bowie* aus den Lautsprechern drang. Nikolay schien etwas lockerer zu werden, lag vielleicht an dem zweiten Glas Long Island Ice Tea.

Scheiße, war das nicht auch ein Cocktail?

Bruce und Tylor lösten sich gerade aus einer Menschenansammlung und visierten Nikolay an. Magnus konnte nicht verstehen, was sie mit Nikolay sprachen, nur ihre Körpersprache deuten.

Zuerst sah der Russe nervös und mit gerunzelter Stirn hoch zu Bruce, hörte konzentriert zu, dann musste er lächeln, sodass seine Grübchen schön zur Geltung kamen. Viele Rudelmitglieder beäugten ebenfalls die Situation.

Als Magnus ein weiteres Mal nach dem Geburtstagskind fragen wollte, hörten sie von draußen laute Knallgeräusche. Amons Enkel eröffnete das Feuerwerk, rief alle Gäste nach draußen ins Freie. Im nächsten Moment stand sein Gefährte wieder neben ihm, Nikolays Anspannung war deutlich zu wittern.

»Alles okay?«

»Etwas viel gerade, aber es ist in Ordnung.«

»Was hat Bruce denn von dir gewollt, vorhin?«

»Sagen wir so, ich weiß jetzt, warum er so sauer gewesen ist, weil ich nichts gesagt hatte, wegen meiner Kräfte … erzähl ich dir nach der Party. Hier habe ich das Gefühl, dass ich pausenlos unter Beobachtung stehe.«

»Wenn dich die Rudelmitglieder erst mal besser kennen, starren sie dich auch nicht mehr so an. Deshalb hab ich ja unbedingt gewollt, dass du mitkommst auf die Party. Es soll dir helfen, wieder etwas offener zu werden. Dir wird hier nichts geschehen, du stehst unter meiner Obhut, niemand, der alle Sinne beieinander hat, wird etwas Dummes wagen.

Sie sind nur neugierig. Die Tatsache, dass ich einen Gefährten finde, hat wohl schon die meisten überrascht. Und dann noch ein Omega? Das Rudel ist gesegnet mit dir.«

Nikolay schien trotz seiner beschwichtigenden Worte irgendetwas nervös zu machen. Er sah grüblerisch aus, verzog kurz die Nase, dann schüttelte er den Kopf und trank sein Glas leer.

»Willst du mir was sagen, Welpe?«

»Nein, es ist nichts. Ich habe nur etwas Komisches gerochen. Ist aber schon wieder weg.«

Die meisten waren bereits nach draußen verschwunden, um das Feuerwerk zu bewundern.

»Ist vermutlich das Schießpulver. Willst du auch mit raus zu den anderen gehen?« Zaghaft nickte der Bursche. »Holst du uns neue Drinks? Ich muss schnell noch austreten, dann können wir uns das Feuerwerk ansehen.«

Als Magnus aus dem Bad kam, war der Flur bereits leer. Er hörte von draußen viele Bekundungen über die Prächtigkeit des Feuerwerks. Amon hatte keine Kosten und Mühen gescheut, so wie es schien. Da Magnus alle Finanzen des Rudels regelte, wusste er über Amons finanzielle Situation Bescheid.

Er hatte im Laufe seiner vielen Jahre ein beachtliches Sümmchen angehäuft. Davon hatte er einen Großteil in einer Schweizer Bank untergebracht, von Magnus für ihn verwaltet.

Einige Monate nachdem sie das Rudel übernommen hatten und Magnus voll in seinen Hunderten von Aufgaben steckte, kam Amon zu ihm.

An diese Zeit konnte er sich nur dunkel erinnern. Sie alle steckten bis zum Hals in Arbeit, um das Rudel neu aufzubauen. Amon wollte einen großen Batzen Geld, das er bar in einer großen Tasche mit sich trug, auf ein Konto überwiesen haben. Er sagte, dass er geerbt habe, und Magnus dachte damals nicht weiter darüber nach.

Zu viele Rudelmitglieder starben just zu dieser Zeit. Und doch überkam ihn in diesem Moment ein seltsames Gefühl.

Er dachte angestrengt über die Summe nach, die damals in der Tasche gewesen war: deutlich über siebzigtausend Dollar.

Magnus' Herzschlag setzte für einen Augenblick aus, als ihn diese Erkenntnis traf.

Ruckartig setzte er sich in Bewegung, lief den Flur entlang, um ins Wohnzimmer zu Nikolay zu gelangen. Er sah sich hektisch um, erkannte beim nächsten Wimpernschlag, dass keine Menschenseele mehr im Raum war.

»Nikolay!«, rief er laut, doch er wusste bereits, dass dieser ihm nicht mehr antworten würde. Äußerlich versuchte er, ruhig zu bleiben, während er innerlich bereits tausend Tode starb.

Ich war so blöd!! Es lag die ganze Zeit klar auf der Hand! Amon, ein Alphamännchen! Die 74.000 Dollar!

Er lief die Treppe hinauf, zwei Stufen auf einmal nehmend, in den ersten Stock des riesigen Hauses. Es brannte kein Licht, nur durch das Fenster im Flur erhellte das Feuerwerk die unbekannten Gänge. Magnus' Beine bewegten sich wie ferngesteuert.

Wenige Meter vor ihm erkannte er eine Gestalt, die regungslos am Boden lag. Die Statur verriet ihm, dass es sich nicht um Nikolay handelte.

Als er über den Mann kniete, erkannte er Bruce, bewusstlos, mit einer blutenden Kopfwunde. Der Vollstrecker war überrascht und ausgeschaltet worden. Bruce' Brustkorb hob und senkte sich, Magnus drehte ihn in die stabile Seitenlage.

Nikolays Geruch war deutlich auszumachen. Trotz seiner Angespanntheit versuchte er, ruhig zu bleiben und leise voranzukommen. Er durchsuchte alle Zimmer, doch nirgendwo war sein Gefährte zu sehen. Tief atmete er ein und aus, sog den Duft seines Omegas ein und versuchte, sich zu konzentrieren. Er konnte nicht weit gekommen sein.

Auf einmal leitete sein Körper ihn wie von selbst. Zielsicher suchte Magnus die Decke ab, als er endlich die Dachbodenluke ausfindig machte. Hastig öffnete er sie und zog die Leiter nach unten.

Oben angekommen, brannte schwaches Licht. Der Omegaduft wurde stärker. Er betrat den Dachboden. Die schreckliche Situation glich einem Film, wie er nur spät nachts im Fernsehen zu sehen war und versprach, keinen ruhigen Schlaf zu finden. Gefahr, mit düsterer Musik untermauert, beinahe so aufreibend, dass man einen kalten Hauch im Genick spürte.

Unheildrohende, große Schatten verdunkelten das Bild. Eine angsterfüllte Luft, zum Schneiden dick schwängerte das karge Giebelzimmer.

Sein geliebter Gefährte war an Händen und Füßen gefesselt, der Mund mit einem breiten Packband zugeklebt. Er kniete auf dem Holzboden. An seiner Schläfe rann ein feines Rinnsal Blut entlang, hinab über seinem Hals und sickerte langsam in den Kragen des T-Shirts. Nikolays Nasenflügel bebten, seine teerfarbene Augen waren vor Schreck geweitet. Erst jetzt konnte Magnus seine Aufmerksamkeit auf den Mann richten, der schräg hinter Nikolay hockte und ihm eine Big Sauer an die Schläfe drückte.

Als das kalte Metall dessen Haut berührte, machte Nikolay vor Schreck die Augen zu. Laut atmete er durch die Nase, während der Mann ihn die Mündung der Waffe in die zarte Haut drückte.

Magnus wollte schreien vor Wut. *Amon!!!*

Der Amon, der ihm beim Wiederaufbau des Rudels so stark unter die Arme gegriffen hatte. Der als Ältester immer ein offenes Ohr für ihn und Prat gehabt hatte.

Der Amon, der ihn erst vor Kurzem in Phils Praxis besucht hatte, als Nikolay noch bewusstlos gewesen war und ihm alles Glück der Welt gewünscht hatte!

Amon fixierte Magnus, während er seinen freien Arm eng um Nikolays Brust legte. Amons Augen waren ausdruckslos und kalt. Ein Schauer des Entsetzens lief Magnus den Rücken hinab.

»Amon! Lass ihn sofort los!«

»Ich glaube, du bist in der falschen Position, um Forderungen zu stellen.«

»Amon, ich warne dich! Wenn du Nikolay auch nur ein Haar krümmst, schwör ich dir …«

»Was? Glaubst du, ich habe Angst vor dir oder deinem Bruder? Hast du vergessen, dass ICH über viele Jahre das Rudel geführt habe? ICH habe das Rudel groß, stark und mächtig gemacht!«

»Amon, er hat dir nichts getan! Gib ihn mir wieder zurück!« Magnus fühlte sich furchtbar nackt, er hatte kein Druckmittel und auch sonst nichts, womit er Amon besänftigen konnte.

»Ich denk nicht mal dran, Magnus! Wir haben genau zwei Möglichkeiten. Erstens: Ich werde ihn an einen Alpha weiter verkaufen, der sich an ihm austoben und ihn wie ein Spielzeug benutzen wird.

Wenn du einlenkst und mitspielst, werden wir uns den Gewinn teilen. Der Junge hat mir damals schon viel Geld eingebracht. Echt erstaunlich, wie gut er von Clayton davongekommen ist. Hätte nicht gedacht, dass dieser dreckige Omega länger als ein Jahr überlebt. Da sieht man mal wieder, wie zäh diese Biester sein können. Unterschätzen darf man sie gewiss nicht.«

Amon streichelte stetig über Nikolays Bauch. Magnus musste bei dem Anblick fast kotzen. Amon drückte Nikolay an seine breite Brust.

Ich will sehen, wie das Leben aus Amons Augen weicht, während ich mich über seinen toten Leichnam beuge!

Magnus' Kehle entfuhr ein tiefes Knurren.

»Oder ich puste ihm hier und jetzt eine Kugel in seinen schönen Kopf, dass du seine Hirnmasse von deinen Schuhen kratzen kannst. Such es dir aus, du hast freie Wahl, ALPHA.« Amons Stimme war so kalt und gelassen, als wenn sie beide über einen gebrauchten Fernseher feilschen würden.

»Wieso tust du das? Nikolay könnte dein Enkel sein, warum nur?«

»Ach bitte, lass das Magnus! Er ist ein OMEGA! Bezeichne ihn nicht als Jungen unseresgleichen. Omegas sind Unglücksraben! Sie taugen nur gut als Fickstück und in bestimmten Kreisen zum Prahlen.«

»Steckst du etwa hinter Black Moon?«

»Nein, ich bin lediglich einer von Hunderten, der sehr lukrative Geschäfte machen konnte mit dem Verkauf von Omegas an diese seriöse Organisation.«

»Seriös? Ihr seid nichts weiter als Kriminelle, die unschuldige Wandler an reiche Säcke weiter verticken!«

»Ach Magnus, deine Einstellung ist erbärmlich! Omegas sind nichts weiter als exotische Haustiere! Sie sehen schön aus, was ich gar nicht abstreiten kann.

Sei nicht so naiv zu glauben, dass diese Kreaturen mit Alphas und Betas gleichgestellt sind. Sie sind nur schöne Hüllen, weiter nichts.« Amon rieb sich theatralisch an dem Welpen.

Nikolay hatte keine Möglichkeit, vor Amon zu weichen, nur die Augen verschloss er für einen schmerzhaften Moment, schien sich weit weg von diesem Albtraum zu wünschen.

Magnus versuchte, näher heranzukommen, doch der alte Alpha drückte weiter die Mündung auf Nikolays Schläfe. Die Gebärde zwang Magnus zum Stehenbleiben.

»Einen verfluchten Schritt weiter und dein kleiner Köter hat ein Loch in seinem Schädel!«

Magnus blieb stehen. Die Situation war aussichtslos.

KAPITEL 33

Nikolay

Die große Hand des Mannes ruhte auf seinem Bauch, glich jedoch mehr einer Panzerfaust.

Amons bebender Körper, der sich an seinem Rücken rieb, verstärke das Gefühl von einer Kraft, der er nichts entgegenzusetzen hatte. Seine Schläfe pochte noch immer wie Hölle. Er hatte die Pistole des Ältesten nicht kommen sehen, die er Nikolay über den Schädel gezogen hatte, als Magnus im Bad gewesen war.

Bruce wollte ihn noch helfen, doch Amon hatte eine zerstörerische Energie, die er nicht vermutet hatte – und Bruce wohl auch nicht. Er zwang sich, die Augen wieder zu öffnen, sah in Magnus' wutverzerrtes Gesicht.

Seine Chancen, hier unbeschadet herauszukommen, sanken bei jedem giftigen Wort, das der alte Alpha ausspuckte.

»Sehen wir mal, wie sich der dreckige Omega bei diesen Clayton gemacht hat.«

Nikolay wurde rücklings auf den Boden gedrückt.

»Amon, lass ihn los! Ich bring dich um!«

Das Gesicht des Ältesten glich einer Teufelsfratze, als er sich auf Nikolays Brust niederließ. Das erdrückende Gewicht des Alphas ließ ihn schwer durch die Nase atmen. Mit einem Auge hatte Amon immer Magnus im Blick, der laut knurrte und wütete. Der Älteste wippte mit seinem Becken vor und zurück, unbeeindruckt von Magnus' Drohgebärden.

»Was meinst du, Magnus? Du siehst jetzt zu, was die Missgeburt schon gelernt hat, und dann kannst du entscheiden, ob ich ihm den Schädel wegpusten soll oder ob wir halbe-halbe machen und ihn über Black Moon verkaufen.

Die Nummer des Vermittlers weiß ich auswendig, als hätte ich sie erst gestern gewählt, um den Russen unter die notgeilen Alphas zu bringen.« Amon lachte auf, als er Magnus' Gesicht sah, das nicht verbergen konnte, in welch einer ausweglosen Situation sie waren.

Mit einem Ruck riss Amon das Klebeband von Nikolays Mund. Der Älteste grub seine Finger in die Wange des Jungen.

»Du bist wirklich ein schönes Geschöpf, wie alle von euch kranken Omegas. Leider bist du kein Beta.

Dein Omegablut soll köstlich sein, eine wahre Delikatesse, wie mir bereits viele berichtet haben. Das werden wir jetzt gleich mal testen, bevor du meinen Schwanz schlucken wirst, so wie es dir beigebracht wurde!«

Nikolay unterdrückte seine Panik, versuchte, einen klaren Kopf zu bewahren, als der Älteste seine blutende Schläfe ableckte.

»Fass ihn nicht an, du Schwein!« Magnus musste hilflos zusehen, wie sich Amon mit Nikolay vergnügte, während er mit einer Waffe in Schach gehalten wurde.

Nikolay zwang sich zur Ruhe. Es war der denkbar ungünstigste Zeitpunkt, durchzudrehen.

Durch das betörende Omegablut durchlebte der Alpha gerade einen Rausch. Stöhnend leckte Amon sich die blutverschmierten Lippen ab. Er provozierte Magnus, indem er ihm ein schelmisches Grinsen schenkte, während er pornoverdächtig seinen Reißverschluss nach unten zog.

»Einfach köstlich! Dein Omega freut sich schon auf meinen Schwanz, so entspannt, wie er daliegt. Clayton ist ihm ein guter Lehrer gewesen«, lachte Amon und wollte gerade seinen Schwanz auspacken, als er Nikolays leises Krächzen vernahm.

»Was hast du gesagt, kleiner Omega?« Amon lehnte sich geschmeidig nach unten, neigte den Kopf zur Seite, um mit einem Ohr nahe bei Nikolays Mund zu sein. Dabei fixierte er Magnus, der die Situation qualvoll ertragen musste. »Willst du mir noch etwas sagen, bevor es losgeht?«

Nikolay holte tief Luft, um auch wirklich genug Kraft zum Sprechen aufzubringen. »Eines muss ich Clayton lassen, er war niemals so unvorsichtig wie du GERADE JETZT.« Nikolays Stimme war voller kalter Wut.

Es war zu spät für Amon. Die Wörter schienen zu langsam in sein berauschtes Gehirn vorzudringen. Nikolays Biss steckte bereits in Amons Kehle. Von nackter Panik getrieben, schrie Amon schrill auf. Nikolays Ohren klingelten. Der metallische Geschmack von Blut und der heiße Schwall, der über sein Gesicht floss – Nikolay wusste, dass er ihn tief genug attackierte.

Er hörte schnelle Schritte von unterschiedlichen Leuten. Er konnte nichts sehen, seine Augen waren zusammengepresst, nur darauf konzentriert, seinen Kiefer auf keinen Fall zu lockern.

Das markerschütternde Gebrüll von Magnus hätte er jedoch ernst nehmen sollen, denn im nächsten Moment kippte erneut die Situation.

KAPITEL 34

Magnus

Magnus konnte seinen Augen nicht trauen. Nikolay musste die Halsschlagader erwischt haben, das Blut floss in Bächen aus der Wunde. Amon schrie wie am Spieß. Der Mistkerl hätte sich nie und nimmer träumen lassen, dass ausgerechnet ein Omega ihn angreifen würde.

Phil und Tylor kamen an Magnus' Seite, beobachteten ebenfalls, wie der Älteste seine Waffe auf Nikolays Stirn setzte.

Magnus brüllte verzweifelt, rannte los, wollte den völlig verrückten Amon davon abhalten, abzudrücken. Der ohrenbetäubende Schuss ließ ihn erschrocken stoppen.

Durch die Wucht der Kugel wurde Nikolays Kopf nach hinten geschlagen, Blutstropfen besprenkelte den Boden.

Nikolay gab Amons Kehle frei. Unmengen von Blut strömten heraus. Wie ein Wasserfall drang der Lebenssaft aus ihm heraus, bis die Quelle versiegte. Er kippte auf die Seite, röchelte noch, ehe er für immer die Augen schloss.

Dieses Stück Scheiße hat wirklich abgedrückt!

Tylor und Phil stürzten zu Nikolays reglosem Körper, rüttelten die leblose Hülle. Sie mussten laut schreien, so wie sie ihre Gesichter anspannten und den Mund aufrissen.

Magnus hörte nichts mehr.

Nur der Schuss, der sich in einer Endlosschleife in seinem Kopf abspielte. Seine Sicht verschwamm ebenfalls. Die dicken Tränen, die er vergoss, beraubten ihn des Anblicks des Omegas, dessen Leben durch einen Kopfschuss beendet worden war.

Etwas Nasses umschloss sein Handgelenk, zog an ihm. Es war Tylors Hand, völlig blutverschmiert, sie zitterte sogar. Nur leise vernahm er Tylors Stimme, der jedoch schreien musste, so wie er aussah.

»Magnus! Magnus! Sieh ihn an!«

Soll ich mir das Loch in Nikolays Schädel etwa auch noch ansehen? Es so sehr begutachten, dass mir der Anblick schier den Verstand rauben wird?

Was fällt diesem Scheißwächter ein, so rücksichtslos zu sein.

Er setzte an, Tylor zu schlagen. Ein gequältes Stöhnen ließ ihn mitten in der Bewegung innehalten.

Was? Nein! Das kann nicht sein!

Er sah zu Nikolay, Phil kniete weinend über ihm und hielt seinen Kopf.

Sind das Freudentränen?

»Komm endlich her!«, schluchzte Phil.

Nur langsam umrundete Magnus Tylor. Seine Knie waren gefährlich weich. Sein Herz pochte, als würde es versuchen, seine Brust zu sprengen.

Er sah sich die Leiche an, mit der Befürchtung, dass seine eigene Seele hier und jetzt starb, sobald er das volle Ausmaß des wahr gewordenen Albtraums überblickt hätte. Vermutlich verstand er auch deshalb das Bild nicht, was sich vor ihm abspielte.

Herr Allmächtiger!

Er fiel auf die Knie. Direkt neben Nikolay. Sein gesamter Oberkörper war mit Blut bedeckt, eine Blutlache hatte sich neben dem Kopf gesammelt, es sah grauenhaft aus.

Schwarze Onyxe sahen ihn an und er vergaß das Blutbad.

»Nikolay?« Noch nie war Magnus' Stimme so dünn.

»Kannst du bitte Phil sagen, dass er mich loslassen soll. Ich habe ein wenig Kopfschmerzen.«

»Nein!« Magnus konnte seinen Augen nicht trauen.

»Doch!«, entgegnete Phil, der sein Lachen nicht loswurde.

Magnus kam näher und musterte Nikolay gründlich, doch das viele Blut machte ihn ratlos. *Wie kann es sein, dass er lebt?*

»Magnus, sieh ihn nicht so an, als ob ihm Hörner gewachsen wären. Er lebt!«

Nikolay regte sich langsam. Er stellte seine gefesselten Beine auf und versuchte, sich aufzusetzen. Magnus saß starr da. Er hatte mit einer Leiche gerechnet und nicht mit einem störrischen Welpen, der sich aus Phils Griff befreien wollte.

»Bleib ja liegen!«, rief Phil, nun nicht mehr ganz so amüsiert. »Du hast eine Schusswunde am Kopf, verdammt!«

Nikolay stöhnte. *Fuck, was passiert hier eigentlich?*

»Das ist doch nur ein Kratzer! Ich habe gar nichts gespürt!«

Magnus berührte mit zittrigen Händen Nikolays Wange, und sie sahen sich in die Augen.

»Du … lebst wirklich! Ich dachte, ich hätte dich für immer verloren!«

»So schnell wirst du mich nicht mehr los, MEIN ALPHA.«

EPILOG

Magnus

Wo bist du, du kleiner Satansbraten! Na warte, bis ich dich in die Finger bekomme!«, schrie Magnus so laut, dass es wahrscheinlich das ganze Rudel hörte.

Er lag auf den Rücken im Schnee, der bereits langsam, aber sicher dem Frühling entgegenschmolz, und überlegte angestrengt, wie Nikolay es geschafft hatte, ihn einfach so von den Füßen zu reißen und auf den Boden zu schleudern. Danach war er davongerannt, in dem Wissen, dass das ziemlichen Ärger geben würde. *Das war alles Tylors Schuld!*

Sein dritter Wächter wollte Wiedergutmachung leisten und schlug vor, Nikolay ein paar Techniken zur Selbstverteidigung beizubringen. Tylor war ein ausgezeichneter Kämpfer. Nikolay willigte nach anfänglichen Bedenken ein. Obwohl er mit diesem Wächter so einen furchtbaren Start gehabt hatte, wurden sie so etwas wie Freunde. Tylors ausgeprägter Beschützerinstinkt, den er gegenüber Nikolay entwickelt hatte, beruhigte Magnus etwas.

Nikolay war erblüht wie eine seltene Wüstenblume. Er hatte jede Scheu vor dem Alpha abgelegt und gab sich ihm grenzenlos hin. Der Russe genoss das dominante Verhalten, mochte es, wenn Magnus etwas grob wurde. Wenn Magnus daran dachte, was er mit ihm alles anstellen würde, wenn er sich endlich aus dem Schnee hochhievte, bekam er einen Ständer.

Er erhob sich und folgte der Duftspur seines Gefährten. Diese führte ihn an den Rand des Waldes. Er schlich auf Zehenspitzen weiter. Sein innerer Wolf knurrte aufgeregt. Er hörte ein Geräusch. Kurz hielt er inne, um dann blitzschnell Nikolays Fuß zu packen und ihn von dem Baum, um den er sich geschlungen hatte, zu zerren.

»Aaargh!«

»Hab ich dich!« Er drückte den Omega auf den weichen, bemoosten Waldboden. »Glaubst du im Ernst, dass du dich vor mir verstecken kannst?« Magnus saß auf Nikolays Bauch und umfasste sein Gesicht mit seinen großen Händen, strich absichtlich über den verheilten Streifschuss. Es war eine fingerbreite rote Linie, gut verdeckt von Nikolays dichtem schwarzen Haar. Doch sie ließ Magnus wissen, wie knapp die Gefahr an seinem Gefährten vorbeigegangen war.

»Na ja, in deinem Alter sind die Augen bestimmt nicht mehr so gut, habe ich mir gedacht.«

Er spürte, wie sich Nikolay unter ihm wand. Sein Jagdtrieb wurde geweckt. Er war nun noch mehr darauf fixiert, ihn unten zu halten, wie ein Löwe eine schlanke Gazelle. Dabei wollte er ihn gar nicht … fressen! Der Alpha drückte sein Becken gegen das von Nikolay und bewegte sich vor und zurück, bis der Omega aufstöhnte. Er roch die Erregung des Russen, seine Lust steigerte sich dadurch nur noch mehr.

»Hände nach oben, du Frechdachs!«

Nikolay tat, wonach er verlangte. Hastig streifte er dessen dünne Jacke samt Shirt von seinem Körper. Die Hose folgte ebenfalls. Die Spitze von Nikolays großem Schwanz glänzte bereits nass. Magnus selbst öffnete nur seinen Reißverschluss, befreite seinen harten Kolben aus dem engen Gefängnis. Er verwöhnte Nikolays dunkelrosa Eichel, kostete die Perle und entlockte dem Omega ein lautes Keuchen. In seiner steigenden Lust krallte sich der Bursche in das kurze Haar des Alphas, verdrehte dabei genüsslich die Augen, während Magnus' Zunge über die Eichel wanderte.

»Habe ich nicht gesagt, du sollst die Hände über den Kopf legen?« Nikolays Griff in sein Haar verschwand, doch er war nicht schnell genug. Magnus hatte beide Handgelenke gepackt. Er roch Nikolays flatternde Erregung, nahm einen Finger in den Mund und entlockte dem Omega ganz neue Geräusche, als er daran saugte.

Es war wundervoll anzusehen, in welcher Ektase der junge Russe gefangen war. Magnus konnte nicht mehr länger warten. Er entließ Nikolays Finger und drehte ihn hastig auf den Bauch. Das weiche Moos würde seinen Gefährten nicht behindern.

»Halt still, Welpe!« Spucke verrieb er auf seinem hart pulsierenden Schwanz. Magnus' Wolf hatte keine Geduld mehr. Er musste ihn besitzen.

Jetzt! Er liebte es, den schmächtigen Körper unter sich zu begraben. Den Leib des Russen beben zu spüren. Magnus beobachtete das Gesicht des Welpen, wie schmerzverzerrt es wurde, als er den engen Muskel durchstieß und sich immer tiefer in ihn drängte. Er küsste Nikolay liebevoll in den Nacken, wollte ihn von dem Brennen ablenken. Als er bis zur Hälfte eingedrungen war, bewegte er sich langsam zurück, nur um erneut in den kleinen, heißen Arsch vorzudringen. Nikolay stöhnte.

»Spürst du mich?«, raunte er Nikolay ins Ohr, eher er darüber leckte.

Nikolay drehte den Kopf so weit, dass es für ihn möglich war, Magnus anzusehen. Sein Blick war vor Lust verhangen, die Pupillen geweitet. »Ja. Bitte. Ich liebe dich, mein Alpha.« Sein Blick war voller Hingabe.

»Und ich liebe dich, Welpe.«

Magnus küsste ihn kurz, aber sinnlich, dann drückte er seinen harten Schwanz fest in den seidigen Kanal, bis sein Becken an Nikolays Pracht-Po klebte. Nikolay legte den Nacken frei und ließ sich erobern. Magnus krallte sich an dem Russen fest, nahm ein hartes Tempo auf.

»Das gefällt dir, oder? Du liebst es, wenn ich dich vollkommen ausfülle. Du brauchst das, nicht wahr?« Magnus Stimme war ein tiefes Flüstern.

Nikolay wimmerte. »Ja, ja, ja«, hauchte er, überließ sich Magnus völlig.

Mit einem Ruck zerrte er Nikolay auf die Knie. Sein Oberkörper wurde in den starken Armen von Magnus gehalten und hart an seine breite Brust gedrückt. Mit dem Becken stieß er sein Fleisch langsamer, jedoch um einiges kräftiger als vorher, in die heilige Enge. Nikolay verwandelte sich in ein winselndes Nervenbündel. Magnus lachte. Er liebte Nikolays Gefühlsausbrüche.

»Beiß mich Magnus, bitte!«, flehte Nikolay stoßweise. Auffordernd bot er Magnus seinen Nacken dar.

Magnus musste an sich halten, um Nikolay nicht zu verletzen. Die Aufforderung hatte seinen Wolf wild gemacht. Er witterte das pulsierende Blut unter der unschuldigen Haut.

Nikolay keuchte aufgeregt, als Magnus seinen Kopf grob zur Seite neigte, indem er sich in sein schwarzes Haar festkrallte. Er leckte an seinem Hals, suchte eine Stelle. Die eine perfekte Stelle. Magnus zog sich aus Nikolay zurück, stieß in einem langen Stoß erneut durch seinen engen Schließmuskel, während sich seine Zähne wandelten. Nikolay zischte. Wieder zog er sich zurück, wiederholte das kraftvolle Eindringen, überwand den engen Muskel, drang so tief ein, wie er nur konnte. Mit seinen Fängen durchbrach er die makellose Haut und biss fest zu. Er knurrte gefährlich. Nikolay schrie schmerzvoll auf.

Das betörende Blut führte Magnus auf eine neue Welle der Lust. Er fühlte alles tausendmal intensiver, härter und besser. Fest rammte er sich weiter in den engen, kleinen Arsch, der bereits bei Nikolays Geburt für ihn bestimmt gewesen war.

Der Russe wimmerte geplagt. Instinktgetrieben rammte Magnus sich in Nikolays Enge, spritzte so plötzlich sein Sperma tief in Nikolay, dass er erzitterte. Nikolays Schwanz schien zu explodieren, als mehrere Salven seines Saftes aus der unberührten Spitze schossen und das Moos benetzten. Nikolays Schrei war im ganzen Rudel zu hören, dessen war er sich sicher. Der Welpe verlor seine Muskelspannung, ließ sich in Magnus' Arme fallen. Er löste seine Zähne und leckte zärtlich über die Wunde, um auch den letzten Tropfen Blut aufzufangen.

»Endlich bist du mein.« Für immer trug Nikolay Magnus' Mal am Hals, band sie bis zum Tod aneinander. Er würde sein ganzes restliches Leben mit dem süßen Russen verbringen. Magnus' Herz glühte vor Glückseligkeit.

EPILOG

Nikolay

Magnus leckte liebevoll über die Bisswunde. Dieses Erlebnis war mit nichts vergleichbar, das er bisher erlebt hatte. Die Angst, vor Erniedrigung förmlich zu zerspringen, hatte sich nicht bewiesen. Es war das genaue Gegenteil passiert. Eine geballte Ladung an Lust und Leidenschaft, gepaart mit der Sicherheit, immer von Magnus beschützt und geliebt zu werden: Das Gefühl glich einem warmen Nest, das einen ein Leben lang vor Kälte und Wind beschützte. Eine Station der Zuflucht.

Sein Alpha hob ihn hoch, Nikolays Beine zitterten noch immer, seine Kehrseite und die frische Wunde pochten im Takt seines verliebten Herzens. Achtsam wurde er von starken Armen umschlungen. Er fühlte sich endlich zu Hause angekommen. »Ja, ich bin dein.«

ENDE